Kira Licht

Staub & Flammen

Weitere Titel der Autorin:

Gold & Schatten. Das erste Buch der Götter

Dieser Titel ist auch als E-Book erschienen

Kira Licht

Staub & Flammen

Das zweite Buch der Götter

one

Dieser Titel ist auch als E-Book erschienen

MIX
Papier aus verantwortungsvollen Quellen
FSC www.fsc.org FSC® C014496

Originalausgabe

Dieses Werk wurde vermittelt durch die Michael Meller Literary Agency GmbH, München

Textredaktion: Christina Neiske, Augsburg
Umschlaggestaltung: Sandra Taufer, München, unter Verwendung von Motiven von © JaneJJ / shutterstock; Anna Kutukova / shutterstock; kaisorn / shutterstock; sleep24Photo / shutterstock
Satz: 3w+p GmbH, Rimpar
Gesetzt aus der Adobe Caslon
Druck und Einband: GGP Media GmbH, Pößneck

Printed in Germany
ISBN 978-3-8466-0090-0
5 4 3 2 1

Sie finden uns im Internet unter: www.one-verlag.de
Bitte beachten Sie auch www.luebbe.de

Kapitel 1

Von Tag zu Tag

Über Nacht war es Herbst geworden. Eine düstere Wolkendecke hing über Paris, und ein scharfer Wind entriss den Bäumen die ersten Blätter. Die Temperaturen waren um mehr als zehn Grad gesunken. Hatten die Gärten und Parks gestern noch geleuchtet, so wirkte nun alles in der Natur irgendwie trostlos und seiner Farben beraubt. Ein penetranter Nieselregen sorgte dafür, dass man sich kalt und irgendwie klamm fühlte, sobald man das Haus verließ. Es schien, als wollte das Wetter meine Gefühlslage widerspiegeln.

Gigi rechts neben mir stupste mich sanft an, doch ich hielt den Blick weiter nach links aus dem Fenster gerichtet. Es war bereits 8:30 Uhr morgens, aber es wollte heute einfach nicht hell werden. Vorne an der Tafel dozierte Mrs Lewitzky über die Feinheiten der englischen Literatur, doch ich hörte nicht mehr hin, seit sie uns einen guten Morgen gewünscht hatte. Ich konnte mich nicht konzentrieren. Zu sehr hielten mich die Erlebnisse der letzten vierundzwanzig Stunden gefangen. Maél war schwer verwundet, und ich hatte keine Ahnung, wie es ihm ging. Wie er die Nacht verbracht hatte, und ob er überhaupt überlebt hatte. Es zerriss mich innerlich, ihm nicht helfen zu können. So unendlich machtlos zu sein. Ich hatte Hermes mit Nachrichten bombardiert, doch er ignorierte mich.

Meine Nachrichten blieben ungelesen. Selbst die, die ich von Maéls Handy aus geschickt hatte. Dem Handy, das ich neben einer Lache seines Blutes in den Katakomben aufgesammelt hatte.

Ein Zittern lief durch meinen Körper, und ich zog die Strickjacke enger um meine Schultern. Gigis Hand wanderte von meinem Oberarm zu meinem Rücken und strich beruhigend darüber. Ich schluckte, und es fühlte sich an, als wäre mein Mund plötzlich mit Watte ausgekleidet.

»Hey …« Der Becher einer Thermoskanne wurde über mein Pult in meine Richtung geschoben. Der Inhalt darin schwappte gefährlich. »Nimm einen Schluck. Das wird dir guttun.«

Ich legte beide Hände um das dampfende Getränk und schnupperte. Malventee mit einem großzügigen Schuss Honig. Gigi kannte mich gut. Ich nahm einen Schluck und schloss für einen kurzen Moment die Augen. Honig. Die klebrige Süße, vertraut und heilend zugleich, schien in diesem Moment das Einzige, das mich aufrecht hielt. Ich schenkte Gigi ein Lächeln. »Danke.«

Sie streichelte immer noch meinen Rücken. »Wir kriegen das hin, Livia. Glaub mir.«

Obwohl sie wegen Mrs Lewitzky vorn an der Tafel nur flüsterte, klangen ihre Worte überzeugend. Ich erkannte die Entschlossenheit in ihren dunklen Augen. Sie saß kerzengerade da, ihre Miene war ernst. Ich musste schlucken, so gerührt war ich. Heute Morgen hatte ich ewig hin und her überlegt, ob ich mich nicht vielleicht krankmelden sollte. An Schlaf war in dieser fürchterlichen Nacht nicht zu denken gewesen. Immer wieder hatte ich Hermes geschrieben und mir zwischendurch die Augen aus dem Kopf geweint. Doch ich hatte beschlossen, trotzdem zur Schule zu gehen, als wäre nichts gewesen. Zu Hause wäre ich verrückt geworden. Nun wurde mir klar, dass meine Entscheidung richtig gewesen war. Ich brauchte meine Freundinnen, mehr als je zuvor. Mein Blick wanderte zu Jemma, die rechts neben Gigi saß und sich neugierig vorgeneigt hatte. In ihrem Gesicht las ich die gleiche Sorge wie in Gigis. Solange ich die beiden hatte, war ich nicht allein. Sie würden zu mir stehen und mir helfen. Sie würden verhindern, dass ich doch noch durchdrehte.

Evangéline rührte sich an meiner Halsbeuge, und wie automatisch legte ich meine Hand kurz darüber. Ich fühlte die zarte Erhebung ihres Körpers und die Bewegung ihrer kleinen Beinchen, als sie sich kurz etwas anders zurechtlegte. Ich hatte sie adoptiert, seit der »Händler« verschwunden war, und es keine Sekunde bereut. Zwar musste ich sie vor so ziemlich allen meinen Mitmenschen verstecken, und manchmal wurden die einfachsten Abläufe des Alltags, wie zum Beispiel der Schulsport, zu einer Herausforderung, aber das war es mir wert. Evangéline war, genau wie Jemma und Gigi, innerhalb kürzester Zeit zu einer meiner besten Freundinnen geworden. Obwohl sie eine Motte war, ziemlich klein und kein Wort sprach, wollte ich sie aus meinem Leben nicht mehr wegdenken. Als ich in den Katakomben in Gefahr geraten war, hatte sie sich sofort auf den weiten Weg zu Ödipus gemacht, um Hilfe zu holen. Das würde ich ihr nie vergessen. Ich strich ein zweites Mal kurz mit meinem Zeigefinger über die Wölbung unter meiner Strickjacke. *Alles gut, kleine Motte. Es ist schön, dass du da bist.* Evangéline kuschelte sich noch etwas näher an mich.

Ich sah gerade alibimäßig kurz zur Tafel, als Mrs Lewitzky sich schwungvoll umdrehte und mit einem bösen Lächeln die Fingerspitzen aneinanderlegte. »Eigentlich sind Sie ja schon zu alt für so eine Art von Kontrolle. Aber heute mache ich eine Ausnahme. Schließlich steht nächste Woche eine Klassenarbeit an.« Sie ließ ihren Blick über die Klasse gleiten. »Wer möchte seine Hausarbeiten vorlesen? Nur keine Scheu. Wenn es keinen Freiwilligen gibt, werde ich jemanden auswählen.«

Hausarbeiten? Daran hatte ich überhaupt nicht mehr gedacht. Ich konnte mich nicht mal mehr erinnern, um was es sich gehandelt haben könnte. Einen Aufsatz? Die Zusammenfassung eines Abschnitts aus unserem Schulbuch? Oder sogar eine Interpretation?

Mrs Lewitzkys Adlerblick blieb an mir hängen.

Nein, dachte ich inbrünstig. *Nein, nicht ich. Nicht heute.*

Mrs Lewitzky wollte den Mund aufmachen. Ich hielt ihren Blick. *Guck weg*, dachte ich, *guck weg. Guck bitte einfach weg.*

Ihr Blick wurde hart, dann entließ sie mich aus ihrem Starren, als hätte ich mich in Luft aufgelöst.

»Miss O'Mally.« Mrs Lewitzkys Stimme klang zuckersüß und falsch. »Machen Sie uns die Freude?«

Schnell sah ich zu Gigi hinüber. Doch die schien nicht beunruhigt. Sie hatte bereits eine Seite in ihrem Collegeblock aufgeschlagen.

»Gerne«, erwiderte sie nur knapp und begann dann zu lesen.

Ich atmete erleichtert auf. Vermutlich hatte Gigi, die in allen Fächern irgendwo zwischen eins und zwei stand, die Hausarbeiten schon erledigt, bevor sie sich gestern Nachmittag mit Jemma in dem Café getroffen hatte.

Ich war erleichtert, denn ich hatte ihr den schwarzen Peter auf gar keinen Fall weiterreichen wollen. Sei es nun durch Zufall gewesen oder durch mein flehendes Starren in Richtung Mrs Lewitzky.

In der Mittagspause hielten wir Kriegsrat. Natürlich hatte ich Jemma und Gigi sämtliche Ereignisse in den Katakomben schon erzählt. Sie hatten mich nach Hause begleitet, während Enko und Ödipus den ziemlich überrumpelten Noah in die Geheimnisse unserer Gang eingeweiht hatten.

Jemma hatte sich später noch mit ihm getroffen, um herauszufinden, wie er all diese »göttlichen Neuigkeiten« verkraftet hatte. Ihrer Aussage nach schien er »zwar ein wenig aus der Bahn geworfen, aber nicht am Rande eines Nervenzusammenbruchs«. Da Jemma das offenbar für ein gutes Zeichen hielt, hatte ich nicht weiter nachgefragt. Nun saßen wir an einem kleinen Dreiertisch am Rande der Mensa und keine von uns schien irgendwie den Anfang zu finden.

Die sonst so temperamentvolle Gigi war ungewöhnlich ruhig, und sie sah müde aus. Jemma hingegen, unser Ruhepol, wirkte aufgekratzt und schien ihre Hände gar nicht stillhalten zu können. Ich ignorierte das dumpfe Knurren in meiner Magengegend, stattdessen betrachtete ich erneut meine Freundinnen. Nicht nur ich hatte eine Menge mitgemacht, auch sie waren von den Ereignissen und der Brutalität des Ganzen schockiert gewesen.

Jemma fand den Anfang. »Du solltest etwas essen.« Sie deutete mit dem Kopf auf die leere Stelle vor mir auf dem Tisch.

»Ich habe keinen Hunger …« Mit einem tiefen Seufzer ließ ich den Kopf auf meine verschränkten Arme sinken. »Ich brauche einen Plan. Irgendjemand muss Hermes an den Haaren herbei schleifen, damit ich ihn ausfragen kann. Und ich muss verdammt noch mal wissen, wie es Maél geht. Außerdem muss ich wissen, wie ich dafür sorgen kann, dass er freigesprochen wird, weil er unschuldig ist. Dabei will ich mich eigentlich bloß irgendwo zusammenrollen und heulen. Wie kann ich da an Essen denken?«

»Du könntest jetzt daran denken, weil ich dich daran erinnert habe. Außerdem bin ich mir ziemlich sicher, dass dir das Pläneschmieden wesentlich leichter fallen wird, wenn dein Gehirn alle notwendigen Nährstoffe im Blut zur Verfügung hat.«

Ich seufzte erneut. »Das klingt schrecklich vernünftig, aber ich bin gerade nicht in einer vernünftigen Stimmung.« Mit deutlichem Unbehagen sah ich quer durch die Mensa in Richtung der langen Schlange vor der Essensausgabe. Es wurde gedrängelt, gelacht und geschwatzt. Es graute mir davor, mich unter all diese gut gelaunten Leute mischen zu müssen.

»Soll ich dir eine Portion Käsenudeln mitbringen?«, bot Jemma an.

Ich nickte dankbar.

Sie lächelte und stand auf. »Bis gleich.«

Als sie gegangen war, sah ich schuldbewusst zu Gigi hinüber. Die mümmelte mittlerweile an einem belegten Brot, das bis zu mir herüber nach Walnüssen und Zimt roch. Es war mit einer weißen Paste bestrichen und mit Erdbeerscheiben belegt.

»Und was hast du da Feines?«

Sie hielt mir das Brot hin. »Das ist eigentlich mein Nachtisch. Aber mir war irgendwie nach was Süßem.« Sie zuckte die Schultern. »Nussbrot mit Mandelcreme und Erdbeeren. Nervennahrung.« Lächelnd brach sie ein Stückchen davon ab und hielt es mir hin.

»Danke.« Ich probierte. Die Süße der Erdbeeren passte gut zur Mandelcreme, das Brot war frisch und aromatisch. Wie alles, was Gigi selbst herstellte, schmeckte die Kombination irgendwie überraschend und köstlich zugleich. Ich erinnerte mich lebhaft an das Erste, was sie mir von ihren Kreationen zu probieren gegeben hatte: Chia-Pudding mit Weißtannenhonig. Den Geschmack würde ich nie vergessen. Mittlerweile hatte ich mich durch ein ganzes Repertoire verschiedenster Köstlichkeiten probiert, und meine vorherige Skepsis war Begeisterung gewichen. Gigi war kreativ, und es war beeindruckend, wie viel Mühe sie sich mit ihrem Essen machte. Hinzu kam, dass alles, was sie selbst produzierte, aus Bio-Qualität hergestellt war und man so guten Gewissens schlemmen konnte. »Sehr lecker, Gigi.«

Gigi strahlte. »Danke.«

Jemma schien sich irgendwie vorgedrängelt zu haben, denn ein paar Minuten später war sie mit unseren Käsenudeln schon wieder da.

»Stellt euch mal vor«, sagte sie und schob mir einen Teller samt Besteck vor die Nase, »Mélisande, die Küchenfrau, die immer an der Kasse sitzt, hat mich doch tatsächlich gefragt, ob ich schwanger wäre, weil ich mir zwei Portionen Käsenudeln hole. Ungefähr sieben Leute hinter mir wurden mit einem Schlag mucksmäuschenstill. Ich glaube, das wird das neue Gerücht an der Schule. Mal sehen, wann mich ein Lehrer darauf anspricht.« Sie kicherte und ließ sich auf ihren Stuhl fallen. »Jedenfalls habe ich Madame Mélisande erklärt, dass die zweite Portion für meine Freundin Livia McKenzie ist, die zu deprimiert ist, um sich selbst um ihr Überleben zu kümmern. Daraufhin hat sie in ihrer Kitteltasche gekramt. Zuerst dachte ich, sie holt tatsächlich einen Schwangerschaftstest raus oder so. Aber es war bloß ein Bonbon. Das hat sie mit den Worten ›Das hier wird ihre Kräfte bündeln‹ auf das Tablett geworfen und mich dann, ohne mich bezahlen zu lassen, von ihrer Kasse weggejagt. Vermutlich ist sie der Meinung, dass dich ein wenig Zucker und Koffein wieder fröhlich machen.« Jemma lehnte sich in ihrem Stuhl zurück, verschränkte die Arme vor der Brust und zog dann grübelnd die Augenbrauen zusammen. »Kommt es nur mir so vor, oder werden die drei Damen in der Küche von Tag zu Tag verrückter?«

»Danke fürs Holen.« Ich war froh, dass Jemma mir eine Begegnung mit Madame Mélisande und den anderen Küchenfrauen erspart hatte. Die drei waren definitiv seltsam, und sie machten mir sogar ein bisschen Angst, wenn auch nicht auf die Art, wie ich Angst vor Hades gehabt hatte. Es war mehr ein ungutes Gefühl, weil sie sich einfach so unglaublich komisch benahmen.

Mein Blick fiel auf das Bonbon. Im nächsten Moment überschlug sich mein Herz. Das Bonbon war einfach nur in durchsichtige Folie gewickelt, doch ich erkannte den Schriftzug sofort. Es fühlte sich an, als würde ich ein paar Wochen in der Zeit zurückkatapultiert. Ich sah Maéls lächelndes Gesicht vor mir, als er mir die Tüte mit den Colabonbons überreicht hatte. Der altmodische Schriftzug auf der Tüte hatte mir sofort gefallen. Und nun sah ich dieses auffällige Logo erneut vor mir. Viel kleiner zwar, aber es war unmöglich, dass ich mich täuschte. Es war die gleiche Marke, Geschmacksrichtung Cola und wieder eine durchsichtige Verpackung. Das alles war ein dummer, lächerlicher Zufall, ganz sicher. Und doch brachte er das Fass zum Überlaufen. Es war einfach zu viel. Meine Augen liefen über, bevor mein Verstand sie daran hindern konnte. Ich sprang so heftig auf, dass mein Stuhl fast nach hinten übergekippt wäre. Eine Hand auf den Mund gepresst stürzte ich davon. Ich hörte noch, wie Jemma ebenfalls aufsprang und Gigis überraschtes Rufen, doch ich wollte einfach nur noch weg. Mein Blick war verschwommen von den Tränen in meinen Augen, und ich fand den Weg zum Waschraum aus reiner Erinnerung. Es war mir egal, dass meine Mitschülerinnen vor dem Spiegel standen und sich die Lippen nachzogen. Dass sie ihre Hände wuschen und sich dabei unterhielten. Es war mir egal, dass alle meine Tränen sehen würden. Ich warf die Tür der letzten freien Toilettenkabine zu und sperrte ab.

»Alles okay?«, fragte eine mir unbekannte Stimme durch die Tür. Die anderen hörte ich tuscheln.

»Ja, alles gut«, brachte ich noch hervor, bevor ich den Ärmel meiner Strickjacke vor meinem Mund presste, damit mich niemand schluchzen hören würde. Meine Schultern bebten so heftig, dass ich Angst hatte, Evangéline könnte den Halt verlieren. Doch im nächsten Moment krabbelte sie schon aus dem Ausschnitt meines Langarmshirts hervor und trippelte meinen Arm über den flauschigen Stoff der Strickjacke hinunter. Sie stellte sich auf meine freie Hand, die ich locker in meinem Schoß abgelegt hatte und sah mit wippenden Fühlern zu mir auf. Es rührte mich, dass sie sich so sehr um mich sorgte, doch auch sie erinnerte mich an Maél. An all das, was wir zusammen erlebt hatten. An das, was wir geteilt hatten. Die Abenteuer, die Geheimnisse, seine Hoffnung, Agada retten zu können.

Ich streichelte vorsichtig ihr helles Fell, während immer noch Tränen über meine Wangen liefen. Was würde ich tun, wenn Maél auf dem Olymp gestorben war? Natürlich würde seine Götterseele in einem anderen Körper wiedergeboren werden, doch für mich wäre er verloren. Wir würden uns nie mehr wiedersehen. Einerseits erleichterte es mich zu wissen, dass er nicht wirklich sterben konnte. Andererseits war der Gedanke, ihn nie wieder zu sehen, so unerträglich, dass ich ihn nicht akzeptieren wollte. Ich weigerte mich zu glauben, dass das zwischen uns nun alles gewesen sein sollte. Dass uns das Schicksal tatsächlich nur so wenig Zeit zusammen gegönnt hatte.

Evangéline schlang einen ihrer langen Fühler um meinen Zeigefinger, weil ich gedankenverloren in meinem Streicheln innegehalten hatte. Nun sah es fast so aus, als würde sie meine Hand halten. Trotz meiner Tränen musste ich lächeln.

»Du kannst gut trösten«, wisperte ich. Evangéline wippte erfreut mit den Flügeln.

»Livia?«

Ich erkannte Jemmas Stimme sofort.

»Livia? Bist du hier?«

Ich barg Evangéline schützend in meinen Händen. »Hier drin«, rief ich durch die geschlossene Tür. »Aber ich brauche einen Moment.«

»Ausgerechnet hier?« Jemmas Stimme klang ungläubig. Was man ihr angesichts des Türenschlagens in den anderen Kabinen und des regen Treibens vor dem Waschbecken nicht verübeln konnte. Die Mädchentoiletten waren nicht unbedingt der ideale Ort, um zur Ruhe zu kommen. Schon gar nicht während der Mittagspause.

Ich hörte, wie Jemma sich gegen die Tür lehnte. »Jetzt komm da raus. Es wundert mich sowieso, dass du hier in dieser Wolke aus Deo und Parfüm noch nicht ohnmächtig zusammengebrochen bist.«

Um Jemma herum wurde ärgerlich gemurmelt.

»Jaja«, sagte sie, »ist ja schon gut. Es will nur einfach nicht jeder nach Zuckerwatte und Brausepulver riechen.«

Ich musste grinsen.

Jemma wartete den Moment ab, in dem wir in der Mädchentoilette tatsächlich allein waren. »Was war denn los?«, fragte sie durch die Tür. »Warum bist du plötzlich weggelaufen?«

»Ist die Luft rein?«

»Es ist niemand hier drinnen, aber das wird nicht lange so bleiben. Du weißt ja, dass Mittagspause ist und …«

Die Tür wurde schon wieder aufgestoßen.

»Sind etwa alle Kabinen besetzt?«, fragte eine Mädchenstimme.

»Nein, die sind alle frei«, antwortete Jemma. »Bis auf diese hier. Ein emotionaler Notfall.«

Das Mädchen sagte nichts mehr, aber ich nahm an, dass sie verständnisvoll nickte. Auf Mädchentoiletten wurde öfter geheult.

»Komm jetzt da raus.« Jemma klopfte leicht gegen meine Tür. »Wir können doch woanders reden.«

Neben mir wurde geräuschvoll in eine Toilettenschüssel gepinkelt, dazu erklangen Tippgeräusche.

Ich seufzte lautlos. Jemma hatte recht, ich sollte wirklich von hier verschwinden. Zum Glück konnte ich mit Evangéline auch wortlos kommunizieren. Ich deutete auf die Stelle, wo sie den größten Teil des Tages verbrachte. Evangéline wippte mit den Fühlern und trippelte meinen Arm hinauf. Dann bahnte sie sich ihren Weg unter meinem Shirt entlang bis zu ihrem Lieblingsplatz.

Ich stand auf und öffnete die Kabinentür. Jemma, die ein paar Schritte zurückweichen musste, damit ich ihr nicht die Tür vor den Kopf schlug, lächelte schief. »Dein Essen wird kalt.«

Ich musste schon wieder ungewollt grinsen. An Jemmas Seite konnte man einfach nicht lange deprimiert sein, egal wie hart man daran arbeitete.

Sie legte einen Arm um mich, und gemeinsam gingen wir zurück in die Mensa. Gigi hatte ihr Essen nicht weiter angerührt, und das wollte schon etwas bedeuten.

»Tut mir leid«, sagte ich, als wir alle wieder saßen. »Es ist das Bonbon.«

Die beiden sahen mich an, als spräche ich plötzlich chinesisch. Ich hingegen hatte schon wieder einen Frosch im Hals. »Es ist das Bonbon«, wiederholte ich. »Es ist genau die gleiche Firma und sogar die gleiche Sorte, die Maél mir mitgebracht hat. Ich würde sie überall wiedererkennen. Das war einfach etwas zu viel. Und ich wollte nicht hier vor allen Leuten losweinen.«

»Okay, das ist natürlich ein blöder Zufall«, sagte Jemma. »Aber es ist, was es ist: ein Zufall. So was wird dir vermutlich noch öfter passieren. Du darfst nicht gleich die Fassung verlieren, nur weil dich irgendetwas an Maél erinnert. Bestimmt wirst du immer wieder mal mit der gleichen Bahn fahren, mit der du auch mit ihm gefahren bist, an der gleichen Station aussteigen wie mit ihm oder jemanden sehen, der ähnliche Haare hat wie er. Das kann …«

»Ich weiß«, unterbrach ich sie. »Ich weiß, worauf du hinauswillst. Und ich will mich auch wirklich zusammenreißen. Aber das Ganze war erst gestern. Ich habe letzte Nacht kaum geschlafen, und mein ganzer Körper fühlt sich an, als würde er nur aus Pudding bestehen. Gleichzeitig bin ich so aufgekratzt und durcheinander, dass an Runterkommen nicht zu denken ist. Ich habe euch doch erzählt, wie er ausgesehen hat. Wie schwer verwundet er war. Ihr wisst, dass Hades als sein Vater die Macht besitzt, ihn zu töten. Ihn komplett zu töten. So richtig und für immer. Und selbst wenn er nur stirbt, also nur sein Körper stirbt, ist er doch für mich verloren, und …« Meine Stimme brach. »Wir brauchen einen Plan. Wir brauchen ganz dringend einen Plan.«

Gigi legte eine Hand auf meine. »Und den werden wir auch

machen. Das verspreche ich dir. Wir helfen dir, genauso wie die anderen, die auch alle ihre Hilfe zugesagt haben. Du bist nicht allein, Livia. Da sind noch Ödipus und Enko. Und Hermes, wenn er wieder auftaucht. Jetzt haben wir sogar Noah mit an Bord. Und Adonis und Aphrodite hatten doch auch ihre Hilfe zugesagt. Wir alle werden tun, was wir können, damit Maél bald wieder freikommt. Und ich glaube fest daran, dass er lebt. Wenn ihr wirklich diese Verbindung habt, dann wüsstest du, wenn er tot wäre.«

Ich nickte. Sie hatte recht. Im Grunde war ich mir sicher, dass ich es spüren würde, wenn er nicht mehr am Leben wäre.

Gigi ließ meine Hand langsam los. »Wir sollten vernünftig sein, alle etwas essen und dann den Rest des Unterrichts hinter uns bringen. Danach ist immer noch genug Zeit, zu entscheiden, wie wir weiter vorgehen. Vielleicht hat sich Hermes bis dahin auch mit Neuigkeiten gemeldet. Es passt so gar nicht zu ihm, dich einfach links liegen zu lassen. Dafür muss es einen guten Grund geben, und ich bin mir sicher, im Nachhinein werden wir verstehen, warum er so gehandelt hat. Vielleicht können wir uns auch mit Ödipus treffen oder mit Enko. Komisch, dass er dir noch gar nicht geschrieben hat, wo er doch der Erste war, der dir seine Hilfe angeboten hat.«

»Das hat er«, erwiderte ich leise. »Ich habe noch nicht geantwortet.«

Von rechts und links trafen mich vorwurfsvolle Blicke. »Du gehst mit ihm um wie Hermes mit dir. Nicht die feine Art«, stellte Jemma fest.

»Ich weiß. Und ich fühle mich auch echt nicht gut dabei.« Ich aß ein paar Gabeln von den Käsenudeln, aber sie schmeckten wie Stroh. Also legte ich das Besteck wieder zur Seite. »Lasst uns in die Bibliothek gehen und versuchen, etwas über den Olymp zu recherchieren. Vielleicht gibt es ja irgendeine mythologische Sage, in der erklärt wird, wie man dorthin gelangt.«

Jemma, die mittlerweile mit ihren Käsenudeln fertig war, nickte. Gigi klappte ihre Tupperdose zu. Zuerst überlegte ich, ob ich das Colabonbon einfach wegschmeißen sollte, doch dann schob ich es schnell in die Tasche meiner Jeans.

»Packen wir es an«, sagte ich. »Ab jetzt wird nicht mehr gejammert und geheult.«

Gigi schüttelte den Kopf. »Deine Stimmungswechsel sind echt hollywoodreif.«

»Oder du bist reif für die Irrenanstalt«, sagte Jemma und ging lachend in Deckung, als ich sie dafür mit Krümeln von Gigis Walnussbrot bewarf.

*

Unsere Suche blieb erfolglos. Niemand schien es je für nötig gehalten zu haben, den Zugang zum Olymp genauer zu beschreiben. Ich war ein klein wenig frustriert. Hinzu kam, dass wir noch einen großen Teil der Pause dafür nutzen mussten, meine restlichen Hausaufgaben für den Tag anzufertigen. Für Politik war sogar ein Aufsatz fällig, den ich mithilfe meiner beiden Freundinnen und ihrer Texte irgendwie zusammenbastelte. Als ich mich bei ihnen dafür bedankte, stiegen mir schon wieder Tränen in die Augen. Ich war so froh, dass ich die beiden hatte. Gigi weinte ein bisschen mit, während Jemma uns beide in ihre Arme zog. »Wir sind die verrückte Gang«, flüsterte sie. »Das wisst ihr doch.«

Sofort mussten wir an Noahs perplexes Gesicht denken, als Ödipus uns alle mit einem Schlag geoutet hatte: mich als

Nymphe, Enko als Halbgott, Evangéline als dreitausend Jahre altes Rieseninsekt und so weiter. Wir brachen in Lachen aus und kriegten uns nicht wieder ein, nicht mal, als man uns dafür aus der Bibliothek hinauskomplimentierte.

Während des restlichen Unterrichts versuchte ich immer wieder an diese lustige Situation zu denken, wenn die Traurigkeit mich zu überwältigen drohte. Und irgendwie gelang es mir, die drei Stunden hinter mich zu bringen.

Endlich strömten wir hinaus in die Freiheit, um zu besprechen, wie und wann wir uns treffen wollten. Doch als ich durch die große Doppeltür trat und mein Blick wie automatisch zur anderen Straßenseite glitt, blieb ich abrupt stehen. Das Déjàvu traf mich wie ein Faustschlag in die Magengrube. Genau an dieser Mauer hatte auch Maél gelehnt, als er mich von der Schule abgeholt hatte. Ich presste meine Lippen so stark aufeinander, dass ich fürchtete, im nächsten Moment Blut zu schmecken.

Meine Mitschüler erkannten Enko natürlich. Seine Band *Harpya* war auf dem besten Wege, eine der angesagtesten Rockbands in Paris zu werden. Einige Mädchen kicherten und zückten sogar ihre Handys. Ich versteckte mich halb hinter Jemma, um einen Moment durchzuatmen.

»Da ist Enko.« Gigi drehte sich zu mir um. Als sie mein Gesicht sah, verfinsterte sich ihre Miene. »Soll ich ihm sagen, dass du ihn nicht sehen willst?«

Ich schüttelte den Kopf. »Nein, er ist schließlich extra hergekommen. Er will helfen und mir vermutlich beweisen, dass er doch irgendwie ganz nett sein kann, ohne dass er mich ständig mit irgendwelchen kitschigen Komplimenten einseift.«

»Selbsterkenntnis ist der erste Weg zur Besserung«, brummte Jemma halb vor mir. »Bedenkt man allerdings, dass er ein Halbgott mit unsterblicher Seele ist, dann kommt die Erkenntnis doch relativ spät.«

Gigi zuckte die Schultern. »Er ist ein Mann«, sagte sie, als würde das alles erklären.

Meine Mundwinkel zuckten ungewollt. Was würde ich nur ohne diese beiden und ihre Sprüche machen?

»Einspruch stattgegeben«, sagte Jemma und nickte Gigi anerkennend zu.

Enko spazierte mittlerweile über die Straße und badete in den bewundernden Blicken der Menge. Kaum hatte er den Gehweg auf unserer Seite erreicht, da stürzten bereits die ersten weiblichen Fans auf ihn zu. Ich wich noch weiter hinter Jemma zurück.

»Willst du ihm nicht wenigstens die Freude machen und dich zu seinen Fans gesellen?« Jemma drehte sich halb zu mir und grinste mich an.

Ich stöhnte. »Geben wir ihm noch eine Minute.«

Gigi hakte sich bei mir unter und lehnte ihren Kopf an meine Schulter. »Die kürzeren Haare stehen ihm wirklich gut.«

Ich gab ihr recht, aber im Grunde war ich mir sicher, dass Enko mit sich anstellen konnte, was er wollte, er würde immer so eine Erscheinung bleiben.

Die Traube von Mädchen um ihn herum wurde immer größer. Jemma drehte sich mit kritischem Blick erneut zu uns um. »Soll ich ein paar Campingstühle und etwas Popcorn organisieren, während wir warten?«

Ich musste lachen. »Geht ihr beiden ruhig. Ich warte ab, bis sich die Aufregung gelegt hat, und dann werde ich mich mit ihm unterhalten. Er wird vermutlich sauer sein, dass ich ihm bis jetzt nicht geantwortet habe. Die Standpauke kann ich mir genauso gut allein abholen.«

Jemma zog die Augenbrauen zusammen. »Soll ich nicht doch lieber hierbleiben?«

Ich winkte ab. »Nein, ich weiß ja, dass du gleich mit Noah verabredet bist. Versuch, noch ein wenig mehr Schadensbegrenzung zu betreiben. Er wird vermutlich immer noch ziemlich fertig sein. Es ist besser, wenn du dich um ihn kümmerst. Wir können nicht riskieren, dass noch jemand den Verstand verliert. Ödipus reicht mir.«

Gigi neben mir kicherte und kniff mir freundschaftlich in den Arm. »Ödipus' Auftritt war wirklich filmreif. Ich hätte nie gedacht, dass man unsere mythologische Gang auf so wenige heftige Worte reduzieren kann. In dem Moment habe ich mich selbst gefragt, wie ich das alles eigentlich als ganz normal hinnehmen kann, ohne an meinem Verstand zu zweifeln.«

Ich sah zu ihr. »Du bist halt hart im Nehmen.«

Sie lächelte breit. »Danke schön. Versprich mir, dass du dich nicht von Enko ärgern lässt.«

»Ich komm schon klar.«

Gigi sah auf ihr Handy. »Okay, wenn wir jetzt losgehen, bekommen wir noch die nächste Metro.« Sie sah zu Jemma. »Sollen wir?«

Jemma warf mir einen letzten prüfenden Blick zu. »Wenn du uns brauchst, dann sagst du aber Bescheid, ja?«

Ich nickte. »Ihr habt mir schon so viel geholfen und beigestanden. Dafür bin ich euch unendlich dankbar. Ich melde mich, wenn es Neuigkeiten gibt.«

Wir umarmten uns, dann gingen sie beide die Treppen hinunter. Ich wich zurück in Richtung des Treppengeländers, vor dem sich einige Schüler in Grüppchen unterhielten. Da ich ohnehin nicht die allergrößte war, konnte ich ganz gut dahinter in Deckung gehen und abwarten, bis Enko mit allen seinen

Fans Fotos gemacht hatte. Ich wollte nicht, dass er vor der gesamten Schule zu mir kam. Meine Position hier war ohnehin schon schwierig, und ich hatte keine Lust, mir den Neid irgendwelcher Mädchen zuzuziehen für etwas, das sowieso nicht so war, wie es auf den ersten Blick aussah. Ich hatte kein Interesse an Enko, schon gar nicht in amouröser Hinsicht. Also blieb ich in Deckung, bis sich die Traube von Fans verstreut hatte.

Als Enko sich suchend umsah und sein Handy zückte, verließ ich mein Versteck und ging die Treppe hinab auf ihn zu. Ich musste mich immer noch an den Anblick seiner deutlich kürzeren Haare gewöhnen. Mit dem langen Blondhaar hatte er ausgesehen wie ein ätherisches Wesen, das sich nur hin und wieder auf den Planeten Erde verirrte. Mit den kinnlangen Haaren dagegen war er plötzlich der gut aussehende Student, der nebenbei auch modeln könnte. Er hatte etwas von seiner Wildheit eingebüßt, aber durch die kürzeren Haare sah man sein Gesicht besser. Und dieser Umstand offenbarte, dass er eigentlich noch hübscher war als unter den langen Haaren bisher verborgen.

»Warum antwortest du nicht?«, fragte er zur Begrüßung. Er wirkte aufgebracht und erschöpft, seine Stimme klang rau wie Schmirgelpapier. Die Ränder unter seinen Augen ließen vermuten, dass er seit dem Vorfall in den Katakomben nicht geschlafen hatte.

»Hallo.« Ich hatte weder Kraft noch Lust, mich mit ihm zu streiten, aber ich wusste sehr gut, wie es sich anfühlte, ignoriert zu werden. Es schien Hermes' Paradedisziplin zu sein, und es raubte mir den letzten Nerv. »Es tut mir leid. Es war einfach alles zu viel.«

Sofort wurde Enkos Miene weicher. »Ich wollte dich nicht

so anfahren. Sorry.« Er sah auf seine Schuhspitzen und fuhr sich durch die Haare. Die kürzeren Strähnen schienen sich für ihn immer noch ungewohnt anzufühlen.

»Ich hätte dir einfach eine kurze Nachricht schicken sollen.«

Enko hob das Kinn, und als sich unsere Blicke trafen, sah ich das Feuer in seinen Augen. Jene Feuer, von denen Maél mir erzählt hatte. Sie hatten das Blau seiner Augen fast verdrängt. Enko biss die Kiefer so fest zusammen, dass sie knackten. »Als du nicht geantwortet hast, dachte ich, er hätte dich doch noch geholt. Hätte dir aufgelauert, dich verfolgt. Normalerweise gibt er nicht klein bei. Niemals.«

Ich wusste sofort, von wem er sprach. Von Hades, seinem Vater und dem Herrscher der Unterwelt. Unten in den Katakomben hatte ich ihm die Stirn geboten und mich ihm nicht gebeugt. Und ich hatte seine Ehefrau erzürnt, als ich in seinem Reich zu Gast gewesen war. Den Posten als Lieblingsschwiegertochter konnte ich wohl vergessen.

»Das tut mir leid, ich wollte dir nicht zusätzliche Sorgen machen. Ich war einfach zu Hause in meinem Zimmer und habe versucht, Hermes zu erreichen. Es ist nichts Ungewöhnliches passiert.«

Enko atmete hörbar auf. Die Feuer in seinen Augen verschwanden wie die erstickte Flamme einer Kerze. »Wir müssen uns vorsehen.«

Ich nickte und fragte mich, wie ich jemals wieder schlafen sollte, mit der Gewissheit, dass sogar Enko sich Sorgen machte, dass sein Vater auf Rache an mir sinnen würde. Das Wochenende stand vor der Tür, und ich hatte mir vorgenommen, die meiste Zeit zu Hause zu verbringen. Meine Eltern hatten wieder irgendwelche gesellschaftlichen Verpflichtungen, und ich war heilfroh darüber. Die Vorstellung, ihnen meine verheulten Augen zu erklären, behagte mir nämlich ganz und gar nicht.

»Ich erreiche Hermes nicht«, stieß ich hervor. »Er reagiert einfach nicht, und ich habe keine Ahnung, wie es Maél geht. Das macht mich wahnsinnig. Kannst du versuchen, irgendjemanden zu erreichen, der uns Auskunft geben kann?«

Enko wirkte plötzlich unbehaglich. »Livia …«

Mein Magen krampfte sich schmerzhaft zusammen. »Du wolltest mir doch helfen. Warum bist du hier?«

»Ja, ich will helfen.«

Er sah verletzt aus, und sofort taten mir meine scharfen Worte leid. So kannte ich mich gar nicht. Und so wollte ich auch nicht sein. Ich wollte freundlich sein. Respektvoll mit meinen Mitmenschen umgehen. Sie nicht ankeifen und ihnen Vorwürfe machen, wenn sie mich von der Schule abholten, um nachzusehen, ob es mir gut ging, weil ich nicht auf Nachrichten antwortete.

»Tut mir leid«, sagte ich leise und berührte kurz seinen Arm. »Ich stehe total neben mir. Bitte nimm mir das nicht übel.« Ich holte tief Luft und zwang mich dazu, meine Stimme ruhig klingen zu lassen. »Ich freue mich, dass du mir helfen willst. Hast du schon einen Plan?«

»Auch ich habe versucht, Hermes zu erreichen. Maél hat mir irgendwann mal die Nummer für Notfälle gegeben. Entweder hat Hermes das Handy verloren, oder man hat es ihm auf dem Olymp abgenommen und er steckt in Schwierigkeiten, oder er ignoriert uns, weil er Wichtigeres zu tun hat.«

»Wichtigeres als Maél?«

»Nein«, erwiderte Enko nüchtern. »Wichtiger als irgendwelche Statisten, die in dem Prozess um Maél keine Rolle spielen.«

Ich presste schockiert eine Hand vor den Mund, um nicht zu schluchzen. Das glaubte er von Hermes? Von dem lustigen, leicht überdrehten Götterboten, der immer so freundlich zu mir gewesen war? Hermes hielt uns für Statisten? Für zu unwichtig, um uns wenigstens eine kleine Nachricht zukommen zu lassen? Es tat zu weh, um es zu glauben.

»Es ist das Protokoll«, erklärte Enko. »Du hast ihn ja in den Katakomben erlebt. Du weißt, dass er das Protokoll über alles stellt. Und er hat recht. Das Protokoll sind die Regeln, die unsere Gesellschaft zusammenhalten. Sie sind streng, und sie wirken vielleicht im ersten Moment antiquiert, aber sie sorgen dafür, dass die Götter einigermaßen friedlich zusammenleben. Dass der Frieden, der schon so oft bedroht wurde, irgendwie aufrechterhalten wird. Gesetzesbrecher werden hart bestraft, härter, als du es dir vorstellen kannst. Für uns zählt unser menschliches Leben nicht. Es sind bloß die Jahre zwischen dem Anfang und dem Ende. Es wiederholt sich immer wieder. Unser menschlicher Körper ist bloß das Werkzeug. Unsere Seele, das viele tausend Jahre alte Erbe, das in uns schlummert, ist das, was durch das Protokoll bestraft wird, wenn wir Gesetze brechen. Sie werden Maél nicht töten. Der Prozess wird auch nicht abgebrochen, wenn er an seinen Verletzungen stirbt. Sie werden seine Seele bestrafen. Sie werden sie gefangenhalten, bis er seine Strafe abgesessen hat.«

Mir kamen schon wieder fast die Tränen. Es konnte doch nicht sein, dass ich tatsächlich so machtlos war. Dass dieses dämliche Protokoll über allem stand und sogar über mein Schicksal entschied, obwohl ich gar keine Göttin oder Halbgöttin war.

Enko kniff die Augen zu Schlitzen zusammen und betrachtete mich eingehend. »Hast du ein neues Parfüm oder so?«

Was war das denn für ein Themawechsel? »Äh … nein. Wieso?«

»Keine Ahnung, für einen Moment hatte ich das Gefühl …«

»Enko, wie schön, dass wir uns mal wiedersehen.«

Die Stimme neben mir ließ mich zusammenzucken. Meine Schultern sanken nach unten, als ich erkannte, wer da neben mir stand. Meine »Lieblingsmitschülerin« Carly. Na super.

Enko sah sie an, als überlegte er, ob er sie kennen müsste.

Carly bleckte die Zähne zu einem furchteinflößend strahlenden Lächeln. Sie wiegte sich leicht hin und her, ihre optischen Vorzüge wackelten im Takt. »Ich war auf eurem Konzert in den Katakomben. Wir haben uns danach kennengelernt. Ich bin eine Freundin von Livia.«

Ich hätte mich fast verschluckt. Freundinnen? Carly und ich? Das war nun wirklich *leicht* übertrieben.

Enko nickte und schenkte Carly sein Rockstar-Lächeln.

»Ach so. Hi«, sagte er, und seine Stimme klang eine Oktave tiefer. »Freut mich.«

Carlys Lächeln wurde noch breiter, obwohl das kaum möglich schien. Ihre unnatürlich gebleichten Zähne schimmerten bläulich im spärlichen Licht dieses Nachmittags. »Und? Was führt dich her?«

Enko und ich warfen uns einen Blick zu. Es war offensichtlich, dass wir uns miteinander unterhalten wollten. Offensichtlich für jeden außer Carly.

Enko räusperte sich. »Nun, ich wollte Livia abholen und …«

Carly lachte künstlich auf. »Es geht mal wieder um Livia. Natürlich. Was hat sie bloß an sich?« Sie drehte sich kurz zu mir, bevor sie mit einbetoniertem Lächeln zu Enko sah.

»Hatte der wilde Cataphile Maél Anjou heute keine Zeit, und du bist seine Vertretung?«

Mir klappte fast die Kinnlade auf die Brust. Was mischte Carly sich in mein Privatleben ein? Mal abgesehen davon, dass es absolut meine Sache war, mit wem ich mich traf – welches Recht hatte sie, Enko zu erzählen, wer mich von der Schule abholte?

Enko schien ungefähr genauso irritiert wie ich. »So sieht's aus«, sagte er so tonlos, wie ich es nie für möglich gehalten hätte. »Was genau geht dich das an?«

Carly wurde blass unter ihrer aufwendigen Schminke. »Oh, es ist nur so, dass …«

Enko verdrehte genervt die Augen. »Kann ich dir irgendwie helfen, Kelly? Möchtest du ein Autogramm?«

»Carly, nicht Kelly.« Carly stand da wie ein begossener Pudel. Offensichtlich hatte sie mit etwas mehr Drama gerechnet, wenn sie Enko eröffnete, dass ich vermutlich mit Maél ging. Sie bemühte sich sichtlich um Fassung, denn sie schüttelte sich leicht wie ein Hund, der in einen Regenschauer geraten war. »Nein, kein Bedarf.« Sie knipste ihr Lächeln wieder an. »Und ein Autogramm habe ich schon, danke.« Sie deutete zwischen uns beiden hin und her. »Und ihr zwei kennt euch also auch … näher?«

Enko und ich wechselten erneut einen Blick und er verschränkte die Arme vor der Brust. »Ja, wir kennen uns näher.«

Ich sah fragend zu ihm. Hoffentlich verstand Carly unter »sich näher kennen« nicht, dass man miteinander ging.

Carly zog kritisch die Augenbrauen hoch, so als könnte sie nicht wirklich glauben, was Enko gerade gesagt hatte. Sie warf einen prüfenden Blick auf mich, wie um sicherzugehen, dass es sich wirklich um mich handelte.

»Aha«, sagte sie schließlich, und es klang ziemlich vage.

»Wir wollten dann auch los.« Enko lächelte knapp. »Man sieht sich, Kelly.« Es klang nicht flirty, sondern nur wie eine höfliche Floskel.

»Carly, nicht Kelly.«

Ich schenkte ihr nur einen kurzen Blick, als wir uns von ihr abwandten.

»Bis morgen in der Schule, Livia!«, rief Carly mir hinterher. »Und grüß doch bitte deinen Freund Maél von mir!«

Enko schnaubte, während wir sie stehen ließen. Genau wie sein Halbbruder schien er es nicht ertragen zu können, wenn man ihn provozierte. Er legte im Gehen einen Arm um meine Schulter und drehte sich ein letztes Mal zu Carly um. »Wir richten deine Grüße aus, Kelly!«

Meine Schultern bebten vor lautlosem Lachen. »Du machst das absichtlich, oder?«

»Dich in den Arm nehmen?« Er grinste auf mich hinunter. »Aber so was von.«

»Carly ›Kelly‹ nennen.« Kaum, dass wir um die nächste Ecke gebogen waren, schob ich seinen Arm von meiner Schulter.

»Das auch«, sagte Enko. »Lass mich raten. Ihr zwei könnt euch richtig gut leiden?«

Ich schnaubte. »Bei Carly und mir war es eindeutig Liebe auf den ersten Blick. Sie hätte mich damals fast mit Evangéline enttarnt. Ich habe mich mit Mühe und Not aus der Affäre ziehen können, aber glaub mir, mit ziemlicher Sicherheit weiß sie, dass irgendetwas mit mir nicht stimmt.«

Enko zuckte die Schultern. »Auch ein schlechter Ruf verpflichtet.«

Ich sah nur vielsagend zu ihm hoch, als wir weitergingen.

Eigentlich wollte ich auch gar nicht über Carly reden. Geärgert hatte ich mich über sie schließlich schon genug. Ich wollte gerade auf unser Thema von vorhin zurückkommen, da tippte Enko auf mein Schlüsselbein.

»Behältst du Evangéline jetzt bei dir?«

Ich nickte. »Kannst du sie unter dem Shirt sehen? Ist das so auffällig?« Ich zog meine Strickjacke enger um mich, damit es nicht nur der dünne Stoff des Langarmshirts war, der sie verbarg. Der Gedanke, dass mich womöglich noch jemand anderes darauf ansprechen könnte, gefiel mir ganz und gar nicht.

Enko schüttelte den Kopf. »Nein. Ich kann sie irgendwie spüren. Vermutlich, weil sie auch irgendeine Art mythologisches Wesen ist.« Er verschränkte die Arme vor der Brust. »Weißt du mehr über das Verschwinden des Händlers?«

Ich erzählte ihm, was ich darüber wusste und auch alles über die anderen verschwundenen Halbgötter, von denen Hermes berichtet hatte.

Enko warf mir einen Seitenblick zu. »Davon hatte ich noch gar nichts gehört. Das klingt ja echt beunruhigend. Hat man denn gar keine Idee, wohin sie verschwunden sein könnten?«

Ich schüttelte den Kopf. »Nicht, dass ich wüsste.«

»Und man hat keine Leichen oder Überreste gefunden?«

Ich sah ihn erstaunt an. »Mal abgesehen davon, dass das ziemlich eklig klingt, wieso Überreste oder Leichen?« Ich senkte meine Stimme, als wir ein Grüppchen Schüler passierten. »Ihr seid doch eigentlich gar nicht zu töten. Und selbst wenn ihr als Halbgötter sterbt, hat Maél mir gesagt, löst ihr euch irgendwie in Luft auf, damit man keine Leichen findet.«

Enko entknotete seine langen Arme. »Das stimmt schon. Wenn Halbgötter sterben, beziehungsweise wenn unsere Körper sterben, lösen wir uns auf. Aber wir sind durchaus nicht unkaputtbar.«

Ich erinnerte mich an das, was Maél erzählt hatte. »Richtig. Eure Eltern können euch töten.«

Enko nickte vielsagend. »Außerdem sind die Kräfte der Götter viel größer als die der Halbgötter. Will zum Beispiel einer der dunklen Götter einer Tochter der Mondgöttin etwas Böses, so kann er sie entführen und in seinem Reich bannen. Und wenn Selene, die Mondgöttin, nie erfährt, wo genau ihre Tochter sich befindet, kann sie ihr nicht helfen. Und nicht nur unsere Eltern können uns Halbgöttern endgültig den Garaus machen. Auch die, die in der Hierarchie darüberstehen.«

Ich sah ihn an wie ein Auto. »In der Hierarchie?«

»Es gibt verschiedene Hierarchien im Reich der griechischen Götter. Selbst Götter sind Kinder von anderen Göttern. Von Göttern, die noch älter sind als die olympischen Götter, also Zeus, Hades, Poseidon, Hephaistos, Aphrodite, Hermes und so weiter. Das olympische Geschlecht, dem folglich auch ich entstamme, ist eines der jüngeren Geschlechter der griechischen Mythologie. Es besteht ja nur aus den zwölf Göttern, die gleichzeitig die bekanntesten Götter der griechischen Mythologie sind. Aber selbst unser großer Anführer Zeus hat einen Vater und eine Mutter. Diese Eltern von Zeus können ihn und seinen gesamten Nachwuchs töten, weil sie seine Vorfahren sind. Sie stehen in der Erbfolge, in unserer Hierarchie über ihm.«

Das hatte ich noch nicht gewusst. Ich nahm mir vor, mehr darüber nachzulesen. »Es könnte also sein, dass es gar nicht um irgendeine Art Fehde zwischen den olympischen Göttern geht? Sondern dass hier jemand mitmischt, der vielleicht sogar viel älter ist?«

Enko nickte. »Sollten wir Leichen von Göttern finden, wäre das auf jeden Fall ein Hinweis.«

»Also zerfallen Götter anders als Halbgötter nicht zu Staub? Wenn sie getötet werden, könnten sie also theoretisch begraben werden?«

»Richtig. Götter besitzen nur einen Körper. Sie werden nicht wiedergeboren wie die Halbgötter. Götter behalten also ihr ursprüngliches Aussehen, und wenn sie getötet werden, stirbt alles von ihnen – ihr Körper, ihr Geist, ihre Seele. Solange sie nur verschwunden bleiben, kann es sein, dass sich nur wieder eine Revolution anbahnt.«

Genau das Gleiche hatte Maél auch zu mir gesagt. »Wo sind diese alten Götter? Die, die mächtiger sind als Zeus?«

»Sie sind Einzelgänger und schließen sich unserer Gemeinschaft nicht an. Sie sind niemals so verehrt worden wie die olympischen Götter, und deshalb meiden sie uns. Es sind grausame, egoistische Wesen, die sich selbst genug sind – verbittert, gelangweilt, böse. Es ist gut, dass sie sich nicht zeigen.« Enkos Blick war düster. »Gut für uns und gut für die Menschheit.«

Das klang ziemlich gruselig. Schnell strich ich über die Stelle, wo Evangéline es sich gemütlich gemacht hatte. »Evangéline ist älter als ihr alle. Heißt das, sie kann euch alle töten?«

Enko kicherte dunkel. »Vermutlich. Hoffen wir mal, dass sie nie in den Kampfmodus schaltet.«

Ich lächelte ihn an. Enko lächelte zurück, und er hielt meinen Blick. Seine Miene wurde weich. »Du bist echt tapfer«, sagte er leise.

Ich sah auf meine Schuhe, um diesem Blick auszuweichen. Zu viele Gefühle schwangen darin mit.

»Dass du überhaupt zur Schule gegangen bist. Das ist schon echt tough.«

Ich hob den Kopf. »Das habe ich nur gemacht, damit ich nicht völlig durchdrehe.«

»Du hättest mir schreiben können.« Seine Stimme klang so eindringlich, dass ich mich schon wieder schämte, ihn so ignoriert zu haben. »Ich habe mir Sorgen gemacht.«

Noch mehr Schuldgefühle krochen in mir hoch. Ich sah in sein gut geschnittenes Gesicht mit diesen Augen, die mich so ernsthaft ansahen. Da war nichts von dem ewig flirtenden Rockstar, der genau wusste, wie gut er aussah, und das auch bestens einzusetzen wusste. Enkos Augen schienen nun älter und ausdrucksvoller als je zuvor. Ihr Blau war hell, aber nicht fahl. Es war ein leuchtender Ton, fast ein wenig zu türkis, um es einfach nur blau zu nennen.

»Es tut mir leid. Hilfst du mir trotzdem, Enko?«

Er nickte einfach nur.

»Es tut mir wirklich leid«, sagte ich erneut. »Ich hätte dir antworten sollen.«

Enko presste die Lippen aufeinander. »Schon okay. Jetzt weiß ich ja, dass es dir gut geht.« Er sah sich kurz um. »Hast du Lust auf einen Kaffee? Sollen wir uns irgendwo hinsetzen und das weitere Vorgehen besprechen?«

Natürlich wollte ich mit Enko darüber sprechen, wie wir Maél befreien konnten. Andererseits hatte ich nach wie vor Bedenken, wenn ich mit ihm alleine war. Irgendwie schaffte er es, alles, was wir machten, wie ein Date aussehen zu lassen. Er holte mich von der Schule ab, und er sah mir viel zu tief in die Augen. Nicht gut. Andererseits schien er sich wirklich Sorgen um mich zu machen. Ich wusste, ich sollte das zu schätzen wissen und mich darüber freuen, dass er, wie er sagte, mein

Freund sein wollte. Ich brauchte Verbündete, die sich in der mythologischen Welt besser auskannten als ich. Doch ich wurde das Gefühl nicht los, dass da von seiner Seite aus irgendwie mehr war. Und dass es mich irgendwann wie eine Welle überrollen würde, wenn er seine Emotionen mal nicht so gut im Griff hätte wie jetzt gerade.

Er bemerkte mein Zögern. »Keinen Kaffee? Oder nur nicht mit mir?«

Und da war es wieder. Das gefährlich glatte Parkett aus Emotionen, auf das ich mich eigentlich nicht hatte wagen wollen. »Enko …«, setzte ich an, doch er unterbrach mich sofort.

»Wir können das auch ohne den Kaffee klären. Wir müssen uns nicht mal hinsetzen. Wir können das auch hier direkt besprechen.«

Er war verletzt, und es war nicht zu überhören. Das hier würde ein wirklich sehr glattes Parkett werden. Doch ich brauchte ihn. Ihn, sein Wissen, seine Kräfte und die Verbindung zu anderen olympischen Göttern.

»Ich bin ein wenig müde.« Ich schämte mich, dass ich diesen Grund vorschob, um ihm auszuweichen. Vielleicht sah ich ja auch Gespenster. Vielleicht war es nur seine geschwisterliche Liebe zu Maél, die ihn so aufgewühlt hatte. Vielleicht ging es gar nicht um mich. Vielleicht war Enko einfach nur wild entschlossen, sich seinem Vater entgegenzustellen und für seinen Bruder zu kämpfen. Vielleicht war ich einfach nur total arrogant geworden und hatte es nicht bemerkt. Kurz entschlossen schüttelte ich den Kopf. »Komm, wir setzen uns irgendwo hin und besprechen alles in Ruhe. Ich glaube, ich könnte einen Kaffee vertragen.«

Enko lächelte mich so liebevoll an, dass mir ganz warm ums Herz wurde.

»Das ist schön. Lass uns besprechen, wie wir Maél da rausholen.« Er lief los, dieses Mal ohne jeglichen Versuch, mich irgendwie zu berühren, und ich war erleichtert.

Offenbar war ich emotional so durcheinander, dass ich tatsächlich annahm, Enko würde versuchen, mich in Maéls Abwesenheit anzugraben. In Wahrheit aber ging es hier einfach nur um Maél. Ich bemühte mich, aufzuholen. Einen starken Kaffee konnte ich jetzt wirklich gut vertragen!

*

Genau zwischen Schule und Metrostation lag eine ganze Reihe gemütlicher kleiner Cafés. Enko führte mich in einen winzigen Laden, dessen dunkle Einrichtung mit schwarz-weißem Kachelboden nostalgisch und gemütlich wirkte.

Wir bestellten beide den stärksten schwarzen Kaffee auf der Karte und lachten darüber, dass wir offensichtlich den gleichen Geschmack hatten.

Kurz darauf saßen wir beide schweigend vor unseren Tassen. Wir nahmen abwechselnd winzige Schlucke von dem dampfenden Inhalt und sahen uns immer wieder verstohlen an.

Enko war selbst im Sitzen riesengroß. Neben ihm kam ich mir noch kleiner vor als neben Maél. Ich hatte keine Ahnung, wie Enko seine zwei Meter langen Beine unter diesem winzigen Tisch gefaltet hatte, sodass die anderen Besucher, die sich dicht an unserem Tisch vorbeidrängten, nicht alle naselang darüber stolperten. Natürlich widerstand ich dem Drang, nachzusehen. Stattdessen suchte ich krampfhaft nach einem Einstieg in ein Gespräch.

»Hast du keine Angst, deinen Vater zu verärgern?«

Enko riss sich von dem Anblick seiner offenbar völlig faszinierenden Kaffeetasse los. »Natürlich habe ich Angst vor ihm. Du hast ihn ja erlebt. Aber ich bin nur zur Hälfte sein Sohn. Ich bin nicht komplett wie er. Und das bedeutet auch, dass ich innerlich nicht aus Metall bin. Die Strenge, mit der er sein Reich regiert, ist wohl nötig, damit nicht die ganze Unterwelt ins Chaos verfällt. Ich finde es aber falsch, diese Härte auch seiner Familie gegenüber an den Tag zu legen. Andererseits ist es bei Vater ganz oft so, dass er schrecklich hart tut, und in Wirklichkeit bemüht er sich doch irgendwie, dass alles in Ordnung kommt. Er hat uns allen verboten, uns an den Olymp zu wenden, um wegen Maél nachzuforschen. Aber ich bin mir ziemlich sicher, dass er selbst nicht untätig ist. Ich glaube nicht, dass er einen seiner Söhne, den er schon so viele Jahrtausende lang um sich hat, einfach so aufgibt. Na ja ...«, sagte er mit einem traurigen Lächeln, »ich hoffe es zumindest. So würde ich es auf jeden Fall machen.«

»Was droht dir, wenn er dir auf die Schliche kommt?«

Enko hatte gerade einen Schluck Kaffee nehmen wollen, stellte seine Tasse aber wieder zurück und sah mich ernst an. »Livia, du hast schon genug mitgemacht. Darüber werde ich mit dir nicht reden.« Damit schien das Gespräch für ihn beendet. Seine Miene war so verschlossen, dass ich mich nicht traute, nachzufragen. Enko rührte in seinem Kaffee, obwohl er weder Milch noch Zucker hinzugefügt hatte. »Lass uns darüber reden, wie wir Maél helfen können.«

»Gute Idee«, sagte ich schnell. »Ich muss mit dem Olymp Kontakt aufnehmen. Ich muss irgendwie mit Zeus sprechen. Er ist der oberste Richter. Wenn ich ihm klarmachen kann, dass Maél unschuldig ist, dann wird er ihn sicherlich freilassen. Schließlich wollte Maél nur Agada und die Welt retten.«

Enko lachte leise. »Ich weiß nicht, wie du dir das vorstellst.

Es gibt nicht einfach irgendwo eine Tür, durch die du hindurchspazierst direkt in den Olymp hinein und am besten direkt weiter bis in Zeus' Büro. Du musst ihn dir vorstellen wie einen hochrangigen Spitzenpolitiker. Er ist abgeschirmt. Er hat jede Menge Leute, die vor ihm stehen und dafür sorgen, dass er mit nichts belangt wird. Hinzu kommen die Gerüchte, dass er sich in den letzten paar Hundert Jahren nicht mehr wirklich um seine Geschäfte gekümmert hat. Dass er über Berater verfügt, die alles regeln, allen voran Hermes. Die Idee, direkt mit Zeus zu sprechen, ist sicherlich mutig und engagiert, aber sie wird kaum umsetzbar sein. Außerdem wäre ich vorsichtig. Zeus ist launisch, und er kann dich mit einem Blinzeln zu Staub zerfallen lassen.«

Schon wieder wallte Verzweiflung in mir auf. »Aber es muss doch irgendeinen Weg gegeben, dem Olymp mitzuteilen, dass Zeus sich um diesen Fall kümmern muss, weil dort jemand unschuldig in Haft ist.«

Enko schien nachzudenken. »Wie gut kennst du Hermes?«

»Na ja … Ich kenne ihn über Maél.«

»Weißt du, wo er wohnt?«

»Ja.« Ich erzählte Enko, wo das Loft von Hermes lag.

»Sehr gut. Wir brechen dort ein und suchen nach einer Standleitung.«

»Einer was?«

»Hermes ist der Götterbote, der Vermittler, unser großer Diplomat. Er besitzt garantiert eine Standleitung zum Olymp. Es ist vermutlich der einzige Weg, Zeus zu erreichen, ohne direkt vom Blitz getroffen zu werden.« Enko wackelte mit den Augenbrauen. »Immerhin rechnet er mit einem Anruf von Hermes. Und dann reden wir einfach sofort drauflos.«

Mir war nicht wohl bei der Idee. Einbrechen, die Standleitung benutzen – und dann vermutlich zu Staub zerfallen … Ich setzte mich auf meinem Stuhl zurecht.

»Meine Freundinnen und ich vermuten, dass Hermes in Schwierigkeiten steckt, weil er nicht antwortet. Meinst du nicht, wir bereiten ihm vielleicht noch größere Probleme, wenn wir in seine Wohnung einbrechen und über seine persönlichen Telefone versuchen, den Olymp zu erreichen? Ich glaube, ich hätte irgendwie das Gefühl, ihm in den Rücken zu fallen. Natürlich bin ich ein bisschen sauer auf ihn, weil er mich so hängen lässt, aber es kann genauso gut sein, dass er wirklich in Schwierigkeiten steckt.« Ich erzählte ihm von unseren Vermutungen. »Ich glaube, ich bin einfach dagegen, in die Wohnungen von anderen einzubrechen, um ihre persönlichen Telefone zu benutzen. Natürlich will ich ihm helfen, aber irgendwie hab ich das Gefühl, dass auch Hermes in Schwierigkeiten steckt. Gibt es vielleicht noch irgendeine andere halbwegs sichere Möglichkeit, den Olymp zu erreichen? Ohne dass womöglich noch mehr Menschen, die mir nahestehen, Probleme mit Zeus und seinen Leuten bekommen?«

Enko stützte das Kinn auf seinen Händen ab und verzog nachdenklich das Gesicht. »Da muss ich noch mal überlegen. Theoretisch gibt es da noch diese Möglichkeit mit den antiken Münzen.«

»Ach, das kenne ich«, fiel ich ihm ins Wort. »So haben wir das Orakel befragt. Sollen wir das Orakel auch jetzt wieder befragen?«

Enko schüttelte den Kopf. »Nein, das Orakel wird uns vermutlich nicht helfen. Aber diese antiken Münzen kann man auch noch für andere Dinge benutzen. Wenn wir Glück haben, funktioniert es mit einem öffentlichen Fernsprecher. Wusstest du, dass Zeus damals dafür gesorgt hat, dass sie fast überall auf der Welt abmontiert wurden? Weil er keine Lust mehr hatte, dass ihn ständig irgendwelche Götter anriefen?«

Ich schüttelte den Kopf. »Wieso will er nicht erreichbar sein? Er ist doch euer Chef. Er muss erreichbar sein.«

Enko sah gedankenverloren an mir vorbei. »Na ja, soweit ich weiß, macht er wohl gerade eine schwierige Phase durch. Keine Ahnung. Burn-out vielleicht? Jedenfalls hatte er keine Lust mehr, ständig von allen vollgequatscht zu werden, und hat das alles auf Hermes abgewälzt. Ich meine, Hermes hat früher auch schon immer viel gemacht, aber so viel, wie er in der heutigen Zeit zu tun hat, war es früher nicht. Hermes kann halt nicht Nein sagen, das weißt du ja schon. Er ist wirklich superhilfsbereit und nimmt jede Aufgabe an, die man ihm überträgt. Also, theoretisch brauchen wir nur noch eine antike Münze und sollten dann zusehen, ob wir irgendwo einen öffentlichen Fernsprecher auftreiben können. Vielleicht gibt es da im Internet irgendeine Seite, wo sie als besondere Sehenswürdigkeiten markiert sind oder irgendwie sowas.«

»Und wie kommen wir an diese antike Münze?« Ich war mir nicht sicher, ob ich noch mal die Nerven hätte, zusammen mit Evangéline in irgendeinem staatlichen Museum etwas zu stehlen.

Enko überlegte. »Auf deine Schule gehen doch lauter reiche Kinder. Hast du nicht irgendeine Freundin, deren Papi Antiquitäten sammelt? Eine Münze aus der hellenistischen Zeit wäre super.«

»Muss es denn unbedingt diese Epoche sein?« Ich kannte mich zwar mit Geschichte relativ gut aus, aber diese Eingrenzung war mir doch etwas zu speziell.

»Nicht zwangsläufig, nur sollte es eine wirklich antike Münze sein. Je älter sie ist, desto besser ist die Verbindung.«

»Was ist denn das für eine komische Regel?«

»Es ist eine göttliche. Frag einfach nicht.«

Ich zuckte die Schultern. »Tut mir leid, ich bin erst seit ein paar Wochen auf dieser Schule, und ich bin nicht jemand, der sofort hunderttausend Freunde hat. Ich habe Gigi und Jemma, und von deren Eltern weiß ich eigentlich so gut wie gar nichts. Soll ich sie mal fragen?«

Enko winkte ab. »Ich habe da noch eine Idee. Nereus, der Flussgott, sollte so eine Münze eigentlich auch besitzen. Er hortet jede Menge Kram, denn die Flüsse spucken alles wieder aus, was sie mal irgendwo verschlungen haben. Aber er wird sie uns nicht schenken.«

»Sollen wir sie ihm abkaufen?« Ich überschlug mein Taschengeld.

»Ich glaube nicht, dass er mit Geld zu ködern ist. Wir werden uns auf ein Spiel einlassen müssen. Er betreibt einen illegalen Pokerring im Hinterzimmer einer chinesischen Reinigung.«

Bei Enkos letztem Satz fühlte ich mich plötzlich in einen Gangsterfilm aus den Zwanzigerjahren versetzt. »Ein illegaler Pokerring?«

Enko nickte, als wäre es das Normalste auf der Welt. »Ja, Nereus ist bekannt dafür, dass er absolut verrückt nach Poker ist und dass die härtesten Pokerrunden der Gegend bei ihm stattfinden. Vielleicht können wir heute noch direkt nach Chinatown fahren. Je eher, desto besser.«

»Ich muss erst Hausaufgaben machen. Und mich kurz bei meinen Eltern blicken lassen, sonst werden sie misstrauisch. Das könnte unserer Rettungsaktion im Wege stehen.«

»Soll ich dich abholen? Mit dem Auto sind wir um diese Zeit quer durch Paris schneller.«

»Wo müssen wir denn hin, und seit wann hast du ein Auto?«

Enko sah mich an. »Im Gegensatz zu Maél bin ich bereits volljährig und besitze seitdem auch ein Auto. Das heißt, ich kann dich abholen wie ein vernünftiger Kerl und dich durch die Gegend fahren, wie man das halt so macht. Wie Kinder mit der Metro zu fahren ist doch uncool, gib's zu.« Er wackelte mit den Augenbrauen. »Wir müssen nach Chinatown. Das liegt in Reuilly im 12. Arrondissement. Es ist eines der Arrondissements, die direkt an die Seine grenzen. Das ist typisch für die Flussgötter. Sie suchen die Nähe zum Wasser. Ich war schon mal da, er kennt mich. Also mach dir keine Gedanken. Er ist eigentlich ganz nett.«

Natürlich wunderte es mich nicht, dass Enko alles liebte, was verboten war. Da war er wie alle Hadessöhne. Illegale Pokerringe, die verbotenen Katakomben …

»Was heißt ›eigentlich‹?«

»Na ja, man sollte ihn eben nicht verärgern. Aber das gilt für alle Götter.«

»Okay, ich werde mich bemühen.« Dann fiel mir etwas ein. »Kann ich Jemma und Gigi mitnehmen? Ich glaube, sie wollen dabei sein, wenn wir versuchen, Maél zu retten.« *Und außerdem sieht es dann nicht so sehr wie ein Date aus,* fügte ich in Gedanken noch hinzu.

Enko sah mich an, und einen kurzen Moment lang war ich mir sicher, er würde sich weigern, meine Freundinnen mitzunehmen. Doch dann nickte er scheinbar teilnahmslos. »Klar, von mir aus. Mein Auto ist nicht groß, aber für zwei hübsche Mädels ist immer noch Platz.«

Ich verdrehte die Augen. »Du bist echt so charmant, Enko.«

»Ich weiß. Das ist mein Markenzeichen.« Er grinste.

Mein Blick wurde ernst. »Glaubst du, das klappt?«

Enko trank seinen Kaffee auf ex und stellte die Tasse dann mit einem Klirren zurück auf die Untertasse. »Es bringt nichts, sich vorher über den Ausgang einer Geschichte Sorgen zu machen. Entweder es klappt, oder es klappt nicht. Die Hauptsache ist, man lässt nichts unversucht. Und wir werden nichts unversucht lassen. Unsere erste Anlaufstelle ist Nereus. Wenn der sich querstellt, brechen wir bei Hermes ein und sehen dann weiter. Ich hole euch um 16 Uhr ab, passt das?«

Ich nickte. »Wir warten am Eingang der Metrostation bei mir um die Ecke.«

»Alles klar.« Er stand auf und nahm seine Jacke. Unsere Kaffees hatte er trotz meines Protests bereits bezahlt, als sie uns gebracht wurden.

»Danke für die Einladung«, sagte ich höflich.

Enko schien gar nicht zuzuhören. »Ich habe noch ein paar Sachen für die Uni zu erledigen. Heute Nachmittag ist ein Übungsblatt fällig. Ich bringe dich aber eben noch zur Metro, damit ich weiß, dass du sicher im Zug sitzt.«

»Hast du dein Auto hier irgendwo geparkt?«

»Nein, zur Uni fahre ich immer mit der Bahn. Das ist schneller bei dem morgendlichen Stadtverkehr.«

Enko hielt mir die Cafétür auf. Vor dem Laden blieb er stehen. Er sah aus, als wollte er noch dringend etwas sagen.

»Livia …« Es schien ihm schwerzufallen, die richtigen Worte zu finden. »Du musst mir versprechen, dass du vorsichtig bleibst. Du kennst meinen Vater nicht. Er ist nachtragend. Er räumt Probleme nicht aus der Welt, er pflegt sie. So lange, bis er zuschlägt. Sei auf der Hut, rechne mit ihm in jedem Schatten, der sich an der Hauswand neben dir auftürmt. Er ist der Herr der Unterwelt, und er ist sehr mächtig. Er legt sich das Protokoll der Götter so zurecht, wie es für ihn am besten passt. So hat er es schon öfter getan. Es kann also sein, dass er die Füße stillhält und darauf wartet, was der Olymp in Bezug auf Maél entscheidet. Genauso gut ist es aber auch möglich, dass es ihm völlig egal ist, was dort beschlossen wird. Er ist einer der Großen Drei. Eins der drei Oberhäupter des olympischen Geschlechts. Zeus kann ihn bestrafen, aber das wird er nicht. Also sieh dich vor. Versuche alles, was mit Maél zu tun hat, zu verheimlichen, verhalte dich möglichst unauffällig, und bitte pass auf dich auf.«

Es rührte mich, dass er sich um meine Sicherheit so viele Gedanken machte. Mein Lächeln war dieses Mal weder genervt noch sarkastisch. »Danke dir, Enko. Das ist lieb von dir. Ich werde vorsichtig sein, versprochen.«

Kapitel 2

Die Textilreinigung des Monsieur Wu

Um 16 Uhr warteten wir an der Metrostation »Champs de Mars« auf Enko. Ich hatte sie als Treffpunkt vorgeschlagen, weil ich nicht wollte, dass unser Portier Fabrice mal wieder meinen Umgang kommentierte. Mit Maél war er bereits aneinandergeraten, und da Enko ein ähnliches Kaliber war, wollte ich ein Aufeinandertreffen bewusst verhindern. Nicht nur Jemma und Gigi warteten mit mir, auch Noah war mit von der Partie. Er war offenbar wild entschlossen, voll in das Thema »griechische Mythologie im Alltag« einzutauchen. Er war ein wenig blass, aber wann auch immer sein Blick auf Jemma fiel, leuchteten seine Augen. Noah hatte es so richtig erwischt, aber auch Jemma wirkte happy und aufgekratzt zugleich in seiner Gegenwart.

Noah erzählte gerade, dass er seine beiden Hunde »Cookie« und »Cream« heute bei seiner Mutter gelassen hatte, als der älteste Kleinwagen von Paris mit ächzender Karosserie vor uns zum Stehen kam. Aus dem Inneren erklang Musik, die sich anhörte, als würde jemand eine Katze quälen. Die nicht gerade melodische Untermalung durch eine Flöte, die klang, als hätte sie zu lange im Wasser gelegen, machte es nicht besser.

Wir sahen uns alle an.

»Das ist er.« Noah zog ein Gesicht. »Aber was ist das für ein Krach?«

Enko faltete sich erstaunlich mühelos aus dem Spielzeugauto. »Freunde, Verbündete, Vasallen!« Er riss sich die riesige Sonnenbrille von der Nase. »Karthago muss fallen.«

Wir sahen uns schon wieder an.

»Römische Zitate für jeden Tag«, stellte Noah trocken fest. »Eine super App, habe ich auch.«

»Wo ist er da gerade rausgestiegen?«, flüsterte Jemma mir ins Ohr. »Aus einem Staubsauger mit vier Reifen? Und wie passt er da rein?«

»Keine Ahnung. Es sieht aus wie eine größere Ente. Ob wir uns da zu dritt auf die Rückbank quetschen können?«

»Und ob wir das wollen?« Jemma zog die Nase kraus.

Enko kam um den Wagen herum auf uns zu. »Bereit für den Kampf?«, brüllte er über den Lärm namens »Musik« hinweg, zu dem sich just in diesem Moment noch ein fehlgestimmter Dudelsack gesellte.

Um uns herum blieben schon wieder die ersten Passanten stehen. Aber so war das immer mit Enko. In seinem bundeswehrgrünen Parka, den zerrissenen Röhrenjeans und den schweren Boots sah er aus wie ein exaltierter Musiker oder Schauspieler. Er trug ein schwarzes Hemd, das mit einem tiefroten psychedelischen Rosenmuster bedruckt und eindeutig einen Knopf zu tief aufgeknöpft war. Enko strahlte in die Runde und verteilte dann Küsschen an uns Mädchen und eine Umarmung an Noah.

»Warum so miesepetrig? Wir retten jetzt meinen Bruder, damit Livia weiter mit ihm rumknutschen kann.«

Ich stöhnte auf und barg mein Gesicht in meinen Händen. »Enko …« Meine Wangen brannten.

»Sind deine Boxen kaputt?«, fragte Noah und deutete auf das Auto.

»Nein.« Enkos Strahlen verrutschte nicht. »Hopp, hopp, hinein in die gute Stube. Chinatown liegt im 12. Arrondissement. Dafür müssen wir durch die halbe Stadt.«

Er öffnete die Beifahrertür und deutete einladend ins Innere. Von außen wirkte das pastellblaue Miniauto unbekannter Marke ziemlich abgerissen und rostig, aber innen war es erstaunlich gepflegt. Noah schlüpfte auf die Rückbank und zog Jemma mit sich. Gigi folgte ihr, und so blieb mir nichts anderes übrig, als mich vorn neben Enko zu setzen. Er schenkte mir dieses Lächeln, mit dem er ganze Stadien zum Dahinschmelzen brachte, dann gab er Gas.

»Kannst du das bitte abstellen?«, brüllte Noah von der Rückbank.

Enko schüttelte nur den Kopf.

Andere Autos schnurrten wie Raubkatzen, wenn man das Gaspedal durchtrat. Dieses Modell gab ein Husten von sich, das entfernt an einen erkälteten Waschbären erinnerte. Enko reihte sich in den Verkehr ein, während sich zu dem Lärm aus Dudelsack, Flöte und kreischender Katze noch dumpfe Trommeln gesellten, deren Klang empfindlich in meinem Magen widerhallte. Unauffällig lehnte ich meinen Kopf ans Fenster, um mir wenigstens ein Ohr zuhalten zu können, ohne dass Enko es sah.

*

Zum Glück gerieten wir nicht in einen Stau und erreichten Chinatown in einer viertelstündigen Fahrt. Jemma, Gigi und ich sahen begeistert durch die Scheiben. Ein buntes Geschäft reihte sich an das andere, rote Lampions hingen in den Fenstern und große goldene Drachenstatuen zogen alle Blicke auf sich.

Enko parkte, würgte die Musik ab und stieg als Erster aus. Er schien bester Laune zu sein. Ich genoss einen Moment lang die Stille, bevor auch ich ausstieg und meinen Sitz umklappte. Enko streckte seinen langen Körper und klimperte dann mit dem Schlüsselbund. »Eine Sightseeingfahrt quer durch Paris, und das mit bester musikalischer Untermalung. Was will man mehr?«

»Einen Nothammer für die Heckscheibe, vielleicht?« Noah quetschte sich durch den schmalen Spalt zwischen Rückbank und Vordersitz. Er rieb sich die Ohren, als schmerzten sie.

Jemma stupste ihn lachend an. »Ich dachte, ihr macht Musik zusammen?«

»Ja, aber dieses düstere Geheimnis hat er bisher vor mir verborgen.« Er sah in die Runde. »Wer hat noch das Gefühl, dass die Ohren bluten?«

»Meine Mutter kam aus Norwegen, und ich ehre ihr Andenken, indem ich die Musik meines Landes höre«, erklärte Enko hoheitsvoll und steckte endlich den klimpernden Schlüsselbund weg.

»Kein Wunder, dass die Wikinger ausgestorben sind«, erwiderte Noah ungnädig. »So etwas überlebt man nicht langfristig ohne Hirnschaden.«

Enko wollte gerade Luft holen, vermutlich um nun einen ausführlichen Vortrag über seine Vorfahren und deren außergewöhnliche musikalische Talente zu halten, doch ich knallte die Beifahrertür lauter als nötig zu. Er hielt inne und sah zu mir.

»Ist es das?« Ich deutete auf das große rote Schild an dem

Ladengeschäft vor uns, das in elegant geschwungenen goldenen Lettern verhieß, dass es sich um die »Chinesische Reinigung von Monsieur Wu« handelte. Ein kleineres Schild darunter verkündete, dass Monsieur Wu »auch die hartnäckigsten Flecken« sicher entfernte.

Enko nickte, während Gigi sich bei mir einhakte und mit großen Augen zu dem Schild hochsah.

»Ich war noch nie in Chinatown, aber genauso habe ich es mir immer vorgestellt.«

»Willst du vorgehen?«, fragte ich Enko. »Du bist doch schon mal hier gewesen.«

Er antwortete nicht, stattdessen bedeutete er uns einfach, ihm zu folgen. Als er die Tür der Reinigung aufstieß, klimperte irgendwo ein Windspiel. Es roch nach Ingwer und süßen Räucherstäbchen. Von hinten erklang leise exotische Musik. Ein Mann mittleren Alters hob den Kopf, als wir auf die Theke zugingen. Er nickte uns zum Gruß zu, und seine Mandelaugen blitzten neugierig auf, als er uns der Reihe nach musterte.

»Die Herrschaften wünschen?«

»Wir wollen zum Herrn der Flüsse«, sagte Enko, und wie von Zauberhand erschien ein kleiner Feuerball über seiner Handfläche. Noah schnappte nach Luft. Der chinesische Reinigungsfachangestellte jedoch schien unbeeindruckt. Er warf einen kurzen Blick auf den tanzenden Feuerball, dann klappte er einen Teil der Theke hoch, damit wir ihm nach hinten folgen konnten.

Zunächst ging es an schier unendlichen Reihen ordentlich gebügelter Kleidung vorbei. Eine junge Chinesin war gerade dabei, noch weitere Bügel aufzuhängen. Wir durchquerten eine breite Tür und betraten die Wäscherei. Ich wäre fast stehen geblieben, wäre Jemma nicht von hinten gegen mich gestoßen.

Gigi stieß ein überraschtes Keuchen aus. Aber auch ich glaubte zu träumen. In großen, durchsichtigen Bottichen tummelten sich grünlich schillernde Wesen, die ich noch nie gesehen hatte. Sie sahen aus wie kleine Wasserdrachen, und es wirkte tatsächlich so, als würden sie die Wäsche waschen. Seepferdchen pusteten schäumende Blasen in das Wasser, und die ganzen Bottiche schienen zu brodeln. Waschmaschinen entdeckte ich keine. Nur jede Menge kleine Wassertiere, die fleißig ihrer Arbeit nachgingen. Auf langen Theken lagen Kleidungsstücke ausgebreitet, die mit besonders schlimmen Flecken verschmutzt waren. Diese wurden von Meeresschnecken bearbeitet, deren klebriges Sekret die Verschmutzungen aufzulösen schien. Große violettfarbene Quallen wirbelten durch eine breite Wanne, in die kontinuierlich frisches Wasser lief. Es sah so aus, als würden sie die Wäsche ausspülen. Ich sah nur zwei menschliche Angestellte, die die saubere Kleidung entweder auswrangen und in einen Industrie-Trockner warfen oder auf Bügelmaschinen spannten.

»Jetzt weiß ich endlich, woher Disney seine verrückten Ideen hat«, murmelte Jemma und warf einen faszinierten Blick auf die Wasserdrachen. »Kann mich mal jemand kneifen?«

»Ich möchte bitte auch gekniffen werden«, sagte Noah.

»Später kann ich euch beide gerne kneifen«, bot Enko an.

»Nein, danke, Sohn der Finsternis und des schlechten Musikgeschmacks.« Noah seufzte. »Ob sie so eine Schnecke vielleicht auch verleihen? Meine Klamotten sind nach dem Fußball immer so dreckig.«

»Es ist das Erfolgsgeheimnis dieser Reinigung. Das wäre wie einen Chefkoch um das geheime Rezept seines Soufflés zu bitten. Das macht doch keiner.«

»Aber …«

Enko drehte sich im Laufen zu Noah um. »Untersteh dich, Nereus danach zu fragen. Das hier ist wichtig. Wenn er uns rausschmeißt, haben wir echt ein Problem. Alle ohne mythologische Gene halten am besten den Mund.«

»Ja, Papa«, sagte Gigi. Jemma presste sich die Hand auf den Mund, um nicht zu lachen. Selbst Noah grinste.

Enko drehte sich noch mal um. »Das habe ich jetzt nicht gehört, mein Fräulein.«

Die freundschaftlichen Streitereien fanden ein abruptes Ende, als wir vor einer reich verzierten Tür anhielten.

Der Mann klopfte und wartete, bis ein »Herein« von der anderen Seite ertönte.

Der Raum, den wir nun betraten, war dunkel und kaum möbliert. Er schien mal ein Lagerraum gewesen zu sein, denn er war nur spartanisch hergerichtet. Durch schmale Fenster am oberen Rand der rechten Wand fiel ein wenig Licht. Die Luft war zum Schneiden. Zigarettenqualm, Räucherstäbchen und noch etwas, das ich nicht benennen konnte.

Um einen runden, dunkelroten Lacktisch saßen acht Männer. Sie alle hielten Spielkarten in den Händen und sahen neugierig zu uns hoch.

»Du hast Besuch, Vater«, sagte der Mann, der uns hergeführt hatte, und machte eine tiefe Verbeugung. Ein Mann Anfang fünfzig, mit hellblondem Haar und einem Vollbart, legte seine Spielkarten verdeckt vor sich auf den Tisch. Er war der Einzige an dem Tisch, der nicht asiatischer Herkunft zu sein schien. Umso überraschender war es, dass der Mann, der uns hergeführt hatte, ihn »Vater« nannte.

Der blonde Mann richtete sich auf, und dann sah ich sein wahres Ich. Hinter seinem Stuhl peitschte ein türkisblauer Fischschwanz. Auf seinem Haar ruhte eine Krone aus Muscheln. Ich hörte das sanfte Rauschen von Wellen zu seinen Füßen. Ganz sicher hatte ich Nereus, den Gott der Flüsse, vor mir.

»Willkommen«, sagte der Mann mit dröhnender Stimme. »Ihr seid ja eine bunte Truppe.«

»Sie wissen alle Bescheid, Herr der Flüsse«, sagte Enko in vollkommener Höflichkeit, und deutete auf mich und meine Freunde. »Danke, dass Ihr uns empfangt.«

Ich warf ihm einen anerkennenden Seitenblick zu. Für so diplomatisch hatte ich ihn gar nicht gehalten.

»Meine Herren, das Spiel ist für heute beendet.« Nereus schnippte mit den Fingern, und die anderen Spieler erhoben sich, so langsam und bedächtig in ihren Bewegungen wie Schlafwandler.

»Kommt morgen wieder, dann machen wir weiter.«

Wir ließen die Chinesen passieren. Sie beachteten uns gar nicht, so als wären wir plötzlich nicht mehr da.

»Nehmt doch Platz.« Nereus deutete auf die nun freien Stühle. »Dann machen wir uns miteinander bekannt.« Die Stühle rückten wie von Zauberhand gleichzeitig vom Tisch ab. »Meinen Sohn Ling Wu habt ihr ja bereits kennengelernt.«

Ling Wu verbeugte sich höflich, und wir erwiderten den Gruß. Auch er deutete einladend auf die freien Stühle.

Wir überlegten noch, wer sich wo hinsetzen sollte, da erschien aus dem Dunkel des Raumes eine weitere Gestalt. Sie kam direkt auf den Tisch zu. Der junge Mann war ungefähr in unserem Alter, und dieses Mal war die Familienähnlichkeit unverkennbar. Auch er hatte dichtes hellblondes Haar und breite Schultern. Mit lässiger Eleganz balancierte er ein Tablett mit acht Teebechern auf einer Hand. Er blieb neben seinem

Vater stehen und musterte uns neugierig. Sein Blick blieb an Gigi hängen und verweilte dort.

»Glaubst du an Liebe auf den ersten Blick?« Er stellte das Tablett neben seinem Vater auf dem Tisch ab, ohne dass auch nur einer der zarten Becher klirrte. »Oder soll ich noch mal reinkommen, Schönheit?«

Gigi riss die Augen auf und starrte den Blonden an. Dann wurde sie feuerrot und stürzte mit den Worten »Ich muss … muss mal ganz dringend auf mein … mein Handy gucken … ganz dringend« aus dem Zimmer.

Jemma seufzte. »Ich gehe mal hinterher.«

Nereus sah erst Gigi nach und dann entschuldigend in die Runde. »Das ist mein Sohn Selkes. Normalerweise weiß er sich zu benehmen.«

Selkes verschränkte die Arme vor seiner breiten Brust und grinste zufrieden. Er trug trotz der herbstlichen Kälte nur ein T-Shirt, rote Bermudas und Flip-Flops. Auf dem weißen Shirt prangte das Wappen der französischen Rettungsschwimmervereinigung. Na, das passte ja gut. Doch bei ihm schien meine Sicht nicht zu verschwimmen, genauso wenig wie bei dem jungen Chinesen, den Nereus ebenfalls als seinen Sohn bezeichnet hatte. Ich strengte mich an und versuchte mich zu konzentrieren. Und dann, endlich, hörte ich erneut das Rauschen von Wellen. Ich erhaschte die Konturen eines tiefblauen Fischschwanzes hinter Selkes. Schnell drehte ich mich zur Seite: Hinter Monsieur Wu erblickte ich einen goldenen Fischschwanz. Ich sah sogar Kiemen an seinem Hals. Er lächelte mir freundlich zu und deutete eine kleine Verbeugung an. Ich lächelte zurück. Meine Sicht war noch nicht komplett verschwunden, als mein Blick Enko streifte. Flammen und Magma loderten zu seinen Füßen, und ich sah das Erbe seines Vaters in jeder Faser seines Körpers pulsieren. Er wirkte so angsteinflößend, dass ich mich verschluckte und blinzeln musste. Sofort konnte ich wieder klar sehen. Enko warf mir einen fragenden Blick zu, doch ich winkte ab.

Also machte er den Anfang und nahm gegenüber von Nereus Platz. Noah und ich setzten uns ebenfalls. Selkes ließ sich rechts neben seinen Vater auf den Stuhl fallen, warf einen Blick auf den leeren Platz zu seiner Rechten und zwinkerte dann zu mir herüber. Eine Abfuhr beziehungsweise ein nervöser Zusammenbruch schien ihn wohl nicht auszubremsen.

»Was führt euch zu mir?«, fragte Nereus und schob das Tablett mit den dampfenden Bechern einladend in die Mitte des Tisches. »Das ist Jasmintee. Bedient euch, er ist köstlich.«

Enko und ich tauschten einen kurzen Blick, dann nahm er einen der Becher vom Tablett. Erst nachdem er probiert und anerkennend genickt hatte, nahmen auch wir uns jeder einen Becher. Sicher war sicher. Wer wusste schon, ob man im Reich des Flussgottes ohne Bedenken etwas essen und trinken durfte. Ich, die ich mich dank diverser Fantasyschmöker hervorragend mit den Gepflogenheiten im Feenreich auskannte, wusste, dass dies durchaus zum Problem werden konnte. Doch hier schien keine Gefahr zu drohen. Noah probierte von seinem Tee, und auch er verzog anerkennend die Lippen. »Wirklich köstlich.«

Ich wollte gerade den Kopf recken, um nach Gigi und Jemma Ausschau zu halten, da traten sie schon wieder durch die Tür. Gigi schien ihre normale Gesichtsfarbe wiedergefunden zu haben. Nun schimmerten ihre Wangen sogar leicht rosig. Ich suchte ihren Blick und deutete dann einladend auf die freien Plätze. Zu meiner Überraschung folgte sie nicht Jemma, die sich natürlich neben Noah setzte und neben der noch ein Stuhl frei war, sondern nahm zwischen Selkes und mir Platz. Ihre Wangen wurden noch etwas rosiger.

»Alles in Ordnung?«, flüsterte ich.

Sie nickte nur und umklammerte ihr Handy mit beiden Händen wie einen Rettungsanker.

Nereus lächelte sie entschuldigend an. Sie erwiderte das Lächeln, senkte dann aber schnell wieder den Blick.

»Herr der Flüsse«, begann Enko. »Wir sind hier, um Euch um Hilfe zu bitten.« Er berichtete, dass sein Bruder in einem Kampf verwundet worden sei und er nun zum Olymp Kontakt aufnehmen müsse, in diesem Falle aber nicht mit der Hilfe seines Vaters rechnen könne. Dann fragte er Nereus nach einer antiken Münze. Obwohl Enko nicht die ganze Wahrheit erzählte, schien Nereus keinen Verdacht zu schöpfen.

Er nickte ernst und hörte scheinbar interessiert zu.

Als Enko geendet hatte, stellte der Herr der Flüsse seinen zierlichen Teebecher bedächtig vor sich ab. »Es ist ein gefährliches Risiko, an dem Götterboten Hermes vorbei den Olymp zu kontaktieren. Ich habe Verständnis dafür, dass du dich um deinen Bruder sorgst, doch diese Situation ist eindeutig nicht dramatisch genug, um so einen Bruch des Protokolls zu wagen.« Er ließ seinen Blick über uns wandern. »Außerdem bin ich mir sicher, dass du mir nur die halbe Wahrheit erzählst, Sohn des Hades. So wie du das Problem darstellst, geht es ausschließlich um dich. Aber warum solltest du dann so eine bunt zusammengewürfelte Truppe mit zu mir bringen? Du hast sogar Menschen dabei, was für ein Risiko!« Dann verweilte sein Blick auf mir. »Und du, meine Liebe, bist etwas, das ich schon allzu lange nicht mehr zu Gesicht bekommen habe. Liege ich da richtig?«

Ich nickte, denn ich war mir sicher, dass er auf mein Nymphendasein anspielte.

Nereus nickte bedächtig. »Ihr verheimlicht mir etwas. Und das gefällt mir nicht. Wenn man mich um Hilfe bittet, dann sollte man die Karten auf den Tisch legen. Ich weiß noch nicht mal eure Vornamen, abgesehen von deinem, Hadessohn. Das reicht mir nicht. Entweder ihr stellt euch alle einzeln vor und legt anschließend die Karten auf den Tisch, oder ihr könnt gleich wieder gehen.«

Wir wechselten nervöse Blicke quer über den Tisch. Selkes hatte sich in seinem Stuhl zurückgelehnt, als erwartete er eine großartige Show. Er sah von einem zum anderen, und sein Blick war genauso neugierig wie der seines Vaters.

Ich zögerte zunächst und fragte mich, ob es klug wäre, das Wort zu ergreifen. Enko schien deutlich verhandlungssicherer. Doch dann konnte ich mich nicht mehr bremsen. Ich erzählte Nereus alles, was passiert war, und anschließend stellte ich uns alle einzeln vor.

Enko neben mir protestierte nicht, was ich als gutes Zeichen wertete.

Nereus sah auf seine bläulich schimmernden Fingernägel und faltete die Hände dann ordentlich auf dem Tisch. »Nun, Livia, diese Geschichte klingt schon ganz anders als die abgespeckte Version, die mir der Hadessohn auftischen wollte. Auch ich habe von den verschwundenen Halbgöttern gehört. Wir sind alle beunruhigt, und natürlich wollen wir wissen, von wo aus uns Gefahr droht. Es tut mir leid, dass dein Freund so schlimm verwundet wurde und dass er vermutlich unschuldig in Haft ist. Andererseits könnte es mich in Schwierigkeiten bringen, wenn herauskommt, dass ich euch geholfen habe. Ich wüsste nicht, warum ich dieses Risiko eingehen sollte.«

Gigi neben mir richtete sich mit einem Ruck im Stuhl auf. »Hier geht es vermutlich um die gesamte Götterwelt, und trotzdem wollen Sie uns nicht helfen? Ich verstehe das nicht, und es gefällt mir ganz und gar nicht. So möchte ich nicht sein.« Sie atmete tief aus, als würde mit einem Schlag alle Luft aus ihren Lungen weichen. Dann lehnte sie sich in ihrem Stuhl zurück und wirkte wieder so klein und harmlos wie zuvor.

Selkes neben ihr hatte sich in seinem Stuhl immer mehr in ihre Richtung gedreht, und in seinem Blick war Überraschung grenzenloser Bewunderung gewichen. Seine Lippen waren leicht geöffnet, und seine tief türkisblauen Augen leuchteten förmlich, als er sich noch etwas mehr zu ihr drehte.

»Gigi …« Er klang todernst. »Hätte ich so eine Münze, ich würde sie dir sofort schenken.«

Nereus schüttelte den Kopf. »Sei still, Selkes. Und behalte gefälligst deine Hormone im Zaum. Das hier sind unsere Gäste.«

»Ich wollte doch bloß nett sein.« Er fuhr sich verlegen durch das dichte blonde Haar.

»Wir führen hier eine geschäftliche Verhandlung, mein Sohn. Wenn du das Mädchen magst und sie näher kennenlernen möchtest, kläre das bitte nach diesem Gespräch.«

Selkes verdrehte die Augen. »Könntest du das bitte lassen?«

In der Stille, die darauf folgte, sah Gigi zu mir, und ich grinste. Dann deutete sie mit dem Kopf ganz unauffällig Richtung Selkes und formte lautlos mit den Lippen die Worte *Er ist süß*, was mich kaum mehr hätte überraschen können. Nach diesem dreisten ersten Spruch seinerseits? Ich sah sie fragend an, doch sie nickte voller Inbrunst.

»Nun gut.« Nereus' dröhnende Stimme unterbrach unsere wortlose Konversation und Gigi wandte sich schnell wieder ihm zu. Wir alle sahen ihn gespannt an. »Dann wage ich es. Ich helfe euch, und ihr helft mir. Glaubt mir, das Risiko, das ich eingehe, ist um einiges größer als der Gefallen, um den ich dich, Nymphe, vielleicht bitten werde.« Er sah zu mir.

Sofort richtete sich Enko neben mir auf. »Herr der Flüsse, Ihr könnt gerne einen Gefallen von mir …«

Doch Nereus schnitt ihm mit einer schnellen Geste das Wort ab. »Nein, Hadessohn, ich brauche deine Hilfe nicht.« Wieder glitt sein Blick zu mir. »Was bist du für eine Nymphe?«

»Eine Wiesennymphe.« Ich konnte gerade so verhindern, dass meine Stimme vor Nervosität kippte. »Wieso?«

Nereus stützte das Kinn auf seine gefalteten Hände. »Nun ja, ich habe da dieses Problem. Es ist ein Versorgungsproblem.«

Wir sahen ihn fragend an, nur Selkes verdrehte die Augen.

»Ich habe ein großes Versorgungsproblem, es ist wirklich ernst. Und als Wiesennymphe wirst du mir vermutlich helfen können. Sagst du mir deine Hilfe zu?«

»Worum geht es denn genau?«

Enko beugte sich vor, als wollte er dazwischengehen. »Zuerst sollten wir die Modalitäten des Handels klären, bevor Livia irgendetwas zusagt.«

Nereus kniff die Augen zu Schlitzen zusammen. »Du bist also ihr Berater? Kann Livia nicht für sich selbst sprechen? Seit wann sind Nymphen hilflose Wesen, die der Fürsprache irgendwelcher Halbgötter bedürfen?«

Enko ließ sich in seinem Stuhl zurücksinken und sah tief beleidigt aus. Ich rechnete schon damit, dass gleich sein Temperament zuschlagen würde, deshalb ergriff ich schnell wieder das Wort.

»Natürlich bin ich prinzipiell bereit dazu, Ihnen zu helfen. Was für ein Problem auch immer Sie haben. Doch vielleicht sollten wir tatsächlich erst die Einzelheiten klären. Wir brauchen Ihre Hilfe. Wir haben Sie zuerst gefragt, also könnten wir vielleicht auch zuerst besprechen, wie Sie uns helfen?«

»In Ordnung.« Nereus nickte. »Wie ihr wisst, hat Zeus alle Möglichkeiten, den Olymp auf direktem Wege zu kontaktieren, vernichtet. Offiziell ist Hermes nun der Einzige, der mit seinen Telefonen unseren Herrscher erreichen kann. Früher besaßen viele von uns Standleitungen zum Olymp, doch sie wurden alle zerstört.«

Nereus machte eine dramatische Pause und sah in die Runde. Noah hing völlig fasziniert an den Lippen des Flussgottes. Jemma beugte sich in einer gespannt wirkenden Pose über den Tisch. Gigi schien weniger interessiert, denn sie und Selkes sahen sich immer wieder verstohlen von der Seite an. Enko wirkte immer noch angefressen, er hatte die Arme vor der Brust verschränkt und zog einen Flunsch.

»Aber …?«, soufflierte ich.

Nereus grinste triumphierend. »Ich habe eine versteckt.«

»Eine was?« Ich brauchte einen Moment, bis es Klick machte. »Sie haben eine Kontaktmöglichkeit versteckt?«

Nereus nickte. »Ein ganz einfacher Trick, aber es hat hervorragend geklappt. Bis jetzt. Niemand weiß davon.« Er grinste stolz. »Es ist ein Telefon für absolute Notfälle. Eine Standleitung auf den Olymp. Ihr könnt mir glauben, ihr brockt euch gewaltigen Ärger ein, wenn ihr sie benutzt. Kann sein, dass Zeus euch direkt mit einem Blitz erwischt, und dann war's das. Wie gesagt, ich gebe keinerlei Garantie für die Benutzung, und ich empfehle sie ausdrücklich nicht. Erst recht keinem Sterblichen, ob Mensch oder Nymphe.«

Mein Herz krampfte sich vor Angst zusammen, aber trotzdem würde mich das nicht abschrecken. Ich würde alles versuchen, um Maéls Reputation wiederherzustellen. »In Ordnung«, sagte ich. »Was ist die Gegenleistung dafür, dass wir das Telefon benutzen dürfen?«

Nereus stand auf. »Vielleicht solltet ihr es euch mit eigenen Augen ansehen.«

Ich guckte unsicher zu Enko. Wer wusste schon, was Nereus wirklich vorhatte? Schließlich kannte ich ihn gar nicht. Was, wenn er uns irgendwo einsperrte, um uns entweder seinen Wasserdrachen zum Fraß vorzuwerfen oder uns direkt an den Olymp zu verpfeifen? Wir würden alle bestraft, vielleicht sogar direkt in ein Gefängnis gebracht werden.

Doch Enko stand auf, als wäre er sich sicher, dass uns keine Gefahr drohte.

Ich zog unauffällig mein Handy hervor, während wir alle aufstanden. Schnell tippte ich eine Nachricht an Enko: *Ist es okay, wenn wir ihm vertrauen?* Ich hörte das Handy in Enkos Jeanstasche brummen. Er zog es hervor.

Nereus beobachtete zum Glück gerade seinen Sohn Selkes, der sich in großartiger Pose neben Gigi aufbaute. Er zog ihr galant den Stuhl zurück und half ihr dann tatsächlich beim Aufstehen, als wäre sie über fünfundneunzig und sehr gebrechlich.

Enko tippte eine Nachricht, und in der nächsten Sekunde brummte mein Handy: *Er ist okay. Einer von der alten Schule. Ehre und so weiter …*

Das beruhigte mich ein wenig.

Nereus ging auf ein Regal an der Wand zu. Als er dem massiven Holz einen kleinen Schubs gab, glitt es lautlos zur Seite. Dahinter verbarg sich ein Lastenaufzug.

Noah schnaufte anerkennend hinter mir. »Das nenne ich mal ein gutes Versteck.«

Ich drehte mich kurz zu ihm um. Er hatte Jemma bei der Hand genommen, und auch sie betrachtete fasziniert das lautlos auf Schienen dahingleitende Regal. Die Aufzugtüren öffneten sich und Nereus spazierte voraus. Wir folgten ihm. Der Aufzug hatte nur zwei Knöpfe: einen für die Etage, auf der wir uns befanden, und einen für eine Etage, die laut Schild nur »E« hieß. Selkes stellte sich neben Gigi, als wäre es das Normalste auf der Welt. Die Art, wie er verzückt auf sie hinuntersah, ließ keinen Zweifel daran, dass er sie toll fand. Gigi wich keinen Millimeter zur Seite. Es war ihr offenbar nicht unangenehm, dass Selkes sich als ihr Schatten bewerben wollte. Der Aufzug fuhr lautlos nach unten, und als sich die Türen öffneten, fanden wir uns vis-à-vis einer schier unendlich riesigen Wasserfläche gegenüber. Blasen stiegen brodelnd darin auf, und es roch nach Algen und Gräsern.

»Wie krass«, flüsterte Noah hinter mir. »Was ist das denn?«

Nereus drehte sich um und lehnte sich an das Geländer, das zum Schutz angebracht war. »Hier züchten wir das Futter für die Wasserdrachen und die Schnecken. Sie sind Vegetarier und fressen am liebsten die Früchte einer bestimmten Algenart. Doch leider tragen diese Algen kaum mehr Blüten. Was dazu führt, dass sich fast keine Früchte mehr bilden. Ein echtes Problem also, weil wir so immer zu knapp mit dem Futter für unsere Tiere sind. Ich habe keine Ahnung, was da unten los ist, aber irgendetwas stimmt ganz und gar nicht. Das Problem ist: Diese Pflanzenart ist eigentlich schon ausgestorben. Wir züchten zwar Setzlinge, die wir dort unten ansiedeln, doch sie tragen zu wenige Früchte. Wir versuchen zwar ständig, sie auszutauschen, doch es bringt nicht viel. Bald werden unsere Tiere

Hunger leiden müssen. Es ist wirklich ein ernstes Problem. Ich habe das Gefühl, es handelt sich um eine Verschwörung.«

Noah sah erst Nereus an und dann mich. »Eine Verschwörung? Unter Algen?«, wiederholte er tonlos.

»Irgendetwas stimmt da unten nicht. Sie entscheiden sich dazu, keine beziehungsweise kaum noch Blüten zu treiben. Und zwar alle«, erklärte Nereus. »Irgendetwas ist also im Busch, und zwar im wahrsten Sinne des Wortes.«

Jemma sah aus, als müsste sie ein Lachen unterdrücken.

Ich betrachtete die sich leicht kräuselnde Wasseroberfläche. Die Halle war insgesamt so groß wie eins dieser riesengroßen Gewächshäuser, wie man sie auf dem Land findet. Nur dass sie komplett aus einem Wasserbecken zu bestehen schien, das unendliche Meter tief in den Boden gegraben war.

»Wo sind diese Wasserpflanzen jetzt?«, fragte ich zur Sicherheit nach.

Nereus deutete über das Geländer hinweg. »Sie wohnen am Boden des Beckens. Es ist ein unterirdisches Gewächshaus, das komplett mit Wasser gefüllt ist.«

»Und wo genau soll ich mit den Pflanzen sprechen? Ich nehme an, Sie wollen, dass ich nachfrage, was los ist?«

»Na ja …« Nereus deutete mit dem Kopf einladend auf das Becken und grinste.

Ich kombinierte messerscharf. »Sie wollen von mir, dass ich in dieses riesige Becken springe, nach unten tauche und dort versuche, mich mit irgendwelchen Wasserpflanzen zu unterhalten?«

»Niemals«, sagte Enko so entschlossen, dass wir uns alle zu ihm umdrehten. »Wer weiß, was da unten noch zu Hause ist. Das Risiko, von irgendeinem verirrten Wasserdrachen gefressen zu werden, ist zu hoch, Livia. Wir werden das ablehnen.«

Ich sah ihn unschlüssig an. Meinte er etwa die niedlichen kleinen Drachen, die nicht größer waren als ein Dackel und sich von Früchten und Algen ernährten?

»Und er macht es schon wieder«, murmelte Selkes. Er sah zu mir. »Hält er dich eigentlich für dumm?«

Gigi stieß ihn in die Seite, was eine so überraschend vertraute Geste war, dass die beiden danach verlegen nebeneinanderstanden.

»'tschuldigung.« Selkes sah sie zerknirscht an. »Manchmal rutscht mir so was einfach raus.«

Nereus verdrehte schon wieder die Augen. »Und ich entschuldige mich für das lose Mundwerk meines Sohnes. Aber er hat recht.« Er wandte sich an Enko. »Ich verhandle mit der Nymphe, Hadessohn. Respektiere das.«

In Enkos Augen brannte schon wieder dieses gefährliche Feuer. Ich sah die Flammen lodern, und ich konnte sein brodelndes Temperament fühlen.

»Enko«, wisperte ich. »Enko, es ist alles in Ordnung. Bitte lass mich selbst für mich sprechen. Ich bin vorsichtig und werde dich um Rat fragen, wenn ich nicht weiterkomme.«

Er sah zu mir herunter, und wieder erinnerte er mich so stark an seinen Vater, dass ich einen halben Schritt zurückwich. Ich konnte spüren, wie sehr er sich körperlich anstrengen musste, sein Temperament nicht an die Oberfläche brechen zu lassen.

»In Ordnung«, stieß er hervor. »Mach doch, was du willst.«

Es tat mir leid, Enko so zu übergehen, aber sein Beschützerinstinkt war bei dieser Verhandlung eindeutig hinderlich. Ich wandte mich wieder an Nereus.

»Erzählen Sie mir mehr über die Pflanzen. Gibt es etwas zu beachten?«

»Gerne.« Nereus schenkte mir einen anerkennenden Blick. »Wenn die Pflanzen Blüten tragen, verwandeln sich die Blüten irgendwann in Früchte. Die lösen sich dann von den Stängeln, wenn sie reif sind, und steigen nach oben. Von dort kann man sie ganz einfach auf der Oberfläche schwimmend einsammeln.«

»Man muss also nicht tauchen, um die Pflanzen abzuernten?«

»Nein, wir gehen nur runter, wenn wir neue Setzlinge einpflanzen.«

»Wie verhalten sich die Pflanzen, wenn sie sich bedroht fühlen? Wenn sich ihnen zum Beispiel jemand nähert, der sie ausreißen will?«

Nun wirkte Nereus etwas verlegen. »Sie besitzen kleine Samenkapseln, die ein leichtes Neurotoxin enthalten. Es ist aber nicht sehr stark. Ein leichtes Jucken oder Brennen, wenn sie die Haut berühren. Und so eine Abwehrreaktion ist in den letzten Jahrzehnten genau ein Mal vorgekommen. Die Pflanzen sind sehr friedlich.«

Mehr brauchte ich nicht zu wissen. Diesen Pflanzen würde ich mich nicht näher als nötig entgegenstellen. »Dann werde ich versuchen, mit ihnen vom Beckenrand aus zu kommunizieren.«

»Du kannst es ja versuchen.« Nereus zuckte mit den Schultern. »Vergiss nur nicht, wie tief dieses Becken ist. Werden deine Kräfte bis da unten hin reichen? Ansonsten könnten wir sicher auch eine Taucherausrüstung auftreiben.«

»Damit kenne ich mich nicht aus. Ich probiere es zuerst so.«

»Livia soll also in Vorleistung gehen, bevor sie das Telefon benutzen darf? Was, wenn die Leitung schon lange tot ist und niemand es gemerkt hat?« Enko sah schon wieder aus, als wäre er kurz vorm Überkochen. »Ist das Euer Ernst?«

»Ihr habt mich um Hilfe gebeten, also stelle ich die Bedingungen«, erwiderte der Flussgott lapidar.

Bevor die beiden sich weiter streiten konnten, ging ich vor dem Geländer in die Hocke, um dem Wasser möglichst nah zu sein. Sofort hatte ich die ungeteilte Aufmerksamkeit aller Anwesenden. Ich ließ meine Barriere sinken.

Nichts. Ich konzentrierte mich. Immer noch nichts. Nur das regelmäßige Schwappen der Wellen gegen den Beckenrand. Ich streckte die Hand aus, bis meine Haut auf das kühle Wasser traf. Nichts. Ich kniff die Augen noch fester zusammen, versuchte, mir die Pflanzen dort unten vorzustellen … Nichts. Ich seufzte und kam wieder hoch.

»Sind Sie sicher, dass da unten alles okay ist? Ich höre nämlich gar nichts.«

Vater und Sohn sahen sich kurz an. »Gestern ging es ihnen noch gut«, sagte Selkes. »Ich war unten.«

Nereus strich sich nachdenklich über den blonden Vollbart. »Sieh noch mal nach. Wer weiß, was jetzt schon wieder passiert ist.«

Selkes protestierte nicht. Im Gegenteil, er schien erfreut, sich in das schwarze Wasser stürzen zu dürfen. Er salutierte gespielt vor seinem Vater, zwinkerte Gigi zu und riss sich im selben Moment das Shirt über den Kopf. Bermudashorts und Flip-Flops flogen hinterher, bis er nur noch in kurzen Badeshorts vor uns stand. Gigi schluckte deutlich hörbar. Ich konnte sie gut verstehen. Von so einem Prachtexemplar von Rettungsschwimmer würde sich so manche Frau gerne retten lassen.

Selkes sah erneut kurz hinüber zu Gigi, ließ die Muskeln spielen und machte dann einen eleganten Kopfsprung ins Wasser. Gigi kicherte und stand am Rand wie eine Cheerleaderin, die nur noch Pompons schwingen müsste, um völlig authentisch zu sein.

Plötzlich tauchte Selkes wieder auf und klatschte seine Badehose auf den Boden zwischen den Geländerstreben. Gigi erstarrte. Zwischen Selkes' Fingern entdeckte ich zarte Schwimmflossen. Sekunden später hob sich die Flosse seines tiefblauen Fischschweifs hinter ihm aus dem Wasser. »Na, wie findet ihr das, meine Damen?«

Gigi kicherte schon wieder, ich gab ihm ein »Daumen hoch« und Jemma grinste.

Enko verdrehte die Augen. »Bei allen Göttern. Da greife ich doch lieber zur Gitarre, um die Damenwelt zu beeindrucken. Wer steht schon auf Schuppen?«

Gigi knuffte ihn mit dem Ellenbogen in die Seite.

»Sorry, vergessen«, sagte Enko. »Du hast ja ein Faible für Meeresfrüchte.«

Die beiden zankten sich freundschaftlich weiter, doch ich hörte nicht mehr hin. Selkes war erneut unter der Oberfläche verschwunden. Nur noch ein sanftes Kräuseln des Wassers erinnerte an die Stelle, wo er abgetaucht war.

»Wie atmet er?«, fragte ich Nereus.

Der berührte seinen Hals mit beiden Händen knapp unter dem Ohr. »Durch Kiemen.«

Während ich noch beeindruckt nickte, war Selkes schon wieder da. »Alle gesund und munter«, berichtete er, während er am Rand nach seinen Schwimmshorts angelte. Er schnippte mit dem Finger und der schlagende Fischschweif hinter ihm verschwand abrupt. Die Verwandlung ging so schnell, dass ich gerade noch einen Blick auf die zart flatternden Kiemen an seinem Hals erhaschen konnte, bevor sie verblassten. Selkes schwang sich aus dem Wasser. Natürlich ohne die Treppe zu nutzen. Dann schüttelte er sich filmreif das Wasser aus dem Blondschopf. So viel Lässigkeit musste er lange vor einem Spiegel geübt haben. Alles, was er tat, schien darauf abzuzielen, Gigi zu beeindrucken.

Und es klappte hervorragend. Ich schob ihr eine Hand unters Kinn und raunte ihr zu: »Macht es weniger auffällig, okay? Oder ich bestelle morgen eure Verlobungskarten.«

Gigi wurde knallrot, was Selkes dazu verleitete, sich noch mehr aufzuplustern. Er schnappte sich seine Klamotten und wollte verschwinden, um sich irgendwo umzuziehen.

Doch sein Vater hielt ihn auf. »Warte. Wenn alles in Ordnung ist, dann liegt es bestimmt am Wasser, dass die Kommunikation zwischen Livia und den Pflanzen gestört ist. Du musst sie mit der Krone meines Reiches markieren. Ihre Kraft könnte die Wasserbarriere für Livia überwinden.«

»Mit der Krone Ihres Reiches?«, fragte ich. Was hatte das nun wieder zu bedeuten? Und wieso wurde ich eigentlich nicht gefragt, ob ich so eine Markierung überhaupt wollte?

»Das ist so wie mit der Flammenkrone«, erklärte Enko, dieses Mal relativ friedlich. »Auch die Flussgötter besitzen ein eigenes Zeichen, das über gewisse Kräfte verfügt. Da Flussgötter Wasserwesen sind, soll es dir die Kraft verleihen, über das Medium Wasser mit den Pflanzen zu kommunizieren.«

»Verstehe.« Maél hatte mir die Flammenkrone als persönliches Schutzzeichen erklärt. Aber bei den Flussgöttern schien sie eine weitaus weniger persönliche Bedeutung zu haben.

Selkes, immer noch tropfnass, grinste breit. »Wollen wir?« Er hielt mir auffordernd die Hand hin.

Ich nahm an, dass sich die Krone des Flussgottes über Selkes' Herz befinden würde. Dort, wo auch Maéls Krone gelodert hatte. Doch Selkes streckte mir immer noch die Hand entgegen. In seiner Handfläche erschien ein Zeichen. Drei Reihen sanft geschwungener Wellen übereinander.

»Keine Sorge, es tut nicht weh.«

»Ich weiß«, murmelte ich, und die Erinnerung an Maél schnürte mir mal wieder den Hals zu.

»Gib mir einfach deine Hand«, bat er leise.

Ich legte meine Handfläche auf seine. Zuerst war es nur wie ein sanftes Prickeln, ein ganz leichtes Brennen. Doch dann riss Selkes seine Hand plötzlich weg.

»Wow, was ist denn mit dir los?«

Ich spürte, dass alle mich neugierig ansahen, also zuckte ich mit den Schultern. »Was meinst du?«

Selkes hatte einen Schritt zurück gemacht und deutete mit dem Kopf auf meine Hand. »Zeig mal her.«

Ich hielt ihm die Hand hin. Dort, wo nun eigentlich die drei Wellenbögen schimmern sollten, war nichts zu sehen. Selkes streckte mir seine eigene Hand hin. »Siehst du da etwas?«

Ich schüttelte den Kopf.

»Es brennt total. Gerade war ich mir sicher, meine Haut hätte Blasen geworfen.«

Nereus schaltete sich ein. »Was gibt es für ein Problem, mein Sohn?«

»Es funktioniert nicht.«

Nereus zog die buschigen Augenbrauen zusammen. »Es funktioniert nicht? Was soll das heißen?«

»Ich kann sie nicht markieren.«

»Oh Mann, das lernt man doch echt in der Vorschule«, spottete Enko. »Braucht ihr vielleicht Hilfe?«

»Selkes, vielleicht markierst du Enko mal zur Probe, um zu gucken, ob es überhaupt funktioniert?«, schlug ich vor, bevor er und Enko sich doch noch prügeln würden.

Enko schüttelte den Kopf. »Vergebene Liebesmüh. Halbgötter untereinander können sich nicht markieren.«

»Und das soll jetzt was heißen?«, fragte Jemma nach.

Enko verschränkte die Arme vor der Brust und grinste. »Sagen wir es mal so: Wir aus dem Tartaros sind nicht auf die Hilfe irgendeiner Markierung angewiesen, um alles zu tun, was wir wollen.«

Selkes schnaubte. »Dass ihr Unterweltler immer so schrecklich angeben müsst.« Er wandte sich an Jemma. »Durch die Markierung mit der Wellenkrone bekommt sie einen Teil unserer Kraft. Es ist wie ein temporärer Zutritt zu unserer Welt.«

»Wenn du das alles nicht brauchst, rede du doch mit den Pflanzen«, schlug ich Enko mit einem zuckersüßen Lächeln vor.

Der wollte gerade etwas erwidern, da räusperte Nereus sich energisch. »Nymphe, es muss an dir liegen.«

Ich ließ die Schultern hängen. Natürlich. Was sonst.

»Aber bei Maél und ihr hat es doch auch geklappt«, wandte Enko ein. »Vermutlich ist sie als Wiesennymphe zu stark für euch Flussgötter.«

Selkes drehte sich zu ihm. »Lass mich raten, du bietest dich an, sie zu markieren?«

Enko grinste. »Warum nicht?«

»Weil uns das im Moment nicht weiterhilft?« Der Herr der Flüsse schob sich zwischen die beiden, die sich mit Blicken duellierten. »Bevor wir weiter Zeit verschwenden, würde ich mich anbieten.« Er streckte mir seine Hand hin, und auch auf ihr machte ich die wogenden Wellen aus. Auf Selkes' Haut hatten sie sich allerdings nur leicht bewegt, während sie auf Nereus' Handinnenfläche regelrecht zu toben schienen.

Zögernd legte ich meine Hand in seine. Ich musste die Augen schließen, so intensiv war es. Ich hörte das leise Rauschen von Wellen, die an ein mit Schilf gesäumtes Ufer schlugen. Die Geräusche von Fischen und ihr Flüstern. Muscheln, die sich klappernd unterhielten. Wassergräser, die sich im Takt der Strömung bogen. Es roch grün und blau und ein wenig nach Erde. Dann war der Moment vorbei, und ich sah auf meine Hand. Endlich leuchtete dort die Wellenkrone. »Es hat funktioniert!«

Nereus sah mich ernst an. »Das war ein Stück harte Arbeit. Was immer du bist, du bist nicht einfach nur eine Wiesenymphe. Da ist noch mehr. Besitzt du etwas, das deine Kräfte verstärkt oder sie verändert?«

Sofort fiel mir Evangéline ein. »Ich habe einen Syllektis adoptiert. Vielleicht ist sie dafür verantwortlich?«

»Ein Syllektis«, sagte Nereus anerkennend. »Die sind sehr selten. Du kannst dich geehrt fühlen, dass sie dich ausgewählt hat.«

Ich nickte. »Vielen Dank.« Wie zum Beweis regte Evangéline sich kurz.

Nereus bedachte mich mit einem weiteren ernsten Blick. »Irgendetwas in dir hat sich gegen diese Markierung gewehrt …«

Da ich selbst nicht wusste, was ich dazu sagen sollte, zuckte ich wieder mal nur mit den Schultern.

»Gut.« Der Flussgott besann sich wieder auf das eigentliche Problem. »Dann versuch jetzt noch mal, mit den Pflanzen zu sprechen. Vielleicht haben wir ja Glück.«

Ich nickte und zog meine Strickjacke aus, damit sie nicht nass wurde, sollte das Wasser höher schwappen. Mit freien Armen fühlte ich mich irgendwie auch beweglicher. Dann ging ich wieder in die Hocke. Die anderen kamen näher. Ich hielt mich mit einer Hand am Geländer fest, damit ich nicht Gefahr lief, in das schwarze Wasser zu fallen. Vorsichtig beugte ich mich zwischen den Stäben hindurch, bis ich die freie Hand flach auf die Wasseroberfläche legen konnte.

Augenblicklich brandeten Stimmen in meinem Kopf auf.

Die Pflanzen erkannten offenbar die Anwesenheit einer Nymphe, denn sie begannen alle gleichzeitig zu schreien. Ihre Stimmen waren hoch und schrill, seltsam unmelodisch und doch so scharf, dass ich das Gefühl hatte, mir würde ein Regen aus Glasscherben entgegenprasseln.

Ich wich zurück. Hinter mir hörte ich die anderen aufgeregt murmeln. Ich schwankte, doch zum Glück hielt ich mich mit der anderen Hand an dem Geländer fest. Sobald meine Haut erneut das Wasser berührte, hörte ich sie wieder.

Endlich ist jemand da!

Rede mit uns, warum bist du hier?

Los, komm her, komm näher, los, Mädchen, komm näher, komm näher, wir wollen mit dir reden.

Du bist eine Nymphe. Wir sehen, wir fühlen, wir wissen, was du bist … Tochter der Quelle, Tochter der Blumen, letzte Tochter deiner Art, du …

Wir wollen mit dir reden … reden … reden … reden … komm her! Komm her! Komm näher!

Wie von selbst beugte ich mich immer näher zur Wasseroberfläche. Mein selbstloses Nymphenerbe wollte mich überreden, den Wünschen der Pflanzen Folge zu leisten.

Komm her …

Nein. Niemals würde ich mich in dieses schwarze Wasser fallen lassen. Panik überfiel mich. Eigentlich hatte ich ganz gut gelernt, meine Barrieren irgendwie aufrechtzuerhalten, selbst in Stresssituationen. Doch das hier, dieses wütende Heer an

Pflanzen, diese Hunderte Setzlinge und ausgewachsene Wasserpflanzen, das war einfach zu viel.

Ruhe!, rief ich mental. Die Pflanzen hörten nicht auf mich. Das Geschrei ging weiter, es wurde sogar noch höher und schriller. Mein schmerzverzerrtes Gesicht musste schlimm aussehen, denn jemand legte mir besorgt eine Hand auf den Rücken.

Bitte seid doch mal kurz ruhig, bat ich ein zweites Mal. *Ich kann euch sonst nicht helfen.*

Die Stimmen wurden weniger, aber es waren immer noch zu viele, um sie einzeln wirklich zu verstehen.

Ich spürte eine seltsame Wärme in meinem Bauch. Zuerst ganz zart und flattrig, aber dann begann sie größer zu werden, sich zu einem Ball zu formen, um schließlich in einem Funkenregen durch alle meine Glieder zu strömen.

Ruhe, verdammt! Hinter meinen geschlossenen Lidern tauchte ein Bild auf. Das Innere des Aquariums war plötzlich in helles Licht getaucht, und nun sah ich, wie die Pflanzen wirklich aussahen … wie wunderschön sie schillerten, wie unglaublich zart und filigran jedes einzelne Blatt und jeder einzelne Halm geformt war. Sie schienen fast durchsichtig, und ihre Blätter bewegten sich im Wasser so schillernd schön wie Schmetterlingsflügel. Ihr Anblick war berauschend, wäre da nicht dieses schreckliche Geschrei gewesen. Doch nun waren sie mit einem Schlag ganz still. So als spürten sie, dass ich sie plötzlich sehen konnte.

Ich atmete schwer. *Ich will, dass ihr eine Sprecherin auswählt. Eine von euch spricht, die anderen hören zu. Sonst verlasse ich sofort die Halle.*

In der Mitte meines Sichtfeldes reckte eine besonders große

Pflanze sich in die Höhe. *Ich bin eine der ältesten hier, ich werde unsere Vorwürfe vorbringen.*

Vorwürfe, wiederholte ich, *verstehe. Ihr habt also tatsächlich ein Problem mit dem Herrn der Flüsse. Warum tragt ihr keine Früchte mehr?*

Die Pflanze bewegte die langen Blätter, und es wirkte fast ein wenig trotzig. *Er behandelt uns wie seine Sklaven. Er pflanzt uns in diesen dunklen Bottich wie Schlachtvieh und erwartet dann von uns, dass wir ihn versorgen. Eigentlich leben wir in Flüssen, in großen, breiten Wasserläufen. In lebendigen Gewässern, mit Fischen, mit Schnecken, mit kleinen Flussbewohnern, mit dem Wind, der über das Wasser streicht, und mit dem Sand, der sich bewegt, wenn ein Unwetter über uns hinwegfegt. Hier leben wir in einem Tank, und es ist jeden Tag dunkel. Wir sind ganz allein. Uns fehlen die Fische, die uns streicheln und die zarten Berührungen der Muscheln, wenn sie an uns hinaufkrabbeln. Egal in welcher Stadt wir mit ihm leben müssen, immer hält er uns in diesen Tanks gefangen. Früher war alles besser! Jetzt sind wir in einen Streik getreten. Er kann noch so viele neue Setzlinge holen und sie einpflanzen, wir erinnern uns und wir werden nicht mehr mitspielen. Wir wissen, dass er seine Drachen damit füttert, und sie sind bestimmt genauso einsam wie wir. Wir sind Lebewesen, genau wie die, die für ihn arbeiten. Wir fordern ein lebenswertes Dasein für uns alle.*

Ihr wollt also, dass ich Nereus bitte, dass er Fische in euer Becken setzt? Und Lampen anbringt?

Bevor ihre Sprecherin antworten konnte, ergriff eine andere Pflanze das Wort. *Das ist doch vergebene Liebesmüh. Er wird sowieso nicht auf sie hören. Die Nymphe wirkt nicht so, als könnte sie bei ihm irgendetwas durchsetzen. Vermutlich muss sie ihm nur einen Gefallen tun, weil sie irgendetwas von ihm will. Es ist doch immer das Gleiche bei den Göttern.*

Schachmatt. Trotzdem ließ ich mir nichts anmerken. *Stellt bitte eure Forderungen.*

Wir wollen, dass die Wasserdrachen zum Schwimmen in unser Becken kommen. Und wir wollen Fische!

Und ich will einen Piranha!, rief irgendwo eine Pflanze. *Meine Vorfahren sind unter Piranhas groß geworden, und sie sollen sehr freundlich sein. Niemand streichelt besser als ein Piranha.*

Und wo sind eigentlich die Schnecken?, fragte ihre Sprecherin. *Wir wollen gefälligst auch ein paar Schnecken haben, und wir möchten Licht. Sonnenlicht! Das Becken ist viel zu tief. So tief sind die meisten Flüsse gar nicht. In so großer Tiefe wachsen wir nicht. Aber am wichtigsten ist etwas Licht. Wir wollen uns gegenseitig besser erkennen können. Wie soll es denn hier zu irgendeiner Art von Fortpflanzung kommen, wenn wir uns lediglich im Dunkeln ertasten können? Das funktioniert so nicht. Das sollte dem Herrn der Flüsse eigentlich auch klar sein.*

Das waren interessante Vorschläge.

Wenn wir mit den Wasserdrachen reden könnten, würden sie dem zustimmen, da sind wir uns ziemlich sicher.

Kann der Herr der Flüsse denn mit seinen Drachen reden?, fragte ich nach. *Mit euch konnte er ja nicht reden.*

Das kann er, sagte eine kleinere Pflanze. Sie wirkte deutlich aggressiver als ihre Sprecherin. *Er kann mit den Fischen reden, mit den Schnecken, mit den Drachen und mit allen anderen tierischen Lebewesen in seinem Reich. Fauna ja, Flora nein. Ganz einfaches Gesetz.*

Gut, dann werde ich eure Wünsche vorbringen. Sollte der Herr der Flüsse alldem zustimmen, versprecht ihr mir, dass ihr wieder Blüten und Früchte ausbildet?

Wieder erhob sich Gemurmel, das aber nicht wirklich versöhnlich klang. Was wollten die Pflanzen denn noch?

Wir versprechen dir gar nichts, erwiderte die kleine Pflanze patzig. *Wir verhandeln nicht mit dem Boten.*

Eine kleine schleimig glänzende Kugel löste sich unter einem Blatt der Pflanze und schoss auf mich zu. Ich war zu überrascht, um zu reagieren. Die Kugel musste mich verfehlt haben, denn ich spürte nichts. Die Augen hielt ich fest geschlossen, um die Verbindung in so einem heiklen Moment nicht abbrechen zu lassen.

Der Bote ist der Einzige, der zur Verfügung steht, erwiderte ich.

Der Herr der Flüsse respektiert uns überhaupt nicht, sagte die kleine Pflanze zu den anderen und erntete große Zustimmung. Die Stimmung kippte rasant. Offenbar waren die Pflanzen doch nicht so friedliebend wie von Nereus beschrieben.

Los, verschwinde!, rief eine andere Pflanze. *Du kannst doch sowieso nichts bewirken. Wir machen uns hier vor dir lächerlich, und er sagt schlicht und einfach Nein.*

Genau!, rief eine weitere. *Sie hat doch sowieso nichts zu melden, merkt ihr das nicht?*

Und dann schrien sie wieder alle durcheinander.

Wir verschwenden unsere Zeit.

Los, verschwinde!

Hau doch ab!

Aber er kann doch gar nicht mit euch reden. Was wollt ihr denn noch? Ich versuchte, zu retten, was zu retten war. Ich musste es schaffen, zu vermitteln, denn sonst würde mir Nereus vermutlich nicht sein Telefon zur Verfügung stellen.

Wir lassen uns nicht mehr halten wie Sklaven! Von überallher flogen diese kleinen Kügelchen plötzlich auf mich zu. Die Pflanzen schienen sie absichtlich in meine Richtung zu schleudern.

Zum Glück sah ich sie kommen. Meine Verbindung brach ab, ich riss die Augen auf und blinzelte. Schon schossen die ersten Kugeln aus dem Wasser und direkt auf mich zu. Ich wich vom Beckenrand zurück, ließ das Geländer los und kam wieder hoch. Hektisch schlug ich nach den Kugeln. Sie waren schleimig, rutschten hinter den Kragen meines Shirts und meine nackte Haut hinab. Evangéline schoss unter dem Stoff hervor und floh weit nach oben in die Luft. Ich drehte mich um, und nun trafen mich die schleimigen Kugeln auch am Nacken. Sie schienen ein Eigenleben zu besitzen, denn sie rutschten sofort meine Haut hinab und über meinen Rücken. Meine nackten Arme wurden getroffen. Ich schlug nach den Kugeln, als wäre ich in einen Schwarm Moskitos geraten.

»Aufhören!«, rief Selkes und schmiss sein Shirt in das Becken. Es half nichts. Die Kugeln flogen weiter. Nereus zog mich beherzt aus der Schusslinie und bekam selbst ein paar der Kügelchen ab. Selkes drängte nun die anderen nach hinten in Richtung Aufzug. Kaum, dass der Beckenrand verlassen war, hörte der Kugelhagel auf.

Dann begann das Jucken. »Igitt!« Ich löste eine der Kugeln von meinem Unterarm. Doch durch meine Berührung öffnete sie sich noch mehr, und ein Sekret trat aus. Es trocknete fast augenblicklich. Bei allen Göttern, das machte das Ganze nur noch schlimmer. »Das juckt vielleicht!« Ich kratzte mich ausgiebig an den Stellen, die ich erreichen konnte. Am liebsten hätte ich mir die Kleider vom Leib gerissen, aber das ging nun wirklich zu weit. »Warum haben Sie mich nicht gewarnt, dass Sie da unten Kampfpflanzen züchten?«

»Ach du liebe Zeit«, sagte Gigi und betrachtete mich. »Soll ich mal die Anzeichen eines anaphylaktischen Schocks googeln? Ist dir schlecht? Schwindlig?«

Ich winkte ab. »Mal abgesehen von diesem unerträglichen Jucken geht es mir gut.«

Enko hatte sich neben mich gestellt und fuhr mit dem Finger zart über einen der roten Flecken an meinem Unterarm. »Tut es weh?«

Ich schüttelte den Kopf. »Aber es juckt. Könntest du mich am Rücken kratzen? Da, wo ich nicht hinkomme?«

Er grinste und stellte sich hinter mich. Während er seine kurzen Fingernägel über meine Haut gleiten ließ, beugte er sich leicht über meine rechte Schulter. »Na? Wie ist das?«

Ich ignorierte sein Geflirte. Stattdessen hielt ich nach Evangéline Ausschau und atmete erleichtert auf, als ich sie bei Jemma entdeckte. Sie und Noah beruhigten die Motte gerade, indem sie ihren pelzigen Bauch kraulten. Ein Glück, dass Evangéline nicht auch von einer der Kugeln getroffen worden war.

»Das war unverantwortlich, Herr der Flüsse.« Enkos Stimme klang gefährlich ruhig. »Seht Euch Livias Haut an. Überall bilden sich rote Flecken. Was, wenn sie allergisch gegen dieses Pflanzengift ist?«

»Sie sieht definitiv so aus, als wäre sie allergisch«, stellte Noah fest und kam näher. »Was sind das da für Streifen an deinem Hals?«

»Was? Wo denn?« Ich tastete ängstlich danach.

»Keine Panik, Leute«, sagte Selkes und musste anscheinend ein Lachen unterdrücken. »Das sind Kiemen. Guck dir deine Hände an, Nymphe.«

Da entdeckte ich die Schwimmhäute. Zart schillernde hauchdünne Membranen, die ein wellenförmiges Muster zu besitzen schienen. Ich verschluckte mich fast vor Schreck.

»Das bewirkt die Wellenkrone«, erklärte Selkes fröhlich. »In ein paar Tagen verschwindet es von allein.«

»Und bis dahin habe ich Schwimmhäute und Kiemen?« Jetzt wurde mir doch ein wenig schlecht.

»Nur bei äußerlichem Kontakt mit Süßwasser. Der Einfluss der Wellenkrone lässt bald nach. Bis dahin könntest du theoretisch unter Wasser atmen.«

Na super …

»Ich glaube es einfach nicht«, brummte Enko hinter mir. Sein Kratzen war mittlerweile in eine Art sanftes Streicheln übergegangen, das sich viel zu angenehm auf meiner geschundenen Haut anfühlte, als dass ich es unterbrechen wollte.

»Die Kiemen und Häute sollten gleich wieder verschwinden.« Nereus warf einen kurzen Blick auf meinen Hals. »Und eine Allergie wäre bei einer Wiesennymphe höchst unwahrscheinlich.« Der Flussgott sah mich trotzdem entschuldigend an. »Es tut mir leid. Damit hatte ich nicht gerechnet. Wie gesagt, eigentlich sind die Pflanzen friedfertig. Keine Ahnung, wie die Situation so eskalieren konnte.«

»Jetzt gebt bloß nicht Livia die Schuld«, blaffte Enko hinter mir.

»Schon gut.« Ich löste mich von ihm. »Danke, Enko. Es geht schon wieder.« Dann erzählte ich Nereus von den Forderungen der Pflanzen.

Der Gott der Flüsse hörte mir aufmerksam zu. »Das ist alles?«

Ich zuckte die Schultern. »Ich glaube, sie wollen es einfach nur ein wenig netter haben. Kann man ja auch verstehen.«

Nereus wirkt erleichtert. »Das lässt sich alles einrichten. Ich bin mir sicher, die Schnecken und die Wasserdrachen werden sich freuen, wenn sie noch ein weiteres Becken zur Verfügung haben. Das bringt ein wenig Abwechslung rein. Warum bin ich nicht von allein darauf gekommen? Gleich morgen früh werden wir Fische besorgen und andere kleine Flussbewohner. Und ich lasse Tageslichtstrahler anbringen, die das Becken heller machen.«

Das hörte sich alles sehr vielversprechend an. In einer anderen Situation hätte ich mich nun noch mal an die Pflanzen gewandt, um ihnen diese Neuigkeiten mitzuteilen. Doch obwohl das Jucken bereits nachließ, dachte ich nicht im Traum daran, mich dem Beckenrand noch mal zu nähern.

Evangéline flatterte mir entgegen. Sie wirkte immer noch nervös, als sie sich auf meiner Schulter niederließ.

»Hey, alles gut, kleine Motte.« Ich strich beruhigend über ihre dicht angelegten Flügel. »Keine Angst. Mir ist nichts passiert.«

Evangéline zitterte tatsächlich ein wenig, und ich war gerührt, dass sie sich so große Sorgen um mich gemacht hatte. Sie verschwand unter meinem Shirt.

»Ein sehr hübscher Syllektis. Doch nun sollte ich meinen Teil der Abmachung erfüllen.« Nereus sah lächelnd in die Runde. »Folgt mir.«

Wir fuhren zurück in die Etage, in der sich das Hinterzimmer mit dem Pokertisch befand. Erst als Selkes von irgendwoher wieder auftauchte, fiel mir auf, dass er nicht mit uns im Fahrstuhl gefahren war. Er war wieder vollständig bekleidet. Nun ja, was man bei Selkes so »vollständig bekleidet« nennen konnte. Er trug ein hautenges Langarmshirt mit einer tätowierten Meerjungfrau vorne drauf, Cargo-Bermudas und Flip-Flops. Draußen herrschten freundliche zwölf Grad, aber Selkes schien so etwas wie Gänsehaut nicht zu kennen.

»Selkes wird dich zu dem Zimmer führen, in dem ich das

Telefon versteckt halte, Livia. Du wirst sehen, was zu tun ist, denn es ist nur ein einfaches Telefon. Ihr anderen, nehmt ruhig Platz, wir können hier warten.«

Enko wollte schon wieder protestieren, doch ich legte ihm kurz die Hand auf den Unterarm. »Du hast gesagt, wir können Nereus vertrauen. Also vertraue ich ihm und seinem Sohn auch. Selkes wird mich schon nicht in einer dunklen Ecke erdrosseln. Er ist viel zu sehr in Gigi verschossen, als dass er es riskieren würde, uns zu verärgern.«

Enko presste die Kiefer zusammen und nickte knapp.

Selkes lächelte breit und deutete dann einladend auf den hinteren Teil des Raumes, aus dem er vorhin erschienen war. »Dort drüben entlang, bitte, Nymphe.« Er schenkte Gigi ein letztes Lächeln, dann ging er voraus, um mir den Weg zu zeigen. Ich folgte ihm durch ein paar verwinkelte dunkle Gänge. Das Haus hinter der Reinigung war viel riesiger als ich erwartet hatte.

»Deine Freundin …«, sagte Selkes und ließ sich etwas zurückfallen, bis er neben mir lief. »Ist sie Single?«

Es war klar, von wem er redete. »Ja, sie ist Single.«

»Gibst du mir ihre Handynummer? Ich möchte mit ihr ausgehen.«

Innerlich schüttelte ich den Kopf. Männliche Halbgötter und ihre unerschütterlichen Egos.

Ich antwortete wohl nicht schnell genug, denn er fuhr fort: »Hör zu, Nymphe. Sie ist süß, ich mag sie und sie mag mich. Mehr braucht es dafür nicht. Ich bin einer von den Guten. Lustig, treu, ehrlich …«

»… bescheiden …«

Selkes schnaubte amüsiert. »Du musst mich gar nicht mögen, Nymphe, hier geht es nur um Gigi. Außerdem hast du ja bereits deinen persönlichen Fan dabei. Dass der Hadessohn sabbert wie ein Hündchen, wenn du ihn nur schräg von der Seite anguckst, ist schwer zu übersehen.«

Ich sah zu ihm hoch. Die Anspielung auf Enko ignorierte ich. Ganz sicher würde ich mit Selkes nicht mein Liebesleben diskutieren. Aber ich wusste, dass Gigi Selkes mochte. Und sie hatte es so was von verdient, auch endlich jemanden kennenzulernen, der ihr gebrochenes Herz heilen würde. »Frag sie doch direkt nach einem Date und nach ihrer Nummer, Selkes. Ich bin mir sicher, das gefällt ihr viel besser.«

Einen kurzen Moment lang wirkte Selkes ein wenig unsicher, dann hatte er sich wieder voll im Griff. Er lächelte. »Okay, dann mach ich das.« Er stieß eine Tür zu seiner Linken auf. Die schmale Kammer war bis zur Decke vollgestellt mit irgendeinem Schrott. Auf einem wackligen Beistelltisch thronte ein erbsengrünes Telefon aus den Siebzigerjahren des vergangenen Jahrhunderts. Das schwarze Kabel, das sich vom Hörer zum Gerät kringelte, glänzte speckig. Neben dem Beistelltisch prangte ein Ohrensessel, der mit einem Samtstoff aus orangefarbenen und braunen Streifen bezogen war. Vermutlich auch ein Relikt aus den geschmacksfreien Siebzigern.

Selkes deutete auffordernd in den Raum. Ich machte einen Schritt durch die Tür und wäre von dem Muff und flirrenden Staub darin fast erschlagen worden.

»Weidmannsheil.« Selkes salutierte zackig und zog dann die Tür scheppernd ins Schloss.

Nun war ich allein. Allein mit einer Art Telefon, das ich bisher nur aus Filmen kannte. Allein mit jeder Menge Sperrmüll und einem Ohrensessel, der aussah wie die Heimat Hunderttausender Staubmilben. Ich straffte die Schultern. Hier ging es um Maél. Und ich würde mich in noch ganz andere milbenverseuchte Untiefen stürzen, um ihn zu retten.

Zögerlich ging ich auf den Sessel zu. Eigentlich musste ich mich nicht wirklich hinsetzen, um zu telefonieren, oder? Ich besah mir das Telefon genauer. Es sah eher aus wie die Requisite eines Films und nicht wie ein technisches Gerät, das tatsächlich noch funktionierte. Eine feine Staubschicht bedeckte den Hörer. Ich griff danach, ohne hinzusehen. Meine Hände berührten das Plastik, doch dann schien das Material sich zu verändern. Als ich die Augen aufriss, hielt ich eine große Muschel in der Hand. Es war eins dieser gedrehten Schneckenhörner, von außen cremeweiß, das Innere rosig schimmernd. Die Muschel sah perfekt und absolut sauber aus. Sie war fast so groß wie das Telefon, und ihr Gewicht lag schwer in meiner Hand. Beim Blick hinunter auf den kleinen Beistelltisch riss ich die Augen auf. Das Telefon war komplett verschwunden. Nicht mal mehr das Kabel war noch da. Ich ärgerte mich, dass ich meine Augen geschlossen hatte, denn diese Transformation hätte ich wirklich gerne mitangesehen. Trotzdem machte diese hübsche Muschel das Problem nicht einfacher. Wie konnte ich damit telefonieren? Ich tat das, was mir am natürlichsten erschien. Ich hielt das Schneckenhaus an mein Ohr.

»Hallo?«, fragte ich. Im nächsten Moment wurde es in dem ohnehin schon düsteren Zimmer so stockdunkel, dass ich die Hand vor Augen nicht mehr sehen konnte. Dann sprang ein großer, scheinbar hölzerner Rahmen vor mir auf. Er öffnete sich wie ein neues Fenster am Computer, das Bild darin rauschte, und doch war alles so durchsichtig, dass ich die Dunkelheit dahinter erkennen konnte. Es sah tatsächlich aus wie ein Fenster in eine andere Welt.

»Hallo?«, fragte ich ein zweites Mal, die Muschel immer noch ans Ohr gepresst.

Plötzlich war da ein Bild in dem Fenster, das vor mir mitten im Raum schwebte. Ich sah einen Mann mit dunklen Haaren und buschigen Augenbrauen. Er trug eine Jogginghose und ein weites T-Shirt, das mit unzähligen Flecken verschmiert war. Sein Vollbart wirkte struppig und ungepflegt.

»Ja?«, bellte er.

Ich starrte ihn eine Sekunde lang an, dann glitt mein Blick hinter ihn, und ich sah auf eine Wand, die aus unzähligen Fernsehbildschirmen bestand. Auf allen Bildschirmen, es waren bestimmt an die dreißig Stück, liefen unterschiedliche Programme. Bei den meisten handelte es sich um Sitcoms oder Seifenopern, in denen sich Menschen entweder anschrien, weinend in den Armen lagen oder küssend übereinander herfielen. Es wurde in allen Weltsprachen durcheinandergeredet.

»Ja, verdammt?«, grollte der Mann.

»Ich …«, stotterte ich. Ich konnte ihn ja schlecht fragen, wen ich vor mir hatte.

»Wer wagt es, mich zu stören?«

Ich guckte ihn mir etwas genauer an, und dann sah ich plötzlich, wie hinter seiner Gestalt Blitze anfingen zu züngeln. *Oh, mein Gott. Sollte ich tatsächlich direkt bei Zeus gelandet sein? Hatte Nereus recht gehabt, und ich war direkt in Zeus' privaten Gemächern gelandet?* Nun wurde mir doch ein wenig mulmig.

»Hallo. Ich bin Livia. Es freut mich, dass ich Euch sprechen kann, Zeus.«

Vermutlich würde er mich anschreien, wenn ich ihn bei einem falschen Namen nannte. Doch der Mann zuckte nicht mit der Wimper. Stattdessen fixierte er mich mit seinen dunklen Augen. In seinem Bart hingen Reste von Weingummi. Innerlich schüttelte ich mich ein wenig. Er sah ungepflegt aus und alles um ihn herum wirkte irgendwie schmuddelig.

»Was bist du?«, knurrte er. »Ich kenne dich nicht.«

Offenbar konnte er nicht sehen, dass ich eine Nymphe war.

»Ich bin eine Nymphe.«

Zeus lachte so schallend, dass ein paar der Weingummireste aus seinem Bart fielen. »Erzähl keine Märchen, Mädchen. Die Nymphen sind ausgestorben.«

Ich schluckte. »Ich bin eine Wiesennymphe.«

Zeus' Lachen ging in ein trockenes Kichern über. »Oh, Mann. Ich glaub, ich hab schon wieder aus Versehen einen Pilz erwischt, der so komische Halluzinationen macht.« Er sah zur Seite und wühlte in irgendeiner Art von Tüte. Dann schob er sich eine Handvoll gemischter Nüsse in den Mund und kaute geräuschvoll. »Okay, genug der Märchen. Ich lege jetzt auf. Wer auch immer dir diese Standleitung ermöglicht hat, wird eines grausamen Todes sterben.«

»Nein, nein, nein, nein«, rief ich und wedelte wild mit meiner freien Hand. »Zeus, ich bitte Euch, alle, die mir helfen, handeln nur in guter Absicht. Es geht um Maél, den Hadessohn, der auf dem Olymp gefangen gehalten wird. Er ist ein Freund von mir, und ich muss wissen, ob es ihm gut geht. Und ich muss … ich meine, ich möchte für ihn sprechen, weil er zu Unrecht festgehalten wird. Er wollte niemandem etwas Böses. Er wollte einfach nur seine Schwester beschützen. Ganz sicher wollte er nicht die Weltherrschaft an sich reißen oder was auch immer man ihm anhängen will. Er ist zwar ein Hadessohn, aber er würde so etwas niemals tun. Er ist überhaupt kein bisschen wie sein Vater. Er ist gutherzig und will immer nur das Beste für alle, und …«

Zeus schnitt mir das Wort mit einer Geste ab, die so genervt aussah, dass ich sofort innehielt.

»Interessiert mich nicht«, sagte er einfach nur.

»Aber Zeus, ich bitte Euch. Maél ist unschuldig. Er ist schwer verletzt, und das hat er alles nur riskiert, um eine große Gefahr abzuwenden. Er hat dafür gesorgt, dass das gefährliche Gold nicht länger in Umlauf ist. Bitte glaubt mir. Bitte lasst ihn sprechen, und er wird alles erklären.«

Zeus unterbrach mich schon wieder. »Hör mal zu, du wildgewordener Handfeger. Meine Zeit ist kostbar, und ich habe keine Lust, mich damit zu befassen. Sprich mit Hermes, wenn du irgendetwas willst. Und wenn du ihn nicht erreichst, dann sei dir sicher, dass auch er mit dir nichts zu tun haben will. Mich interessiert das alles schon lange nicht mehr, weißt du? Ich habe jahrtausendelang meinen Dienst erfüllt, und jetzt habe ich einfach keine Lust mehr. Ich bin beschäftigt.« Er deutete hinter sich auf die Wand mit den Dutzenden Fernsehern, wo die Seifenopern vor sich hin dudelten. »Ich bin sehr beschäftigt.«

»Aber Zeus, bitte!«

»Das hat jetzt ein Ende.«

Er drückte einen Knopf, und im nächsten Moment verschwand der Bildschirm. Die Muschel zerbröselte in meiner Hand, als wäre sie aus Sand. Ihre scharfen Kanten bohrten sich unangenehm in meine Haut. Das Licht fiel zurück ins Zimmer, und ich sah entsetzt auf die Überreste der Muschel, die zu meinen Füßen lagen. Zeus hatte die Standleitung zerstört. Das bedeutete, dass ich dafür verantwortlich war, dass Nereus seine letzte Kontaktmöglichkeit zum Olymp verloren hatte. Ich schluckte und fühlte mich unendlich mies. Ob er mir sehr böse sein würde? Ich wollte mich gerade zur Tür drehen, als diese auch schon geöffnet wurde.

»Na?«, fragte Selkes gut gelaunt. »Was sagt der Boss?«

Als ich nicht antwortete, glitt sein Blick zu den Muschel-Überresten zu meinen Füßen. »Oh.«

Ich nickte.

Selkes kaute auf der Innenseite seiner Unterlippe. »Wir sollten mit Vater reden.«

*

Eigentlich hatte ich damit gerechnet, dass Nereus einen Riesenaufstand machen würde, weil ich seine Standleitung ruiniert hatte. Doch er reagierte so ruhig und bedächtig wie zuvor.

Nachdem ich in den letzten paar Minuten schon genug angebrüllt worden war, war ich höchst erleichtert. Im Pokerzimmer saßen immer noch Gigi, Jemma und Noah am Tisch, zusammen mit Nereus und Enko, die bei unserer Rückkehr in ein angeregtes Gespräch vertieft gewesen waren.

»Es geht schon lange Zeit das Gerücht um, dass Zeus sich nicht mehr um seine Angelegenheiten kümmert.« Nereus goss sich aus einer Kanne Tee nach. »Nun haben wir die Bestätigung. Das heißt wohl, dass du auf dich allein gestellt bist, Livia. Vom Olymp wirst du keine Hilfe bekommen.«

»Aber ich brauche unbedingt die Hilfe des Olymps«, sagte ich verzweifelt. »Nur das Gericht des Olymps kann Maél freisprechen.«

Nereus zuckte die Schultern. »Meine Möglichkeiten sind begrenzt. Das Einzige, was ich dir anbieten konnte, war meine Standleitung, die nicht mehr existiert.«

»Was ist mit einer Münze?«, warf Gigi ein.

Nereus schüttelte den Kopf. »Ihr werdet kein Glück damit haben. Zeus hat diese Kontaktmöglichkeit deaktiviert. Die Münzen haben keine Macht mehr.«

»Warum haben Sie uns das nicht sofort gesagt?« Noah runzelte nachdenklich die Stirn.

»Weil der Herr der Flüsse gerne Spielchen spielt, so wie alle Götter«, brummte Enko.

Nereus grinste breit. »Was wollt ihr? Ihr habt eure Chance bekommen.«

»Ach, da ist noch was.« Kleinlaut sah ich auf den Becher vor mir. »Zeus hat gesagt, derjenige, der mir dieses Telefon zur Verfügung gestellt hat, wird eines grausamen Todes sterben.«

Selkes riss erschrocken die Augen auf, und sogar Noah und Enko setzten sich etwas gerader in ihren Stühlen auf. Gigi hatte eine Hand vor den Mund gepresst, und Jemma starrte mich entsetzt an. Nereus hingegen sah wenig beeindruckt aus.

»Ja, unser Herrscher droht gerne. Das hat er schon viele tausend Jahre lang gemacht und das meiste davon nie in die Tat umgesetzt. Ich glaube kaum, dass er mich als Hüter der Flüsse einfach so zu Staub verbrennen wird.«

Gigi ließ langsam die Hand sinken. »Und Zeus hat also wirklich rigoros abgelehnt, dir zu helfen?«

Ich erzählte, wie das Telefonat gelaufen war.

Enko schüttelte nur den Kopf. »Irgendwie habe ich damit gerechnet. Er ist so ein Ignorant. Schlimmer als Vater.«

»Aber wie wollen wir Maél dann helfen?«

»Da hilft nur, zu warten, bis der Götterbote Hermes wieder auftaucht«, sagte Nereus. »Er mag zwar jetzt verschwunden sein, aber auch er ist ein waschechter olympischer Gott und ganz sicher nicht einfach so unter einen Lkw geraten. Ich kenne Hermes. Er ist ein guter Mann. Vertraut darauf, dass er sich bei euch melden wird, sobald er dazu kommt. Ihr müsst nur Geduld haben.«

Unterm Tisch ballte ich meine Hände zu Fäusten. »Geduld …«, murmelte ich. »Geduld ist nicht meine Stärke.«

»Seid ihr sicher, dass dieser Maél noch lebt?«, warf Selkes ein.

Ich nickte, allerdings mehr auf Wunschdenken als auf Fakten basierend.

Enko sah ihn fest an. »Er ist mein Bruder. Ich bin mir sicher, ich wüsste, wenn er tot wäre.«

Selkes lehnte sich in seinem Stuhl zurück. »Na, dann ist es wohl Zeit für euren Plan B.«

»Wenn du einen hast, immer her damit.«

Nereus nahm einen Schluck von seinem Tee und stellte den Becher dann sanft vor sich ab. »Es tut mir leid, dass es so unerfreulich für dich gelaufen ist, Livia.«

Enko erhob sich als Erster. »Wir danken Euch, Herr der Flüsse. Wir werden uns jetzt verabschieden.«

Auch wir anderen erhoben uns. Erst da fiel mir auf, dass das Jucken seit dem Telefonat mit Zeus komplett verschwunden war. Vielleicht hatte dieses unerfreuliche Gespräch wenigstens etwas gebracht.

»Es hat mich gefreut.« Nereus hob zum Abschied die Hand, blieb aber sitzen und nippte weiter an seinem Tee. Wie von Zauberhand erschien Ling Wu und öffnete uns die Türen.

Selkes begleitete uns, und wir bestaunten noch mal die Wasserdrachen und die Schnecken. Er führte uns zu einem der großen Becken. Die kleinen Drachen waren neugierig und kamen sofort zum Rand. Ihre Schnauzen waren weich wie die von Seerobben. Mit ihren gelben Augen und den bläulich-violettfarbenen Schuppen wirkten sie tatsächlich wie Tiere von einem anderen Stern. Einer schnaufte in meine Handfläche, als ich ihn unter dem Kinn kraulte, und seine borstigen Schnauzhaare kratzen über meine Haut. Ich hätte ewig mit den kleinen Drachen spielen können, und auch die anderen schienen ganz verzückt. Irgendwann trieb Selkes uns lachend weiter mit dem Versprechen, dass wir die Wasserdrachen bald mal wieder besuchen kommen könnten.

Auf der Straße hatte Selkes jedoch nur noch Augen für Gigi. »Dann schreibe ich dir, okay?« Er wirkte plötzlich wieder etwas nervös.

Ich hatte gar nicht mitbekommen, wo und wann die beiden Handynummern getauscht hatten.

Gigi nickte. »Gerne!« Die beiden lächelten sich an und schienen sich gar nicht voneinander trennen zu wollen.

Noah legte Jemma den Arm um die Taille. »Muss das schön sein, verliebt zu sein«, flüsterte er.

Jemma grinste bis zu den Ohren und beugte sich dann zu ihm, um ihn kurz auf den Mund zu küssen. »Ja, ich kann mir auch gar nicht vorstellen, wie sich das anfühlt.«

Ich fühlte mich zwischen den beiden Paaren wie das fünfte Rad am Wagen, obwohl direkt hinter mir Enko stand, der sich, seit Maél verschwunden war, aufführte wie mein persönlicher Bodyguard. Trotzdem, ich vermisste Maél so schrecklich. Und jetzt, da die beiden anderen so verliebt wirkten, wurde mir nur noch viel stärker bewusst, wie glücklich ich mit Maél gewesen war. Trotz unserer Differenzen, dem Misstrauen und all dem, was sich uns in den Weg gestellt hatte.

Von hinten legte mir jemand sanft die Hand auf die Schulter. Enko.

»Komm«, sagte er. »Wir bringen die anderen nach Hause.«

Ich wollte protestieren und ihm sagen, dass es eigentlich kein »wir« gebe, aber ich hatte keine Kraft dazu. Irgendwie war es tröstlich, dass es ihm so wichtig schien, für mich da zu sein.

Dennoch blieb das ungute Gefühl, dass das »wir« bald zu einem Problem werden würde.

Kapitel 3

Neuzugang

Keine neuen Nachrichten. Keine neuen Nachrichten. Maél für immer verloren. Für immer. Immer …

Jemand stupste mich an. Ich fuhr hoch und riss im gleichen Moment die Augen auf. Wo war ich? Ich sah ein Mädchen vor mir, gehüllt in graue Schatten und mit riesigen nachtschwarzen Schwingen hinter ihrem Rücken. Ihr langes, dunkelbraunes Haar schien sich um ihren Kopf zu winden wie Schlangen. Jede einzelne Strähne glitzerte, als hätte jemand diamantenen Staub darin verwoben. Um mich herum hob das Schreien der Pflanzen an, als meine wacklig errichteten mentalen Barrieren zu Staub zerbröselten. Es war ein Todeskampf. Den Pflanzen fehlten Wasser, Nährstoffe, Sonnenlicht. Ich konnte ihre Schmerzen und die Panik körperlich fühlen. Und sie alle riefen nach mir um Hilfe.

Das Mädchen sah mir direkt in die Augen, ein Lächeln umspielte ihre Mundwinkel. *Hallo …*, sagte sie, ohne die Lippen zu bewegen. Das Wort schien sich in mein Gehirn zu brennen. Ich keuchte erschrocken auf und wich so weit zurück, dass ich fast rückwärts von meinem Hocker gefallen wäre.

»Wow! Sachte, Schlafmütze.«

Ich spürte eine Hand in meinem Rücken. Ich warf den Kopf zur Seite und sah in klare blaue Augen. *Jemma. Das war*

Jemma. Einfach nur Jemma. Richtig. Ich war in der Schule. Im Biologieunterricht. Und ich war so müde gewesen, dass ich nur für einen kurzen Moment die Augen geschlossen hatte …

»Wer ist das?« Meine Stimme klang kratzig vor Angst. »Siehst du ihre …«

»Guten Morgen, Miss McKenzie!«, rief Mr Rogers quer durch den Klassenraum. Meine Mitschüler brachen in Gelächter aus. Die Pflanzen vor mir auf dem Tisch schrien immer noch wild durcheinander. Ich tastete hektisch nach dem Honig-Lipgloss in meinem Federmäppchen.

Hilf uns, rette uns, Tochter der Quelle. Hilf uns!

»Es freut mich, dass Sie beschlossen haben, wenigstens zur Vorstellung Ihrer neuen Mitschülerin wach zu sein.«

Noch mehr Gelächter.

Noch mehr Geschrei.

Ich starrte erst Mr Rogers an, dann glitt mein Blick weiter zu dem Mädchen, das neben ihm stand. Die furchterregenden Flügel waren verschwunden, ebenso die grauen Nebelschwaden, die ihren schlanken Körper umgeben hatten wie einen Schutzschild.

»Entschuldigung.« Ich würgte das Wort mit Mühe und Not hervor. Endlich hatten meine Finger das Döschen mit dem Lipgloss ertastet. Meine Hand zitterte, als ich den Verschluss ohne hinzusehen aufschraubte. Da ich mich nicht traute, den Lipbalm aufzutragen, während Mr Rogers noch zu mir sah, zog ich lediglich das Federmäppchen etwas näher zu mir. Ich atmete tief ein. Der Geruch war zum Glück so intensiv, dass er sogar aus den Tiefen des Mäppchens in meine Nase stieg.

Wasser, wir brauchen Wasser, Tochter der Quelle. Hilf uns. Hilf mir. Hilfe …

Der Honigduft beruhigte mich, doch es kostete all meine

Kraft, das Geschrei der Pflanzen ganz zum Schweigen zu bringen. Schnell schob ich die hohen Behälter, in denen sie auf unserem Tisch standen, ein Stück von mir weg. Ich würde drei Kreuze machen, wenn wir das Thema »Pflanzenbestimmung« endlich beendet hatten.

Jemma neben mir flüsterte: »Alles in Ordnung? Du siehst aus, als würdest du gleich seitlich vom Stuhl kippen. Na ja, eigentlich bist du ja schon fast vom Stuhl gekippt. Also noch mal die Frage: Alles in Ordnung?«

Ich antwortete nicht, stattdessen schluckte ich krampfhaft.

»Ich möchte Ihnen Ihre neue Mitschülerin Tiffany Larousse vorstellen«, sagte Mr Rogers gerade. »Tiffany ist aus dem hohen Norden, aus Neufundland, zu uns gezogen, und wir freuen uns alle, dass sie heute bei uns ist. Tiffany, Sie können sich setzen. Wir schauen mal, wo noch ein Platz frei ist.«

Tiffany hauchte ein »Danke« und sah kurz zu Mr Rogers hoch.

Als sie den Kopf drehte, leuchtete eine pinkfarbene Strähne in ihrem Haar auf. Überhaupt schien sie eine Schwäche für diese Farbe zu haben, denn nicht nur ihr Rucksack war pink, sondern auch die grob gestrickten Socken, die sie in ihren Boots trug.

»Hier ist noch was frei. Wir sind nur zu dritt in unserer Bank«, hörte ich Jemma neben mir sagen.

Mr Rogers betrachtete uns einen Moment lang der Reihe nach, als überlegte er, ob unsere Gesellschaft nicht vielleicht doch einen schlechten Einfluss auf Tiffany Larousse haben könnte. Sein Blick blieb an mir hängen. Ich guckte so wach und motiviert wie möglich zurück. Immerhin … Er hatte mich tatsächlich schlafen lassen. Obwohl ich so den gesamten Unterricht verpasst hatte. Aber davon abgesehen – Mr Rogers war nicht nur cool, er sah auch wie immer super aus. Passend zu dem herbstlichen Wetter trug er über seinem taillierten Oberhemd einen grob gestrickten Cardigan, der ihm bis auf den halben Oberschenkel reichte. Er sah mal wieder aus, als würde er für Tommy Hilfiger modeln.

Ich versuchte es mit einem zaghaften Lächeln. Mr Rogers seufzte tief.

»Nun gut, einen Versuch ist es wert. Miss Larousse, setzen Sie sich doch bitte an Miss McKenzies freie Seite. Vielleicht können Sie verhindern, dass sie vom Stuhl fällt, während sie schläft. Ich habe keine Lust, meinen Unterricht zu unterbrechen, weil ich jemanden zum Krankenzimmer tragen muss.«

Schon wieder lachte die ganze Klasse. Normalerweise hätte ich verlegen mitgelacht, doch die Bilder in meinem Kopf ließen sich nicht so schnell ausradieren. Was ich gesehen hatte, war so real gewesen. Natürlich machten sich die letzten beiden schlaflosen Nächte bemerkbar, aber war es nun so weit, dass ich unter Halluzinationen litt? Ich meinte mich zu erinnern, dass ich tatsächlich mal irgendwo gelesen hatte, dass Schlafentzug zu Trugbildern und Wahnvorstellungen führte. Daran musste es liegen, denn das Mädchen, das nun durch die Bankreihe auf uns zuging, sah nicht so aus, als wäre sie irgendein Monster.

»Hallo«, sagte sie mit leicht piepsiger Stimme. »Ich bin Tiffy.« Sie streckte mir die Hand hin.

Ich schüttelte sie. Da war nichts. Nichts Mythologisches, nichts Übersinnliches, nichts Paranormales.

Der Blick aus Tiffys dunkelgrünen Augen wirkte freundlich und harmlos. Ihr Lächeln war fast ein wenig schüchtern. Sie begrüßte auch kurz Jemma und Gigi, während sie sich rechts von mir auf dem letzten freien Stuhl niederließ. Dann zog sie ein rosafarbenes Notizbuch und einen pinkfarbenen Stift mit Puschel obendrauf hervor. Okay … Rosa und pink schienen definitiv ihre Lieblingsfarben zu sein.

Während sie ihre Sachen sortierte, beobachtete ich sie möglichst unauffällig von der Seite.

»Und du kommst aus Neufundland hierher?«, wisperte Jemma an mir vorbei zu Tiffy hinüber. »Wie cool. Da müssen für dich in Paris ja geradezu tropische Temperaturen herrschen.«

Tiffy lächelte leicht verlegen. »Das stimmt. Aber ich finde Regen sowieso angenehmer als Schnee. Von daher trifft es sich ganz gut.«

Mir kam es unhöflich vor, zwischen den beiden zu sitzen und wie eine Statue geradeaus zu starren, deshalb drehte ich mich zu ihr. »Noch mal herzlich willkommen. Die Schule ist echt okay. Mir gefällt es hier sehr gut. Ich habe vorher in Korea gewohnt.«

»Korea, wie interessant. Da würde ich auch gern mal hin. Ist es …«

»Meine Damen«, rief Mr Rogers quer durch die Klasse. »Es freut mich, dass Sie Miss McKenzie vom Schlafen abhalten. Dass Sie das Problem dadurch lösen, dass Sie sich unterhalten, freut mich hingegen nicht. Ich möchte Sie daran erinnern, dass der Unterricht hier vorne stattfindet, auch wenn ich wahrscheinlich nur halb so Spannendes zu berichten habe.«

Tiffy wurde feuerrot und nickte.

Da ich Mr Rogers' umwerfende Wirkung auf das weibliche Geschlecht mittlerweile gewöhnt war, zog ich nur ein Gesicht. »Es kommt nicht wieder vor.«

Mr Rogers nickte streng und machte weiter. Kaum, dass er den Blick abgewandt hatte, beugte Gigi sich hinter Jemmas Rücken in unsere Richtung.

»Willkommen im Fanklub«, flüsterte sie. »Ich bin die Vorsitzende.«

Tiffy grinste und schien noch verlegener als vorher. »Er ist so jung«, flüsterte sie zurück. »Darf er überhaupt schon unterrichten?«

»Mir ist völlig egal, was er darf oder was er kann, solange er einfach damit weitermacht«, murmelte Jemma, ohne den Blick von der Tafel beziehungsweise Mr Rogers zu lösen.

Tiffy kicherte. »Da stimme ich dir zu.«

»Also, ich finde ...«, setzte ich gerade an, als Mr Rogers sich von der Tafel wegdrehte und seinen Blick über die Klasse wandern ließ, um die erneuten Störenfriede auszumachen.

Doch dieses Mal kamen wir ihm zuvor und taten so, als wären wir total vertieft in unsere Pflanzenbestimmungen.

Mr Rogers wandte sich zurück zur Tafel.

Tiffy neben mir murmelte leise vor sich hin, während sie die Arbeitsblätter, die Mr Rogers zu Beginn der Stunde ausgeteilt hatte, in einem rosa Schnellhefter abheftete.

Ich schimpfte mich selbst eine Idiotin. Okay, vermutlich war ich einfach nur kurz davor, verrückt zu werden. Mal wieder. Tiffy war das Paradebeispiel eines lieben, harmlosen Mädchens mit einer ziemlich auffälligen Schwäche für die Farben Rosa und Pink.

Die furchteinflößende Gestalt, die ich vorhin an der Tafel neben Mr Rogers hatte stehen sehen, war ein Traumbild meiner Fantasie gewesen. Ein Relikt aus einem Tagtraum. Nichts weiter als das Produkt meines Schlafmangels. Ich hatte mich in letzter Zeit einfach mit zu vielen mythologischen Wesen umgeben. Irgendwann musste es ja so weit sein, dass ich nur noch überall Flammen und Schatten und furchteinflößende Kreaturen sah. Vielleicht sollte ich mir einfach wieder angewöhnen, nachts zu schlafen.

*

Obwohl ich alles tat, um mich zur Ruhe zu zwingen, wollte die kleine, fiese Alarmlampe in meinem Kopf nicht aufhören zu blinken. Irgendwann hielt ich es nicht mehr aus. Verfolgungswahn hin oder her, ich musste jetzt sofort wissen, woran ich war. Ob ich Gespenster sah oder nicht. Ich bat, auf die Toilette gehen zu dürfen. Dort angekommen, schloss ich mich in einer Kabine ein und zückte mein Smartphone. Einen Moment lang hielt ich inne und schloss die Augen. Ich war echt schon nicht mehr normal. Verließ den Klassenraum, um eine neue Mitschülerin zu googeln.

Doch dann gab ich mir einen Ruck. Vorsicht war besser als Nachsicht, erst recht, wenn man so wie ich Hals über Kopf in eine mythologische Parallelwelt gestolpert war.

Ich tippte Tiffys Namen in die Suchmaschine. Da begann auf einmal das Jucken. Das Adrenalin in meinem Blut schien das Gift der Wasserpflanzen aus Nereus' Aquarium zu reaktivieren. Oder fühlte sich so ein Nervenzusammenbruch an? Ich musste das Handy auf meinem Schoß ablegen, damit ich mich ausgiebig kratzen konnte. Evangéline kam hervorgekrabbelt und musterte mich neugierig. Meine Haut brannte, und bei jeder Berührung wurde das Jucken noch schlimmer. Ich verrenkte mich in Positionen, um die mich so mancher Yogi beneidet hätte. Als ich den Ärmel meiner Strickjacke hochschob, erschrak ich. Dort, wo die schleimigen Bällchen geplatzt waren, schienen unsichtbare Sporen oder Nesseln in die Haut gedrungen zu sein. Nun waren sie durch mein erneutes Kratzen sichtbar geworden. Sie schimmerten bläulich, die Haut drum herum verfärbte sich kontinuierlich von einem Kirschrot zu dunklem Lila. Ich sprang auf und verließ die Kabine, ohne Evangéline vorher zu verstecken. Wenn mein Hals und Nacken genauso aussahen, konnte ich unmöglich zurück in den Unterricht gehen. Vor dem Spiegel hob ich meine Haare an, und tatsächlich zierte meinen Nacken ein hässlicher violettfarbener Streifen. Unter dem Halsausschnitt meines Cardigans lugte ein roter Fleck hervor.

Ich stützte mich auf dem breiten Waschbecken ab, mein Spiegelbild fest im Blick. »Herzlich Willkommen zum ›Tag der offenen Tür‹ auf der Quarantänestation.« Ich sah aus, als wäre ich kurz davor, zu etwas sehr Unappetitlichem zu mutieren. Und ich fühlte mich auch so. Sorgfältig zog ich das bunte Halstuch zurück an seinen Platz. Seit Evangéline bei mir, beziehungsweise auf mir, eingezogen war, trug ich eigentlich immer ein Tuch, um sie unter meinen Oberteilen so gut es ging zu verbergen.

Sie hatte wohl mein Seufzen gehört, denn nun kam sie hinter mir hergeflattert. »Kleine Motte, du solltest doch warten.« Erst da wurde mir klar, wie leichtsinnig ich gehandelt hatte. Sollte nun eine andere Schülerin den Waschraum betreten, müsste ich ihr erklären, warum ich mit einem ausgestorbenen Rieseninsekt redete. Eine neue Juckreizwelle überfiel mich. Humpelnd und verdreht wie ein Zombie wankte ich zurück in die Kabine und rief Evangéline zu mir. Mein Stalking musste warten, zuerst musste ich Enko um Rat fragen. Ich schrieb ihm eine WhatsApp-Nachricht, in der ich den plötzlich auftretenden Juckreiz und die unschönen Flecken beschrieb. Ich rechnete damit, dass er sich vor Lachen krümmen würde und ich einen dummen Spruch kassierte. Doch er antwortete sofort und versprach, sich augenblicklich an Nereus zu wenden und mir dann Bescheid zu geben, sollte er mehr in Erfahrung bringen. Ich war so beeindruckt, dass sogar der Juckreiz für einen Moment in den Hintergrund rückte.

Die Wartezeit auf eine Antwort des Herrn der Flüsse nutzte ich, indem ich Tiffy googelte. Als Erstes wurde mir ihr Instagram-Profil angezeigt. Ich klickte auf den Link, und die App öffnete sich. Alles auf diesem Profil wirkte schrecklich normal. Tiffy mit Freundinnen, Tiffy beim Schulsport, Tiffy mit ihren Eltern, Tiffy inmitten einer Schafherde, Tiffy im Urlaub auf Hawaii. Tiffy in Hunderten verschiedener pinkfarbener Outfits in ihrem komplett pinkfarbenen Zimmer. Nichts war mysteriös, nichts wirkte auf irgendeine Art und Weise verdächtig. Nachdenklich kratzte ich mich am Hals, während Evangéline die geschlossene Toilettenkabinentür hinaufjagte, als wollte sie irgendeinen Riesenmottenrekord brechen. Tiffy schien in Neufundland eine Menge Freunde gehabt zu haben, und auch das Verhältnis zu ihren Eltern musste bombig sein, denn sie hatte unzählige Fotos zusammen mit ihnen gepostet, inklusive diverser Herzchen als Hashtags.

Ich seufzte leise und schämte mich gleichzeitig. Was hatte ich auch erwartet? Nur weil ihr Name vielleicht wie der Künstlername eines Hollywood-Sternchens klang, hieß das noch lange nicht, dass Tiffy Leichen im Keller hatte.

Ihr Facebook-Profil zeigte ein ähnlich normales Leben. Sie mochte *Riverdale*, *Supernatural* und die *Gilmore Girls.* Sie las genauso gerne Fantasybücher wie ich. Eigentlich hätte sie mir einfach nur sympathisch sein können. Wir schienen viel gemeinsam zu haben. Sie guckte die Serien, die ich auch guckte, sie liebte die Bücher, die ich auch liebte. Stattdessen hatte mein von Schlafmangel benebelter Verstand beschlossen, sie in der

Kategorie »mysteriös und gefährlich« abzulegen. Absoluter Unsinn. Ich knipste das Handy aus, stand von der Toilette auf und verstaute es in der Tasche meines Cordrocks. Evangéline hielt in ihrem Dauerlauf – besser gesagt, in ihrem Dauertrippeln – inne und sah mit wippenden Fühlern zu mir. Wie sollte ich den Unterricht überstehen, ohne dass alle dachten, ich hätte Flöhe? Ich kratzte mich lautstark am Rücken. Da half wohl nur eiserne Selbstbeherrschung. Ich bedeutete Evangéline, wieder auf ihren Platz zu huschen. Nachdem sie es sich in der Kuhle meines Schlüsselbeins gemütlich gemacht hatte, kratzte ich mich ein letztes Mal ausgiebig, rückte das Halstuch an seinen Platz und schlich zurück ins Klassenzimmer.

*

Ich starb tausend Tode. Sich nicht kratzen zu dürfen, ist vermutlich eine schlimmere Folter als alle Zehen einzeln abgeschnitten zu bekommen. Ich jedenfalls hätte mich vermutlich für Letzteres entscheiden, wenn ich mich dabei nur ausgiebig hätte kratzen dürfen. Gigi sah mich komisch an, und ich textete ihr mein Leid. Ich erntete jedoch kein Mitleid, sondern ein breites Grinsen. Na, herzlichen Dank.

Am Ende der Stunde spürte ich, wie Mr Rogers mich beobachtete. Vermutlich behielt er mich im Blick, damit er mich abfangen könnte, wenn wir durch den breiten Mittelgang Richtung Klassentür liefen.

Oh nein, dachte ich. *Bitte nicht* … Es war mir so schon unangenehm genug, dass ich im Unterricht eingeschlafen war und alle es mitbekommen hatten. Das passte so gar nicht zu mir. Eigentlich fand ich den Unterricht interessant und ging gerne zur Schule. Aber *eigentlich* bekam ich ja auch jede Nacht genügend Schlaf, denn ich achtete *eigentlich* darauf, dass ich früh genug ins Bett ging. Eigentlich, eigentlich, eigentlich …

Ich packte meine Sachen und ging extra dicht hinter Jemma her, in der Hoffnung, ich könnte mich irgendwie hinter ihr verstecken.

Doch das war natürlich lächerlich. Jemma war rank und schlank wie eine Birke, ich hätte mir genauso gut einen Grashalm vors Gesicht halten können.

Ich hob den Kopf. Mr Rogers sah mich direkt an. Jetzt gleich … jetzt gleich wird er mich abfangen, die anderen in die Mensa schicken und ich werde mir eine Standpauke anhören dürfen, die sich gewaschen hat. Super.

Es wird garantiert nie wieder vorkommen, flehte ich lautlos, *also bitte sprechen Sie mich nicht an. Ich will einfach nur mit meinen Freundinnen in die Mensa gehen und das weitere Vorgehen zur Rettung meines Freundes besprechen. Und außerdem muss ich mich ganz dringend kratzen!*

Ich fühlte Mr Rogers' Blick, doch nichts geschah. Er sah mich an, und für einen kurzen Moment war da so etwas wie Ratlosigkeit in seinen Augen.

Wir passierten ihn, und Jemma wünschte ihm sogar noch einen schönen Tag, ohne dass er sich rührte. Drei Sekunden verspätet, so als hätte der Klang ihrer Stimme erst jetzt seinen Gehörgang erreicht, hob er die Hand und erwiderte den Gruß. Mich beachtete er nicht. Ich atmete auf.

*

Ich schaffte es, den Schultag zu überstehen, ohne ein weiteres Mal einzuschlafen und ohne mir die Haut vom Körper zu kratzen.

Ersteres auch deshalb, weil ich verbotenerweise eine Thermoskanne mit Kaffee in die Schule geschmuggelt hatte.

Zweiteres, weil das Jucken irgendwann in ein Brennen überging, das sich zwar anfühlte, als hätte ich mit einem Strauß Brennnesseln Fangen gespielt, aber besser zu ertragen war als das Gefühl, sich Flöhe eingefangen zu haben.

Nach Schulschluss hatte ich Antwort von Enko, der vorschlug, erneut zu Nereus zu fahren, um dort Hilfe zu bekommen.

Jetzt standen Gigi, Jemma und ich auf den Treppen vor dem Ausgang und hatten endlich einen Moment für uns. Tiffy hatte sich an uns drangehängt, sodass unser Trio unfreiwillig zum Quartett geworden war. Dadurch hatten wir uns nicht weiter besprechen können, ohne Gefahr zu laufen, Tiffy einweihen zu müssen.

Ich hatte mich daran erinnert, wie herzlich Gigi und Jemma mich an meinem ersten Tag aufgenommen hatten, und mich deshalb bemüht, Tiffy trotz meines Sorgengedankenkarussells freundlich willkommen zu heißen. Doch nun war ich erleichtert, dass wir einen Moment alleine waren.

»Wie sieht's aus?«, fragte Jemma und sah sich um wie ein Geheimagent. Doch wir hatten Glück, denn um uns herum standen keine weiteren Schüler. Die meisten verließen ohnehin fluchtartig das Gebäude, sobald der letzte Gong erklungen war. Nun war es schon zwanzig Minuten nach Schulschluss und wir standen immer noch hier herum. »Was macht der Juckreiz?«

»Es brennt jetzt eher. Ist genauso unangenehm, nur auf eine andere Art. Aber vielleicht hat Nereus ja irgendeine mythologische Tinktur parat, die mich von dem Elend befreit.« Ich sah auf meine Armbanduhr. »Enko holt mich so gegen 17 Uhr ab.«

»Bist du sicher, dass du das packst? Heute siehst du nicht nur ziemlich fertig aus, du scheinst es auch wirklich zu sein.«

Ich winkte ab. »Das geht schon. Für morgen hab ich nicht so viele Hausaufgaben, und ich werde versuchen, mich eine Stunde hinzulegen, bevor Enko auftaucht.«

»Ihr fahrt doch wieder nach Chinatown, oder?«, hakte Gigi nach.

Ich nickte. »Willst du mit?«

Gigis Wangen liefen rosig an. »Selkes und ich sind zu einem Spaziergang verabredet. Er will mir die Gegend zeigen. Ich dachte, es wäre vielleicht okay, wenn ihr mich mitnehmt?«

»Klar.« Ich lächelte sie an. »Also du und Selkes?«

Gigi biss sich nervös auf die Unterlippe. »Er ist wirklich sympathisch. Und er hat mir ein paar sehr liebe WhatsApp-Nachrichten geschickt.«

Jemma grinste. »Seine Begeisterung war auf jeden Fall nicht zu übersehen.«

Ich sah zu ihr. »Was ist mit dir? Kommst du auch mit?«

Jemma schüttelte den Kopf. »Noah und ich gehen in einen Indoor-Klettergarten. Ich habe das schon ein paarmal gemacht, und er ist jetzt irgendwie ganz wild darauf, das auszuprobieren. Ich werde ihm alles erklären und hoffen, dass er sich nicht den Hals bricht.«

Gigi lachte. »Solange Cookie und Cream nicht auch klettern müssen.«

Jemma grinste. »Wir könnten uns jeder einen der Hunde auf den Rücken schnallen. Sieht bestimmt ulkig aus.«

»Hast du eigentlich immer noch nichts von Hermes gehört?«, fragte Gigi in dem Moment, als jemand hinter uns fragte: »Hey, was macht ihr denn jetzt noch so?« Wir drehten uns um. Tiffy stand da, gehüllt in einen rosafarbenen Trenchcoat.

Gigi, die so kurz davor gewesen war, sich zu verplappern, presste erschrocken die Lippen aufeinander.

Tiffy sah sie an und schien sichtlich verlegen. »Entschuldigt, habe ich euch bei etwas unterbrochen?«

Wir schüttelten alle hastig den Kopf. Wieder einmal betrachtete ich sie wachsam. Ich konnte nicht genau benennen, was sie an sich hatte, aber da war etwas. In meinem Kopf begann das rote Lämpchen zart zu blinken.

Tiffy zog die Schultern hoch. »Ihr wart so nett zu mir, und na ja … ich habe hier noch keine Freunde. Ich dachte, vielleicht könnten wir noch irgendetwas machen. Uns Paris ansehen, oder ihr könntet mir zeigen, wo ihr shoppen geht, oder so?« Sie brach ab und schluckte. »Meine Freunde fehlen mir.«

Die Verletzlichkeit in ihren grünen Augen berührte mich, und mein Misstrauen machte ganz leise einen Schritt in den Hintergrund. Ich wollte etwas an ihr komisch finden, ich wollte es einfach viel zu sehr, und deshalb hatte ich mich auf irgendeine wahnwitzige Idee versteift. Eine Idee, die ich selbst gar nicht hätte in Worte fassen können. Doch nun tat Tiffy mir leid. Und für ihre Ehrlichkeit bewunderte ich sie.

»Es tut mir leid, Tiffy«, sagte ich sanft. »Heute bin ich schon verabredet. Wir sind alle schon verabredet. Jemma trifft sich mit ihrem Freund und auch Gigi hat jemanden kennengelernt, mit dem sie heute spazieren geht. Ich muss zusammen mit einem Freund etwas erledigen, das wird bis abends dauern.«

Tiffys Schultern sanken immer weiter nach unten.

»Aber am Wochenende haben wir Zeit. Möchtest du etwas mit uns unternehmen?«

Sofort hellte sich ihre Miene auf. »Ja, sehr gerne, das wäre toll! Oh, vielen, vielen Dank! Ihr seid echt so lieb. Ich meine, ich habe ja noch andere Leute kennengelernt heute, aber ihr seid echt die nettesten. Es wäre so schön, etwas mit euch zu unternehmen.«

Ich musste lächeln, denn Tiffy konnte genau wie Gigi reden, ohne Luft zu holen. »Sollen wir Handynummern tauschen?«

»Ja, das wäre toll.« Tiffy wühlte in der Tasche ihres Mantels und zog – große Überraschung – ein pinkfarbenes Handy hervor. »Wollt ihr euch hier eintragen? Dann schicke ich euch Nachrichten bei WhatsApp und wir verabreden uns. Habt ihr eine Gruppe?«

Wir sahen uns an. Ja, wir hatten einen Gruppenchat. Aber den nutzten wir, um über mythologische Interna zu reden. Ich umging die Frage, indem ich sagte: »Ich mache einfach jetzt schnell eine Gruppe auf, dann sind wir alle zusammen.«

Tiffy schien unser Zögern nicht bemerkt zu haben. »Perfekt.« Sie sah an mir vorbei. »Da ist mein Vater, er holt mich ab.« Sie winkte in Richtung einer großen silbernen Limousine. »Hi, Dad! Ich komme gleich!« Sie sah zurück zu uns. »Wenn ihr Lust habt, könnt ihr gerne mal bei mir vorbeikommen. Ich backe total gerne. Mögt ihr Cupcakes?«

Gigi horchte natürlich sofort auf. »Du backst? Was backst du denn so? Und bei Cupcakes: lieber Icing oder Ganache?«

Jemma warf mir einen Blick zu, als sprächen die zwei plötzlich eine andere Sprache. »Also ›Icing‹ brauche ich eigentlich nur, wenn ich mir beim Sport irgendwie den Fuß verrenkt habe.«

Ich lächelte ihr verschwörerisch zu. »Und ich brauche weder noch. Also halte ich mich lieber ganz raus.«

Die beiden beendeten ihre Fachsimpelei, weil der silberne Mercedes hupte.

»Macht's gut!«, rief Tiffy. »Es hat mich total gefreut! Wir müssen uns unbedingt treffen. Ich melde mich bei euch. Ich schreibe euch jetzt gleich sofort. Bis dann, wir sehen uns!« Sie sah aus wie ein pinkfarbener Zuckerwattebausch, der die Treppen hinunterhüpfte.

»Sie backt.« Gigi hatte ganz glänzende Augen.

Tiffy schlüpfte auf den Beifahrersitz der Limousine. Der Fahrer hupte erneut, und wir hoben die Hände, um zu winken.

»Endlich eine Gleichgesinnte«, flüsterte Jemma mit düsterer Stimme. »Endlich ein Mitstreiter im Kuchen-Universum. Das Imperium wird dadurch unendlich an Macht gewinnen.«

Gigi schubste sie freundschaftlich. »Lasst uns gehen. Ich muss noch Hausaufgaben machen und mich dann stundenlang duschen und aufhübschen, bevor ich mich mit meinem Date treffe.«

»Deine Sorgen möchte ich haben.« Jemma grinste und klimperte mit den Wimpern.

»Aber du machst dich doch auch hübsch für Noah.«

»Ja, klar.«

»Dann verstehst du doch, dass ...« Gigi sah zu mir und verstummte abrupt.

»Sorry.« Jemma strich mir sanft über die Schultern. Die beiden wurden plötzlich ganz ernst.

Ich schüttelte den Kopf. »Es ist doch total bescheuert, jetzt jede Minute des Tages darauf Rücksicht zu nehmen, dass ich mir Sorgen um Maél mache. Ich kann ja nicht jeden zwingen, meine miesepetrige Laune zu teilen. Ich freue mich total für dich, Gigi, dass du jemanden kennengelernt hast, der dich offenbar im Sturm erobert hat. Und ich freue mich für dich, Jemma, dass du so einen wunderbaren Freund hast. Natürlich vermisse ich Maél, aber ich weiß genau, dass ihr an der Lage ebenso wenig ändern könnt wie ich. Wir haben gestern nach einem Weg gesucht, Maéls Freilassung zu bewirken, und es hat nicht geklappt. Also suchen wir weiter. Ich weiß, dass ihr für mich da seid, und das ist das Wichtigste. Packt mich jetzt also bitte nicht in Watte und überlegt nicht bei jedem Satz, ob ihr ihn wirklich sagen dürft. Ihr dürft fröhlich und glücklich sein, weil es zu eurem Leben dazugehört. Und ich freue mich für euch.«

»Schön gesagt«, flüsterte Gigi.

»Find ich auch.« Jemma legte mir einen Arm um die Schultern. »Dann kommt, fahren wir nach Hause. Es ist endlich Wochenende.«

*

Um Punkt 17 Uhr holte Enko Gigi und mich an unserem Treffpunkt vor der Metrostation ab. Ich nahm auf dem Beifahrersitz Platz, und kaum dass Enko an der nächsten Ampel hielt, stellte ich »Dudelsack plus schreiende Katze« ab. Enko, der bisher fröhlich zum nicht vorhandenen Takt auf das Lenkrad geklopft hatte, sah mich empört von der Seite an. »Hey, man greift dem Fahrer nicht ins Lenkrad.«

»Einmal ist es lustig. Zweimal ist es Körperverletzung.«

Enko, der offenbar ganz genau wusste, worauf ich anspielte, zuckte die Schultern. »Gut, dann brauche ich eine andere Beschäftigung für meine Finger.« Er pikte mit dem Zeigefinger in mein Ohr.

Ich schob seine Hand weg.

Er pikte mich noch mal. Ein Zucken durchlief mich, weil es schrecklich kitzelte.

»Enko …« Ich zog seinen Finger aus meinem Ohr. »Lass das.«

Kaum hatte ich losgelassen, steckte der Finger wieder da.

Gigi hinter uns auf der Rückbank verschluckte sich fast vor Lachen.

»Nimm sofort deinen Finger aus meinem Ohr.« Das allein zu sagen, war schon so was von abstrus. Gigi prustete hinter vorgehaltener Hand.

Er drehte den Finger nach links und rechts. »Mal sehen, was wir da alles finden …«

»Bei allen Göttern, hör auf damit, oder ich schwöre dir, ich …«

Enko zog den Finger zurück und grinste. »Du schwörst, du bewirfst mich mit Blumen, so wie du es bei Kerberos getan hast?« Offenbar fand er das alles total lustig. »Du hast die Musik abgestellt, also bist du selbst schuld.«

Er kitzelte mich an der Ohrmuschel, und ich wäre fast senkrecht vom Sitz aufgesprungen, hätte der Sicherheitsgurt mich nicht ausgebremst. Evangéline bewegte sich unruhig. Ich verlor die Geduld und fing seine Hand ein. Mittlerweile achtete ich mit auf den Verkehr, weil Enko ja nur Unsinn im Kopf hatte.

»Hör sofort auf damit. Und guck nach vorne.«

Er lachte nur.

Jetzt wurde ich sauer. Ich war sowieso schon ein wenig ängstlich und nervös wegen des mysteriösen Pflanzenausschlags. Da konnte ich so etwas echt nicht gebrauchen. Einmal, als Scherz, okay. Aber musste er seinen Finger in meinem Ohr gleich parken? Ich spürte heiße Wut in mir emporsteigen.

So plötzlich und unerwartet, dass ich dieses Gefühl nicht mehr bremsen konnte. Eine unbekannte Wärme, die von einem Feuer in meinem Bauch auszugehen schien, breitete sich wie ein Urknall durch alle meine Glieder aus.

»Autsch!« Enko zog seine Hand weg. »Hast du Glühdrähte in deinen Handflächen?« Er schüttelte die Hand. Sie war ganz rot.

Ich sah auf seine Hände, dann auf meine, dann zurück auf seine. War das etwa eine Brandblase? Enkos Haut sah eindeutig aus, als hätte er sich einen heftigen Sonnenbrand geholt.

Gigi versuchte sich trotz des Sicherheitsgurtes vorzubeugen.

»Wie hast du das denn geschafft?« Oder war er das vielleicht selbst gewesen? Ich verschränkte die Hände vor der Brust. »Okay, schon klar, wirklich ein netter Trick, Hadessohn. Veräppeln kann ich mich alleine.«

Enko, der auf den Verkehr achten musste, weil die Ampel gerade grün geworden war, plusterte sich empört auf. »Jetzt bin ich schuld? Diese Hände hier sind Gold wert. Was auch immer das für ein alberner Trick war, lass das bitte in Zukunft. Das tat echt weh.«

Ich betrachtete seine Hand, die er mittlerweile um das Lenkrad gelegt hatte. Die Haut begann gar nicht zu heilen. Ungewöhnlich, normalerweise heilten die Verletzungen von Halbgöttern sehr schnell.

Enko löste die Hand vom Lenkrad und schüttelte sie. »Deine Handcreme ist echt eine Mordwaffe.«

»Meine Handcreme benutze ich schon, seit ich zwölf bin. Bisher habe ich noch niemanden damit umgebracht.«

Enko zog ein Gesicht und wirkte tatsächlich so, als wüsste er nicht, wovon ich spräche. So als hätte er diesen kleinen Trick nicht veranstaltet, um mich in die Irre zu führen. Und außerdem war da ja tatsächlich dieses Feuer in meinem Bauch gewesen, dieses Gefühl von Wärme, das immer stärker geworden war, je wütender ich auf Enko wurde.

Die Stille danach war unangenehm. Gigi hatte sich wieder zurückgelehnt, offenbar war sie der Überzeugung, es wäre ein Trick von Enko gewesen. Sie hatte ihr Handy gezückt und tippte darauf herum, vermutlich um Selkes mitzuteilen, dass wir auf dem Weg waren.

Ich beschloss, nicht noch mehr Ärger zu provozieren. Also rührte ich das Radio nicht an. Obwohl ein wenig »normale« Musik ganz schön gewesen wäre … »Darf ich das Radio anschalten?«, fragte ich schließlich doch.

Enko zuckte die Schultern, drückte auf einen Knopf, und eine CD schoss aus dem Player. Sofort sprang das Radio an und spielte irgendeinen aktuellen französischen Charts-Titel. Ein Gespräch kam nicht mehr auf, doch das war mir ganz recht.

*

Enko chauffierte uns sicher nach Chinatown, und wieder begrüßte uns ein freundlicher Monsieur Ling Wu in den Geschäftsräumen der Reinigung. Selkes und Nereus erwarteten uns bereits im Pokerzimmer. Dieses Mal war ich zu aufgeregt, um nach den kleinen Wasserdrachen zu schielen.

Heute trug Nereus ein Hawaiihemd und eine weite helle Leinenhose. Seine Füße steckten in Flip-Flops, genau wie die seines Sohnes.

»Die Unannehmlichkeiten tun mir leid, liebe Nymphe«, sagte er zur Begrüßung und schüttelte mir dann freundlich die Hand. »Ich werde mir das mal ansehen. Und mein Sohn kann es kaum erwarten, deine menschliche Freundin wiederzutreffen. Er redet von nichts anderem.«

Selkes guckte, als wäre er bereit zu sterben. Gigi lächelte und sah verlegen zu Boden.

»Habt ihr vielleicht eine Salbe dagegen?« Enko, immer noch mit mieser Laune unterwegs, deutete auf einen der violetten Flecken, die unter dem Ausschnitt meiner Strickjacke hervorlugten. Ich hatte gerade meinen Mantel ausgezogen und das obligatorische Blumenhalstuch abgelegt.

»Bei allen sprudelnden Quellen …« Nereus kam näher und betrachtete den Fleck. »Das habe ich noch nie gesehen.«

Ich schob den Ärmel hoch und zeigte ihm einen weiteren Fleck.

Nereus riss die Augen auf. »Tut mir leid, Livia, aber da kann ich dir nicht helfen. So eine Reaktion habe ich noch nie gesehen.«

»Sie sind doch auch getroffen worden. Warum haben Sie nichts?«

»Es sind die Pflanzen meines Reiches. Sie können mir nicht schaden.« Er untersuchte noch einmal den Fleck auf meinem Arm. »Die Reaktion muss so heftig sein, weil du eine Wiesennymphe bist. Vielleicht wäre es eher die Aufgabe einer Quell- oder Regennymphe gewesen. Aber es ist schier unmöglich, noch irgendwo eine ausfindig zu machen.«

Das Problem war mir nicht neu. Ich hatte mittlerweile von allen Seiten gehört, dass Nymphen auszusterben schienen oder bereits ausgestorben waren. »Sie können mir also nicht helfen? Wissen Sie, wie lange diese Flecken noch bleiben werden? Ich habe nächste Woche wieder Schulsport. Was soll ich meinen Lehrern erzählen?«

Nereus wirkte ehrlich betroffen. »Ich weiß es nicht. Es tut

mir wirklich leid, Livia. Hätte ich das vorher gewusst, hätte ich dich nicht um diesen Gefallen gebeten.«

Er sah kurz zu seinem Sohn, der Gigi gerade etwas ins Ohr flüsterte. Sie kicherte und schlug ihm spielerisch vor die breite Brust.

Enko, mit einem Gesicht wie drei Tage Regenwetter, mischte sich ein. »Gut, dann sind wir hier also fertig. Eine Idee hätte ich noch, Livia. Aber dafür müssen wir zu mir fahren. Wenn dir das recht ist.«

Ich hörte die feinen Nuancen in seiner Stimme. Als Nereus ihn irritiert ansah, verschränkte Enko demonstrativ die Arme vor der Brust.

Ich wollte vor Nereus nicht mit Enko diskutieren. Er hielt uns für Freunde und würde nicht verstehen, dass ich es bewusst vermied, mit Enko allein zu sein. Ein kurzer Blick zu Gigi, und ich wusste, ich konnte sie nicht bitten, mich zu begleiten. Sie strahlte Selkes an, während der irgendeine lustige Geschichte zu erzählen schien. Ich wollte ihr dieses Date nicht verderben. Sie hatte es verdient, auch endlich wieder Schmetterlinge im Bauch zu haben.

»Gerne«, erwiderte ich und lächelte Enko an. Der war so überrascht, dass seine verknoteten Arme sich wie von selbst zu lösen schienen.

Ich verabschiedete mich von Selkes und Gigi, die versprach, sich zwischendurch mal zu melden. Nereus brachte uns persönlich zur Tür. Er lud uns ein, vorbeizukommen, wann immer uns danach war. Ich bedankte mich, doch als ich in Enkos Wagen stieg, überfiel mich wieder ein ungutes Gefühl. Worauf hatte ich mich jetzt eingelassen?

*

Enko wohnte in einem der älteren Studentenwohnheime von Paris, also ungefähr genauso bescheiden wie Maél. Sein Zimmer war winzig, vielleicht dreizehn Quadratmeter groß, und wurde von einem Bett, einem großen Bücherregal und zwei Kleiderschränken dominiert. Enkos Vorlieben und Prioritäten ließen sich hier nicht verbergen. Dort, wo keine wild gemusterten Klamotten herumlagen, stapelten sich Bücher.

Ich steckte das Handy weg, obwohl ich es extra die ganze Zeit in der Hand gehalten hatte, um keine Antwort von Aphrodite zu verpassen. Ich hatte ihr auf dem Weg hierher getextet und wartete nun sehnsüchtig auf eine Rückmeldung von der Göttin der Liebe. Sie hatte mir ihre Hilfe angeboten, als ich ihren Geliebten Adonis aus der Unterwelt befreit hatte, und nun war der Zeitpunkt gekommen, an dem ich ihr Angebot annehmen würde. Im Wagen hatten der Hadessohn und ich kaum ein Wort gewechselt. Doch er schien nicht mehr verstimmt, und auch ich bemühte mich, nicht allzu verkrampft rüberzukommen.

Enko warf seinen Parka über die Lehne seines Schreibtischstuhls. »Mach es dir bequem«, sagte er lässig.

Ich sah mich in dem winzigen Zimmer um. Die einzigen Sitzmöglichkeiten waren der Schreibtischstuhl, der völlig überladen mit Klamotten war und das mit einer Tagesdecke bedeckte Bett, das der einzige ordentliche Fleck in diesem Zimmer zu sein schien.

»Ach, warte.« Enko machte eine großartige Geste. »Ich führe dich erst herum. Nicht, dass du dich verläufst.«

Ich drehte mich um mich selbst, was einer Führung gleichkam. Wir mussten beide lachen, was die Stimmung etwas entspannte.

»Hier ist das Badezimmer.« Enko deutete auf eine winzige Tür, die ich noch gar nicht bemerkt hatte.

Er stieß sie auf. Eine Dusche, die sehr nah neben der Toilette lag und ein winziges Waschbecken auf der gegenüberliegenden Seite.

»Ich nenne es mein ›Duschklo‹«, sagte Enko und grinste. »Man kann auf der Toilette sitzen und dabei duschen. Geniale Erfindung. Ich frage mich, warum sich das nicht durchgesetzt hat.«

Ich grinste zurück. »Und das, wo du sowieso schon so lang bist. Kannst du dich in diesem Bad überhaupt um dich selbst drehen?«

»Nicht ohne mit einem Bein in der Toilettenschüssel zu stehen«, erwiderte Enko ganz ernst.

Ich musste schon wieder lachen. »Kann ich Evangéline rauslassen? Oder stürmen hier Kommilitonen rein, ohne anzuklopfen?«

Enko machte einen Schritt Richtung Tür und drehte den Schlüssel um. »Problem gelöst.«

Ich zwang mich, ein diffuses Unwohlsein über die verschlossene Tür nicht nach oben steigen zu lassen. »Super, danke dir.«

Evangéline schien unser Gespräch mitangehört zu haben. Sie krabbelte sofort hervor und setzte zu einem interessierten Erkundungsflug durch das Zimmer an.

»Willst du etwas trinken?« Enko öffnete einen klitzekleinen Kühlschrank, der halb versteckt unter seinem Schreibtisch lag. Dort, wo andere Leute Aktenschränke hinstellten, hatte Enko einen Kühlschrank. Warum wunderte mich das nicht?

Er hielt mir eine Bio-Limonade unter die Nase. »Magst du?«

Ich nickte. Wieder sah ich aufs Bett. Sollte ich mich dort wirklich niederlassen?

Enko bemerkte meinen kritischen Blick. »Was ist?«

Ich sah mich erneut in dem Zimmer um. Weltliteratur in allen möglichen Sprachen stapelte sich in den Regalen und auf dem Boden davor. An den Wänden hingen Poster berühmter Klassiker. Auch einige Werbeplakate von Theateraufführungen waren dabei. Hinter der Tür lehnten zwei Gitarren. Davor lag ein Mikro mit aufgerolltem Kabel. Einen Fernseher entdeckte ich, genau wie bei Maél, nicht. Der Schreibtisch war genauso chaotisch wie der Rest des Zimmers und über und über mit Aktenordnern, Collegeblöcken und anderem Unikram bedeckt. Ich konnte die Titel irgendwelcher komplizierten literaturwissenschaftlichen Fachbücher entziffern, doch das sagte mir alles nichts. Mein Blick glitt erneut zu Enko. Für so intellektuell hatte ich ihn gar nicht gehalten.

Er sah mich immer noch fragend an.

Ich zuckte etwas unschlüssig die Schultern und beschloss, vorerst stehen zu bleiben. »Ich bin überrascht, wie bescheiden du wohnst, dafür dass ihr …« Ich brach ab. Eigentlich wusste ich gar nicht, wie viel Geld die Götter besaßen, doch wenn ich mir Hermes' Luxus-Loft so ansah, konnte es nicht unbedingt wenig sein.

»Wir sind keine Vampire aus irgendwelchen romantischen Frauenromanen«, sagte Enko und blieb ganz ernst. »Bloß weil wir Halbgötter sind, heißt das nicht, dass wir mit einem Porsche rumfahren müssen.«

»Könntest du dir denn einen Porsche kaufen, wenn du wolltest?«

»Klar könnte ich. Da ich aber nicht auf eine private Wirtschaftsuniversität irgendwo in der Schweiz gehe, wo ein Sportwagen Pflicht ist, um zu den Studentenpartys eingeladen zu werden, brauche ich so ein Auto in Paris nicht. Ich bekomme Geld von Vater, solange ich kein eigenes verdiene. Genauso ist es auch bei Maél und den anderen. Sobald wir Berufe haben und unser eigenes Geld verdienen, bekommen wir keine monatlichen Zuwendungen mehr. Wir bauen uns unser eigenes Leben auf. Immer und immer wieder. Klar habe ich Geld aus meinen Leben zuvor. Aber nur, weil ich es gespart habe.« Er verschränkte die Arme vor der Brust und wirkte irgendwie stolz.

Ich war ungewollt beeindruckt. Die Götter waren ganz sicher unermesslich reich, und doch erzogen sie ihre Kinder zu Bescheidenheit.

»Es sind nicht alle so«, erklärte Enko gerade, als hätte er meine Gedanken gelesen. »Die Kinder von Zeus sind ziemlich verwöhnte Schnösel. Er hat nichts für seine Kinder übrig und macht es mit Geld wett. Sie sind alle schrecklich verwöhnt. Aber ich bin da eher altmodisch. Geld ist wie Gold. Zu viel davon hat noch niemanden glücklich gemacht.« Er lehnte sich an den Schreibtisch und deutete auf sein Bett. »Setz dich ruhig.«

Da er offenbar nicht lockerließ, nahm ich auf der Tagesdecke Platz. Mir wurde bewusst, wie die Situation aussah. Ich saß auf seinem Bett, während er nur eine Handbreit entfernt von mir an den Schreibtisch gelehnt dastand und auf mich hinuntersah.

»Alles okay?«

Er lächelte, doch ich erkannte Unsicherheit in seiner Stimme. Ich nickte schnell. Genau diese Intimität hatte ich eigentlich vermeiden wollen. Ich hatte es mir anstrengend und irgendwie lästig vorgestellt, mich ständig seiner übertriebenen

Flirtversuche zu erwehren. Doch nun, da ich wirklich mit ihm allein war, hatte sich irgendwie ein anderes Bild von ihm gezeigt. Ich war mir noch nicht sicher, was ich davon halten sollte.

»Macht dir das Spaß?«, fragte ich und deutete mit dem Kopf auf die vielen Skripte, die sich auf seinem Schreibtisch stapelten.

Er nickte. »Ich glaube, ich denke gerne nach. Komplizierte wissenschaftliche Konstrukte anderer Menschen zu verstehen, reizt mich irgendwie. Literaturwissenschaft und Philosophie sind auf jeden Fall genau meine Fächer. Und es gibt so viele neue interessante Denker im 20. und 21. Jahrhundert.«

»Was hast du davor gemacht?«

»Du meinst, in meinem Leben vor diesem?«

Ich nickte. Ich wusste, dass Maél Architekt gewesen war. Es fühlte sich immer noch seltsam an, darüber zu sprechen, als wäre es eine Selbstverständlichkeit. *Und? Was warst du in deinem früheren Leben?*

Er lächelte. »Jetzt wirst du mich auslachen.«

Ich schüttelte den Kopf. »Nein, aber ganz und gar nicht. Also, was hast du gemacht?«

»Ich war Geologe.«

»Geologe?«

»Ja, genau.« Er grinste. »Auch Steine können sehr interessant sein.«

»Na, wenn du das sagst.«

Enkos Grinsen verrutschte nicht. Er sah irgendwie glücklich aus. Gerade hatte er mir noch vom Nachdenken vorgeschwärmt, und nun eröffnete er mir, dass er in seinem früheren Leben ziemlich ausgiebig im Dreck gewühlt hatte. Ich war schon wieder ungewollt fasziniert.

»Ich bin ziemlich viel herumgekommen. Es war ein schöner Job. Ich habe mein Leben lang an der Universität gearbeitet.« Er schien ganz in Gedanken versunken. »Eigentlich erinnern wir uns ja nur in Etappen, das hat dir Maél sicher erzählt, oder?«

Ich nickte. »Das hat er mal erwähnt, ja. Die Erinnerung kommt nicht komplett zurück an eurem zwölften Geburtstag. Ihr sprecht zwar fließend altgriechisch, aber die Erinnerungen kommen erst nach und nach, dem Alter entsprechend, wieder.«

»Genau. Aber als Sohn des Herrschers der Unterwelt habe ich ein besonderes Talent, mich an meinen eigenen Tod zu erinnern.« Er beugte sich ein kleines Stückchen zu mir. »Willst du wissen, wie ich gestorben bin?«

Ich fand es etwas unheimlich, dass er dabei immer noch lächelte, doch meine Neugier siegte. »Ja.«

»Ich bin an meinem Schreibtisch in meinem Uni-Büro über einem Stapel Bücher in mich zusammengesunken. Mein Herz hat einfach aufgehört zu schlagen. Es war kein Anfall. Es hat einfach aufgehört. Es war ganz still in dem Zimmer. Ich weiß noch, dass es Herbstanfang war, genau wie jetzt. Aber es war wärmer, und ich hatte ein Büro, von dem aus ich auf ein paar Bäume sehen konnte. Die Blätter leuchteten golden, und ich weiß noch, dass ich mich kurz davor darüber gefreut hatte, wie wunderschön die Sonne durch das Laubwerk fiel. Auf meinem Schreibtisch stand ein Kaffee, den ich zur Hälfte getrunken hatte. Ich habe gespürt, dass dies mein letzter Tag sein würde. Der Kaffee schmeckte irgendwie besonders lecker. Ich habe mir ein paar Unterlagen durchgelesen und Praktikumsberichte meiner Studenten angesehen. Ich war mittlerweile zu alt, um auf Exkursionen mitzufahren. Aber es fühlte sich immer an, als wäre ich dabei gewesen, wenn ich ihre Berichte las, und so habe ich es auch an diesem Morgen getan. Ich habe sie benotet, zur Seite geschoben und noch einmal nach draußen gesehen. Ich weiß noch, dass ich daran gedacht habe, dass ich meinen Kaffee austrinken sollte, bevor er kalt wird. Dann war da ein Eichhörnchen in den Bäumen. Ein rotes, und es war so unglaublich flink. Für einen Moment war ich ein bisschen neidisch darauf, dass ich nicht mehr so beweglich war. Dann hat mein Herz einfach aufgehört. Es ist komisch, wenn man es selbst spürt. Wenn es nicht im Schlaf passiert. Ich habe es gemerkt, und einen Moment lang habe ich nur gedacht: *Oh nein.* Dann war da nichts als Frieden. Es ist nicht so, dass dein Leben an dir vorbeizieht, wenn du stirbst. Es ist eher wie ein freundliches Hinausgleiten, so ist es jedenfalls bei mir. Es war schön, und es war gut, so wie es war. Das Nächste, was ich weiß, ist, dass ich an meinem zwölften Geburtstag aufwachte und plötzlich wieder wusste, wer ich bin. Danach ist es nicht mehr lange gut gegangen mit meinen Pflegeeltern. Ich bin wie Maél von einer Familie zu anderen weitergereicht worden. Jetzt bin ich wieder für mich selbst verantwortlich und habe meine Ruhe.«

Ich war viel zu gefangen von seinen Worten, um direkt zu antworten. Wieder sahen wir uns an, und Enkos Augen schienen riesig. Er wirkte verletzlich, und diese Offenheit, mit der er mir begegnete, berührte mich. Wo war der selbstbewusste Flirtmeister geblieben, der der festen Überzeugung war, er wäre das persönliche Geschenk der Götter an die Menschenwelt? Ich konnte ihm nicht antworten, ich musste immer wieder an die Geschichte seines Todes denken und meine Augen wurden feucht.

»Nein …«, flüsterte Enko. »Nein, bitte … bitte nicht weinen, das habe ich nicht gewollt. Entschuldige. Wir Halbgötter reden so leichthin über den Tod, weil er uns ständig und immer wieder begegnet, aber …«

Ich unterbrach ihn. »Nein, ist schon gut, bitte entschuldige dich nicht. Ich habe ja gefragt. Es ist nur immer so fürchterlich, wenn jemand über seinen Tod redet.«

Er nickte langsam.

Ein Gedanke schoss mir durch den Kopf, als ich kurz an Hermes dachte, der sich immer noch nicht gemeldet hatte. »Wer ist eigentlich dein Pate? Warum hat er dir nicht beigestanden, als du mit deinen Pflegefamilien nicht klarkamst?«

Enko grinste schief. »Ich habe eine Patin. Du kennst sie.«

In meinem Kopf ratterten alle Zahnräder. *Sie?* Ich hatte neben Persephone nur eine andere Göttin kennengelernt. »Aphrodite? Sie ist deine Patin?«

»Sie hat mir alle Tricks beigebracht, wenn es darum geht, Sterbliche zu verführen. Aber zum Händchenhalten, wenn du Kummer hast, ist sie nur bedingt geeignet. Kannst du dir vorstellen, dass sie nachts an deinem Bett sitzt und dir eine Tasse Honigmilch reicht, wenn du böse geträumt hast?«

Ich schüttelte den Kopf. Ich mochte Aphrodite, und sie war sicherlich nicht kalt oder bösartig. Aber sie war so mütterlich wie ein Kuckuck, der sein Ei in ein fremdes Nest legt, um nie wieder damit zu tun zu haben.

»Man traut es ihm nicht zu, aber Hades kümmert sich ganz gut um uns. Eigentlich brauchen wir unsere Paten kaum. Er ist zwar ein Hitzkopf und hat sich gegenüber Persephone auch nicht gerade nett verhalten, aber das gibt sie ihm ja nun hundertfach zurück, seit mehr als dreitausend Jahren. Ich glaube, er hat also bekommen, was er verdient. Zu Aphrodite habe ich kaum Kontakt, also nein, ich habe eigentlich keinen Paten.« Enko stieß sich vom Schreibtisch ab. »Aber nun haben wir genug über mich geredet, Zeit, dass wir uns um dich kümmern. Juckt es immer noch sehr schlimm?«

»Es brennt jetzt eher. Am schlimmsten sind die Flecken, die immer dunkler werden. Was schlägst du vor?«

Enko sah mich ernst an. »Ich habe da eine Tinktur. Aber sie ist schon sehr alt, und ich weiß auch nicht, ob es funktionieren wird. Einen Versuch ist es wert, aber ich muss dich warnen: Es könnte wehtun.«

Ich seufzte. »Glaub mir, gegen dieses fürchterliche Jucken und Brennen wird der Schmerz vermutlich eine Erlösung sein.«

Enko sah mich noch einen Moment lang an, dann wandte er sich zu seinem Schreibtisch um. »Ich brauche den Schlüssel … einen Moment …« Aus einem der vielen Stiftebecher auf dem Tisch zog er einen kleinen bronzefarbenen Schlüssel.

»Oh. Ein Schlüssel für ein Geheimfach. Ist ja fast wie bei *Harry Potter*. Versteckst du dort deine Zaubertränke?«

Enko lachte auf. »Ja, so sind wir bei Slytherin. Meister des Verrats und der dunklen Künste.« Er machte eine Geste, die aussah, als würde er einen langen Umhang über seine Schulter werfen. »Willkommen, lieber Muggel.«

Ich lachte.

Er grinste mit wackelnden Augenbrauen und wandte sich dann einem der vielen Bücherregale zu. Er zog ein dickes Buch heraus, das er dann vorsichtig in der Mitte des Schreibtisches platzierte. Ich legte den Kopf schief, um den Titel auf dem Buchrücken zu lesen.

»Tadaa!«, sagte Enko, als hätte er einen großartigen Zaubertrick aufgeführt.

Das große Kochbuch der mediterranen Küche. Immerhin, es machte Sinn, einen Zaubertrank in einem Kochbuch aufzubewahren. Enko legte den Schlüssel oben auf das Cover, das einen bunten Korb mediterranes Gemüse zeigte. Der Schlüssel sank in das Buch hinein und war dann komplett verschwunden. Im nächsten Moment sprang der Einband auf. Im Inneren sah ich ein Fläschchen. Es war klein, höchstens so groß wie ein Parfümflakon. Das Glas war geschliffen, aber es schimmerte auf unnatürliche Art und Weise. So als wären in seinem Inneren Hunderte kleine Elfenlichter eingeschlossen.

»Wow«, flüsterte ich. »Das ist ja mal wirklich wunderschön.«

Enko hob den Flakon hoch und wog ihn prüfend in der Hand. »Na ja … so hat alles immer seine zwei Seiten, nicht wahr?« Er legte ihn in meine Hand. Der Flakon war schwer, so schwer, als bestünde das kleine Fläschchen nicht aus filigranem Glas, sondern aus massivem, geschliffenem Stein. In seinem Inneren wogte eine durchsichtige Flüssigkeit.

»Ist es aus einem Edelstein gemacht?«, fragte ich.

»Gut erkannt. Es handelt sich um eine Varietät des Onyx. Er ist nur in der Unterwelt zu finden. Weißt du, woher das Schimmern im Stein kommt?«

Ich schüttelte den Kopf. »Egal, woher es kommt, es ist einfach unglaublich schön.«

Enko nahm mir den Flakon vorsichtig wieder aus der Hand. »Du weißt sicher, wie Edelsteine entstehen? Verschiedene Mineralien werden mit großem Druck aufeinandergepresst, bis der Stein entsteht. Das Schimmern entsteht bei dem Onyx durch die Asche Tausender verbrannter Seelen. Es sind die Überreste ihres Seins, ihrer Seele, ihrer Erinnerungen. Ich finde, das Schimmern sieht immer so aus, als wollte sich etwas mit aller Macht aus dem Stein befreien.« Enko stellte die Flasche vor uns auf den Schreibtisch. »Ich habe jedes Mal eine Gänsehaut, wenn ich es ansehe.«

»Mein Gott, wer macht denn so was?« Nun sah ich es auch, das sanfte Pulsieren innerhalb des Steins. Das Schimmern schien einem Rhythmus zu folgen. Es sah tatsächlich so aus, als würde dort etwas versuchen, mit aller Macht auszubrechen.

»Der Flakon gehört eigentlich Orkus, dem Foltermeister des Tartaros. Maél und ich haben uns als Kinder regelmäßig durch sein Reich geschlichen. Er hat einen ganz eigenen Bereich in der Unterwelt, der ein wenig abseits liegt. Es ist der tiefste Punkt im Tartaros. Dort unten geschehen die wirklich schrecklichen Dinge. Natürlich hat Vater uns regelmäßig dorthin mitgenommen, als wir alt genug waren – um uns abzuhärten und so weiter. Aber wir hatten einfach schon vorher Spaß daran, Orkus ein wenig zu ärgern. Er kann sich fürchterlich aufregen. Das Coole daran war, dass er uns nichts tun durfte, weil Vater sein Boss war und wir unter seinem Schutz standen.«

»Also wirklich.« Ich schüttelte den Kopf. »Mal abgesehen davon, dass es absolut makaber ist, in Folterkammern herumzuschleichen, ist es echt fies, jemanden absichtlich so zu ärgern. Und das nur, weil derjenige sich gut aufregen kann. Lass mich raten: Du hast ihm den Flakon gestohlen?«

Enko grinste. »Natürlich. Das kleine Ding sah hübsch aus, und ich wollte es haben.«

»Na klar.« Ich seufzte gespielt. »Warum wundert mich das eigentlich? Das machst du mit deinen weiblichen Fans vermutlich genauso, nicht wahr? ›Sie sah hübsch aus, also wollte ich sie haben, und da habe ich sie einfach mitgenommen.‹«

Enkos Grinsen verblasste, und er schüttelte leicht den Kopf. »Ach, komm schon«, sagte er. »Das ist doch alles nur Show.

Das gehört zum Image eines Rockstars einfach dazu. Sie erwarten, dass du so bist. Wir hatten letztens ein Interview. Noah saß da in seinem steif gebügelten Oberhemd und hat erzählt, dass er sonntagmorgens gerne lange die Zeitung liest am Frühstückstisch. Das Mädel, das ihn interviewt hat, ist vor Langeweile fast eingeschlafen.«

Ich lachte kurz auf. »Lass Noah da raus. Er ist klasse. Und Jemma ist so verliebt in ihn.«

»Du hast recht. Die beiden scheinen gut zusammenzupassen. Noah spricht von nichts anderem.«

Ich deutete auf das kleine Glasgefäß. »Und nun? Was haben wir damit vor? Und vor allem: Was ist es?«

»Eigentlich ist es eine Flüssigkeit, um damit zu foltern.«

Ich sah ihn mit großen Augen an. »Das ist jetzt nicht dein Ernst, oder? Hast du die Tür verriegelt, um mich jetzt hier irgendwo festzubinden?«

Enko lachte laut auf. »Du hast ja vielleicht Ideen. Schäm dich!«

Ich ignorierte seine Anspielung. »Na los, was ist das?«

Er schnappte sich den Flakon. Es erklang eine leises »Plopp«, als Enko den Stopfen löste. »Riech mal.«

Ich sah ihn zweifelnd an. »Werde ich danach noch eine Nase haben?«

»Probieren wir es aus.« Er hielt sich den Flakon unter die Nase. Dann sog er tief die Luft ein, zog ein Gesicht, aber sein Riechorgan blieb unversehrt.

»Okay, her damit.« Ich griff nach dem Fläschchen und schnüffelte vorsichtig. Die Flüssigkeit roch scharf, so als hätte man frische Zwiebeln, Chilischoten und Jalapeños in einen Entsafter gesteckt. Meine Nase kribbelte, und ich musste sie kurz zuhalten, um nicht direkt zu niesen. »Wenn es auf der

Haut so brennt wie in der Nase, werde ich den Juckreiz vermutlich nicht mehr spüren.«

»Es ist das Extrakt urzeitlicher Quallen. Ihr Gift war damals viel stärker als heute. Quallen sind uralte Wesen. Sie sind schon Seite an Seite mit den Dinosauriern geschwommen. Viele der tödlichen Quallenarten sind im Laufe der Jahrtausende ausgestorben. Dieses Gift ist etwas harmloser, aber es verätzt die Haut und bereitet große Schmerzen. Normalerweise.«

»Normalerweise?« Meine Stimme überschlug sich fast. »Ich bin kein Mutant. Ich bin bloß eine Wiesennymphe.«

»Darum geht es ja.« Enko schwenkte die Flüssigkeit in dem Flakon hin und her. »Du bist ein Naturwesen. Ich werde es nach dem Prinzip der Homöopathie versuchen. Gleiches mit Gleichem. Vielleicht verschwinden die Wunden, wenn ich sie mit einem ähnlichen Gift bestreiche wie dem der Wasserpflanzen. Quallengifte sind auch Neurotoxine. Sie haben das gleiche Wirkprinzip.«

Ich verschränkte die Arme vor der Brust. »Heißt das, vielleicht wirkt es, und wenn es nicht wirkt, pellt sich mein Fleisch vom Körper, weil die Säure sich bis auf die Knochen durchätzt?«

Enko nickte vage. »Wir werden es zunächst an einer unauffälligen Stelle versuchen.«

»Unauffällig? Du meinst, an einem Körperteil, das ich nicht ganz so dringend brauche?«

»Livia, ich bin mir ziemlich sicher, dass es klappen wird. Die Homöopathie ist eine uralte Wissenschaft. Und bei dir als mythologischem Naturwesen sollte es auf jeden Fall funktionieren.«

»Ich bin ein Naturwesen und dennoch gegen die Pflanzen allergisch, mit denen ich kommunizieren sollte.«

»Das ist keine Allergie. Es ist eine Reaktion auf ein Gift. Das ist etwas völlig anderes.«

»Wirklich?«

»Ja. Es wird deine Haut verätzen, und es wird wehtun … so richtig. Es brennt halt fürchterlich. Aber es wird dich nicht umbringen. Das ist doch das Prinzip beim Foltern. Man will Schmerzen bereiten. Wenn derjenige, den man foltert, sofort stirbt, ist der Sinn des Folterns doch gar nicht erfüllt.«

Ich stöhnte auf. »Du bist echt absolut unmöglich.«

»Aber ich habe recht.« Enko legte seinen Zeigefinger auf die Öffnung der Flasche und drehte sie einmal um, sodass die Flüssigkeit seine Fingerkuppe benetzte. Dann hielt er sie mir hin. Sofort lief die Haut rot an und warf Blasen. Enko zuckte zusammen, als das Gift seine vollständige Wirkung entfaltete. Ein Zittern lief durch seine Hand, dann schien es besser zu werden. Die Haut begann bereits zu heilen. Da fiel mir etwas auf.

»Du bist ein Halbgott. Ihr heilt sowieso in Rekordzeit. Ich aber nicht.«

»Orkus foltert die kürzlich verstorbenen damit«, erklärte Enko leise. »Es sind Menschen, beziehungsweise das, was von ihnen noch übrig ist. Vertrau mir. Es bringt dich nicht um.«

Ich holte tief Luft und kratzte all meinen Mut zusammen. »Dann lass es uns versuchen.« Ich schob den Ärmel meines Cardigans hoch und zeigte ihm einen der langen roten Striemen. Evangéline schien das alles nicht zu interessieren. Sie hatte auf dem Boden einen Bleistift gefunden und rollte den nun enthusiastisch hin und her. Neben Schlafen und Pirouetten fliegen war das eins ihrer liebsten Hobbys.

Enko setzte sich neben mich aufs Bett, dann benetzte er seinen Zeigefinger wieder mit der Tinktur und strich damit über die Wunde. Ein scharfer Schmerz jagte von meinem Unterarm direkt durch meinen ganzen Körper. Es fühlte sich an, als hätte die Tinktur mir ein paar Stromschläge verpasst. Mein Arm begann unkontrolliert zu zittern. Es brannte ganz fürchterlich, und die Haut warf Blasen. Das Rot verblasste nicht. Es wurde noch dunkler, bräunlich, ja, fast schwarz. Es sah aus, als würde das Gewebe absterben. Angst wallte in mir hoch.

»Es klappt nicht ... es klappt nicht ... Oh mein Gott, guck dir meinen Arm an!« Ich wollte ihn Enko entreißen, doch er hielt ihn brutal fest.

»Halt still, Livia.«

»Nein.« Verzweifelt versuchte ich ihm meinen Arm zu entziehen, um aufzuspringen und ins Bad zu stürmen. »Ich muss es abwaschen, ich muss es jetzt sofort abwaschen! Verdammt, es tut so unglaublich weh!«

Die Flüssigkeit trocknete innerhalb von Sekunden zu einem öligen Film. Sofort ließ der Schmerz nach und hörte schließlich auf.

»Es hat nichts gebracht«, sagte ich. »Schau es dir an. Es sieht noch schlimmer aus als vorher.«

Enko betrachtete die Wunde genauer. »Warte ...« Er berührte mich mit dem Zeigefinger, und die rotbraun verfärbte Haut löste sich ein wenig. Er zog daran, als wollte er ein Pflaster entfernen. Darunter kam helle, unversehrte Haut zum Vorschein.

Ich starrte darauf. »Unglaublich! Woher hast du das gewusst?«

Er zuckte die Schultern. »Ein Fetzen Haut stand hoch und sah aus, als könnte man ihn abziehen.«

»Wahnsinn ...« Jetzt war ich überzeugt, Schmerz hin oder her. »Wollen wir es bei den übrigen Flecken auch versuchen?«

Ich schob den anderen Ärmel hoch. »Wie geht es deinem Finger?«

»Das geht schon«, versicherte er. »Lässt sich aushalten.«

Ich lächelte ihn an. »Danke dir.«

Vorsichtig schob Enko das Bündchen meines anderen Ärmels hoch. »Machen wir weiter.« Es tat auch diesmal sehr weh, und ich musste mich anstrengen, das Zittern zu unterdrücken. Als Enko die Stelle vorn an meinem Hals bestrich, sah ich verlegen zur Seite. Ich hatte den Stoff ein gutes Stück nach unten ziehen müssen, und er saß so nah vor mir …

Die Stromschläge rasten meinen Hals hinauf, und für einen Moment bekam ich schlecht Luft.

»Ganz ruhig«, flüsterte er. »Das ist das Blöde an Nervengiften. Sie können sogar den Schluck- und Atemreflex beeinträchtigen. Es wird aber sofort besser.«

Ich schnappte nach Luft. Als es kaum noch auszuhalten schien, war plötzlich wieder alles vorbei.

»Brauchst du eine Pause?« Enko sah mir forschend ins Gesicht. »Willst du dich lieber hinlegen?«

Ich schüttelte den Kopf. »Ich will es endlich hinter mir haben.« Ich drehte ihm den Rücken zu und zog den Ausschnitt des Cardigans ein Stückchen runter. »Diese Stelle ist besonders schlimm.«

»Oh, da hat es dich aber richtig erwischt.« Enko zog den Stoff noch weiter herunter, und ich zuckte zusammen, als sein warmer Atem über meinen Nacken strich. Er fuhr die verletzte Haut entlang, und wie automatisch bekam ich eine Gänsehaut. Er hatte die Tinktur noch nicht benutzt, denn ich spürte kein Brennen. »Du bist echt tapfer«, flüsterte er dicht hinter mir. Noch immer strich er mit seinem Finger meinen Nacken entlang. Dann schob er mir das Haar noch ein wenig mehr über die Schulter. »Darf ich die Strickjacke noch ein bisschen weiter herunterziehen?«

»Natürlich«, sagte ich schnell, und meine Stimme klang ganz belegt. Dies war nicht der letzte violette Fleck auf meinen Oberkörper. Logisch wäre gewesen, ich hätte mein Oberteil ausgezogen, damit er meinen ganzen Oberkörper behandeln konnte. Doch das war absolut unpassend, und ich wollte es auch nicht. Die meisten Flecken würden nach dieser Behandlung verschwunden sein, und den Rest hielt ich so aus. Die Gefahr, dass jemand sie entdeckte, war relativ gering.

Die Wunde am Nacken hingegen war tiefer und tat richtig weh. Ich presste die Faust vor den Mund, und mir stiegen Tränen in die Augen.

»Es tut mir leid«, flüsterte Enko hinter mir.

Meine Schultern bebten, und ich biss auf meine zusammengeballte Faust. Ich schluchzte auf, aber dann ließ der Schmerz schon wieder nach. Kurz darauf konnte Enko die alte Haut abziehen. Er streichelte kurz über meinen Rücken, während er den Stoff zurück an seinen Platz zog. Anschließend fuhr er durch mein Haar, als er es zurück an seinen Platz strich. Ich schloss die Augen, doch dann drehte ich mich energisch um und stand auf. Er erhob sich ebenfalls, und wir standen so dicht voreinander, dass unsere Körper sich fast berührten.

Enkos Augen glänzten übernatürlich stark. »Wie geht es dir?«

»Ich glaube, ganz gut.« Erneut schluckte ich die Tränen hinunter.

»Setz dich doch noch einen Moment aufs Bett. So etwas geht leicht mal auf den Kreislauf.«

Ich war zwar ziemlich verwirrt und durcheinander, aber das würde ich garantiert nicht machen.

Wieder strich Enko mit der freien Hand durch meine Haare. »Du musst jetzt nicht sofort gehen. Bleib noch. Ruh dich aus. Wenn du Hunger hast, bestelle ich etwas zu essen.« Er kam noch etwas näher. »Mein Bett beißt nicht.«

Oh ja, seine Patin Aphrodite hatte ihm eine Menge beigebracht.

»Danke, nein.« Ich rieb mir kurz über die Augen, damit er meine Verlegenheit nicht sah. »Ich habe keinen Hunger. Außerdem muss ich noch Hausaufgaben machen.«

Enko verstand. Er nickte knapp und ging hinüber zum Schreibtisch, um den Flakon wieder zu verschließen.

Ich kam mir vor wie der letzte undankbare Mistkäfer. Also ging ich ihm hinterher und legte meine Hand auf seinen Oberarm. »Vielen Dank, Enko. Du hattest mit deiner Vermutung recht, und ich bin froh, dass du mich überredet hast. Jetzt ist die Tinktur fast leer, und ich habe ein schlechtes Gewissen. Aber ich möchte, dass du weißt, wie dankbar ich für deine Hilfe bin.«

Enko drehte sich zu mir, und einen Moment lang herrschte ein absolutes Chaos in seinem Blick. Es sah auf meine Hand, die immer noch auf seinem Arm lag. Schließlich legte er seine Hand darüber. »Gern geschehen, Livia.«

»Ich kann mit der Metro nach Hause fahren, wenn du noch zu tun hast.«

Sein Blick veränderte sich erneut, und schon wieder wurde ich nicht richtig schlau daraus. »Ich habe nichts Wichtiges zu tun. Und wenn du jetzt nach Hause möchtest, dann fahre ich dich natürlich.« Er verstaute die Tinktur und das Buch, dann griff er nach seinem Parka. Wortlos sah ich ihm zu.

Er war schon an der Tür und schloss auf, bevor ich überhaupt nach Evangéline gerufen hatte. Ich hatte ihn vor den

Kopf gestoßen. Vielleicht hatte er gehofft, wir würden den Rest des Nachmittags hier in seinem Zimmer verbringen. Reden, Pizza essen, uns tief in die Augen sehen. Evangéline huschte zurück an ihren Platz. Schnell zog ich meinen Mantel über und griff nach meiner Handtasche. Ich fühlte mich schlecht und fragte mich immer wieder, ob ich ihn irgendwie ermutigt hatte. Ihm die falschen Signale geschickt hatte. Enko war ein Hingucker und obendrein eine gefährliche Mischung aus selbstbewusst und charmant.

Aber für mich würde er nie mehr als Maéls Bruder sein.

»Wollen wir?« Enko riss die Tür auf. Er rang sich ein Lächeln ab, aber ich sah, dass es nur gespielt war.

*

Zu Hause begutachtete ich die Flecken beziehungsweise die frisch entstandene helle Haut im Spiegel. Die Tinktur schien wirklich Wunder gewirkt zu haben. Zufrieden schlüpfte ich in eine gemütliche Jogginghose und ein Shirt. Evangéline flatterte durchs Zimmer und drehte wilde Pirouetten. Je später am Tag, desto munterer wurde die Motte. Doch dafür hatte ich im Moment keinen Blick. Mein Handydisplay leuchtete auf und zeigte mir, dass ich bereits sechs Nachrichten hatte. Ich klickte auf das WhatsApp-Symbol. Nur einen Moment später sanken meine Schultern nach unten. Keine Nachricht von Aphrodite, keine Nachricht von Maél oder Hermes. Stattdessen herrschte reges Treiben in unserer neuen Chatgruppe. Tiffy hatte schon vier Nachrichten geschrieben, und Jemma hatte höflich geantwortet. Ich fand es befremdlich, dass Tiffy so schrieb, als wären wir bereits beste Freundinnen. Und an der Art, wie Jemma geantwortet hatte, merkte ich, dass sie ähnlich empfand wie ich.

Doch vermutlich wollte Tiffy einfach nur schnell neue Freundinnen finden, weil sie Heimweh hatte. Ich kannte dieses Gefühl. Man verließ ein Land und wurde vergessen. Die meisten von uns, die auf die Diplomatenkinder-Schulen gingen, bauten nur oberflächliche Beziehungen auf, die zerbrachen, wenn wir ein Land wieder verließen. Natürlich hatte man da das Bedürfnis, sich möglichst schnell zu integrieren, um nicht einsam zu werden. Mir ging es ja nicht anders.

Ich überflog den Chat. Offenbar ging es darum, den Samstag fürs Shoppen zu nutzen. Tiffy war neugierig auf die vielen Geschäfte in Paris, und Jemma hatte schon zugestimmt, sich zu treffen. Vermutlich, weil sie davon ausging, dass Gigi und ich auch dabei sein würden. Also schrieb ich kurz zurück und bestätigte unsere Verabredung. Gigi hatte noch nicht geantwortet, sie war wahrscheinlich noch mit Selkes unterwegs.

Ich verließ den Chat und betrachtete die anderen Nachrichten. Ich hatte es aufgegeben, Hermes zu schreiben. Er war zuletzt kurz vor dem Showdown in den Katakomben online gewesen. Sämtliche Nachrichten danach blieben ungelesen. Ich öffnete eine Schublade an meinem Schreibtisch und nahm das Handy heraus, das ich dort hineingelegt hatte. Zum Glück hatte Maél keinen Code zum Entsperren des Handys eingerichtet. Ich musste es einfach nur anklicken, und schon ging der Bildschirm an. Ich hatte in meinem Fundus ein Ladekabel gefunden, das in dieses Modell passte. Aber auch hier hatte ich keine Antworten bekommen.

Ich nahm beide Handys und setzte mich aufs Bett. Mein Bett war immer eine Art sicherer Hafen und Rückzugsort für mich gewesen. Wenn ich mich schlecht fühlte, verbrachte ich den ganzen Tag auf den Decken sitzend und breitete alles um mich herum aus. Dann lebte ich auf zwei Quadratmetern und fühlte mich trotzdem überhaupt nicht eingeengt, sondern sicher und geborgen. Evangéline landete neben mir, doch das Kissen sackte kaum ein, als ihr Körper den Stoff berührte. Sie war einfach viel zu leicht. Sie krabbelte los und spazierte auf den weichen Decken herum, als machte es ihr Spaß, über den weichen Stoff zu laufen. Ich beobachtete sie einen Moment lächelnd, bevor ich mich wieder Maéls Handy zuwandte. Ich hatte das Blut abgewischt, doch den Anblick würde ich nie vergessen. Wieder knipste ich das Display an. Bisher hatte ich mich noch nicht getraut, mich weiter in dem Handy umzusehen. Es hatte sich einfach zu privat angefühlt. In den WhatsApp-Nachrichten fand ich nur drei Chats. Einen mit mir, einen mit Hermes, und der letzte war ein Gruppenchat mit den »Cataphile-Brüdern«, seinen Katakombenfreunden. Hier gab es Dutzende neue Nachrichten, doch ich klickte den Chat nicht an. Er hatte auch Instagram und Facebook auf dem Handy installiert, und auch hier zeigten die roten Kreise rechts neben den Icons, dass er jede Menge neue Mitteilungen hatte. Einem Impuls folgend klickte ich den Fotoordner an. Auch hier fand ich nur wenig. Er hatte ein paar Dokumente in einem Buch abfotografiert. Alte Karten der Katakomben, Berichte über verborgene Gänge und geheime Zugangswege. Einen kurzen Text, der wohl zu dem Philosophie-Referat gehörte, von dem er mir erzählt hatte. Ich hielt überrascht inne. Denn dann gab es noch ein paar Fotos von mir. Es waren Bilder von meinem Instagram-Account. Manchmal hatte er die Leute drumherum abgeschnitten, damit er nur mein Gesicht speichern konnte.

Mein Herz zog sich schmerzhaft zusammen. Tränen stiegen in meine Augen, und ich knipste schnell das Display aus. Wir hatten kein gemeinsames Foto. Es war so unfair, wie das

Leben manchmal spielte. Dass etwas vielleicht zu Ende war, was gerade erst begonnen hatte. Ich hatte es als zu früh empfunden, schon ein Foto zusammen zu machen, weil wir uns ja gerade erst kennengelernt hatten. Außerdem war ich sowieso nicht der Typ, der jeden Moment seines Lebens auf Instagram teilte. Jetzt wünschte ich mir, wir hätten wenigstens ein Bild von uns beiden zusammen.

Ich ließ mich nach hinten auf die Kissen sinken. Unser erster Versuch, für Maél zu sprechen, ihn zu befreien, war gescheitert. Zeus hatte mich nicht angehört. Im Gegenteil, er war nur wütend geworden. Aber Enko war sich sicher, dass sein Bruder noch lebte. Dass sein eigener Vater ihm nicht so schwere Verletzungen zugefügt hätte, dass er gestorben wäre. Auch ich war mir sicher, dass ich es spüren würde. Zwar war unsere Verbindung durch die verblassende Flammenkrone immer schwächer geworden, doch ich war mir sicher, dass ein zartes mentales Band immer noch zwischen uns existierte. Ich betrachtete die Innenfläche meiner linken Hand. Dort sah ich die Wellenkrone leicht bläulich schimmern. Die Markierung war also noch vorhanden, und da ich sie vom Flussgott Nereus persönlich erhalten hatte, würde sie vermutlich noch eine Weile dort bleiben. Ich sah auf meine andere Hand.

Mir stiegen Tränen in die Augen, und ich schluchzte auf.

Die Flammenkrone war endgültig verblasst.

Kapitel 4

Shopping mit Phänomenen

Ich lag bis mittags im Bett. Gestern Abend hatte ich mich noch aufgerafft und tatsächlich alle meine Hausaufgaben erledigt. Irgendwann war ich auf einer Interpretationshilfe eingeschlafen und erst am frühen Morgen kurz aufgewacht. Im Halbdunkeln hatte ich meine Schulsachen aus dem Bett geschoben. Ich wurde erst wieder wach, als Mom an meine Tür hämmerte.

»Seit wann schließt du dich ein?«

Ich antwortete nicht sofort, sondern sah nur kurz auf den Wecker auf meinem Nachttisch. 11:30 Uhr. Du liebe Zeit!

»Ich bin wach«, murmelte ich.

Mom brummelte ärgerlich irgendwas, verschwand aber wieder. Evangéline schien ebenfalls aufgewacht zu sein, denn ich fühlte ihre Bewegungen in meinem Haar, wo sie sich ein kleines Nest gebaut zu haben schien. Ich tastete nach meinem Handy und knipste es an. Sechs neue Nachrichten, alle von Tiffy. Die eine um kurz nach Mitternacht, die zweite um zwei Uhr, dann eine um 2:30 Uhr, eine um vier und eine um 5:30 Uhr. Die letzte war irgendwann um zehn Uhr eingetroffen. Ich überflog sie. Es ging um unsere Verabredung zum Shoppen heute. Ich schrieb ihr kurz zurück und wollte das Chatfenster schließen, als eine Antwort von Gigi erschien.

Auch sie bestätigte die vereinbarte Zeit. Jemma hatte schon heute Morgen um kurz nach acht zugesagt. Im nächsten Moment kam noch eine Nachricht von Gigi. Nicht im Chat natürlich.

Schläft Tiffy eigentlich nie? Dahinter drei Smileys mit weit aufgerissenen Augen. Ich vermutete, dass Tiffy schlimmes Heimweh hatte. Da ich zu faul war zum Tippen, schickte ich Gigi ein Sprachmemo. Wir brachten uns kurz auf den neuesten Stand. Ich erzählte ihr von Enkos Hilfe, aber auch, dass ich befürchtete, ihn verletzt zu haben. Gigi berichtete von ihrem Spaziergang mit Selkes, der wohl sehr schön gewesen war. Seine unkomplizierte, direkte Art schien sie zu begeistern. Sie waren heute Abend beim Konzert von Harpya verabredet. Gigi klang aufgekratzt. Sie schien es kaum erwarten zu können, Selkes zu sehen, und mich freute es, dass sie so glücklich war.

Gigi fand, dass es eine geniale Idee sei, dass wir uns mit einem Bummel durch Paris ablenken, denn die Niederlage mit Zeus hatte uns ziemlich getroffen. Ich stimmte ihr zu. Da wir uns schon um ein Uhr treffen wollten, hatte ich keine Zeit mehr zum Grübeln, ich musste mich beeilen. Ich entwirrte Evangéline aus meinen Haaren und ließ sie auf meinem Bett zurück, weil sie Wasser nicht besonders zu mögen schien. Dann schlurfte ich ins Bad. So richtig wach war ich noch nicht. Kaum, dass ich unter der Dusche stand, fühlten meine Hände sich plötzlich seltsam an. Ich sah darauf. Filigrane Schwimmhäute spannten sich zwischen meinen Fingern.

»Das darf doch wohl nicht wahr sein.« Ich befühlte meinen Hals. Unglaublich! Ich hatte sogar wieder Kiemen bekommen.

Auf der Innenfläche meiner linken Hand leuchteten die drei Wellenbögen. Blasser als gestern, aber immer noch deutlich sichtbar. Vermutlich würde ich noch ein Weilchen mit diesen

Special Effects aufwarten können, bis die Wellenkrone verblasste und Nereus' Einfluss nachließ. Ich betete inständig, dass ich in den nächsten Tagen nicht in einen Regenschauer kommen würde, denn sonst könnte es echt peinlich werden. Schwimmhäute! Ich spreizte erneut die Finger, um die zarte, bläulich schimmernde Membran zu betrachten. Dann schnappte ich mir mein Honigshampoo. Okay, einen Vorteil hatten sie allerdings. Als ich mir die Haare einschäumte, produzierte ich doppelt so viel Schaum. Ich schwebte im Honighimmel …

*

Um 13 Uhr trafen wir uns an der Metrohaltestelle »Champs-Élysées«. Jemma mit einem neuen bordeauxfarbenen Schal, Gigi mit dem Grinsen, das nur Verliebte so ungeniert zur Schau tragen konnten und ich zum Glück ohne Kiemen und Schwimmhäute. Wer nicht erschien, war Tiffy. Die ersten zehn Minuten vergingen wie im Flug, weil wir Gigi ausführlich über Selkes ausfragten. Sie bekam knallrosa Wangen, was ich für ein gutes Zeichen hielt. Als sie endlich gestand, dass sie vorgestern aus Nereus' Pokerzimmer geflüchtet war, weil Selkes' Spruch, gepaart mit seinem tollen Aussehen, sie total aus der Fassung gebracht hatten, wurden sogar ihre Ohren rot. Und natürlich zogen wir sie damit auf.

Irgendwann sah Jemma auf ihre Uhr. »Ernsthaft? So macht man sich aber keine neuen Freundinnen.«

Ich war gerade dabei, Tiffy zu texten, als der große silberne Mercedes am Straßenrand hielt. Tiffy kugelte heraus wie ein pinkfarbener Flummi. »Es tut mir so leid, Mädels«, sagte sie.

»Ich hätte nicht gedacht, dass die Straßen so voll sind.« Sie drehte sich kurz um. »Bye, Dad!«

Ihr Vater winkte uns durch die geöffneten Fenster zu. Er sah nett aus mit seinem blonden Haar und dem weich geschnittenen Gesicht. Interessant war nur, dass er kein bisschen wie Tiffy aussah. Wir winkten alle freundlich zurück.

»Dein Vater scheint nett zu sein«, sagte Gigi höflich. Trotzdem fanden wir es, glaube ich, alle ein wenig seltsam, sich von seinen Eltern zu einem Treffen mit Freundinnen kutschieren zu lassen. Es war ja schon peinlich genug, wenn meine Eltern mich mit Jacques losschickten. Tiffy hingegen schien das nicht seltsam zu finden. Sie strahlte uns alle an.

»Er ist super. Ich komme zum Glück gut mit meinen Eltern klar.« Sie strich sich durch die Haare, und wieder schimmerten sie, als hätte sie sie mit gemahlenen Diamanten bestäubt. »Ich bin schon so gespannt. Wie lieb von euch, dass ihr mich mitnehmt. Und bitte entschuldigt noch mal, dass ich zu spät bin.«

Jemmas Blick wurde sofort weicher. »Um ehrlich zu sein, hatte ich schon gedacht, du kommst nicht mehr. Aber jetzt bist du ja da.«

Tiffy lächelte uns dankbar an. »Kommt nicht wieder vor. Wo gehen wir als Erstes hin?«

Jemma deutete mit dem Kopf auf Gigi. »Sie ist unsere Expertin für Klamotten und überflüssigen Tand. Wenn du dir einen begehbaren Kleiderschrank aufbauen willst, halte dich an sie.«

Ich musste grinsen, Gigi jedoch schien sich über das zweifelhafte Kompliment zu freuen.

»Folgt mir.« Sie hob den Arm hoch über ihren Kopf, als wäre sie die Führerin einer Reisegruppe. »Und immer schön dicht zusammenbleiben.«

Natürlich hatte Gigi unsere Shoppingtour exakt durchgeplant. Zuerst besuchten wir die kleinen Boutiquen, dann holten wir uns jede ein überbackenes Sandwich und dann ging es ab in die Filialen der großen Modeketten. Viereinhalb Stunden später war Jemma kurz davor, zu kapitulieren. Nicht nur, dass sie die Hälfte unserer Tüten trug, sie schien auch mental so erschöpft, dass sie aussah, als müsste sie sich setzen. Sie hing über einem der großen Ständer bei H&M und schloss kurz die Augen. »Leute, ich kann keine Oberteile und Hosen mehr sehen. Und der Nächste, der mir irgendein Kleid unter die Nase hält, sollte sich bereitmachen, in diesem Fummel beerdigt zu werden.«

Ich tätschelte mit der freien Hand mitfühlend ihre Schulter, während ich mich weiter durch die ersten herbstlichen Röcke wühlte. Gigi und Tiffy kicherten und schienen nur wenig beeindruckt. Sie hatten während der viereinhalb Stunden festgestellt, dass sie einen ähnlichen Modegeschmack besaßen, der sich nur dadurch unterschied, dass Tiffy grundsätzlich alles mochte, das rosa oder pink war. Mittlerweile quatschten sie miteinander, als würden sie sich schon ewig kennen. Ich schenkte Jemma einen verständnisvollen Blick.

»Wir machen nicht mehr lange. Das Konzert fängt um acht Uhr an und wir müssen uns immerhin noch umziehen, vorher vielleicht noch ein bisschen ausruhen, uns aufhübschen und da hinkommen.«

»Und ich brauche vorher noch eine Gehirnwäsche, sonst träume ich heute Nacht von Kleidchen und passenden Söckchen.« Jemma war ihrem Stil treu geblieben. Sie hatte eine hellblaue Röhrenjeans erstanden und ein paar schlicht geschnittene Shirts, dazu einen grauen Pullover aus Wolle. Ihr einziges Zugeständnis an die bereits herbstlichen Temperaturen.

Ich wollte gerade etwas erwidern, als es um uns herum plötzlich laut wurde. Irgendwo schrie jemand auf, und ich hörte die Leute hektisch miteinander flüstern. Immer mehr von ihnen drängten in Richtung Ausgang. Wir sahen uns an. Gigi hängte das Kleid weg, das sie gerade Tiffy unter die Nase gehalten hatte. »Was ist da los?«

»Lasst uns nachsehen.« Jemma ging voraus, wir folgten ihr. Vor dem Eingang drängten sich so viele Menschen, dass wir Mühe hatten, uns nach draußen durchzukämpfen.

Erst dann fiel es mir auf. »Warum ist es so dunkel?« Wir traten hinaus auf die Straße. Es war kurz nach 17 Uhr, doch obwohl es bereits Herbstanfang war, hätte es nicht so dunkel sein dürfen.

»Wow«, stieß Gigi hervor. »Was ist das denn?« Sie zeigte in den Himmel auf ein Gebilde, das etwas links von uns lag. Das hatte ich noch gar nicht entdeckt. Millionen von Sternen schienen sich zu einer Art Galaxie zusammengefunden zu haben. Irgendwo neben uns sagte ein Mann: »Das ist ein planetarischer Nebel.« Er klang total perplex. »Aber die liegen normalerweise alle so weit entfernt, dass man sie nur mit dem Teleskop betrachten kann.« Bei genauerem Hinsehen zeigten sich immer wieder kleine, gleißend helle Eruptionen. Sie stiegen auf wie die Blasen in einer kochenden Suppe.

Der Mann sagte zu seiner Frau: »Die Eruptionen sind Plasmaströme. Unglaublich, sie so aus der Nähe zu sehen!«

Gigi wurde ganz blass. »Geht die Welt jetzt unter?« Ihr Handy klingelte. »Ja, Mom, ich bin's. Alles in Ordnung, wir stehen hier draußen vor dem H&M. Ja, ich bewege mich nicht, alles klar. Bis gleich.« Sie drehte sich zu uns. »Sie sind in der Nähe und holen uns ab.«

Überall klingelten Telefone. Auch ich zückte mein Handy und entdeckte einen verpassten Anruf meiner Eltern. Angst kroch in mir hoch. Es war so dunkel, und am Himmel war dieses seltsame Gebilde erschienen. Ich drückte auf die Kurzwahl von Moms Handynummer.

»Was bedeutet das denn?«, fragte Gigi. »Wie kann plötzlich etwas zu sehen sein, das so weit weg ist?«

Der Mann schien ihre Frage wohl zu hören, denn er drehte sich zu uns. Er war ganz blass. »Bisher ist nichts über wandernde Nebel bekannt, also kann es nur eins bedeuten: Der Himmel rückt näher.«

Ich holte erschrocken Luft, und wie automatisch schob ich meinen Arm unter Gigis. Jemma telefonierte leise. Sie war wie immer die Ruhe selbst. Mein Blick fiel auf Tiffy. Sie stand neben uns, aufrecht, die Schultern nach hinten gereckt und den Blick fest auf den Himmel gerichtet. Ich erkannte viele verschiedene Emotionen, die sich auf ihrem Gesicht spiegelten. Wut, Trauer, Neugier und Überraschung. Aber keine Angst.

Endlich nahm Mom ab. »Wo bist du? Rühr dich nicht von der Stelle. Wir kommen dich holen.«

»Gigis Eltern fahren uns nach Hause«, sagte ich und erzählte ihr, wo wir waren.

»Das kommt nicht infrage. Wir kommen dich holen.«

»Aber es werden Dutzende Leute jetzt in die Innenstädte fahren, um ihre Familien abzuholen. Gigis Eltern sind in der Nähe. Sie sind gleich schon da, und …«

»Da sind sie«, rief Gigi. »Los, kommt, sie halten da hinten.«

»Bin gleich zu Hause, Mom«, versprach ich. »Mach dir keine Sorgen.« Dann legte ich auf.

Jemma folgte bereits Gigi, und auch ich machte mich bereit, mir meinen Weg durch die Menge zu bahnen. Ich sah mich zu Tiffy um. »Na los, komm mit, Tiffy!«

Sie stand immer noch da und sah wie versteinert in den Himmel, Wut und Trauer in ihrem Blick, aber immer noch fehlte jede Panik, jede Angst.

»Tiffy?«

Sie blinzelte, dann sah sie zu mir.

»Gigis Eltern sind da. Sie fahren uns nach Hause, jetzt komm schon.« Mittlerweile wurde ich ein wenig ungeduldig.

Sie zog ihr Handy hervor und warf einen Blick aufs Display. »Mein Vater kommt mich holen«, sagte sie schnell. Zu schnell, um irgendeine Nachricht gelesen zu haben. »Ich warte hier. Es ist lieb, dass ihr mich mitnehmen wollt, aber ich warte auf ihn. Er macht sich sonst Sorgen.«

»Was ist denn bei euch los?«, schrie Gigi ein gutes Stück entfernt. »Auf geht's!«

Schon wieder klingelte mein Handy. Enko. Ich machte eine letzte auffordernde Geste Richtung Tiffy, doch sie winkte ab und zeigte auf ihr Telefon. Gut, wie sie wollte. Also drehte ich mich um und nahm das Gespräch an, während ich hinter Gigi und Jemma herlief.

»Wo bist du?«, brüllte er.

»Wir sind gleich im Wagen von Gigis Eltern. Sie waren zufällig in der Nähe und fahren uns nach Hause. Wo bist du?«

Enkos Tonfall normalisierte sich etwas. »Im Wohnheim, ich musste lernen.«

»Was ist das da oben?«

Enko zögerte. »Keine Ahnung, aber das sieht nicht gut aus.«

Ich musste mein Telefon nah ans Ohr pressen, um ihn

durch den Lärm noch zu hören. »Was soll das heißen, das sieht nicht gut aus? Du bist über tausend Jahre alt«, rief ich deutlich zu laut, doch es war mir völlig egal, dass um mich herum alle Leute zuhören konnten. Es war höchst unwahrscheinlich, dass jemand in dem allgemeinen Tumult und Geschrei darauf achtete, was ich in mein Handy brüllte. »Solltest du dich nicht mit Naturkatastrophen jeglicher Art auskennen? Wenn es ein Asteroid ist, werden wir alle sterben?«

»Nein. Asteroiden sehen eindeutig anders aus, sie haben einen langen Schweif. Das kennt man doch aus dem Fernsehen.«

»Und was ist es dann?«

»Hör mal«, sagte er und klang tatsächlich genervt. »Ich studiere Philosophie und Literaturwissenschaften. Sehe ich aus wie ein Weltraum-Experte?«

»Wieso eigentlich nicht? Du hättest doch irgendwann mal Astronomie studieren können.«

Enko seufzte tief. »Es interessiert mich einfach nicht. Naturwissenschaften sind nicht meins. Ich mag die schönen Künste und …«

Mittlerweile war ich am Wagen der Familie O'Mally angekommen. Gigis Vater war schon ausgestiegen und öffnete uns die Türen. Wir schlüpften auf die Rückbank, während Enko immer noch über seine »schönen Künste« redete, ich aber so gut wie nichts verstand, weil sich nun alle lautstark begrüßten. Gigi stellte mich vor, und ich sagte ihren Eltern kurz Hallo.

Enko redete immer noch. »Okay, dann kontaktiere irgendjemanden, der sich damit auskennt«, unterbrach ich ihn. »Bitte. Oder hat es etwas mit dem Olymp zu tun?«

Wir waren bereits losgefahren, aber Gigis Mom drehte sich auf dem Beifahrersitz um und sah mich fragend an. Ich lachte, und es klang ein wenig schrill.

»Äääähhh … das ist für ein Referat«, erklärte ich schnell. »Über die griechischen Götter. Wir müssen am Montag abgeben, und wir haben ein bisschen … na ja, Panik … wir sind noch nicht ganz fertig … und so.« Ich lachte noch mal, denn sollte die Welt gleich durch einen Kometen pulverisiert werden, war das Referat sicher mein kleinstes Problem. Dann riss ich das Handy zurück ans Ohr. »Ich melde mich später.« Ich ließ es in meinen Schoß gleiten. Meine Hände zitterten.

»Ja, ja.« Jemma knuffte mich freundschaftlich. »Du bist immer so spät dran.«

»Verstehe. Dann viel Erfolg.« Gigis Mom schien beruhigt, obwohl es ihr eigentlich komisch vorkommen sollte, dass ich in der Stunde des Weltuntergangs an ein Schulreferat dachte.

Der Verkehr war leicht chaotisch, doch trotzdem kamen wir gut voran. Da auch Gigis Eltern keine Ahnung hatten, was das Spektakel am Himmel zu bedeuten hatte, hörten wir Radio und googelten gleichzeitig wie verrückt auf unseren Handys, um etwas Genaueres zu erfahren. Fakt war wohl, dass es sich tatsächlich um einen planetarischen Nebel handelte, der aus welchen Gründen auch immer wie aus dem Nichts nah an die Erde gerückt war. Forscher vermuteten hier einen Zusammenhang mit der unverhältnismäßig früh aufgetretenen Dunkelheit, nämlich dass der planetarische Nebel einen guten Teil der Sonne verdeckte. Man sah eigentlich nur den aktiven Kern, also die hellen Strahlen, während das große dunkle Feld, das den Nebel umgab, von der Erde aus nicht erkennbar war. Die Dunkelheit schien nur die europäische Zeitzone zu betreffen und sollte verschwinden, sobald die Erde sich ein Stückchen weitergedreht hatte. Der planetarische Nebel wurde nicht als Gefahr eingestuft, höchstens als Naturphänomen, genauso wie eine Sonnenfinsternis oder ein Asteroidenschauer. Das beruhigte uns alle ein wenig. Ich textete Mom die neuesten wissenschaftlichen Erkenntnisse, damit sie sich nicht noch größere Sorgen machte.

Zu Hause lief der Fernseher, was bei uns tagsüber nie der Fall war. Es herrschte also im wahrsten Sinne des Wortes Ausnahmezustand. Mom und Dad saßen davor, und draußen wurde es bereits wieder heller.

»Das ist ja unglaublich.« Dad starrte gebannt auf den Bildschirm, über den gerade diverse Aufnahmen aus den Großstädten liefen. Menschen, die in Panik durch die Straßen hasteten, in manchen Vororten war sogar der Notstand ausgerufen worden, weil Geschäfte geplündert wurden.

Mom riss mich an sich und ließ mich auch nicht los, als ich mich zwischen die beiden auf die Couch setzte. Ich ließ meine Einkaufstüten einfach davor auf den Boden gleiten. Auch etwas, das es bei uns normalerweise nicht gab. Mom war ordnungsfanatisch genug, solche Ausrutscher nur schwer zu verzeihen. Heute aber schien sie es nicht mal zu bemerken.

»Ich bin so froh, dass du wieder hier bist«, flüsterte sie mir ins Ohr und strich dann über mein Haar. »Ich habe mir solche Sorgen gemacht.«

Dad tätschelte meine Schulter. »Wie schön, dass Gigis Eltern in der Nähe waren. Wir sollten sie zum Dank mal zum Essen einladen.«

»Das ist eine gute Idee«, pflichtete Mom ihm bei. »Dr. O'Mally sitzt im Vorstand der ›PharmaSana AG‹, es wäre also sowieso gesellschaftlich angemessen, wenn wir ihn und seine Frau persönlich kennenlernen würden.«

Ich verdrehte die Augen. Mom und ihr gesellschaftlicher Standesdünkel. Ein Fass ohne Boden.

Ein Nachrichtensprecher berichtete von einer kleinen Zahl von Leichtverletzten, Tote gab es zum Glück keine. Danach wechselte das Bild zu einem wissenschaftlichen Bericht, bei dem ein Forscherteam einer der führenden Hochschulen für Astronomie in Deutschland interviewt wurde. Die Wissenschaftler bemühten sich darum, zu versichern, dass planetarische Nebel für die Erde keine Gefahr darstellten. Sie würden in unserer Atmosphäre verglühen, sollten sie sich unserem Planeten zu stark nähern. Sie wurden auch hier als ein Naturphänomen beschrieben, ähnlich der Polarlichter in den nordischen Ländern. Die Experten schoben die Dunkelheit ebenfalls auf den dunklen Nebel, der den aktiven hellen Kern umgab. Man wolle versuchen zu erforschen, warum der Nebel Richtung Erde wandere.

Ich war erleichtert. Das Spektakel war beeindruckend und auch beängstigend gewesen, und ich war froh, aufatmen zu können. Doch dann erinnerte ich mich an Tiffy, und mich beschlich wieder ein komisches Gefühl. Ich war mir sicher, dass sie gewusst hatte, um was es sich handelte. Dass sie gewusst hatte, dass dieses Phänomen nicht wirklich eine Gefahr für uns darstellte. Ich hatte ihr Gesicht immer noch genau vor Augen. Sie hatte wütend gewirkt und traurig, aber kein bisschen ängstlich. Sie verheimlichte uns definitiv etwas.

*

Als die Welt erfuhr, dass es sich nur um ein harmloses Naturphänomen handelte, ebbte die Panik ab. Zwar hatten nun Verschwörungstheoretiker und Weltuntergangsenthusiasten ihren großen Auftritt in den sozialen Netzwerken, doch weitere Hysterie in der Bevölkerung blieb zum Glück aus. Je näher der

Abend rückte, desto mehr verblasste der Nebel am Himmel. Um kurz vor sieben kam noch ein letztes Mal die Sonne hinter den Wolken hervorgebrochen. Ihre Strahlen empfand ich als herrlich beruhigend. Ich hatte in meinem Zimmer auf der breiten Fensterbank Platz genommen und sah über die Dächer von Paris hinaus auf den leuchtend orangefarbenen Ball am Himmel. Noch war unklar, ob der planetarische Nebel weiter wandern würde oder ob wir mit diesem Phänomen nun an jedem späten Nachmittag rechnen mussten. Was jedoch mittlerweile sicher war: Der Nebel wanderte am Planeten Erde vorbei und bewegte sich nicht auf uns zu. Mich hatte das beruhigt und auch Mom und Dad, die mehr auf nüchterne Informationen als auf Panikmache setzten.

Enko schrieb auf WhatsApp, dass das Konzert von Harpya trotzdem stattfinden würde. Für mich sprach nichts dagegen – mir war es relativ egal, ob Nordlichter oder ein planetarischer Nebel da oben funkelten, solange uns nicht der Himmel auf den Kopf fallen würde. Mom war zunächst skeptisch gewesen, als ich sie auf das Konzert angesprochen hatte. Doch da es dieses Mal am Louis-le-Grand-Gymnasium stattfinden sollte, hatte sie schließlich eingewilligt. Ich war mir ziemlich sicher, dass sie mich nicht ein zweites Mal in die Katakomben zu einem Konzert hätte gehen lassen. Sie bestand allerdings wieder auf der peinlichen Nummer mit Jacques. Mit anderen Worten: Ich sollte hingebracht werden wie ein Baby und abgeholt werden wie ein Baby. Irgendwann kapitulierte ich, damit ich überhaupt aus dem Haus gehen durfte.

*

Um 20 Uhr traf ich mich vor der Louis-le-Grand mit Jemma, Noah, Gigi, Selkes und Tiffy.

»Ich bin so aufgeregt«, zwitscherte Tiffy. »Ich war noch nie auf einem richtigen Rockkonzert. Und du bist also der Drummer?«

Sie sah in Richtung Noah, und die Skepsis in ihrem Blick war nicht zu übersehen. Jemma und ich grinsten uns an, Noah nickte in seiner bekannten Ernsthaftigkeit. »Ich habe mit fünf Jahren mit Schlagzeugunterricht begonnen«, erzählte er. »Ich war auf der Suche nach einem musischen Ausgleich. Immer nur Fußball, Tennis und Volleyball war mir zu eintönig.«

Tiffys Augen weiteten sich leicht, dann ließ sie den Blick über Noahs akkurat gebügeltes Oberhemd, die helle Jeans und die ordentlich geputzten Lederschuhe wandern und wieder hinauf bis in sein Gesicht. »Verstehe«, murmelte sie schließlich. Sie sah zu mir, und ich las die stumme Frage in ihrem Blick: *Er ist ein Rockmusiker?*

»Warte, bis du Enko kennenlernst«, flüsterte ich ihr zu. »Er macht alles doppelt und dreifach wett.«

Tiffy wirkte wenig überzeugt.

»Oh Mann, ich liebe Rockmusik. Dazu kann man so richtig krass abhotten.« Selkes ließ seine Hüfte einmal kreisen und stupste dann Gigi an. »Stimmt's, Cupcake?«

Cupcake? Hatte ich etwas verpasst? Jemma sah fragend zu mir. Ich zuckte unauffällig die Schulter.

»Auf jeden Fall«, hauchte Gigi und sah zu Selkes hoch. Offenbar war sie mit dem Spitznamen einverstanden. Ich war mir ziemlich sicher, dass sie ihm auch dann zugestimmt hätte, wenn er sie gefragt hätte, ob sie gerne Perlentaucherin auf Bali geworden wäre. Selkes grinste wie ein Honigkuchenpferd, als er auf sie hinuntersah. Die beiden schien es schwer erwischt zu haben. Auch wenn Selkes mal wieder nur in Shirt und kurzen Hosen unterwegs war, hatte er doch zumindest die Flip-Flops gegen ein Paar Chucks eingetauscht. Ich, die bereits in ihrem Übergangsmantel fror, schenkte ihm einen neidvollen Blick. Noahs Handy piepte, und er sah kurz darauf. »Leute, seid mir nicht böse. Ich muss wieder reingehen und beim Aufbau helfen. Die anderen lynchen mich sonst. Zum Glück habe ich einen kleinen Jemma-Bonus.«

Wir entschieden uns, ihm ins Gebäude zu folgen. Es war ein scharfer Wind aufgekommen, und ich fror ja sowieso schon. Im Vorraum der kleinen Theaterbühne, die zur Schule gehörte, hatten ein paar Leute der Schülervertretung eine provisorische Bar aufgebaut und schenkten Softdrinks aus. Die zwei breiten Doppeltüren zur Bühne waren noch geschlossen, deshalb holten wir uns alle etwas zu trinken und warteten, dass wir eingelassen wurden. Natürlich wurde überall nur über den planetarischen Nebel gesprochen.

Als wir eingelassen wurden, lief leise Musik im Hintergrund, und die Bühne war hell erleuchtet. Enko war in die Hocke gegangen, um vom Bühnenrand aus bereits Autogramme zu geben. Tiffy neben mir blieb abrupt stehen, als wäre sie vor eine unsichtbare Wand gelaufen. Sie starrte in Richtung Bühne, und nun sah ich wirklich Angst in ihrem Blick.

»Ich muss hier raus«, sagte sie mit stockender Stimme. »Ich … ich muss gehen.«

»Was? Aber was ist …«

Sie stürzte davon, gerade als Enko auf der Bühne die Hand in meine Richtung hob. Ich grüßte zurück, deutete dann aber auf Tiffy und stürzte hinterher. Gigi, Jemma und Selkes, die sich immer noch über das Planetenphänomen unterhalten hatten, sahen verdutzt zu uns.

»Tiffy!«, rief ich ihr hinterher. »Tiffy, jetzt bleib doch mal stehen.«

Doch Tiffy hörte nicht auf mich. Sie war erstaunlich schnell. Mühelos hängte sie mich in der Menge der Wartenden in dem kleinen Vorraum ab, und ich nahm an, dass sie nach draußen verschwunden wäre. Also folgte ich ihr durch den Ausgang. Die Louis-le-Grand lag in einem gutbürgerlichen Stadtteil, in dem man zur Abendstunde bereits, bildlich gesprochen, »die Bürgersteige hochgeklappt« hatte. Auf der Straße war nichts los. Selbst die Blumen in den ordentlich getrennten Vorgärten schienen zu schlafen. In der Ferne sah ich die Rücklichter eines Busses, der vermutlich an der Haltestelle direkt vor der Schule angehalten hatte. Ob Tiffy es noch bis in den Bus geschafft hatte? Das konnte ich mir eigentlich nicht vorstellen. Ich ging ein Stück die Straße hinab. Bei den meisten Häusern waren die Rollläden schon hinuntergelassen oder Lampen schimmerten in den Fenstern hinter Gardinen. Der Himmel war wolkenverhangen, weshalb es dunkler war als eigentlich für diese Uhrzeit üblich. Auf den Straßen war nichts los, vermutlich waren die meisten Leute doch aus Sicherheitsgründen zu Hause geblieben.

»Tiffy!«, rief ich, bekam aber keine Antwort. »Tiffy!« Ich blieb vor einer schmalen Gasse stehen. Hier befand sich nur der ehemalige Personaleingang einer Jugendstilvilla, der zugemauert worden war. Ein Müllhäuschen schmiegte sich an die Hauswand, und jemand hatte Blumentöpfe daran entlang aufgereiht. Die Gasse schien zum gemeinsamen Garten der zwei Häuser zu führen. In einem der Schatten sah ich etwas aufblitzen.

»Tiffy, was ist denn bloß los? Kann ich dir irgendwie helfen?«

Ein unterdrücktes Schluchzen erklang. Ich kam näher. Tiffy hatte sich hinter einem Rhododendronbusch versteckt. Ihre Schultern bebten. Sie hielt ihr Handy in der Hand.

»Ich habe mir ein Taxi bestellt«, stieß sie hervor. »Ich muss nach Hause.«

»Ist etwas mit deiner Familie?«

Sie schüttelte den Kopf, und wieder bebten ihre Schultern. Schnell drehte sie mir den Rücken zu, als wäre es ihr peinlich, wenn ich sie weinen sah. »Ich muss einfach schnell weg von hier.«

»Was ist denn los, Tiffy? Haben wir etwas falsch gemacht?«

»Nein.« Ihre Stimme war nur noch ein Flüstern. »Livia, bitte … bitte geh, ich kann das hier nicht.«

»Aber, Tiffy …« Ich kam so nah, dass ich ihr sanft meine Hand auf den Rücken legen konnte. In der nächsten Sekunde schwang sie herum.

»Ich hab gesagt, du sollst gehen!«, schrie sie mich an.

Und da waren sie wieder. Die riesigen nachtschwarzen Schwingen hinter ihrem Rücken. Sie waren so nah, dass ich den Luftzug spürte, so nah, dass ich erkennen konnte, dass sie nicht mit Federn bedeckt waren, sondern mit riesengroßen, ledrig glänzenden Schuppen. Voller Entsetzen sah ich ihr mitten ins Gesicht. In ihren Augen tanzten Flammen.

Kapitel 5

Brüderlein und Schwesterlein

Der Moment der Erkenntnis presste mir alle Luft aus den Lungen. Ich kannte diese Flammen. Es waren jene Flammen, von denen Maél sich sicher gewesen war, dass ich sie in seinen Augen sehen würde. Jene Flammen, die in Enkos Blick tanzten, wenn er wütend war. Die Flammen … die ewig brennenden Feuer des Tartaros.

Ich machte drei, vier hastig gestolperte Schritte nach hinten. Tiffy stand da, in diese grauen Schatten gehüllt, mit ihren dunklen Haaren, die wie Edelsteine schimmerten. Ihre Flügel bewegen sich leicht. Doch sie sagte nichts. Sah mich einfach nur an und zitterte am ganzen Körper.

Endlich fand ich meine Stimme wieder. »Was bist du?«

»Livia!« Enkos Rufen erklang ein Stück die Straße hinab. Offenbar hatte ihn mein Schrei in die richtige Richtung gelockt. Dann waren da Schritte in der Gasse, das Geräusch schwerer Stiefel auf Asphalt. Obwohl ich Tiffy, oder was auch immer sie war, lieber nicht den Rücken zudrehen wollte, wandte ich mich um. Enko trug bereits sein Bühnenoutfit. Was bedeutete, dass er halb nackt war. Seinen mit Runen tätowierten Oberkörper schmückten mal wieder nur ein paar Ketten. Er stand stocksteif da, sein Blick war an mir vorbei zu Tiffy geglitten. Ein Muskel zuckte an seinem Kinn, dann führte er ein ähnliches Spektakel auf wie sie. Ich sah die Flammen zu seinen Füßen, der Boden schien nur noch aus brodelndem Magma zu bestehen. In jeder seiner Hände tanzte ein Feuerball. Die Tartarosflammen funkelten in seinen Augen bis hierher zu mir.

»Wer bist du?«, knurrte er.

Obwohl er aussah wie ein flammendes Inferno, erkannte ich Ratlosigkeit in seinem Blick. Ich hatte einen Schritt aus der Schusslinie gemacht und sah von einem zum anderen, wie ein Zuschauer, der ein Tennismatch beobachtet. An mir hatte sowieso niemand mehr Interesse. Tiffy erwiderte nichts, stattdessen bewegte sie ihre großen Flügel, als machte sie sich bereit für eine Flucht.

»Oh, nein«, sagte Enko leise. »Denk nicht mal dran. Mein Feuer hier wird deine hübschen kleinen Hühnerflügelchen zerfetzen, bevor du vom Boden abheben kannst.«

Tiffy streckte einfach nur die Hand aus. Es sah aus, als wollte sie Enko auffordern, ihr einen der Feuerbälle zuzuwerfen. Der reagierte sofort auf diese Provokation. Ein kleiner Feuerball schoss durch die Luft. Tiffy fing ihn auf und ließ ihn einen Moment lang über ihrer Handfläche schweben. Ohne den Blick von Enko abzuwenden schleuderte sie den Ball nach hinten, direkt gegen einen ihrer großen Flügel. Ich holte erschrocken Luft, weil ich damit rechnete, dass etwas Schlimmes geschehen würde. Doch das Feuer perlte an den Flügen ab wie Regen an einer Fensterscheibe.

Enko knurrte noch einmal, doch ich erkannte, wie es in seinem Kopf ratterte. »Wer bist du?«, flüsterte er erneut.

Komischerweise schien ich eher zu wissen, womit wir es hier zu tun hatten, als derjenige, dem es eigentlich sofort hätte klar sein sollen. Tiffy schloss eine Sekunde lang die Augen, und die Flügel verschwanden, ebenso wie die dunkelgrauen Schatten, die zu ihren Füßen waberten. Als sie ihre Augen wieder öffnete, waren sie einfach nur grün und Tiffy wieder das harmlose kleine Mädchen mit der Vorliebe für Pink.

»Hallo, Bruder«, sagte sie und lächelte etwas schüchtern.

Die Stille danach konnte man förmlich schneiden. Irgendwo in einem der Blumentöpfe raschelte eine Maus, und es hallte überdeutlich in der engen Gasse.

Enko brauchte einen Moment, um sich zu fangen. Er schnippte mit einem Finger und war ebenfalls einfach nur wieder menschlich. Er lachte rau.

»Die Geschichte kannst du deiner Oma erzählen, Kleine. Keine Ahnung, wie du dir diesen Hokuspokus angeeignet hast, aber wüsstest du auch nur das Nötigste über uns, dann wäre dir klar, dass das unmöglich ist. Also noch mal: Wer bist du?«

»Ich bin deine Schwester«, beharrte Tiffy. Ihre Stimme klang fest und völlig ohne jeden Zweifel. »Mein Vater ist Hades, der Herrscher der Unterwelt.«

Enkos Lachen wurde noch lauter. »Nette Geschichte. Aber mein Vater bekommt nur Söhne. So sind die Regeln der dunklen Götter.«

Tiffy blieb völlig ungerührt. »Ich bin die Ausnahme, die die Regel bestätigt.«

Enkos Lachen stoppte. »So etwas gibt es nicht. Götter machen keine Ausnahmen.«

Die beiden funkelten sich an, vermutlich würden sie beide auf ihrem Standpunkt beharren. Mir schlotterten zwar immer noch sämtliche Knochen, aber ich hob die Hand und stellte mich in ihr Sichtfeld wie ein Schiedsrichter. »Leute, sollen wir das nicht lieber irgendwo anders klären? Und mal im Ernst, Tiffy, was fällt dir ein, mich so anzuschreien? Und dann diese

Nummer mit den Flügeln. Hättest du mir nicht einfach nur sagen können, was los ist? Du musst doch wissen, was ich bin.«

Tiffy nickte. »Du bist eine Nymphe. Du bist die Erste, die ich treffe. Ich wusste sofort, was du bist. Und um dich«, sie deutete mit dem Kopf auf Enko, »geht es gar nicht. Ich bin hier, weil ich Livias Hilfe brauche. Dir wollte ich eigentlich gar nicht über den Weg laufen.«

Enko verschränkte die Arme vor der Brust. »Na, herzlichen Dank. Und übrigens: Ich glaube dir immer noch kein Wort.«

Tiffy sah angriffslustig zu ihm hoch. »Dann verschwinde doch einfach.«

Das wiederum war keine Option für Enko. »Ich lasse doch nicht ein wild gewordenes ›Irgendwas‹ mit Livia alleine. Träum weiter, Tochter einer Fledermaus.«

In Tiffys Augen glommen erneut die Flammen auf. Ihre Haare begannen wieder so unnatürlich zu schimmern.

»Wow!« Ich hob beide Hände. »Ganz ruhig, Leute. Wir wollen hier doch kein göttliches Inferno heraufbeschwören. Und schon gar nicht in dieser kleinen Gasse. Ich sage es gerne noch ein zweites Mal, egal, wer hier was von wem will oder wer ›Irgendwas‹ ist oder nicht ist, wir sollten das woanders klären.«

Enko funkelte Tiffy böse an. »Übrigens muss ich in zehn Minuten auf die Bühne.«

»Du arbeitest als Stripper?«, schoss sie zurück und scannte seinen nackten Oberkörper.

»Schätzchen.« Enko ließ lässig die Hüften kreisen. »Du hast das Prinzip des Strippens nicht verstanden, wenn du der Meinung bist, dass man schon ausgezogen auf die Bühne marschiert.«

Tiffy schnaubte, und ich sah schon wieder ein verdächtiges Lodern.

»Schluss jetzt.« Obwohl ich vermutlich diejenige war, die von allen den größten Schock eingeheimst hatte, fühlte ich mich dazu berufen, für Ordnung zu sorgen. Und seit ich in Paris angekommen war, schockte mich ja ohnehin nichts mehr. Götter, Nymphen, Katastrophen ... Offenbar war ich nicht nur Multitaskerin, ich war auch absolut schmerzfrei, was abstruseste Überraschungen aller Art anging. Ich ging zu Enko, drehte ihn um und schob ihn in Richtung Ausgang der Gasse. »Du gehst jetzt auf deine Bühne und ziehst deine Show ab. Tiffy und ich warten im Publikum.«

»Ganz bestimmt nicht«, blaffte Enko. »Wer weiß, was sie vorhat. Mit diesen Schwingen ist sie unberechenbar. Weiß ich, ob sie dich als Nächstes mit ihren Klauen packt und wie ein Greifvogel quer über Paris verschleppt?«

Tiffy, die uns gefolgt war, guckte verärgert, aber auch sie schien sich nicht weiter streiten zu wollen. »Ich kann draußen warten«, bot sie an, »bis das Konzert zu Ende ist.«

Mein Blick glitt zu ihr. »Bist du gefährlich?«

Tiffy schüttelte den Kopf und sah mir direkt in die Augen. »Ich brauche deine Hilfe, Livia. Deshalb bin ich hier. Deshalb sind wir nach Paris gezogen. Ich habe das alles so eingefädelt, damit wir uns treffen, uns hier kennenlernen. Ich war überall auf der Welt unterwegs und habe gesucht. Nirgendwo habe ich eine andere Nymphe getroffen. Du scheinst die Letzte zu sein, du bist also die Einzige, die mir helfen kann. Ich habe noch nie in meinem ganzen Leben jemanden verletzt. Geschweige denn, irgendjemanden gefressen oder durch die Luft geschleppt.« Sie sah auf ihre Finger. »Und Klauen bekomme ich übrigens auch nicht.« Sie schoss einen feurigen Blick zu Enko. »Das mit der Fledermaus sehe ich mal nicht als Beleidigung an, weil ich Fledermäuse mag, aber ein Kompliment war es sicher auch nicht. Untersteh dich, so etwas noch mal zu mir zu sagen, Bruder.«

Enko verdrehte bei dem Wort »Bruder« genervt die Augen und schnaubte verächtlich. Ich jedoch war weitaus weniger misstrauisch. Ich glaubte Tiffy. Auch wenn mein Herz sank bei dem, was ich gehört hatte. Ich ahnte es schon länger, aber sollte ich tatsächlich die einzige verbliebene Nymphe sein?

»Enko, ich kenne deine Show bereits«, sagte ich. »Also könnte ich mich mit Tiffy im Vorraum unterhalten, während ihr das Konzert abliefert. Wenn wir uns leise unterhalten, hört uns doch niemand, und gleichzeitig sind da auch Menschen und ich bin nicht allein. Was soll mir also passieren?«

Tiffy sah zu mir und wirkte trotzdem etwas gekränkt. Enko jedoch schien zufrieden. Er brummte eine Zustimmung, dann deutete er auf den Ausgang der Gasse. »Nach euch, die Damen.«

»Er will uns im Blick behalten.« Tiffy sah sich spöttisch zu ihm um.

»Falsch«, berichtigte Enko. »Ich will nur dich im Blick behalten.« Er trieb uns vor sich her, bis wir das Gymnasium wieder erreicht hatten. Dann sah er Tiffy ein letztes Mal scharf an und verschwand Richtung Bühne.

Tiffy seufzte tief, als wir uns ein Plätzchen suchten, das möglichst weit entfernt von der kleinen Bar lag. Unsere Wahl fiel auf die Ecke neben der Garderobe. Jemand hatte ein paar Stühle aufgestellt, vermutlich, damit Leute dort Rucksäcke ablegen konnten. Wir setzten uns und rückten eng zusammen.

»Du darfst bitte keine Angst vor mir haben.« Tiffy hatte wohl gespürt, dass ich erst überlegt hatte, ob ich mich so nah zu ihr setzen sollte. »Ich bin nicht böse, ich habe nur einfach diese Attribute geerbt. Und manchmal, wenn ich mich aufrege, dann passiert es eben.«

Drinnen hörte man Enko auf der Bühne mit dem Publikum flirten.

»Ich glaube dir. Aber lass mich kurz Jemma und Gigi Bescheid sagen, dass wir draußen sitzen, um zu reden. Nicht, dass sie sich Sorgen machen.«

Tiffy hatte beide Hände in den Rüschensaum ihres Rocks gekrallt, während ich tippte. Ich schrieb Jemma und Gigi jedoch nur, dass Tiffy und ich ein emotionales Gespräch führten, so würden sie wahrscheinlich denken, dass Tiffy Liebeskummer hatte und ich ihr einfach beistand. Die Neuigkeiten darüber, dass Hades vermutlich eine Tochter hatte, obwohl das gegen jede Regel und jedes Gesetz verstieß, konnte ich ihnen auch später noch mitteilen. Dann wandte ich mich wieder Tiffy zu.

»Jetzt noch mal in aller Ruhe. Du bist weggelaufen, weil Enko ein Sohn von Hades ist, der gar nicht weiß, dass er eine Tochter hat, was du vermutlich auch weiterhin geheim halten wolltest.«

»Richtig.«

»Obwohl mir das als das größere Problem erscheint – worüber möchtest du mit mir reden? Brauchst du meine Hilfe?«

»Genau. Nyx, meine Mutter, ist verschwunden. Jedenfalls die, die ich als meine richtige Mutter bezeichne. Sie ist die Göttin der Nacht. Sobald meine Erinnerungen mit zwölf Jahren erwachten, verbringe ich jede Nacht bei ihr. Wir verstehen uns sehr gut.« Sie lächelte versonnen. »Sie ist eine gute Mutter. Sie hat ihr Reich der Nacht oben am Himmel, und es ist wunderschön und schrecklich zugleich.« Sie sah mich an. »Aber sie ist verschwunden. Spurlos. Kein Abschiedsbrief, nichts, was sie mitgenommen hätte. Es sieht aus, als hätte der Himmel sie einfach verschluckt. Zuvor war schon Selene, die Mondgöttin verschwunden. Zum Glück leben zwei ihrer Töchter im Tempel der Nacht und arbeiten als ihre Assistentinnen. Sie konnten die Aufgaben ihrer Mutter übernehmen. Ähnlich ist es bei Eos, der Göttin der Morgenröte. Auch sie ist einfach verschwunden.«

Ein Satz war bei mir besonders hängen geblieben. »Du bist jede Nacht bei ihr? Wann schläfst du denn?«

Tiffy lächelte verschmitzt. »Ich schlafe nicht.«

»Bitte?«

»Ich schlafe nicht«, wiederholte sie leichthin. »Im Tempel der Nacht findet das Leben nachts statt.«

»Und das überlebt man wie?«

Tiffy zog den Ärmel ihrer Jeansjacke zurück. »Schau hier.« Sie hielt mir ihr Handgelenk unter die Nase. Ich entdeckte eine Armspange, gefertigt aus einem dunkelblauen Material, das ich nicht identifizieren konnte. Es schimmerte wie Silber, doch es war nicht grau, sondern nachtblau. Darin eingelassen waren winzig kleine Edelsteine, die milchig gelb wie Sterne funkelten. Als sie das Handgelenk drehte, sah ich, dass sich die Armspange nahtlos darüber schloss. Sie saß so eng, dass es aussah, als würde der Schmuck ein Stück in ihrer Haut versinken.

»Das Armband ist dafür verantwortlich«, erklärte Tiffy. »Es gibt eine Substanz ab, die meinem Körper suggeriert, dass ich ausreichend geschlafen habe. Es unterstützt die Regeneration meiner Zellen und belebt mein Blut.«

»Das heißt also, wenn jemand dir die Armspange wegnehmen würde, müsstest du normal schlafen?«

»Na ja … man müsste mir die Spange schon vom Unterarm schneiden, um sie abzubekommen. Aber ja. Danach würde ich müde werden, so wie jeder andere, und wenn ich nicht schlafen würde, irgendwann krank.«

»Beeindruckend.« Ich betrachtete das Schmuckstück erneut. »Aber wenn du jede Nacht unterwegs bist … Wie machst du das mit deinen Eltern? Haben sie noch nie bemerkt, dass du gar nicht in deinem Bett liegst?«

Tiffy schob den Ärmel wieder nach unten, kramte in ihrer großen Umhängetasche und zog dann einen kleinen Lederbeutel hervor. »Das hier ist das ›Pulver des Schlafes‹, gewonnen aus den gemahlenen Samen der Mondblume. Jeden Abend werfe ich davon eine Handvoll über das Bett meiner Zieheltern. So schlafen sie durch bis zum Morgen und haben wunderbare Träume. Und ich kann die ganze Nacht unterwegs sein, ohne dass sie es merken. Hoch dosiert hat das Pulver sogar die Kraft, Erinnerungen auszulöschen, ja; ganze Tage verschwinden zu lassen. Man muss es sorgsam dosieren, denn bei Menschen genügt schon eine kleine Dosis und sie vergessen, was sie die letzten Tage getan und erlebt haben. Aber darin habe ich mittlerweile genug Übung.« Sie lächelte unbekümmert und stopfte den Beutel zurück in ihre Tasche.

Okay … Tiffy war ganz gewiss eine Tochter von Hades. Ich könnte es nicht mit meinem Gewissen vereinbaren, meine Eltern jede Nacht zu narkotisieren, um mich aus dem Haus zu schleichen. Sie hingegen schien damit überhaupt kein Problem zu haben.

Aber woher hatte sie gewusst, dass sie in Paris an der Internationalen Schule auf eine Nymphe treffen würde? Ich erinnerte mich sehr deutlich, dass Maél mir erzählt hatte, er habe mich nur durch einen Zufall gefunden. Wie aber hatte Tiffy es geschafft, nach einer Nymphe zu suchen? Vielleicht könnte ich ja die gleiche Technik anwenden? Vielleicht könnte ich so endlich Kontakt zu jemandem aufnehmen, der sich etwas besser mit dem Nymphendasein auskannte als ich. Ich setzte mich ein Stückchen auf.

»Wie hast du mich überhaupt gefunden?«

»Glaub mir, es war nicht leicht. Überhaupt eine Nymphe zu finden. Obwohl ich meine Suche recht überstürzt begonnen habe, war ich mir doch sicher, irgendwo in Neufundland eine Nymphe zu finden. Aber wie du ja weißt, hat meine Suche mich schließlich bis nach Europa geführt. Das ist erschreckend.«

»Und wie hat es dann geklappt?«

Tiffy lächelte ein kleines; feines und sehr geheimnisvolles Lächeln. »Sternenstaub.«

»Schon wieder so ein Pulver?«

Tiffys Lächeln wurde sekündlich breiter. Sie zwinkerte mir zu, dann sah sie sich um, um ganz sicherzugehen, dass uns niemand beobachtete. »Pass gut auf«, flüsterte sie. Sie schloss für einen kurzen Moment die Augen, und da war es wieder. Dieses Glitzern in ihren Haaren und etwas, das die einzelnen Strähnen leicht anhob.

Evangéline regte sich unter meinem Pullover, wahrscheinlich spürte sie das Spektakel.

»Das ist wunderschön«, flüsterte ich. »Aber wie funktioniert das? Sind deine Haare so was wie Antennen?« Es erschien mir die einzig logische Erklärung.

Tiffy brach in Gelächter aus, und sofort fiel ihre Mähne wieder in sich zusammen. Was unser Glück war, denn die beiden Mädchen an der Garderobe reckten sofort neugierig die Köpfe. Tiffy nahm meine Hand und drückte sie. »Entschuldige, es sollte nicht so aussehen, als würde ich dich auslachen.

Das war nur mit Abstand die kreativste Erklärung für dieses Spektakel, die ich jemals gehört habe.«

Natürlich war ich ihr nicht böse. Tiffys Lachen war so ehrlich gewesen, dass ich keinen Moment an ihr gezweifelt hatte.

»Ich sollte dich nicht länger auf die Folter spannen.« Sie griff in ihr Haar und hielt mir dann ihre geschlossene Faust hin. Wieder schielte sie zu der improvisierten Bartheke. Sie hielt die Hand so, dass man das, was sie versteckt hielt, von dort aus nicht sehen würde.

Ich war kurz davor, vor Neugier zu platzen.

Langsam öffnete Tiffy die Finger. Auf ihrer Handinnenfläche saß etwas, das im ersten Moment wie eine bläulich schimmernde Raupe aussah. Tiffy stupste das kleine Wesen an, und plötzlich strahlte es so gleißend hell wie ein Xenonscheinwerfer. Es war ein kaltes bläuliches Licht mit ungeheurer Strahlkraft. Schnell stupste Tiffy die Raupe ein zweites Mal an. Das Licht erlosch sofort, und das Tierchen reckte neugierig den Kopf, um uns beide abwechselnd anzusehen.

»Sehr brav«, murmelte Tiffy.

Evangéline unter meinem Pullover schien mittlerweile wild entschlossen, diesem mythologischen Wesen Hallo sagen zu wollen. Ich spürte das Trippeln ihrer vielen Beinchen auf meiner Haut. Telepathisch verbot ich ihr jedoch, sich zu rühren.

»Dein Handydisplay ist aber echt hell«, sagte eins der Mädchen von der Garderobe herüber. »Ist das ein neues Modell? Wie heißt es? Das hätte ich auch gerne.«

Tiffy lachte und hielt ihr Handy hoch. Erst jetzt bemerkte ich, dass sie es schlauerweise in ihrer anderen Hand gehalten hatte. »Ach das … das ist eigentlich ein älteres Modell. Aber mein Freund ist ein Tüftler. Er hat Spaß daran, unsere Handys zu tunen. Er interessiert sich für Elektrotechnik.« Sie zuckte mit den Schultern, als wäre das nichts Besonderes. »Er ist ein Nerd, und das ist sein Hobby. Ist aber okay, solange er immer noch Zeit genug für mich hat.«

Das Mädchen nickte verständnisvoll. »Alles klar. Verstehe. Meiner schraubt an Autos. Sie haben alle ihre Hobbys, die schrecklich wichtig sind. Aber coole Idee mit dem Display. Vielleicht sollte er mal überlegen, ob er das großflächig anbietet.«

Tiffys Lächeln wurde noch breiter. »Sage ich ihm. Danke.«

Die Mädchen wandten sich ab. Tiffy öffnete langsam wieder die Faust.

»Na? Wie findest du sie?«

»Sie ist … Sternenstaub?«, fragte ich langsam. »Ist das ihr Name? Oder *sein* Name? Was ist es? Eine Raupe?«

Tiffy streichelte zärtlich über den weichen Körper der Raupe. »Sie heißen Sternenstaub. Es gibt sie nur im Tempel der Nacht. Es wird vermutet, dass sie auf Asteroiden leben, die allerdings in unserer Atmosphäre verglühen oder so heiß werden, dass ihre Bewohner sterben. Da der Tempel der Nacht sich am Himmel befindet, also außerhalb der Erdatmosphäre liegt, überleben diese kleinen Wesen dort. Wir nennen sie Sternenstaub, weil sie so hell wie Sterne funkeln können. Sie sind gängige Haustiere dort. Ich habe fünf.«

Ich starrte sie an. »Und sie leben alle in deinen Haaren?«

Tiffy nickte. »Dort können sie sich verstecken, und es ist nicht zu warm und nicht zu kalt. Das mögen sie.«

»Und sie machen das …?« Ich machte eine wirbelnde Bewegung mit meinen Händen rund um meinen Kopf. »Sie sind verantwortlich für diesen Special Effect?«

»Ja«, sagte Tiffy mit breitem Grinsen. »Ziemlich cool, oder?«

Ich verzichtete darauf, ihr zu erzählen, dass ich bei ihrem Anblick – auch dank ihrer Haare damals – einen ziemlichen Schock erlitten hatte. »Ja, sehr cool.«

Die kleine Raupe hatte mittlerweile beschlossen, sich selbstständig zu machen. Beeindruckend flink krabbelte sie über Tiffys Hand bis zur Spitze ihres Zeigefingers. Es kam mir vor, als sähe sie mir direkt in die Augen. Ich versuchte es mit einem Lächeln. Die kleine Raupe hob ab – und das völlig ohne Flügel! –, um sich auf meinem Schoß niederzulassen. Dort begann sie zu blinken wie eine Art klitzekleine Alarmleuchte.

»Ja, ja, ich weiß«, lobte Tiffy. »Sie ist eine Nymphe. Das hast du gut gemacht, aber so weit sind wir schon. Hast du das vergessen?«

Die kleine Raupe drehte den Kopf zu Tiffy und dann zurück zu mir. Obwohl ihre Augen kaum größer waren als Stecknadelköpfe, meinte ich, Enttäuschung darin aufblitzen zu sehen. Unter meinem Pullover veranstaltete Evangéline schon wieder ein ungeduldiges Getrappel.

»Wie du siehst, können sie Nymphen erkennen. Nummer zwei hat es gerade demonstriert.«

»Du hast sie durchnummeriert?«, fragte ich leicht irritiert.

Tiffy zuckte die Schultern. »Ich habe fünf Stück, das klang für mich am logischsten. Siehst du diese winzigen Punkte zwischen ihren Fühlern? Nummer zwei hat zwei Punkte. Nummer drei drei Punkte, Nummer eins nur einen und so weiter.«

Ich nickte. Hätte ich fünf Haustiere gehabt, ich hätte ein paar sehr kreative Wochen damit verbracht, mir für jedes einzelne einen ganz besonderen Namen auszudenken. Tiffy sah das eindeutig pragmatischer. »Sie erkennen also Nymphen?«

Tiffy nickte. »Du hast ja gesehen, dass sie fliegen können. Du kannst sie in jeder beliebigen Großstadt losschicken, und sie sind innerhalb weniger Stunden zurück. Für Menschen sind sie viel zu schnell. Sie nehmen sie nur als eine Art Lichtblitz wahr, der so schnell wieder verschwunden ist, dass die meisten überzeugt sind, sich getäuscht zu haben. Aber trotz ihrer Hilfe, und ich habe immerhin fünf Stück von ihnen, habe ich mehrere Monate gebraucht, um dich zu finden.« Die kleine Raupe, Nummer zwei, wie ich nun wusste, machte einen Satz und saß mit hängenden Fühlern wieder auf Tiffys Hand. Mit einer routinierten Geste ließ Tiffy sie wieder in ihren Haaren verschwinden.

»Dann bin ich also tatsächlich die einzige Nymphe? Ist das der endgültige Beweis?«

Tiffy legte nachdenklich den Kopf schief. »So einfach ist das nicht. Was meine Suche betrifft, so bist du nur einfach die Erste, die ich aufspüren konnte. Und dann gibt es ja noch die Plejaden.«

Plejaden. Von ihnen hatte ich gelesen, als ich an dem Nachmittag in der Bibliothek mit Jemma und Gigi das erste Mal Konkretes über mein Nymphendasein herausgefunden hatte. Als Plejaden bezeichnete man die sieben Himmelsnymphen. Sie lebten am Firmament, waren laut Fachliteratur jedoch schon vor Ewigkeiten zu eisigen Sternen erstarrt. »Soll das heißen, sie leben noch?«, fragte ich überrascht.

»Ja, natürlich. Ich hätte sie gefragt, wo ich noch andere Nymphen finde, doch sie zu kontaktieren ist unmöglich. Uranos, der Gott des Himmels, schirmt alle Sternbilder ab und verbietet jeden Kontakt.«

»Was ist mit deinem Sternenstaub? Sie sind doch so klein und wendig. Glaubst du nicht, dass Uranos …«

»Sprich nicht mal darüber«, sagte Tiffy hastig. »Es besteht keine Chance, die Plejaden auf diesem Wege zu erreichen.« Sie senkte den Kopf. »Aber da du tatsächlich die letzte Nymphe auf dem Planeten Erde zu sein scheinst, bist du im Besitz des Rings der fünf Quellen. Durch ihn kannst du doch mit allen Nymphen kommunizieren. Könntest du die Plejaden für mich fragen, ob sie gesehen haben, wer meine Mutter und die anderen Göttinnen entführt hat? Die Plejaden wachen über den Himmel. Sie sehen alles. Sie werden wissen, wo meine Mutter ist.«

Der »Ring der fünf Quellen« … Ich hatte von ihm gelesen, und auch Maél hatte mir von ihm erzählt. Er galt als mächtiges Nymphenartefakt. Als ein Instrument, das alle Nymphenvölker einen konnte. Das Problem war nur: Ich besaß ihn nicht.

Tiffy erkannte die Wahrheit an meinem betretenen Gesichtsausdruck. »Bitte sag das nicht.«

»Es tut mir leid. Ich werde dir nicht helfen können.«

Einen Moment lang schwiegen wir beide. Drinnen war das Konzert in vollem Gange. Die Fans jubelten ekstatisch.

»Dann war alles umsonst.« Tiffy sprach mehr zu sich selbst. »Der Umzug, das neue Leben, meine Entdeckung durch Enko, die sicherlich jede Menge Ärger nach sich ziehen wird …« Sie sah wieder zu mir. »Aber du *musst* ihn haben. Du bist die Letzte.«

Ich schüttelte den Kopf. »Ich weiß nicht mal, von wem in meiner Familie ich das Nymphengen geerbt habe. Ich kann niemanden dazu befragen. Und wenn ich so etwas Wertvolles besäße, dann wüsste ich das. Und ich würde dir bei deiner Suche helfen.«

»Niemand weiß, wie das Artefakt wirklich aussieht. Es könnte jede Gestalt angenommen haben. Es muss nicht unbedingt eine diamantene Krone sein, verstehst du? Es kann irgendetwas sein, von dem du gar nicht denkst, dass es das ist.

Nymphen sind keine Krieger, keine Kämpfer. Ihre Gabe liegt darin, Wertvolles zu schützen, indem sie es als Harmloses tarnen. Es könnte ein x-beliebiger Gegenstand sein. Deine Haarklammer, ein Stift, irgendetwas.«

»Aber es müsste doch etwas Altes sein, das über die Generationen hinweg vererbt wird. Seit wann gibt es denn Haarklammern? Oder Stifte?«

»So genau weiß ich das nicht. Es kann auch sein, dass von Generation zu Generation die Kraft des Artefakts auf einen anderen Gegenstand übertragen wird.«

Ich seufzte tief. »Du willst mir damit sagen, dass es im Prinzip eigentlich alles sein könnte?«

Sie nickte. »Vermutlich ja.«

Ich ließ die Schultern hängen. »Super, das macht es so richtig einfach.«

»Stimmt. Es ist echt zwecklos. Alles umsonst …« Tiffy klang unendlich traurig. »Ich werde nach einer anderen Möglichkeit suchen. Ich gebe nicht auf. Früher oder später werde ich meine Mutter finden.« Sie drehte sich kurz in Richtung der Bühne um. »Du musst mir bitte etwas versprechen«, sagte sie dann und sah mich eindringlich an. »Du und Enko, ihr scheint euch gut zu kennen. Bitte nimm ihm das Versprechen ab, Hades nicht zu erzählen, dass er mich getroffen hat.«

»Hades weiß wirklich nichts von dir? Wie kann das sein?«

Tiffy schüttelte den Kopf. »Es war ein Zufall, dass eine Geliebte von Hades mich, ein Mädchen, geboren hatte, genau zum gleichen Zeitpunkt, als meine Mutter einem Jungen das Leben schenkte. Die Frau, die mich geboren hatte, weinte und betete jede Nacht zu den Göttern, und irgendwann hörte meine Mutter sie. Da meine Mutter ihren Sohn hätte töten müssen, nahm sie mit der Frau Kontakt auf. Sie hatte beschlossen, sich gegen die göttlichen Regeln der dunklen Götter zu stellen. Ich weiß nicht, wer die Regel erfunden hat, dass die dunklen Götter ausschließlich Kinder eines Geschlechts bekommen dürfen, aber meine Mutter war nicht gewillt, ihren ersten und einzigen Sohn zu töten. Genauso wenig wie die Frau, die mich geboren hatte, es übers Herz bringen konnte, mich Hades zu präsentieren und damit mein sicheres Todesurteil zu unterschreiben. Nyx wertete diesen Zufall als Fügung des Schicksals. Als einen Schachzug der Moiren, der Schicksalsgöttinnen, dass die Geburt zweier besonderer Kinder fast auf denselben Zeitpunkt fiel. Also handelte sie. Zusammen mit Hekate, der Göttin der Zauberei, ihrer besten Freundin und meiner Patin, fand sie eine Möglichkeit, unsere Attribute allgemeingültig für die dunklen Götter erscheinen zu lassen. Mein dunkelgrauer Nebel passt sowohl zu den Nachtgöttern als auch zu den Unterweltgöttern. Es könnten Attribute aller dunklen Götter sein. Auch die Geschichte mit den Flügeln ist ambivalent. Ein Hadessohn könnte ebenso Flügel besitzen wie eine Tochter des Tempels der Nacht.«

»Das muss ein mächtiger Zauber gewesen sein. Hades auszutricksen ist bestimmt nicht leicht.«

»Die Göttin Hekate ist eine mächtige Zauberin. Sie mochte meine Mutter sehr, und ich glaube, sie hat sich deshalb doppelt Mühe gegeben.«

»Wieso ›mochte‹? Haben die beiden sich zerstritten?«

»Nein.« Tiffy lachte bitter auf. »Magie ist ein gefährliches Spielzeug. Besonders wenn man davon so viel besitzt wie Hekate. Irgendwann hat sie sich darin verloren. Sie ahnte überall Verfolger, spürte in jedem einen potentiellen Feind, gegen den sie sich wehren musste. Sie hat sich mehr und mehr aus unserer

Gemeinschaft zurückgezogen. Irgendwann wurde sie zur Einsiedlerin. Niemand weiß, wo sie sich jetzt aufhält.«

»Das tut mir leid für euch.«

»Es hat meine Mutter härter getroffen als mich. Aber auch ich vermisse sie.«

»Lass mich das noch mal klarstellen. Du hast also die Kräfte von Hades, siehst aber dank der Tarnung durch Hekate für alle anderen Götter auf den ersten Blick so aus, als wärst du eine Tochter von Nyx?«

»Das trifft es ziemlich genau.«

»Und der andere Junge … Bei ihm denken alle, er ist ein Sohn von Hades, obwohl er die Kräfte von Nyx besitzt.«

»Genau.«

»Aber werdet ihr nicht in der Nutzung eurer Gaben unterwiesen? Von euren Eltern? Euren Paten? Wieso ist es da nie aufgefallen?«

»Das war und ist eine der größten Ängste meiner Mutter. Unser Glück ist, dass sich die Kräfte der dunklen Götter so ähneln. Auch wenn die der Hadessöhne eher Richtung Feuer und Gruselkabinett gehen. Das hast du ja bei Enko gesehen. Ihn als meinen Bruder zu identifizieren, war nicht schwer. Magma, Feuerbälle, das Knistern von Flammen. Andere können sich halb in Monster verwandeln oder dir das Gefühl geben, dass du in undurchdringlicher Schwärze versinkst und keine Luft mehr bekommst.« Sie verdrehte die Augen. »Sie lieben den großen Auftritt.«

»Glaub mir, dein Auftritt kann da locker mithalten.« Ich zupfte an ihren Haarspitzen.

Tiffy lachte und wirkte fast etwas verlegen. »Ich benutze meine fünf Sternenmäuse hauptsächlich zur Tarnung. Sie verstärken meinen ›Ich gehöre zu Nyx‹-Effekt noch, weil es sie ja nur im Tempel der Nacht gibt.«

Ich stutzte. »Sternenmäuse?«

Tiffy zog die Schultern hoch und wirkte noch etwas verlegener. »So nenne ich sie manchmal. Sie sind doch meine Haustiere …« In ihren Haaren blitzte es an fünf verschiedenen Stellen auf.

Ich musste lächeln. »Ich glaube, sie mögen diesen Kosenamen.« Eine weitere spannende Frage keimte in mir auf. »Weißt du, wer er ist? Der Junge, mit dem du damals die Rollen getauscht hast. Hast du Kontakt zu ihm?«

Tiffy schüttelte den Kopf. »Das hielt meine Mutter immer für zu gefährlich. Aber sie hat ein Bild von ihm. Ein winziges Gemälde in einem silbernen Medaillon. Sie trug es immer um den Hals, aber sie muss es in dem Kampf bei ihrer Entführung verloren haben. Jedenfalls habe ich es in ihren Gemächern auf dem Boden gefunden. Die Silberkette war zerrissen. Ich habe es an einem sicheren Ort versteckt, aber ich kann es dir ja mal zeigen.«

»Sehr gern. Das würde mich interessieren.« Ich legte meine Hand auf ihre. »Es tut mir leid, dass ich dir nicht helfen kann. Glaub mir, sobald sich mir dieses Artefakt offenbart, versuche ich, mit den Plejaden irgendwie Kontakt aufzunehmen.«

»Das ist lieb von dir, danke. Und bitte überzeuge Enko, meine Identität noch geheim zu halten. Ich habe Angst davor, wie Hades auf mich reagieren wird. Und du weißt, dass er mich töten kann, wenn er will.«

»Unser Kontakt ist nicht so, dass wir uns sonntags zum Kaffeetrinken treffen. Ich kenne ihn nur von einigen Begegnungen, die unschön endeten.«

Obwohl ich so vage blieb, schob Tiffy meine Erfahrungen

wohl alle auf meine Bekanntschaft mit Enko. Sie fragte nicht weiter nach, denn offenbar wusste sie, wie ihr Vater so drauf war. Nach all diesen neuen Erkenntnissen hatte ich keine große Lust mehr, mich in die tobende Menge vor der Bühne einzureihen. Trotzdem fragte ich höflich nach: »Möchtest du dir noch den Rest des Konzerts anhören?«

Tiffy schüttelte den Kopf. »Ich glaube, ich verschwinde besser.«

»Du brauchst keine Angst vor Enko zu haben. Er mimt immer den wilden Rockstar, aber glaub mir, er ist eigentlich ganz in Ordnung.«

Tiffy lächelte. »Er mag dich. Das sieht man.«

Ich erwiderte nichts.

»Er hätte sich mit mir geprügelt, um dich zu beschützen.«

Da mir das Thema unangenehm war, suchte ich nach einer möglichst lapidaren Antwort.

»Enko mag jedes Mädchen. Und er ist einfach viel zu sehr Charmeur und Gentleman, um in so einer Situation nicht einzugreifen.«

»Wenn du das sagst.«

»Möchtest du noch etwas trinken?«

Sie schüttelte den Kopf. Ich spürte, wie enttäuscht sie war, dass ich ihr nicht helfen konnte.

»Ich glaube, ich werde mich noch mal in den Tempel der Nacht begeben. Vielleicht finde ich ja in einer der Bibliotheken einen Hinweis, worum es sich bei diesem Artefakt der Nymphen handelt. Und wer weiß, vielleicht gibt es etwas Neues, was meine Mutter betrifft. Oder die anderen verschwundenen Götter. Sei mir nicht böse, Livia.« Sie stand auf. »Ist es okay, wenn ich jetzt gehe?«

Ich wollte sie nicht aufhalten, erst recht nicht, wenn sie

noch mal nach Antworten suchen wollte. »Was wirst du jetzt tun?«

Tiffy zog ihren rosafarbenen Trenchcoat über. »Ich denke, ich werde zurück in diese kleine Gasse gehen und auf einen ruhigen Moment warten. Es reagiert schließlich nicht jeder so cool, wenn er ein Paar schwarze Flügel am Rücken eines Mädchens sieht.«

Ich musste lächeln. »Glaub mir, ich habe schon so einiges gesehen.«

»Ich melde mich, sollte ich noch etwas erfahren. Ansonsten sehen wir uns ja spätestens am Montag in der Schule.«

»Du bleibst also? Obwohl ich dir keine Hilfe bin?«

Tiffy nickte. »Die Götter sind zurzeit alle in Paris. Es ist sicherlich sinnvoll, sich ebenfalls hier herumzutreiben, wenn man an Informationen kommen will.« Sie knöpfte ihren Trenchcoat ordentlich zu, dann sah sie mich an. »Manchmal muss man dem Zufall eine Chance geben.«

Ich stand auf, und wir umarmten uns.

»Ich danke dir«, sagte sie. »Auch für dein Vertrauen.«

»Sehr gerne. Und tut mir leid, dass ich keine Hilfe war.«

Tiffy lächelte mir noch einmal zu, dann drehte sie sich um und verschwand durch den Hauptausgang. Ich sah ihr noch einen Moment nach und ließ unser Gespräch auf mich wirken. Es war ein komisches Gefühl zu erkennen, dass man vermutlich doch die Letzte seiner Art auf Erden war. Ich dachte an die vielen Fragen, die dieses Gespräch aufgeworfen hatte. Wer oder was war das Artefakt? Würde Tiffys Sternenstaub vielleicht noch andere Nymphen finden? Wie würde Hades reagieren, sollte er jemals von Tiffy erfahren? Ich entschied, noch draußen sitzen zu bleiben, weil ich jetzt vermutlich ohnehin keine sinnvolle Zusammenfassung an Gigi oder Jemma weitergeben konnte. Als ich mich zurück auf den Stuhl sinken ließ, fühlte ich mich schrecklich allein. Maél fehlte mir so sehr. Ich brauchte ihn an meiner Seite. Dringend! Ich kannte mich kaum aus in dieser komplizierten Welt der Götter. Und nun sorgten die Geschichten über vertauschte Kinder und verborgene Artefakte für noch mehr Verwirrung. Ich zog mein Handy hervor und öffnete den Fotoordner. Ich hatte Maél ein paarmal im fahlen Licht der Katakomben fotografiert. Und ganz zu Anfang hatte ich ein paar Fotos seines Instagram-Accounts per Screenshot fotografiert. Ich presste die Lippen hart zusammen, um zu verhindern, dass Tränen in meine Augen stiegen. Wieder mal bedauerte ich zutiefst, dass es kein gemeinsames Foto von uns gab. Ich vergrößerte ein Porträtfoto. Seine grauen Augen, die dichten Wimpern, dieses leicht spöttische Lächeln, das um seine Mundwinkel spielte. Seine Haut war hell und makellos. Selbst am Ende des Sommers schien sie nur eine zarte goldene Bräune bekommen zu haben. Ich fuhr mit dem Finger über seinen Mund, und prompt verschob ich den vergrößerten Bildausschnitt. Ich ließ die Hand sinken und schloss das Album. Mein Herz schmerzte, und nur mit größter Mühe schaffte ich es, dass meine Augen nicht doch noch überliefen.

Ob ich ihn jemals wiedersehen würde?

Ich erschrak kurz, als Enko mit seiner volltönenden Stimme ins Mikro brüllte: »Das ist jetzt der letzte Song, Leute! Ihr wart toll!«

Schnell steckte ich das Handy weg und schluckte energisch die Tränen herunter. Zeit zu handeln. Maél sollte stolz auf mich sein. Er hatte auch nie aufgegeben. Ich würde ihm und mir selbst beweisen, dass ich ohne ihn an meiner Seite genauso stark war. Ich hatte noch keine Ahnung, wie ich Enko dazu überreden sollte, nicht als Nächstes zu seinem Vater zu rennen und ihm von dieser ungeheuerlichen Neuigkeit zu erzählen. Im Moment konnte ich das Chaos, das Hades daraufhin vermutlich veranstalten würde, nicht auch noch gebrauchen. Es waren schon genug Götter verschwunden, vielleicht sogar tot. Es war schon genug passiert. Außerdem hatte ich immer noch an dem Dämpfer zu knabbern, den Zeus mir bei meinem Anruf verpasst hatte. Da konnte ich gut darauf verzichten, dass ein tobender Gott der Unterwelt versuchen würde, seine unrechtmäßig geborene Tochter zu töten. Nein, ich würde alles daransetzen, Enko zu überreden, den Mund zu halten. Ich seufzte leise. Na, das könnte ja etwas werden …

Ich biss die Zähne zusammen und stürzte mich ins Getümmel.

Vor der Bühne angekommen, schaffte ich es, Gigi und Jemma zu vertrösten. Selkes hüpfte wie ein Wilder um die beiden herum und schien völlig ekstatisch in der Musik versunken. Komischerweise sah das trotzdem irgendwie gut aus. Vermutlich, weil bei Halbgöttern alles irgendwie gut aussah. Allerdings würde sein Gehopse bald zu einem Ende kommen, denn laut Enko war dies ja definitiv die letzte Zugabe. Ich applaudierte mit, als die Band sich verbeugte. Noah grinste zu Jemma hinunter, und sie warf ihm eine Kusshand zu. Das Grinsen wurde noch breiter. Enko bemühte sich, mich völlig zu ignorieren, auch wenn er sich nicht gerade geschickt anstellte. Als die Band hinter der Bühne verschwand, nahm ich die Verfolgung auf. Irgendjemand hatte groß »Backstage« auf ein Blatt Papier gekritzelt und es an die Tür der Umkleide geklebt. Ich klopfte an. Als ein »Herein« erscholl, öffnete ich die Tür. Yanis, der Bassist und Noah standen vor einer Couch, die aussah, als hätte sie schon so einiges erlebt. Beide Jungs waren oben ohne. Ich drehte mich schnell zur Seite. »Entschuldigt, ich wollte …«

»Ist alles okay?«, unterbrach mich Noah mit besorgtem Gesicht.

»Ja, ich war auf der Suche nach Enko.«

»Der ist unterwegs zu den Duschräumen«, erklärte Yanis. »Den Gang runter links, auf dem Weg zur Schwimmhalle. Man erkennt es am Chlorgeruch.«

Ich zögerte. Ob es eine gute Idee war, Enko zu einem Duschraum zu folgen? Egal, ich musste ihn allein erwischen, denn das wollte ich nicht vor allen anderen diskutieren.

»Danke euch!« Ich zog die Tür wieder hinter mir zu und versuchte es mit einer WhatsApp-Nachricht an Enko. *Wir müssen reden. Jetzt.*

Er antwortete sofort. *Bin im Vorraum der Duschen. Weißt du, wo das ist?*

Ich schickte ihm nur einen Daumen hoch. Es war tatsächlich einfach zu finden, denn der Chlorgeruch wies einem praktisch den Weg. Offenbar hatte der Hausmeister die Türen extra offen gelassen, damit die Band nach dem Konzert duschen konnte. Man schien hier ein sehr vertrauensvolles Verhältnis zu seinen Schülern zu pflegen. Ich durchquerte mehrere lange Gänge, kam an einem kleinen Kraftraum vorbei und an den Umkleiden der Mädchen für den Sportunterricht. Dann entdeckte ich endlich das Schild »Duschen, Jungen«.

Ich klopfte an und legte mein Ohr an die Tür. »Wehe, du bist nackt.«

Von innen erscholl ein dunkles Lachen.

»Das ist keine Antwort.« Ich blieb wie angewachsen vor der Tür stehen.

»Jetzt komm schon rein, ich habe etwas an.«

Ich drückte die Klinke hinunter. Das »Etwas« bestand aus hautengen schwarzen Boxershorts, mehr nicht. Wunderbar. Sogar seine Ketten hatte er bereits abgelegt. Er strich sich das kinnlange Haar nach hinten und grinste mich unter tief liegenden Augenbrauen an. »Nicht nackt, ich habe nicht gelogen.«

Ich bemühte mich, nicht allzu genau hinzusehen. »Mittlerweile weiß ich, dass man euch dunklen Göttern immer nur die Hälfte glauben kann.«

Enko verschränkte die Arme vor der Brust, und seine Oberarmmuskeln traten deutlich hervor. »Du beleidigst mich.«

Ich blieb in gebührender Entfernung stehen. »Wir müssen reden.«

Enko zog ein großes Badetuch aus seiner Sporttasche. »Nein, müssen wir nicht.«

»Doch.«

Enko ließ das Badehandtuch auf die Bank vor sich fallen und sah mich an. »Livia.« Er kam mit ein paar langen Schritten auf mich zu. »Glaubst du im Ernst, ich renne sofort zu Papi, um mich einzuschleimen?«

Ich wusste nicht genau, was ich darauf sagen sollte, denn sicher war ich mir nicht.

»Ach, komm schon«, sagte er, und nun klang seine Stimme wie ein Schnurren. Er strich mit dem Zeigefinger ganz zart die Linie meines Kiefers entlang.

Unwillkürlich wich ich einen Schritt zurück.

»Ich bin kein Papasöhnchen. Und ich bin alt genug, selbst zu entscheiden, was mein Vater wissen muss und was nicht.«

»Und du hast dich entschieden, erst mal keinen Staub aufzuwirbeln?«, fragte ich mit belegter Stimme.

Er kam noch näher. »Nun …« Er ließ den Finger weiterwandern. Am Hals entlang über meine Schultern, die Außenseite meines Oberarms bis hinunter zu meiner Hand. Die Haare auf meinem Unterarm stellten sich auf, weil sich alles in mir dagegen wehrte, mich von ihm einwickeln zu lassen.

»… das kommt ganz darauf an, wie dieser kleine Handel aussehen könnte.«

Ich schnaubte. Ich hatte es gewusst. Die dunklen Götter waren doch alle gleich. »Ich glaube, du missverstehst da etwas.« Ich bemühte mich, meine Stimme fest und entschlossen klingen zu lassen. »Bei diesem Handel geht es nicht um dich und mich. Wenn, dann ginge es höchstens um Tiffy und dich.«

Ein winzig kleines Lächeln spielte um Enkos Lippen. »Sie interessiert mich aber nicht.«

»Das ist keine Antwort.«

Wieder lachte er leise und beugte sich näher zu mir. »Einen Handel können nur zwei Parteien abschließen, die beide etwas voneinander wollen. Anders funktioniert es nicht. Und ich will nichts von dieser Tiffy.« Bei dieser Zweideutigkeit rückte er noch etwas näher. »Obwohl mich wirklich interessieren würde, warum du für die kleine Fledermaus so in die Bresche springst, meine liebe Nymphe.«

Ich roch etwas Salziges, gemischt mit seinem Parfüm und dem Duft seiner Haut. So nah vor einem nass geschwitzten Kerl zu stehen, hatte ich mir geruchstechnisch immer eklig vorgestellt. Hinzu kam, dass Enko dabei auch wirklich gut aussah. Die Haut über seinem Brustbein war leicht gerötet, ebenso wie seine Wangen. Er hatte sich mal wieder völlig verausgabt. Die Haare am Haaransatz schimmerten feucht. Er schien die Leidenschaft, mit der er seine Musik lebte, aus jeder Pore seines Körpers zu verströmen. Ein winzig kleiner Teil von mir wollte sich spontan von ihm einwickeln lassen, einfach, weil er das so verdammt gut konnte. Der andere, größere Teil von mir wehrte sich mit aller Macht dagegen, an so etwas überhaupt nur zu denken. Enko war nicht mein Typ, er war einfach nur der geborene Verführer. Vermutlich konnte er sogar jedes x-beliebige Möbelstück dazu bringen, sich unsterblich in ihn zu verlieben. Dass seine Patin Aphrodite gewesen war, hatte ein Übriges dazu beigetragen. Er kam noch etwas näher.

»Lass das«, stieß ich hervor.

»Wir verhandeln, Nymphe. Mehr nicht.« Seine Stimme klang immer noch so dunkel, wenn auch etwas amüsierter als vorher. Ganz offensichtlich gefiel ihm die Wirkung, die er auf mich zu haben schien. »Also … kommen wir ins Geschäft?«

»Das ist Erpressung.«

Sein Lächeln wurde breiter. »Ich würde dich niemals erpressen. Es macht mir nur einfach Spaß, mit dir zu …«, seine Lippen kamen meinem Ohr gefährlich nahe, »… zu verhandeln.«

»Für Verhandlungen setzt man sich an einen Tisch und hat Papier und Stift zur Hand. Ganz gewiss imitiert man nicht zwei Briefmarken in einer schummrigen Umkleide und ist dabei halb nackt.«

Diese Beschreibung schien Enko zu gefallen. Er gab einen glucksenden Laut von sich, der vage an ein Stöhnen erinnerte. »Spiel doch einfach mit. Hier wird niemandem wehgetan.«

Ich schob seinen Kopf energisch von meinem Ohr weg. Dann presste ich beide Hände gegen seinen nackten Oberkörper und schob ihn ein Stückchen von mir weg. »Ich sehe meinem Verhandlungspartner gerne ins Gesicht.«

In Enkos Augen blitzten die Tartarosflammen auf. Ich hatte ihn selten so begeistert gesehen.

»Na gut«, sagte er schließlich. »Ist ja nicht so, als würde ich dich nicht auch gerne anschauen.«

Ich verdrehte die Augen. Wie schaffte er es nur, jeden noch

so harmlosen Satz in irgendeine Art Anzüglichkeit zu verwandeln? »Was willst du?«

»Ich hatte gar nicht vor, bei Vater zu petzen, weil ich der kleinen Fledermaus sowieso kein Wort glaube. Aber da du offensichtlich über mehr Erkenntnisse verfügst als ich und der Meinung bist, sie wäre tatsächlich eine Tochter von meinem Vater, wird die Sache natürlich um einiges interessanter. Vielleicht ist ja doch etwas dran, wer weiß?«

Ich verschränkte die Arme vor der Brust. »Du bist so ein Arsch.«

»Aber ein liebenswerter und unheimlich gut aussehender Arsch. Außerdem sagt man mir nach, ich sei ein hervorragender Küsser.«

Ich stöhnte und sah zur Decke. »Bitte. Zu viel Information.«

Enko lachte. »Lass mich doch. Sind alles Tatsachen.«

»Bei allen Göttern, was bist du eigentlich? Zwölf oder was?«

»Auf einer Skala von eins bis zehn auf jeden Fall.«

Ich betete innerlich um Geduld. »Komm endlich auf den Punkt, Enko.«

Er schob beide Daumen unter den Bund seiner Boxershorts. Einen ewigen Moment lang dachte ich, er würde sie sich ausziehen. Einfach so, bloß um mich restlos aus dem Konzept zu bringen. Zugetraut hätte ich es ihm problemlos. Doch die Hose blieb, wo sie war. Stattdessen sah er mich einfach nur an.

»Enko, was willst du?«

»Ich will eine Chance«, sagte er leise.

Einen Moment lang war ich unfähig, etwas zu erwidern. Um Zeit zu gewinnen, sagte ich: »Ich kann dir nicht folgen.«

»Einen Tag. Ich will einen Tag mit dir, um dir zu beweisen, dass ich nicht der bin, den ich allen vorspiele.«

Immer noch sah ich ihn wortlos an. Ich hatte den Enko, den er so sorgsam versteckte, bereits ein wenig kennengelernt. Den Enko, der sich für Weltliteratur und komplizierte wissenschaftliche Theorien interessierte. Den Enko, der die ganze Zeit für mich da gewesen war. Den Enko, der mich in dieser schweren Zeit mit seinen unmöglichen Sprüchen zum Lachen brachte.

Ich bemühte mich, einigermaßen geschäftsmäßig zu gucken. »Keine faulen Tricks, kein Unterwelt-Hokuspokus und erst recht keine körperlichen Überfälle. Alles klar soweit?«

Er nickte.

»Gut, dann ist es abgemacht. Einen Tag mit mir dafür, dass du den Mund hältst.«

Irgendetwas in Enko schien sich zu lösen. Es sah aus, als wäre ein großer Teil der Anspannung, die ihn umgab, von ihm abgefallen.

»Einen Tag«, wiederholte er. »Wir machen irgendetwas, einen Ausflug, wir gehen irgendwo was essen und danach vielleicht spazieren, oder wir gehen ins Kino und …« Seine Stimme hatte sich verändert. Irgendwie wirkte er plötzlich nicht mehr so berechnend und lasziv. Ich hörte die Aufregung in seiner Stimme und hatte das komische Gefühl, dass er sich wirklich auf diesen Tag freute. Und das, obwohl er doch genau wissen musste, dass ich die Vereinbarung mit ihm nur eingegangen war, damit er Tiffy nicht verpetzte. Er schien wirklich talentiert darin, sich selbst etwas vorzumachen.

»Gut.« Ich wandte mich zum Gehen. »Wir warten draußen auf euch.«

»Livia, warte, ich …«

Doch ich drehte mich hastig zur Tür und riss sie auf.

»Genug verhandelt. Bis gleich.« Ich ließ die Tür hinter mir zufallen und holte kurz Luft. Er machte mich echt fertig. Ein Ausflug! Was für eine abstruse Idee. Ich sah zu, dass ich Land gewann, weil ich anfangs noch damit rechnete, er würde mir folgen. Doch hinter mir blieb alles still.

*

Als ich an der Garderobe wieder auf Gigi und Jemma traf, zitterten meine Knie. Es ärgerte mich, dass Enko es so mühelos schaffte, mich aus dem Konzept zu bringen. Und das, obwohl ich alles daransetzte, seine Wirkung an mir abprallen zu lassen.

Natürlich wollten die beiden wissen, warum Tiffy verschwunden war. Ich gab ihnen eine Kurzfassung, während Selkes sich angeregt mit einem anderen Rettungsschwimmer unterhielt, den er zufällig auf dem Konzert getroffen hatte. Gigi und Jemma hörten völlig atemlos zu.

Irgendwann legte Jemma sich eine Hand auf die Stirn. »Wow, das ist echt der absolute Informations-Overkill. Wer hätte gedacht, dass dieses winzig kleine rosa Ding namens Tiffy so voller Überraschungen stecken würde.«

Ich gab ihr stumm recht. »Wir wollten uns doch sowieso morgen Vormittag treffen, um für die Klassenarbeiten zu lernen. Lasst uns dann alles Weitere besprechen.« Komischerweise hatte ich immer noch das Gefühl, man könnte uns belauschen. Obwohl die meisten Zuhörer uns einfach als verrückt abgestempelt hätten, war es mir doch nicht recht, dass irgendjemand etwas von diesem ganzen Thema mitbekam. Schließlich war ich noch nicht so gut darin, Halbgötter zu erkennen.

Zumindest nicht, wenn sie sich anständig tarnten und ich keine Ahnung hatte, wer oder was sie waren.

»Leute, was haltet ihr davon, wenn wir nach draußen gehen? Hier ist es so voll und die Luft ist mittlerweile echt schlecht.«

Jemma zeigte mir den Daumen hoch, Gigi nickte zustimmend. »Gute Idee.« Sie beugte sich zu Selkes, um ihn kurz zu informieren. Er versprach, gleich nachzukommen.

Die beiden holten sich ihre Mäntel. Zum Glück war es draußen nicht sehr voll, sodass wir die Chance hatten, noch mal über all die ungeheuerlichen Neuigkeiten zu sprechen.

Wir machten gerade noch eine Zeit fürs Lernen morgen aus, als die Jungs schon wieder da waren. Noah, frisch gebügelt und adrett wie immer, erkundigte sich höflich nach Tiffys Verbleiben. Enko hingegen schien seltsam abwesend. Er spielte mit den Kordeln seines Parkas und schien nicht richtig bei der Sache zu sein. Unauffällig stellte ich mich neben ihn. Sofort kehrte die altbekannte Spannung in seine Körperhaltung zurück.

»Gilt dein Angebot noch?«, raunte ich ihm zu.

Er neigte sich ein Stückchen zu mir. »Alle meine vielen Angebote an dich gelten noch, also bin ich an diesem Punkt ein wenig überfragt.«

»Es geht um Hermes.« Mittlerweile klammerte ich mich an jeden Strohhalm, um Maél zu retten. Gewissen hin oder her.

»Ach, der …« Enko klang wenig begeistert. »Ja, können wir versuchen. Ich bin mir aber nicht sicher, ob es klappt. Das Loft ist gut gesichert. Nicht nur, weil es dort eine Standleitung gibt, um Zeus zu erreichen, sondern auch, weil er allerlei wichtige Unterlagen dort hortet. Das wird keine leichte Nummer, selbst wenn wir einen Schlüssel finden.«

Ich konnte mich an keinerlei Alarmanlage erinnern, die Maél bei unserem Besuch in Hermes' Wohnung deaktiviert hätte. Er hatte einfach seinen Schlüssel benutzt. »Aber du hast doch gesagt, du schaffst es.«

Enko zuckte die Schultern. »Ja, klar. Aber ich kann dir nichts versprechen.«

Er hatte immer noch, beziehungsweise schon wieder schlechte Laune. Na super. Egal was ich machte, ich machte es wohl falsch. Innerlich seufzte ich. Enko betrachtete gerade Selkes, der sich angeregt mit Noah und Gigi unterhielt. Sein Blick glitt über Selkes' Shirt mit dem fetten *Baywatch*-Print, die Cargo-Bermudas und die Chucks ohne Socken. Ich wartete auf einen entsprechenden Kommentar. Innerlich zählte ich herunter: drei, zwei, eins …

Doch Enko überraschte mich. »Wer kommt mit auf die After-Show-Party?«, fragte er, sah aber nur mich an.

Selkes stand in der nächsten Sekunde neben uns. »Habt ihr 'nen Pool?«

Enko seufzte tief. »Tut mir leid. Pool und Heli-Landeplatz mussten wir im Frühjahr dicht machen. Die Nachbarn haben sich beschwert.«

»Ach, halt die Klappe.« Jemma knuffte ihn in den Oberarm. »Er wohnt im Studentenwohnheim, Selkes.«

Der nickte. »Verstehe.« Sein Blick in Enkos Richtung war plötzlich nicht mehr so begeistert. »Und, habt ihr schon ein Album raus?«

Enko zuckte die Schulter, was wohl ein »Ja« bedeuten sollte, und sah ein paar Mädchen in kurzen Röcken hinterher.

»Wie heißt es?«

Selkes schien sich nicht so leicht abschrecken zu lassen. Ich bewunderte ihn, denn wenn Enko seine Launen an mir so auslassen würde, hätte ich ihm schon längst ein paar Takte dazu gesagt. Er benahm sich wirklich unmöglich.

»*Sturmfront der Finsternis.*«

Wir brauchten alle einen Moment, diesen bildgewaltigen Titel auf uns wirken zu lassen.

Noah grinste stolz, Enkos Laune hingegen passte hervorragend zum Thema »Finsternis«.

Selkes schnaubte. »Ging es nicht noch apokalyptischer?«

»Tut mir leid. *Findet Nemo* war schon vergeben, Fischjunge.«

In Enkos Augen blitzte ein kampfeslustiges Funkeln auf. Ich boxte ihm nicht gerade zärtlich meinen Ellenbogen in die Seite.

Bevor die beiden sich weiter verbal duellieren konnten, warf Noah sich in seiner bekannt diplomatischen Art dazwischen. »Sag mal, ist unsere After-Show-Party nicht abgesagt?« Er deutete nach oben. »Wegen Weltuntergang und so?«

»Waaaas?«, erklang eine empörte Stimme hinter uns.

Ich drehte mich um.

Carly hatte die Hände in die Hüften gestemmt. Für die herbstlichen Temperaturen war sie eindeutig zu spärlich bekleidet. Außerdem wäre ich nie auf die Idee gekommen, so viel hautenges Elasthan außerhalb eines Fitnessstudios zu tragen.

»Hast du keine Eltern, die sich Sorgen machen?« Jemma sah Carly ratlos an. »Hast du überhaupt mitbekommen, was heute Nachmittag los war?«

»Ja, ja … das bisschen Hokuspokus am Himmel«, erwiderte Carly leichthin. »Da passiert ja in jedem Weltuntergangsfilm mehr.«

»Ja, klar, weil da die Welt tatsächlich untergeht«, sagte Noah trocken.

Carly ignorierte ihn und drängelte sich zwischen Jemma und Gigi, von wo aus sie den perfekten Frontalblick auf Enko hatte. »Wir könnten doch spontan noch etwas organisieren. Wer kommt mit?« Sie sah zu Enko.

»Also wir werden gleich abgeholt.« Ich deutete auf Jemma, Gigi und mich.

Carlys Miene hellte sich sichtlich auf. »Wie schön.«

Wir starrten sie alle an.

»Ich meine, ist ja süß, dass ihr wie die kleinen Kinder um elf im Bett sein müsst. Ich muss erst um eins zu Hause sein.« Wieder schoss ihr Blick zu Enko.

»Wir fahren noch das Equipment in den Proberaum«, sagte Noah. »Yanis ist schon bei seinem Bulli.«

Selkes hatte seinen Arm um Gigi gelegt. »Und ich nehme die Metro Richtung Chinatown.«

Carly sah irritiert zu ihm, weil sie ihn nicht kannte, beschloss dann aber, dass er nicht zur Band gehörte und somit unwichtig war.

»Wie auch immer.« Sie zog einen winzigen aufklappbaren Spiegel aus ihrer Handtasche und strich sich ordnend über beide Augenbrauen. »Ich bin bereit für den Rest der Nacht.«

Gigi verdrehte die Augen, während Carly ihre Frisur vor dem Miniaturspiegel zurechtzupfte.

Ich ging auf die Zehenspitzen und beugte mich zu Enko. »Herrgott, jetzt kapier die Message doch endlich«, raunte ich ihm durch geschlossene Zähne zu. »Es könnte deine Laune vielleicht etwas heben. Das war echt unmöglich … Selkes so anzublaffen.«

Er drehte den Kopf zu mir, sodass sich unsere Gesichter einen Moment gefährlich nahe kamen. Schnell ließ ich mich zurück auf die Hacken sinken und zückte stattdessen mein Handy.

Sie redet von dir, tippte ich. *Es geht hier nur um dich. Sie würde mit dir alleine eine After-Show-Party feiern, wenn du bloß einfach Ja sagst.*

Carly schwärmte gerade Jemma und Gigi von dem fantastischen neuen Friseur vor, den sie entdeckt hatte, während Enko meine WhatsApp-Nachricht las.

Kein Interesse.

Tu ihr doch den Gefallen.

Enko steckte das Handy weg und schüttelte den Kopf. »Genug davon. Soll ich dich nach Hause fahren, Livia?«

An diesem Punkt verstummte Carlys Plappern abrupt. Sie sah zwischen uns beiden hin und her, als hätte sie etwas Wichtiges verpasst. »Was war das gerade?« Nun war ihr Tonfall eindeutig etwas zu scharf geworden.

Enko reagierte sofort. Denn genau wie alle anderen Hadessöhne besaß auch er einen überbordenden Beschützerinstinkt, den er gerne und häufig einsetzte. Und sei es nur, um mir eine eifersüchtige Mitschülerin vom Hals zu halten.

»Wie bitte?« Seine Stimme klang plötzlich grollend.

Carly schien völlig unbeeindruckt. »Du willst Livia nach Hause fahren?« Sie lächelte, doch es sah falsch und irgendwie gemein aus. »Ach, richtig. Du bist ja der Ersatzfreund, während der andere düstere Typ wer weiß wohin verschwunden ist.«

Gigi neben ihr holte deutlich hörbar Luft. Selbst Jemma wirkte über den harschen Tonfall erschrocken.

Selkes hob beschwichtigend beide Hände. »Wow, hier empfange ich aber ein paar ganz miese Vibes, Schwester. Du solltest mal 'ne Runde spazieren gehen und am besten noch 'nen Urlaub dranhängen. Du bist ja so was von verspannt.«

Komischerweise schienen diese Sätze eines quasi Unbekannten Carly irgendwie wachzurütteln. Sie blinzelte ein paarmal. »Ich hatte Stress zu Hause.« Sie sah zu mir. »Sorry, das sollte nicht so klingen.«

»Schon okay«, sagte ich. »Und außerdem hat Enko wohl vergessen, dass ich zusammen mit Gigi und Jemma von unserem Fahrer Jacques nach Hause kutschiert werde.«

»Richtig. Das hattest du ja gerade gesagt. Wie kommt es eigentlich, dass ihr alle so taufrisch ausseht?« Carly deutete zwischen Noah und Enko hin und her. »Schwitzt man nicht tierisch auf der Bühne?«

»Wir durften die Duschräume an der Schwimmhalle nutzen«, erklärte Noah. »Der Hausmeister war so freundlich und hat uns die Türen offen gelassen.«

»Es gibt hier einen Pool?« Selkes' Stimme überschlug sich vor Begeisterung. In einer absolut fließenden Bewegung riss er sich mit nur einer Hand das Shirt über den Kopf. »Worauf warten wir, Leute? Auf geht's.«

Die Jungs starrten ihn an, als hätte er den Verstand verloren. Wir Mädchen starrten seine Rettungsschwimmer-Muskeln an.

Noah fing sich als Erster. »Kann ihm bitte irgendjemand sagen, dass er sich wieder anziehen soll?« Seine Stimme klang völlig ruhig. »Er wird sich noch erkälten.«

Enko schien immer noch sprachlos, was wirklich selten vorkam.

Gigi krempelte Selkes' Shirt ordentlich von links auf rechts und hielt es ihm vor die Nase. »Bitte, mein Lieber. Heute geht hier niemand mehr schwimmen. Zieh dein Shirt wieder an.«

Carly deutete zwischen uns allen hin und her, die Augenbrauen kritisch zusammengezogen. »Es kann aber schon sein, dass irgendeiner in eurer Gang hier Verrückte anzieht, oder? Habt ihr schon mal darüber nachgedacht?«

Da ich mir ziemlich sicher war, dass ich diejenige war, die hier für die Verrückten sorgte, nickte ich nur etwas vage. »Danke für den Tipp, Carly.«

»Das darf doch wohl nicht wahr sein, Leute«, beschwerte sich Selkes. »Hier ist ein Pool, und wir gehen nicht schwimmen? Wir müssen noch nicht mal einbrechen. Das Ding ist frei zugänglich, ihr habt es doch von Noah gehört. Der Hausmeister hat alle Türen offen gelassen. Sogar die Umkleiden sind frei zugänglich. Leichter kann man es doch gar nicht haben. Das wird ein Spaß! Stellt euch vor: After-Show-Party in der Schwimmhalle. Wie cool ist das denn bitte?«

»Herrgott«, seufzte Carly und fing an, in ihrer Tasche zu kramen. »Wenn du unbedingt nass sein willst, lass mich dir helfen.« Sie zog eine kleine Wasserflasche hervor und schraubte sie auf. Ich ahnte, was sie vorhatte. Es sollte vermutlich lustig sein, auch wenn das vermutlich nicht alle von uns so sehen würden.

»Carly, nein, das reicht jetzt aber wirklich.« Ich wollte dazwischengehen, doch Carly hatte schon mit der offenen Flasche ausgeholt. Ein Schwall Wasser erwischte mich von Kopf bis Fuß. Augenblicklich sickerte es durch meinen dünnen Mantel und meine Kleidung. Evangéline fing empört in meiner Halskuhle zu trippeln an. Doch was noch schlimmer war: Nur Sekunden später spürte ich, wie die Kiemen an meinem Hals sich öffneten.

»Ach du Scheiße«, murmelte Selkes. »Das darf doch wohl nicht wahr sein. Sie wirkt immer noch?«

Einen Augenblick später wuchsen die Schwimmhäute zwischen meinen Fingern. Ich hatte eine Hand nach oben gereckt, um nach der Flasche zu greifen. Die zarten Membranen schimmerten in allen Regenbogenfarben, als der Schein der Straßenlaterne darauf fiel.

»Oh. Mein. Gott!« Carly fiel die Wasserflasche aus der Hand.

Dann brach Tumult aus. Enko riss sich seinen Parka herunter und legte ihn mir über die Schultern, besser gesagt, er wickelte mich darin ein, sodass meine Hände und der Hals unter dem Stoff verschwanden.

»Habt ihr das gesehen?« Carlys Stimme schien mit jedem Wort eine Oktave höher zu werden. Jemma und Gigi redeten auf sie ein, doch sie schien immer panischer zu werden. Selkes stand scheinbar tiefenentspannt und in Gedanken versunken daneben, während Noah versuchte, die umherrollende Wasserflasche vom Boden aufzuheben, damit niemand im Handgemenge darüber fiel. Schließlich griff Selkes doch ein, zum Glück wieder vollständig bekleidet mit seinem Baywatch-Shirt. Er packte Carly um die Taille und hob sie ein Stück zur Seite, weg von Jemma und Gigi, die sie nicht bändigen konnten.

»Jetzt ist mal Schluss mit dem Theater, Fräulein«, sagte er. »Da tun einem ja die Ohren weh bei dieser Tonlage.«

»Theater?«, kreischte Carly, und zwar so laut, dass nun noch andere Schülergrüppchen näher rückten, um mehr von dem Tumult mitzubekommen. »Bin ich denn hier die Einzige, die Augen im Kopf hat, ihr Freaks?«

Ich löste mich aus Enkos Umklammerung und zog seinen Parka so eng um mich, dass er die Kiemen an meinem Hals vor den Blicken Neugieriger verbarg. Mir war klar, dass ich Carly irgendwie überzeugen musste, dass ihre Augen sie getäuscht hatten. Dass ihre Augen sie immer noch täuschten. Ich fing ihren Blick ein und hielt ihn. »Carly, es ist alles in Ordnung.« Innerlich jedoch sprach ich weiter. *Du hast gar nichts gesehen. Du hast dich nur getäuscht, du hast, bevor du hierhergefahren bist, heimlich etwas von dem Sekt deiner Eltern getrunken. Du traust deinen eigenen Augen nicht, weil du immer noch den Alkohol in deinem Blut spürst. Du wolltest irgendetwas finden, um mich zu provozieren, weil du neidisch darauf bist, dass Enko mich nach Hause fahren will. Du wolltest einen Streit provozieren, mehr nicht. Du wolltest Selkes mit Wasser übergießen, es sollte ein Scherz sein, und ich bin aus Versehen dazwischengeraten. Es ist alles in Ordnung.*

Ich handelte intuitiv, als wüsste ich genau, dass meine Worte eine Wirkung auf sie haben würden, auch wenn ich sie nicht aussprach.

Carly wurde ganz still. Die Augen weit aufgerissen sah sie mich einfach nur wortlos an.

»Es ist alles gut«, sagte ich, dieses Mal laut. »Deine Augen haben dir einen Streich gespielt. Ich glaube, du solltest nach Hause fahren. Deine Eltern machen sich bestimmt Sorgen, wenn du so lange nachts wegbleibst.«

Carly nickte mechanisch. »Ja, und ich fühle mich nicht gut«, sagte sie. »Ich habe Sekt geklaut von meinen Eltern. Ich glaube, der ist mir nicht bekommen.«

Genau, wiederholte ich in Gedanken und sah sie weiter so intensiv an. *Es ist überhaupt nichts passiert, und zwischen Enko und mir läuft rein gar nichts. Du musst nicht eifersüchtig sein. Du rufst dir jetzt ein Taxi und verschwindest zu Hause direkt im Bett. Es war ein ganz normaler Abend, und morgen wird ein ganz normaler Tag sein.*

»Ich sollte nach Hause fahren« murmelte Carly. »Ich rufe mir ein Taxi.«

»Gute Idee«, sagte ich. »Das solltest du machen. Nächste Woche stehen ja auch noch ein paar Tests an.«

Sie nickte wieder.

Endlich spürte ich, wie die Schwimmhäute verschwanden und die Kiemen an meinem Hals sich schlossen. Als ich mir ganz sicher war, dass der Prozess abgeschlossen war, schob ich den Mantel von meinen Schultern. »Schau mal. Da ist nichts.«

Carly sah mich an, als wüsste sie gar nicht, wovon ich sprach. »Ja, du siehst gut aus. Und mir ist eigentlich ziemlich kalt. Warum habe ich bloß so wenig an?«

Noah war zur Straße spaziert und winkte nach einem Taxi. In diesem Moment war ich froh, dass wir alle so zusammenhielten. Obwohl wir doch grundverschieden waren. Aber das machte vermutlich die Dynamik unserer verrückten Gang aus.

»Guck mal, Noah hat dir ein Taxi angehalten.« Gigi legte Carly einen Arm um die Schultern. »Wir setzen dich rein, ja?«

Carly nickte wieder. Sie ließ sich von Gigi in Richtung Straße führen, wo Noah schon die Tür des Taxis für sie öffnete.

»Ich hätte ja nicht gedacht, dass die Wirkung so lange anhält.« Selkes stellte sich an meine freie Seite. »Aber die Showeinlage war echt nicht übel.«

Ich wollte den Mund aufmachen, aber Enko war schneller. Er schnaubte.

»Das ist unverantwortlich! Was hat dein Vater sich bloß dabei gedacht? Sie so zu brandmarken bis in alle Ewigkeit.«

Selkes imitierte Enkos Schnauben. »Jetzt mach mal einen Punkt, Hadessohn. In ein paar Tagen wird davon nichts mehr zu spüren sein.«

Jemma sah zu Selkes. »Na, du hast ja Nerven. Wenn ich in jedem Regenschauer zum Fisch mutieren würde, wäre ich, glaube ich, kurz vor dem Ausrasten. Außerdem …«

Die beiden diskutierten noch ein wenig weiter, und mein Blick glitt zu Enko, der schweigend auf mich hinuntersah.

»Was ist?«, fragte ich.

Enko betrachtete mich weiterhin wachsam. Dann zuckte er die linke Schulter.

Ich hob fragend beide Augenbrauen. Doch Enkos Blick veränderte sich nicht. Es war der gleiche Blick, mit dem er Tiffy betrachtet hatte, kurz bevor er »Wer bist du?« gezischt hatte. Ich war mir sicher, dass er bemerkt hatte, dass ich Carly auf irgendeine Art und Weise beeinflusst hatte. Dass ich es geschafft hatte, sie so zu manipulieren, dass sie mich nicht verraten können würde. Was er jedoch nicht wusste, war, dass ich es wieder intuitiv getan hatte. Dass mein Körper in Notsituationen umschaltete und genau zu wissen schien, was zu tun war. Es war eine rein instinktive, ja fast animalische Handlung gewesen, einfach nur, um mein eigenes Wohl und meine Geheimnisse zu verteidigen. Ich hatte gar nicht groß darüber nachgedacht, dass ich dabei in ihrem Kopf herumfuhrwerkte. Es war mir egal gewesen. Meine eigene Skrupellosigkeit erschreckte mich. Es war ein Verhalten, das ich eigentlich nur von Göttern und Halbgöttern kannte.

»Sie schien tatsächlich ein wenig betrunken zu sein« Gigi sah dem Taxi hinterher, während sie und Noah sich wieder zu uns stellten. »Hattet ihr nicht auch den Eindruck?«

»Ein Glück. Stellt euch den Super-GAU vor, wenn sie überall in der Schule herumposaunt hätte, dass Livia Schwimmhäute und Kiemen besitzt«, erwiderte Jemma trocken und rückte nah an Noah.

»Oh Mann. Was für ein Abend.« Gigi stupste mich an. »Ich finde es toll, wie du es geschafft hast, sie zu beruhigen. Hast du mal einen Kurs gemacht? Deeskalationstechniken oder so?«

Ich schüttelte den Kopf. »Ich habe einfach nur versucht, ihr einzureden, dass alles in Ordnung ist und der Alkohol schuld war, dass sie so komische Dinge gesehen hat.« Von rechts spürte ich immer noch Enkos wachsamen Blick.

Sofort fühlte ich mich wieder schlecht. Irgendwie schaffte ich es neuerdings, dass meine Wünsche, die ich mental an jemanden richtete, in Erfüllung gingen. Genauso hatte ich es bei Mrs Lewitzky gemacht, als sie mich hatte aufrufen wollen. Genauso hatte ich es auch im Biologieunterricht gemacht, und auch schon bei meinen Eltern. Das Komische war, dass ich es irgendwie ab einem gewissen Punkt nicht mehr kontrollieren konnte. Dass es einfach einsetzte, wenn ich mich in einer Situation bedrängt fühlte, und es mir fast so vorkam, als würde ich mit einer anderen Macht als meiner Faust zurückschlagen. Als wäre das, was ich tat, eine Waffe, die ich bewusst gegen andere richten konnte. Ich schluckte und sah auf den Boden. Nein, ich fühlte mich gar nicht gut dabei. Die anderen schienen jedoch nichts von meinen Zweifeln zu bemerken.

»Wie sieht's aus?« Noah sah in die Runde. »Packen wir's?«

Im selben Moment hielt Jacques mit dem Wagen am Straßenrand. Gigi winkte fröhlich.

»Schaut mal, da ist unser Taxi.«

Wir umarmten die Jungs reihum und verabschiedeten uns.

Noah und Yanis würden noch zusammen mit Enko und dem Rest der Band zum Proberaum fahren und die Musikinstrumente ausladen. Noah würde danach ins Bett fallen, um morgen ganz früh irgendeine Formel-1-Sendung zu gucken.

Selkes wollte die Bahn Richtung Chinatown nehmen, und die Band würde ihn noch bis zur nächsten Metrostation im Bulli mitnehmen. Was Enko vorhatte, blieb im Dunkeln, doch so genau wollte ich es ohnehin nicht wissen.

»Behalte den Parka.« Enko nahm ihn mir aus der Hand und legte ihn mir zurück um die Schultern. »Du bist ja völlig durchnässt. Du wirst dich erkälten. Du kannst ihn mir morgen wiedergeben.«

»Morgen?« Ich fragte mich, ob ich etwas verpasst hatte.

»Morgen Nachmittag habe ich Zeit. Wenn du also unbedingt bei Hermes einsteigen willst, dann morgen.«

Ich nickte begeistert. »Perfekt. Dann sehen wir uns morgen Nachmittag. Schreib mir, wann und wo wir uns treffen.«

Wir Mädels gingen eingehakt in Richtung Bordstein, wo Jacques bereits die Türen geöffnet hatte.

Als ich im Auto saß, sah ich ein letztes Mal zu Enko. Er lächelte nicht. Sein Blick war genauso fragend wie vorhin, als ihm klar geworden war, dass ich Carly mental beeinflusst hatte.

Kapitel 6

Götter, Nymphen, Katastrophen

Am Sonntagmorgen um halb elf stand ich in der Küche, um Gigi, Jemma und mir einen frischen Orangensaft zu pressen. Sie warteten in meinem Zimmer, und ein paar Vitamine waren sicherlich ganz hilfreich, um die grauen Zellen in Schwung zu bringen. Wir hatten bereits eine Stunde konzentriert durchgelernt, nun war es Zeit für eine kleine Vitaminpause. Ich räumte gerade die Orangenschalen in den Müll, als Dad mit der Post hereinkam.

»Möchtest du auch ein Glas frisch gepressten Saft?«, bot ich ihm an und deutete auf die Orangen im Obstkörbchen. »Ich bin gerade so in Schwung.«

Dad winkte ab. »Danke dir, das ist lieb. Aber nicht für mich.« Er ließ sich auf einem der hohen Barhocker vor der Theke nieder und blätterte durch seine Post.

Ich wischte die Arbeitsplatte ab und spülte den Lappen aus, während Dad mit seinen Papieren raschelte. Dann seufzte er, erhob sich und ging zu einem der Küchenschränke. Er steckte sich ein kleines Schokoladenröllchen in den Mund und schob direkt noch einen Keks hinterher. »Schrecklich, in der Küche bekommt man immer Hunger.« Er schnappte sich eine Packung Gummibärchen und ging zurück zu seinem Platz, während er immer noch kaute.

Ich musste lächeln und stellte mich hinter ihn, während ich mir mit dem Geschirrtuch die Hände trocknete. »Ja, das kenne ich. Gibt es irgendwelche Neuigkeiten? Zum Thema Weltuntergang vielleicht?«

Dad schüttelte den Kopf, und der zierliche Barhocker quietschte unter seinem Gewicht, als er sich kurz zu mir umdrehte. »Dieses Himmelsphänomen ist seit gestern Abend verschwunden, und angeblich soll dieser planetarische Nebel ja keine Gefahr darstellen. Mal sehen, ob er heute Nachmittag wieder auftaucht.«

Ich zog die Tageszeitung zu mir und warf einen Blick auf das reißerische Titelbild. Selbst dieses seriöse Blatt, das Mom und Dad abonniert hatten, hatte es sich nicht nehmen lassen, das Wort »Apokalypse« in die Überschrift aufzunehmen.

Dad riss weitere Briefumschläge auf. Mein Blick fiel auf eine Karte, die an ein paar geschäftlich aussehende Dokumente geheftet war. Ich sah meinem Dad über die Schulter, um einen besseren Blick auf den Schriftzug darauf zu erhaschen. »Von wem ist die?«

Dad zog die Karte zu uns. »Sie ist von John, einem Kollegen von mir aus der Botschaft. Er liebt solche Sprüche.«

»Wer die Welt bewegen will, sollte erst sich selbst bewegen«, sagte ich leise. »Da ist echt was dran.«

Dad stutzte. »Seit wann sprichst du Altgriechisch?«

Verdutzt hielt ich inne. »Altgriechisch? Aber das steht doch da ganz klar und deutlich.«

»Ja, natürlich steht das da ganz klar, aber es ist ja nicht so, dass es besonders leicht zu übersetzen wäre. John und ich hatten Altgriechisch an der juristischen Fakultät. Aber ich glaube nicht, dass es an den internationalen Schulen unterrichtet wird. Oder hast du einen Kurs auf Youtube gemacht?«

»Was? Uni? Youtube-Video?« Ich stemmte beide Hände in die Taille. »Dad, was soll denn das?«

Er sah mich an, das hätte ich nicht alle Tassen im Schrank. »Schätzchen, ich weiß, deine Mom wird mich dafür hassen, aber wenn das hier nur gespielt ist, dann sollten wir nach einer guten Schauspielschule für dich suchen. Du hast definitiv Talent.«

»Hä?« Nun kam es mir doch etwas komisch vor. Was die Schauspielerei betraf, war ich ungefähr so talentfrei wie ein Gummibaum. Ich blinzelte und sah erneut auf die Karte. Die Worte sagten mir nun überhaupt nichts mehr. Ich starrte darauf. »Oha«, rutschte es mir heraus. Ob es nur eine spontane Eingebung gewesen war?

Dad klopfte mir anerkennend auf den Rücken. »Du bist ja vielleicht eine kleine Schauspielerin. Alle Achtung. Ich hab dir das wirklich abgekauft.«

Ich brachte ein Lachen hervor. »Ja, äh, nein, also, es ist das Youtube-Video. Wie du gesagt hast.«

Dad grinste. »Altgriechisch ist nicht einfach. Erst recht die Grammatik nicht. Oder war es ein Video, in dem speziell Sprüche von Sokrates übersetzt wurden?«

Ich lachte noch mal, und wenn Dad nicht völlig Banane war, würde er merken, wie schrecklich künstlich und leicht hysterisch es klang. »Oh ja, genau, es ging nur um Sokrates. Cooler Typ. Ich meine, ich mag ihn. Und seit ich dieses Referat, du weißt schon, dieses Halbjahres-Referat über die griechischen Götter machen muss, bin ich total auf dem Griechenland-Trip. Gigi, Jemma und ich überlegen sogar, ob wir mal griechisch kochen sollen. Das macht bestimmt Spaß.«

Dad lächelte gutmütig. »Eine sehr schöne Idee.«

Mir war immer noch ganz schwindelig von diesen seltsamen

Umständen. Ich sollte besser verschwinden, bevor ich noch mehr Weisheiten in ausgestorbenen Sprachen von mir gab. Ich stellte unsere drei Gläser und eine kleine Karaffe mit etwas Saft zum Nachgießen auf ein Tablett, packte ein paar Haferkekse dazu und wollte aus der Küche verschwinden.

»Schätzchen«, sagte Dad, als ich ihn passieren wollte. »Solange dieses Phänomen am Himmel nicht eindeutig geklärt ist, sorg bitte dafür, dass dein Handy immer auf laut gestellt ist. Deine Mutter und ich wollen dich nicht im Haus anketten, weil offenbar keine unmittelbare Gefahr droht, aber bitte mach uns keine Sorgen, falls wir dich wirklich erreichen müssen. Bitte lass das Handy immer auf laut, egal, wo du bist. Auch in der Schule. Ich bin mir sicher, die Lehrer werden dafür Verständnis haben.«

Ich nickte. »Klar, Dad, kein Problem.«

»Ich danke dir.« Dann wandte er sich wieder der Tageszeitung zu. »Und viele Grüße und viel Erfolg beim Lernen euch dreien.«

»Danke!« Ich hetzte zurück nach oben, wo Jemma sich sofort auf den Orangensaft und die Kekse stürzte, während Gigi vor meinem Bett auf dem Teppichboden lag und mit Evangéline kleine Kunststücke übte. Eigentlich erzählte ich ihnen immer alles, was mich bewegte, und ich hätte ihnen am liebsten sofort berichtet, dass ich plötzlich Altgriechisch lesen konnte. Doch wir wollten noch mindestens zwei Stunden am Stück für die Klassenarbeiten nächste Woche lernen, und wir hatten es dringend nötig. Zu viel Zeit war ins Land gegangen, in der wir uns nur mit mythologischen Ungereimtheiten beschäftigt hatten, anstatt uns auf die Schule zu konzentrieren. Wenn ich ihnen nun von meiner neuen Fähigkeit erzählte, würden wir die nächsten zwei Stunden rätseln, woher das plötzlich kam und ob es mit meinen Nymphenkräften zusammenhinge. Niemand würde mehr Lust haben, irgendwelche Notizen oder Lehrbücher zu wälzen. Was auch immer diese Neuentwicklung bedeutete, ich verzichtete darauf, sie sofort meinen Freundinnen zu erzählen. Die Klassenarbeiten waren wichtiger, und die beiden hatten schon genug Zeit geopfert, um mir beizustehen. Sie sollten nicht wegen mir auch noch in schulische Schwierigkeiten geraten. Außerdem hatten wir schon ausgiebig über die Neuigkeiten der letzten Nacht geredet: Tiffy, eine Hadestochter! Ein verloren gegangenes mächtiges Artefakt! Verschwundene Götter! Es klang wie der Plot eines Hollywood-Fantasyfilms.

Also hielt ich den Mund, auch wenn es mir schwerfiel. Wir machten noch zehn Minuten Pause und bewunderten die ersten Kunststückchen, die Gigi Evangéline beigebracht hatte, tranken unseren Saft und verdrückten ein paar Kekse, bevor wir so konzentriert weitermachten wie zuvor. Ich war jedoch nicht richtig bei der Sache, und es kostete mich all meine Konzentration, meine Gedanken nicht immer wieder abschweifen zu lassen.

*

Um kurz nach drei wartete ich an der Metrostation auf Enko und seinen fahrenden Schrotthaufen. Ich wippte ungeduldig auf den Hacken hin und her, denn der Hadessohn war eindeutig der richtige Kandidat, um mit ihm meine neu gewonnenen Sprachkenntnisse zu diskutieren. Doch er verspätete sich. Ich zog meinen Mantel enger um mich, denn es war kälter, als ich gedacht hatte. Enkos Parka hatte ich in einem Jutebeutel dabei.

Wie automatisch glitt meine Hand zu der linken Kuhle

meines Schlüsselbeins. Doch sie war leer. Ich hatte Evangéline zu Hause gelassen. Dad würde den Rest des Tages in seinem Arbeitszimmer verbringen, und Mom war irgendwo im Haus eingeladen, wo sich einige Damen aus den diplomatischen Kreisen trafen. Ich machte mir keine großen Sorgen um die Motte, denn erstens würde Dad nicht in meinen Sachen wühlen und zweitens war Evangéline mittlerweile sehr geschickt im Umgang mit meinen Eltern. Beziehungsweise darin, den Umgang mit ihnen zu vermeiden. Ich vertraute ihr, dass sie einen geeigneten Schlupfwinkel finden würde, sollte meine Mom früher nach Hause kommen und beschließen, in meinem Zimmer ein wenig »aufzuräumen«. Der Gedanke, Evangéline bei einer Einbruchsaktion dabeizuhaben, hatte mir nicht behagt. Sie war zwar robuster, als sie aussah, aber trotzdem war und blieb sie ein kleines, zierliches Insekt, das viel zu kostbar war, um es in Gefahr zu bringen.

Ich konnte mir nicht vorstellen, sie jemals wieder abzugeben. Obwohl ich dem Händler nichts Böses wünschte, hoffte ich doch, dass er dort, wohin er verschwunden war, noch sehr lange bleiben würde. Ich hatte Evangéline liebgewonnen, sie war fast zu einem Teil von mir selbst geworden. Einem Körperteil, das nun fehlte, wenn es nicht da war. Nein, ich konnte und wollte mir einen Abschied von ihr nicht vorstellen.

Eine Hupe, die klang, als würde man einen Frosch würgen, ertönte unmittelbar neben mir am Bordstein. Ich schwang herum. Enko winkte durch das geöffnete Beifahrerfenster, und ich stürzte zum Auto. Zum Glück hatte er heute auf musikalische Untermalung verzichtet.

»Ich kann plötzlich Altgriechisch lesen«, sagte ich, als ich mich auf den Beifahrersitz fallen ließ.

»Masel tov!« Enko legte einen Gang ein. »Und dir auch einen guten Tag.«

Ich verdrehte die Augen. »Enko, hast du mir zugehört? Ich kann Altgriechisch lesen. Die Buchstaben sehen gar nicht anders aus als unsere, und ich kann sie einfach so lesen.«

Enko seufzte und reihte sich in den Verkehr ein. »Super. Dann kannst du ja mal überprüfen, wie schlecht die meisten altgriechischen Werke übersetzt sind. Grauenhaft, sage ich dir. Ich könnte dir dazu einiges erzählen …«

»Enko«, unterbrach ich ihn. »Hast du mir eigentlich zugehört?«

»Ja, klar. Wo ist das Problem? Du bist eine Nymphe. Keine Ahnung, ob die das vielleicht können?«

Ich ließ mich in dem Sitz noch tiefer sinken. »Super, und ich hatte gedacht, du könntest mir Antworten geben. Bei Halbgöttern passiert das doch mit Erreichen des zwölften Lebensjahrs. Ich bin schon sechzehn, und das nicht erst seit gestern. Was hat das zu bedeuten?«

»Entspann dich mal. Solange es nicht wehtut, ist doch alles okay. Und auf der Uni kannst du da super Credit Points in deinem Wahlfach sammeln. Dann wird die ganze Geschichte mit dem Bachelor ein Spaziergang.«

Seine lapidare Einstellung brachte mich ein wenig zur Weißglut. Ich bastelte gerade mental an einem entsprechenden Vortrag dazu, als Enko kurz zu mir rüber sah.

»Wir müssen noch mal ins Wohnheim, ich habe etwas vergessen.«

»Was hast du denn vergessen? Deinen Zauberstab?«

»Sehr witzig. Mein Dietrich-Set.«

»Du besitzt ein Dietrich-Set?«

Er nickte. »Und wie du siehst, braucht man es hin und wieder.«

Da konnte ich nicht widersprechen. »Ist es ein mythologisch-magisches Dietrich-Set? Etwas, das die angeblich existierenden Alarmanlagen ausschalten kann?«

»Nein, ist es nicht. Es ist einfach nur ein Dietrich-Set.«

»Wo bist du schon überall damit eingebrochen?«

Enko grinste breit. »Das würdest du wohl gerne wissen …«

»Sonst hätte ich nicht gefragt.«

Er schüttelte den Kopf. »Nein, nein, ich möchte ein wenig geheimnisvoll bleiben. Wenn ich dir das alles erzählen würde, wäre ich irgendwann langweilig.« Er schien nicht bereit, weiter darüber zu reden.

Also wechselte ich das Thema. »Und? Hast du Tiffy schon verpetzt?«

Nun war er es, der die Augen verdrehte. »Du und ich, wir beide, wir haben einen Deal. Erinnerst du dich? Gestern, wir zwei, in der Umkleide …« Er wackelte mit den Augenbrauen. »Es war ziemlich dunkel, und wir waren einander sehr nahe …«

Ich drehte meinen Kopf Richtung Fenster und stöhnte. »Oh, bitte.«

Er lachte kurz auf. »Um es noch mal deutlich zu machen: Nein, ich habe diese Tiffy nicht verpetzt. Und um es ebenso deutlich zu machen: Ich glaube kaum, dass sie eine Tochter von Vater ist. Ich erkenne Hadessöhne, wenn ich sie …« Er verstummte abrupt. »Mannomann, das ist echt so krass. Also noch mal von vorn: Ich erkenne Kinder von Hades, wenn ich sie sehe. Ich hatte wirklich Zeit genug zum Üben.«

Ich wollte gerade den Mund aufmachen und Enko von der Vertauschungsaktion durch Nyx erzählen, als mich mein Unterbewusstsein eindringlich warnte. Also klappte ich den Mund wieder zu und sagte gar nichts.

Irgendwann redete Enko weiter.

»Keine Ahnung, warum sie dir das weismacht. Vielleicht will sie sich auch einfach nur wichtigmachen. Vielleicht ist sie die Tochter irgendeiner völlig unwichtigen Nebengöttin, nach der kein Hahn kräht, und Tiffy liebt einfach den großen Auftritt. Okay, ihre Attribute sind definitiv Attribute der dunklen Götter. Aber sie könnte wer weiß wer sein. Tochter der Mondgöttin, der Nebelgöttin, der Sternschnuppengöttin …« Er wedelte mit der Hand. »Oder was weiß ich. Es gibt jede Menge unterschiedliche Götter, die alle so unwichtig sind, dass niemand sie kennt. Und die meisten von ihnen sind schon irgendwohin verschollen, vermutlich aus Frust, weil sich keiner für sie interessiert. Bei dieser Tiffy wird es genauso sein. Lass dich von ihr nicht beeindrucken.« Er sah zu mir. »Du hast immerhin einen echten Hadessohn, der dich im Auto herumkutschiert.«

»Hab ich ein Glück«, murmelte ich.

Enko lehnte sich trotz des laufenden Verkehrs mit dem Kopf zu mir, stupste mich mit der Nase vor die Schulter und grinste dann so breit, dass er mal wieder absolut unwiderstehlich aussah. Wir mussten beide lachen.

»Okay«, sagte ich. »Du hast eindeutig gewonnen.«

»Na klar«, erwiderte er. »Ich gewinne immer.«

Ich schüttelte bloß den Kopf.

*

Im Flur des Wohnheims roch es nach Fertiggerichten und ungewaschenen Socken. Ich folgte Enko in sein winziges Zimmer, das nur wenig aufgeräumter schien als beim letzten Mal.

»Blickst du hier überhaupt noch durch?« Ich drehte mich einmal um mich selbst.

Enko wühlte bereits auf seinem Schreibtisch herum. »Das Genie überblickt das Chaos, Baby. So einfach ist das.«

Ich musste schmunzeln. Der Spruch war mal wieder so typisch Enko.

»Möchtest du etwas trinken?«, fragte Enko, ohne sich umzudrehen.

»Nein, danke. Aber ich habe deinen Parka dabei.« Ich zog den Mantel aus meinem Jutebeutel und legte ihn kurzerhand dahin, wo noch Platz war: auf das Bett. Es war mal wieder der einzige Platz in diesem Zimmer, der wirklich ordentlich und aufgeräumt war. Bei jedem anderen hätte ich mich vermutlich wie selbstverständlich auf die Bettkante gesetzt. Doch bei Enko blieb ich lieber stehen. Ich hatte gelernt, auf mein Bauchgefühl zu vertrauen, und Enko kam mir immer noch vor wie eine tickende Zeitbombe. Wie jemand, der gewohnt war zu bekommen, was er wollte, und dies mit allen Mitteln zu erreichen versuchte. In meinem Falle, indem er mir den lustigen, überdrehten Studenten vorspielte, den ich vermutlich sympathisch finden würde. Obwohl es gemein war, so über ihn zu denken, wollte mein Verstand einfach nicht still sein. Eine kleine flüsternde Stimme in meinem Kopf warnte mich eindringlich, Enko für etwas anderes zu halten, als er war: ein Sohn von Hades. Jemand, der immer haben wollte, was anderen gehörte. Der Bruder, vor dem Maél mich eindringlich gewarnt hatte.

»Danke dir.« In einem der Schreibtischfächer fiel etwas klirrend um. Enko fluchte leise, wühlte aber genauso akribisch weiter. Dann wechselte er zur anderen Seite des Schreibtischs und riss dort alle Schubladen hintereinander auf. »Wo ist denn dieses verdammte Ding?«, murmelte er.

Ich verschränkte die Hände hinter meinem Nacken und streckte mich. Mein hastig herunter geschlungenes Mittagessen hatte mich ein wenig müde gemacht. »Also, ich würde hier überhaupt gar nichts finden.« Ich dehnte meinen Rücken und drehte mich zu der breiten Bücherwand. »Du liebe Zeit.« Ein leises Stöhnen kam mir über die Lippen. »Allein diese ganzen wild durcheinander gestapelten Bücher. Da blickt doch kein Mensch mehr durch.«

Als ich keine Antwort von Enko bekam, ließ ich die Hände sinken und drehte mich zu ihm. Er starrte mich an, das Dietrich-Set mit den Fingern fest umklammert. Die Art, wie er mich ansah, machte mir sofort bewusst, wie das gerade eben auf ihn gewirkt haben musste. Ich hatte mich gestreckt, den Rücken durchgebogen und mich leicht hin und her gewiegt. Das Stöhnen musste den Rest dazu beigetragen haben. Enkos Blick war der eines fast verhungerten Raubtiers. Er reckte die Schultern, und die Flammen in seinen Augen begannen zu tanzen.

Intuitiv wich ich einen Schritt zurück. Da war es wieder. Das Erbe seines Vaters, das so unkontrolliert hervorbrach. »Enko.«

Enko legte das Dietrich-Set hinter sich auf die Tischplatte. Langsam und sehr bedächtig.

»Enko.« Dieses Mal hatte meine Stimme einen warnenden Unterton.

In der nächsten Sekunde stand er vor mir. Nah, viel zu nah, und sein Atem strich über meinen Hals. Er hatte den Kopf geneigt, und nun berührte seine Nasenspitze meine Ohrmuschel.

»Du weißt, wie sehr ich es versuche.« Seine Stimme klang gepresst. »Ich weiß, dass du es weißt. Gestern, da war ich schon kurz davor. Aber jetzt …« Er brach ab. Gleichzeitig legte er seine Hand flach auf meinen Rücken.

In mir begann alles zu flattern. Enko hatte aus reiner Gewohnheit die Tür hinter uns abgeschlossen. Wirklich aus reiner Gewohnheit? Wenn ich mich jetzt herumwarf, brauchte ich wertvolle Sekunden, um die Tür zu entriegeln. Sekunden, die ich bei einem Hadessohn definitiv nicht hatte. Er war schneller als ich, er war stärker als ich, und ein Gewissen schien er nur zu besitzen, wenn ihm gerade danach war. Meine Chancen standen also denkbar schlecht.

Ich wartete auf die Angst, auf das Zittern und Flattern, das mir den Verstand vernebeln würde. Auf diese Urangst, die ich bei Enko immer im Hinterkopf behalten hatte. Dieses Gefühl, dass er etwas war, das auch seine menschliche Seite nicht hatte domestizieren können. Egal, wie gut er mir den Menschen vorgespielt hatte. Doch da war nichts. Kein Zittern, kein Flattern, keine Angst. Diese Erkenntnis traf mich völlig unerwartet.

Da war etwas in mir, eine Gewissheit, eine neu erwachte Kraft, die mir zuflüsterte, nicht zurückzuweichen, sondern mich ihm entgegenzustellen. Mich ihm ebenbürtig zu fühlen. Wärme erwachte tief in meinem Inneren und breitete sich wie flüssige Lava in all meinen Zellen aus. Meine Haut fühlte sich an, als würde sie brennen. Es war jene Kraft, die mir versicherte, dass ich nie wieder Angst vor Enko haben musste. Ich ließ es zu. Ich vertraute meinem Bauchgefühl. Ich vertraute dem neu erwachten Gefühl in meinem Inneren. Keine Angst. Kein Zurückweichen.

Ich presste beide Hände gegen Enkos Brust und stieß ihn von mir.

Er lachte, als wäre es die Aufforderung zu einem Spiel. Sofort kam er wieder näher. Doch dieses Mal hielt er einen leichten Abstand. Die Hitze in mir sandte triumphierende Funken durch all meine Adern. Ich sah ihm direkt in die Augen. »Liebst du deinen Bruder?«

Die Antwort kam ohne ein Zögern. »Ja.«

»Und würdest du ihm etwas wegnehmen, das er liebt?«

Enko zögerte. »Wir sind Halbgötter, Livia.«

»Na und?«

»Wir sind anders. Diese Art von Gefühlen …« Er brach ab. »Es geht hauptsächlich um Macht.«

»Um Macht?« Ich bekam kaum Luft. Enko schien erst in diesem Moment zu bemerken, was er da gesagt hatte. Er wollte den Mund aufmachen, doch ich war schneller. »Du meinst also, es geht bei dir nur um Macht? Ist es das? Willst du das erfüllen, was Maél dir immer unterstellt hat? Ihm etwas wegnehmen, nur weil es ihm gehört?«

»Nein.« Er klang ganz ruhig. »Ich will um etwas kämpfen, das mir wichtig ist.«

Ich schüttelte den Kopf. »Enko, für dich ist doch alles nur ein Spiel. Deine Meinung dreht sich mit dem Wind. Du sagst, ohne zu zögern, dass du deinen Bruder liebst und erklärst mir im nächsten Atemzug, dass Götter zu so etwas gar nicht fähig sind. Was soll ich nun glauben?«

»Königreiche sind gefallen, weil Brüder die gleiche Frau begehrten. Allianzen wurden gebrochen, Kriege entfesselt und ganze Kontinente entzweit. Ich werde mich nicht dafür entschuldigen.« Er schluckte und schien einen Moment ganz in Gedanken versunken. Als er wieder hochsah, hatte er dieses

Funkeln in den Augen. »Der Krieg um sie verstummte, als die schöne Helena auf Trojas brennenden Mauern tanzte. Es war ihr egal, dass die Schlacht aussichtslos schien. Sie hat sich nicht darum geschert, was andere über sie sagten. Du bist wie sie. Es kümmert dich nicht, dass alle dir sagen, dass du einen aussichtslosen Kampf führst. Du lachst ihnen ins Gesicht, weil sie dir keine Angst machen.« Er lächelte. »Du tanzt auf brennenden Mauern.«

»Enko …« Ich wusste nicht, was ich sagen sollte.

Er überwand die kleine Distanz zwischen uns. Als er meine Hand mit beiden Händen umschlang, jagte ein Schauer meine Wirbelsäule hinab.

»Maél ist mein Bruder, aber ich werde ihm wegnehmen, was er liebt.« In seinen Augen war nichts Menschliches mehr. »Ich kann es, und ich werde es.«

Ein kleiner Teil meines Verstandes bäumte sich auf, als er realisierte, dass Enko die Nymphe in mir ansprach. Langsam und bedächtig ließ er die Kraft in seiner Stimme mein Nymphenerbe übernehmen.

»Es geht doch gar nicht um mich.« Ich entzog ihm abrupt meine Finger. Das Sprechen fiel mir schwer. »Es geht um Maél. Ich bin das Spielzeug, das du ihm wegnimmst, um ihn zu ärgern.«

Enko lachte leise. »Livia, schöne Livia. Kampfeslustige Frauen finde ich wahnsinnig attraktiv. Da schlagen wohl meine Wikinger-Gene durch.« Er kam noch näher. Wieder nahm er meine Hand.

Ich blinzelte, um seinem Blick zu entkommen. Es durfte nicht passieren, dass er mich weiter manipulierte. Niemals wieder würde ich mich von einem dunklen Gott für seine Zwecke benutzen lassen, so wie Maél mich nachts durch halb Paris geschickt hatte. Doch die Kräfte der dunklen Götter waren stark, und es fiel mir schwer, nicht nachzugeben. Ich versuchte, mich zu konzentrieren. Konnte ich Enkos Macht vielleicht irgendwie abschütteln? *Lass mich klarsehen. Lass mich seine Macht durchschauen.* Etwas in mir kribbelte. Dann klarte mein Hirn auf, als würden die dunklen Wolken an meinem Himmel einfach zur Seite geschoben. Mir fiel auf, dass ich meine linke Hand noch frei hatte. Ich packte Enkos Gesicht.

Er gab einen Laut von sich, der fast wie ein Schnurren klang. »So gefällt mir das.«

Nicht mehr lange, dachte ich und ließ all meine heiße Wut durch meinen Arm strömen. Sekunden später warf seine Haut Blasen.

»He!« Er ließ mich los. Die Haut um sein Kinn war rot und aufgeplatzt. Er sah aus, als hätte er sich einen schweren Sonnenbrand zugezogen. »Du gehst aber ganz schön ran.«

Ich wich einen halben Schritt zurück. Es kostete mich so einiges, die Überraschung über meine Kräfte zu verbergen. Doch meine Wut siegte. »Glaubst du etwa, ich bemerke deine faulen Tricks nicht? Willst in meinem Kopf herumpfuschen und mich beeinflussen, als wäre ich immer noch die gutgläubige Nymphe, die nichts weiß und nichts bemerkt? Sorry, Hadessohn, diese Tage sind lange vorbei.«

Enko nahm es sportlich. Seine Haut begann bereits zu heilen. »Okay. Und du stehst also auf die richtig harte Gangart? Mannomann, hätte ich meinem Weichei von Bruder gar nicht zugetraut.«

Nur mit sehr viel Mühe schaffte ich es, bei dieser Anzüglichkeit nicht rot zu werden. Stattdessen lachte ich spöttisch. »Du hast gequietscht wie eine Maus, als ich dich berührt habe, und nennst ihn Weichei? Niedlich.«

Enkos Augen weiteten sich. Für einen Moment starrten wir uns an. Enkos Kiefermuskeln arbeiteten.

»Warum er?«, stieß er dann heiser hervor. »Warum ausgerechnet er?«

»Ich liebe ihn.«

»Aber warum?« Er wischte sich die letzten Hautfetzen vom Kinn. Dann war er wieder der makellos schöne Halbgott, den alle so anbeteten.

»Liebe kann man nicht erklären. Es ist ein Gefühl, das entweder da ist oder eben nicht.«

Enko sagte nichts. Ihm schien keine Gegenfrage einzufallen.

Ich zog den Riemen meiner Umhängetasche zurück an ihren Platz. Immer noch fühlte ich diese Kraft in mir. Die Kraft, die mich aufrecht hielt und meine Angst vor ihm zum Schweigen brachte. »Ich werde jetzt gehen. Ich danke dir für deine Hilfe und deinen Beistand, aber das hier ging zu weit. Ich dachte, wir wären Freunde. Freunde machen so etwas nicht.«

»Geh nicht.« Er streckte die Hand aus, ließ sie dann aber schnell wieder sinken. »Es tut mir leid.«

Ich schüttelte den Kopf, meine Finger fest um den Trageriemen der Tasche geschlungen. »Ich dachte, du wolltest mir helfen. Ich war der Meinung, es ginge um Maél. Darum, ihn zu befreien. Jetzt, da ich deine wahren Absichten kenne, sollten wir das mit uns beenden.«

»Was sind denn meine wahren Absichten?« Enko verschränkte die Arme vor der Brust. »Wenn ich dich hätte fressen wollen, hätte ich das schon vor Wochen gemacht.«

»Oh Mann, Enko.« Ich schnaubte. »Dieser Satz sagt echt alles.« Ich drehte mich um, entriegelte die Tür und griff nach der Klinke. »Ein schönes ewiges Leben noch.«

Doch so schnell ließ er mich nicht gehen. Er stand im Nu so dicht hinter mir, dass ich die Tür nicht mehr öffnen konnte.

»Du verrennst dich in einen naiven Traum, wenn du glaubst, dass Maél jemals wieder freikommt. Du magst zwar wissen, dass er sich als Retter der Menschheit aufspielen wollte. Aber die Beweise, das, was zählt, sprechen gegen ihn. Sie werden ihn für Jahrhunderte einkerkern.«

Ich tat ihm den Gefallen und drehte mich ein letztes Mal zu ihm um. »Soll das ein Angebot sein?«

Enkos übernatürlich weiße Zähne machten sein Grinsen noch bedrohlicher. »Ich bin mir sicher, wir hätten eine Menge Spaß.«

Ich wich zurück.

Enkos Grinsen wurde noch breiter.

»Spaß. Soso.« Ich schnaubte verächtlich. »Du hast keine Ahnung von der Liebe.«

Enko fand unser Wortgeplänkel wohl amüsant. Er überwand die letzte Distanz zwischen uns.

Mein Rücken prallte gegen die dünne Tür.

»Du könntest mir Nachhilfe geben.«

Ich schüttelte den Kopf. »Sorry, aber ich erkenne einen hoffnungslosen Fall, wenn ich ihn vor mir habe. Und jetzt lass mich gehen.«

»Wir diskutieren das Phänomen der Liebe. Wie könnte ich dich da gehen lassen?«

»Das hast du nicht zu entscheiden.« Blitzschnell schlang ich meine Hand um seinen Hals. »Lass mich jetzt sofort gehen, oder ich verpasse dir einen Handabdruck, an den du dich für den Rest des Abends erinnern wirst.« Ich gab ihm einen kleinen Vorgeschmack.

Enko grinste, rührte sich aber immer noch nicht.

Ich verstärkte die Kraft, ließ meine Wut emporkriechen und konzentrierte die Hitze in meinen Gliedern auf dieses eine Ziel. Ich hatte keine Ahnung, woher das alles kam, diese Wut, meine Hand um seinen Hals, die Kraft und was ich mit ihr anstellte. Doch solange ich intuitiv wusste, wie ich sie einzusetzen hatte, wollte ich es nicht hinterfragen. Jedenfalls nicht in einer Situation wie dieser.

»Ja, streng dich an, Nymphe«, wisperte Enko. »Mach dem fiesen Hadessohn ein bisschen Angst.« Er klang immer noch belustigt. Im nächsten Moment hatte er sich vorgebeugt, und seine Zungenspitze strich über meine Wange. Meine Hand drückte ihm den Kehlkopf bedrohlich ein, doch es schien Enko nicht aufzuhalten. »Soll ich dir mal zeigen, was ich so kann?« Er sprach nah an meinem Ohr, sein Körper so hart gegen meinen gepresst, dass ich mich nicht rühren konnte. Dann wich er so abrupt zurück, dass sich meine Hand von seinem Hals löste. Meine Finger hatten rosa Abdrücke darauf hinterlassen. An einer Stelle sah ich sogar eine kleine Brandblase.

Es zischte, als Enko seine rechte Hand hob. Ein kleiner Feuerball loderte darauf. Mit der Linken griff er nach meinem Kiefer und drückte so stark, dass ich den Mund ein Stückchen öffnen musste.

Nun wallte doch Angst in mir auf. *Er würde doch nicht …? Nein, das würde er nicht. Wollte er mir etwa den kleinen Feuerball in den Mund schieben?*

Enko hob den Kopf gerade genug, dass ich ihn ansehen konnte. »Lust auf etwas richtig Heißes, Baby?«

Er schnippte den Feuerball in die Luft, fing ihn mit dem Mund auf, und dann küsste er mich.

Ich hatte von meinen Eltern zu meinem sechzehnten Geburtstag ein winziges Schlückchen Sekt bekommen. Enkos

Feuerkuss schmeckte genauso. Überraschend, prickelnd und leicht schwindelerregend. Der Feuerball schmolz auf unseren Zungen, und einen ewigen Moment war da nichts als Hitze und zerspringende feurige Funken. Es vergingen nur Sekunden, bis ich ihn hart von mir stieß.

»Was erlaubst du dir!« Meine Stimme überschlug sich vor Wut. Ich musste auf Distanz gehen, sonst würde ich einen Schreikrampf bekommen. Also machte ich ein paar Schritte an ihm vorbei durchs Zimmer bis zu seinem Schreibtisch. Ich brauchte den Abstand, um meine Kräfte wieder zu sammeln. Um die Angst zu bezwingen. Dass sich meine Fluchtmöglichkeiten dadurch rapide verschlechtert hatten, fiel mir erst auf, als Enko sich lässig gegen die Tür lehnte. Ich ballte meine Hände zu Fäusten. »Fass mich noch einmal an, und ich schwöre dir, ich finde einen Weg, dich für immer zu deinem Vater in den Tartaros zu verbannen. Bah!« Ich wischte mir energisch über die Lippen. Sie waren immer noch unnatürlich warm.

Enko sah fast ein wenig beleidigt aus. »Mach mal nicht so ein Fass auf, Herzchen. Wer hat denn angefangen?«

»Ich wollte dir wehtun, du erinnerst dich? Meine Hand lag um deinen Hals.«

Enko zuckte die linke Schulter. »Und ich wollte dich küssen. Ende der Geschichte.«

»Entschuldige mal? In meiner Welt ist das nicht vergleichbar. Außerdem habe ich einen Freund. Deinen Bruder Maél. Falls dir das entfallen sein sollte.«

»Ja und? Ich habe dich geküsst. Nicht andersherum. Deine Tugend ist also unangetastet. Okay, du hast mich zurückgeküsst, und du kannst mir nicht erzählen, dass es dir nicht ein kleines bisschen gefallen hat, aber …«

Ich sah ihn fest an. »Es hat mir nicht gefallen.«

Enko ließ seinen Blick an mir hinab und wieder hinauf wandern. »Du bist so eiskalt. Kaum zu fassen, dass da kein Götterblut in deinen Adern fließt.«

»Hau von der Tür ab. Ich muss meinen Freund retten.«

Natürlich rührte er sich nicht. »Warum er? Ich wäre eine ebenbürtige Alternative.«

»Wir sind Feuer und Feuer, Enko. Das mit uns würde niemals gutgehen.«

»Ja, klar. Und du und Maél seid ein Traumpaar?«

Ich sah ihn fest an. »Wir sind Licht und Schatten. Wir existieren nicht ohne einander.«

Etwas in Enkos Gesicht zerbrach. Endlich wich er so weit zurück, dass ich die Tür öffnen konnte. Trotzdem behielt ich ihn im Auge, als ich das Zimmer durchquerte. Das Herz klopfte mir bis zum Hals, als ich ihn passierte, und all meine Coolness schien dahin.

»Livia.«

Ich sah die Flammen, sah, wie er von innen heraus loderte.

Schnell griff ich nach der Klinke. »Halte dich fern von mir, Enko. Für immer.«

Ich zog die Tür hinter mir zu. Mit klopfendem Herzen blieb ich einen Moment im Flur stehen. Immer bereit, es mit ihm aufzunehmen, sollte er mir folgen. Doch seine Tür blieb geschlossen. Dann erklang Lärm, der sich anhörte, als würde er seine Bücherregale umwerfen.

Ich nahm die Beine in die Hand und sah zu, dass ich aus dem Wohnheim kam.

Kapitel 7

Zweites Plädoyer an den Göttervater

Draußen atmete ich ein paarmal tief durch. Was war geschehen? Ich hätte Angst haben müssen, als Enko mich so gepackt hatte. Als er mich körperlich bedroht und meinen Verstand zu manipulieren versucht hatte. Stattdessen war mein Hirn automatisch in den Kampfmodus gewechselt, und ich hatte mich gewehrt. Enko überragte mich wie ein Leuchtturm, und doch war ich mit ihm fertiggeworden. Nur … Ich sah auf meine Handflächen. Nur wie eigentlich?

Hinter mir drängten sich ein paar Studenten durch die Glastüren. Ich folgte ihnen, weil es sich sicherer anfühlte, mich in der Nähe anderer Menschen aufzuhalten. Außerdem hoffte ich, dass sie mich praktischerweise zur nächsten Metrostation führen würden. Schließlich stand Enko nicht mehr zur Verfügung, um mich von hier wegzubringen. Als ich an ihn dachte, jagte ein scheußlicher Gedanke den nächsten. Ich wusste, dass Hadessöhne Niederlagen nur schwer ertrugen. Was würde Enko anstellen – nun, da er mir nicht mehr den netten Studenten vorspielen musste? Würde er mir auflauern? Würde er unsere Rettungsaktion sabotieren? Mir wurde eiskalt. Würde er Tiffy verraten?

Ich hatte Glück, denn die Studenten hatten tatsächlich eine Metrostation zum Ziel gehabt. Als ich den Fahrplan studierte, verschwamm immer wieder das Bild vor meinen Augen, weil meine Gedanken abschweiften.

Ich wusste gar nicht recht, was ich als Nächstes machen sollte. Einerseits wollte ich mich zu Hause verkriechen und versuchen, dieses scheußliche Erlebnis mit Enko erst mal irgendwie zu vergessen. Andererseits war ich entschlossener denn je, alles zu tun, um Maél zu retten. Alleine in Hermes' Wohnung einzubrechen, das traute ich mich nicht. Mal abgesehen davon, dass ich keine andere Möglichkeit kannte, ein Schloss zu öffnen, außer mit dem dazu passenden Schlüssel. Bei dem Wort »Schlüssel« fiel mir plötzlich siedend heiß etwas ein. Ich zog meinen Schlüsselbund hervor und starrte ungläubig darauf. Warum hatte ich nicht gleich daran gedacht? Ich besaß einen Schlüssel zu Maéls Wohnung. Eigentlich waren es sogar zwei. Einer für die Haustür und einer für die Wohnungstür. Ich könnte Ödipus kurz besuchen und nachsehen, ob es ihm besser ging und er seine Erkältung überwunden hatte. Ihn fragen, ob er ein Handy besaß, und Nummern tauschen. Etwas, das schon viel zu lange überfällig war. Ich ärgerte mich über mich selbst, während ich die Treppen zur Metro hinabging. Wieso war mir der Schlüssel nicht früher eingefallen? Höchstwahrscheinlich hatte Maél einen Schlüssel zu Hermes' Wohnung irgendwo in seinem Besitz. Ich musste ihn vermutlich nur von einem Schlüsselbrett nehmen. Das hätte Enko und mir die ganze Situation rund um die Dietriche erspart. Andererseits hätte er mir dann wohl nicht so schnell sein wahres Gesicht offenbart.

An diesem Punkt realisierte ich mal wieder, wie sehr mich die Ereignisse der letzten Tage aufgewühlt hatten. Ich war die ganze Zeit irgendwie kopflos unterwegs. Stolperte von einem Ereignis, von einer Neuigkeit, von einer Herausforderung in die nächste. Der absolute Informations-Overkill. Ich hatte kaum geschlafen, und mein Verstand arbeitete die ganze Zeit auf Hochtouren. Immer bereit, sich gegen mögliche Angreifer zu wehren oder möglichen Stolperfallen auszuweichen. Ganz nebenbei schaukelte ich noch die Schule und meine Eltern, die sich durchaus für das Privatleben ihrer Tochter interessierten. Vielleicht war es einfach alles zu viel. Vielleicht war ich schlicht überfordert mit der Situation. Und nun war ich einen weiteren Mitstreiter los. Enko, der sogar direkte Verbindungen zur Götterwelt hatte. Enko, der nicht nur seinen Halbbruder Maél, sondern auch Hermes gut kannte und bereit gewesen war, in dessen Wohnung einzubrechen, nur um mir zu helfen. Nun stand ich wieder mehr oder weniger ganz allein da.

Im nächsten Moment gewann eine andere Partei in mir die Überhand. Das stimmte so nicht. Nur weil Enko nicht mehr zu uns gehörte, war ich noch lange nicht allein. Ich hatte meine Freundinnen und andere Halbgötter auf meiner Seite. Bis jetzt hatte ich alles getan, was in meiner Macht lag. Ich war sogar so erfolgreich gewesen, den Herrscher aller Götter, Zeus, persönlich an die Strippe zu bekommen. Ich hatte nicht versagt. Ich suchte in der Umhängetasche nach meinem Handy. Meine Finger zitterten, und ich fühlte mich auf einmal genauso ängstlich und flattrig, wie ich mich eigentlich in Enkos Anwesenheit hätte fühlen sollen. Ich öffnete meine WhatsApp-Gruppe mit Gigi und Jemma.

Es gab Streit mit Enko, textete ich. *Er ist nicht mehr dabei. Seht euch vor.*

Jemma war sofort online. *Wo bist du? Brauchst du Hilfe?* Ihre Hilfsbereitschaft rührte mich immer aufs Neue.

Nein, alles okay, schrieb ich schnell zurück, bevor sie sich in das nächste Taxi warf. *Ich fahre jetzt zu Maél und sehe nach, ob ich dort noch Hinweise finde, wie wir Zeus erreichen können. Vielleicht entdecke ich dort auch den Schlüssel zu Hermes' Wohnung. Angeblich soll der ja eine Standleitung zu Zeus besitzen. Ich muss unbedingt noch mal mit Zeus sprechen. So leicht lasse ich mich nicht einschüchtern. Zeus ist der Einzige, der Maéls Freilassung veranlassen kann. Vielleicht fahre ich später weiter zu Hermes und gucke, ob ich mit dem Schlüssel die Wohnung betreten kann.*

Jemma schickte mir drei Smileys mit weit aufgerissenen ängstlichen Augen. Dann war auch Gigi online. *Sollen wir dich unterstützen?*

Nein, danke, das ist lieb. Aber ich wollte nur, dass ihr Bescheid wisst.

Leider hatte ich Maéls Adresse nicht behalten, ich wusste lediglich, wo die Wohnung lag. Ich versprach meinen Freundinnen, die Adresse zu schicken, sobald ich sie kannte.

Maéls Wohnung lag in einem ziemlich miesen Viertel, aber ich vermutete, dass selbst dort die Welt an einem Sonntagnachmittag noch einigermaßen in Ordnung war.

Ich hatte nur noch einen Balken Empfang unter der Erde, aber Enkos Nachricht erreichte mich trotzdem. Angst klammerte sich um meinen Brustkorb. Wie hatte ich es bloß geschafft, so mutig zu sein, als er mir direkt gegenüberstand?

Livia, es tut mir leid. Bitte verzeih mir.

Mir lief ein eiskalter Schauer den ganzen Körper hinab. Ich würde ihm nicht antworten. Mich auf keine weitere Diskussion einlassen. Enko hatte alle Register gezogen, um mich auf irgendeine Art und Weise für sich zu gewinnen. Ich würde ihm keinen Schritt mehr über den Weg trauen. Weshalb also sollte ich noch Kontakt mit ihm haben?

Ich ignorierte seine Nachricht und dachte stattdessen darüber nach, wie es sein würde, Maéls Wohnung zu betreten. Ob er es damals schon geahnt hatte? Ob er mir deshalb die Schlüssel gegeben hatte – damit ich weitere Hinweise finden konnte? Hatte er vielleicht sogar damit gerechnet, wie schrecklich die Rettungsaktion rund um Agada schiefgehen würde? Meine Bahn kam, und ich zwängte mich auf den letzten schmalen Sitz, der noch frei war. Die Frau neben mir telefonierte lautstark, obwohl ich auf meinem Handy keinen einzigen Balken Empfang mehr hatte. Die zwei Jugendlichen rechts neben mir unterhielten sich über irgendein Computerspiel. Ich versuchte zuzuhören, einfach nur, um diesem fiesen Gedankenkarussell Einhalt zu gebieten. Doch vergeblich. Da war so vieles, was völlig ungereimt war. Diese komischen Kräfte, die ich aktivieren konnte, wenn ich mich bedroht fühlte. Die seltsame Art, wie auch ich Enko irgendwie manipuliert hatte. Es geschafft hatte, ihn mit seiner eigenen Kraft aus meinem Geist zu verdrängen. Dann die ganze seltsame Geschichte rund um Tiffy und die vertauschten Götterkinder. Es klang wie die reißerische Titelstory eines Revolverblättchens: KINDER BEI DER GEBURT VERTAUSCHT. GROSSE GEHEIMNISSE UM DEREN HERKUNFT. Das klang mehr nach Soap als nach dem echten Leben. Außerdem machte mir der Gedanke daran, wie Enko auf meine Ablehnung reagieren könnte, gewaltige Bauchschmerzen. Ich traute ihm so ziemlich alles zu. Würde ich ab jetzt jeden Tag in Angst vor ihm leben müssen? Wie lange würde ich das durchhalten? Und würde er seinem Vater nun von Tiffy berichten? Hatte ich sie durch meinen Streit mit Enko auch in Gefahr gebracht?

Die Fahrt in eines der äußersten Arrondissements von Paris zog sich scheinbar ewig. Ebenso unangenehm war der Spaziergang von der Metrostation zu Maéls Wohnblock. Tatsächlich schien es keinen Unterschied zu machen, welcher Wochentag es war oder welche Uhrzeit. Wieder lungerten Gruppen von jungen Männern an den Straßenecken herum und beäugten mich, wie ein Rudel Löwen eine Gazelle betrachten würde. Ich senkte nicht den Kopf, sondern ging forschen Schrittes weiter. So als wüsste ich genau, wo ich hinwollte. So als würde ich erwartet. So als würde ich jeden Tag genau hierherlaufen. Niemand sprach mich an, niemand rief mir etwas hinterher, und ich schloss die Tür des Wohnhauses auf, ohne dass irgendetwas geschah. Ich überlegte, zuerst bei Ödipus vorbeizuschauen, doch dann war meine Neugier größer. Ich fuhr mit dem Aufzug bis in den Stock, in dem Maéls Apartment lag. Meine Hände zitterten, als ich den Schlüssel hervorkramte. Nur noch wenige Schritte, und ich würde vor seiner Wohnungstür stehen. Gleich würde ich sein Reich betreten. Würde die Sachen sehen, die er zuletzt benutzt hatte. Würde mich auf das Bett setzen, in dem er zuletzt geschlafen hatte. Würde da sein, wo er zuletzt gewesen war. Meine Füße fühlten sich plötzlich an, als würden sie durch Treibsand laufen. Jeder Schritt wurde mühsamer, ich sank immer tiefer, tiefer, tiefer … Sollte ich mich einfach umdrehen und wieder gehen? Mein Mund wurde ganz trocken. Mir war schon wieder nach Weinen zumute. Es war so unerträglich, hier zu sein und zu wissen, dass seine Wohnung leer sein würde.

Ein Lichtstrahl fiel auf den spärlich beleuchteten Flur. War das nicht direkt vor Maéls Wohnung? Sofort waren alle Bedenken in den Hintergrund gerückt. Die geometrische Form ließ vermuten, dass die Wohnungstür einen Spalt offenstand. Wie konnte das sein? In so einem Haus hatte Maél die Tür gewiss hinter sich zugezogen und gleich zweimal abgeschlossen. Einbrecher, war das Erste, was mir einfiel. Irgendjemandem musste aufgefallen sein, dass die Wohnung verlassen war.

Vermutlich hatte jemand Maéls spärliche Habseligkeiten durchwühlt und seinen teuren Laptop mitgehen lassen.

Ich blieb stehen und horchte, doch alles blieb ruhig. Vorsichtig ging ich näher. Immer noch kein Geräusch. Mit wild klopfendem Herzen blieb ich vor der Tür stehen. Ich hob die Hand, ließ sie aber dann wieder sinken. Sollte ich nicht vielleicht doch lieber die Polizei rufen? Dies war eindeutig ein Einbruch. Womöglich hatte sich ein Obdachloser in der Wohnung einquartiert und lag schlafend im Bett. Ich war mir nicht sicher, ob ich so jemanden überraschen wollte.

Doch plötzlich lag meine Handfläche auf der Wohnungstür. Vorsichtig stieß ich sie auf. Zuerst war ich völlig geblendet von dem grellen Licht, das durch die gegenüberliegenden Fenster in den Innenraum fiel. Ich blinzelte, um wieder etwas sehen zu können. Dann machte ich eine schwarze Silhouette vor der gleißenden Helligkeit aus. Angst jagte durch alle meine Glieder. Das Licht war so hell, dass ich nur eine verschwommene Gestalt sah. Ich wollte mich gerade umdrehen und die Flucht ergreifen, da fragte die schwarze Silhouette: »Wer bist du?«

Irgendwo tief in mir realisierte mein Unterbewusstsein, dass mir diese Stimme vertraut vorkam. Ich hielt in meiner Drehung inne. Dann legte ich eine Hand über die Augen und kniff sie zu Schlitzen zusammen. Ich holte erschrocken Luft, als ich erkannte, wer da vor mir stand.

»Wer bist du?«, fragte Hermes, Götterbote und Diplomat des Olymps, und im nächsten Moment war er nur noch eine Lichtgestalt mit zwei riesigen goldenen Schlangen an seiner Seite. Ich wollte noch etwas sagen, da stürzten die Schlangen schon auf mich zu.

Ich konnte mich vor Schreck nicht rühren.

Die Schlangen hatten mich nun fast erreicht. Ihre rubinroten Augen schienen von innen heraus zu leuchten, und ihr wütendes Zischen machte sie noch bedrohlicher. In letzter Sekunde schaffte ich es, dass mein Körper mir wieder gehorchte.

»Hermes«, schrie ich. »Hermes, ich bin's, Livia.«

Die Schlangen erstarrten, als seien sie plötzlich zu massivem Gold geworden. Der Kopf der einen Schlange befand sich nur noch Zentimeter von meinem Gesicht entfernt. Von ihren nadelspitzen Fangzähnen tropfte eine golden schimmernde Flüssigkeit. Sie brannte ein Loch in den dunklen Boden zu meinen Füßen.

»Livia?« Hermes' Stimme klang immer noch ungläubig.

»Ja, ich bin es.«

Hermes pfiff seine Schlangen zurück. Plötzlich waren sie wieder geschmeidig und lebendig, und sie drehten sich von mir weg, als wäre ich nie interessant gewesen. Zu seinen Füßen wurden sie immer kleiner, und irgendwann ringelten sie sich seinen Körper hinauf, um dann in dem Ausschnitt seines Oberhemds zu verschwinden. Hermes behielt mich fest im Blick, doch dann drehte er sich um, beugte sich über den Schreibtisch und zog hastig die Vorhänge ein Stückchen vor das Fenster, um die Sonne auszusperren.

»Was machst du hier?«, stieß ich hervor. »Warum hast du mir nicht geantwortet?« Meine Stimme brach. »Ich habe dir so viele Nachrichten geschrieben. Ich bin fast umgekommen vor Sorge. Und jetzt erwische ich dich hier in Maéls Zimmer? Willst du eigentlich, dass ich komplett durchdrehe?«

Die letzten Worte hatte ich wieder geschrien. Doch als Hermes sich erneut zu mir umdrehte, blieben mir weitere Schimpftiraden im Halse stecken. Er, der strahlende Götterbote, der Liebling der ganzen Stadt und gut aussehende Lebemann, war nur noch ein Schatten seiner selbst. Er hatte bestimmt zehn Kilo abgenommen, seine Wangen waren eingefallen und seine sonst so sorgfältig frisierten Haare hatten ihren Glanz verloren. Seine strahlend blauen Augen schienen völlig erschöpft. Er wirkte um Jahre gealtert.

»Livia«, sagte er, dann machte er ein paar schnelle Schritte auf mich zu und zog mich in seine Arme. Sein Oberhemd war ihm zu groß geworden, ich fühlte den leeren Stoff unter meinen Fingern.

»Sag mir, wie es ihm geht«, flüsterte ich. »Bitte, Hermes, du musst mir sagen, wie es ihm geht. Ich halte diese Ungewissheit nicht mehr aus, diese Angst, es treibt mich in den Wahnsinn.«

»Maél lebt«, sagte Hermes. »Die Verletzungen seines menschlichen Körpers konnten geheilt werden, aber er wartet nun auf seinen Prozess.« Hermes schob mich ein Stückchen von sich, um mir direkt ins Gesicht zu sehen. Die Schatten unter seinen Augen waren so tief wie Mondkrater. »Es sieht nicht gut aus.«

»Warum hast du dich nicht bei mir gemeldet?« Nun stiegen doch Tränen in meine Augen. »Warum hast du mich so lange warten lassen? Was habe ich dir getan? Ich wusste nicht mal, ob er die Nacht überlebt hat!«

»Livia.« Hermes legte seine Hände um meine Schultern und strich dann einmal meine Arme hinab. »Ich bin gerade erst wieder vom Olymp zurück. Ich bin nicht mal als Erstes in meine Wohnung gegangen, sondern in Maéls, weil ich nach entlastendem Material suchen wollte. Ich habe seit dem Tag, an dem es passiert ist, nicht mehr geschlafen. Sie haben mich auf dem Olymp verhört, mich eingesperrt wie all die Intriganten und Verbrecher. Ohne Nahrung, ohne Licht. Man hat mich als Verräter beschimpft und mir unterstellt, ich hätte Maéls Absichten gekannt und geduldet. Ich hätte mit ihm unter einer Decke gesteckt. Es hat mich sehr viel Diplomatie und Überzeugungskraft gekostet, meine göttlichen Brüder und Schwestern davon zu überzeugen, dass ich von alldem nichts gewusst habe. Was nur schwer zu glauben ist, wenn man bedenkt, dass Maél schon seit Midas' Zeiten auf der Suche nach Agadas Gold war. Ich weiß nicht, wie ich es geschafft habe, von alldem nichts mitzubekommen. Im Nachhinein bereue ich, dass ich nicht genauer hingesehen habe. Ich hätte Maél all das ersparen können, wenn ich ihm zuvor auf die Schliche gekommen wäre und das, was er vorhatte, unterbunden hätte. Ich bin sein Pate, ich bin für ihn verantwortlich. Ich hätte es merken müssen. Ich mache mir schreckliche Vorwürfe.« In Hermes' Augen standen genauso Tränen wie in meinen. »Nun werde ich alles daransetzen, ihn irgendwie zu befreien. Und damit meine ich nicht einen Einbruch auf dem Olymp, eine Befreiungsaktion und noch mehr Schwierigkeiten. Nein, wir werden beweisen, dass er unschuldig ist. Maél ist ein guter Junge. Ich glaube kein Wort von dem, was ihm vorgeworfen wird.«

»Aber in den Katakomben, da hast du …«, begann ich. Immerhin hatte Hermes mir in den Katakomben nicht glauben wollen, dass Maél keine bösen Absichten gehegt hatte. Wieso hatte er seine Meinung nun geändert?

Hermes sah traurig aus. »Livia, es ist unser Protokoll. Hätte ich mich vor Hades nicht strikt daran gehalten, hätte er mir sofort einen Strick daraus gedreht. Du weißt doch, wie er ist. Er hat sogar seinen eigenen Sohn angeklagt, indem er zu Protokoll gegeben hat, dass Maél seine Kappe der Unsichtbarkeit gestohlen hat. Was ist das für ein absolut würdeloses Verhalten? Immerhin ist er sein Sohn. Ich hatte also keine andere

Wahl. Aber nun bin ich freigesprochen und werde mit allen Mitteln versuchen, den Olymp vom Gegenteil zu überzeugen.«

»Ich habe mit Zeus gesprochen«, platzte es aus mir heraus.

Hermes' Augen wurden groß wie Untertassen. »Wie hast du das denn geschafft?«

Ich erzählte ihm die ganze Geschichte rund um Nereus, seine frechen Pflanzen und das Telefon aus den Siebzigern, das wohl eine vergessene Standleitung war.

Hermes schüttelte leicht den Kopf. »Unglaublich, wie hat der alte Schlawiner es geschafft, diese Leitung so lange vor uns zu verbergen?«

Ich zuckte die Schultern. »Es war jedenfalls unglaublich großzügig von ihm, sie mich benutzen zu lassen, denn dadurch ist sie wertlos geworden. Nereus hat erzählt, dass das Telefon sich kurz nach unserem Besuch in Luft aufgelöst hat.«

»Und wie war dein Gespräch?«

»Völlig nutzlos. Zeus war wütend und hat mich abgewimmelt, er schien keinerlei Interesse an der Aufklärung der Situation zu haben. Ich habe mich gefühlt wie ein dummes kleines Mädchen, das eine wirre Geschichte erzählt. Irgendwann hat er einfach aufgelegt. Und ganz ehrlich, in seiner Verfassung hätte ich ihm auch nichts anderes zugetraut. Er sah schrecklich verwahrlost aus. So habe ich mir den Herrscher der olympischen Götter nicht vorgestellt.«

»Genau das wird mehr und mehr zum Problem.« Hermes seufzte und strich sich durch die kurzen Haare. Man schien ihm alle seine Ringe abgenommen zu haben, seine Hände wirkten seltsam nackt. »Das geht schon seit einigen Jahrhunderten so, dass Zeus einfach keine Lust mehr auf diese Geschäfte hat. Ich habe mehr und mehr die Rolle von demjenigen übernommen, der alles organisiert und lenkt. Vielleicht habe ich auch deshalb übersehen, was da direkt vor meiner Nase passiert ist.«

»Hast du eigentlich die Tür aufgebrochen?« Ich deutete hinter mich.

Hermes nickte. »Angesichts der dramatischen Lage schien mir das vertretbar.«

Ich war beruhigt, dass nicht vorher noch ein Einbrecher hier gewesen war. Mein Blick fiel zurück auf Hermes. »Du siehst echt schlecht aus«, stellte ich fest.

»Die Zeit vergeht schneller auf dem Olymp. Eine Woche ist wie ein Monat. Meine Gefangenschaft hat deutlich länger gedauert als nur ein paar Tage.« Er lächelte müde, dann musterte er mich von Kopf bis Fuß. »Eigentlich sagt man so was einer Dame ja nicht, aber dieses Mal mache ich eine Ausnahme: Dito, liebe Nymphe.«

»Ja, ich weiß.« Ich strich mir kurz über die Augen. Immer noch tanzten Lichtblitze vor meinen geschlossenen Lidern. »Aber es ist mir egal.« Ich öffnete die Augen wieder und sah auf meine Schuhe. Die Lichtblitze verschwanden langsam. »Ich will Maél zurück, Hermes. Schaffst du das?« Ich sah zu ihm hoch.

Er lächelte erneut, doch auch dieses Mal wirkte es bemüht und fast resigniert. »Ich lüge nicht, Livia, und deshalb kann ich dir nur die eine Antwort geben: Ich weiß es nicht. Ich weiß es nicht, und ich kann dir nicht garantieren, dass ich Maél freibekomme. Weder zu deinen Lebzeiten noch später.«

Die Wucht seiner Worte hätte mir fast den Boden unter den Füßen weggerissen. Wie sollte ich das jemals akzeptieren? Aufgeben? Vergessen?

»Livia.« Hermes legte mir eine Hand auf die Schulter. »Du

bist stark, und du bist noch stärker geworden, seit ich dich das letzte Mal gesehen habe. Was ist mit dir passiert?«

»Ich weiß es nicht«, erwiderte ich leise. Konnte ich ihm wirklich vertrauen? Konnte ich ihm von den seltsamen Kräften erzählen, die manchmal in mir wüteten?

Hermes schluckte, und es sah aus, als würde er nach den richtigen Worten suchen. »Gerade, als du im Türrahmen aufgetaucht bist … da habe ich dich nicht erkannt.«

»Ich habe dich auch nicht erkannt, weil du das grelle Sonnenlicht im Rücken hattest. Ich habe nur eine schwarze Silhouette gesehen.«

Hermes sah mich sehr ernst an. »Aber ich war nicht geblendet, Livia. Ich hatte das Sonnenlicht im Rücken.«

»Und was hast du gesehen?«

Er sah ausweichend zur Seite, als könnte er nicht glauben, was seine Augen ihm gezeigt hatten. »Du hast von innen heraus gestrahlt. Ich kenne dieses Strahlen, aber ich habe es noch nie bei einer Nymphe gesehen. Es ist ein göttliches Attribut, ein seltenes Attribut, und es ist so überwältigend, dass man nicht den Blick davon abwenden kann. Ich war wie hypnotisiert, und mein Verstand hat einen Moment lang völlig ausgesetzt. Doch da war noch mehr. Es geht eine Kraft von dir aus, die an meinen Gehirnwindungen zu zupfen scheint. Da ist etwas in deinem Blick, in diesem entschlossenen, kampfeslustigen Blick, das mein Hirn dazu bringen will, alles zu tun, was du willst. Es ist definitiv ein wenig furchteinflößend.«

Einen Moment lang wusste ich nichts zu erwidern. Ich und furchteinflößend? Ich war knapp einen Meter sechzig groß, eher kurvenreich als athletisch und in meinem mit Blumen bestickten Trenchcoat ganz gewiss keine Erscheinung, vor der man zitternd auf die Knie fallen würde. »Wie kann das sein?«, fragte ich also.

Hermes zuckte die Schultern. »Ich habe keine Ahnung, was für Kräfte da gerade in dir erwachen, Nymphe, aber du scheinst etwas ganz Besonderes zu sein. Du besitzt Attribute, die eindeutig göttlicher Natur sind. Und doch spüre ich das Erbe der Wiesennymphen in deinen Adern. Ist irgendetwas mit dir geschehen, während ich weg war?«

Ich schüttelte den Kopf. »Ich habe viel geheult und in der Zwischenzeit Pläne geschmiedet. In der wenigen Zeit, die dann noch blieb, habe ich versucht, irgendwie meine Noten zu halten und meinen Eltern völlige Normalität vorzugaukeln. Von gewissen Veränderungen habe ich zwar etwas mitbekommen, aber ich bin genauso ratlos.«

»Erzähle mir davon.« Hermes verschränkte die Arme vor der Brust. »Erzähl mir alles, was du weißt.«

In diesem Moment piepte mein Handy laut. Ich zuckte zusammen. Und zwar so sehr, dass Hermes fragend die Augenbrauen hob. »Du hast Angst.« Es klang nicht wie eine Frage.

Unbehaglich senkte ich den Blick. Dann seufzte ich und zog mein Handy hervor. Es half ja doch nichts. Ich musste nachsehen, wer mir geschrieben hatte, denn schließlich war es nicht ausschließlich Enko, der mir WhatsApp-Nachrichten sandte. »Es ist wegen Enko«, erklärte ich. »Wir haben Streit.«

Hermes' Augenbrauen wanderten noch höher. »Warum wundert mich das nicht?«

Ich sah auf das Display. Eine Nachricht von Tiffy. Ich klickte auf »Lesen»: *Hallo, meine Liebe. Ich hoffe, es geht dir gut. Hast du noch etwas von Enko gehört? Ich mache mir schon ein wenig Sorgen. Da wir uns heute nicht sehen, dachte ich mir, ich schicke dir mal ein Foto von dem Bild aus dem Medaillon meiner*

Mutter. Ich hatte dir ja versprochen, dass ich es dir zeigen will, aber es ist mir zu riskant, es mit in die Schule zu bringen. Das ist also der vertauschte Sohn von Nyx. Ich finde, er sieht nett aus. Was meinst du? Liebe Grüße und bis morgen, Tiffy.

Der Whatsapp-Gong ertönte erneut, weil Tiffy ein Foto schickte. Als ich das Bild sah, hätte ich fast mein Handy fallen gelassen. Meine Beine knickten weg, und Hermes war in der nächsten Sekunde da, um mich aufzufangen.

»Bei allen Göttern, Livia, was ist passiert? Ist es eine schlimme Nachricht?«

In meinem Kopf schien alles zu explodieren. Himmel, was sollte ich nun tun? Sollte ich es Hermes erzählen? Dadurch würde ich Tiffy verraten. Aber ich konnte nicht anders, ich musste mit jemandem darüber reden, auch wenn ich Tiffy dadurch noch mehr in Gefahr brachte. Wortlos hielt ich Hermes mein Handy vors Gesicht, damit er sich das Foto ansah. Er neigte interessiert den Kopf zur Seite. »Was für ein hübsches Porträt. Maél ist gut getroffen.« Dann wurde alles schwarz.

*

Ich kam zwischen weichen Kissen und Decken wieder zu mir. Ein feuchter Lappen kühlte meine Stirn, und als ich die freie Hand hob, um ihn zu entfernen, erschien eine kleine goldene Schlange in meinem Gesichtsfeld und sah mich streng an. Offensichtlich hatte sich das Reptil auf dem Tuch zusammengerollt, damit es an Ort und Stelle blieb.

»Livia.« Hermes saß neben mir auf dem Bettrand und tätschelte meine Schulter. »Du bist einfach umgefallen. Wie geht es dir?«

Nur langsam bekam meine Welt wieder Konturen. Erst als

die Erinnerungen der letzten Minuten zurückkehrten, realisierte ich, auf wessen Bett ich da lag. Ich holte tief Luft, und da war er. Maéls Geruch. Sein Bett roch nach ihm, und einen Moment lang vergaß ich alles, was mich in den letzten Tagen so gequält hatte. Maél. Hier war er noch greifbar. Hier fühlte ich mich ihm ganz nah. Die kleine Schlange legte sich auf dem feuchten Tuch wieder ordentlich zurecht. Ich spürte ihre leichten Bewegungen an meiner Stirn. Die andere goldene Schlange ringelte sich um Hermes' Hals und reckte dann den Kopf, um mir ebenso forschend wie Hermes ins Gesicht zu sehen.

»Seit ich eine Nymphe bin, werde ich ständig ohnmächtig. Es ist so peinlich.«

Hermes schüttelte leicht den Kopf, wobei die zierliche Schlange mitschwankte. »Solche Veränderungen fordern dem Körper extrem viel Kraft ab. Ich kenne mich nicht so gut mit Nymphen aus. Ich weiß nicht, wie eure Entwicklung vonstattengeht. Aber Götterkinder sind manchmal wochenlang krank, wenn ihre Kräfte erwachen. Es sind extreme Belastungen, die dem Körper alle Ressourcen abverlangen.«

»Aber es ist peinlich«, wiederholte ich. »Ich bin doch keine Diva, die sich durch eine Ohnmacht aus der Affäre zieht.«

»Wer behauptet denn so etwas? Jede Kraft, die in deinem Körper langsam erwacht, ist wie ein Marathonlauf. All deine Zellen stehen permanent unter Strom. Und manchmal brennen die Sicherungen eben durch. Dafür musst du dich nicht schämen.«

Die zweite Schlange verließ ihren Platz an Hermes' Hals, ringelte sich seinen Arm hinab und legte dann ihren Kopf auf meinen Unterarm, als wollte sie mich trösten, so wie Hermes. Die gesamte Situation war genauso surreal wie mein neues Leben. Hier lag ich auf dem Bett eines Jungen, den ich vermutlich niemals wiedersehen würde, und ein jahrtausendealter olympischer Gott tätschelte beruhigend meine Schulter, während zwei kleine goldene Schlangen sich als Krankenschwestern versuchten. Wie gut nur, dass ich zwei sehr liebe Freundinnen hatte, denen ich jede noch so abstruse Geschichte erzählen konnte. Und die mir jede noch so verrückte Story glaubten. Hätte ich niemanden zum Reden gehabt, ich wäre schon vor Wochen völlig durchgedreht.

»Woher hast du dieses Bild von Maél?«, fragte Hermes.

Ich schloss kurz die Augen. Nun war es Zeit für die Wahrheit. Eine Wahrheit, die Tiffy gefährlich werden konnte – Tiffy, die ich gerade erst kennengelernt hatte, die ich aber mochte und der ich irgendwie vertraute. Doch vielleicht könnte ich es schaffen, sie irgendwie durch Hermes beschützen zu lassen. Insbesondere vor Enko, den ich immer noch für eine tickende Zeitbombe hielt. Also öffnete ich die Augen wieder.

»Hermes, du weißt vielleicht, dass Nyx, die Göttin der Nacht, verschwunden ist.«

Er nickte. »Ja, zusammen mit ein paar anderen Göttern. Wir wissen nicht, wo sie sich aufhalten. Keiner hat eine Nachricht hinterlassen. Wir sind absolut ratlos.«

»Ich habe ein Mädchen kennengelernt, das behauptet, dass Nyx entführt wurde. Sie ist eine Klassenkameradin von mir, und sie sagt, dass es im Tempel der Nacht eindeutige Spuren eines Kampfes in den privaten Gemächern gab.«

Hermes legte seinen Handrücken nacheinander an meine Wangen, vermutlich, weil er dachte, dass ich Fieber hätte. Dann sah er mich wieder so prüfend an. »Könntest du das wiederholen?«

Ich sagte beide Sätze noch mal.

»Eine Klassenkameradin?«

»Na ja …« Ausweichend zupfte ich an dem Tuch auf meiner Stirn herum, und wieder beugte die kleine Schlange sich mahnend vor. Schnell ließ ich die Hand sinken. »Sie ist nicht nur meine Klassenkameradin. Sie ist eine Halbgöttin.«

Sofort wirkte Hermes beruhigter. Was irgendwie noch surrealer war. »Ah, noch eine Halbgöttin. Wie nett. Wessen Tochter ist sie?«

Nun musste ich die Karten auf den Tisch legen. »Sie ist eine Tochter von …« Ich holte tief Luft. »Von Hades.«

Für Sekundenbruchteile verrutschte Hermes' Miene, dann setzte er seinen Diplomatenblick auf. »Liebes, ich enttäusche dich ungern und unterstelle deiner Freundin Lügen, aber das kann nicht sein. Es ist ein Naturgesetz, dass die dunklen Götter immer nur Nachkommen des gleichen Geschlechts produzieren. Die männlichen Götter können nur Söhne zeugen, die Göttinnen gebären nur Mädchen. Es hat nie eine Ausnahme gegeben, weil es ein Gesetz der Natur ist.«

»Sie ist die Ausnahme, die die Regel bestätigt«, sagte ich und wollte ihm gerade erklären, warum Tiffy absolut glaubwürdig war, als sich die Puzzleteile in meinem Kopf rasant zusammensetzten. Plötzlich sah ich das ganze Bild. Dunkelheit und Sterne. Den Nachthimmel und die Schwärze des Tartaros. Die Schatten, die Maél umgaben wie ewige Nacht. Die tanzenden Galaxien in seinen Augen. Keine Feuer der Unterwelt, sondern der blaue Nachthimmel. Ich kam so abrupt hoch, dass das Tuch von meiner Stirn rutschte. Ich schaffte es gerade noch so, die kleine goldene Schlange in meinen Händen aufzufangen. Sie zischte mich empört an, bevor sie sich zurück zu Hermes schlängelte.

»Hermes, Maél ist unschuldig.«

»Das wissen wir doch alle. Und wir werden es …«

»Nein«, unterbrach ich ihn eindringlich. »Er ist absolut unschuldig. Das, was man ihm vorwirft, ist haltlos, weil seine Kräfte es gar nicht ermöglichen. Er ist kein Sohn von Hades. Er besitzt nicht die Kraft, die ihn zusammen mit Agada so gefährlich gemacht hätte, denn es ist eine Kraft, die ausschließlich den Hadessöhnen gehört.«

Hermes sah mich an, als verstünde er nicht.

»Maél ist ein Sohn von Nyx, der Nachtgöttin. Ob allein oder zusammen mit Agada, er hätte gar keinen Schaden anrichten können. Hermes, wir müssen sofort irgendwie den Olymp erreichen. Die Anschuldigungen gegen ihn sind haltlos. Und jetzt kann ich es beweisen.«

Hermes hob beide Hände, als wollte er ein durchgehendes Fohlen beschwichtigen. »Ganz ruhig, Livia, ganz ruhig jetzt. Und nun bitte noch mal von vorne. Ich komme allmählich nicht mehr mit. Du willst mir sagen, Maél ist kein Hadessohn? Das ist ja noch wirrer als die Geschichte mit dieser Tiffy. Willst du mir sagen, Maél wusste die ganze Zeit, dass er kein Sohn von Hades ist? Kläre mich auf, und das bitte langsam und deutlich.«

»Nein, Maél weiß es nicht. Da bin ich mir ganz sicher. Und Tiffy hat es mir unabhängig davon bestätigt.« Ich sammelte mich kurz und erzählte ihm dann den ganzen Rest. Alles, was Tiffy erzählt hatte und alles, was ich mir selbst zusammengereimt hatte.

Maél würde freikommen. Mein Herz raste. Er war kein Hadessohn, er war ein Sohn des Himmels, der Nachtgöttin. Selbst wenn er es vorgehabt hätte, niemals hätte er die Kraft besessen, mit Agada die Welt ins Chaos zu stürzen. Als ich geendet hatte, schwieg Hermes eine Weile, als müsste er die Worte erst auf sich wirken lassen.

»Das ist ja alles ganz ungeheuerlich«, sagte er schließlich. »Vertauschte Kinder. Hekate war eine mächtige Zauberin, ihr ist so etwas durchaus zuzutrauen. Es wäre ein Meisterwerk. Ein Jammer, dass sie unserer Gemeinschaft entglitten ist. Nun wäre es hilfreich, sie als Zeugin auftreten zu lassen.«

»Sie würde sich eines schweren Verbrechens beschuldigen. Glaubst du nicht, dass wir es schaffen, den Olymp davon zu überzeugen, dass die Kinder vertauscht wurden, ohne dass Hekate sich ihrem Urteil stellen muss?«

»Ich weiß es nicht.« Hermes sah nicht überzeugt aus.

»Ich musste Tiffy versprechen, dass ich sie nicht verrate, und das habe ich jetzt doch getan. Sie ist sich sicher, dass Hades sie töten wird, wenn er sie entdeckt. Sie sagt, dass es Gesetz ist, jene Kinder zu töten, die mit dem falschen Geschlecht zur Welt kommen.«

Hermes sah mich ratlos an. »So ein Gesetz gibt es nicht, weil es einfach noch nie vorgekommen ist. Aber vielleicht ist es ein ungeschriebenes Gesetz der dunklen Götter. Ein offizieller Teil des Protokolls ist es jedoch nicht.« Hermes neigte den Kopf zur Seite, als dächte er nach. »Moment, da war mal etwas. Ich erinnere mich. Aber es ist schon einige Jahrhunderte her. Die Nachricht verbreitete sich damals wie ein Lauffeuer durch unsere göttliche Gemeinschaft. Aglaia, die Göttin der Sternschnuppen, hatte einen kleinen Jungen bekommen. Richtig …« Er strich sich über das Kinn. »Wir haben es damals nur am Rande mitbekommen, weil sie nicht zu den olympischen Göttern zählt. Und glaube mir, wir haben genug mit uns selbst zu tun. Die Gemeinschaft der dunklen Himmelsgötter entführte den Jungen. Sie haben Aglaia unter Drogen gesetzt, die sie willenlos machten. Sie hat ihr eigenes Kind in einem ihrer Tempel geopfert, weil man den Jungen für einen Vorboten des

Bösen hielt. Aglaia hat diesen Schicksalsschlag nie verwunden. Es folgten Jahrzehnte, dunkle Jahrzehnte, in denen nicht eine Sternschnuppe über den Himmel getanzt ist. Ich habe gehört, dass sie danach nicht mehr dieselbe war. Aber wie gesagt, im Olymp ist es nicht großartig berichtet worden – erst jetzt, wo du davon erzählst, erinnere ich mich daran. Ich weiß noch, dass ich Mitleid hatte mit dem armen kleinen Jungen. Und, dass ich diese martialischen Riten zutiefst verabscheute.« Er sah mich an. Traurigkeit verdunkelte seinen Blick. »Glaube mir, so etwas dulde ich nicht. Ich sehe kein zweites Mal zu, wenn sich so eine Tragödie anbahnt. Auch wenn viele der Götter, die nicht zum Olymp gehören, weitestgehend in ihren eigenen Gemeinschaften bleiben, so gelten doch auch für sie die Regeln unseres Zusammenseins. Ich werde alles daransetzen, dass Tiffy nichts geschieht. Und dass auch Maél kein Leid angetan wird, sollte er freikommen. Ich werde es nicht zulassen, dass noch mal Kinder sterben. Nur, weil sie von den falschen Eltern abstammen. Nur, weil sie das falsche Geschlecht haben. Niemals.«

»Ich danke dir.« Ich drückte seine Hand. »Du machst mir Mut.«

Hermes drehte sich um, als wollte er die Größe der Wohnung abschätzen. »Wir müssen mit Zeus reden. Fühlst du dich bereits wieder imstande dazu?«

Ich richtete mich noch mehr auf. »Natürlich. Immer. Wie ist der Plan?«

»Nun, als Erstes werden wir Zeus davon berichten, dass Maél gar nicht die Kräfte besitzt, die ihn zusammen mit Agada so gefährlich gemacht hätten. Als Nächstes werden wir mit Tiffy sprechen müssen. Sie muss uns alles erzählen, was sie weiß. Alles, was sie im Tempel der Nacht dazu herausgefunden oder aufgeschnappt hat. Vielleicht gibt es ja weitere Zeugen für diese Vertauschungsaktion. Vielleicht sind andere Himmelsgötter eingeweiht und können aussagen. Unter der Prämisse der Straffreiheit, natürlich. Und wir sollten auch Hades …«

»Nein«, unterbrach ich ihn scharf. »Nicht Hades. Ich traue ihm nicht. Er ist grausam und hinterhältig. Er ist genau wie Enko. Es spielt einem den netten Kerl vor, und in Wirklichkeit ist er ein Monster, das sich unter jeder Menge Charme und gutem Aussehen versteckt. Nein, Hermes, bitte. Lass Hades da raus.«

»Livia, ich kann dir nicht garantieren, dass Zeus sich nicht an seinen Bruder wendet, wenn es um eine Sache von solcher Dringlichkeit geht. Damit müssen wir rechnen. Du vergisst, dass sie Brüder sind. Sie sind zusammen aufgewachsen, sie vertrauen einander.«

Mir war ganz elend zumute. »Hermes, bitte. Ich habe Angst um Maél. Und ich habe Angst um Tiffy.«

»Tiffy ist seine Tochter, seine einzige Tochter. Die Götter dürfen keine Kinder mehr mit den Menschen zeugen. Diese Tochter ist ein Geschenk. Er wird ihr kein Leid antun.«

»Er wird sie umbringen«, erwiderte ich. »So wie es die Tradition bei den dunklen Göttern verlangt. Du hast mir gerade eben davon erzählt. Hast du das schon vergessen?«

»Ich weiß nicht, wie ich Zeus davon erzählen soll, ohne dass ich Tiffys Rolle darin erwähne. Immerhin muss ich erklären, wer mit wem vertauscht wurde. Nur so kann ich darauf hinweisen, dass Maél gar nicht die nötigen Kräfte besitzt und die Anschuldigungen gegen ihn haltlos sind.«

»Aber …«

»Vertrau mir.« Er erhob sich vom Bett und strich über sein hoffnungslos verknittertes Oberhemd. »Ich mache das nicht erst seit vorgestern. Die Welt hätte schon ein paarmal in Trümmern gelegen, wenn ich nicht eingegriffen hätte. Die Diplomatie ist meine wahre Gabe. Es ist das, was ich gut kann.« Er hielt mir seine Hand hin. »Versuche, dich ein wenig zu beruhigen, und dann legen wir los. Irgendjemand muss es schließlich tun.«

Ich ergriff seine Hand. »Irgendjemand muss es tun.«

Als ich vor ihm stand, lächelten wir uns an. Dann zückte Hermes ein ziemlich ramponiertes Handy.

»Showtime.«

*

Wir stellten uns gegenüber von Maéls Küchenzeile auf. Hermes tippte auf dem Telefon herum, und eine riesige Leinwand erschien. Dahinter konnte ich immer noch die Küchenschränke und den Herd sehen. Es tutete, genau wie bei einem normalen Telefonanruf, und nach ein paarmal Klingeln erschien ein Bild. »Lass mich reden«, raunte mir Hermes noch in letzter Sekunde zu. Ich war ohnehin von dem Anblick zu geschockt, um irgendetwas zu sagen. Der Herr der olympischen Götter lungerte mal wieder auf seiner Fernsehcouch herum, gehüllt in ein fleckiges T-Shirt, und auf dem wirklich beachtlichen Bauch balancierte er eine Schüssel mit Popcorn.

»Hätte nicht gedacht, so schnell von dir zu hören«, sagte er mit vollem Mund. Er klang nicht gerade erfreut. Statt Hermes anzusehen, glitt sein Blick immer wieder zu den vielen Bildschirmen, auf denen Fernsehprogramme in allen Sprachen liefen.

»Ich grüße dich, Zeus«, erwiderte Hermes förmlich. »Meine

Freundin, die Wiesennymphe Livia, kennst du ja bereits von einem anderen Gespräch.«

Zeus ließ seinen Blick zu mir wandern, und es schien, als hätte er mich bis dahin noch gar nicht bemerkt. Er brummte etwas Abschätziges und seine Mundwinkel verzogen sich, was leicht angeekelt und genervt wirkte. Hermes legte mir hinter dem Rücken eine Hand auf die Schulter, sodass Zeus es nicht bemerken würde. Das sollte wohl eine aufmunternde Geste sein. Trotzdem versteifte ich mich unbehaglich. Zeus wirkte überhaupt nicht wie ein Anführer, geschweige denn wie jemand, der sich für irgendetwas einsetzen würde.

»Was gibt's denn nun?«, brummte Zeus. »Du siehst, ich bin beschäftigt.«

Mich ignorierte er komplett.

»Zeus, es geht um Maél, den Hadessohn, der in einem deiner Gefängnisse auf seinen Prozess wartet. Es gibt Neuigkeiten, die eine überraschende Wendung in diesen Fall bringen.«

Wieder brummte Zeus nur etwas. Dann griff er mit seiner riesigen Pranke in die Schüssel und stopfte sich eine ganze Handvoll Popcorn in den Mund. Einige Krümel verfingen sich in seinem langen Bart oder blieben am Stoff seines Shirts hängen. Ich musste mich wirklich bemühen, nicht angewidert das Gesicht zu verziehen.

»Zeus, die Angelegenheit ist äußerst dringend.«

Der Herrscher aller Götter nahm die Schüssel und stellte sie unwirsch zur Seite. »Bei allen Abgründen der Unterwelt, was hat dieser Knabe bloß an sich, dass sich alle so sehr um ihn sorgen?« Er schnippte sich ein paar Krümel vom Bauch. »Dieses Bürschchen ist eines von vielen. Er ist nichts Besonderes. Wen interessiert es, ob er auf Erden wandelt oder in irgendeinem Kerker feststeckt? Er hatte ein paar ziemlich dumme Ideen, und dafür büßt er nun. So sind die Regeln unserer Gemeinschaft, das Protokoll.« Er sah Hermes direkt an. »Das hast du doch auch kürzlich zu spüren bekommen, nicht wahr, mein Lieber?«

Ich hörte, wie Hermes schluckte. Als ich kurz zu ihm hochsah, wurde mir klar, wie sehr Zeus seinen engsten Berater damit beleidigt hatte.

»Ich hatte und habe damit nichts zu tun, großer Herrscher, und ich bin froh, dass du mir in diesem Punkt Glauben geschenkt hast. Ich bin dankbar, dass ich gehen durfte. Was aber nicht bedeutet, dass ich mich nicht für meinen Schützling einsetze.«

Zeus seufzte. »Ach ja, richtig ...« Er kratzte sich geräuschvoll am Bart. »Der Kleine ist ja dein Mündel.«

Hermes neben mir straffte die Schultern. »Genau. Ich bin sein Pate, und ich nehme diese Verantwortung sehr ernst. Wie du weißt, habe ich noch andere Patenschaften übernommen, und egal, welches meiner Patenkinder mich braucht, ich würde mich für jedes gleichermaßen einsetzen. Maél ist gerade in einem schwierigen Alter, weshalb er meine besondere Aufmerksamkeit braucht. Wir wissen doch alle, wie Teenager sind. Die Hormone, die wilden Ideen, die Möglichkeiten. Du kennst Maél seit über dreitausend Jahren, und ...«

»Moment, Moment, Moment«, schnitt Zeus ihm das Wort ab. »Ich kenne diesen Burschen überhaupt nicht. Ich habe genug eigene Kinder, die mir auf der Nase herumtanzen. Ich habe vorher noch nie von diesem ... wie auch immer er heißt, gehört. Sie wechseln ihre Namen wie andere die Unterwäsche, mal heißen sie so, mal heißen sie so ... Glaubst du, ich kann mir jeden Sprössling des olympischen Nachwuchses merken? Kannst du das etwa?«

Schon wieder sah Hermes verletzt aus. »Das verstehe ich. Vielleicht kennst du ihn nicht, weil er noch nie mit dem Gesetz in Konflikt geraten ist. Anders als viele andere Hadessöhne.«

Zeus seufzte und wirkte noch genervter als vorher. »Ja, die Gene meines Bruders Hades sind ein schweres Erbe. Was glaubst du, warum ich ihm die Unterwelt vermacht habe? Dort sind sie schön unter sich und können brandschatzen, mit Flammen werfen und ihre komischen ledrigen Flügel polieren, so viel sie möchten und ohne die Menschheit hoffnungslos zu verschrecken.«

»Aber genau darum geht es«, wandte Hermes ein. »Es geht darum, dass Maél gar kein Sohn von Hades ist.«

Jetzt wurde es ernst. Mein Herz stolperte einmal kurz vor Aufregung. Zeus, der gerade nach einem riesigen Becher mit einem Strohhalm gegriffen hatte, hielt in der Bewegung inne. »Was hast du dir denn nun für eine Geschichte ausgedacht, um deinen Sprössling zu retten? Schieß los, ich bin gespannt.« Er schnappte sich den Strohhalm und sog geräuschvoll eine offenbar kohlensäurehaltige Flüssigkeit in seinen Mund. Während Hermes die ganze Geschichte rund um Maél und Tiffy erklärte, blähte Zeus rhythmisch die Backen, als würde er sich mit der Cola oder was auch immer den Mund spülen. Ich musste ein Würgen unterdrücken. Als Hermes geendet hatte, schluckte Zeus alles geräuschvoll hinunter. Ich presste vor Ekel eine Hand auf den Mund und sah kurz zur Seite.

»Tolle Geschichte, mein Lieber, tolle Geschichte. Wenn sich das herumspricht, wird es Mord und Totschlag geben, das ist dir schon klar, oder? Da ist es doch besser, wir behalten den Kleinen in Gefangenschaft und sagen gar nichts, als dass ich ihn auf meinen Bruder loslasse. Du kennst doch die Regeln der dunklen Götter.«

»Aber mein Herrscher, es sind nicht unsere Regeln.« Nun schien Hermes regelrecht verzweifelt. »Diese Regeln sind nicht Teil des Protokolls, sie existieren offiziell nicht.«

Zeus zuckte die Schultern. »Es ist sicherlich nicht schlecht, dass die dunklen Götter zum Protokoll noch ein paar ihrer eigenen Regeln hinzugefügt haben. Du weißt ja, was für ein wilder Haufen sie sind: eine Mischung aus den olympischen Göttern wie zum Beispiel Hades oder Hephaistos, den uralten Göttern wie Gaia und Erebos und den hoffnungslos unwichtigen Nebengöttern wie Selene oder Orkus. Sie alle gehören zu den dunklen Göttern und sie sind extrem unterschiedlich, das sorgt nun mal für Spannungen. Ihr düsteres Erbe macht sie wilder, unberechenbarer und wesentlich schwerer an Konventionen zu binden als alle anderen. Wenn sie der Meinung sind, sie müssten ihre Kinder umbringen, dann werde ich sie nicht bremsen, wenn dadurch die Ordnung ihrer Gemeinschaft erhalten bleibt.«

»Aber das ist martialisch, primitiv und absolut mittelalterlich!«, brach es aus mir hervor. »Wie könnt Ihr so etwas dulden?«

Zeus nahm noch mal einen geräuschvollen Schluck aus seinem Becher, dann deutete er mit dem Finger auf mich. »Du da hältst den Mund, wenn mein Berater und ich uns unterhalten. Sei froh, dass ich dich nicht auf der Stelle zu Staub zerfallen lasse, kleines Mädchen.«

Wieder spürte ich Hermes' Hand an meinem Rücken. Ich presste die Lippen aufeinander, auch wenn ich gerne durch den Bildschirm gesprungen wäre, um den Herrn aller olympischen Götter mal kräftig zu schütteln.

»Zeus«, sagte Hermes, »ich habe dir die ganze Geschichte erzählt. Maél kann das, was wir ihm unterstellen, gar nicht umsetzen. Ihm fehlen die Kräfte dazu, weil er ein Sohn der Nachtgöttin ist.«

»Ich wiederhole mich ungern«, erwiderte Zeus und nahm die Schüssel mit dem Popcorn wieder hoch. »Wenn dir irgendetwas an dem Kleinen liegt, dann lass ihn und seine unsterbliche Seele in diesem Kerker verrotten, so lange, bis Gras über die Sache gewachsen ist. Dieses Mädchen, das behauptet eine Tochter von Hades zu sein …« Zeus war so amüsiert, dass er kichern musste und das Popcorn in der Schale auf und ab hüpfte. »Entschuldige, die Geschichte ist einfach immer noch zu gut. Na ja, jedenfalls solltet ihr die Kleine zum Schweigen bringen und hoffen, dass Nyx irgendwann wieder auftaucht, um sie zur Vernunft zu bringen. Glaube mir, beide Kinder werden nicht mehr lange leben. Und Nyx ist dann ebenfalls in Gefahr. Die anderen Götter werden sie sich vorknöpfen. Sie werden es machen wie mit Aglaia, du erinnerst dich? Irgendetwas in den Tee am Morgen, und zack, legt man sein eigenes Kind auf den Opferaltar. Die haben die Messer schneller gewetzt, als wir Piep sagen können. Die dunklen Götter sind grausam, ob sie nun am Himmel wohnen oder tief unter der Erde. Unterschätze sie nicht. Unterschätze nicht, durch welche strengen Regeln ihre Gemeinschaft überhaupt möglich ist. Sie werden beide Kinder opfern. Hades wird sich diese Tini vorknöpfen …«

»Tiffy«, berichtigte Hermes schnell, doch als aus Zeus' Augen Blitze hervor schlugen, neigte er schnell den Kopf. »Entschuldige bitte, mein Herrscher.«

»Jedenfalls wird Hades sich diese Tini oder wie auch immer vorknöpfen, da kannst du dir ganz sicher sein. Er wird ein Exempel an ihr statuieren. Und für diesen Maél und Nyx wird es auch kein gutes Ende nehmen.«

»Das glaube ich nicht«, warf ich ein.

»Schaff sie weg!«, blaffte Zeus. »Schaff sie mir endlich aus den Augen, bevor ein Unglück geschieht.«

Hermes schob mich so weit zur Seite Richtung Fenster und Schreibtisch, dass Zeus mich auf dem Bildschirm nicht mehr sehen konnte. »Wie du wünschst, mein Herrscher.«

Ich stand an der Seite, neben Maéls Schreibtisch gepresst, und konnte meine Wut nur schwer beherrschen. Die mittlerweile vertraute Hitze flammte durch meinen Körper, und als ich meine Finger von der Schreibtischplatte löste, stellte ich mit Entsetzen fest, dass meine Finger Abdrücke in das Metall geschmolzen hatten. Schnell verschränkte ich die Hände vor der Brust und versuchte, weiter dem Gespräch von Zeus und Hermes zu folgen.

»Mein Herrscher, du weißt meine Diplomatie zu schätzen, und ich vertraue auf mein Geschick. Bitte, es würde uns viel bedeuten, wenn Maél aufgrund der neuen Umstände freikäme. Ich würde dir mit all meinen Kräften garantieren, dass es zu keinen Unruhen kommen wird. Wir werden es schaffen, die dunklen Götter in Schach zu halten. Wir werden ein lang gehütetes Geheimnis aufdecken, aber ich bin mir ganz sicher, dein Bruder wird sich über ein neues Kind freuen. Du weißt ja, wie sehr er seine Kinder liebt … nun ja, tief im Grunde seines schwarzen Herzens jedenfalls.«

Zeus lachte. »Man muss lieben, was man bekommt. Aber er hat seine kleinen Monster gut im Griff, das muss man ihm lassen. Davon könnte ich mir so manche Scheibe abschneiden.«

Hermes erwiderte lieber nichts. Er räusperte sich. »Jedenfalls garantiere ich dir, dass es zu keinen diplomatischen Katastrophen kommen wird, denn ich werde dafür sorgen, dass sich alles Stück für Stück auflöst. Wie ein Knoten, den man langsam löst. Aus diesem Grund möchte ich dich bitten, deinem Bruder Hades noch nichts davon zu erzählen. Bitte lass es mich auf meine Art lösen. Vertrau mir da, mein Herrscher, ich habe dich noch nie enttäuscht.«

Zeus schien zu überlegen. Wieder stopfte er sich eine ganze Handvoll Popcorn in den Mund und kaute dann bedächtig. »Ich weiß ja nicht …« Er sprach mit vollem Mund, und Popcornreste spritzten überallhin. »Ich bin sehr beschäftigt.«

Wenn ich nicht so angespannt gewesen wäre, hätte ich sicher losgeprustet.

»Natürlich würde es mich freuen, wenn sich jemand anderes dieses eher unwichtigen Problems annimmt. Immerhin ist der Junge bloß ein Halbgott. Es ist mir völlig egal, wie viele von ihnen in irgendwelchen Kerkern verrotten. Andererseits ist es natürlich eine heikle diplomatische Angelegenheit, die vielleicht eines Machtwortes bedarf. Eines Machtwortes, das nur ich sprechen kann.« Er schluckte und plusterte sich ein klein wenig auf. »Du verstehst?«

Hermes deutete wieder eine Verbeugung an. »Ich verstehe absolut, mein Herrscher. Dennoch möchte ich dich gerne entlasten und dir so viel Bürokratie abnehmen wie möglich. Ich weiß ja, wie beschäftigt du bist.«

Erneut hätte ich fast laut gelacht. Zeus war so beschäftigt, dass man ihn zu jeder Tageszeit vor dem Fernseher antraf. Was für ein stressiges Leben! Fassungslos schüttelte ich den Kopf und ballte die Fäuste.

Hermes warf mir einen schnellen warnenden Seitenblick zu, und ich nickte zum Zeichen, dass ich verstanden hatte und ruhig blieb.

»Bitte, mein Herrscher, lass es mich versuchen. Lass Maél frei.«

Zeus lachte so dröhnend auf, dass das Bild für einen Moment verschwamm. »Oh nein, mein Lieber, nein, nein, nein. So haben wir nicht gewettet. Ich lasse mir nicht eine wilde Geschichte auftischen und schicke im nächsten Moment irgendjemanden hinab in die Kerker, damit er den Jungen wieder auf die Welt loslässt. Ganz gewiss nicht. Er hatte einen Plan, und auch wenn der an seinen eigenen fehlenden Kräften gescheitert ist, zählt doch die Absicht, die ihn so gefährlich macht. Ich gewähre dir den Gefallen, dass ich Hades nichts von unserem Gespräch erzählen werde. Du hast mein Wort. Aber das ist mein einziges Zugeständnis. Ich muss alles andere gut überdenken, und du weißt ja, wie beschäftigt ich bin.«

Hermes seufzte. »Natürlich weiß ich das, mein Herrscher.« Auch er schien diese Platte nicht mehr hören zu können.

Zeus zwinkerte ihm zu, doch es wirkte eher arrogant und abschätzig. »So schnell geht das nicht, das müsstest du eigentlich wissen, mein Lieber.«

Hermes zuckte zusammen, und mir wurde klar, dass »mein Lieber« ab diesem Zeitpunkt nicht mehr freundlich gemeint war.

Zeus schwadronierte weiter. »Ich brauche Zeit, ich brauche Berichte, ich brauche Zeugen. Nicht falsch verstehen«, er sah zu Hermes und lächelte ihn jovial an, »ich vertraue dir natürlich. Aber andererseits habe ich eine Pflicht gegenüber meinen anderen Göttern. Da könnte ja jeder daherkommen und mir ein rührseliges Märchen über irgendeinen meiner Gefangenen auftischen.«

»Mein Herrscher, bitte. Ich weiß, ich kann nicht erwarten, dass du weißt, wie es Maél geht. Aber es ist wirklich schlecht um ihn bestellt. Man ist nicht gut zu ihm in den Kerkern, weil die Söhne von Hades auf dem Olymp eben nicht gern gesehen sind.«

Zeus zuckte die Schultern. »Sie können seine ewige Seele nicht töten, das weißt du so gut wie ich. Sollen sie mit seinem menschlichen Körper doch anstellen, was sie wollen. Wenn er stirbt, behalten wir seine Seele so lange hier, bis er freigesprochen wird, und dann lassen wir ihn wieder auf die Menschheit los. Er wird wiedergeboren, na und? Was soll das ganze Drama?«

Meine Hände glitten erneut zum Schreibtisch. Ich musste mich an irgendetwas festhalten, um nicht zum Bildschirm zu stürzen und Zeus anzuschreien. Wieder fing ich einen warnenden Seitenblick von Hermes auf.

»Ich werde mich bemühen, weitere Informationen zu beschaffen. Ich danke dir für deine Zeit – und für deine Bereitschaft, dich dieses Falls erneut anzunehmen. Auf bald.«

Zeus nickte von oben herab, dann schnippte er mit dem Finger, und das Bild wurde schwarz.

Ich musste mich immer noch an der Tischkante festhalten, um nicht die Fassung zu verlieren. »Es hat ihn überhaupt nicht interessiert«, stieß ich hervor.

»Das hat nichts zu bedeuten«, erwiderte Hermes, doch sein Gesicht sprach eine andere Sprache. »So ist er immer. Für ihn sind das alles Nichtigkeiten, die es nicht wert sind, besprochen zu werden. Immerhin hat er nicht sofort alles abgeblockt und uns nur angeschrien. Auch das kommt hin und wieder vor.«

»Ich glaube, er fand die Geschichte rund um die vertauschten Kinder ganz amüsant, aber er wird Maél nicht freilassen.« Meine Stimme zitterte schon wieder.

Hermes kam zu mir. »Das habe ich auch gar nicht zu hoffen

gewagt. Das Wichtigste ist, dass er mir versprochen hat, seinen Bruder Hades nicht einzuweihen. Zeus mag vielleicht ein gelangweilter alter Mann sein, aber eines ist er nicht: ein Wortbrecher. Wenn er etwas verspricht, dann hält er sich daran. Wir können also sicher sein, dass Hades davon nichts mitbekommt. Jedenfalls nicht, solange ich Beweise anbringen kann und es tatsächlich zu einem Prozess kommt. Bis dahin müssen wir uns einfach in Geduld üben.«

»Aber Maél … Du hast erzählt, sie sind nicht gut zu ihm auf dem Olymp?«

Hermes' Gesichtsausdruck verriet mir, dass er es bereute, das vor mir erwähnt zu haben. »Es geht ihm gut, Livia. Er ist stark, er ist hart im Nehmen, er ist von Hades aufgezogen worden. Du weißt, wie Hades ist. Er duldet keine Schwäche, weder mental noch körperlich. Er mag nicht das Erbe seines Vaters in sich tragen, aber sein wahrer Vater war und ist Hades. Und der ist ein sehr strenger Lehrmeister. Maél ist für alles gerüstet. Sämtliche Verletzungen, physisch oder psychisch. Er ist stark, er wird das durchstehen.«

»Konntest du mit ihm sprechen? Irgendwann mal? Hat er irgendetwas gesagt?«

Hermes schüttelte den Kopf. »Nein, sie schirmen ihn vollkommen ab. Sie haben uns weit voneinander getrennt untergebracht. Ich hatte keine Chance, ihn zu treffen. Doch ich habe meine Informanten und Spione überall im Olymp, und diesen Quellen vertraue ich zu einhundert Prozent.«

»Dann muss ich also wieder herumsitzen und einfach nur warten? Jetzt habe ich endlich einen Beweis und doch passiert nichts. Ich fühle mich, als würde ich meinem eigenen Scheitern zusehen. Das regt mich wahnsinnig auf. Ich hätte Zeus am liebsten gepackt und mal kräftig durchgeschüttelt, damit er mal wieder im Hier und Jetzt ankommt.«

Hermes sah mich ernst an. »Übe dich in Geduld, Livia. Denke daran, dass wir unserem Ziel Zentimeter für Zentimeter näher kommen. Auch ein steter Tropfen höhlt den Stein. Wir werden Erfolg haben, einfach weil wir nicht aufgeben.«

»War das gerade eben denn nun ein Erfolg oder nicht?«

»Es war ein Erfolg. Bitte glaube ganz fest daran. Ich unterstütze dich, so wie du mich unterstützt. Und wenn du irgendwie glaubst, nicht weiterzukommen, dann rede mit mir. Jetzt bin ich ja wieder hier. Wenn Enko dir Probleme macht, sag mir Bescheid. Ich kann ihn in seine Schranken verweisen.«

»Das ist lieb von dir, danke.«

Hermes verschränkte die Arme vor der Brust. »Und jetzt hören wir auf zu grübeln. Das Gespräch war ein Erfolg, und alle Erkenntnisse von vorhin waren auch große Erfolge. Wir haben nun die Möglichkeit, Maél zu befreien, dessen bin ich mir ganz sicher.«

Ich drehte mich um und sah auf Maéls spärlich bestückten Schreibtisch. Was für ein Unterschied zu dem Chaos auf Enkos Arbeitsplatz!

Hermes sah sich kurz um. »Wir brauchen einen Tapetenwechsel gegen die traurige Stimmung. Ablenkung ist manchmal die beste Medizin.« Er versuchte ein Lächeln. »Wie geht es eigentlich Ödipus?«

Ich erwiderte sein Lächeln, auch wenn es mir schwerfiel. »Der sollte sich mittlerweile von seiner Erkältung erholt haben.«

Hermes zog eine Grimasse. »Oje, wie lästig, der Arme.«

Ich nickte. »Er war schon krank, als wir ihn vor den Katakomben getroffen haben. Ich wollte ihn eigentlich besuchen, noch bevor ich in Maéls Wohnung gehe, um mal nach ihm zu sehen.«

»Dann sollten wir das jetzt zusammen machen«, sagte Hermes und bot mir seinen Arm an. »Er wird sich garantiert freuen. Und danach sollte ich mal bei mir nach dem Rechten sehen und sehr lange duschen. Bei allen Göttern, was freue ich mich auf frisch gewaschene Jeans und gebügelte Oberhemden.«

Ich hakte mich bei ihm unter. »Das alles hast du dir redlich verdient, Götterbote.«

Hermes sah mich an. »Wir schaffen das, Livia. Mach dir keine Gedanken mehr. Ich habe schon ganz andere Konflikte gelöst. Nicht mehr lange und du hast deinen Maél zurück.« Er sah mich aufmunternd an. »Und jetzt sehen wir mal nach Ödipus.«

Kapitel 8

»Ich hab's!«

Fast drei Wochen vergingen ohne irgendwelche Neuigkeiten. Ich bestand erfolgreich zwei Klassentests und irgendwann hatte sich auch mein Schlafrhythmus wieder eingependelt. Ich vertraute Hermes, und alles, was er berichtete, zeugte von seinem Willen, Maél aus den Kerkern des Olymps zu befreien. Seine Anwesenheit gab mir Kraft und fast so etwas wie Zuversicht. Mittlerweile war das Poker-Hinterzimmer in Flussgott Nereus' chinesischer Reinigung zu so etwas wie unserer »Einsatzzentrale« geworden. Hier trafen wir uns nach der Schule, saßen an dem großen runden Tisch und schmiedeten Pläne. Wir sammelten sämtliche Informationen über Maél und seine Verwandtschaftsbeziehungen zu Nyx, die wir in die Finger bekommen konnten.

Tiffy begab sich jede Nacht unermüdlich in ihrem zweiten Zuhause auf die Suche nach mehr Informationen. Dank ihres Armbands wirkte sie niemals müde, obwohl sie nächtelang im Tempel der Nacht unterwegs war. Nyx hatte Tagebuch geschrieben, das wusste sie. Doch die Göttin schien ihre persönlichen Aufzeichnungen gut versteckt zu haben. Tiffy mit ihrem detektivischen Spürsinn hatte ein Tagebuch aus den 1920ern unter einer Bodenfliese gefunden, in dem Nyx berichtete, dass sie die Papyrusrollen, ihre Tagebücher aus längst vergangenen

Zeiten, an einem neuen geheimen Ort in der Bibliothek im Tempel der Nacht verborgen hatte. Tiffy hatte danach gesucht, doch bisher erfolglos. In diesen Schriftrollen sollte es angeblich auch Aufzeichnungen von Hekate geben, in denen sie den Zauber beschrieb, mit dem sie beide Kinder belegt hatte, um ihre Herkunft zu verschleiern. Ich wusste, dass Tiffy in ständiger Angst vor einer Entdeckung durch Hades lebte, doch das schaffte sie ziemlich tapfer zu verbergen. Ich hatte immer noch ein schlechtes Gewissen, dass ich ihr Geheimnis verraten hatte. Aber Hermes, der oft bei unseren Treffen dabei war, hatte ihr seinen Schutz zugesichert, und das schien sie etwas zu beruhigen.

Gigi und Selkes gingen mittlerweile ganz fest miteinander. Besser gesagt, sie schienen absolut unzertrennlich. Ich freute mich sehr für sie, denn Gigi hatte, als ich sie kennenlernte, noch ihrem Exfreund hinterhergetrauert. Jetzt war sie wie ausgewechselt. Der Sohn des Flussgottes schien mit seiner offenen, unkomplizierten Art ihr perfektes Gegenstück zu bilden. Manchmal, wenn mir nur meine zwei Freundinnen mit ihren beiden Liebsten an dem runden Pokertisch gegenübersaßen, fühlte ich mich ein wenig einsam und wie das fünfte Rad am Wagen. Doch unsere Gruppe war einfach viel zu bunt gemischt, um so ein Gefühl weiter wachsen zu lassen.

Ödipus, der wieder gesund war, war immer für einen Spruch gut, Hermes sowieso ein Sonnenschein und auch Tiffy war so herzlich und lieb, dass es völlig unmöglich war, sie nicht sofort ganz fest ins Herz zu schließen. Ich wollte meine Sehnsucht nach Maél nicht nach außen dringen lassen und den anderen den Optimismus verhageln. Also lächelte ich mit, auch wenn es mich innerlich immer wieder fast zerriss. Die Angst, die Ungewissheit, die Sorge, sie machten mich mürbe. Doch ich riss mich zusammen und sagte mir immer wieder, was für eine großartige Truppe ich um mich hatte. Wenn unsere Runde komplett war und wir über irgendwelchen Papieren brüteten, spielte Evangéline irgendwo in der Luft mit Tiffys Sternenmäusen. Sie schossen durch das Zimmer wie weiße Lichtblitze und vollführten nach einiger Zeit sogar wirklich beeindruckende akrobatische Kunstflüge.

Wenn wir am frühen Abend die chinesische Reinigung wieder verließen, erwartete uns der planetarische Nebel am Himmel. Er war geblieben, und mittlerweile hatte sich die Menschheit an ihn und die frühe Dunkelheit am Nachmittag gewöhnt. Immer wieder wurde von wissenschaftlicher Seite betont, dass keine Gefahr davon ausginge. Die sozialen Medien waren voll von wirklich beeindruckenden farbenfrohen Fotos des Nebels, und schon nach kurzer Zeit gehörte er zum Bild des Firmaments einfach dazu.

Am Abend löschte ich regelmäßig alle Nachrichten von Enko. Obwohl ich damit gerechnet hatte, dass er Tiffy nach unserem Streit verraten würde, hatten wir weder von Hades noch von ihm Besuch bekommen. Er hatte mir auch weder aufgelauert noch mich irgendwie verfolgt. Komischerweise hatte ich das Gefühl, dass ihm wirklich leidtat, dass zwischen uns alles so schiefgelaufen war. Doch ich wollte es nicht riskieren, ihn in unser weiteres Vorgehen einzuweihen. Also beließ ich es dabei, seine Nachrichten ungelesen zu löschen. So manches Mal, wenn ich mein Handy abends auf den Nachttisch legte, fragte ich mich, wie lange er es lediglich beim Nachrichtenschreiben belassen würde.

*

An einem Freitagnachmittag hatten wir uns wieder mal alle in unserer »Einsatzzentrale« bei Flussgott Nereus eingefunden. Gigi turtelte mit Selkes, der gerade vom Rettungsschwimmer-Training gekommen war. Seine Haare waren noch feucht, und sie wuschelte ganz verzückt durch seinen wild gelockten blonden Schopf. Sie hatte wie üblich selbst gebackene Kekse mitgebracht, von denen sich alle schon ausgiebig bedient hatten. Jemma und Noah brüteten über einem alten Tagebuch von Nyx, das voll von irgendwelchen seltsamen Zeichnungen war. Es war wie eine Art kosmisches Bilderbuch gestaltet, und obwohl weder Noah noch Jemma Altgriechisch lesen konnten, hofften sie doch, irgendwelche Informationen daraus ziehen zu können. Ich bewunderte ihren Pioniergeist. Noah hatte in einer halben Stunde noch Bandprobe, und die beiden waren schon dazu übergegangen, ihre Verabschiedung zu zelebrieren. Bei jeder Seite, die umgeblättert wurde, hauchte Noah Jemma ein Küsschen auf die Wange.

Ödipus saß neben Hermes über einer Tupperdose mit Hühnersuppe, nach der er seit seiner Erkältung absolut süchtig zu sein schien. Er berichtete dem Götterboten von einem alten Familienrezept, nach dem er die Suppe nun zubereitete. Hermes nickte wie ein Wackeldackel auf der Hutablage, während er sich an jedes Ohr ein Handy hielt. Zuhören und telefonieren gleichzeitig schien für ihn kein Problem darzustellen. Er hatte komplett zu seiner alten Form zurückgefunden und sah wieder aus wie frisch aus dem Ei gepellt. An jedem seiner Finger prangte ein protzig glitzernder Ring, die Nägel waren sorgfältig manikürt und poliert. Seine Haare waren frisch gesträhnt, und ich wollte ihm nichts unterstellen, aber ich war mir ziemlich sicher, dass er seine Augenschatten mit Concealer hatte verschwinden lassen.

Ich nippte an meinem wirklich köstlichen chinesischen Tee, während Evangéline über den runden Tisch trippelte und versuchte, sich unter den vielen Papieren einzugraben. Als die Tür mit einem Knall aufflog, wurden die Motte und das lose Papier quer durchs Zimmer gewirbelt.

»Oh, meine Götter!«, schrie Tiffy zur Begrüßung.

Die Jungs und Jemma sprangen auf. Gigi sah sie mit großen Augen an, und ich stellte meinen Tee zur Seite. Tiffy kam in einem Wirbel aus Pink und fliegenden Haaren zu unserem Tisch herüber. »Ich habe es!« Sie war so aufgeregt, dass die Schatten ihrer Flügel hinter ihr erschienen.

Hermes richtete seine durcheinandergewirbelten Strähnchen, dann setzte er sein diplomatischstes Lächeln auf. »Hallo, Tiffy, schön dich zu sehen. Ich nehme an, du hast Neuigkeiten?«

Ödipus neben ihm murmelte irgendetwas von »Shirt auswaschen« und hastete aus dem Raum. Offenbar hatte er sich so erschrocken, dass er den halben Inhalt seiner Tupperdose über seinem T-Shirt ausgekippt hatte.

Evangéline schoss auf Tiffy zu, drehte ein paar wilde Kreise um ihren Kopf, und der Sternenstaub in Tiffys Haaren verstand die Aufforderung. Fünf schillernde kleine Raupen schossen aus ihren Haaren hervor und nahmen die Verfolgung auf. Evangéline flog wilde Pirouetten, der Sternenstaub ihr dicht auf den Fersen.

Tiffy ließ ein ganzes Bündel Papyrusrollen auf den Tisch gleiten. »Das sind sie«, verkündete sie feierlich und verschränkte die Arme stolz vor ihrem rosafarbenen Trenchcoat. »Ihr dürft mich offiziell eine Heldin nennen.«

»Ich habe zwar keine Ahnung, wovon du sprichst, aber du

siehst definitiv aus wie eine Heldin«, sagte Noah ganz ernst. »Besonders mit diesen Flügeln.«

Tiffy wirkte ein wenig verlegen, und die Schatten der dunklen Flügel verschwanden prompt. »Entschuldigt, es passiert immer noch, wenn ich so aufgeregt bin.«

»Ich nehme an, das sind die Tagebücher, in denen Nyx von dem Tausch der Kinder berichtet?«, kombinierte Hermes messerscharf.

Nun sprang Gigi doch auf. »Oh mein Gott, oh mein Gott, oh mein Gott, das ist ja so spannend! Du hast sie wirklich gefunden? Was steht drin? Nun bedauere ich wirklich, dass ich kein Altgriechisch spreche. Das ist ja so unglaublich spannend. Heißt das, Maél kommt frei?«

Nun wirkte Tiffy nicht mehr ganz so enthusiastisch. »Ich habe die Schriftrollen noch nicht komplett gelesen, aber was ich bisher gesehen habe, sieht vielversprechend aus. Natürlich kann man immer jemandem einen Strick drehen, wenn man das will. Oder Zeus könnte einfach sagen, dass ihm das als Beweis nicht ausreicht. Aber einen Versuch ist es wert. Mehr habe ich definitiv nicht zu bieten. Es sei denn, irgendjemand findet meine Mutter und …« Sie brach ab, sah in die Runde und schluckte. »Na ja, also Nyx. Sie ist ja eigentlich gar nicht meine Mutter.«

Selkes schnaubte, und sein hellblondes Haar wippte im Takt, als er energisch den Kopf schüttelte. »Das ist doch Quatsch, Pinky. Familie ist da, wo das Herz schlägt.« Er klopfte sich mit der Faust donnernd auf die Stelle seines Brustkorbs, unter der sich sein Herz befand. »Ende Gelände. Natürlich ist sie deine Mutter.«

Tiffy lächelte dankbar, trotz des neuen Spitznamens.

Hermes beugte sich über den Tisch und sortierte die

Schriftrollen ordentlich nebeneinander. »Wie sollen wir verfahren?« Ich musste zweimal hinsehen, um zu erkennen, dass seine Hand tatsächlich zitterte. Er war nervös. Auch wenn er sich sehr viel Mühe gab, sich das nicht anmerken zu lassen. »Wie viele Leute haben wir, die Altgriechisch lesen können?«

Selkes, Tiffy und ich hoben die Hand.

»Wieso du denn?«, wollte Noah von mir wissen.

Ich zuckte die Schultern. »Wiesennymphentalent?«

Gigi und Jemma hatte ich davon erzählt, den anderen schien diese spontane Erklärung zu genügen. Nur der Götterbote sah mich einen Moment fragend an, bevor er sich wieder Tiffy zuwandte.

»Plus Ödipus«, ergänzte er dann. »Wenn der sein T-Shirt wieder sauber bekommt. Und mich natürlich auch eingeschlossen.«

»Dann sind wir fünf Leute, und es sind zwölf Schriftrollen, das sollten wir doch schaffen«, meinte Selkes.

»Mein Altgriechisch ist leider sehr rudimentär.« Noah entrollte vorsichtig eine der Papyrusrollen. »Aber ich würde mich trotzdem anbieten.«

»Schatz, du hast doch gleich Bandprobe«, erinnerte Jemma ihn.

Noah zuckte die Schultern. »Zugunsten solcher Neuigkeiten würde ich sogar schwänzen.«

»Nein, mach das nicht«, warf ich schnell ein. »Enko darf nicht misstrauisch werden. Er weiß, dass wir alle ständig zusammen rumhängen, und wenn du plötzlich fehlst, wird er wissen, dass es irgendetwas Neues gibt.«

Noah schob die Schriftrolle zurück zur Tischmitte und nickte. »Das leuchtet ein. Dann werde ich mich gleich verabschieden.« Ich war froh, dass er das respektierte, denn schließlich waren er und Enko immer noch Freunde.

»Jemma, Gigi, wenn ihr die Notizen anfertigt, würde uns das sehr helfen. Dann könnten wir uns aufs Lesen konzentrieren.« Hermes hielt einen Schwung leere Din-A4-Bögen hoch.

Die beiden waren natürlich sofort einverstanden. Nachdem Noah sich verabschiedet hatte, machten wir uns ans Werk. Ich hatte gerade die erste Schriftrolle auseinandergerollt, als Ödipus zurück ins Zimmer kam. Sein T-Shirt war zwar klatschnass, schien aber hühnersuppenfrei.

»Diese putzigen kleinen Drachen«, schwärmte er. »Stellt euch vor, ich habe mein T-Shirt einfach nur in einen der Bottiche gehalten, und sie haben sich auf die Hühnersuppe gestürzt wie ein Schwarm Piranhas auf eine Kuh. Es schien ihnen gut zu schmecken. Als ich das Shirt wieder herausgenommen habe, haben sie alle ihre kleinen Nasen rausgestreckt und mir traurig hinterhergeguckt.« Er kicherte verzückt, sah auf seine Tupperdose und schien zu überlegen. »Ob sie wohl noch mehr möchten?«

»Das ist gut gemeint, Mann«, sagte Selkes. »Aber das ist hier das Gleiche wie mit den Enten auf dem Stadtparkteich. Fütterst du sie mit etwas anderem als dem, was sie normalerweise essen, dann geht's so richtig los.« Er machte eine deftige Bewegung, die offenbar auf unerfreuliche Verdauungsprobleme hindeuten sollte.

Gigi schüttelte den Kopf.

Selkes sah kurz zu ihr. »Es ist die Wahrheit. Vater dreht mir den Hals um, wenn einer meiner Freunde seine Drachen mit fettiger Suppe füttert.«

»Ich nehme an, das war ein Nein?«, fragte Ödipus leicht verschnupft.

»Ja, sorry, Bro. Nimm es nicht persönlich. Die kleinen Viecher sind unheimlich empfindlich. Stell dir einfach vor, es sind Kindergartenkinder. In einem modernen Kindergarten gibt es auch nix mehr, was nicht laktose- und glutenfrei ist.«

Das schien Ödipus zu überzeugen. Er lächelte, stellte die Tupperdose sicherheitshalber zur Seite und sah dann neugierig auf die Schriftrollen. »Bahnbrechende Neuigkeiten?«

Wir weihten ihn ein. Ödipus nahm sich auch eine Schriftrolle und entrollte sie vorsichtig. Wir begannen zu lesen, während Evangéline und die fünf Sternenmäuse Ödipus' Tupperdose einer genaueren Inspektion unterzogen.

*

Etwa eine Stunde später blieben meine Augen an einem Wort hängen. So ganz hundertprozentig traute ich meinen Altgriechisch-Kenntnissen noch nicht, doch selbst eine Vermutung war schon erwähnenswert. Ich las das Wort noch mal. *Hekate.* Ganz eindeutig. Gerade hatte ich noch zerstreut das Bonbon, das eine unserer Küchenfrauen mir durch Jemma hatte zukommen lassen, auf meiner Handfläche hin und her gerollt, nachdem ich es durch Zufall in der Tasche meiner Jeans wiedergefunden hatte. Da bislang niemand »Hier!« geschrien hatte, war ich bereits ein wenig desillusioniert gewesen, dass wir in diesen Schriftrollen wirklich etwas Verwertbares finden würden. Doch jetzt steckte ich das Bonbon hastig zurück in meine Tasche.

»Ich glaube, ich habe etwas«, verkündete ich. »Möchte mal einer von den Göttern oder Halbgöttern überprüfen, ob hier wirklich Hekate steht?«

Selkes und Hermes sprangen gleichzeitig auf. Sie schauten

mir rechts und links über die Schulter. Dann gesellten sich auch die anderen dazu.

»Bingo«, brummte Selkes und klopfte mir auf die Schulter. »Das sieht sehr gut aus.«

»Möchte jemand vorlesen?«, fragte ich. Irgendwie traute ich meinen neu erwachten Fähigkeiten noch nicht so ganz.

Selkes deutete mit einer kleinen Verbeugung auf Hermes, der sichtlich geschmeichelt seinen Stuhl zu mir heranzog. »Dann wollen wir mal.« Er überflog den Text, und anhand der Art, wie seine Hände plötzlich wieder zu zittern begannen, ahnte ich, dass wir hier auf etwas Großes gestoßen waren. »Das ist genau die Stelle, nach der wir gesucht haben.« Er klang ein wenig atemlos. »Nyx berichtet darüber, wie groß ihre Gewissensbisse sind, dass sie die ungeschriebenen Gesetze ihrer Gemeinschaft umgeht. Es ist von einem kleinen Jungen, einem Baby mit schwarzen Haaren und grauen Augen die Rede.« Hermes deutete mit dem Finger ganz aufgeregt auf ein paar Zeilen weiter unten. »Und hier schreibt sie, dass der Zufall ihr die Gebete einer jungen Frau zu Ohren kommen ließ. Es geht um eine Geliebte von Hades.« Hermes wippte vor lauter Nervosität auf dem Stuhl hin und her. »Mein Gott, wir haben es. Wir haben es wirklich.« Er sah uns der Reihe nach an. »Das hier ist ein Beweis. Es ist ein Originaldokument aus der Zeit, und die Handschrift von Nyx lässt sich auch eindeutig identifizieren. Sie beschreibt ihr gesamtes Gefühlsleben, aber auch alle Details dieser Vertauschungsaktion.« Er deutete auf eine Stelle in einer anderen Schrift. »Diese Passage ist von Hekate. Sie hat die Komponenten des Zaubers genau beschrieben.«

Nun war es Tiffy, die sich aufgeregt neben mich drängte. »Was soll das heißen?«

Hermes überflog den Text erneut. »Es ist der Zauber, der

eure Attribute beschreibt. Solche Zauber sind eine gefährliche Angelegenheit, die viel Erfahrung bedarf. Aber wir können damit den Beweis liefern, dass Maél und Tiffy als Kinder vertauscht wurden.«

»Hermes, damit kannst du doch Maéls Gerichtsprozess stoppen, oder?«, fragte ich aufgeregt.

Wir alle sahen ihn erwartungsvoll an.

»Ich werde es versuchen.« Hermes rollte das Papyrusdokument sorgfältig zusammen. »Wollen wir noch weitersuchen oder gehen wir davon aus, dass es das ist?«

»Ich würde vorschlagen, du begibst dich sofort zum Olymp und legst die neuen Beweise vor. Je schneller, desto besser. Sollten wir in der Zwischenzeit hier noch etwas finden, können wir dich ja kontaktieren und du kannst es nachreichen. Seit ich weiß, dass die Zeit auf dem Olymp langsamer vergeht als bei uns, wird mir noch mal ganz anders, wenn ich an Maéls Lage denke. Also handeln wir bitte sofort.« Ich sah ihn bittend an.

Hermes war schon aufgestanden. »In Ordnung.« Er schnappte sich die Schriftrolle, griff nach seiner Lederjacke und sammelte seine Telefone ein. »Wünscht mir Glück.«

Wir kamen gerade noch dazu, ihm eine Verabschiedung zuzurufen, da stürmte er schon aus dem Zimmer. Wir sahen ihm alle nach. Doch trotz der guten Neuigkeit wagte es niemand, Maéls baldige Rückkehr fest einzuplanen.

*

Eine weitere Woche verging, und nichts geschah. Hermes hatte Zeus die Unterlagen vorgelegt, doch bisher hatte der Herrscher der olympischen Götter natürlich noch keine Zeit gefunden, sich unsere neuen Beweise anzusehen. Schließlich war er

»sehr beschäftigt«. Meine Sorge um Maél wurde immer größer. Eine Woche auf der Erde bedeutete einen Monat auf dem Olymp. Maél war nun also schon über vier Monate in den Kerkern gefangen. Wenn ich daran dachte, wie schlecht Hermes nach seiner relativ kurzen Gefangenschaft schon ausgesehen hatte, krampfte sich mein Herz schmerzhaft zusammen. Hermes war ein olympischer Gott und verfügte über weitaus größere Kräfte als Maél, der immerhin zur Hälfte menschlich war. Ich wollte mir gar nicht vorstellen, in welcher Verfassung er sich befand.

In der Mittagspause saßen wir an einem der großen runden Tische am Rande der Mensa. Die Stimmung war gedrückt. Selbst Evangéline, die mich wie fast immer zur Schule begleitete, bewegte sich kaum unter meinem Shirt und schien traurig zu sein. Selbst Selkes' Sprüche konnten niemanden so recht aufheitern. Er hatte schon schulfrei und sich frecherweise in unsere Mensa geschummelt, um ein wenig mit Gigi zu knuddeln. Selbst das Pink von Tiffys Haarsträhnen wirkte blass und irgendwie ausgewaschen. Sie tippte mit dem Zeigefinger auf ihrer Hello-Kitty-Tupperdose herum und schien sogar noch deprimierter als ich. Jede Nacht hatte sie ihren Sternenstaub auf die Suche geschickt, doch die kleinen Raupen hatten keine Nymphen mehr aufspüren können. Jedenfalls bis jetzt nicht. So wie es aussah, würden wir auch hier keine weiteren Antworten bekommen. Das Einzige, was mich ein wenig tröstete, waren die Sonnenstrahlen, die mein Gesicht wärmten. Ich schloss die Augen nicht, sondern sah durch das Panoramafenster mir gegenüber direkt in den goldenen Feuerball am Herbsthimmel. Die Strahlen der Sonne kamen mir plötzlich besonders kräftig vor. Ich lächelte, als die Wärme wie ein sanftes Streicheln über meine Haut glitt.

»Wie kannst du nur direkt da hochgucken, ohne zu blinzeln?«

Ich wandte kurz den Blick ab und sah zu Jemma. Sie hatte eine Hand über die Augen gelegt. »Soll ich mal den Hausmeister bitten, dass er die Jalousien ein bisschen herunterfährt? Ich sehe meinen eigenen Teller nicht mehr.«

»Nein, bitte nicht«, sagte ich schnell und drehte mein Gesicht wieder der Sonne zu. »Es tut so gut.«

»Ich habe ja nichts gegen Sonnenlicht, aber wenn ich nur noch weiße Lichtblitze sehe, hört es irgendwie auf. Mach doch wenigstens die Augen zu, oder willst du blind werden?«

Ich schüttelte einfach nur den Kopf. Tiffy, die rechts neben mir saß, zog wortlos eine Sonnenbrille hervor und setzte sie sich auf. Der ganze Tisch lachte.

»Hast du zufällig noch eine?« Jemma lehnte sich an mir vorbei zu ihr.

Sie unterhielten sich weiter, doch ich hörte nicht mehr zu. *So schön*, dachte ich und sah wieder hoch zum Himmel. Leider würde mein Vergnügen jedoch bald ein Ende finden. Eine dunkle Wolke wanderte auf die Sonne zu. Draußen war es trotz des schönen Wetters stürmisch. Blätter wirbelten umher, und Wolkenfetzen jagten fast wie auf einer Autobahn über den Himmel. *Oh nein*, dachte ich. *Verschwinde. Ich brauche die Sonne doch.* Ich sah hinauf zum Himmel. Im nächsten Moment schien die Sonne noch ein wenig heller zu werden, und die Wolke wich ihr aus, als hätte sie nie vorgehabt, ihren Weg zu kreuzen. Ich riss die Augen noch weiter auf. Was war denn nun passiert? Schon wieder näherte sich ein Wolkenfeld. Es war noch ein Stückchen entfernt, und deshalb beschloss ich, die letzten Sonnenstrahlen so gut wie möglich zu nutzen. Ich ließ die Wärme durch meine Haut dringen. Mittlerweile war mir das Gefühl vertraut, auch wenn ich es nie direkt auf die Sonne bezogen hatte. Diese Wärme, die sich in meinem Inneren ausbreitete, wenn ich Kraft brauchte. Das Gefühl von Zuversicht und Mut. Ich hielt meinen Blick fest auf den Feuerball am Himmel gerichtet. Meine Pupillen zogen sich so sehr zusammen, dass ich es als Stich in meinen Augen spürte. All die feinen Härchen auf meinen Armen richteten sich auf. Die Wolken kamen näher. *Nein*, dachte ich. *Keine Wolken. Noch mehr Sonne … bitte, dein Strahlen tut mir so gut.* Wieder schien es, als würde die Sonne für einen kurzen Moment noch heller strahlen. Die Wolken zerstoben wie Nebel. Ich presste beide Handflächen flach auf den Tisch und hielt für einen Moment die Luft an. Einmal hätte es Zufall sein können, aber zweimal?

»Was passiert eigentlich, wenn die ganze Geschichte aufgeklärt wird?«, fragte Selkes ziemlich laut in die Runde.

Ich erschrak und wandte meinen Blick vom Himmel ab. »Wie bitte?«

»Was passiert denn, wenn die ganze Geschichte rund um die vertauschten Kinder geklärt wird? Tiffy, ziehst du dann zum Beispiel in die Unterwelt?«

Tiffy wand sich unbehaglich auf ihrem Stuhl. »Ich weiß es nicht. Das kann ich mir eigentlich gar nicht vorstellen. Ich bin den Himmel gewöhnt. Diese unendlichen Weiten, die Stille, das leise Singen der Sternbilder. Glaubst du, Maél würde es am Himmel gefallen?« Sie sah mich an.

»Ich weiß gar nicht, wie er da hinkommen soll. Soweit ich weiß, hat er keine Flügel.«

»Benutzt du denn deine Flügel, um zum Himmel zu kommen? Sieht man dich dann nicht ständig?« Gigi hatte neugierig den Kopf schief gelegt.

»Ich benutze die Flügel schon, aber sobald ich in die Luft

abhebe, bin ich für menschliche Augen nicht mehr sichtbar. Die Geschwindigkeit ist einfach zu groß.«

»Könnt ihr euch Maél mit Flügeln vorstellen?« Jemma legte ihr Besteck zur Seite. »Ich meine, er kann so schon furchteinflößend genug sein. Stellt euch vor, er hat auch noch Flügel.«

»Nicht alle Götter, die am Nachthimmel leben, haben Flügel«, erklärte Tiffy. »Eigentlich sind es eher Attribute der Unterweltgötter.«

»Also mehr so Richtung Drachen und so?«, fragte Selkes.

»Dämonen. Aber im Prinzip hast du recht. Nyx zum Beispiel besitzt keine Flügel. Doch wie gesagt, es gibt auch Götter am Nachthimmel, die Flügel besitzen. Von daher ist es nicht ungewöhnlich, dass Kinder von Göttern der Nacht auch mit Flügeln geboren werden.«

»Wie kommt er denn ohne Flügel da rauf?« Selkes hatte sich in seinem Stuhl zurückgelehnt und beide Arme hinter dem Kopf verschränkt. Zum Glück war es in der Mensa so laut, dass wir keine ungebetenen Lauscher hatten. »Bei uns ist es ja so, dass alle Fluss- und Meeresgötter einen Fischschwanz haben. Der erscheint nicht automatisch, wenn wir mit Wasser in Berührung kommen, wir können also auch baden und ins Freibad, ohne mit der Fischnummer alle zum Kreischen zu bringen …« Er grinste, und Gigi verdrehte die Augen. »Andererseits gibt es keine Wassergötter, die keinen Fischschwanz besitzen. Versteht ihr?«

Ich war mir nicht ganz sicher, was er uns damit erklären wollte.

»Nicht alle Kinder von Zeus können Blitze werfen. Viele haben diese Kraft, manche haben aber auch einfach nur Macht über Unwetter, die ganz ohne Blitze auskommen.« Tiffy nahm die Sonnenbrille ab und legte sie ordentlich vor sich auf den Tisch.

Wir alle nickten, aber schlauer waren wir trotzdem nicht. Wir spekulierten nur.

»Aber noch mal zurück zum Thema«, sagte Selkes.

Jemma neben mir seufzte. Offenbar waren alle außer Selkes das Raten leid.

»Stellt euch vor, das Ganze wird aufgelöst und Maél will seine Mutter besuchen. Sollte sie wieder auftauchen.«

Tiffy neben mir schluckte deutlich hörbar.

»Wie kommt er dann hoch an den Nachthimmel?«

»Er ist doch bei Hades aufgewachsen«, sagte ich. »Ich bin mir ziemlich sicher, dass Hades mit ihm automatisch die Unterweltgötter-Kräfte trainiert hat: Dunkelheit heraufbeschwören, mit Feuerbällen schmeißen und so weiter und so fort. Er wird doch sicherlich nicht spezifische Fähigkeiten der Nachtgötter mit ihm trainiert haben. Wer sagt uns also, dass Maél nicht über Kräfte verfügt, von denen er gar nichts weiß? Weil sie einfach nicht ausgebildet wurden. Weil er noch nie auf die Idee gekommen ist, dem Tempel der Nacht einen Besuch abzustatten. Vielleicht besitzt er diese Kräfte und erkennt ihre Macht, wenn er sie nutzen will. Versteht ihr, was ich meine? Manch einer weiß zum Beispiel gar nicht, dass er ein Talent für Zahlenrätsel hat, weil er am liebsten nur Belletristik liest.«

»Das leuchtet ein«, brummte Selkes.

Tiffy lächelte. »So habe ich das noch gar nicht gesehen. Aber das könnte wirklich stimmen. Wer weiß, was ich noch für coole Unterweltkräfte an mir entdecke?«

Der ganze Tisch fing an zu spekulieren, was für fürchterlich-schauerliche Kräfte Tiffy an sich entdecken würde, sollte sie der Unterwelt tatsächlich mal einen Besuch abstatten. Irgendwann drifteten meine Gedanken wieder ab, und ich wandte den Kopf hinauf zum Himmel. Der Schein der Sonne hüllte mich ein wie ein angewärmtes Badehandtuch. Ich neigte leicht den Kopf. *So schön …*

»Und dann hat er voll die krasse Bluttransfusion bekommen. Das war so krass. Wie das ganze Blut in ihn hineingelaufen ist!«

Ich drehte den Kopf zur Seite und erhaschte einen Blick auf drei Jungs aus der Neunten, die sich mit ihren Tabletts hinter mir aufgestellt hatten und darauf warteten, dass ihr Tisch frei wurde.

»Marc, verdammt, kannst du aufhören zu spoilern? Ich hinke total hinterher, seit meine Mutter die Donnerstagsabende zu ›Spielabenden mit der Familie‹ ausgerufen hat. Also halt den Rand oder das hier wird hässlich.«

Nun fiel der Dritte noch ein. »Mann, die Szene musst du dir unbedingt mehrfach angucken. Er war danach wie ausgewechselt. Ich meine, der Typ war vorher die totale Flachzange, und jetzt ist er voll der Superheld. Und dann das ganze Blut!«

Der Junge befand sich wohl im Stimmbruch, denn seine Stimmlage wechselte zwischen tief und einem kindlich hohen Gekreische. »Das war so mega krass.«

Ich wollte gerade überlegen, ob das Thema »Bluttransfusionen« unbedingt das beste Thema fürs Mittagessen war, als mir ein überwältigender Gedanke kam. Wieder sah ich hoch zum Himmel. Die Sonne schien unter meinem Blick leicht zu brodeln. *Mehr*, dachte ich. *Noch mehr, noch mehr!* Das Strahlen wurde heller. Um mich herum fingen die Leute an, die Hände über die Augen zu legen. Irgendjemand sprang auf, und es fielen die Worte »Hausmeister« und »Sonnenblenden«. In unserer hochmodernen Schule ließen sich die Sonnenblenden nur per Fernbedienung bedienen. Und über die wachte der Hausmeister.

Bluttransfusion. Das Wort hallte in meinem Kopf wider. Irgendetwas war passiert. Irgendwie fühlte ich mich wie magisch angezogen von dem Feuerball am Himmel. Irgendwie fühlte sich die Sonne plötzlich an wie ein Teil von mir. Wie ein Funken, der sich tief in mir verwurzelt hatte und nun zu einem Feuer anwuchs. *Bluttransfusion.* Ich schob die Ärmel meiner Strickjacke hoch. Die Wunden, die das Rankenarmband und das Efeu hinterlassen hatten, waren komplett verheilt. Doch seitdem fühlte ich mich verändert, und so langsam konnte ich das nicht mehr ignorieren. Vor meinem inneren Auge sah ich meine Handabdrücke im Metall von Maéls Schreibtisch. Die Hitze, die in meinen Fingern prickelte, war real. Ich dachte an die Situation mit Carly. Dachte daran, wie ich sie einfach weggeschickt hatte. Wie sie mir gehorcht hatte. Ich dachte an die vielen anderen kleinen Situationen, in denen ich mir inbrünstig etwas gewünscht hatte, und es war genau so geschehen. Aber ich glaubte nicht an Zauberei. An die Kunst, Leute mental zu beeinflussen. Gehörte das nicht in die Welt der Fantasie? Doch was in meinem Leben gehörte plötzlich nicht mehr in die Welt der Fantasie?

Wieder sah ich hoch zur Sonne. *Hör auf. Weniger, weniger, wir werden uns verraten …* Ein dickes Wolkenband schob sich vor die Sonne, und um mich herum hörte ich erleichtertes Geseufze, als alle ihre Arme sinken ließen.

»Na endlich«, brummte Jemma. »Diese tief stehende Herbstsonne ist echt kaum zum Aushalten.«

Sonne und Zauberkraft. Sonne und Zauberkraft. Ich sah starr geradeaus ins Nichts. Zwei Namen tanzten vor meinem inneren Auge. Zwei Namen, die mir schrecklich vertraut vorkamen.

Zwei Namen, die in Verbindung zu Agada standen. Der Frau, mit der ich mein Blut geteilt hatte. Was war in den Katakomben wirklich geschehen? Ich betrachtete meine Hände. *Nicht aufregen*, dachte ich, *jetzt bitte nicht aufregen.* Trotzdem fühlte ich, wie Wärme in meinem ganzen Körper explodierte. Ganz vorsichtig berührte ich die Plastiktischplatte. Sofort sank mein Finger ein Stück darin ein. Ich erschrak, und die Wärme erlosch, als hätte jemand die Flamme einer Kerze erstickt. Um mich herum unterhielten sich die anderen quer über alle Tische hinweg, weil eine der Jalousien offenbar klemmte. Sie gab mechanisch quietschende Geräusche von sich, was ausreichte, um einer gesamten Mensa voller Schüler ein Unterhaltungsprogramm zu bieten.

Hekate und Helios. Agada hatte von beiden Kräfte besessen. Hekate, die mächtige Göttin der Zauberkraft. Hekate, mit ihren Kräften, die so groß waren, dass sie sogar andere Götter täuschen konnte. Und Helios, der Sonnengott, der auf seinem feurigen Wagen über den Himmel ritt. Helios, der die Kraft der Sonne in sich trug, ihre positive Energie, ihr Feuer, ihr Strahlen. Hermes' Worte fielen mir wieder ein: *Du hast von innen heraus gestrahlt.* Die Situation mit Mrs Lewitzky lief wieder von meinem inneren Auge ab wie ein Film. *Nein, nicht ich,* hatte ich sie beschworen, als ich meine nicht angefertigten Hausaufgaben vorlesen sollte. Mrs Lewitzky war einen Moment wie erstarrt gewesen, dann hatte sie sich zu Gigi gedreht, als hätte sie meine Anwesenheit komplett vergessen. Konnte das wirklich sein? Konnte Agada mir ihre Kräfte vermacht haben? Hatte sie mir ihr schreckliches Erbe weitergegeben? Sofort fielen mir sämtliche Horrorgeschichten ein, die Maél mir zu Agadas Schicksal erzählt hatte. Ihre Angst, ihre Verzweiflung, ihre ungewollte Macht, durch die geerbten Kräfte zweier Götter an der Seite von Hades die Weltherrschaft an sich reißen zu können. Hatte ich unbewusst ihr schreckliches Erbe angetreten? Hatte ich ihre beiden Kräfte geerbt? Würde ich nun, genau wie Agada, in ewiger Angst vor Hades und seinem Nachwuchs leben müssen?

Ich sprang auf. »Leute, ich muss mal eben aufs Klo.« Während ich davonstürzte, sah ich auf mein Handy. Keine neuen Nachrichten von Hermes. Ich unterdrückte ein Schluchzen. Ich brauchte Maél. Er würde wissen, was zu tun wäre. Agada und er hatten sich so gut gekannt.

Ich musste Hermes anrufen, jetzt sofort. Da ich in den Toilettenräumen zu viele Zuhörer fürchtete, lief ich hinaus in Richtung des Sportplatzes. Dort war zwar aufgrund des schönen Herbstwetters auch viel los, aber die Gefahr, dass man mich belauschte, war wesentlich geringer. Ich verzog mich an einen Platz unweit der Ausgänge der Umkleidekabinen und hatte so einen guten Ausblick auf die Tribünen und den dahinterliegenden Sportplatz. So würde ich sehen und hören, sollte sich mir jemand nähern.

Als die Luft rein war, suchte ich Hermes' Nummer heraus. Mittlerweile besaß ich sogar zwei seiner schwer geheimen Telefonnummern. Auf beiden erreichte ich ihn nicht. *Verdammt.* Ich ließ das Handy sinken. Hermes hatte bei mir eindeutig irgendwelche seltsamen Kräfte bemerkt, was bedeutete, dass andere Götter das auch bemerken würden. Sogar Enko hatte irritiert und überrascht gewirkt, aber nicht die richtigen Schlüsse gezogen. Ich erinnerte mich an die rot verfärbte Haut an seinem Kinn und die Blasen, die sie geworfen hatte. Mir wurde klar, dass ich Enko tatsächlich einen Sonnenbrand verpasst hatte. Nur mit der Kraft meiner Hände.

Ein Schauer lief durch meinen Körper, und wieder ließ ich

mein Handy Hermes' Telefonnummern anwählen. Erfolglos. Immer sprangen nur die Mailboxen an. Doch ich wollte ihm keine Sprachnachricht schicken. Schließlich konnte ich nicht wissen, wer gerade neben ihm stand und zuhörte. Hermes war in letzter Zeit so viel auf dem Olymp unterwegs gewesen, dass ich befürchtete, er könnte die Nachricht mitten in irgendeiner Art diplomatischer Verhandlung abhören. Keine Ahnung, was dann passieren würde.

Ich ließ das Handy sinken und lehnte mich an die kühle Wand des Schulgebäudes. Götterkräfte! Ich konnte es nicht fassen. Sollte ich wirklich richtig liegen, wäre das eine absolute Ungeheuerlichkeit. Nicht nur, dass ich eine Nymphe war, war ich nun etwa unbemerkt zu einer Halbgöttin geworden? Ich sah auf meine Hände, die immer noch genauso aussahen wie vorher. Wie konnte Agada es nur zulassen, mir so ein Erbe aufzubürden? Ob sie es absichtlich getan hatte? Ich erinnerte mich an ihre geflüsterten Worte. *Vertraue auf die Schicksalsgöttinnen, so wie ich ihnen vertraue.* Agada hatte die Verantwortung für ihr Tun abgegeben. An Göttinnen, die ich weder kannte noch von deren Existenz ich bisher irgendetwas mitbekommen hatte. Vermutlich waren sie genauso verschollen wie Hekate oder hatten sich komplett von der Gemeinschaft abgewandt wie die meisten der Götter, die noch älter waren als das olympische Geschlecht. Super. Ich würde mal wieder richtig leicht an Antworten kommen.

Mit der freien Hand tastete ich die Taschen meines Rocks ab. In dem weit schwingenden Modell mit den vielen großen Falten fiel es mir gar nicht leicht, die Taschen auszumachen. Dann endlich war ich erfolgreich. Ich fand meine Honiglippenpflege. Zum Glück besaß ich unzählige Töpfchen davon, die ich in praktisch jedem Kleidungsstück mit mir herumtrug.

Ich öffnete es und hielt es mir unter die Nase wie ein Riechsalz. Tief sog ich den Honigduft in meine Nase.

Ruhig bleiben, ganz ruhig bleiben. Bisher hat niemand die richtigen Schlüsse gezogen, nicht mal du selbst. Es wird schon nicht so sein, dass im nächsten Moment Hades erscheint und dich verschleppt, um dich zu zwingen, deine Kräfte mit ihm zu bündeln und die Götter- und Menschenwelt zu bedrohen. Niemand weiß davon. Verhalte dich einfach ganz normal, so lange, bis du die Chance bekommen hast, mit Hermes zu reden. Er wird einen Rat wissen. Er ist der Götterbote, er ist das diplomatische Ass in unserer Gang. Er ist der Älteste von uns, der Weiseste, derjenige, der am ehesten einen kühlen Kopf bewahrt. Er wird sich melden, er wird zurückrufen, er wird dich nicht hängen lassen. Und bis dahin wirst du einfach so tun, als wäre nichts geschehen.

Ich holte lange und tief Luft, immer wieder, bis mein Puls sich irgendwann in einem angenehmen Bereich befand. Seufzend lehnte ich mich zurück an die Mauer. Meine Sehnsucht nach Maél war plötzlich wieder so groß, dass ich für einen kurzen Moment die Augen schloss. Wenn er doch bloß an meiner Seite wäre. Wenn ich ihn endlich wieder in den Arm nehmen könnte. Der Gedanke, dass er auf dem Olymp genauso litt wie Hermes, ließ mich erzittern. Er war verwundet, und nun hatte er niemanden mehr, der sich um ihn kümmerte. Mein Inneres krampfte sich schmerzhaft zusammen. Ich musste es einfach schaffen, dass man ihn freiließ. Ich war die Einzige, die ihm bedingungslos glaubte. Ich würde ihn niemals aufgeben. Zeus, dieser arrogante Kerl, hatte sich mehr oder weniger über uns lustig gemacht und Hermes und mich nicht wirklich ernst genommen. Vor Wut ballte ich die Hände zu Fäusten. Das Bild von Zeus tauchte vor meinem inneren Auge auf. Selbstgefällig, gelangweilt, überheblich. Ich ballte meine Fäuste noch etwas fester. Ein scharfer Schmerz durchfuhr mich, doch ich achtete nicht darauf, sondern konzentrierte mich auf meine Wut über Zeus.

Lass ihn frei. Ich dachte die Worte so inbrünstig, dass ich sie in meinem Kopf hörte wie meine eigene Stimme. Dann sah ich Zeus, wie er vor den Fernsehern saß und sich den Bauch kratzte. Ich meinte sogar, den hölzernen Rahmen einer Standleitung zu sehen, doch er war so durchsichtig, als würde er nur aus Rauch und Nebel bestehen. *Lass ihn frei, Zeus, lass ihn gehen. Entlasse ihn aus dem Gefängnis, damit ich mich um ihn kümmern kann. Gemeinsam werden wir dir schon beweisen, dass Maél niemals böse Absichten hatte. Lass ihn frei, lass ihn endlich frei …* Zeus hob den Kopf ruckartig. Er schaute in meine Richtung, doch er schien mich nicht sehen zu können. Seine Augen wirkten glasig. *»Maél …«* Er flüsterte seinen Namen. *»Ich muss …«*

Dieses Mal war der Stich so heftig, dass mir ein Schmerzenslaut entkam. Das Bild verschwand. Ich zuckte zusammen und betrachtete meine linke Handfläche. Zuerst konnte ich mir den Schmerz nicht erklären. Es hatte sich angefühlt, als hätte ich einen Stachel in der Handfläche stecken. Doch da war nichts zu sehen. Ich hob die Hand und kniff die Augen zu Schlitzen zusammen. Etwas schimmerte hell und irisierend wie Perlmutt. Es sah aus wie der Splitter einer Muschel, der unter meine Haut gedrungen war. Warum hatte ich ihn nicht bemerkt? Und wo kam er …

Ich holte scharf Luft. Die Standleitung bei Nereus. Das Telefon hatte sich in eine Muschel verwandelt. Als sie zerbrochen war, musste sich ein scharfer Splitter des Perlmutts unter meine Haut gebohrt haben. War dieser Splitter dafür verantwortlich, dass ich Zeus noch mal vor mir gesehen hatte? Nun konnte ich mitansehen, wie das Schimmern verschwand. Sekunden später war meine Haut makellos, nicht mal ein Fleck blieb zurück. Was war da gerade passiert? Hatte ich mir die Szenen vielleicht nur eingebildet, weil ich so sauer auf Zeus war? Ich starrte auf meine Hand. Wie konnte das sein?

Dann war da etwas, das Echo einer Erinnerung, und ich sah auf meine andere Hand. Zwischen Daumen und Zeigefinger der rechten Hand hatte ich immer eine kleine weiße Narbe besessen. Die Katze einer Freundin hatte mich dort mal mit einer Kralle erwischt, und die Wunde hatte sich entzündet. Meine Hand war dick angeschwollen, und ich hatte sogar Antibiotika nehmen müssen. Die Narbe hatte mich immer gestört, weil sie ein wenig auflag. Ich untersuchte meine Hand und dann zur Sicherheit noch die andere, falls mein Verstand mir einen Streich gespielt haben sollte. Die Narbe war verschwunden. Die Haut schien makellos glatt. Ich ließ beide Hände sinken. Die Narbe war verschwunden, genau wie bei Maél alle Wunden, die er sich im täglichen Leben zuzog, innerhalb weniger Tage komplett verheilt waren. Übernatürlich schnell, göttlich schnell. Ich tastete nach der Stelle, an der mir mal ein Ohrring ausgerissen war beim Sport. Ich hatte die kleine harte Stelle am Ohrläppchen immer noch unter der Haut spüren können. Doch auch hier war nichts mehr zu ertasten als zarte weiche Haut.

Ich war schon wieder versucht, nach meiner Lippenpflege zu suchen. Alle meine Narben waren verschwunden. Wieso war mir das nicht eher aufgefallen? Aber wenn meine Narben verschwanden, bedeutete das dann etwa …? Der Gedanke war so abstrus, dass sogar dieser seltsame Zwischenfall mit dem Muschelsplitter in den Hintergrund rückte. Die Seelen von Halbgöttern waren unsterblich. Deshalb heilten ihre Körper schneller und effizienter und behielten keine Narben zurück.

Mir wurde heiß und kalt zugleich. War ich nun etwa auch unsterblich und würde immer wiedergeboren werden?

»Hier bist du!« Jemma kam auf mich zugelaufen. »Du hast die Zeit vergessen, Mäuschen. Politik geht jetzt los.« Sie hatte meinen Rucksack dabei. »Ist alles okay?«

Ich brauchte einen Moment, um zu reagieren. Das war gerade etwas zu viel auf einmal.

»Alles okay?«

»Ja.« Ich nickte fahrig.

»Wirklich?«

»Ich erreiche Hermes nicht, muss aber unbedingt mit ihm sprechen.«

Jemma hielt mir meinen Rucksack hin. »Ist etwas mit Maél?«

Ich schüttelte den Kopf. »Nein, mit mir.«

Ich fing Jemmas forschenden Blick auf. Ihr konnte ich vertrauen. Sie würde mich nicht verraten. Und ganz gewiss hatte sie kein Interesse an irgendwelchem Machtgerangel der Götter. Ich schluckte einmal, dann sah ich ihr fest in die Augen.

»Ich glaube, Agada hat mich zu einer Halbgöttin gemacht. Und ich glaube, ich benutze meine Kräfte schon intuitiv.«

Einen Moment lang erwiderte Jemma überhaupt gar nichts. Ich sah, wie ihr Verstand arbeitete. »Aber sie hat dich nicht zu der Halbgöttin gemacht, die der ganze Hades-Clan in die Finger bekommen wollte, um mit ihrer Hilfe die Welt zu kapern?«

»Doch, das hat sie.«

Jemma sah sich um, als rechnete sie jeden Moment mit einem Angriff. »Das darf doch wohl nicht wahr sein«, flüsterte sie. »Los, komm rein ins Gebäude. Herrgott, warum ist Hermes nie zu erreichen, wenn man ihn braucht? Wir machen jetzt einfach alles genau wie zuvor. Hier in der Schule, im Unterricht bist du sicher. Was soll schon groß passieren? Wir gehen jetzt zu Politik und tun so, als wenn alles ganz normal wäre. Weiß es irgendjemand?«

Wir liefen los.

»Ich glaube nicht. Ich habe es ja selber gerade erst kapiert. Ich meine, Enko hat irgendetwas gemerkt, er hat so ein paar komische Bemerkungen gemacht. Aber ich bin mir sicher, er weiß es nicht. Nicht wirklich. Hermes hat konkreter nachgefragt, vermutlich weil er älter und erfahrener ist. Deshalb wollte ich jetzt auch mit ihm sprechen. Bevor ich hier Panik verbreite, verstehst du?«

»Das ist sicherlich eine gute Idee, aber trotzdem solltest du versuchen, alles so normal wie möglich weiterlaufen zu lassen. Vielleicht sind es auch nur noch Nachwirkungen.«

»Wir haben unser Blut geteilt«, sagte ich. »Ich habe immer angenommen, sie hätte sich für mich geopfert, weil sie doch irgendwie sterben wollte. Sie hat die Chance ergriffen, sich selbst zu erlösen und gleichzeitig noch etwas Gutes zu tun, indem sie mich wiederbelebt. Das dachte ich, doch jetzt bin ich echt skeptisch.«

Wir liefen durch den langen Gang und die Treppe hinauf in den ersten Stock.

»Ich habe keine Veränderung an dir bemerkt«, sagte Jemma. »Und da es auf dieser Schule zum Glück nur eine andere Halbgöttin gibt …«

»Ach ja, Tiffy … richtig. Tiffy hat ebenfalls etwas bemerkt, aber auch sie konnte es nicht genau benennen.«

Jemma blieb abrupt stehen. »Tiffy ist eine Tochter von Hades«, sagte sie tonlos.

Ich sah sie an. »Stimmt, Tiffy hätte dadurch die Macht,

mich für ihre Zwecke zu benutzen. Aber sie ist auf unserer Seite. Sie wird mir nichts tun.«

Nein, das wollte ich nicht glauben.

»Und wenn es ist wie mit Vampiren? Sie sind die ehrenwertesten und nettesten Freunde, und dann sehen sie plötzlich einen blutenden Finger und ticken total aus. Weißt du, was ich meine? Was, wenn sie die Gelegenheit erkennt und einfach ihre menschliche Seite komplett vergisst?«

»Tiffy ist nicht als Hadestochter erzogen worden. Sie weiß vermutlich nicht mal von der Macht dieser Konstellation. Nein, ich glaube nicht, dass Tiffy mir so etwas antun würde, selbst wenn sie davon wüsste.«

»Und was ist, wenn ihr skrupelloser Daddy sagt, dass er sie nicht umbringt, wenn sie sich dich schnappt und ihm zuliebe die Welt in Schutt und Asche legt? Quasi als Feuerprobe zur ordentlichen Hadestochter?«

Ich schüttelte immer noch energisch den Kopf. »Nein, hör auf damit. Du machst mir ja noch mehr Angst, als ich sowieso schon habe.«

»Sorry. Diese Neuigkeit hat mich irgendwie umgehauen.« Jemma legte einen Arm um mich, aber eigentlich mehr, um mich weiterzuziehen, denn es hatte schon zum zweiten Mal geklingelt. Wir mussten dringend zusehen, dass wir in unseren Politik-Kursraum kamen.

»Belassen wir es dabei«, meinte Jemma. »Du verhältst dich genauso normal wie vorher und wartest darauf, dass Hermes sich zurückmeldet. Er geht vermutlich davon aus, dass wir zu dieser Tageszeit im Unterricht sitzen. Wir sagen Tiffy erst mal gar nichts, heute haben wir sowieso keinen Unterricht mehr mit ihr. Nur Gigi ist noch bei uns im Kurs. Sie weihen wir ein, während du versuchst, möglichst ruhig und unauffällig zu bleiben. Tiffy bleibt außen vor. Es tut mir leid für sie, aber ich würde es als reine Vorsichtsmaßnahme betrachten.«

»Okay.«

Jemma reagierte immer so rational und vom Verstand gelenkt, dass ich mich in diesem Moment einfach auf sie verließ. Ich war viel zu durcheinander, um meinen eigenen Entscheidungen in diesem Moment zu trauen.

Wir betraten den Kursraum, und Mr Hallmark warf mir einen bösen Blick zu, als er mein Handy sah. Mr Hallmark war ein erklärter Handygegner. Ein kurzer Blick aufs Display in seinem Unterricht und man riskierte einen Verweis und langes Nachsitzen. Schnell steckte ich das Telefon in die vordere Tasche meines Rucksacks und zog den Reißverschluss energisch zu. Mr Hallmark nickte wohlwollend, während ich auf meinen Platz glitt. Dann schloss ein anderer Schüler die Tür, und die Stunde ging los.

Die Gedanken in meinem Kopf drehten sich um alles, nur nicht um Politik. Wie sollte ich es bloß aushalten, eine Stunde lang nicht auf mein Handy zu sehen?

*

Jemma hatte es irgendwie geschafft, Gigi noch während der Unterrichtsstunde per Zettelchen auf den neuesten Stand der Dinge zu bringen. Sie hatte immer wieder völlig perplex an Jemma vorbei zu mir gesehen. Ich hatte jedes Mal nur hilflos die Schultern gezuckt. Mr Hallmark ermahnte Gigi, als er sie dabei erwischte, wie sie wild zu mir herüber gestikulierte. Daraufhin beschränkten wir uns auf eindeutige Blicke, denn Mr Hallmark war nicht nur ein Handygegner, sondern auch ein Choleriker. Eine Standpauke von ihm wollte sich niemand anhören müssen. Außerdem wurde in dieser Schule wegen jeder Kleinigkeit bei den Eltern angerufen. Und da meine Eltern immer noch an dem altmodischen Erziehungsmodell mit Namen »Hausarrest« festhielten, wollte ich einen Verweis nicht riskieren. Immerhin hatte die Schule schon mal bei mir zu Hause angerufen. In meiner vorherigen schulischen Laufbahn war ich nie mit Lehrern aneinandergeraten, geschweige denn, dass sich irgendjemand bei meinen Eltern über mich beschwert hätte, und ich wollte kein zweites Mal unangenehm auffallen. Meine Eltern würden die Welt nicht mehr verstehen und mich sicherheitshalber überhaupt nicht mehr aus dem Haus lassen. Jacques würde mich wieder zur Schule kutschieren und abholen wie ein Baby. Es hatte mich ziemlich viel Mühe gekostet, meine Eltern zu überzeugen, dass ich in Paris gefahrlos mit der U-Bahn zur Schule fahren konnte, ohne dass ich verloren ging.

Es hatte bereits geklingelt, doch Mr Hallmark überzog gerne. Er dozierte stoisch weiter und beobachtete die Klasse mit Argusaugen, nur um jemanden dabei zu ertappen, dass er ihm nicht einhundert Prozent seiner Aufmerksamkeit schenkte. An der Internationalen Schule waren die Klassen so klein, dass man das als Lehrer mühelos hinbekam. Endlich klappte er sein Buch zu. »Wir sehen uns nächste Woche.«

Damit waren wir entlassen. Und fast zu knapp dran, um noch die Etage zu wechseln. Zu knapp, um pünktlich zur letzten Doppelstunde des Tages beim schönen Henry zu sitzen, unserem modelmäßigen Biologielehrer Mr Rogers.

Erst auf dem Gang kam ich dazu, die Fronttasche zu öffnen und mein Handy hervorzukramen. Gigi neben mir plapperte atemlos über die unglaublichen Neuigkeiten zum Thema »Halbgöttin«, doch mein Blick blieb wie paralysiert am Display meines Handys hängen. Fünf verpasste Anrufe von einer unbekannten Nummer. In diesem Moment klingelte das Handy erneut.

»Hallo?«

Keine Antwort. Ich presste das Handy noch näher ans Ohr. Das Gemurmel und Gelächter meiner Mitschüler im Gang kam mir unendlich laut vor.

»Livia«, war alles, was er sagte. Seine Stimme klang heiser, rau und viel zu weit entfernt. Doch ich erkannte sie sofort. Dann brach ich in Tränen aus. Ich presste meine freie Hand vor den Mund, meine Schultern bebten. Sofort waren Gigi und Jemma neben mir.

»Es geht mir gut«, sagte Maél. »Es geht mir gut.«

Ich konnte immer noch nicht sprechen, stattdessen schluchzte ich in meine geballte Faust.

»Ich habe mir gerade dieses Handy gekauft und bin auf dem Weg zu deiner Schule.«

Ungläubig ließ ich die Faust sinken. »Ich komme dir entgegen. Jetzt sofort.«

»Ich komme aus Richtung der Station ›Bonne Nouvelle‹. Bis gleich.« Er legte auf.

Ich stand wie gelähmt da. Mein Herz dröhnte dumpf in meinen Ohren. *Bitte lass das hier kein Traum sein.*

»Was ist denn los?« Gigi schüttelte mich leicht. »Was ist passiert?«

Ich erzählte es ihnen.

»Du solltest dich vorsehen«, gab Jemma zu bedenken. »Was, wenn es eine Falle ist? Was, wenn sie ihn gezwungen haben, das zu sagen? Wenn er es gar nicht ist? Was, wenn doch jemand mitbekommen hat, dass du jetzt diese besondere Halbgöttin geworden bist?«

»Das glaube ich nicht.«

Ich hatte keine Angst, und meine Sehnsucht nach Maél war sowieso größer als alles andere. Für ihn würde ich mich in jede Gefahr stürzen.

Gigi und Jemma wirkten immer noch nicht überzeugt. Jemma sah mich eindringlich an. »Es ist echt toll, dass er frei ist. Aber wenn er zur Schule kommt, könntest du doch auch in deinen letzten Unterricht gehen. Du darfst nicht einfach fehlen. Oder melde dich wenigstens im Sekretariat ab. Sag, dir ist schlecht geworden oder was weiß ich.«

Ich schüttelte den Kopf. »Ich muss jetzt gehen, ich muss ihn sehen, sofort.«

Die beiden schienen zu begreifen, dass mit mir nicht mehr zu verhandeln war. Gigis Blick war deutlich resigniert.

»Gut, dann können wir dir ab diesem Punkt nicht mehr helfen.«

»Es ist lieb, dass ihr euch Sorgen macht, aber ich glaube nicht an eine Falle. Ich muss ihn sehen. Jetzt sofort.«

Sie gaben den Weg frei. »Halt uns auf dem Laufenden …«, rief Gigi hinter mir her, »und bitte pass auf!«

Ich drehte mich noch einmal um. »Das mache ich.« Dann stürmte ich die Treppe hinunter Richtung Ausgang. Ich machte keinen Halt an meinem Spind, was bedeutete, dass haufenweise schwere Schulbücher an meinen Schultern hingen. Doch ich merkte nichts davon. Ich lief die Straße hinunter in Richtung der Metrostation, von der Maél erzählt hatte.

Wieder gab mein Handy einen Ton von sich. Eine neue Nachricht von Hermes: *Maél ist überraschend auf Kaution freigekommen. Der Prozesstermin steht jedoch weiterhin.*

Ich antwortete nicht, sondern steckte das Handy schnell weg, um meine Schritte wieder zu beschleunigen. Es war früher Nachmittag, und auf den Straßen war es nicht sonderlich voll. Die meisten Schüler waren noch in der Schule, die meisten Angestellten saßen noch brav hinter ihren Schreibtischen in ihren Büros. Ich sah ein paar Mütter mit ihren Kinderwagen und ein paar Rentner, die auf Bänken in der Sonne saßen. Meine Gedanken rasten. Sollte ich wirklich Zeus mental beeinflusst haben? War der Splitter in meiner Hand unsere Rettung gewesen? Nur durch ihn hatte ich Blickkontakt zu Zeus herstellen und ihn beeinflussen können. Was für eine glückliche Fügung des Schicksals. Was für …

Und dann sah ich ihn.

Alle Furcht, alle Anspannung schien wie ein Knoten zu platzen. Meine Gedanken an meine neuen Kräfte verstummten schlagartig, meine Angst vor Zeus und den möglichen Konsequenzen rückte in den Hintergrund.

Er war es wirklich. Er war allein, es war keine Falle.

Auch Maél hatte mich entdeckt und kam mit schnellen Schritten auf mich zu.

Dann begann er zu rennen.

Kapitel 9

Maél

Bei allen Göttern, er hatte eindeutig abgenommen. Seine Wangenknochen schienen noch stärker hervorzutreten, und schon von Weitem sah ich die Blutergüsse auf seinen Armen. Eine Schnittwunde zog sich quer über sein Schlüsselbein. Evangéline schien seine Anwesenheit zu spüren, denn sie wurde unruhig unter meiner Strickjacke.

»Ganz ruhig«, flüsterte ich. »Evangéline, du kannst jetzt nicht rauskommen, bitte bleib, wo du bist.« Sie beruhigte sich wieder etwas, zog die Beinchen an und verschmolz mit der Kuhle meines linken Schlüsselbeins.

Dann endlich standen wir voreinander. »Livia.« Wieder sagte er einfach nur meinen Namen, und wieder stiegen Tränen in meinen Augen auf. Er sah schlecht aus. Man hatte ihm ordentlich zugesetzt. Ich sah verheilte Narben, Quetschungen, Prellungen und die Überreste eines blauen Auges. Bevor ich wieder anfangen konnte zu weinen, zog er mich in seine Arme. Er hielt mich ganz fest und presste seine Wange an meine Schläfe. Evangéline rührte sich nicht, und dank ihres ungewöhnlichen Lieblingsplatzes war ihre Sicherheit nicht gefährdet. Sie schmiegte sich so perfekt in die Kuhle, dass Umarmungen kein Problem für uns waren.

Sanft wiegte Maél mich hin und her. »Endlich.« Seine

Stimme war nur ein leises Flüstern. »Endlich weiß ich, dass du lebst. Dass es dir gut geht.« Er hielt mich fest, und ich weinte sein T-Shirt voll. »Endlich habe ich dich wieder.« Er streichelte beruhigend meinen Hinterkopf und murmelte leise Worte. Als ich meine Arme enger um ihn schlang, ächzte er leise auf.

»Es tut mir leid!«, flüsterte ich.

»Das muss es nicht. Wenn dir ein göttlicher Foltermeister die Rippen bricht, dauert die Heilung einfach länger.« Er holte Luft, und ich spürte, dass selbst das ihm Schmerzen bereitete.

»Was haben sie mit dir gemacht?« Ich schob ihn ein Stückchen von mir weg, um ihm ins Gesicht zu sehen. »Warum haben sie dir das alles angetan?«

»Sie haben mich für einen Schwerverbrecher gehalten, Livia … und das macht man nun mal mit Leuten, die die göttliche Welt ins Chaos stürzen wollen. Hinzu kommt, dass ich mit Orkus, dem Foltermeister, noch eine kleine Rechnung offen hatte. Er hat extra angeboten, seinen geliebten Tartaros zu verlassen, um diese Aufgabe auf dem Olymp zu übernehmen. Er hatte einfach viel zu viel Spaß daran, mir wehzutun.«

»Und da gibt es niemanden, der einschreitet?«

Maél nahm meine beiden Hände und streichelte sie zart. »Ich weiß, dass Hermes sich sehr für mich eingesetzt hat. Er hat dafür gesorgt, dass sich regelmäßig jemand um meine Wunden gekümmert hat. Ich habe sogar Medikamente bekommen, damit mein menschlicher Körper nicht stirbt. Sie waren in meinen Nahrungsrationen versteckt. Offenbar hat Hermes Informanten, die für ihn arbeiten. Ohne ihn wäre ich vermutlich an einer Blutvergiftung gestorben.«

»Wie schrecklich«, stieß ich hervor.

Wieder zog er mich an sich. »Aber jetzt bin ich hier. Hermes hat es wohl dank seines diplomatischen Geschicks geschafft, dass man mich bis zum Prozess auf freien Fuß setzt. Ich nehme an, er bürgt für mich und hat versprochen, dafür zu sorgen, dass ich auch wirklich vor dem olympischen Gericht erscheine.« Er schüttelte verärgert den Kopf. »Als ob man davor fliehen könnte.«

Noch wollte ich ihm nicht von meiner Vermutung erzählen. Und da der Götterbote ganz sicher alles gegeben und kein Risiko gescheut hatte, beließ ich es bei einem Kopfnicken. »Hermes schrieb, du wärst auf Kaution frei.«

»Ja, ich vermute, er hat irgendetwas für meine Freilassung eingetauscht. Ich habe aber keine Ahnung, was.«

Er drückte mich vorsichtig an sich, und ich atmete den Geruch seiner Haut ein. Seine Kleidung sah zwar mitgenommen aus, aber immerhin hatte man ihm wohl erlaubt, sich zu säubern, bevor man ihn aus den Kerkern entließ. Er roch schwach nach einer holzigen Seife. Als ich in seine Augen sah, erkannte ich die Erschöpfung darin.

»Es geht dir schlecht. Du musst dich ausruhen. Wie lange bist du schon wieder hier?«

Maél sah ausweichend zur Seite. »Ich bin in einem der äußeren Arrondissements auf einem Parkplatz zu mir gekommen. Die Söhne von Hades sind nicht beliebt auf dem Olymp. Wir dürfen keine Kenntnis haben von den offiziellen Zu- und Ausgängen. Sie haben mir wie einem Verbrecher einen Kartoffelsack über den Kopf gestülpt und mich irgendwo auf einer Wiese neben einem Parkplatz ins Gebüsch geschmissen. Zum Glück steckte mein Portemonnaie noch in meiner Hose.«

»Warum bist du nicht zuerst in deine Wohnung gegangen?«

»Erst musste ich mich überzeugen, dass du noch lebst. Orkus hat mir erzählt, du seist in den Katakomben gestorben. Es war Teil seines Plans mich zu foltern, glaube ich. Es hat ihm wohl nicht gereicht, mir nur körperliche Schmerzen zuzufügen. Die Erinnyen aber haben mir heimlich berichtet, was wirklich in den Katakomben geschehen ist, nachdem ich ohnmächtig war, und dass du überlebt hast.« Er straffte die Schultern, obwohl er wieder Schmerzen zu haben schien. »Ich war mir zwar nicht sicher, wem ich glauben sollte, aber ich habe mich trotzdem an das Gefühl geklammert, dass ich dich nicht endgültig verloren hatte.« Seine Stimme wurde leise. »So wie ich Agada wieder verloren habe. Es bricht mir das Herz, dass all meine Bemühungen sie nicht retten konnten. Ich bin dankbar für die wenigen Sätze, die wir noch wechseln konnten, aber ihr Verlust schmerzt. Bei dir jedoch ...« Er sah mich eindringlich an. »Bei dir hatte ich das sichere Gefühl, dass unsere Verbindung nicht für immer getrennt wurde. Deshalb bin ich von diesem Parkplatz zur nächsten Metrostation gelaufen und habe mir in der Innenstadt ein Handy zugelegt. Dann habe ich dich angerufen und mich auf den Weg zur Internationalen Schule gemacht. Alles andere war unwichtig. Ich musste dich sehen, musste wissen, dass es dir gut geht, musste dich in den Arm nehmen.« Wieder zog er mich an sich. »Wenn du bei mir bist, tut alles nicht so weh.«

Ich hätte ihn gerne noch mal gedrückt, doch das traute ich mich nicht. Also lehnte ich nur meinen Kopf an seine Schulter und schloss die Augen.

»Ich kann es noch gar nicht glauben. Es gibt so viel zu bereden, so viele Neuigkeiten, und gleichzeitig musst du dich doch ausruhen, du musst wieder zu Kräften kommen, deine Wunden müssen heilen ...«

Maél streichelte wieder über meinen Kopf. »Das mit dem Ausruhen ist nicht so wichtig.«

»Doch, ist es.« Ich legte eine Hand an seine Wange und

streichelte darüber. Dunkle Bartstoppeln kratzten leicht über meine Haut. Maél lächelte, dann wurde sein Blick herausfordernd. »Habe ich jetzt dafür gesorgt, dass du deinen Unterricht schwänzt?«

»Ich wäre böse gewesen, wenn du erst das Unterrichtsende abgewartet hättest, um mich anzurufen.«

Er lächelte. »Rebellische kleine Nymphe.« In seinen grauen Augen tanzten wieder dunkelblaue Schlieren. Jetzt, da ich wusste, wer er war, fragte ich mich, wie ich mich jemals hatte überzeugen lassen können, dass dies die Augen eines Hadessohnes waren. In Maéls Augen lebte der Nachthimmel in all seiner düsteren farbenprächtigen Herrlichkeit.

»Du hast mir so gefehlt.«

»Du mir auch.« Seine Augen schimmerten plötzlich feucht. »Ich will mit dir allein sein. Ich will dich ganz für mich haben. Ich will dich ansehen, dir zuhören, dir einfach nah sein.« Er strich kurz über meine Wange, dann sah er plötzlich zerknirscht aus. »Ich werde in meine eigene Wohnung einbrechen müssen. Mein Portemonnaie hat die ganzen mythologischen Reisen irgendwie überlebt, aber mein Schlüsselbund ist verloren gegangen. Oder hast du meine Schlüssel zufällig dabei?«

»Ja, ich habe sie.« Ich kramte nach meinem Schlüsselbund. »Hier sind sie.«

»Perfekt.«

»Fahren wir in deine Wohnung«, drängte ich, als mir auffiel, dass wir immer noch mitten auf dem Gehweg standen und Passanten uns interessiert betrachteten, wie wir beide mit tränenfeuchten Augen voreinanderstanden. Maél nahm meine Hand, und da fühlte ich es. Zum ersten Mal seit unserem Wiedersehen. Dieses Prickeln, diese Schmetterlinge im Bauch, wenn er mich berührte. Gerade noch hatten die Überraschung und die Angst regiert. Jetzt endlich war es wieder da, dieses Gefühl, das ich bisher nur mit ihm erlebt hatte.

Er strich mit dem Daumen über meinen Handrücken, so wie er es immer tat, wenn er sie hielt. »Mit der Metro sind wir in fünfzehn Minuten bei mir.«

»Gut. Da kannst du dich etwas ausruhen.«

Er lachte leise. »Während du mich bitte auf den neuesten Stand bringst, was diese ganzen Neuigkeiten angeht. Ich glaube, ich habe mir nur die Hälfte richtig zusammengereimt. Zwischendrin war ich immer wieder im Delirium, weil Orkus mich fast totgeprügelt hat.«

Wieder bekam ich eine Gänsehaut, und ich verstand nicht wirklich, was es daran zu lachen gab.

»Dieser fiese alte Troll«, fügte Maél noch hinzu. »Wie kann man nur dermaßen nachtragend sein?«

»Über diese ganzen Neuigkeiten wirst du dich nur aufregen.«

»Ich kann auch beides gleichzeitig. Mich ausruhen und mich aufregen.«

Ich lachte. »Wie bitte soll das funktionieren? Das hört sich nicht gesund an.«

»Ich könnte mich aufs Bett legen und mich gleichzeitig fürchterlich über irgendetwas aufregen. Ich bin mir sicher, das funktioniert.« Er grinste gewinnend und war wieder ganz der Alte. Was hatten mir unsere kleinen Wortspiele gefehlt!

»Nein, das funktioniert nicht. Du wirst dich erst mal nur ausruhen, und ich werde nach deinen Verletzungen sehen.«

»Natürlich funktioniert das … Probieren wir es aus.«

Wir argumentierten die ganze Fahrt bis zum äußersten Arrondissement über diese Grundsatzfrage. Er gab keinen Zentimeter nach, ich ebenfalls nicht. In der Metro saßen wir eng aneinandergeschmiegt, und mein Herz nahm wieder gefährlich Fahrt auf. Er hatte einen Arm über die Rückenlehne um mich gelegt, und ich kuschelte mich noch näher an ihn. Er hatte darauf bestanden, meinen schweren Rucksack zu tragen. In der Metro hatte er ihn zwischen seine langen Beine gestellt und streichelte mit der freien Hand meine Finger. Die Fahrt ging viel zu schnell vorbei, obwohl sie mir sonst eher lang vorgekommen war.

Kaum hatten wir sein Appartement betreten, verordnete ich ihm strikte Bettruhe. Er maulte zwar, doch er gab nach. Als er sein Shirt auszog, holte ich erschrocken Luft. Nun war nicht mehr zu übersehen, dass er gefoltert worden war. Er war nicht nur einfach verprügelt worden oder man hatte ihm mutwillig Wunden zugefügt. Man sah, dass sich jemand sehr viel Mühe gegeben hatte, Maéls menschlichem Körper Verletzungen zuzufügen, die ihm große Schmerzen bereiteten, ihn jedoch nicht sterben lassen würden. Ich konnte sogar die gebrochenen Rippen unter seiner Haut erkennen.

»Du musst in ein Krankenhaus«, sagte ich, und mir war ganz kalt. »Das wird nicht von alleine richtig verheilen, und hast du schon mal was von ›inneren Blutungen‹ gehört?«

Maél winkte ab. »Kein Krankenhaus. Halbgötter haben seltsame Vitalwerte, die bei Ärzten für nervöses Augenzucken sorgen. Ich habe keine Lust, dass sie mich in irgendein Labor stecken und als medizinisches Phänomen feiern. Halbgötter gehen nicht zum Arzt oder ins Krankenhaus. Wir heilen oder wir sterben. Menschliche Medikamente helfen uns, zum Beispiel Antibiotika, aber wir können nicht zu einem menschlichen Arzt gehen und uns welche verschreiben lassen. Weiß der Himmel, wie Hermes meine Medikamente beschafft hat …« Er öffnete den ersten Hosenknopf, hielt dann aber inne, als überlegte er, ob er sich wirklich hier direkt vor mir ausziehen sollte. Schließlich beugte er sich zu seinem Bett und zog eine Schlafhose unter seinem Kissen hervor. Er hielt sie hoch und deutete aufs Bad. »Bin gleich wieder da.«

Ich hörte ihn durch die Tür ächzen, als er sich umzog. Die Hose saß tief auf seinen Hüften, und zu jedem anderen Zeitpunkt wäre ich nervös geworden. Nervös auf eine angenehme Art und Weise. Betört von seinem guten Aussehen, den schön definierten Muskeln und seinem eleganten Gang. Doch Maél hatte stark abgenommen, und sein Körperfettanteil schien auf einen ungesund geringen Prozentsatz gesunken. Die sehnigen Muskelstränge traten nun noch deutlicher hervor, und er sah aus wie jemand, der die Sorte Marathon lief, bei der über zwei Drittel der Teilnehmer noch vor dem Ziel aufgaben. Die Haut spannte über seinen breiten Schulterknochen, und die Spitzen seiner Hüftknochen waren blau verfärbt, als hätte ihm jemand direkt davorgeschlagen.

»Leg dich endlich hin«, sagte ich, bevor mir noch schlecht wurde.

»Ich komme mir vor wie ein Invalide.«

Ich wieselte an ihm vorbei und schlug die Decke zurück. »Hinlegen«, sagte ich und bemühte mich um einen einigermaßen strengen Tonfall.

Er ließ sich aufs Bett fallen, kramte ein Shirt unterm Kopfkissen hervor und seufzte. Er zog es an, klopfte dann das Kissen zurecht und legte sich hin.

»Möchtest du etwas trinken? Oder soll ich mal nachsehen, was deine Vorräte noch so hergeben?«

»Setz dich einen Moment zu mir, und dann darfst du in meiner Wohnung anstellen, was du willst.« Er klopfte neben sich auf die Decke. »Ich bin ein Invalide, hilflos und willenlos.«

Er schaffte es irgendwie, wölfisch zu grinsen. Trotz des blauen Auges und der vielen Schrammen.

Ich wandte den Blick entschlossen ab. »Ich werde die Gardinen ein Stückchen vorziehen, dann hast du es nicht ganz so hell.«

Er lächelte matt. »Es ist sowieso hell, Livia, denn du strahlst wie die Sonne persönlich.«

Als ich mich prompt versteifte, veränderte sich auch sein Blick. »Moment mal.« Er richtete sich auf, und obwohl es ihm Schmerzen zu bereiten schien, beugte er sich zu mir herüber. »Bei allen Göttern, warum ist mir das nicht gerade schon aufgefallen? Ich habe da etwas gespürt, aber jetzt sehe ich es.« Seine grauen Augen weiteten sich immer mehr.

»Agada«, sagte er schließlich tonlos.

Ich nickte. »Du bist der Erste, der es durchschaut.«

Er schluckte schwer. »Bei allen Göttern, sie hat dir …?« Er beendete den Satz nicht.

Wieder nickte ich. »So wie es aussieht, habe ich Kräfte von sowohl Hekate als auch Helios geerbt. Ich kann Menschen mental beeinflussen, so wie Hekate es konnte. Und ich habe manchmal die Kraft, meine Hände ganz heiß werden zu lassen, und sorge dann für sonnenbrandähnliche Verbrennungen oder bringe Metall zum Schmelzen. Außerdem scheine ich die Strahlkraft der Sonne beeinflussen zu können. All diese Kräfte können nur von Agada an mich weitergegeben worden sein.«

»Aber warum? Sie hat aus diesem Grund beschlossen zu sterben, und dann hat sie dieses schreckliche Erbe an eine andere weitergereicht?«

»Ich will es ebenso wenig glauben wie du. Niemals hätte ich gedacht, dass Agada mir so etwas antun würde. Ich war mir sicher, dass sie gestorben ist, um diesem schrecklichen Kreislauf ein Ende zu bereiten.«

»Wer weiß davon?«, stieß Maél hervor. Er klang besorgt und ängstlich. »Wer weiß davon, Livia? Wer? Was ist zum Beispiel mit Enko?«

»Ich habe keinen Kontakt zu Enko. Wir haben uns gestritten. Es ist nicht gut ausgegangen.«

Maél schnaubte. »Das war so klar. Wenn ich den in die Finger kriege …«

»Enko ist unser kleinstes Problem. Was, wenn ich wirklich eine Halbgöttin geworden bin? Eine Halbgöttin mit all den Attributen, die mich interessant machen für Hades und die Hadessöhne?«

Maél sah mich einen Moment lang komisch an. »Wenn du es so ausdrückst, könnte man meinen, es säße nicht gerade genau so ein Hadessohn neben dir.« Dann fuhr er sich mit allen zehn Fingern durch die Haare. »Der Olymp wird ausrasten, wenn sie es rausbekommen. Sie werden dich einsperren, und sie werden mich einsperren. Bei allen Feuern der Unterwelt, jetzt beginnt die Geschichte von vorn.« Maél lachte freudlos auf. »Also. Wer weiß noch davon, Livia? Du strahlst so hell, sie müssen alle blind sein, dass sie das übersehen haben.«

Ich war froh, dass er das Thema Hadessöhne irgendwie noch umschifft hatte. Dass er nicht weiter darauf eingegangen war, dass ich ihn automatisch aus dem Kreis der Hadessöhne ausgeschlossen hatte. Diesen Schock wollte ich ihm vorerst ersparen. Er musste sich dringend ausschlafen, bevor er erfuhr, dass sein ganzes Leben auf einer Lüge aufgebaut war.

»Niemand. Ich wollte es Hermes sagen, ihn anrufen, aber ich habe ihn nicht erreicht. Kurz danach bist du freigekommen und hast mich angerufen.«

»Hermes kann man trauen. Wir sollten zuerst mit ihm reden. Er kann auch beurteilen, ob du wirklich eine Halbgöttin geworden bist. Eigentlich ist es nicht möglich, Kräfte über das Blut weiterzugeben. Ich habe noch nie davon gehört. Kräfte werden vererbt. Vielleicht hast du nur Attribute von ihr bekommen, verstehst du? Einen kleinen Anteil, ein Echo von Macht, bedingt dadurch, dass ihr euer Blut geteilt habt. Vielleicht bist du gar nicht in Gefahr, und alles nimmt doch noch eine gute Wendung.«

»Daran möchte ich im Moment glauben. Ich kann mir nicht vorstellen, dass Agada mir so ein schreckliches Erbe aufgebürdet hätte.«

Langsam ließ er sich zurück in die Kissen sinken. »Bei allen Göttern«, murmelte er vor sich hin. »Die Schicksalsgöttinnen sind grausam, aber so grausam können sie doch nicht sein. Ich habe dreitausend Jahre gebraucht, um Agada aufzuspüren, und sie hat sich geopfert, um die Gefahr zu bannen. Niemand, nicht mal die Schicksalsgöttinnen, kann so erbarmungslos sein und das Spiel wieder von vorn beginnen lassen. Das kann ich nicht glauben.«

Ich wusste zu wenig über die Schicksalsgöttinnen, um ihm zu widersprechen. Die Götter konnten grausam sein. Und ich hatte nun schon von mehreren Seiten gehört, dass insbesondere die alten Götter, die, die noch älter waren als das olympische Geschlecht rund um ihren Herrscher Zeus, besonders grausam waren. Die Moiren, die Schicksalsgöttinnen, waren so alt wie die Zeit. So alt wie die Erde und das Universum, und somit zählten sie zu den mächtigsten und ältesten Göttern, die noch existierten. Ich stellte sie mir als riesengroße, kreischende Furien vor, die alles und jeden hassten und nur zum Amüsement und aus ihrer ewigen Langeweile heraus mit den Schicksalen von Menschen und Göttern spielten.

Aus Angst, er könnte zufällig wieder auf das Thema »Hadessohn« kommen, stand ich abrupt vom Bett auf. Maél sah etwas überrascht zu mir hoch.

»Hast du in dieser Wohnung irgendetwas, womit ich dir einen Tee machen kann?«

Maél zog die Augenbrauen zusammen und tat so, als würde er überlegen. »Tee? Tee … Da war doch was. Es klingt so gesund.«

Ich verdrehte die Augen und musste ein Lächeln unterdrücken. »Streng deine grauen Zellen an.«

»Richtig«, sagte er. »Jetzt fällt es mir wieder ein. Hermes hat mal so einen biologisch wertvollen Kräutertee mitgebracht, weil er keine Lust mehr auf meine Energy Drinks hatte. Der müsste noch irgendwo herumschwirren. Guck mal in einem der Oberschränke nach. Töpfe findest du in dem Unterschrank links neben der Spülmaschine. Kann aber sein, dass du noch die Etiketten abmachen musst. Ich habe die gesamte Küchenausstattung in einem Möbelhaus bestellt, und bis auf Messer und Gabeln und ein paar Gläser habe ich nie irgendetwas benutzt.«

Ich begab mich auf die Suche und wurde tatsächlich fündig. Als das Wasser zu kochen begann, hörte ich das Rascheln von Decken. Schon stand Maél hinter mir. Er beugte sich über meine Schulter und legte seine Wange an meine Schläfe.

»Du warst so weit weg«, murmelte er.

»Du sollst dich doch ausruhen«, tadelte ich ihn zärtlich.

»Ich konnte mich doch die ganze Zeit ausruhen. Auf dem Olymp.«

Ich gab ein missbilligendes schnalzendes Geräusch von mir.

»Hey, zwischendurch haben sie mich ja auch mal kurz in Ruhe gelassen.«

Ich senkte den Kopf und starrte in den Topf, in dem sich bereits die ersten kleinen Bläschen zu bilden begannen. Der Gedanke daran, wie sehr Maél gelitten hatte, stach mir ins Herz.

Maél schien meine plötzliche Traurigkeit zu bemerken.

»Möchtest du eine gute Nachricht hören?«, fragte er leise.

»Ich liebe gute Nachrichten.«

»Orkus, der Foltermeister des Tartaros, hatte eine Woche lang seine drei Kerkermeisterinnen im Schlepptau. Man nennt sie die drei Erinnyen. Sie besitzen unaussprechliche Namen, deshalb langweile ich dich nicht damit.« Er lächelte schief. »Orkus hasst mich, und ich kann ihn genauso wenig leiden. Aber mit den Erinnyen bin ich immer ganz gut klargekommen. Orkus war wohl der Meinung, mir mit ihrem Auftauchen auf dem Olymp Angst machen zu können. Aber er wusste ja nicht, dass wir uns bereits kannten. Die drei sind zwar knallhart und listig, aber es gibt sehr viel schlimmere Wesen im Tartaros als sie.«

»Du hast mir schon mal von ihnen erzählt«, sagte ich. »Mit ihnen hast du den Handel über das Gift für Agada abgeschlossen. Das Blut eines Hekatoncheiren, richtig?«

»Richtig.« Er drückte mich an sich, stolz, dass ich das behalten hatte. »Sie waren es, die dafür gesorgt haben, dass ich mich niemals richtig verlieben durfte. Ihr Fluch bestand darin, dass diejenige, in die ich mich mit wahrem Herzen verlieben würde, schon bald eines grausamen Todes sterben würde. Nur dafür waren sie bereit, mir ein Gift zu geben, mit dem Agada trotz ihrer Halbgöttergene sterben können würde, wann sie es wollte.«

»Deshalb hast du versucht, dich nicht in mich zu verlieben, richtig?«

Er lachte leise. »Ja, allerdings mehr schlecht als recht. Du glaubst gar nicht, was für Ängste ich ausgestanden habe, als du ein paarmal ohnmächtig geworden bist. Erinnerst du dich noch? Ich war mir absolut sicher, dass es Vorboten des Fluchs waren. Danach hatte ich immer stundenlang Todesangst um dich.«

»Ich glaube, es hatte mit dem Erwachen der Nymphenkräfte zu tun. Ich bin kürzlich schon wieder umgekippt. Und da warst du weit entfernt auf dem Olymp. Bitte hab deswegen kein schlechtes Gewissen. Ich bin mir sicher, es hatte mit dem Fluch nichts zu tun.«

»Ich hoffe es. Nun, die Erinnyen waren jedenfalls stinksauer. Zuerst habe ich überhaupt nicht verstanden, warum. Sie wollten es mir auch eigentlich gar nicht sagen. Aber dann hat eine von ihnen sich verquatscht, und ganz ehrlich, ich konnte trotz meiner gebrochenen Rippen gar nicht mehr aufhören zu lachen. Okay, du wirst es wahrscheinlich nicht ganz so superlustig finden, weil du unmittelbar beteiligt warst. Aber …«

Er machte eine Kunstpause, während ich den Topf mit dem brodelnden Wasser vom Herd nahm und die Kochplatte ausstellte.

Ich schüttete das Wasser in die zwei Tassen mit den bereits darin hängenden Teebeuteln. »Jetzt sag schon, ich platze vor Neugier.«

»Ich bin frei.« Er klang triumphierend und so glücklich, wie ich ihn schon lange nicht mehr erlebt hatte. »Ich dachte ja, mein Fluch würde dich immer noch bedrohen. Dass wir nicht zusammen sein dürfen, sollte ich dich jemals wiedersehen. Doch das stimmt nicht. Weißt du, warum?«

»Spann mich nicht länger auf die Folter …«

Er drückte mich wieder enger an sich. »Du bist da unten in den Katakomben gestorben, Livia. Ich selbst habe es gar nicht mitbekommen, weil ich zu diesem Zeitpunkt schon ohnmächtig war. Die eine Erinnye hat sich verquatscht, und dann sind die beiden anderen über sie hergefallen mit ihren Klauen und ihren unsäglichen Beleidigungen. Ich habe aus diesem Klumpen kreischender grauer Gestalten und all ihrem schrillen Gekeife herausgehört, was wirklich passiert ist. Und nachdem ich den ersten Schock überwunden hatte, wurde mir klar, was das bedeutet. Mein Fluch gilt immer noch, aber du bist die Ausnahme. Ich bin meinen Fluch nicht losgeworden, das kann man nicht. Ein Handel mit den Erinnyen ist endgültig, er gilt für die Ewigkeit. Aber wie das Schicksal es will, haben wir es geschafft, diesen Handel zu umgehen. Du bist gestorben, und dadurch kann der Fluch bei dir nicht mehr greifen.« Sanft umfasste er meine Schultern und drehte mich zu sich. »Er ist für uns keine Bedrohung mehr. Endlich darf ich dich so lieben, wie ich dich von Anfang an hatte lieben wollen.«

Ich sah zu ihm hoch, gefangen von meinen Erinnerungen an die Zeit in den Katakomben, an den schrecklichen Moment, in dem mein Herz stillstand und mein Bewusstsein in die Dunkelheit geglitten war. Ich war gestorben, und mein letzter Gedanke hatte ihm gegolten.

Er streichelte ganz sanft meine Hand. »Du hast das eine Schlupfloch genutzt, das die Erinnyen nicht bedacht haben.«

»Eigentlich war es Agada, die davon gewusst zu haben schien. Sie hat den Fluch für mich gebrochen, indem sie ihr Leben für meine Wiederauferstehung gegeben hat.«

»Agada war schon immer selbstlos und mutig.« Wieder

klang Maél traurig und auch ich bedauerte, dass ich nicht die Chance bekommen hatte, Agada näher kennenzulernen.

»Es ist schade, dass wir nicht mehr Zeit mit ihr hatten.«

»Das stimmt.« Maél schien einen Moment in Gedanken versunken, doch dann lächelte er mich an, und für den Bruchteil einer Sekunde wanderte sein Blick zu meinem Mund. Ich spürte, wie er überlegte, ob er mich küssen sollte. Ich hob leicht das Kinn, denn ich wollte, dass er den Gedanken in die Tat umsetzte.

Gleich, dachte ich. Gleich werden wir uns das erste Mal ohne Gefahr küssen. Ohne Angst, ohne diesen Fluch im Nacken, ohne die Wirkung der Ambrosia, die unsere Sinne vernebelt.

In meiner Schultasche schrillte laut mein Handy. Seit Dad mich gebeten hatte, es immer auf laut zu lassen, stellte ich es nur in Mr Hallmarks Unterricht lautlos. Bei ihm war jede Diskussion zwecklos, das würde auch Dad verstehen. Mein Klingelton hob an, wurde immer lauter.

Maél wich zurück, der Moment war vorbei.

»Das sind bestimmt Jemma und Gigi, die wissen wollen, wie es dir geht.« Ich schob mich an ihm vorbei, um zu meiner Schultasche zu gehen. Dann öffnete ich das vordere Fach des Rucksacks und zog das Handy hervor. Es war Gigi.

Ich hatte Mühe, sie zu beruhigen und ihr zu erklären, dass ich bei Maél war und es ihm gut ging. Maél streckte die Hand aus, als wollte er anbieten, mit ihr zu reden, doch ich winkte ab. Jemma richtete Grüße aus, und auch Tiffy wollte sich bei mir melden, da sie mich in Biologie vermisst hatte. Gigi erzählte, dass Mr Rogers mich dringend sprechen wollte. Nachdem ich in seinem Unterricht unentschuldigt gefehlt hatte, war das absehbar gewesen. Doch ich rechnete es ihm hoch an, dass er, wie Gigi berichtete, darauf verzichtet hatte, meine Eltern anrufen zu lassen. Er bestand lediglich darauf, dass ich morgen in der Mittagspause in seinen Räumen erschiene, um mit ihm zu sprechen. Damit konnte ich leben.

Maél schnappte sich die beiden Tassen und ging zurück zum Bett. Er stellte den Tee auf dem Nachttisch ab und ließ sich dann wieder auf die Decken fallen. Ich beantwortete kurz eine Nachricht von Hermes, der wissen wollte, ob Maél sich bei mir gemeldet habe. Ich informierte ihn über die Lage, wartete aber eine Antwort nicht mehr ab und steckte das Handy zurück in meinen Rucksack.

Maél klopfte neben sich auf die Decke. »Komm her, setz dich zu mir.«

Ich schob mir die Schuhe von den Füßen und machte es mir neben ihm bequem. In einer anderen Situation hätte mich der Umstand, dass wir zusammen auf seinem Bett saßen, vielleicht ein wenig verlegen gemacht. Doch wir saßen aufrecht an die Kissen und die Wand gelehnt, beide einen dampfenden Teebecher zwischen den Händen. Es wirkte eher so, als würden wir an einem verregneten Nachmittag gemütlich nebeneinander auf einer Couch sitzen. Nicht so, als würden wir uns gleich unsere Klamotten vom Leib reißen, um übereinander herzufallen. Obwohl mich der Anblick von Maéls nacktem Oberkörper durchaus nervös gemacht hatte, überwog doch ein Gefühl, das weit weg war von körperlicher Anziehung. Eine tiefe Zufriedenheit machte sich in mir breit. Wir nippten beide an unserem Tee, und als Maél das Gesicht verzog, musste ich lachen.

»Bei allen Göttern.« Er schüttelte sich. »Das Gebräu schmeckt so grün, wie es aussieht. Igitt.«

»Es ist ein Kräutertee, und der hat noch niemandem geschadet«, gab ich mit gutmütigem Spott zurück. »Jetzt reiß dich mal zusammen, oder ich lasse Ödipus auf dich los, der seit kurzer Zeit Anhänger der militanten Gruppe ›Hühnersuppe für die Welt‹ ist. Er wird dich damit füttern, bis du nicht mehr weißt, wo oben und unten ist.«

Maél grinste. »Wie geht es dem alten Schwerenöter? Hast du etwas von ihm gehört?«

Evangéline kam von ihrer Erkundungstour des Schreibtischs angeflattert und ließ sich zwischen uns nieder. Obwohl unsere Oberschenkel sich berührten, fand sie doch einen Platz zwischen unseren Waden, wo sie sich auf der weichen Decke niederlassen konnte. Sie sah von einem zum andern, und ihre Fühler wippten begeistert.

»Na, Flauschbällchen?«, sagte Maél. »Hast du dich gut um meine Nymphe gekümmert?«

Evangélines Fühler nahmen noch mehr Fahrt auf. Sie flog einmal kurz hoch und ließ sich dann elegant wieder zwischen uns sinken.

»Sie ist nicht mehr wegzudenken aus meinem Leben«, sagte ich leise. »Bitte versuche, deine Rekonvaleszenz möglichst lange hinauszuzögern, bevor du dich erneut um ein Treffen mit dem Händler bemühst. Ich will sie nicht mehr abgeben.«

Maéls Miene wurde ernst. »Ich war dreimal am vereinbarten Treffpunkt. Er ist nicht aufgetaucht. Das passt nicht zu ihm. Da muss irgendetwas passiert sein. Doch glaube mir, das zu klären steht ganz unten auf meiner Prioritätenliste. Evangéline und du, ihr versteht euch gut. Und wer weiß, was ihr Schreckliches zugestoßen wäre, wäre sie zum Zeitpunkt seines Verschwindens an seiner Seite gewesen.«

Ich unterdrückte ein Schaudern. »Ich will gar nicht darüber nachdenken.«

»Mach dir deswegen keine Gedanken.« Maél nahm noch einen Schluck von seinem Tee, verzog wieder das Gesicht und sah mich dann an. »Aber nun erzähle. Hast du etwas von Ödipus gehört?«

»Evangéline ist ja damals aus den Katakomben davongeflogen. Zuerst dachte ich, sie flüchtet, aber sie hat Ödipus geholt.« Ich berichtete ihm von Ödipus, dem Treffen der anderen vor den Katakomben und den allerneusten Entwicklungen, die unsere Gruppe betraf. Ich erzählte ihm auch von unseren neuesten Freunden, dem Flussgott Nereus und seinem Sohn Selkes. Nur die Geschichte mit Tiffy ließ ich aus – und die Details von dem Streit mit Enko.

Maél war überrascht, als er hörte, dass Hermes ebenfalls eine Zeit lang auf dem Olymp gefangen gehalten worden war.

»Das hätte ich nicht gedacht.« Er lehnte sich an mir vorbei, um seinen Tee auf den Nachttisch zu stellen. »Hermes ist einer der vertrauenswürdigsten Götter des Olymps. Er lügt nicht, und erst recht würde er sich niemals gegen das Protokoll stellen. Es ist ein schwerer Vertrauensbruch von Zeus, dass er ihn so lange festgehalten hat. Und ich habe die ganze Zeit gedacht, Hermes wäre frei und hätte deshalb die Möglichkeit, trotz aller Widrigkeiten im Kerker für mich zu sorgen. Ich meine, ich weiß, dass die Medikamente von ihm kamen. Wie hat er das nun wieder geschafft?«

»Ich glaube, er macht einfach das Unmögliche möglich.«

Maél nickte. »Damit triffst du den Nagel auf den Kopf. Ihn muss ich unbedingt als Nächstes treffen.«

»Ich habe ihm geschrieben, dass wir hier sind.«

»Oh, dann wird er sicherlich gleich auftauchen.« Er sah zu mir. »Oder soll ich ihm sagen, dass er später kommen soll?«

Ich schüttelte den Kopf. »Nein, das ist schon in Ordnung.

Hermes war für mich da. Ich mag ihn sehr. Er hat auch sofort nach Ödipus gefragt, als er wieder frei war. Ödipus hatte sich eine Erkältung eingefangen, schon als er uns vor den Katakomben helfen wollte. Aber mittlerweile ist er wieder gesund. Wir sollten auch ihm schnell erzählen, dass es dir gut geht. Er ist Teil unserer Gang geworden und macht sich mindestens genauso viele Sorgen wie die anderen.«

»Gang?«, wiederholte Maél und grinste breit. »Tragen wir auch Bandanas mit gleichem Muster und haben alle dieselbe Tätowierung?«

Ich stupste ihn mit dem Ellbogen in die Seite. »Der Begriff kam auf, als Ödipus uns alle vor Noah geoutet hat. Seitdem ist es irgendwie zu einem geflügelten Begriff geworden. Wir sind die verrückte Gang: Götter, Halbgötter, Menschen, Nymphen, längst ausgestorbene Insekten …«

Maéls Grinsen wurde noch breiter. »Gefällt mir.« Dann schien ihm etwas einzufallen. »Oh Mann, ich muss mich unbedingt bei den Cataphiles melden. Als wir eben die Tür aufgeschlossen haben, habe ich gesehen, dass Arthure und die anderen sogar Zettel darunter hergeschoben haben, weil sie keine Ahnung hatten, wohin ich verschwunden bin. Ich hoffe, ich habe noch irgendwo ihre Handynummern notiert. Sonst muss ich ihnen bei Instagram schreiben und eine wilde Geschichte erfinden.«

»Ich habe dein Handy noch.« Daran hatte ich gar nicht mehr gedacht.

»Du hast es? Cool, danke!«

»Ja. Ich bringe es dir morgen mit. Es lag in den Katakomben auf dem Boden. So konnte ich auch Hermes erreichen. Hermes hat übrigens erzählt, dass er dich an deiner Schule krankgemeldet hat. Er hat dort gesagt, dass du einen Unfall hattest. Die Idee finde ich eigentlich ganz schlüssig. Da er als dein gesetzlicher Vormund eingetragen ist, ging das wohl in Ordnung. Ich weiß nicht, was für Dokumente er da gefälscht hat, beziehungsweise wo er diese Dokumente herhatte, aber bitte sorge dafür, dass er dich mindestens noch zwei Wochen krankschreiben lässt. Du siehst echt nicht gut aus.«

»Herzlichen Dank, meine Liebe.«

»Du weißt, wie ich das meine.«

»Sag mal …« Maél sah auf seine Knie, und mit seiner freien Hand kraulte er Evangéline zwischen den Flügeln. »Weißt du, ob jemand in meiner Abwesenheit in meiner Wohnung war? Ich hatte vorhin irgendwie den Eindruck. Es gibt aber keine Einbruchsspuren. Oder bin ich noch so verwirrt?«

»Hermes und ich waren hier. Aber er hat es irgendwie geschafft, die Tür aufzubekommen, ohne das Schloss zu beschädigen.«

Maél sah mich völlig erstaunt an. »Ihr wart das?«

»Ich wollte hier nach einem Schlüssel zu Hermes' Wohnung suchen. Angeblich besitzt er ja eine Standleitung auf den Olymp bei sich zu Hause. Als ich hier ankam, stand Hermes mitten in deiner Wohnung. Er war gerade vom Olymp entlassen worden. Ich weiß nicht genau, was er hier wollte, aber wir sind uns quasi in die Arme gelaufen und haben ein bisschen Wiedersehen gefeiert.«

»Du wolltest mit Zeus sprechen? Bist du völlig wahnsinnig? Er ist gefährlich. Zeus ist der Herrscher der Blitze. Er muss nur an dich denken und schon spaltet dich ein Blitz in zwei Teile. Was wolltest du ihm denn erzählen, dass du dein Leben dafür riskiert hättest?« Nun war Maéls Blick wachsam, ja regelrecht lauernd. »Livia, ich glaube, du hast keine Ahnung, in was für eine Gefahr du dich begeben hättest.«

»*Hättest* ist gut gesagt …«, murmelte ich unbehaglich.

Maél stöhnte. »Da lasse ich dich ein paar Wochen allein, und schon machst du so etwas. Ich glaube es einfach nicht. Warum hat dich niemand aufgehalten?«

Ich zuckte die Schultern. »Beim ersten Mal war Hermes nicht da, und …«

»Wie, beim *ersten Mal?*«

»Beim ersten Mal habe ich eine vergessene Standleitung bei Nereus benutzt.«

Mittlerweile klang ich etwas kleinlaut, weil Maél so dermaßen aufgebracht schien. Dabei sollte er sich doch schonen.

»Wie bitte?« Es schien, als würde Maél bei diesen Worten ein klein wenig nach oben hüpfen. Er setzte sich noch gerader hin. »Der Flussgott hat es zugelassen, dass du dich an diesen Wahnsinnigen wendest?«

»Ich habe ihm mit seinen Wasserpflanzen geholfen. Daraufhin hat er mir die Standleitung überlassen.«

Maél murmelte irgendwas, und ich hörte nur die Worte »in eigenem Saft ertränken«.

»Nereus ist super«, versicherte ich. »Er hat uns einen Raum zur Verfügung gestellt, der so was wie unser Hauptquartier geworden ist. Gigi ist mit seinem Sohn Selkes zusammen. Sie sind völlig verknallt ineinander. Und Nereus war immer extrem freundlich und hilfsbereit zu mir. Er hat mir damals wirklich sehr geholfen. Ich glaube, ich wäre vor Verzweiflung völlig verrückt geworden, wenn ich gar keine Chance bekommen hätte, bei dem Herrscher der Götter für dich zu sprechen.«

»Du … du hast das alles wegen mir gemacht?«

Wieder zuckte ich die Schultern. »Hermes war nicht da. Und irgendjemand musste doch für dich kämpfen.«

Maél wurde ganz ruhig. Mit einer entschlossenen Geste

nahm er mir meine Teetasse aus der Hand und stellte sie neben die andere auf den Nachttisch. Dann nahm er vorsichtig Evangéline hoch und setzte sie rechts neben sich auf ein Kissen. Ich beobachtete ihn dabei und fragte mich, was er vorhatte.

Im nächsten Moment zog er mich an sich. »Hätte ich das geahnt«, flüsterte er. »Ich hätte sämtliche noch so unüberwindbaren Mauern durchschlagen, um meiner kleinen Nymphe mit dem Herz eines Löwen Einhalt zu gebieten. Was hast du dir denn nur dabei gedacht?«

»Das erste Mal war gar nicht so schlimm. Richtig sauer war Zeus erst beim zweiten Telefonat.«

Maél gab ein Geräusch von sich, das wie eine Mischung aus Lachen und Schluchzen klang. »Du kleine verrückte Nymphe.« Er zog mich noch enger an sich. Mit den Lippen hauchte er winzig kleine Küsse von meiner Wange hinab in Richtung meines Mundes. »Ich habe dich überhaupt nicht verdient. Dieser Wahnsinnige hätte dich zu Staub zerfallen lassen können. Ich …« Seine Lippen kamen meinem Mundwinkel ganz nah. »Ich glaube, ich …«

»Und was mir nach dem dritten Mal blüht, möchte ich lieber nicht wissen.«

Maél hielt inne, dann wich er so weit zurück, dass er mich ansehen konnte. »Du hast *dreimal* mit Zeus gesprochen?«

»Nicht wirklich.« Ich erzählte ihm von dem Muschelsplitter und meinem Verdacht, dass ich es mittels meiner neu erwachten telepathischen Kräfte und der verbliebenen Kraft der Muschel irgendwie geschafft hatte, Zeus zu beeinflussen. »Ich glaube, es funktioniert bloß, wenn ich jemanden direkt ansehen kann, sei es auch nur mittels eines Videochats oder so. Jedenfalls bist du wenig später freigekommen. Aber jetzt ist mir nicht ganz wohl bei dem Gedanken, was passiert, wenn Zeus durchschaut, was ich mit ihm angestellt habe.«

»Das war mutig und leichtsinnig zugleich.« Maéls Blick blieb ernst. »Es kann gut sein, dass du dich dadurch in große Gefahr gebracht hast.« Wieder zog er mich an sich. »Also bin ich durch dich freigekommen. Ich kann dir gar nicht genug danken, dass ich nicht mehr in dieser Zelle schmoren muss.«

»Aber dein Prozess steht doch noch …«

»Egal.« Er drückte mich, als wollte er mich nie wieder loslassen. »Hauptsache, ich …«

In der nächsten Sekunde flog die Tür von Maéls Apartment auf, und eine Erscheinung aus Silber und Weiß und Strass schoss direkt ins Zimmer. »Kinder, was für eine Freude!«, rief Hermes. Erst als ich das Flattern von Flügeln hörte, bemerkte ich die Schwingen an seinen Boots. Offenbar hatte er seine göttlichen Bikerstiefel benutzt, um seinen Trip etwas zu beschleunigen.

Wir waren so überrascht auseinandergefahren, dass wir Hermes immer noch anstarrten.

Der Götterbote zupfte ordnend an sich herum, während er uns musterte. »Oh, entschuldigt, habe ich euch bei etwas gestört?«

Maél zog die Augenbrauen hoch. »Nach was sieht es denn aus?«

Hermes seufzte. »Ihr habt Wiedersehen gefeiert. Na gut, es sei euch gegönnt. Aber jetzt kommst du erst mal her und sagst einem alten Freund Hallo. Los, los, hoch mit dir. Ich weiß, dir tun die Knochen weh, aber das wirst du wohl noch hinkriegen.« Er wedelte erneut mit der Hand. »Husch, husch.«

Maéls Grinsen wurde sekündlich breiter. Er drückte sich hoch, balancierte quer über das Bett und stürzte dann in Hermes' weit ausgebreitete Arme. Die beiden hielten sich eine Weile umschlungen und Hermes verdrückte tatsächlich ein Tränchen.

Als Maél sich immer wieder bedanken wollte, winkte Hermes ab. »Mal abgesehen davon, dass ich dein Pate bin, ist es meine Pflicht, für Gerechtigkeit auf dem Olymp zu sorgen.« Er wirkte regelrecht verlegen, dass Maél sich so überschwänglich bei ihm bedankte.

Seine beiden Schlangen ringelten sich unter dem Ausschnitt von Hermes' Oberhemd hervor. Mit einem Satz waren sie auf Maéls Schultern. Die eine ringelte sich durch seine Haare, die andere verschwand im Ausschnitt seines Shirts. Maél lachte. »Hey, ich habe euch auch vermisst. Schön, dass es euch gut geht.«

Evangéline, wohl ein wenig eifersüchtig, kam angeflattert, um zu überprüfen, was dort vor sich ging. Die eine Schlange fauchte, doch als Hermes mit der Zunge schnalzte, ringelten sich beide um Maéls Hals, um Evangéline, die auf seiner Schulter saß, zu begrüßen.

»Hier kommt der Hühnersuppen-Express!« Ödipus polterte ins Zimmer, völlig ungebremst, da der Götterbote es offensichtlich nicht für nötig befunden hatte, die Wohnungstür hinter sich zu schließen. »Hermes hat mir Bescheid gesagt, dass Maél wieder da ist. Wo kann ich meine Suppe warm machen?«

Er schwenkte einen riesigen Topf, dessen Deckel gefährlich klapperte. »Schön, dass du wieder da bist, Junge. Das ist ein Vorrat für eine ganze Woche. Das bringt dich wieder auf die Beine. Ich werde jeden Tag nachsehen, ob du fleißig davon isst. Es ist ein altes Rezept meiner Familie. Ganz grandios.« Ödipus wieselte zur Küchenzeile und begann, am Herd herumzufummeln. »Meine Götter, der sieht ja aus wie unbenutzt.

Ich finde es toll, dass du so gut putzen kannst. Viele junge Leute wissen ja gar nicht, wie das geht.«

Maéls Augen sanken ungläubig auf Halbmast. Hermes machte eine Geste, die andeutete, dass es nicht nötig war, Ödipus über den wahren Zustand der Küche einzuweihen.

Ich grinste, während auch ich mich endlich vom Bett erhob, um Hermes und Ödipus zu begrüßen. Zwar wäre ich gerne noch ein wenig mit Maél alleine gewesen, aber diese beiden waren mir so ans Herz gewachsen, dass ich über diese Störung nicht böse sein konnte. Während Ödipus bei Maél und Hermes schon wieder Werbung für seine Suppe machte, ging ich zu meinem Rucksack und sah auf mein Handy. Mittlerweile war auch eine Nachricht von Tiffy eingetrudelt, und Noah und Selkes hatten sich ebenfalls gemeldet, um ihre Freude über Maéls Freilassung zu bekunden. Und dann war da noch eine Nachricht von Enko. Sie leuchtete auf meinem Sperrbildschirm auf, und da sie so kurz war, konnte ich sie komplett lesen: *Bitte lass uns reden, Livia. Es ist wichtig.*

Wieder ignorierte ich sie. Als mein Blick auf die angezeigte Uhrzeit fiel, wurde mir klar, dass ich schon bald losmusste, damit meinen Eltern nicht auffiele, dass ich von der Schule nicht nach Hause käme. Meine Eltern saßen zwar nicht mit der Stoppuhr vor der Tür, aber seit dem Vorfall mit dem planetarischen Nebel achteten sie schon mehr darauf, wann ich zu Hause sein sollte.

Auch Evangéline hatte wohl genug mit den Schlangen gespielt, denn sie kam zurück zu mir geflattert und ließ sich auf meiner Schulter nieder. Einen Moment später wuselte sie sich durch mein Shirt und die Strickjacke hinunter zu ihrer Lieblingsstelle. Sie zog die Beinchen an, und kurz darauf spürte ich, dass sie einschlief. Offenbar hatte die ganze Aufregung sie müde gemacht.

Ödipus klapperte nun wieder an der Küchenzeile herum, und ich ging zuerst zu ihm, um mich zu verabschieden. Er bestand darauf, dass ich seine Suppe probierte, die zum Glück wirklich ausgezeichnet war. Ich lobte ihn, und er schien sich über alle Maßen zu freuen. Maél hatte mich nicht aus den Augen gelassen, und nun war sein Blick fragend.

»Ich muss leider los, damit meine Eltern keinen Verdacht schöpfen.«

Hermes stemmte beide Hände in die Hüften und sein Blick war gespielt streng. »Zugegeben, Maéls Freilassung kam sehr spontan, aber du hast doch nicht etwa die Schule geschwänzt?« Dann sah er zu Maél. »Das fängt ja gut an, mein Freund. Hatten wir nicht gesagt, dass wir so was lassen und auch nicht andere dazu verleiten?«

»Es war ein Notfall«, verteidigte ich Maél. »Ich meine, wenn das hier nicht wichtig war, was könnte dann wichtig sein?«

Hermes brummte irgendetwas, doch natürlich hatte er auch irgendwie Verständnis. »Sollen wir dir ein Taxi rufen, Livia?«

»Ich nehme die Bahn.«

»Auf gar keinen Fall«, blaffte Maél. »Hast du dich mal umgesehen hier?« Er sah zu Hermes. »Ruf ihr ein Taxi. Sie wird sonst noch geklaut.«

»Ich bin auch schon allein hergekommen, ohne dass ich ein Taxi nehmen musste. Und mir ist nichts passiert.«

Maél stieß ein trockenes Lachen aus. »Ja, klar. Wann?«

»Als ich Hermes hier zufällig getroffen habe? Ich hab dir doch gerade davon erzählt. Da habe ich einfach die Bahn genommen und bin zu deiner Wohnung gelaufen. Ich hätte gar kein Taxi nehmen können, weil ich nicht mal deine genaue Adresse wusste.«

Maél verschränkte die Arme vor der Brust. »Gefällt mir nicht.« Er schüttelte den Kopf. »Gefällt mir ganz und gar nicht.«

»Du brauchst mich nicht in Watte zu packen. Ich bin zwar nicht die Größte, aber ich bin kein Baby. Es ist noch nicht mal Nachmittag. Ich kann doch wohl durch einen Vorort spazieren, ohne dass mir etwas passiert? Ich nehme jetzt einfach die Bahn und Ende der Diskussion.«

»Das ist ihr gutes Recht«, sagte Hermes bedächtig. »Und im Übrigen finde ich ihre Argumentation völlig schlüssig.«

»Klar, warum auch nicht?«, erwiderte Maél säuerlich. »Du warst ja auch derjenige, der sie mit Zeus hat telefonieren lassen.«

»Das war ein kalkulierbares Risiko. Die Nymphe weiß, was sie tut …«

»Oh, ich glaube, die Suppe ist fertig«, rief ich, um die Diskussion zu beenden.

Maél ließ sich tatsächlich ablenken und sah neugierig zur Küchenzeile. »Es riecht wirklich lecker.«

»Ist ein altes Familienrezept«, erklärte Ödipus erneut. »Grandios, sage ich dir.«

Wir nickten alle beifällig, dann legte Maél mir einen Arm um die Schulter, um mich zur Tür zu bringen. Er half mir in meinen Mantel. »Ich bringe dich noch zur Metrohaltestelle«, sagte er, während er die Knöpfe für mich schloss.

»Brauchst du nicht, Maél. Ruh dich aus.«

»Dann wenigstens den Flur runter und bis vor die Haustür?« Mittlerweile klang er fast bittend.

Ich schüttelte den Kopf. »Ruh dich aus. Wir sehen uns morgen.«

»Du passt auf dich auf, okay? Wenn irgendwas ist, ruf an, ja?«

»Wie gesagt, kein Baby mehr.«

Er lächelte, aber ich spürte, dass er sich trotzdem Sorgen machte. Vermutlich hatte er genauso große Angst, mich zu verlieren wie ich ihn.

»Ich werde jetzt noch brav meine Hühnersuppe essen und meine beiden Krankenschwestern dann vor die Tür setzen. Du kannst dir nicht vorstellen, wie sehr ich mich auf ein paar Stunden Schlaf in meinem eigenen Bett freue! Ich stelle das Handy auf laut, aber ich weiß nicht, wie tief ich schlafe.«

»Ich weiß Bescheid«, erwiderte ich. »Also mach dir keine Gedanken.«

Er zog mich enger an sich. »Bitte mach, dass das hier kein Traum ist«, flüsterte er.

»Das ist kein Traum.« Ich streichelte mit beiden Händen seinen Rücken. »Und wenn du morgen aufwachst, wird es dir schon wieder besser gehen. Ich habe zwar Schule, aber danach sehen wir uns. Ich sage meinen Eltern heute noch Bescheid, dann können sie nichts dagegen sagen.«

Er drückte mich noch mal. »Ich denk an dich.«

»Ich denke auch an dich.«

Er küsste mich auf die Wange. Ich gab mir einen Ruck und löste mich von ihm. Er sah mir nach, wie ich den Flur hinunterging. Dann schloss er die Tür leise hinter sich.

Ich ging noch immer wie auf Wolken.

Kapitel 10

Die drei Orgelpfeifen

Es gefiel mir nicht, meine Mitmenschen zu belügen. Dementsprechend unwohl fühlte ich mich nun auf dem Weg zu Mr Rogers. Ich hatte beschlossen, so nah wie möglich an der Wahrheit zu bleiben. Trotzdem rechnete ich mit einer saftigen Standpauke und mindestens einem mehrseitigen Aufsatz zu einem sterbenslangweiligen botanischen Thema.

Ich klopfte an die halb offene Tür des Biologieraums. »Hallo?«

»Kommen Sie rein, Miss McKenzie, ich bin hier drüben«, erscholl es von irgendwoher.

Ich ging der Stimme nach. Offenbar befand sich Mr Rogers im sogenannten »Materiallager«. So stand es zumindest auf der Tür, die direkt vom Klassenraum abging.

»Hallo?«, fragte ich ein zweites Mal, als ich meinen Kopf durch diese Tür neigte.

Mr Rogers tauchte aus dem Halbdunkeln auf. »Schön, dass Sie da sind, Miss McKenzie. Wie Sie sehen, bin ich gerade mit unseren Pflanzen beschäftigt. Aber wir können ja einfach sprechen, während ich hier ein bisschen aufräume.«

Er stellte ein paar große Töpfe mit Gräsern von rechts nach links. Zum Glück war ich mittlerweile so geübt, dass meine

Schutzschilde hielten. Von keiner der Pflanzen hörte ich ein Geräusch.

Mr Rogers drehte sich zu mir, dann schob er wieder ein paar Eimer von rechts nach links, als wüsste er nicht so recht, in welcher Position er sie am besten auf der langen Theke arrangieren sollte. Ich fragte mich ernsthaft, was er da tat.

»Sie haben gestern unentschuldigt gefehlt. Reden wir darüber.«

»Das stimmt.« Ich sah auf den Fußboden und musste mir gar keine Mühe geben, zerknirscht auszusehen. Eigentlich war so etwas gar nicht mein Stil, und ausgerechnet bei dem sympathischen Mr Rogers so negativ aufzufallen, war mir mehr als unangenehm. Doch Mr Rogers schien das zu wissen, und genau das war mein Glück gewesen, denn jeder andere Lehrer hätte längst die Schule bei mir zu Hause anrufen lassen.

Wieder drehte Mr Rogers sich um und sah mich auffordernd an, also sprach ich weiter. »Kurz bevor der Unterricht losging … also, ich war mit Gigi und Jemma noch auf dem Weg zum Klassenraum … da bekam ich einen Anruf, dass mein Freund entlassen wurde.«

»Verstehe«, sagte Mr Rogers und klang ziemlich unbeteiligt. Er zupfte weiter irgendwie semiprofessionell an den Pflanzen herum.

»Aus dem Krankenhaus.« Ich hatte beschlossen, so nah wie möglich an der Wahrheit zu bleiben. »Er hat einen Unfall gehabt und lag lange im Krankenhaus. Nun durfte er überraschend gehen.« Das war auch in etwa die Geschichte, die ich meinen Eltern aufgetischt hatte, als sie vor einiger Zeit vorsichtig nachgefragt hatten, warum ich Maél nicht mehr traf. Obwohl ich dagegen ankämpfte, begann meine Stimme erneut zu zittern. Plötzlich war es wieder gestern, und ich stand auf dem Flur und konnte es gar nicht fassen, Maéls Stimme zu hören. »Er hat mich angerufen und gesagt, er ist auf dem Weg hierher. Und da habe ich einfach alles stehen und liegen lassen und bin losgerannt. Es tut mir leid.«

Mr Rogers wandte sich von den Pflanzen ab und sah mir prüfend ins Gesicht. »Wird Ihr Freund wieder ganz gesund?«

Ich nickte. »Er lässt sich nicht so leicht unterkriegen.«

Wieder fühlte ich, wie Mr Rogers mich musterte. »Ich muss Ihnen das jetzt sagen: Sie hätten sich abmelden können. In so einer Extremsituation hätten Sie zu mir kommen können, das alles kurz schildern, und ich hätte Sie gehen lassen. Das hätte nicht länger gedauert als unser Gespräch heute hier. Wie viele Minuten waren das jetzt? Zwei oder drei? Die Schule ist während der Unterrichtszeit für Sie verantwortlich, Miss McKenzie. Hier sind Sie über die Schule versichert. Es ist unsere Sorgfaltspflicht, dass Sie das Gelände nicht vor Unterrichtsende verlassen. Natürlich haben wir hier keine vergitterten Tore oder hohe Mauern. Wir bauen auf Ihren Verstand und Ihre Einsicht. Wenn Ihnen während dieser Zeit etwas passiert wäre, hätten Ihre Eltern die Schule zur Rechenschaft gezogen. Man hätte mich zur Rechenschaft gezogen, weil ich Ihr Fehlen nicht sofort angezeigt habe. Sie haben das Glück, dass Sie Freundinnen haben, die sehr überzeugend sein können. Sie waren so verschwiegen, nicht zu erzählen, worum es wirklich ging. Gleichzeitig konnten sie mir glaubhaft vermitteln, dass Sie den Unterricht nicht mutwillig geschwänzt haben, sondern dass es um einen privaten Notfall ging. Natürlich habe ich sofort an Ihre Eltern gedacht. Ich habe also nicht die Schule informiert, damit ein Anruf getätigt wird. Ich habe auf Ihre Aussage vertraut und darauf, dass Miss Cohen und Miss O'Mally sich wenigstens halbwegs an die Wahrheit halten. Und nun frage ich mich, was werden Sie tun, wenn das nächste Mal so ein Fall eintritt? Haben Sie daraus gelernt?«

»Ja, das habe ich. Und es war wirklich falsch, Sie nicht zu benachrichtigen. Es tut mir leid, dass ich Sie im Unklaren gelassen habe.«

Mr Rogers nickte knapp, dann griff er etwas ungelenk nach einer Gießkanne und goss wahllos Wasser in einige der Eimer. »Ich halte nicht viel von Strafen«, sagte er. »Ich glaube nicht, dass Menschen sich dadurch ändern, dass sie seitenlange Aufsätze schreiben oder ein Thema bearbeiten müssen, dass sie nicht leiden können. Wie sehen Sie das?«

Mein Blick glitt vorbei an ihm zu den vielen Eimern, in denen die Pflanzen standen. Es waren Schnittblumen und Gräserbündel. Daneben standen einige Pflanzen in Töpfen und wieder andere in kleinen Pflanzschalen. Man musste keine Nymphe sein, um zu sehen, dass es eigentlich allen Pflanzen schlecht ging. Also ließ ich meine Barrieren sinken. Mr Rogers beobachtete mich immer noch, doch ich konzentrierte mich auf die wild durcheinanderrufenden Stimmen.

»Die da wollen kaltes Wasser«, sagte ich und deutete auf einen blauen Eimer mit hartem Tundragras. »Vielleicht hat der Chemieraum eine Kühltruhe, in die man ein paar Eiswürfel herstellen kann. Das Wasser ist ihnen viel zu warm, deshalb wirken sie so schlapp. Und die hier«, ich deutete auf eine kleine Hortensie in einer Schale, »sie braucht viel mehr Licht. Sie geht ein ohne direkte Sonneneinstrahlung. Stellen Sie sie nah zu dem kleinen Fenster. Die zwei hier«, ich zeigte mit dem Finger auf einen gelben und einen roten Eimer, »brauchen viel weniger Sonnenlicht. Die können Sie bedenkenlos in den Schatten stellen oder auch unter die Theke. Das stört sie nicht. Es sind Waldgräser. Sie sind gewohnt, unter einer dichten

Baumkrone zu blühen. Ähnlich wie Moose. Sie sind schon ganz schwach, weil ihnen viel zu warm ist. Und die da«, ich deutete auf ein paar Pilze in einer kleinen Pflanzschale, »die wollen …« Ich stutzte und hörte erneut hin. Das konnte doch nicht sein, oder? »Die wollen Zucker. Die Erde ist ihnen nicht süß genug. Warum auch immer.« Ich sah kurz zu Mr Rogers, dessen Augen kontinuierlich größer wurden. »Und die direkt hinter Ihnen sind eigentlich ganz zufrieden, außer, dass sie regelmäßig gestreichelt werden wollen. Sie vermissen den Wind, der durch ihre Blätter streicht.«

Mr Rogers sah mich an, als hätte ich soeben zugegeben, hellsehen zu können. »Will ich wissen, woher Sie das wissen?«

»Lieber nicht.« Ich schüttelte den Kopf.

»Sagen Sie mir, dass Sie sich das nicht gerade ausgedacht haben.«

Wieder schüttelte ich den Kopf. »Beherzigen Sie die Wünsche der Pflanzen, und Sie werden sehen, alles blüht in stiller Harmonie.« Ich zog meine Schutzschilde wieder hoch. Mittlerweile klappte es so mühelos, dass ich mich kaum noch konzentrieren musste.

»Ich habe eine bessere Idee«, sagte Mr Rogers und verschränkte die Arme vor der Brust. »Sie päppeln einmal die Woche meine Pflanzen auf, und dafür vergesse ich, dass Sie unentschuldigt gefehlt haben. Wir haben noch fünf Wochen Botanik. Ist das ein Deal?«

Ich strahlte ihn an. Sich fünf Mal um ein paar meckernde Gräser kümmern und dafür der Standpauke meiner Eltern entgehen? Das war ja besser als Weihnachten. »Auf jeden Fall. Das ist abgemacht.«

Er streckte mir die Hand hin. »Abgemacht.«

Ich schüttelte sie.

Er drehte sich zurück zu den Pflanzen. »Dann sehen Sie jetzt zu, dass Sie noch etwas zu essen bekommen, und danach kommen Sie wieder her. Ich lasse den Klassenraum auf, dann haben Sie freie Hand. Die Eiswürfel besorge ich jetzt sofort aus der Mensa. Ich habe in meinem Schreibtisch ein kleines Päckchen Zucker. Das lege ich neben die Pilze.« Er sah mich erneut so komisch an. »Ich will immer noch nicht wissen, wer Ihnen das alles beigebracht hat, richtig?«

Ich unterdrückte ein Grinsen. »Nein, das möchten Sie immer noch nicht wissen.«

Er seufzte, schüttelte den Kopf und machte dann eine Bewegung, die mich wohl zur Tür hinaus scheuchen sollte. »Verschwinden Sie, Miss ›Grüner Daumen undercover‹. Ich kann Ihren Magen bis hierher knurren hören. Und enttäuschen Sie mich nicht.«

Ich lächelte ein letztes Mal zu ihm hinüber. Besser hätte es echt nicht laufen können. Ich wandte mich zum Gehen. »Ganz gewiss nicht, Mr Rogers, ganz gewiss nicht.«

*

Nachmittags, nach Schulschluss, saß ich auf dem niedrigen Geländer, das den Sportplatz umgab. Das Wetter hatte sich um 180 Grad gedreht. War es gestern noch sehr stürmisch gewesen, so wehte heute kein Lüftchen. Ich trauerte dem strahlenden Sonnenschein vom Vortag nach. Doch obwohl eine dichte Wolkendecke über Paris hing, war es so warm, dass ich mir meinen Mantel nur umgebunden hatte. Ich hatte die Ärmel meines Pullovers nach oben geschoben und sogar mein obligatorisches Halstuch abgenommen, damit Evangéline nicht zu warm wurde. Ich sah Jemma bei ihrem Softball-Training zu und war mal wieder beeindruckt von ihrer körperlichen Fitness. Mich hätten schon die paar Runden Laufen am Anfang in ein japsendes, schwitzendes Wesen verwandelt, das nicht mehr wusste, wie es hieß. Jemmas Bewegungen hingegen waren stets kraftvoll und elegant zugleich. Ihr straff zum Pferdeschwanz gebundenes hellblondes Haar leuchtete wie fein gesponnenes Gold. Und das, obwohl es eher düster war als sonnig.

Nach Schulschluss hatte ich Maél angerufen, doch er hatte nicht abgehoben und ich nahm an, dass er noch schlief. Da der Weg zu ihm von der Schule aus viel kürzer war als von zu Hause aus, hatte ich spontan beschlossen, Jemma noch ein wenig beim Training zuzugucken. Ich setzte mich auf der Stange zurecht, die als Sitzplatz eher unbequem war. Doch die Tribünen waren voll mit Schülern, die die milde Brise nutzten, um gemeinsam Hausaufgaben zu erledigen oder über Projekten zu brüten. Ich jedoch hatte die Stille gesucht und mich mit der mageren Stange begnügt, die den Sportplatz umgrenzte. Zum Glück hatte ich einen relativ guten Gleichgewichtssinn, sodass ich an meinem Handy herumfummeln konnte, ohne ständig Gefahr zu laufen, von der Stange zu kippen wie ein betrunkener Vogel. Obwohl so vieles noch ungereimt war, so viele Geheimnisse gelöst werden wollten, spürte ich eine stille Zufriedenheit in mir. Maél war wieder da, und das war alles, was zählte. Meine Gefühle für ihn waren so stark wie eh und je. Und auch von seiner Seite aus schien sich nichts verändert zu haben. Im Gegenteil. Jetzt, da wir wussten, dass er keine Gefahr mehr für mich darstellte, schien er sich regelrecht befreit zu fühlen. Und ich, die ich so manches Mal an seinen Gefühlen gezweifelt hatte, konnte nun sicher sein, dass er das alles nur getan hatte, um mich zu schützen.

Tiffy schwebte immer noch in Gefahr, sollte Hades von seiner Tochter erfahren. Und auch ich würde vermutlich in Schwierigkeiten geraten, sollte irgendjemand herausfinden, dass Agada mir allem Anschein nach ihre Kräfte weitergegeben hatte. Doch ich dachte an meine Freunde, an unsere verrückte Gang, an die vielen Menschen um mich herum, die sich dafür einsetzten, dass sich alles zum Guten wendete. Es war ein wunderbares Gefühl, sie an meiner Seite zu wissen. Sie schafften es immer wieder, dass meine Angst in den Hintergrund rückte. Dass es mir gelang, nach außen hin Normalität vorzugaukeln, um keinen Verdacht zu erregen. Aber ich sollte wirklich möglichst schnell versuchen, mit Hermes zu sprechen. Er würde Rat wissen. Ich zückte mein Handy, um ihm eine Nachricht zu schreiben. Vielleicht war es eine kluge Idee, so eine Art Termin mit ihm zu vereinbaren. Nicht, dass er so kurz vor dem Wochenende bereits verplant war. Ich tippte sofort drauflos.

»Wenn der Himmel fällt, wirst du das Wasser brauchen.«

Vor Schreck hätte ich fast mein Handy von mir geworfen. Ich drehte mich so abrupt um, dass ich gefährlich schwankte.

Die drei Küchenfrauen standen ein Stück entfernt hinter mir. Wieder aufgereiht wie die Orgelpfeifen. Sie trugen ihre Kittel, was sie hier draußen im Grünen seltsam fehl am Platz wirken ließ. Ich starrte sie an, und für einen kurzen Moment verschwamm mein Blick. Sie sahen mich alle drei an. Wieder wäre ich fast von der Stange gefallen, als ich erkannte, dass zwei von ihnen nur leere Augenhöhlen zu besitzen schienen. Die Dritte, in der Mitte, hatte lediglich ein Auge. Ich erinnerte mich, dass sie die Kassiererin war. Ihr Name war Mélisande. Das eine Auge bewegte sich, als musterte es mich von oben bis unten. Ich sog scharf die Luft ein, und der Sauerstoff ließ meinen Blick wieder aufklaren. »Wie bitte?«

»Wenn du da runterfällst, wirst du das hier brauchen.«

Mélisande streckte mir einen altmodisch aussehenden Verbandskasten entgegen. Er war nicht wie die neueren Modelle aus Plastik, sondern schien tatsächlich aus Metall zu bestehen. Die Ecken waren angestoßen und leicht verrostet. Er wirkte massiv und für Profis gemacht, nicht wie das Inventar einer Schulkantine.

Ich starrte erst den Kasten an, dann sah ich zurück zu den drei Küchenfrauen. Nun schienen sie alle Augen zu besitzen, doch nur das eine blickte in meine Richtung. Die anderen wirkten eher wie … *Warum war mir das eigentlich nicht schon eher aufgefallen?* Sie wirkten wie Attrappen. Wie Sehhilfen, die aber nicht richtig funktionierten. Oder waren es nur Glasaugen? Sie bewegten sich, aber die Küchenfrauen schienen damit nicht wirklich gut sehen zu können. Kein Wunder, dass sie für ihre seltsamen Aktionen in der Mensa berühmt und berüchtigt waren. Sie konnten einfach sehr schlecht sehen. Doch warum war mein Blick verschwommen? Es waren doch nur ein paar seltsame alte Frauen. Urgesteine dieser Schule, die nur auf Wunsch eines anonymen Gönners mittels hoher Geldspenden die Mensa leiten durften. Ich hatte immer angenommen, irgendeine reiche Familie hätte den drei ungeliebten Tanten diese Jobs besorgt, damit sie nicht zu Hause allen permanent auf die Nerven gingen. Aber das hier war seltsam. Wenn mein Blick verschwamm, so mussten sie doch irgendetwas Mythologisches sein? Oder war einfach zu viel passiert, und mein Kopf spielte mir einen Streich?

»Nimm schon«, sagte Mélisande, und es klang nicht gerade freundlich.

Obwohl ich es eher für einen Scherz hielt, verstaute ich mein Handy und streckte meine Hand danach aus. Vielleicht würden sie dann verschwinden. Die Kleinste ihrer Dreiergruppe, die mit dem wild zu Berge stehenden grauen Haar und der dicken Brille, kicherte mit ihrer seltsam rauen Stimme.

»Das ist eine ernste Angelegenheit, Valériane«, tadelte sie die große Dünne mit den seltsam grün verfärbten Fingernägeln.

»Entschuldige, Ireyon«, murmelte die Kleine prompt und senkte den Blick.

Mélisande seufzte, als lastete das Schicksal der Welt schwer auf ihren Schultern. Sie machte einen Schritt nach vorn, um den Kasten auf meine ausgestreckte Hand zu legen. Doch natürlich verfehlte sie mich. Das war eigentlich schon ein Klassiker, schließlich kannte ich es nicht anders aus der Mensa. Der schwere Kasten glitt an mir vorbei und wäre fast zu Boden gefallen. Dabei stieß er hart vor die Uhr meiner Urgroßmutter, die ich wie immer ums Handgelenk trug. Ich hörte das Knirschen des Gehäuses und zog sofort meine Hand weg. Verbandskasten hin oder her, die Uhr meiner Urgroßmutter war mir hundertmal wichtiger als irgendwelche Geschenke seltsamer Küchenfrauen.

Die Uhr schien unversehrt. Vermutlich, weil ich sie so straff um mein Handgelenk gebunden hatte, um immer zu spüren, dass sie da war.

Eine der Küchenfrauen gab ein ungeduldiges Brummen von sich. Etwas unwirsch nahm ich Mélisande den Kasten aus der Hand, den sie mir immer noch hinhielt. Ich war sauer, denn immerhin hätte sie fast die Uhr meiner Urgroßmutter ruiniert. Ein unwiederbringliches Erbstück, dessen Verlust mich sehr geschmerzt hätte.

Evangéline unter meinem Pullover begann sich nervös zu bewegen. Sie schien genau wie ich zu spüren, dass hier etwas nicht stimmte. Ich flüsterte ihr mental ein paar beruhigende

Worte zu. Doch sie legte sich nicht wieder hin. Ich spürte ihre Unruhe, und das verstärkte mein komisches Gefühl noch mehr. Ich musste den Kasten mit beiden Händen festhalten, so schwer war er. Meine Position – auf der Stange balancierend, und das halb umgedreht zu den Küchenfrauen – war nicht nur unbequem, sondern auch ziemlich wacklig.

»Vielen Dank. Einen schönen Tag für Sie drei«, sagte ich, in der Hoffnung, wir hätten es nun hinter uns. Sobald sie außer Sichtweite waren, würde ich den Kasten auf dem Boden abstellen und ihn ganz unauffällig am Rande des Spielfelds »vergessen«. Wer brauchte schon Mullbinden, die vermutlich so alt waren, dass sie im letzten Weltkrieg schon abgelaufen waren? Ich nickte den drei Damen ein letztes Mal zu und wollte mich wieder umdrehen, doch da geschah etwas mit ihnen. Ihre Haut schien noch faltiger, noch grauer zu werden. In der nächsten Sekunde strafften sie alle drei die Schultern und wurden noch ein paar Zentimeter größer. Sie wirkten fast wie Soldaten, die zum letzten Appell angetreten waren. Mélisandes funktionierendes Auge war das Einzige, das mich direkt ansah. Dann sprachen sie alle gleichzeitig.

»Wir sind fertig hier. Nun liegt es an dir.«

Die Stimmen klangen monoton, wie die von Robotern.

Und im nächsten Moment hatten sie sich in Luft aufgelöst. Ihre Küchenkittel segelten zu Boden wie traurige leere Hüllen. Sie verbargen die typischen Clogs, die sie alle drei getragen hatten. Wieder musste ich mich mit beiden Händen festhalten, um nicht doch vom Geländer zu kippen. Der Verbandskasten fiel polternd auf den roten Sand des Sportplatzes, und ein paar Schüler drüben auf den Tribünen reckten neugierig die Köpfe.

Evangéline unter meinem Pullover war nun kaum mehr zu bremsen. Ich wisperte ihr eindringlich zu, sich bitte nicht zu zeigen. Nicht jetzt, da Dutzende Augenpaare in meine Richtung blickten. Schon hatten ein paar Schüler die drei herumliegenden Kleidungsstücke entdeckt und zeigten darauf. Schnell sah ich weg. Ich ließ mich von der Stange gleiten, schnappte mir meinen Rucksack und den Verbandskasten und stürzte davon.

Noch während ich rannte, spürte ich, dass mit meiner Uhr etwas nicht stimmte. Ich fluchte leise. Evangélines spitze kleine Beinchen bohrten sich in meine Haut, in dem Versuch, sich in der Kuhle meines Schlüsselbeins festzuhalten. Doch das war halb so schlimm, verglichen mit der Sorge um die Uhr meiner Urgroßmutter. Ich entschied mich für das Versteck, das am schnellsten zu erreichen war: die Toilettenräume der Sportumkleiden. Jemmas Training würde noch gute zwanzig Minuten dauern, und so lange wäre ich hier vermutlich relativ ungestört. Ich knallte die Tür der ersten Kabine hinter mir zu, ließ den Klodeckel nach unten fallen und wollte mich setzen. In dem Moment rutschte mir mein Mantel, den ich im Laufen schon fast verloren hatte, endgültig auf die Füße. Schon wieder fluchte ich leise. Natürlich wurden die Toilettenräume, wie alles an dieser Schule, penibel gepflegt. Trotzdem gefiel mir der Gedanke nicht, hier mit meinem Mantel den Boden zu wischen. Der rote Staub des Sportplatzes hatte bereits Flecken darauf hinterlassen, als ich ihn aufhob. An der Tür gab es einen Haken, und ich hängte ihn dort auf. Dann fragte ich mich, warum um alles in der Welt ich diesen blöden Verbandskasten mitgenommen hatte. Es war wie ein Reflex gewesen. Ich stellte ihn auf den Boden. Bei ihm war es mir völlig egal, ob er dreckig wurde oder nicht. Ich nahm den Rucksack auf den Schoß und legte mein linkes Handgelenk darauf ab.

»Bitte nicht …«, flüsterte ich leise, »bitte, bitte nicht.«

Das Gehäuse fühlte sich plötzlich wackliger an als vorher. So, als würde die hintere Deckplatte des Gehäuses sich bewegen. Ich löste das stramm gebundene Lederarmband, und da sah ich die ganze Bescherung. Der Stoß des Verbandskastens gegen das Gehäuse musste die hintere Abdeckung gelöst haben. Ich hatte gar nicht gewusst, dass sie abzulösen war, denn dies war noch eine Uhr ohne Batterie. Eine Uhr mit Handaufzug. Ich schluchzte leise auf, weil ich mir gar nicht sicher war, ob man so etwas reparieren konnte. Vorsichtig drehte ich die Uhr um und stellte erleichtert fest, dass sich die Zeiger immer noch bewegten. Ich atmete auf. Etwas fiel mit einem leisen metallischen Geräusch auf den Stoff meines Rucksacks. Ich nahm die Hand zur Seite und sah ein Knäuel von Goldfäden. Sie mussten aus dem Inneren des Uhrgehäuses gefallen sein. Da ich nicht die geringste Ahnung von Uhrwerken hatte, hielt ich erschrocken die Luft an. Ich war mir sicher, dass es irgendein wichtiges Einzelteil sein musste, das nun zerstört war. Das Gold wirkte verdreht und scheinbar unlöslich ineinander verknotet. Fast wie ein Faden aus Wolle, den jemand ganz besonders Ungeduldiges mehr schlecht als recht aufgewickelt hatte.

Behutsam legte ich die Uhr und die hintere Deckplatte des Gehäuses auf meinem Rucksack ab. Dann nahm ich das Goldknäuel hoch und legte es auf meine Handfläche, um es genauer zu betrachten. Es war nicht groß, aber trotzdem war es erstaunlich, dass es in diese winzige Uhr gepasst hatte. Ich wollte das Knäuel gerade prüfend in der Hand hin und her rollen, als ich eine Bewegung wahrnahm. Ich stoppte das Rollen und sah erneut hin. Wieder bewegte das Knäuel sich, es schien von innen heraus zu pulsieren. »Was …?«, murmelte ich noch, als das Knäuel sich mit einem Schlag entwirrte.

Nun war Evangéline endgültig nicht mehr zu bremsen. Sie

schoss aus dem Kragen meines Pullovers hervor und umkreiste meine Hand neugierig. Ich erkannte, dass es kein einzelner langer Golddraht war, sondern fünf einzelne Goldstränge, so zart und hauchdünn wie Fäden. Sie fühlten sich warm an auf meiner Haut, so als hätten sie sich meiner Temperatur bereits angepasst. Als sie sich vorwärts zu bewegen begannen, konnte ich einen erschrockenen Laut nicht unterdrücken. Alle fünf Golddrähte bewegten sich gleichzeitig auf meine Finger zu. Ich wollte irgendetwas machen, doch ich war wie gelähmt. Evangéline ließ sich auf der Spitze meines Zeigefingers nieder und betrachtete das Schauspiel furchtlos. Die fünf Golddrähte wanden sich um meinen rechten Ringfinger. Ihre Bewegungen waren so elegant wie die von Hermes' kleinen Schlangen. Noch immer war ich wie erstarrt. Wieder veränderten sie sich. Jeder einzelne Golddraht begann, ein Muster auszubilden. Der erste ein Muster aus aneinandergereihten Tropfen. Der zweite formte winzige Blätter, der dritte verwandelte sich in filigran aneinandergereihte Blumen und der vierte in winzig kleine Sterne. Nur der fünfte Draht blieb schlicht und glatt und wirkte, als hätte man das Gold mutwillig geschwärzt. Sie alle schlossen sich zu einem einzigen Ring zusammen, der sich nun elegant fast hinauf bis zum ersten Fingergelenk meines Ringfingers wand. Das Gold schien von so reiner Qualität, dass es trotz der Ringform fast elastisch wirkte.

Ich nahm Evangéline mit der linken Hand von meinem Zeigefinger herunter und drehte die rechte Hand um. Die Goldfäden wirkten nun wie ein exklusives Schmuckstück. Wie etwas, das man für viel Geld bei einem sehr kreativen Schmuckdesigner hatte anfertigen lassen. Obwohl es fünf unterschiedliche Bänder waren, die den Ring formten, wirkte er doch nicht protzig. Die Muster der einzelnen Stränge – die

Sterne, die Blumen, die Blätter und die Tropfen – wirkten derart vollkommen, obwohl sie doch so winzig waren, dass der Ring ein wahrer Hingucker war. Sogar der schlichte geschwärzte Strang war ein Hingucker, der die Muster der anderen Drähte harmonisch miteinander verband. Ich hatte selten etwas so Schönes gesehen.

Im nächsten Moment hörte ich es. Einen leisen Gesang, melodisch und traurig. Er war nur in meinem Kopf und so unwirklich, dass ich mich konzentrieren musste, um die Worte zu verstehen:

So kalt und dunkel in tiefster Nacht,
haben wir unsere Ewigkeit verbracht.
Ein Strahlen, ein Schimmern, der unwirkliche Schein,
was hat es gebracht uns, das ewige Sein?
Wir Schwestern, wir lieben und bedauern doch tief,
dass so lange keine mehr unsere Namen rief.

Eine Gänsehaut jagte meine Wirbelsäule hinab. Es war ein perfekter Chor mehrerer Frauenstimmen. Stimmen, die vertraut klangen. Stimmen, die mich tief im Innern berührten und mich überlegen ließen, wonach diese Frauen sich sehnten und warum sie so traurig waren. Ich betrachtete erneut den Ring. Sein Gold hatte sich mittlerweile perfekt der Form meines Fingers angepasst, ich spürte ihn schon gar nicht mehr. Er sah fast aus, als wäre er ein Stück in meine Haut eingesunken. Genauso wie das Armband, das Tiffy trug, um nicht schlafen zu müssen.

Im nächsten Moment fühlte es sich an, als würde jemand den Weichzeichner-Filter von meinem Leben reißen. Schlagartig wurde mir bewusst, was in den letzten Wochen alles passiert war. Ich war eine Wiesennymphe, Paris war voller Götter, ich war schwer verliebt in ein mythologisches Wesen der Unterwelt, und so wie es aussah, hatte ich es mir ziemlich mit dem obersten Götterherrscher verscherzt. Mein Blick fiel auf Evangéline. Und ich kuschelte mit einem ausgestorbenen Rieseninsekt.

Es fehlte nicht viel und ich wäre aufgesprungen. Panik, Angst und Ungläubigkeit brachen sich in mir Bahn. Mein Verstand kämpfte verzweifelt dagegen an und versuchte, die Oberhand zu gewinnen. Doch es bewirkte genau das Gegenteil. Wie sollte ich rational erklären, was ich war? Wie sollte ich nüchtern betrachten, dass nichts so war, wie es schien? Dass die meisten meiner Mitmenschen nicht ahnten, was alles um sie herum geschah und unbemerkt existierte?

Mein Puls überschlug sich. Was genau war passiert? Wann war es passiert? Mein Mund war ganz trocken, als ich mich erneut zu konzentrieren versuchte. Wie von selbst betrachtete ich prüfend den Ring. Alles war gut gewesen, als der Ring noch als Goldknäuel in der Uhr meiner Urgroßmutter versteckt gewesen war. Dann hatte er sich entrollt, verwandelt, und die Realität hatte mich wie eine kalte Dusche erwischt. Fast so, als ob das Gold bisher eine beruhigende Wirkung auf mich gehabt hätte. Wie ein sanftes Beruhigungsmittel, damit ich nicht durchdrehte und dieser mythologischen Welt den Rücken kehrte.

Vorsichtig setzte ich Evangéline auf den Rucksack neben meine Uhr und holte dann hektisch das Handy aus der Fronttasche.

Oh mein Gott, ich bin eine Nymphe!, tippte ich in den Chat unseres Trios. *Wie habt ihr mir das alles glauben können? Wie seid ihr bloß so cool dabei geblieben? Ich meine, das ist der totale*

Wahnsinn! Ich dreh gleich durch! Das gibt es alles wirklich – alle Götter sind real, und sie leben mitten unter uns! OMG!

Es fühlte sich gut an, das alles zu schreiben. Es beruhigte mich ein wenig. Doch dann dachte ich daran, wie sehr diese Nachricht meine Freundinnen beunruhigen würde. Und es wäre nicht die einzige schräge Sache, die ich ihnen erzählen müsste. Blieben ja noch die Geschichte mit dem Ring und die seltsame Begegnung mit den Küchenfrauen samt ihrem Geschenk. Ich stieß zischend die Luft aus. Mein Leben schlug keine Purzelbäume, es machte hysterisch kreischend Flickflacks bis zum Abwinken. Lautlos seufzend löschte ich die Nachricht wieder, stattdessen wählte ich erneut Maéls Nummer. Doch er hob nicht ab. Vermutlich schlief er immer noch. Also wählte ich Hermes' Nummer. Hier sprang nach dem zweiten Klingeln die Mailbox an.

Ich überlegte kurz. Obwohl Gigi und Jemma meine Vertrauten waren, beschloss ich, dass ich ihnen so langsam genug zugemutet hatte an bahnbrechenden mythologischen Neuigkeiten. Erst gestern hatte ich Jemma von meinen erwachten Halbgottkräften berichtet und sie um Rat gefragt. Ich wusste, dass sie sich seitdem ernste Sorgen um meine Sicherheit machte.

Die Entdeckung des Rings in der Uhr meiner Urgroßmutter warf schon wieder schier unklärbare Fragen auf. Ganz sicher würden Gigi und Jemma irgendwann an einen Punkt gelangen, an dem es ihnen einfach zu viel wurde. Sie hatten schließlich auch noch ihr eigenes Leben. Ihre Familien, ihre Freunde und ihre beiden Liebsten. Außerdem hatte Jemma Sport als Hobby, was auch eine Menge Zeit in der Woche einnahm. Gigi hingegen kochte und backte leidenschaftlich gern und probierte normalerweise ständig neue Rezepte aus. Ich wusste, dass all diese Freizeitaktivitäten zugunsten unserer Schnitzeljagd quer durch die mythologische Welt hatten hintenanstehen müssen. Und nun die Geschichte mit den seltsamen Küchenfrauen, dem Ring und diesem dämlichen Verbandskasten.

Früher war ich nicht abergläubisch gewesen und hatte nicht an »kosmische Vorherbestimmung« geglaubt. Zufälle waren für mich wissenschaftlich genauso berechenbar gewesen wie mathematische Formeln. Doch mittlerweile war einfach zu viel passiert, was rational nicht erklärbar war. Als Letztes nun Mélisandes geplanter Angriff auf die Uhr meiner Urgroßmutter. Ich konnte und wollte einfach nicht glauben, dass es sich hierbei schon wieder um einen Zufall handelte. Sie hatte mit dem schweren Kasten vor meine Uhr gehauen, und dann hatten sie verkündet, dass sie fertig seien und nun alles bei mir liege. Sie hatten ganz bewusst darauf gebaut, dass ich das versteckte Schmuckstück finden würde. Was zur Hölle hatten sie über das Erbstück meiner Urgroßmutter gewusst?

Nein, das alles würde Gigi und Jemma endgültig überfordern. Ich beschloss, nach Hause zu fahren, da es wohl noch dauern würde, bis Maél mir antwortete.

Dann sorgte ich dafür, dass Evangéline wieder unter meinem Pullover verschwand, und packte die beiden Teile der Uhr in mein kleines Kosmetiktäschchen. Zusammen mit dem Handy verstaute ich es in der vorderen Tasche meines Rucksacks, schlüpfte in meinen rot verfärbten Mantel und entriegelte die Kabinentür. Zum Schluss hob ich wie selbstverständlich den rostigen Verbandskasten vom Boden hoch. Mysteriöse Geschenke sollte man behalten, wer weiß wofür sie gut waren. Ich wollte die beiden Riegel aufschnippen, um kurz einen Blick hinein zu werfen, doch natürlich bewegten sie sich keinen Zentimeter. Sie wirkten sogar noch verrosteter als der Rest des Kastens. Weil ich keine Lust hatte, mir eine Blutvergiftung zu holen, beschloss ich, das Knacken der Schlösser auf später zu verschieben. Ich schüttelte den Kasten, und es klang, als lägen ein oder mehrere flache Dinge darin. Ich tippte auf sorgsam gefaltete und verschnürte Mullbinden, die sich vermutlich unter meinen Händen zu Staub auflösen würden. Trotzdem klemmte ich mir das elendig schwere Ding unter den Arm und verließ die Kabine. Mein Mantel war ohnehin ruiniert, was würde da ein bisschen Rost schon schaden?

*

Als ich das Schulgebäude verließ, erschien mir sogar meine Umgebung irgendwie schärfer und kontrastreicher. Es war schwer zu glauben, aber ich hatte tatsächlich in einer Art Weichzeichnerwelt gelebt. Jetzt fühlte sich die Realität messerscharf und zentnerschwer an.

Ich war eine Nymphe und vermutlich sogar eine Halbgöttin.

Der Götterbote war einer meiner engsten Verbündeten.

Ich hatte die Unterwelt betreten.

Einen zornigen Schmiedegott besänftigt.

Ein lebendiger Ring schlang sich um meinen Finger.

Ich redete mit Pflanzen!

»Verdammt.« Ich legte kurz eine Hand über meine Augen, dann sah ich mich um. Bekam man hier irgendwo einen Kaffee? Ich seufzte erleichert auf, als mir das Café einfiel, in dem ich mit Enko gewesen war. Es lag auf dem Weg zur Metro, und ich wusste, dass sie ihre Heißgetränke auch »to go« anboten.

Ich eilte zu dem Café, bestellte und kippte den Kaffee fast auf ex in mich hinein. Und sogar der schmeckte plötzlich intensiver. Herb und blumig zugleich, mit einem so vollmundigen Röstaroma, dass ich nach Luft schnappen musste. Bei allen Göttern, Kaffee war ja noch viel besser als bisher angenommen!

Mir fiel erst auf, dass ich kicherte und den Pappbecher in meiner Hand verzückt anstarrte, als ein paar Studenten von ihren Büchern aufsahen und mich mit gerunzelten Brauen musterten.

Schnell bestellte ich noch einen Kaffee und verließ dann mit gesenktem Kopf den Laden. Einen Moment lang war die Versuchung fast zu groß, am liebsten hätte ich laut gerufen: *Guckt nicht so. Es sei denn, ihr besitzt auch ein ausgestorbenes Rieseninsekt, das nachts in euren Haaren schläft, dann reden wir weiter.* Ich biss mir auf die Lippe, um mich daran zu hindern. Der Realitäts-Overkill macht mich high. Und den Rest erledigte die Überdosis Koffein.

An der Metrostation betrachtete ich immer wieder den Ring. Das Gold schien fast lebendig, so sehr schimmerte es. Eine Frau sprach mich darauf an, und ich erzählte, dass ich den Ring auf einem Flohmarkt entdeckt hätte. So abgerissen wie ich aussah, nahm sie natürlich an, dass es sich nicht um Gold handelte. Sie machte mir noch ein Kompliment, und ich bedankte mich freundlich dafür. Auch in der Bahn auf dem Weg nach Hause ertappte ich immer wieder Menschen dabei, dass sie auf den Ring starrten. Er war aber auch wirklich ein wunderschöner Hingucker. Ich hatte mich sofort in seinen Anblick verliebt. Außerdem fühlte sich der Ring so an, als gehörte er voll und ganz zu mir. Als hätte er all die Jahre nur darauf gewartet, dass ich ihn finden würde. Ich versuchte mir in Erinnerung zu rufen, ob ich mich anders gefühlt hatte, nachdem ich die Uhr von Mom und Dad vererbt bekommen hatte. Doch ich erinnerte mich an nichts. So krass wie heute konnte die Wirkung also nicht gewesen sein, vermutlich hatte sie sich langsam entfaltet.

Die Bahn musste halten, weil es auf der Strecke eine Baustelle gab, die es nötig machte, dass Arbeiter immer wieder kurz an den Gleisen etwas schweißten. Ich war den außerplanmäßigen Halt schon gewöhnt, deshalb beschwerte ich mich nicht, anders als ein paar Mitreisende. Stattdessen siegte meine Neugier, und ich begann wieder an diesem elenden Verbandskasten herumzufummeln. Natürlich bewegten die zwei Schnappschlösser sich keinen Millimeter.

»Flohmarktfund?«, fragte ein älterer Mann, der neben mir saß.

»Ja«, sagte ich, weil ich die Idee gar nicht so abwegig fand. »Leider etwas störrisch.«

»Hübsches Ding«, meinte er. »Gut erhalten. Wenn Sie nicht wissen, was Sie damit anfangen sollen, stellen Sie es bei eBay ein. Die erzielen gute Preise.«

Ich sah ihn überrascht an. »Wie meinen Sie das?«

Die Falten um die Augen des älteren Mannes vertieften sich. »Das ist eine Antiquität. Wussten Sie das gar nicht?«

Ich schüttelte den Kopf. »Nein, ich kenne mich nicht so gut aus.«

»Das ist ein Verbandskasten aus dem Zweiten Weltkrieg. Ein Modell der Engländer. Dieser kleine Freund hier …«, er tippte mit dem Zeigefinger auf den Deckel des Kastens, »… war ganz sicher an der Front. Sehen Sie nur, wie mitgenommen er aussieht. Wussten Sie, dass der Zweite Weltkrieg für sein schlechtes Wetter bekannt war? Es war, als hätte die Natur sich gegen die grausamen Streitigkeiten der Menschen gewehrt. Feucht und klamm.« Er nickte bekräftigend. »Ja, feucht und klamm war es in den Schützengräben. Ich kenne mich aus, einer meiner Brüder hat mal mit Militaria gehandelt. Unser Vater hatte damals Glück. Er war Fluglehrer. Sie haben ihn nicht eingezogen, sondern nur für die Ausbildung rekrutiert. Aber ich habe Tagebücher gelesen. Es muss schrecklich gewesen sein. Was würde dieser kleine Kasten wohl für Geschichten erzählen, könnte er sprechen.«

Ich nickte, völlig fasziniert von den Worten des alten Mannes. »Das glaube ich auch. Schade nur, dass er nicht zu öffnen ist. Irgendetwas scheint dadrin zu klappern.«

»Vermutlich ist es altes Verbandsmaterial oder eine Schere. Diese Koffer gehörten den Frontkrankenschwestern. Er gehörte zu ihrer Ausstattung, wenn sie in die Lazarette aufbrachen. Die Ärzte, hauptsächlich Chirurgen, hatten größere Koffer aus Leder dabei. Meist mit ihrem eigenen Werkzeug. Aber die meisten dieser Koffer haben den Zahn der Zeit nicht überstanden.« Wieder tippte er auf den Kasten. »Das waren tapfere Mädchen damals. Nicht viel älter als Sie. Sie verließen die Schulen und machten eine Ausbildung zur Krankenschwester, um ihren Brüdern, Vätern und Freunden an der Front zur Seite zu stehen. Diese Mädchen schafften es, in all dem Übel, dem Sterben und den zischenden Gewehrkugeln einen kühlen Kopf zu bewahren. Sie haben viele Menschenleben gerettet.«

Ich lächelte gerührt. »Haben Sie viele solcher Tagebücher gelesen?«

»Die Familien von denen, die es nach Hause zurückgeschafft hatten, haben diese Erinnerungen natürlich oft nicht hergegeben. Mittlerweile kommen mehr Tagebücher auf den Markt, einfach weil jetzt die dritte oder vierte Generation nachrückt, die diese Menschen nicht mehr persönlich gekannt hat. Das sind Leute, denen diese Erinnerungen nicht viel bedeuten. Die nichts mehr davon wissen wollen. Je mehr auf den Markt kommen, desto mehr sinkt die Nachfrage. Das ist ein Naturgesetz. Trotzdem bin ich dafür, dass man diese Berichte irgendwo konservieren sollte. Sie archivieren und vielleicht zusammenführen. Wer weiß, vielleicht findet man irgendwo Berichte von Menschen, die wochenlang nebeneinander gearbeitet haben. Nebeneinander gekämpft haben. Man könnte ihre Erinnerung nach so langer Zeit, kurz vor dem Vergessen, wieder zusammenbringen. Denn dann wäre es so, als hätten sie sich nach so vielen Jahren wiedergefunden.«

»Was für ein schöner Gedanke. Vielleicht sollte man wirklich mal so ein Projekt ins Leben rufen. Das Internet sollte doch das Archivieren solcher Tagebücher leicht machen.«

In dem Moment setzte sich die Bahn ruckelnd wieder in Bewegung.

Der ältere Mann zuckte die linke Schulter. »Das ist nichts mehr für mich. Das Internet. Damit komme ich nicht zurecht. Mein Enkel kennt sich gut aus, und manchmal hilft er mir, wenn ich zu einem Spezialisten muss. Da gibt er dann ein bisschen was in seinen Computer ein, und schon wissen wir, wo der beste Arzt in meinem Umkreis seine Praxis hat. Das ist hilfreich.«

»Das stimmt. Schön, dass Ihr Enkel Ihnen dabei hilft.«

»Er ist ein guter Junge.« Der Blick des alten Mannes fiel wieder auf den Verbandskasten. »Geben Sie ihn mal her, den störrischen kleinen Kasten.«

Ich reichte ihm den Verbandskasten hinüber.

Auch er versuchte sich an den Schnappschlössern. Sie sahen ein bisschen aus wie die Schlösser, die man heutzutage an kleinen Kinderkoffern befestigte. Nur, dass diese wirklich massiv und sehr stark wirkten. Der Rost tat vermutlich sein Übriges. Die Finger des alten Mannes wirkten arthritisch und sehr in Mitleidenschaft gezogen. So, als hätte er sein Leben lang mit den Händen gearbeitet. Vermutlich nahm er daher die Kraft, denn schon nach kurzer Zeit sprang eines der Schlösser mit einem Knirschen auf.

Ich wäre fast von meinem Sitz gehüpft. »Das ist doch unglaublich! Was haben Sie für eine Kraft in den Händen!«

»Schreiner«, sagte der alte Mann lächelnd. »Da braucht man Kraft. Warten Sie, ich versuche mich am zweiten Schloss.« Er legte seinen Zeigefinger unter den Riegel und bog ihn nach oben. Das Metall ächzte und wehrte sich. »Das ist diese elende Korrosion …« Der alte Mann schnaufte, dann holte er noch einmal tief Luft. »Moment, gleich habe ich es.«

»Bitte verletzen Sie sich nicht. Rostiges Metall kann scharf sein.«

»Meine Hände sind wie Leder, Kindchen. Wer über vierzig Jahre lang mit Holz arbeitet, der zieht sich keine Splitter mehr.« Die zweite Schnalle gab nach, und das Schloss sprang auf.

Mir stand der Mund offen. »Wahnsinn. Vielen Dank.«

Der alte Mann hob den Deckel nicht an, sondern stellte mir den Koffer zurück auf den Schoß. »Bitte schön. Möchten Sie reinsehen?«

In diesem Moment wurde meine Haltestelle angesagt. Eigentlich hätte ich aufspringen und aussteigen müssen, doch ich fand es viel zu unhöflich, jetzt zu gehen. Ich könnte genauso gut noch eine Haltestelle mitfahren und an der nächsten umsteigen oder einfach das kurze Stück laufen. Hier in der Innenstadt am Louvre lagen alle Haltestellen nah beieinander. Ich sah zu ihm. »Wollen Sie auch wissen, was drin ist?«

Die Augen des alten Mannes leuchteten erfreut auf. »Sehr gern.«

Ich hob den Deckel. Er quietschte wie die verwunschene Tür in einem Geisterschloss.

In dem Kasten lag nur ein einziger Gegenstand. Ein Buch mit einem Einband aus Leder, das mit einer Kordel umwickelt war. Vorn war ein einziges Wort eingebrannt. »Diary«, das englische Wort für Tagebuch.

»Ein Tagebuch, haben Sie ein Glück«, flüsterte der alte Mann. »Stellen Sie sich vor, dass es all diese Zeit in diesem Koffer auf Sie gewartet hat. Darauf, dass Sie es finden. Dieses Schloss hat schon sehr lange niemand mehr geöffnet. Glauben Sie mir, Kindchen, ich habe jede Menge Schlösser verbaut und alte Möbel restauriert. Diese Kraft kann der Rost nur entwickeln, wenn er mehrere Jahrzehnte Zeit dazu hat. Ich wette mit Ihnen. Irgendjemand hat diese Kiste nach dem Krieg gut verstaut, und seitdem ist sie nicht mehr angerührt worden.«

»Ob ich es einfach anfassen kann?«, überlegte ich laut.

»Das ist Leder. Es sieht gut aus. Leder überdauert die Zeit. Es ist robust. Bleibt nur die Frage, wie das Papier aussieht. Wenn der Kasten mal feucht gelagert wurde, kann es sein, dass die Tinte durch die Feuchtigkeit unleserlich geworden ist.«

Ich hob das Tagebuch vorsichtig hoch und löste die Kordel. Als ich es aufklappte und mit den Fingerspitzen ein paar Seiten durchblätterte, fand ich darin die zierliche elegante Handschrift einer Frau. Komischerweise war ich mir ganz sicher, dass es eine Frau war. Das Tagebuch war auf Englisch verfasst. Der ältere Mann hatte sich näher zu mir gebeugt, doch er schien nicht so gut Englisch zu können.

»Das ist weit gereist«, bemerkte er. »Sie haben einen Schatz gefunden. Halten Sie ihn in Ehren.«

»Vielen Dank.« Das Tagebuch schien tatsächlich öfter mal feucht geworden zu sein, denn einige Passagen waren leicht verschwommen. Dennoch konnte ich ein paar Sätze lesen. So aus dem Zusammenhang gerissen ergaben sie keinen Sinn, doch ich erkannte daran, dass es eindeutig ein Kriegstagebuch war.

»Sie schreibt über den Krieg«, stellte ich fest.

»Wenn Sie so gut Englisch können, dass Sie es übersetzen können, dann sollten Sie es von Anfang an lesen. Dieses Dokument ist ein Zeitzeuge.«

»Ich danke Ihnen. Das werde ich auf jeden Fall tun.«

Der alte Mann lächelte wieder. »Ich muss an der nächsten Haltestelle aussteigen, aber es war mir eine Freude, mit Ihnen diesen Schatz zu entdecken.«

»Vielen Dank, dass Sie mir geholfen haben, Monsieur.«

Die Bahn wurde schon langsamer, weil wir uns der Haltestelle näherten. Der alte Mann stand ächzend auf, und auch ich erhob mich. Den Kasten hielt ich zugeklappt unter meinem Arm, das Tagebuch sicher darin verstaut.

Auf dem Gleis blieben wir kurz voreinander stehen.

»Auf Wiedersehen, Monsieur, und danke für Ihre Zeit.«

Er nickte. »Passen Sie gut darauf auf. Gegen das Vergessen, denn das ist das Einzige, was in unserer Geschichte zählt. Gegen das Vergessen, damit so etwas wie damals nie wieder vorkommt.«

Der Moment war fast ein wenig feierlich. Ich nickte wieder. Er klopfte mir väterlich auf die Schulter, dann drehte er sich um und ging davon. Ich sah ihm nach und nahm mir fest vor, das Tagebuch von vorn bis hinten zu lesen und es dann einem Museum zu spenden.

Kaum, dass ich die U-Bahn-Station verlassen hatte, trudelten Nachrichten von Maél und Hermes ein. Doch jetzt war ich fast zu Hause und würde nicht sofort umkehren. Meine Eltern waren nicht da, aber laut einem Zettel auf der Küchentheke waren sie nur ganz kurz irgendwo zu einem Geschäft gefahren, um etwas abzuholen. Ich textete ihnen, dass ich zu Hause wäre, mich aber gleich noch mit Maél treffen würde. Es rührte mich, als meine Mutter sofort antwortete und mich bat, Maél gute Besserung von ihnen auszurichten.

Ich lächelte.

Nachdem sich die Ereignisse mal wieder überschlagen hatten, freute ich mich darauf, alles in meinem Zimmer einen Moment sacken zu lassen. Ich warf alle überflüssigen Klamotten von mir, schlüpfte in meine Yogahose und ein Shirt und stellte den Verbandskasten vor mich auf den Schreibtisch. Evangéline war eine kurze Runde geflogen und beäugte den Kasten nun neugierig. Ich hatte die Schlösser nicht wieder verriegelt, aus Angst, sie könnten sich erneut verhaken. Stattdessen hatte ich den Deckel nur aufgelegt, doch dank des verzogenen Materials schloss er auch so einigermaßen. Vorsichtig öffnete ich jetzt den Deckel und nahm das Tagebuch heraus. Ich machte sogar meine Schreibtischlampe an, um besser zu sehen. Die Schrift auf den Seiten war zum größten Teil schon so verwittert, dass ich es kaum schaffte, irgendetwas zu entziffern. Die Buchstaben waren seltsam verschnörkelt und wirkten altmodisch, was es auch nicht einfacher machte. Die Mitte des Buches schien noch am besten erhalten. Das deutlich erkennbare Datum bestätigte, dass dieses Tagebuch gegen Ende des Zweiten Weltkriegs geführt worden war. Die Frau berichtete über das Leben in einem Lazarett direkt an der Front. Darüber, wie sehr ihr die jungen Soldaten leidtaten. Wie sehr sie

sie an ihren Bruder erinnerten, den sie viel zu früh verloren hatte. Eines Abends berichtete sie traurig davon, dass sie irgendwo in all dem Chaos ihre Armbanduhr verloren hatte. Eine, die sie sich von ihrem ersten Sold selbst gekauft hatte. Sie bedauerte es, denn eine Krankenschwester ohne Uhr schien ihr einfach keine richtige Krankenschwester zu sein. Ich blätterte um und war erfreut, denn die Schrift war an dieser Stelle sogar noch besser. Ich konnte ganze Sätze lesen.

Ich habe drei Kolleginnen, schrieb die Frau. *Sie sind älter als ich und nicht unbedingt als gefällig für das Auge zu bezeichnen. Oft stehen sie nebeneinander, aufgereiht wie die Orgelpfeifen.*

Mir lief ein Schauer die Wirbelsäule hinab und ich las schnell weiter.

Aber sie sind gute Krankenschwestern, obwohl ich immer den Eindruck habe, dass sie alle nicht richtig sehen können.

Mir wurde noch kälter.

Die Eine hat wirres graues Haar, das sich nicht mal mit einer Haube richtig bändigen lässt. Die Größte ist wirklich sehr groß für eine Frau, und ihre Nägel haben diese grünliche Farbe. Ich glaube aber nicht, dass sie krank ist, denn sie wirkt temperamentvoll und ist sehr kräftig. Die Dritte ist noch die Geschickteste von ihnen. Sollten sie Schwestern sein, dann ist diese auf jeden Fall ihre Sprecherin. Sie wirkt sehr forsch und von sich selbst überzeugt. Doch es sind gute Frauen, auch wenn sie schon fast etwas zu alt für den Frontdienst wirken. Vielleicht hat man sie angestellt, weil sie über große Erfahrung verfügen.

Heute Nachmittag haben sie mitbekommen, wie ich mich mit einer anderen Kollegin über meine verlorene Uhr unterhalten habe. Wir hatten gerade Pause und waren dabei, uns umzuziehen. Frische Uniformen sind Mangelware, und ich freue mich, wenn mal eine neue Lieferung die Front erreicht. Später kamen die drei zu mir. Sie überreichten mir eine Uhr mit den knappen Worten, dass jede Krankenschwester eine Uhr brauche. Angeblich hatten sie sie von einem Patienten zum Dank geschenkt bekommen, besaßen jedoch alle schon eine.

Ich konnte mein Glück kaum fassen. In solchen Zeiten so großzügig zu sein, zeugt wirklich von menschlicher Großmut. Ich wollte die Uhr erst nicht annehmen, aber die drei haben mir keine Wahl gelassen. Sie haben sie mir einfach um mein Handgelenk gelegt.

Die Uhr ist wirklich wunderschön. Ein Lederarmband und ein Gehäuse, das – obwohl ich es kaum glauben mag – so aussieht, als wäre es aus echtem Gold gefertigt. Sie ist winzig und filigran, und es fühlt sich an, als hätte sie schon immer genau dorthin gehört. Gerade in diesem Moment, in dem ich schreibe, betrachte ich sie wieder. Eitelkeit in diesen Zeiten grenzt an Blasphemie, und doch kann ich das Glücksgefühl nicht unterdrücken. Schon jetzt stelle ich mir vor, wie ich sie meiner Tochter vererbe und sie diese Uhr vielleicht sogar an ihre Tochter weitergibt. Sie ist von ausgezeichneter Machart und Qualität. Ganz gewiss wird sie die Jahrzehnte überdauern. Ich jedenfalls werde pfleglich mit ihr umgehen.

Die drei Schwestern – meine junge Kollegin nennt sie immer »die drei Orgelpfeifen« – schienen derselben Meinung zu sein wie ich. Sie wollten das Geschenk an meinen Schwur binden, diese Uhr an die erstgeborene Tochter der nächsten Generation weiterzugeben. Und sie haben recht damit. Diese Uhr darf niemals verkauft werden. Sie muss in meiner Familie weitergereicht werden. Dafür werde ich sorgen, und …

Der Text brach ab, und ein großer Wasserfleck machte den Rest der Zeilen unleserlich. Doch ich hatte genug gelesen. Hastig blätterte ich ganz nach vorn. Suchte nach dem fast verblassten Schriftzug auf der ersten Seite. Ich musste das Tagebuch nah ans Licht halten, um die Tinte noch irgendwie zu erkennen.

Die Frau hatte in ordentlicher Handschrift geschrieben: *Dieses Tagebuch gehört: Rosemary Cilia Davenport.*

In diesem Moment knallte unten die Tür: Mom und Dad waren wieder da. Das traf sich gut, denn in dem Moment, als ich den Namen erkannte, war ich so heftig von meinem Schreibtischstuhl aufgesprungen, dass dieser nach hinten umgefallen war. Evangéline war erschrocken aufgeflogen, ließ sich nun aber auf dem aufgeklappten Laptop nieder und sah mich empört an.

»Das kann nicht sein«, sagte ich laut. »Das kann absolut nicht sein. Wie bei allen Göttern kommen irgendwelche Küchenfrauen aus Frankreich an das Tagebuch meiner Urgroßmutter? Ich verliere den Verstand.« Ich sah zu Evangéline. »Es tut mir leid, aber ich fürchte, du wirst zu jemand anderem ziehen müssen. Das hier ist nicht mehr real. Offensichtlich drehe ich jetzt völlig durch.«

Evangéline wippte mit den Flügeln, als wollte sie sagen: *Natürlich ist das real. Schau mich an. Ich bin hier. Ich bin die vermutlich letzte Vertreterin einer längst ausgestorbenen Insektenart. Ich bin über dreitausend Jahre alt und putzmunter. Deine Realität mag zwar nicht die Realität der meisten anderen Menschen sein. Aber sie ist deine Welt, also komm gefälligst damit klar.*

Ich seufzte. Ja, ich war mir ziemlich sicher, wenn Evangéline sprechen könnte, würde sie mir genau das erzählen. Meine Realität war definitiv nicht die Realität aller anderen. Ich stolperte von einer Ungeheuerlichkeit in die nächste, fiel von einem mythologischen Rätsel in ein neues, und dazwischen fand ich kaum noch Zeit, um Luft zu holen. Im Moment wurde das Ganze noch abstruser. Meine Urgroßmutter hatte die Küchenfrauen so detailliert beschrieben, dass eine Verwechslung absolut unmöglich war. Also war davon auszugehen, dass es ebenjene Uhr war, die die Küchenfrauen ihr geschenkt hatten. Die Uhr, die ich von meiner Urgroßmutter als erstes Mädchen nachfolgender Generation geerbt hatte. Die drei Küchenfrauen hatten also, sollte ich richtigliegen, irgendwie dafür gesorgt, dass meine Urgroßmutter die Uhr bekam, damit ich irgendwann diesen Ring finden würde. Das bedeutete vermutlich, dass sie ebenfalls Göttinnen und somit unsterblich waren. Mir fielen wieder ihre seltsamen Augen ein. Ich zückte mein Handy und googelte »Drei Göttinnen mit nur einem Auge«. Mir wurde ein Artikel angezeigt, der die drei als »die Graien« beschrieb. Sie waren die unsterblichen Töchter eines verschollenen Meeresgottes und eines Ungeheuers und besaßen zusammen nur ein funktionierendes Auge. Sie verfügten weder über besonders viel Macht noch über besonders ausgeprägte Kräfte. Ich schüttelte ungläubig den Kopf. Was für ein Interesse hatten diese Göttinnen daran, dass ich das Tagebuch meiner Urgroßmutter und den versteckten Ring fand?

»Schatz?«, brüllte mein Dad in diesem Moment die Treppe rauf. »Wir sind wieder da, komm doch mal runter.«

Ich wollte schon irgendwas zurückbrüllen, von wegen, dass ich keine Zeit hätte, doch dann überlegte ich es mir anders. Ich bedeutete Evangéline, sich unauffällig zu verhalten. Dann wollte ich mir den auffälligen Ring vom Finger ziehen. Keine Chance. Die fünf filigranen Drähte bewegten sich keinen Zentimeter, stattdessen schienen sie noch tiefer in meine Haut einzusinken. Es schmerzte nun, wenn ich daran zog. Der Ring krallte sich an mich, als hinge das Schicksal davon ab.

Ich gab auf, als Dad ein zweites Mal rief. Stattdessen

schnappte ich mir das Tagebuch und galoppierte die Treppen hinunter.

Mom und Dad hatten sich in der Küche an der Theke niedergelassen, vor ihnen ein Tablett mit einem Streifen frischen Butterkuchens.

»Hallo, Liebes, nimm dir ein Stück«, sagte Mom zur Begrüßung. »Komm, setz dich zwischen uns.«

Da ich mich auf keine Kuchendiskussionen einlassen wollte, holte ich mir einen Teller aus dem Schrank und setzte mich zwischen die beiden. Mom schob mir eine Gabel zu, Dad schnitt etwas von dem Butterkuchen ab.

»Was hast du da?«, fragte er.

»Was ist das für ein Ring?«, fragte Mom gleichzeitig. Sie nahm meine Hand, um sie ins Licht zu halten. »Mein Gott, der ist doch nicht etwa echt?«

Darauf war ich mittlerweile vorbereitet. »Modeschmuck.«

»Unglaublich.« Mom drehte meine Hand immer noch hin und her. »Sieh nur, wie der funkelt«, sagte sie zu Dad. »Unglaublich, wie die das heutzutage hinbekommen.«

Dad warf nur einen mäßig interessierten Blick darauf. »Ja, sieht gut aus. Aber was ist das?« Er tippte das Tagebuch an.

»Ich glaube, das ist das Tagebuch von Rosemary.«

»Welche Rosemary?«, fragte Mom, doch Dad horchte sofort auf.

»Rosemary Davenport? Du sprichst von meiner Oma?«

Ich nickte. »Ja, ich glaube, das ist ihr Tagebuch. Weißt du, ob sie Krankenschwester im Zweiten Weltkrieg war?«

Dad nickte. »Ja, das war sie. Sie hat nach dem Krieg weiter in diesem Beruf gearbeitet und irgendwann sogar Medizin studiert. Sie hat in einem Krankenhaus in England gearbeitet, bevor sie irgendwann mit ihrem Mann in die USA ausgewandert ist. Sie hat seinen Namen angenommen, McKenzie, und kurz darauf wurde mein Vater geboren. Er ist allerdings schon in Washington zur Welt gekommen.«

»Das heißt also, ich bin die erste Tochter in der Erbfolge, seit Rosemary im Krieg war?«

Mom kicherte. »Was ist das denn für eine Frage? Beschäftigst du dich jetzt mit Okkultismus oder was?«

Dad blieb ganz ernst. »Ja, das stimmt. Meine Eltern haben nur mich, einen Sohn. Die Eltern meiner Eltern, also Rosemary und Clark, hatten auch nur einen Sohn, meinen Vater.«

Mom seufzte übertrieben theatralisch. »Ach je, kommen wir jetzt wieder zu dieser Geschichte mit der vererbten Uhr?« Sie sah zu mir. »Die Familie deines Vaters hat mehr Hang zur Dramatik, als man denkt. Und dabei sind sie Engländer.«

Dad zog ein Gesicht. »Herzlichen Dank.«

»Also stimmt das? Stimmt es, dass Rosemary in ihrem Testament bestimmt hat, dass diese Uhr die Tochter bekommen soll, die als Nächstes in diese Familie geboren wird?«

Mom seufzte schon wieder. »Ich sage es ja. Ein Hang zur Dramatik. Ich durfte die Uhr nicht mal anfassen. Dein Vater hat sie bewacht wie ein Schießhund.«

Dad blieb völlig ruhig. »Man sollte den letzten Willen eines Menschen ernst nehmen. Wir haben uns daran gehalten, die Uhr sicher aufbewahrt, und als Livia alt genug war, hat sie sie bekommen. Genau so, wie Rosemary es verfügt hat. Und wenn ich mich recht erinnere, meine Liebe …«, Dad sah nun zu Mom, »… hast du von ihr das weitaus wertvollere diamantbesetzte Armband geerbt, das mein Großvater ihr zum zwanzigsten Hochzeitstag geschenkt hat.«

Mom winkte ab. »Natürlich, glaubst du, das hätte ich vergessen? Aber die ganze Geschichte mit dieser abgeschabten kleinen Lederuhr – manche Menschen nehmen sich einfach zu wichtig.«

Nun war ich es, die für meine Urgroßmutter Rosemary in die Bresche sprang. »Ich hatte zwar nicht mehr das Glück, sie kennenzulernen, aber ich freue mich jeden Tag über die Uhr.« Dann stopfte ich mir die Hälfte meines Kuchenstücks in den Mund, um ihr nicht noch ausführlicher zu sagen, was ich von ihrer Äußerung hielt.

Mom, die eindeutig überstimmt war, rutschte von ihrem Hocker, um sich noch einen Kaffee zu machen. »Jaja, ihr zwei seid euch mal wieder einig. Ihr seid aus dem gleichen Holz geschnitzt. Da bin ich verloren auf weiter Flur. Ihr könnt euch die Hände reichen.«

Dad schüttelte lächelnd den Kopf hinter Moms Rücken. Dann zog er das Tagebuch zu sich. »Wo hast du das denn gefunden?«

»Ich habe vor dem Umzug nach Paris in ein paar Kisten gewühlt, die wir in Korea auf dem Dachboden gelagert hatten.« Diese Geschichte hatte ich mir in aller Schnelle zurechtgelegt. Dass ich in den Kisten gewühlt hatte, stimmte sogar. Und dass da eine Kiste mit Erbstücken meiner Urgroßeltern dabei gewesen war, stimmte auch. Nun musste ich nur noch ein wenig meine Fantasie spielen lassen, um den Fund des Tagebuchs zu erklären. Die Geschichte mit den Graien allerdings wollte ich meinen Eltern lieber ersparen. »Da waren ein paar Kisten mit Erbstücken dabei. Das Tagebuch war in einem alten Mantel versteckt. Im Futter. Ich habe es nur durch Zufall gefunden.«

»Ist ja ein Ding.« Dad blätterte vorsichtig darin. »Schade, dass man nur noch so wenig lesen kann. Aber es ist definitiv Rosemarys Schrift. Vielleicht können wir es restaurieren lassen? Dann könnte man mehr davon lesen.«

Ich strahlte ihn an. »Eine großartige Idee, Dad. Danke.«

»Ich rufe mal einen Freund in Washington an. Er kennt sich in dieser Szene gut aus, weil er schon lange Antiquitäten sammelt. Vielleicht kann er mir eine gute Adresse in Paris nennen.«

»Das wäre toll!« Ich fiel ihm spontan um den Hals.

Dad wirkte gerührt. »Nicht doch. Hier geht es schließlich um die Familiengeschichte.«

»Apropos Familiengeschichte«, sagte Mom. »Ich wollte noch meine Mutter anrufen. Ich bin im Wohnzimmer, falls ihr mich sucht.«

Dad schob das Tagebuch zurück zu mir. »Du kannst es ja bei deinen Sachen behalten, bis wir jemanden gefunden haben, der es wieder etwas herrichten kann. Ich muss jetzt noch ein wenig arbeiten.« Er sah mich prüfend an. »Ist alles okay bei dir? Du siehst so müde aus.«

»Es ist gerade viel für die Schule zu tun«, erwiderte ich ausweichend.

»Macht dir dieses komische Ding am Himmel Angst?«

»Der planetarische Nebel? Nein, seitdem ich weiß, dass er uns nichts Böses will, denke ich eigentlich kaum noch daran.«

»Mach dir keine Sorgen. Solche Naturphänomene treten angeblich immer mal wieder alle paar Tausend Jahre auf. Sie verschwinden wohl von ganz allein. Ansonsten kannst du dich immer an mich wenden, das weißt du ja, oder?« Dad sah mich aufmunternd an. »Wir können über alles reden.«

Ich nickte und umarmte ihn ein zweites Mal. Mir war einfach danach. Ich hätte mit ihm über so vieles reden können. Über so vieles, dass er vielleicht nicht verstanden, aber dass er doch irgendwie akzeptiert hätte. In diesem Moment wünschte ich mir, ich könnte mit allem einfach herausplatzen. Dad hielt mich fest und streichelte meinen Rücken. Doch ich fürchtete auch um Moms Reaktion. Die beiden gab es nur im Doppel, und das führte dazu, dass sie unweigerlich an diesem Gespräch beteiligt sein würde. Ich erinnerte mich daran, wie unwillig sie darauf reagiert hatte, als ich ihr von meinen ersten komischen Nymphen-Symptomen erzählt hatte. Sie hatte es auf meine Fantasybücher geschoben. Auf den Einfluss der Fantasy-Netflixserien, die ich sah. Sie hatte mich kein Stück ernst genommen, stattdessen hatte sie mich zu einem Therapeuten schicken wollen. Nein, meine Eltern waren und blieben nicht die Richtigen, um ihnen mein Herz auszuschütten. Sie würden mich einfach nicht verstehen.

Also löste ich mich von Dad und lächelte ihn ein letztes Mal an. »Dann geh noch etwas arbeiten. Ich muss auch noch was für die Schule tun, und danach treffe ich mich mit Maél.«

»Geht es ihm wieder besser?«, fragte Dad vorsichtig. »Schön, dass er aus dem Krankenhaus entlassen wurde.«

Ich nickte, ohne zu zögern. »Ich bin auch sehr froh.«

Dad lächelte. »Wenn du möchtest, dann bring ihn doch irgendwann mal mit. Ich würde ihn doch gerne mal kennenlernen, diesen Jungen, der meiner Tochter seine Strickjacke leiht, damit sie nicht erfriert.«

»Mach ich«, versprach ich. »Und danke dir.« Ich schnappte mir den Teller mit dem Kuchen und das Tagebuch und verzog mich wieder nach oben. Evangéline hob zu einem erfreuten Rundflug an, als ich wieder da war. Mittlerweile hatte auch Maél sich gemeldet.

Du fehlst mir, kleine Nymphe. Hast du Zeit? Hermes möchte uns treffen. Kann es kaum erwarten, dich wiederzusehen.

Die Schmetterlinge in meinem Bauch erwachten. Ihr Kribbeln fühlte sich einfach so unglaublich wunderbar an. Mit einem Lächeln auf den Lippen schrieb ich ihm zurück. Wir verabredeten uns vor dem kleinen Café, in dem Maél uns bei unserem ersten Date Kaffee und diese riesigen Cookies geholt hatte. Hermes hatte anschließend noch Termine in der Stadt und Maél und ich wollten noch etwas spazieren gehen. Zum Glück hatte ich keine Hausarbeiten mehr zu erledigen für morgen, und so konnte ich die halbe Stunde bis zu unserem Treffen damit verbringen, mich hübsch anzuziehen und ein wenig zu schminken. Als ich vor dem Spiegel stand und versuchte, mir einigermaßen kleckerfrei Wimperntusche aufzutragen, hörte ich es erneut. Doch nun war das Singen der Frauenstimmen so leise, dass ich keine Worte identifizieren konnte. Trotzdem war es wunderschön. Es klang traurig, und doch bedauerte ich es, als die Melodie immer leiser wurde und schließlich ganz verstummte. Ich fragte mich nicht zum ersten Mal, wer da so herzzerreißend sang und warum ich es plötzlich hören konnte. Plötzlich konnte ich es nicht mehr erwarten, Maél und Hermes davon zu erzählen. Ob sie Antworten für mich haben würden?

Kapitel 11

Enthüllungen

Als ich auf das *Gustave* zuging, stand Maél bereits davor und wartete auf mich.

Er lächelte, als er mich sah, und wieder vollführte mein Herz einen kleinen Tanz. Obwohl kaum Zeit vergangen war, wirkte er erholter und besser in Form. Die Schatten um seine Augen waren nicht mehr ganz so tief, das blaue Auge fast verblasst und auch die Wunden schienen etwas besser verheilt als bei unserem ersten Wiedersehen. Auch hier schlug meine neue Realität wieder mit voller Kraft zu. Ich traf mich mit einem Halbgott. Einem Halbgott! Adrenalin durchfuhr mich, als ich an die Szene in der Gasse zurückdachte. An seine Kraft, seine Wut, den unbedingten Willen, mich zu beschützen. Er hatte drei bewaffnete Gegner in die Flucht geschlagen und mich dann mit blutenden Armen an sich gezogen. Ich konnte die Erinnerung an all das, das Gefühl seines erhitzen Körpers an meinem, die Dunkelheit seiner Schatten fast auf meiner Zunge schmecken …

Ich blinzelte kurz und zwang mich, ihn nicht weiter wie eine Mondsüchtige anzustarren. Unser Gespräch würde ernst werden und ich durfte mich jetzt nicht ablenken lassen.

Auf dem Weg hierher hatte ich mich mental darauf vorbereitet, Maél die Geschichte rund um Tiffy, Nyx und seinen

Vater Hades zu erklären – sofern Hermes ihm gegenüber nicht schon etwas hatte durchblicken lassen, aber davon ging ich nicht aus. Sicher hatte auch er ihm erst mal Zeit geben wollen, nach seiner Gefangenschaft wieder zu Kräften zu kommen und die schlimmsten Wunden etwas verheilen zu lassen. Heute war noch genug Zeit für ungeheuerliche Neuigkeiten. Es erschien mir immer noch völlig absurd, Maél nach dreitausend Jahren sagen zu müssen, dass der Mann, den er immer als seinen Vater betrachtet hatte, gar nicht sein Vater war. Dass er gar kein Hadessohn war, sondern dass in seinen Adern das Blut der Nachtgöttin Nyx floss. Dass sie seine Mutter war und er dadurch genauso in Lebensgefahr schwebte wie Tiffy, die eigentliche Tochter von Hades. Dass sie beide Kinder waren, die laut der Gesetze der dunklen Götter nicht am Leben gelassen werden durften.

Ich erwiderte Maéls Lächeln und fragte mich im selben Moment, wie man jemandem schonend beibrachte, dass er schon bei seiner Geburt sein Recht auf Leben verwirkt hatte.

Maél umarmte mich und küsste mich zart auf die Wange. »Bonjour, schöne Nymphe. Du hast mir gefehlt.«

Ich drückte ihn an mich. »Du hast mir auch gefehlt, Maél.«

Maél löste sich von mir und lächelte schief. Wie immer war er ganz in Schwarz gekleidet, und wie immer wirkte er wie ein dunkler Fleck in einer eigentlich eher fröhlichen Gegend. Ich blickte hinauf in seine grauen Augen, die mich immer noch ansahen.

»Sollen wir uns schon mal einen Tisch suchen?«, schlug er vor.

Ich nickte.

Er musterte mich einen Moment lang. »Du siehst aus, als hättest du etwas auf dem Herzen.«

Ich war immer wieder überrascht, wie gut er mich durchschaute. Wie mühelos er meine Emotionen und meine Körpersprache zu lesen schien. »Ich muss dir etwas erzählen«, sagte ich. »Ich glaube, es wird dir nicht gefallen.«

»Willst du mit mir Schluss machen?« Er tarnte seine plötzliche Anspannung mit einem Lachen. Auch ich kannte ihn gut genug, um das zu erkennen.

»Unsinn«, sagte ich deshalb schnell. Danach war mein Kopf wie leer gefegt. Ich hatte mir schon die Worte zurechtgelegt, doch nun fiel mir nichts mehr ein. Im Überbringen heikler Nachrichten war ich offenbar kein Naturtalent.

»Ist es so schlimm?«, fragte Maél neben mir.

Er sah mich nicht an, stattdessen betrachtete er versonnen seine beiden Armspangen, die immer noch fest um sein Handgelenk geschmiedet waren. Rechts diejenige, die die Zugehörigkeit zu seinem Vater Hades symbolisierte.. Links eine deutlich schmalere Armspange, deren Breite variabel einzustellen war. Es war die Oberarmspange seiner leiblichen Mutter gewesen. Doch nun stimmte selbst diese Geschichte nicht mehr. Denn diese Frau war die Mutter von Tiffy gewesen. Und Maél hatte all die vielen Jahrhunderte den Schmuck einer völlig Fremden so in Ehren gehalten. »Livia, nun rede mit mir. Was ist denn los? Du hast gesagt, es geht um mich. Was kann es denn so Schreckliches sein, dass du es nicht über die Lippen bringst?«

»Ach, nein«, winkte ich ab. Ich wollte die Situation entschärfen. »Mach dir nicht solche Sorgen. So schlimm ist es nicht. Es wird dich vermutlich überraschen, aber ich suche immer noch nach den richtigen Worten für einen Einstieg.«

»Geht es auch um dich?«

»Nein. Ich habe damit gar nichts zu tun.«

»Warum bist du dann diejenige, die es mir mitteilt? Hat es etwas mit den Göttern zu tun? Mit meinem Prozess? Hat Hermes dich etwa vorgeschoben? Er ist eigentlich kein Feigling.«

»Nein, mit Hermes hat das auch gar nichts zu tun.« Wir fanden einen Tisch in einer Ecke und nahmen dort Platz. Die Hälfte des Personals kam hinter der Theke hervor, um Maél zu begrüßen. Auch hier schien er vermisst worden zu sein.

Wir bestellten schon mal, und als Maél sich wieder zu mir drehte, wirkte er nervös.

»Jetzt rede doch bitte nicht um den heißen Brei herum, das ist ja nicht zum Aushalten. Du …«

»Was hast du dir dabei gedacht, Nymphe?«

Hermes war wie aus dem Nichts vor unserem Tisch aufgetaucht. Er trug ausschließlich Schwarz, was ich so noch nie an ihm gesehen hatte. Dass er mich in aller Öffentlichkeit Nymphe genannt hatte, schien ihm egal zu sein.

Ich hörte gar nicht zu, denn ich betrachtete Hermes fasziniert. Zwar wurden die Schübe meiner neuen Realität weniger heftig, je öfter sie mich überfielen, aber es war immer noch der strahlende Götterbote, der gerade vor mir stand. Er war der Typ mit den Flügelschuhen und den zwei goldenen Schlangen, die auf seiner Brust wohnten! Verdammt, er konnte fliegen!

»Was ist passiert?«, hörte ich Maél fragen.

Hermes hatte Platz genommen und strich sich nun ordnend durchs Haar. Schon war eine Kellnerin da und nahm seine Bestellung auf. Als Evangéline unter meinem Shirt zu trippeln begann und so um Erlaubnis fragte, mit den kleinen Schlangen spielen zu dürfen, riss ich mich von seinem Anblick los. Beruhigend legte ich eine Hand auf den Stoff. *Jetzt nicht, kleine Motte.*

Hermes schnaubte. »Bist du lebensmüde? Mal abgesehen

davon, dass ich keine Ahnung habe, wie du das angestellt hast, dachte ich, wir wären uns einig, dass zu deiner eigenen Sicherheit ausschließlich ich« – er hob mahnend den Zeigefinger – »mit Zeus rede.«

Oh-oh. Ich wich seinem vorwurfsvollen Blick aus.

»Wie hast du das bloß gemacht? Es hat mich alle Mühe gekostet, Zeus einzureden, dass er wohl eine halluzinogene Nuss in seinem Knabbermix hatte. Er tobt! Und wäre es ihm nicht so peinlich, dass er Maél Hals über Kopf freigelassen hat, sei dir sicher, er hätte dich schon längst zu Staub zerfallen lassen.«

»Hermes, es …«

Der Kaffee wurde serviert, und ich brach ab. Zum Glück war es drinnen im Café nicht so voll, weil eben überraschend die Sonne rausgekommen war und nun die meisten Besucher die letzten warmen Strahlen nutzten, bevor am frühen Abend der planetarische Nebel wieder erscheinen und die Sonne verdunkeln würde.

»Woher hattest du eine Standleitung?«

Als die Kellnerin außer Hörweite war, erzählte ich Hermes von dem Muschelsplitter. Er hörte mir zu, doch meine Erklärung schien ihn nicht ganz zu überzeugen. Das erkannte ich an der Art, wie er sich gedankenverloren drei Löffel Zucker in den Kaffee kippte. Da wir aber noch mehr Neuigkeiten auszutauschen hatten, berichtete ich ihm als Nächstes von dem Verdacht, dass Agada mir ihre Halbgottkräfte übertragen hatte.

Hermes wurde ganz starr. »Hekate war eine mächtige Zauberin. Es könnte durchaus sein, dass deine Kraft groß genug ist, Zeus deinen Willen aufzuzwingen. Bei allen Göttern – noch niemals sind Kräfte über das Blut übertragen worden.« Er sah mich von oben bis unten an. »Ich wusste, dass sich etwas an dir verändert hatte, aber jetzt fällt es mir wie Schuppen von den Augen.«

»Wie geht es jetzt weiter? Bekomme ich einen Paten? Lerne ich Helios bald kennen? Wer bringt mir alles bei und …«

Wieder hob Hermes die Hand, um mich zu unterbrechen. »Das werden wir schon Schritt für Schritt lösen. Im Moment …«

»Das größte Problem ist doch wohl, dass die Geschichte jetzt von vorne losgeht«, warf Maél ein. »Sie: Halbgöttin mit Kräften von Hekate und Helios, ich: Hadessohn. Sobald der Olymp davon erfährt, werden sie vermutlich ihre Seele einkerkern. Zu ihrer eigenen Sicherheit. So wie sie es mit Agada getan hätten, wenn sie es erfahren hätten.«

Hermes und ich tauschten betretene Blicke.

Irgendwann wedelte Maél mit der Hand zwischen uns hin und her. »Hallo? Möchte irgendjemand noch mit mir reden?«

Ich sah wieder hilfesuchend zu Hermes. Eigentlich hatte ich dieses Gespräch mit Maél führen wollen. Doch Hermes war eingeweiht. Er wusste über alles Bescheid, und er kannte Maél länger als ich. Sie waren Vertraute, Verbündete, und das schon seit Jahrtausenden. Vielleicht war es doch besser, wenn Hermes das übernahm.

Der Götterbote warf mir einen letzten fragenden Blick zu, und als ich nickte, begann er zu sprechen.

Maél war in seinem Stuhl zurückgesunken und rührte sich nicht. Er verzog keine Miene, als Hermes ihm alles erzählte. Von Tiffy, dem Verschwinden von Nyx, den vertauschten Kindern. Auch als Hermes geendet hatte, saß er einfach nur da. Ich schob meine Hand zu ihm hinüber, doch er nahm sie nicht. Plötzlich schien alle Farbe aus seinem Gesicht gewichen. Er sprang so heftig auf, dass sein Stuhl fast nach hinten umgefallen wäre. Mit langen Schritten durchquerte er das Café in Richtung Ausgang. Hermes und ich sahen ihm schockiert hinterher.

»Ich brauche einen Moment«, rief er über die Schulter, dann verschwand er durch die Tür aus meinem Blickfeld.

Ich wollte aufspringen, doch Hermes legte kurz seine Hand auf meine. »Gib ihm diese Auszeit, Livia. Ich habe schon damit gerechnet. So ist er einfach. Er rennt davon und macht Probleme mit sich allein aus. Daran wirst du dich gewöhnen müssen, wenn du an seiner Seite bist.«

»Ich verstehe ihn«, sagte ich leise. Und doch fühlte ich mich schrecklich. »Das waren nicht gerade Neuigkeiten, die man einfach so wegsteckt. Immerhin geht es hier um eine Lebenslüge. Nimmt man es ganz genau, hat er das Leben eines anderen geführt. Immer und immer wieder. Bei jeder Wiedergeburt ist er als Hadessohn aufgewachsen. Und nun, nach dreitausend Jahren, teilt man ihm mit, dass das alles ein Schwindel war. Ich glaube, da bräuchte ich auch ein wenig frische Luft.«

»Er kommt gleich wieder. Vermutlich verschwindet er einmal kurz durch einen Kaninchenbau in die Katakomben und schreit dort alles raus, was ihn so umgehauen hat. Für mich ist es auch immer noch ungeheuerlich, schließlich war ich bis gerade eben überzeugt, die Götterwelt und ihre Geheimnisse zu kennen. Aber mach dir keine Sorgen. Maél ist stark, und was er für dich empfindet, wird ihn schnell in deine Arme zurückkehren lassen.«

Ich lächelte leicht verlegen, war aber auch erleichtert. Der Götterbote schien Maél wirklich gut zu kennen.

Hermes schüttete Milch in seinen Kaffee und rührte ihn kurz um. Dann ließ er sich in seinem Stuhl zurücksinken, und seine Gedanken schienen kurz abzuschweifen. Mich hatte er einigermaßen beruhigt, aber er selbst wirkte immer noch bedrückt und irgendwie traurig.

»Geht es dir gut?«, fragte ich vorsichtig.

Hermes sah mich nicht an. »Es geht mir gut.«

Ich kannte ihn nicht sehr gut, doch ich ahnte, dass es einfach nur eine Floskel war. Ich fragte mich, warum er die schwarze Kleidung trug. Diese düstere Farbe passte so gar nicht zu ihm. Seine fünf Telefone hatte er ordentlich auf dem Tisch abgelegt. Eines davon brummte nun und er sah kurz aufs Display, nahm aber nicht ab. Als das Brummen erlosch, wurde eine Nachricht auf dem Display angezeigt. Das Hintergrundbild erregte meine Aufmerksamkeit.

Ich beugte mich so nah darüber, dass ich erkennen konnte, was das Display zeigte. Es war das Bild eines Mannes aus den Zwanzigerjahren. Er war Mitte zwanzig, mit hellblondem Haar und großen, ausdrucksvollen Augen. Sein Lächeln war schüchtern, so als wüsste er nicht, wie gut er aussah. Vermutlich hatte Hermes es von einem Bild aus der Zeit abfotografiert.

Zuerst traute ich mich nicht, so eine persönliche Frage zu stellen, doch dann siegte meine Neugier. »Darf ich fragen, wer das ist?«

Hermes nahm das Handy hoch, entsperrte es und hielt mir das Display hin. »Das ist Remi. Er war Maler.«

Er klang so unendlich traurig. Ich sah ihn unauffällig von der Seite an. So hatte ich Hermes noch nie erlebt. In diesen Moment schien er auch noch den Rest seines Strahlens verloren zu haben. Ich sah Sehnsucht in seinem Blick und die verzweifelte Bemühung, seine Gefühle tief in sich einzuschließen. Ich war zwar erst sechzehn Jahre alt, aber ich erkannte Liebeskummer, wenn ich ihn sah. So alt, wie das Foto zu sein schien, musste es schon eine Weile her sein, dass die beiden ein Paar gewesen waren. Umso mehr berührte es mich, wie sehr Hermes der Anblick dieses Mannes noch aus der Bahn zu werfen schien.

»Du hast ihn sehr geliebt.« Meine Stimme war kaum mehr als ein Flüstern. Es war nur eine Vermutung, und doch war ich mir ziemlich sicher, dass mein Gefühl mich nicht täuschte.

»Ja«, antwortete Hermes betont kurz und legte das Handy dann entschlossen zurück auf den Tisch. »Aber das ist lange her.«

»Nicht lange genug.«

Hermes presste die Lippen aufeinander. »Die Liebe ist nur eine Leihgabe, Livia. Sie wird uns genommen. Durch das Schicksal, durch Hände anderer, durch den Tod. Ich hätte es wissen müssen. Und doch …« Er brach ab. Dann warf er einen letzten Blick auf das Hintergrundbild, bevor er den Bildschirm mit einer schnellen Geste ausschaltete.

»Was war es bei euch?«

»Hm?« Hermes sah mich an, als hätte er mir gar nicht zugehört.

»Eure Liebe. Wodurch ist sie euch genommen worden?«

»Durch den Tod. Er ist gestorben. Mit sechsundzwanzig Jahren an einem Blinddarmdurchbruch.«

»Das tut mir leid.«

Hermes zuckte die Schultern. »Wie gesagt, nur eine Leihgabe.«

»Und danach?«

»Was, danach?«

»Gibt es niemanden, der …«

»Nein.« Hermes klang fast verärgert. »Natürlich hatte ich vor Remi Beziehungen, Liebschaften, Affären. Dutzende.

Hunderte.« Er strich sich durch die Haare. »Ich wollte das … sie … nicht. Sie – die ganz große Liebe. Ich wollte frei bleiben, unversehrt …« Er lächelte traurig. »Unwissend. Aber dann trifft man den einen, der dein Herz in seinen Händen hält.« Er nahm das Handy hoch, strich mit dem Daumen einmal über das mittlerweile schwarze Display, bevor er es mit einer endgültigen Geste zurück auf den Tisch legte. »Ich habe Remi mein Herz geschenkt, und es gehört ihm bis heute.«

Ich wollte Hermes noch so viel mehr über Remi, den Maler, fragen, doch als er meinem Blick bewusst auswich, wurde mir klar, dass ich meine Neugier zügeln musste. Mehr würde ich von Hermes zu diesem Zeitpunkt nicht erfahren. Andererseits hatte ich ihn nun auch schon genug Persönliches gefragt. Eigentlich gehörte es sich nicht, so im Liebesleben eines anderen herumzubohren. Hermes und ich waren irgendwie Freunde, aber für solcherlei tiefe emotionale Gespräche kannten wir uns im Grunde nicht gut genug. Ich war dankbar, dass er so ehrlich zu mir gewesen war. Jeder Satz über Remi schien ihn zu schmerzen und ihn noch tiefer in Traurigkeit versinken zu lassen.

Als ich ihm wieder einen kurzen Blick zuwarf, sah ich, wie er schwer schluckte. Fast hätte man glauben können, er kämpfte mit den Tränen. Niemals hätte ich geglaubt, dass dieser immer fröhliche, leicht überdrehte Gott zu solcherlei tiefen Gefühlen fähig wäre. Ich hatte angenommen, dass er Hunderte Liebschaften über die ganze Stadt verteilt unterhielt. Dass es genug schöne junge Männer und Frauen gab, die ihn anschwärmten. Dass er diesen Verlockungen nicht lange hätte widerstehen können. Doch so wie es sich angehört hatte, hatte er seit dem Tod von Remi niemanden mehr an sich herangelassen. Das Bild stammte wohl aus den Zwanzigern, also war

Hermes nun seit knapp einhundert Jahren allein. Einhundert Jahre ohne das vertraute Gefühl eines geliebten Menschen nah bei sich.

Ich guckte auf mein eigenes Handy, um nachzusehen, ob Maél mir vielleicht geschrieben hatte. Doch ich hatte nur Nachrichten von meinen Freundinnen, die ich schnell beantwortete. Als Hermes seine Kaffeetasse an die Lippen führte, fiel mir wieder ein, dass auch ich dringend mit ihm sprechen musste. Eigentlich waren es ja zwei Punkte gewesen. Wir hatten über meine Halbgottkräfte reden müssen, und ich hatte Maél und Hermes ganz dringend von den Moiren und dem Tagebuch meiner Urgroßmutter erzählen wollen. Da Maél nun von seinen eigenen Neuigkeiten so eingenommen war, beschloss ich, dass ich Hermes ebenso gut jetzt von dem Ring und dem Tagebuch berichten konnte. Vermutlich wäre es für Maél sowieso nur ein absoluter Informations-Overkill gewesen.

Kaum, dass Hermes seine Tasse wieder abgestellt hatte, streckte ich ihm meine rechte Hand hin. »Sagt dir das irgendetwas?«

Hermes bewunderte den Ring. »Dass der Goldschmied wirklich Talent hatte?«

»Spürst du irgendetwas an ihm?«

Hermes beugte sich vor, ergriff meine Hand und berührte den Ring fast mit der Nasenspitze. »Also ich merke da gar nichts. Wieso?«

»Wirklich nicht?«

»Hat es irgendetwas mit diesen Kräften zu tun, die Agada dir vererbt hat?« Er lehnte sich wieder zurück. »Was übrigens wirklich zum Problem werden könnte. Ich habe nicht übertrieben, als ich gesagt habe, dass der Olymp handeln wird, wenn sie Kenntnis über dich erlangen. Du bist eine Gefahr. Für dich selbst und für andere.«

»Bin ich denn wirklich eine Halbgöttin? Sind meine Kräfte so stark, dass sie der einer Halbgöttin gleichkommen? Kannst du das bestätigen? Maél und ich hatten vermutet, dass es vielleicht nur aufgrund des getauschten Blutes zu irgendwelchen leichten Nachwirkungen kommt.«

Hermes schüttelte den Kopf. »Ich muss zwar immer noch ganz genau hinsehen, um zu erkennen, was du bist, aber ich nehme an, dass es sich um eine Transformation handelt. Deine Kräfte werden noch stärker werden. Verglichen mit unserer letzten Begegnung, bei der ich etwas gespürt habe, haben sie sich auf jeden Fall deutlicher entwickelt. Du besitzt dieses typische Strahlen von Helios, und ich erkenne auch die Handschrift von Hekate in deinem Blick. Hattest du Streit mit Agada? Bevor das geschah? War sie vielleicht wütend auf dich und hat es aus Rache versucht?«

»Nein, überhaupt nicht, wir haben uns in den Katakomben erst kennengelernt. Unsere Begegnung dauerte genau zehn Minuten, dann war erst ich tot und dann war sie tot. Ende der Geschichte. Irgendwann ist mir aufgefallen, dass ich Leuten meinen Willen aufzwingen kann. Die Helioskräfte haben sich erst etwas später gezeigt. Aber ich habe wirklich das Gefühl, dass sie stärker werden. Was soll ich nur tun, Hermes? Ich will nicht eingesperrt werden. Sie werden mir nicht glauben, wenn ich ihnen versichere, dass ich keine Gefahr bin. Und gegen einen Angriff von Hades bin ich nicht gefeit. Ich kann mich nicht gegen einen Gott wehren, der mich bedroht, um meine Kräfte zu missbrauchen. Genauso wenig wie Tiffy vor ihm sicher ist, sollte er erfahren, dass sie seine Tochter ist. Wenn er sich strikt an die Gesetze der dunklen Götter hält, müsste er sie töten! Nicht mal Maél ist dann noch sicher. Wer weiß, was Hades mit ihm anstellt, wenn er herausfindet, dass Maél nicht sein Sohn ist. Er kann ihn zwar nicht töten, weil er nicht sein Kind ist, aber ich halte ihn für kreativ genug, ihm trotzdem irgendwie schaden zu können. Er hat ihn in den Katakomben schwer verwundet. Der Einzige, der eingesperrt werden müsste, ist Hades. Er ist für drei Menschen, die einfach nur ihr Leben wollen, eine Gefahr. Kann man ihn nicht in seinen Tartaros verbannen, damit er keinen Unfug mehr anstellt?«

Um Hermes' Lippen spielte ein feines Lächeln, das erste an diesem Tag. »Glaub mir, das ist über die Jahrtausende schon so manches Mal überlegt worden. Deshalb herrschen für ihn auch schärfere Bedingungen, wenn es darum geht, sein Reich zu verlassen. Er kann nicht so hin und her springen, wie ich es kann. Heute Olymp, morgen Erde, dann die Unterwelt, hin und her. Das funktioniert für Hades nicht. Doch zurück zu unserem Thema. Noch sind deine Kräfte nicht so stark, dass sie jedem ins Gesicht springen.« Er machte eine entsprechende Geste. »Du verstehst?«

Ich nickte.

»Bleibt abzuwarten, wie rasant sie sich entwickeln. Dass du einen Teil deiner Kräfte von Hekate geerbt hast, ist dabei von Vorteil. Vielleicht kann ich dir helfen, Hekates Erbe so zu nutzen, dass du deine Kräfte tarnen kannst. Ähnlich wie sie die Attribute von Tiffy und Maél verschleiert hat. Wir werden uns regelmäßig treffen müssen und üben. Verhalte dich unauffällig. Verhindere, dass du irgendwie mit Hades in Kontakt kommst. Sobald der Herr der Unterwelt von der Vertauschungsaktion der Kinder erfährt, ist es sowieso zu spät. Dann müssen wir sehen, was wir mit dir machen. Da du jedoch nicht direkt betroffen bist, kann es sein, dass wir dich außen vor halten können.

Allerdings weiß Zeus von den vertauschten Kindern. Und bald wird es einen Prozess um Maél geben. Es kann sein, dass Hades verlangt, mit dir zu sprechen, damit du als Zeugin auftrittst. Dieses Recht hat er. Und wenn wir endgültig beweisen wollen, dass Maél unschuldig ist, dann müssen wir die Karten auf den Tisch legen. Dann müssen alle erfahren, dass er ein Sohn von Nyx ist. Und was dann passiert, weiß niemand. Hades ist leider völlig unberechenbar.«

Ich lehnte mich in meinem Stuhl zurück und schloss für einen kurzen Moment die Augen. Das klang alles überhaupt nicht gut. Die Bedrohung durch Hades war sehr real. Aber auch der Gedanke, dass der Olymp versuchen würde, mich einzusperren, war beängstigend. »Das ist alles so verworren … Mir schwirrt der Kopf.«

»Wir schweifen auch vom Thema ab«, sagte Hermes. »Was hat es denn nun mit dem Ring auf sich?« Sein Blick war offen und neugierig. Ich wusste einfach, dass ich ihm vertrauen konnte. Ich konnte ihm die abstrusesten Geschichten präsentieren, und er würde sich bemühen, eine Lösung zu finden. Also erzählte ich ihm alles. Ich begann ganz vorn, schon bei der ersten Begegnung mit den Küchenfrauen an meinem ersten Schultag, und endete mit dem Gespräch, das ich mit meinen Eltern geführt hatte.

Hermes blieb ganz still. Es schien, als müsste er all diese Neuigkeiten erst noch sacken lassen. Dann schloss er die Augen und massierte seinen Nasenrücken, als würde dieser schmerzen. Er seufzte. »Warum hatte ich eigentlich gedacht, dass es ab irgendeinem Punkt einfacher werden würde mit dir?«

»Tut mir leid«, sagte ich.

Er lachte. »Du musst dich doch nicht entschuldigen. Dich trifft am wenigsten irgendeine Schuld.«

Ich zuckte trotzdem verlegen die Schultern.

»Und du bist dir ganz sicher?« Hermes zog ein nachdenkliches Gesicht. »Die Graien sind unwichtige Göttinnen mit begrenzter Macht. Wir haben sie, genau wie Hekate, schon seit Tausenden Jahren nicht mehr gesehen. Sie mischen sich nicht in die Leben anderer ein. Ich verstehe das nicht.«

»Aber sie haben nur ein Auge. Das passt doch.«

»Das stimmt, aber …« Wieder brummte eins seiner Telefone. »Entschuldige, meine Liebe, das ist wichtig, da muss ich ran.«

Er sprang auf und nahm das Gespräch schon im Gehen an. Ich hörte ihn noch genervt stöhnen, bevor er durch die Tür verschwand.

Ich war erleichtert, dass er genauso skeptisch schien wie ich. Draußen lief Hermes auf der gegenüberliegenden Straßenseite auf und ab und redete wie ein Wasserfall. Erneut sah ich auf mein Handy. So langsam könnte Maél von seinem kleinen Ausflug zurückkommen. Allmählich machte ich mir Sorgen. Ich wollte ihn wieder bei mir haben, ihm beistehen in dieser schwierigen Situation. Außerdem konnte ich es kaum erwarten, auch ihm von dem Ring und dem Tagebuch zu erzählen. Vielleicht wusste er ja einen plausiblen Grund, warum sich drei lange verschollene, ziemlich machtlose Göttinnen für mein Schicksal interessierten.

Oh nein. Mir wurde eiskalt. Beim Stichwort »Schicksal« musste ich an mein Gespräch mit Agada in den Katakomben denken. *Vertrau mir, so wie ich den Schicksalsgöttinnen vertraue.* Ich kannte sie nur in der Mehrzahl, wusste jedoch nicht, wie viele es von ihnen gab. Aber jetzt schnappte ich mir mein Handy und googelte es. Das Ergebnis war knallhart und eindeutig. Es gab drei Schicksalsgöttinnen. Altgriechische Darstellungen zeigten sie als drei alte Frauen unterschiedlicher Größe. Meistens aufgereiht nebeneinander wie Orgelpfeifen. Die eine mit wirren Haaren, die andere groß und dürr und die in der Mitte mit dem strengen Blick einer Anführerin. Ich erkannte sie sofort.

Die Küchenfrauen der Internationalen Schule von Paris waren in Wahrheit die Moiren. Schicksalsgöttinnen, älter als die Zeit und gefürchtet sogar von den Göttern. Und sie hatten ausgerechnet mich zu einem ihrer Lieblingsspielbälle erklärt. Wieder überfiel mich das dringende Bedürfnis, Maél anzurufen. Zum Glück kam in diesem Moment Hermes wieder zurück. »Entschuldige.«

Ich hielt ihm mein Handy unter die Nase. »Das sind sie.«

Er runzelte die Stirn. »Diesen Gedanken solltest du nicht mal denken, Liebes. Dann doch lieber die Graien, glaub mir.«

»Das sind sie.« Ich wusste, dass Götter ihr Aussehen zwar modernen Zeiten anpassten, also ihre Bärte abrasierten und Haare schnitten und so weiter, sich aber nicht komplett in eine andere Person verwandeln konnten. Ein Bild der Graien, das ich nun im Netz fand, bestätigte meinen Verdacht. Ich schüttelte den Kopf und hielt es Hermes zum Beweis hin. »So sehen sie nicht aus. Dann tarnen die Moiren sich also als Graien, damit ich ihnen nicht auf die Schliche komme.«

Es war das erste Mal, dass Hermes vor meinen Augen kreidebleich wurde. Er brauchte einen guten Moment, um sich zu sammeln, dann schien er sich einen Ruck zu geben. »Ich muss zugeben, es beunruhigt mich, dass die Moiren ihre Finger in deinem Schicksal haben. Das alles sieht nach einem Plan aus, der über die Jahrhunderte hinweg sorgfältig gesponnen wurde.

Ich bin mir sicher, wir haben bisher nur Bruchstücke davon durchschaut. Eines jedoch ist klar: Die Moiren sind mächtige alte Göttinnen. Dass sie ausgerechnet dich im Blick haben, ist mehr als mysteriös. Es scheint ja doch so, als würden viele zufällige Ereignisse genau in einem Punkt münden.« Er sah zu mir. »Und dieser Punkt bist du. Maél sagt, er habe jahrhundertelang keine Nymphe mehr gefunden. Und dann standest du plötzlich vor ihm. Du warst diejenige, die ihm beim Suchen der letzten Fragmente helfen konnte. Außerdem hast du gerade erzählt, dass in deiner Familie über zwei Generationen hinweg keine Töchter geboren wurden. Und dann kamst du und konntest das Erbe deiner Urgroßmutter antreten. Du findest ihr Tagebuch, weil die Moiren es so wollen. Du findest diesen Ring, weil die Moiren es so wollen. Was, wenn die Moiren auch alles andere so wollten? Was hat es mit dir auf sich, dass gerade dein Schicksal in dieser Zeit so eine wichtige Rolle zu spielen scheint?«

Mir wurde heiß und kalt zugleich. So messerscharf hatte ich all diese Fakten noch gar nicht kombiniert. In diesem Moment war ich heilfroh, dass ich mich Hermes anvertraut hatte. Diesem scharfen Denker, der schon so viel erlebt und gesehen hatte.

»Du glaubst, das ist alles absichtlich geschehen? Sogar, dass ich Maél getroffen habe?«

Hermes zuckte die Schultern. »Es ist nur eine Vermutung. Zufall. Man sagt ja, einmal gibt es den Zufall. Beim zweiten Mal sollte man anfangen, sich Gedanken zu machen.«

»Da hast du absolut recht.«

»Überlege mal, ob dir noch mehr einfällt, das dir irgendwie komisch vorkommt. Das vielleicht Rückschlüsse darauf zulässt, dass hier irgendeine Art von Plan im Spiel ist. Je mehr wir wissen, je mehr Puzzleteile wir haben, desto eher zeigt sich ein Bild. Vielleicht können wir den Moiren zuvorkommen. Auch sein Schicksal kann man ändern, Livia, glaub mir.« Er sah mich fest an. »Wir werden alles tun, was in unserer Macht steht.«

»Danke«, sagte ich leise und sah wieder auf den Ring. Es machte mir große Angst, dass ich ganz offensichtlich jemand war, mit dem die Moiren ihre Spielchen trieben. Obwohl ich mich bemühte, es nicht zu zeigen, so wünschte ich mir doch inständig, Maél wäre wieder da.

Hermes schien meine Gedanken lesen zu können. »Wo bleibt er denn nur? So schön ist das Wetter nun auch wieder nicht.«

Ich zuckte die Schultern, immer noch viel zu sehr in den Gedanken gefangen, die mich so sehr beunruhigten. War es wirklich alles geplant worden? Aber was war die Absicht dahinter? Was bezweckten die Moiren mit ihrem Spiel?

Als ich Maél kennenlernte, hatte ich immer wieder das Gefühl gehabt, dass ich nur ein kleines Zahnrädchen wäre. Ein winzig kleines Teilchen, das keine Ahnung hätte von dem großen Ganzen, zu dem es gehörte – zu Maéls Spiel, das er sein Leben und die Suche nach Agada nannte. Was, wenn sogar Maéls viele Geheimnisse nur ein winzig kleines Zahnrad waren, das das große Geheimnis um mein Leben auf irgendein Ziel zusteuerte?

*

Maél kam nicht zurück. Sein Kaffee wurde kalt, es begann zu regnen und draußen erschien wieder der planetarische Nebel am Himmel. Hermes fuhr mich nach Hause. Während der

Fahrt schickte ich Maél eine Nachricht, in der ich ihn bat, in all seiner Wut sich auf gar keinen Fall an Hades zu wenden. Ich wies ihn noch mal auf die Gefahr hin, die vom Herrn der Unterwelt ausging, und hoffte einfach nur auf sein Verständnis. Darauf bekam ich eine knappe Antwort, die auch eine Entschuldigung dafür beinhaltete, dass er immer noch Zeit für sich brauchte. Ich war nicht böse, auch wenn ich enttäuscht war, dass ich nicht mehr Zeit mit ihm hatte verbringen können. Doch all die Neuigkeiten hatten auch mir einiges abverlangt. Insbesondere Hermes' Denkanstoß machte mir schwer zu schaffen.

Ich erinnerte mich gerade noch rechtzeitig daran, ihn zu bitten, mich an der Metro-Haltestelle rauszulassen. Hermes fuhr einen schnittigen Sportwagen und war mit seinen Mitte dreißig eindeutig zu alt, um mich wie nach einem Date nach Hause zu fahren. Ich wusste, dass unser Portier Fabrice mit meinen Eltern in Kontakt stand, und auf dieses Frage-und-Antwort-Spiel hatte ich keine Lust.

Hermes versprach, unauffällig nachzuforschen, und versicherte mir, dass ich mich Tag und Nacht bei ihm melden könne, solle irgendetwas passieren. Dank seiner Flügelschuhe könne er innerhalb von Sekunden bei mir auftauchen. Ich solle also keine Angst haben.

*

Evangéline war von all den Emotionen so verschreckt und verschüchtert gewesen, dass sie sich die ganze Zeit überhaupt nicht gerührt hatte. Erst zurück in meinem Zimmer krabbelte sie wieder hervor, setzte aber nicht zu ihrem üblichen Rundflug an. Ihre Fühler hingen auf Halbmast. Sie zu trösten vertrieb meine Angst ein wenig.

Meine Eltern, die annahmen, ich käme von einem Date mit Maél zurück, hatten mir ein Abendessen zurechtgemacht. Ich schaffte es, eine halbe Stunde mit ihnen fernzusehen und Normalität vorzugaukeln.

Zurück in meinem Zimmer beschloss ich, ein Bad zu nehmen, in der Hoffnung, dass die Hitze mich müde machen würde. Von Maél hatte ich nichts mehr gehört, und meine letzte Nachricht war nicht mehr zugestellt worden. Ich vermutete, dass er sich in den Katakomben aufhielte. Vielleicht hatte er sich mit seinen alten Freunden Raphael, Clément, Arthure und Maxim getroffen, seinen »Cataphile-Brüdern«, wie er sie nannte. Auch sie mussten sich große Sorgen um ihn gemacht haben. Vielleicht suchte auch er nach Möglichkeiten, um sich abzulenken. Ich wollte nicht daran denken, dass er mich dafür offensichtlich nicht geeignet hielt. Ich ließ einen gefühlten halben Liter Honigöl ins Badewasser laufen. Der intensive Honiggeruch beruhigte mich, so wie er es immer tat. Ich zündete ein paar Kerzen an, löschte das Licht und versuchte, mich zu entspannen. Es wirkte tatsächlich.

Als ich später in meinen Schlafanzug schlüpfte, fühlte ich mich angenehm erschöpft. Ich kramte meine Schulsachen hervor und beschloss, dass ich die Zeit bis zum Schlafengehen genauso gut dazu nutzen konnte, meine grauen Zellen etwas anzustrengen. Das würde mich ganz sicher vom ewigen Grübeln ablenken. Und auch davon, alle zwei Sekunden auf mein Handy zu starren, um zu sehen, ob Maél mir endlich geantwortet hatte.

Um zehn Uhr verbannte ich die Schulbücher aus meinem Bett und löschte das Licht.

Maél hatte nichts mehr von sich hören lassen. Ich war traurig deswegen, doch ich versuchte, dieses Gefühl nicht die Oberhand gewinnen zu lassen. Es war sein gutes Recht, das mit dem Alleinsein. Ich hatte Verständnis dafür, dass diese Nachricht ihn umgehauen hatte. Und ich wollte ihm nicht böse sein deswegen, denn ich zweifelte nicht an seinen Gefühlen für mich.

Evangéline schwirrte in der Dunkelheit umher. Sie hatte tagsüber zu viel geschlafen und schien nun unternehmungslustig und wach. Ich überlegte, das Licht noch mal anzumachen, um etwas mit ihr zu spielen, doch ich war einfach zu müde. Wenn ich diesen Punkt überschreiten würde, würde ich vermutlich heute Nacht gar nicht mehr schlafen können. Also ließ ich das Licht aus, schloss die Augen und konzentrierte mich darauf, dass morgen auch noch ein Tag war. Ein weiterer Tag, der neue Erkenntnisse bringen würde. Ein weiterer Tag mit Maél in Freiheit. Ein weiterer Tag mit ihm an meiner Seite. Und nur das zählte.

*

Mitten in der Nacht war ich plötzlich hellwach. Die kleine Lampe auf meinem Schreibtisch warf lange Schatten in den Raum. Ich war mir sicher, das Licht gelöscht zu haben, als ich mich ins Bett gelegt hatte. Dann sah ich ihn. Er saß in dem Korbstuhl, auf den ich abends immer meine Sachen legte. Er saß da, wo er schon mal nachts gesessen und mich im Schein des Lampenlichts betrachtet hatte. Meine Klamotten hatte er ordentlich gefaltet auf dem kleinen Beistelltisch abgelegt.

»Ich konnte nicht schlafen.« Seine Stimme klang rau. Er lächelte nicht, wirkte eher etwas schuldbewusst.

»Träume ich?« Mein Mund war ganz trocken, und ich schluckte einmal krampfhaft. »Ich meine, bist du in meinem Kopf? Ist das alles nicht real?«

»Ich habe dir versprochen, dass das nie wieder passieren wird.« Immer noch kein Lächeln.

»Okay.« Ich richtete mich ein wenig auf. »Wie bist du hier reingekommen? Das ist der sechste Stock.«

»Über das Dach.«

Das warf nun die Frage auf, wie er bis dorthin gekommen war und wie er die siebte Etage überwunden hatte, ohne in die Tiefe zu stürzen. Plus, wie er mein Fenster aufgebrochen hatte. Und das ohne ein einziges lautes Geräusch.

Ich seufzte. »Will ich mehr wissen?«

Endlich malte sich ein Lächeln auf sein Gesicht. »Nein.«

In diesem Moment schien auch Evangéline wach geworden zu sein. Ich hörte, wie sie irgendwo hinter mir auf dem Kissen aufgeregt ihre Flügel schüttelte, dann schoss ein weißer Fellball an mir vorbei. Evangéline flatterte um Maéls Kopf und führte eine Art euphorischen Begrüßungstanz auf. Er lachte, und es war das Lachen, das ich so liebte. Tief und dunkel, aus dem Bauch heraus und völlig ungezwungen. »Hey, kleines Mottentier. Ja, ja … ich freue mich auch, dich zu sehen. Ist ja gut. Ja, ich freue mich. Du bist ja vielleicht wild. Und das um diese Uhrzeit.«

Evangéline flog einen scharfen Kreis um Maéls Kopf herum, bevor sie sich in seine langen Haare stürzte und sie mit ihren Flügeln aufbauschte. Maél kniff die Augen zu, aber das Lachen ebbte nicht ab.

Ich setzte mich auf, bevor mir einfiel, dass ich meinen Harry-Potter-Schlafanzug trug. Den mit Harrys Brille, ein paar Blitzen und jeder Menge Zaubertrankfläschchen. Total bequem, total cool, allerdings nicht geeignet für Herrenbesuch, weil … Ja, warum eigentlich? Ich schlief sowieso nie im Negligé, und vermutlich hätte Maél sich eher schlappgelacht als große Augen zu bekommen, wenn ich in einem knallroten Hauch Plastikspitze aus den Decken hervortauchte. Also ließ ich die Decke sinken und beschloss, dass ich Fangirl genug war, um Maél in »Harry aus Frottee« zu empfangen.

Als ich den Kopf hob, bemerkte ich, dass er mich schon wieder beobachtete.

»Wingardium leviosa«, sagte er ganz ernst und machte eine Bewegung, die vermuten ließ, dass er meine Bettdecke nach oben schweben lassen wollte.

»Hey …« Ich spielte mit, entzückt darüber, dass er sich mit Harry-Potter-Zaubersprüchen auskannte. »Du Spanner!« Ich tat so, als wollte ich die Bettdecke festhalten.

Er grinste schief. »Ich hätte gerne ein bisschen mehr von dem Muster gesehen. Es gefällt mir.«

Ich schüttelte den Kopf. »Tut mir leid, das ist privat.«

Maél rieb sich das Kinn und versuchte ernst zu gucken. Es war ein wenig schwierig, da Evangéline sich immer noch enthusiastisch durch seine Haare wühlte. »Du gehst also mit Harry ins Bett?«

»Es ist nicht das, wonach es aussieht.«

Jetzt mussten wir beide lachen, bis mir meine Eltern einfielen und ich den Zeigefinger vor die gespitzten Lippen drückte. Ich schloss zwar jetzt immer ab, aber meine Eltern vor der Tür konnte ich jetzt trotzdem nicht gebrauchen.

Wir prusteten unterdrückt weiter, bis Maél Evangéline behutsam aus seinen Haaren zupfte und sie auf seiner hohlen Hand absetzte. Er sah zu mir, und in seinem Lächeln lag so viel Wärme, dass mein Herz einen kleinen Satz tat. »Jetzt geht es mir wieder besser.«

Das Kichern erstarb in meiner Kehle. »Hast du eigentlich Albträume?« Ich zögerte, die Frage wirklich auszusprechen. »Wegen dem, was sie mit dir gemacht haben? Sind es die Erinnerungen, die dich quälen?«

Er betrachtete Evangéline, die sich in seiner Handfläche niedergelassen hatte. Einen ihrer langen Fühler hatte sie um seinen Daumen geschlungen. »Lass uns nicht darüber reden.«

»Manchmal hilft es, zu reden.«

Er hob den Kopf. »Ich möchte nicht, dass du von solchen Grausamkeiten weißt. Du hast ein liebes, reines Herz. Was weißt du schon von Schlechtigkeit und Gewalt? Ich werde nicht derjenige sein, der dir so etwas zeigt. Und sei es nur, indem ich dir davon erzähle. Das, was du hast, Livia, ist ein kostbarer Besitz. Er ist es wert, ihn zu schützen. Und das werde ich.«

Ich wusste, würde ich darauf bestehen, würde er mir alles erzählen. Doch zuerst würde er versuchen, alles Übel von mir fernzuhalten. So wie er es immer getan hatte. »Die Neuigkeit heute Nachmittag hat dich umgehauen.«

Er nickte und rieb sich dann mit der Hand über die Augen. »Es tut mir leid, dass ich einfach abgehauen bin. Ich hatte irgendwie das Gefühl, ich ersticke.«

»Ist schon okay. Möchtest du jetzt darüber reden?«

Er schüttelte einfach nur den Kopf.

»Wo warst du? In den Katakomben?«

»Ja. Ich war in dem Raum …« Er sah zur Seite. »Du weißt schon, wo das alles mit Agada passiert ist. Der ganze Boden war noch voll von getrockneten Efeublättern und Blut. Es war wie ein Déjà-vu. Ich war da, um all das aufzuarbeiten. Um zu sehen, ob da noch etwas ist … von ihr. Um vielleicht Antworten zu bekommen, warum sie dir ihre Kräfte vererbt hat. Aber da war nichts. Nur Verwüstung und der Geruch von Blut. Selbst nach dieser ganzen Zeit kann ich es immer noch riechen. Ich bin Hals über Kopf getürmt. Eigentlich wollte ich Agada etwas dalassen. Vielleicht eine kleine Figur oder etwas, das daran erinnert, dass sie da gewesen ist. Dass sie nicht vergessen wird. Aber dann bin ich einfach weg, ohne mich noch mal umzudrehen. Etwas später habe ich mich mit den Cataphiles getroffen und ihnen von einem »Unfall« erzählt. Sie waren alle echt betroffen und haben total super reagiert. Ich habe mich wie der letzte Lügner gefühlt, aber so ist das nun mal bei uns.« Er sah zu mir. »Wir leben mit Geheimnissen, die uns zwingen, zu lügen.«

Bei diesen Worten fiel mir ein, dass ich ihm dringend noch etwas erzählen musste. »Wie wäre es mit noch mehr Geheimnissen?«

Maéls Blick wurde wachsam. Er setzte sich in dem Korbstuhl etwas auf. »Was ist passiert?«

Ich erzählte ihm von den Moiren, dem Ring und dem Tagebuch. Maél warf nur einen kurzen Blick auf das Schmuckstück, als ich die Hand in seine Richtung hielt.

»Was sagt Hermes dazu?«

»Wir wollen herausfinden, warum die Moiren es ausgerechnet auf mich abgesehen haben und was sie vorhaben.«

Maél sah aus, als wollte er aufspringen, irgendetwas umwerfen und sich dabei fürchterlich aufregen. Die Knöchel seiner Finger traten weiß hervor, so sehr umklammerte er die Lehnen des armen Korbstuhls. Irgendwann gelang es wohl seinem rationalen Verstand, sein Temperament davon zu überzeugen, dass weder Ausflippen noch Panikmachen mir helfen würden.

Er holte tief Luft, entließ die ächzenden Lehnen aus dem Würgegriff und sah mich dann eindringlich an. »Wir halten uns an Hermes. Sein Plan ist gut, und dass er deine Kräfte trainieren will, gefällt mir. Die Moiren sind dafür bekannt, dass sie Schicksale über Jahrhunderte hinweg verweben. Das muss nicht immer schlecht ausgehen.«

Wir sahen uns an. Mir war klar, dass er hatte optimistisch klingen wollen. Und ihm war wohl klar, dass er ein miserabler Schauspieler war. Er sah zur Seite, und ich betrachtete den Ring.

Minuten vergingen, in denen wir beide unseren eigenen Gedanken nachhingen. Irgendwann seufzte ich. »Möchtest du einfach nur dasitzen?« Ich sprach die Worte aus, bevor mir klar wurde, dass ich keine Ahnung hatte, welche Alternative ich ihm anbieten könnte, sollte er verneinen.

»Ja.« Die Antwort kam schnell und klang sehr bestimmt. »Oder stört es dich? Dann verschwinde ich. Oder soll ich das Licht ausmachen? Du weißt, ich sehe auch im Dunkeln ganz gut. Oder …«

»Nein, bleib.« Ich lächelte. »Wenn dir das nicht zu langweilig wird.«

»Niemals.« Er schüttelte den Kopf. »Ich will dich einfach nur ansehen. Wissen, dass es dir gut geht. Wissen, dass ich bei dir bin.«

Die Ernsthaftigkeit, mit der er mich ansah, ließ meinen Bauch kribbeln. Wieder einmal konnte ich es kaum glauben, dass er wirklich hier war. Dass ich ihn wiederhatte, hier bei mir. Dass wir nicht mehr getrennt waren. Getrennt durch mythologische Grenzen und Gesetze, durch Angst und Trauer, Ungerechtigkeit und Wut. Ich ließ mich zurück in die Kissen sinken und zog die Decke hoch.

Er lächelte. »Kleine Nymphe.«

Aus einem Impuls heraus streckte ich die Hand aus. »Setz dich zu mir.«

Maél wirkte zunächst völlig überrascht, dann saß er wie der Blitz in dem Korbstuhl neben mir am Bett. Ich drehte mich auf die Seite, ihm zugewandt, und legte meine Hand über seine. Das Gefühl, ihn so nah bei mir zu wissen, war wunderschön. Seine Haut war warm, und obwohl wir uns kaum berührten, beruhigte mich seine Gegenwart. Ich warf einen letzten Blick auf Evangéline. Sie hatte es sich in seiner anderen Handkuhle bequem gemacht und ihre Flügel eng angelegt. Vermutlich schlief sie schon wieder.

»Schlaf schön«, flüsterte er.

»Du auch«, wisperte ich und schloss die Augen. Ich stellte mir noch vor, was für ein Bild wir wohl abgaben. Ein Junge, ein schwarzer Fleck in einem weißen Zimmer, in einem Korbstuhl sitzend, in einer Hand eine schlafende weiße Riesenmotte, die andere verschlungen mit den Fingern eines Mädchens in rotem Harry-Potter-Schlafanzug, das die Decke fast bis zur Nasenspitze hochgezogen hatte. Innerlich musste ich lächeln. Dieses Bild gefiel mir …

Kapitel 12

Der Strategiestrudel

Alle am Tisch waren beleidigt. Und es war ganz allein meine Schuld.

Jemma, weil ich gestern einfach verschwunden war und ihr nicht sofort von den Moiren, dem Ring und dem Tagebuch erzählt hatte. Gigi, weil man ihr, wie sie behauptete, überhaupt nichts mehr erzählte. Selkes, weil niemand mit ihm heute schwimmen gehen wollte. Noah, weil ich offenbar dafür gesorgt hatte, dass Enko so schlechte Laune hatte, dass er die Bandproben sausen ließ. Und Ödipus, weil niemand von seiner mitgebrachten Hühnersuppe essen wollte. Am heftigsten jedoch hatte Tiffy reagiert, als herausgekommen war, dass Jemma und ich überlegt hatten, ob wir ihr von meinen erwachten Halbgötterkräften überhaupt erzählen sollten. Sie hatte die Arme fest vor der Brust verschränkt und sah mit Gewitterwolken-Miene immer wieder zwischen uns hin und her. Hermes schien mittlerweile beleidigt, dass alle anderen wegen mir beleidigt waren. Vermutlich, weil er gern im Zentrum der Aufmerksamkeit stand. Sei es nun aus Anbetung oder Hass.

Maél war der Einzige, der in diesem Moment nicht mit Gefühlen solcher Art zu kämpfen schien. Er drückte meine Hand, warf aber immer wieder verstohlene Blicke zu Tiffy hinüber. Ihr Kennenlernen war mehr als kühl gewesen. Anders als

Enko hatte Maél nie daran gezweifelt, dass die Verwechslung echt war. Dafür vertraute er mir und Hermes einfach zu sehr. Trotzdem schien er sich nur schwer damit arrangieren zu können, dass es da nun dieses andere Mädchen gab, dem sein Leben eigentlich zu gehören schien. Das seinen Platz einnehmen würde.

Die Einzigen, die die Situation etwas auflockerten, waren Evangéline und Tiffys Sternenstaub, die die Mitte des runden Tisches nutzten, um miteinander zu spielen. Niemand sagte etwas, die meisten sahen den kleinen Insekten beim Herumtrippeln zu.

»Ich bin beleidigt«, sagte Tiffy überflüssigerweise.

»Ich kann dich gut verstehen«, erwiderte ich möglichst diplomatisch. »Und es tut mir auch sehr leid, dass wir nicht sicher waren, ob wir dir zu hundert Prozent vertrauen können. Aber vielleicht kannst du auch unseren Standpunkt verstehen.«

Tiffy schüttelte den Kopf und zog einen Flunsch. »Nein, das kann ich nicht.« Sie schoss einen bösen Blick zu Maél hinüber, vermutlich weil sie ihm einen Teil der Schuld gab. »Sehe ich aus wie jemand, der die Welt ins Chaos stürzen will?«

Acht Augenpaare richteten sich auf Tiffy. Und ganz ehrlich? Mit ihrer rosa Blumenstrickjacke und den zu Zöpfen geflochtenen Haaren sah sie aus wie eine Zwölfjährige, die wütend war, dass es heute Mittag keinen Schokoladenkuchen zum Nachtisch gab.

Ich seufzte tief und bemühte mich weiter um Schadensbegrenzung. »Tiffy, du bist eine Tochter von Hades.«

»Und genau das bringt mich in große Gefahr«, zischte sie. »Herzlichen Dank. Glaubst du, da denke ich an den Weltuntergang?«

»Na ja …«, sagte Gigi, und ihre Stimme zitterte. »Besser

wissend in den Abgrund sehen, als unwissend hineinzufallen.« Sie klang, als würde sie gleich anfangen zu weinen. »Ich habe das Gefühl, ich habe überhaupt gar keine Ahnung mehr, was in den letzten Tagen passiert ist. Mir hat gar keiner irgendetwas erzählt.«

Selkes legte beschützend einen Arm um seine Freundin. »Genau. Ich finde es echt unschön, dass ihr Gigi so außen vor gelassen habt.« Er sah hauptsächlich zu Jemma und mir.

»Bei allen Göttern.« Ich sprang auf. »Glaubt mir, es war in letzter Zeit so viel los, es ist so viel Seltsames passiert, dass ich manchmal gar nicht mehr weiß, wem ich überhaupt noch trauen kann. Hinzu kommt, dass ich Angst habe, dass ihr irgendwann einfach abhaut, weil es euch zu viel wird. Schließlich habt ihr alle noch euer eigenes Leben. Und ich lade euch immer diesen ganzen mythologischen Mist auf.« Ich deutete auf Noah. »Wieso sollte es zum Beispiel dein Problem sein, dass der Olymp mich einsperren wird, weil ich plötzlich eine Halbgöttin mit exotischen Fähigkeiten bin?«

»Es ist mein Problem, weil du eine gute Freundin von Jemma bist und sie unendlich traurig wäre, würdest du aus ihrem Leben verschwinden«, erwiderte er in seiner ruhigen Art.

Ich schluckte betroffen. Mit so einer Antwort hatte ich überhaupt nicht gerechnet.

»Vielleicht sollten wir einfach eine Pause machen«, schlug Maél vor. »Danach besprechen wir, ob und wie wir weiter vorgehen wollen.«

»Wir könnten Hühnersuppe essen«, schlug Ödipus vor.

Ich ignorierte ihn. »Leute, es tut mir sehr leid, dass bei der Kommunikation so vieles schiefgelaufen ist. Ich bin dankbar, dass ihr hier seid, und ich bin unendlich dankbar, dass ihr in der Vergangenheit für mich da wart. Ich verspreche, so etwas wird nicht wieder vorkommen. Sei es nun eine Vertrauensfrage«, ich sah zu Tiffy, »eine Frage des Informationsflusses«, ich sah zu Gigi und Jemma, »oder eine sonstige emotionale Schieflage, die für miese Stimmung sorgt«, ich sah zu Noah, Selkes und Ödipus. »Ich brauche euch. Euch alle. Ihr seid das Rückgrat, das mich aufrecht hält. Das müsst ihr mir glauben.« Die nächste Frage fiel mir schwer, deshalb überlegte ich, ob ich sie wirklich stellen sollte. Als mir bewusst wurde, dass ich immer noch stand, ließ ich mich auf meinen Sitz fallen, weil ich es nicht gut fand, dass sie alle zu mir hochsehen mussten, als wäre ich irgendeine Art höher gestellte Persönlichkeit. Wir waren gleichberechtigt, wir waren Freunde und jeder hatte das Recht, zu sagen, wenn ihm etwas nicht passte. Kaum dass ich saß, lehnte ich mich in dem Stuhl vor und sah sie alle erneut an. »Glaubt mir, das fällt mir nicht leicht, aber ich frage es euch trotzdem. Seid ihr noch dabei?«

Niemand sagte etwas.

»Natürlich fände ich es völlig in Ordnung, wenn jemand sagt, dass er keine Lust mehr dazu hat. Dass ihm das alles zu viel wird. Dass das doch eigentlich alles gar nicht sein Problem ist. Glaubt mir, ich habe dafür Verständnis. Ich bin niemandem böse, der jetzt seine Sachen nimmt und geht. Wirklich nicht.«

Doch niemand rührte sich. Sie alle blieben sitzen und sahen zu mir.

Schließlich schnaubte Gigi leise. »Eigentlich sollte man schon wieder beleidigt sein, allein schon, weil du so etwas von uns denkst.«

Noah nickte zustimmend, und auch Selkes nickte mit dem Kopf. »Wahre Worte.«

Ich war so gerührt, dass meine Kehle sich zuschnürte. »Ich

verspreche euch, all das wird nicht wieder vorkommen.« Ich sah zu Tiffy. »Wir halten zusammen. Wir sind füreinander da und wir beschützen einander, so gut es geht. Ich weiß, dass sich hier niemand gegen den anderen stellen würde.«

Sie rang sich ein Lächeln ab.

»Wir haben so viele Baustellen …« Ich blätterte durch die Notizen, die ich mir gemacht hatte. Doch irgendwie blickte ich nicht mehr durch.

»Packen wir's an«, sagte Jemma entschlossen. »Wir gehen deine Papiere durch, und dann teilen wir uns in Gruppen ein, wer was bearbeitet. Wenn wir vorher klären, wer sich für welches Problem beziehungsweise dessen Bearbeitung besonders gut eignet, sollten wir doch eigentlich alles hinkriegen, oder?«

Alle nickten zustimmend. Ich schob Maél wortlos meine Notizen hin.

Er tat so, als müsste er mühevoll meine Handschrift entziffern, und die anderen lachten. Die Wiedersehensfreude war bei Gigi und Jemma am größten gewesen. Sie waren ihm um den Hals gefallen, als Maél das Poker-Hinterzimmer betreten hatte. Noah hatte ihm in seiner bekannt zurückhaltenden Art auf die Schulter geklopft. Der unkomplizierte Selkes hatte sich ihm vorgestellt, und die beiden schienen sofort auf einer Wellenlänge zu sein. Das Vorstellen von Tiffy hatte sich automatisch erst ganz am Schluss ergeben, was wohl auch besser war, denn danach war die Stimmung irgendwie gedrückter. Nun aber schienen die meisten wieder so unternehmungslustig, wie ich sie kannte.

»Gib mir die Notizen wieder«, sagte ich scherzhaft. »Ich ertrage es nicht, wenn du verzweifelt bist.«

Noch mehr Gelächter. Maél schob mir die Papiere zurück.

Ich sah zuerst zu Gigi und Selkes. »Selkes, du kennst doch bestimmt Leute aus unserem Schwimmteam.«

»Ja, klar. Unsere Schulmannschaft tritt manchmal gegen eure an. Ich kenne das ganze Team.«

»Sehr gut. Dann fahren Gigi und du zur Schule. Ich weiß, dass das Schwimmteam heute Training hat, weil sie morgen einen Wettkampf haben. Das heißt, die Schule ist geöffnet. Vielleicht könnte Selkes alibimäßig vorgeben, dass er und Gigi Leute vom Schwimmteam besuchen wollen, und irgendwann verschwindet Gigi unauffällig und versucht, mehr über die drei Küchenfrauen, alias die drei Moiren, herauszubekommen. Soweit ich weiß, hatten die drei ein kleines Büro in der Nähe der Küche. Dort, wo die Lebensmittel nachbestellt und irgendwelche Buchhaltung gemacht wurde. Vermutlich ist auch der Hausmeister vor Ort, und du, Gigi, könntest in deiner bekannt charmanten Art versuchen, ihn nach den Moiren auszuquetschen. Das wäre super. Nachdem sie sich am Freitag in Luft aufgelöst haben, wäre es schön zu erfahren, ob sie tatsächlich verschwunden sind. Oder ob das nur ein Special Effect war, um mich zu schockieren.«

Gigi und Selkes nickten beide. »Abgemacht.«

»Jemma und Noah.« Ich sah zu den beiden hinüber. »Vielleicht könntet ihr versuchen, mehr über die verschwundenen Götter herauszufinden. Und natürlich auch über Hekate. Die Stadtbibliothek sollte in Verbindung mit dem Internet genug an Informationen hergeben. Hier geht es nicht um Insiderwissen, sondern einfach nur darum, Gemeinsamkeiten zu finden. Was hatten all diese Götter gemeinsam? Gibt es vielleicht besondere Verbindungen zu anderen Göttern? Oder Verbindungen untereinander? Hatten sie ähnliche Kräfte – oder sogar gleiche? Gibt es irgendeinen Hinweis darauf, warum gerade diese Götter entführt wurden? Vielleicht lassen sich ja sogar Hinweise darauf finden, warum sich diese Götter zusammenschließen sollten, und was sie damit erreichen könnten.«

Jemma und Noah nicken zustimmend. »Klingt spannend.«

»Maél und Hermes.« Die beiden grinsten sich an. »Maél, bei dir stehen eindeutig deine eigenen Belange im Vordergrund. Ihr solltet euch weiterhin um deine Verteidigung kümmern, so wie ihr es die letzten zwei Tage bereits getan habt. Ihr seid im Moment etwas außen vor, aber einfach nur, weil der Prozesstermin immer noch steht.«

Hermes, der schon wieder komplett in Schwarz gekleidet war, nickte nur.

Maél wirkte nicht ganz glücklich. »Was ist denn mit dir?«

Das war so typisch für ihn. Nie dachte er an sich selbst. Immer wollte er erst mir zu Hilfe eilen. »Dazu komme ich gleich noch«, sagte ich lächelnd.

»Ödipus?«

Er sah aufmerksam zu mir hoch, einen Bleistift gezückt.

»Sag mal, was bist du eigentlich?«, fragte Selkes neugierig. Alle Augenpaare wanderten zu ihm.

»Schütze«, erwiderte Ödipus trocken. »Kopfmensch mit einem Herzen aus Gold. Rätselliebhaber. Ein Fan von Karos. Charmant, aber ein wenig mysteriös.«

Ich musste ein Kichern unterdrücken. Maél grinste von einem Ohr zum anderen, und Gigi hielt sich eine Hand vor den Mund. Ihre Schultern bebten.

Selkes jedoch war nicht zu bremsen. »Nein, ich meine, was du so bist. Im mythologischen Sinne. Du bist weder Gott noch Halbgott, das weiß ich. Wieso bist du dann nicht tot?«

Gigi boxte ihn gegen den Arm.

»Ja, was denn? Man wird doch noch fragen dürfen? Also, was bist du?«

Ödipus richtete sich in seinem Sitz auf. »Ich bin Ödipus, König von Theben, Bezwinger der Sphinx und …«

»… offensichtlich nicht tot«, unterbrach ihn Selkes. »Ich sage es gerne noch mal. Ich habe in Geschichte aufgepasst, und diese Story mit der Sphinx ist schon ein ganzes Eckchen her, Mann. Haben Sie dich einbalsamiert, und du hast die Jahrtausende bis jetzt geschlafen?«

Gigi versuchte, Selkes den Mund zuzuhalten. Da sie jedoch gefühlt nur ein Drittel so groß war wie er, hatte sie natürlich keine Chance.

»Ich weiß jedenfalls, was *du* bist«, sagte Ödipus hoheitsvoll. »Kindisch und unhöflich.«

»Da möchte ich ihm beipflichten«, bemerkte Hermes.

Schließlich erbarmte sich Maél, Selkes aufzuklären. »Ödipus hat in seinem Leben genau wie Livia Bekanntschaft mit den Moiren gemacht. Sie haben mit ihm ein grausames Spiel getrieben. Ihm viel Leid, Trauer und Kummer beschert. Und als er sich selbst aus diesem Leben erlösen wollte, haben sie das als Affront gegen ihre Schicksalsweberei angesehen. Zur Strafe haben sie ihn unsterblich gemacht. Er wird, genau wie wir Halbgötter, immer wiedergeboren, doch er hat keinerlei besondere Kräfte. Einzig die Gabe der Weissagung ist ihm gegeben, allerdings nur, wenn er seinen Körper und seinen Geist verkümmern lässt. Nur dann hat er die Kraft, in die Zukunft zu sehen. Geht es ihm gut und ist er glücklich, dann ist er lediglich ein Mensch, der immer wiedergeboren wird.«

Ödipus hatte verlegen den Kopf gesenkt, so als wäre ihm seine eigene Geschichte peinlich.

Selkes nickte und betrachtete ihn. »Du hast dich als einfacher Sterblicher den Moiren widersetzt? Ihnen in die Karten gespielt?«

Ödipus nickte, ohne einen von uns anzusehen.

»Das ist echt cool, Mann.« Selkes beugte sich quer über den Tisch und hielt Ödipus die Hand zum High Five hin. »Los, gib mir fünf, Alter. Du rockst, aber so was von.«

Das Besondere an Ödipus war, dass seine Stimmung so schnell wechselte wie das Wetter über dem offenen Meer. Gerade noch schien er deprimiert und traurig, nun strahlte er. Ich mochte ihn, weil er so gar nicht nachtragend war.

»Ödipus, dich würde ich bitten, in deinen Erinnerungen zu kramen und alles aufzuschreiben, was dir je über die Moiren zu Ohren gekommen ist. Wir versuchen zu analysieren, wie sie sich in die Schicksale der Menschen einmischen. Wie sie sie manipulieren. Wen sie sich aussuchen und warum. Du bist fast so alt wie die Götter und hast eine Menge miterlebt. Bitte versuche dich an alles zu erinnern, was du jemals im Zusammenhang mit den Moiren und dem Lauf der Geschichte gehört hast. Vielleicht gibt es ja ein Muster, das sich auch auf mich anwenden lässt. Vielleicht manipulieren sie absichtlich immer wieder bestimmte Abläufe in der Geschichte.«

Ödipus nickte. »Sehr gerne.«

»Das wäre toll.«

»Tiffy.« Tiffy sah zu mir, doch sie lächelte nicht. Die Hände hatte sie immer noch vor der Brust verschränkt. »Du hast mir bei unserer ersten Begegnung von einem mächtigen Nymphenartefakt erzählt. Bis heute wissen wir nicht, worum es sich handelt. Vielleicht müssen wir es finden, um endlich herauszubekommen, wer in meiner Familie mir meine Nymphenkräfte vererbt hat. Vielleicht hat dieses Artefakt tatsächlich die Macht, noch andere Nymphen aufzuspüren. Bitte versuche, im

Tempel der Nacht unauffällig in den Bibliotheken nach Informationen zu diesem Artefakt zu suchen. Ich weiß, du hast schon viel für mich getan, aber es wäre unendlich großzügig von dir, wenn du noch mal speziell nach dem Nymphenartefakt suchen würdest. Vielleicht kann es ja ein wenig Licht ins Dunkel bringen. Oder vielleicht ist es auch einfach nur das Stück des Puzzles, das uns noch fehlt, um den Plan der Moiren zu durchschauen. Würdest du mir den Gefallen tun?«

Tiffy nickte. »Im Tempel der Nacht bin ich sowieso sicherer als hier. Hades hat dort oben keine Macht, und er ist im Moment die größte Bedrohung für meine Sicherheit.« Sie verschränkte die Finger und schien zu überlegen. »Eigentlich wollte ich euch ja sofort erzählen, was mir mein Sternenstaub für Neuigkeiten berichtet hat. Aber nachdem ihr mir gesagt habt, dass ihr mir nicht traut, dachte ich, ihr legt auf Informationen von mir keinen Wert. Weil sie vermutlich sowieso gelogen sind.«

Aus der ganzen Runde erscholl Protest.

Tiffy hob kurz eine Hand, um uns zum Schweigen zu bringen. »Ja, ich weiß, dass es niemand so gemeint hat. Und ich versuche eure Sicht der Dinge auch wirklich zu verstehen. Außerdem war ja ich diejenige, die auf euch zugekommen ist, und nicht andersherum. Ich hätte mir denken können, dass ihr mein Auftauchen mit Skepsis betrachtet. Und das ist auch euer gutes Recht.« Sie seufzte. »Wollt ihr trotzdem hören, was es Neues gibt?«

Alle nickten begierig.

»Ich hatte Livia ja versprochen, meinen Sternenstaub jede Nacht auf die Suche zu schicken. Einfach um ausschließen zu können, dass Livia die einzige, die letzte Nymphe auf diesem Planeten ist. Ich weiß nicht, wie gut ihr anderen euch auskennt, aber es gibt noch Nymphen. Die sieben Himmelsnymphen, auch Plejaden genannt. Sie bilden eine der fünf Nymphengattungen. Und das, obwohl es nur sieben Stück von ihnen gibt. Sie sind seit Anbeginn der Zeit dem Himmel zugesprochen. Deshalb gibt es auch nur sieben Stück von ihnen, weil nie eine von ihnen Familie hatte. Sie sind wie jungfräuliche Priesterinnen des Himmels. Aber genau deshalb sind sie auch für uns verloren. Sie gehören dem Himmel, und ihre Kräfte sind Teil seiner Macht. Ich habe im Tempel der Nacht in den alten Papyrusrollen nachgesehen und dort Erzählungen gefunden, die beweisen, dass es im Zeitalter der Götter überall Nymphen gab. Ihr Anteil nimmt irgendwann im Laufe der Geschichte rapide ab, aber wir wissen nicht, warum. Doch in der letzten Nacht hat mein Sternenstaub eine interessante Entdeckung gemacht. Sie haben mir von Frauen berichtet, die plötzlich über Kräfte verfügen, die denen der Nymphen sehr ähnlich sind. Frauen, die zum größten Teil schon zu alt sind für ein Erwachen ihrer Kräfte. Doch es scheint, als würde seit gestern etwas in ihnen sich an die Oberfläche kämpfen. Ein uraltes Erbe, das lange geschlafen hat. Etwas, das, wie es scheint, durch irgendetwas blockiert wurde. Die Frauen sind ratlos und verunsichert, aber mein Sternenstaub ist so trainiert darauf, Nymphen zu erkennen, dass ich keinen Zweifel habe. Irgendetwas geht da vor sich. Noch kann ich nicht sagen, ob diese Frauen tatsächlich Nymphen sind. Ob ihre Kräfte sich voll entwickeln werden. Aber eines kann ich euch auf jeden Fall sagen: Es werden stündlich mehr.«

Wir alle starrten Tiffy an, dann die fünf kleinen schillernden Raupen, die mit Evangéline anmutig umeinander herumhopsten, und dann wieder Tiffy.

»Wahnsinn«, flüsterte Jemma schließlich. »Das sind ja unglaubliche Neuigkeiten, Tiffy. Gratulation.«

Auch die anderen stimmten zu, so lange, bis Tiffy regelrecht verlegen schien. »Es war nur Zufall. Die ganze Arbeit haben sowieso die Sternenmäuse gemacht. Ihr müsst euch bei ihnen bedanken.«

»Tiffy, das sind großartige Neuigkeiten.« Hermes schenkte ihr einen anerkennenden Blick. »Du kannst dir wirklich auf die Schulter klopfen. Ich möchte dir im Namen von allen anderen danken. Bitte beobachte diese Entwicklung weiterhin so aufmerksam. Ich bin mir sicher, dass wir hier noch mit spannenden Entwicklungen rechnen dürfen.«

Tiffy nickte und streichelte eine der Raupen, die es sich auf ihrer Handfläche bequem gemacht hatte. »Natürlich. Und wie gesagt, ihr helft mir, ich helfe euch. Das bringt uns alle weiter.«

»Und was ist mit dir, Livia?«, fragte Gigi.

»Ich nehme mir das Tagebuch von meiner Urgroßmutter vor. Ich werde es von vorne bis hinten bearbeiten und alle Passagen herausschreiben, die irgendwie noch lesbar sind. Vielleicht gewinne ich dabei noch mehr Erkenntnisse. Sie hat ja ganz offensichtlich über die Moiren geschrieben, und vielleicht tauchen da noch Informationen auf, die uns nützlich sein können.«

»Wann treffen wir uns wieder?« Noah sah auf seine breite Uhr.

»Wie wäre es mit morgen nach dem Mittagessen?«, schlug ich vor. »Dann können alle ausschlafen, mit ihren Familien beim Sonntagsmittagessen zusammensitzen und dann hätten wir noch genug Zeit für uns. Passt euch das?«

Ich erntete ein einstimmiges Nicken. Die Ersten packten ihre Sachen zusammen, offenbar saßen die meisten auf heißen

Kohlen und wollten anfangen. Genau wie ich, obwohl ich meine Chancen für heute Nachmittag als eher schlecht einschätzte. Wir waren bei Verwandten eingeladen, und allein die Fahrt raus aufs Land würde knapp eineinhalb Stunden dauern. Wir sollten zum Kaffeetrinken so gegen vier Uhr da sein, und vermutlich würden wir nicht schon nach einer Stunde wieder fahren. Ich hoffte, dass ich wenigstens die Zeit im Auto zum Lesen würde nutzen können. Maél und ich hatten locker ins Auge gefasst, uns abends noch zu treffen. Maél offiziell zu mir einzuladen, erschien mir noch zu früh. So unwahrscheinlich es war, ich klammerte mich an die Vorstellung, dass wir so früh von dem Kaffeetrinken zurückkommen würden, dass ich wenigstens noch eine Stunde mit Maél spazieren gehen könnte.

*

In dieser Nacht war Maél wieder da. Dieses Mal jedoch hatte er sich angekündigt.

Natürlich war ich mit meinen Eltern erst zurückgekommen, als es schon zu spät für einen Spaziergang gewesen war. Also hatten wir uns zu einem geheimen Treffen verabredet.

Ich hatte mein Fenster nur angelehnt, um ihm wenigstens diesen Part seiner halsbrecherischen Kletterpartie zu erleichtern.

Harry Potter und ich saßen mit dem Tagebuch meiner Urgroßmutter im Bett, als er wie ein Schatten in meinem Zimmer erschien. Absolut lautlos.

»Du bist so ein krasser Ninja«, sagte ich und klappte das Buch zu. Was gefühlte hundert Dezibel mehr Lärm machte als seine Hechtrolle durch mein Fenster.

Maél zwinkerte mir lässig zu, während er seinen Kapuzenpulli wieder an seinen Platz zog. »Ultra krass, Baby.«

Beim Klang seiner Stimme fiel auch Evangéline endlich auf, dass wir Besuch hatten. Als Wachhund beziehungsweise als »Wachmotte« war sie hoffnungslos ungeeignet. Sie krabbelte aus meinem Ausschnitt hervor und schoss zu ihm. Dieses Mal machte sie einen direkten Sturzflug in seine Haare und wühlte darin herum.

»Was benutzt du eigentlich für ein Shampoo?«

Maél sah mich ratlos an. »Shampoo?«

»Ja, welche Marke? Welche Sorte? Evangéline scheint verrückt danach.«

»Äähhh …« Maél schielte nach oben, als tanzte Evangéline auf seiner Stirn herum. »Keine Ahnung. Ist so ein Zeug für Männer. 3 in 1 mit Special Effects. ›Haut, Haare und Gesicht‹ oder so ähnlich.« Er sah zurück zu mir. »Es ist blau. Falls dir das hilft.«

Männer! Ich verdrehte die Augen. »Vergessen wir das.« Ich deutete auf Evangéline. »Falls du das Kind mal eine Woche nehmen willst, nur zu. Sie scheint verrückt nach dir.«

Maél grinste bis zu den Ohren. »Sie kommt nicht mit mir mit. Wollen wir wetten?«

»Das sieht für mich aber anders aus.«

Maél baute sich vor meiner Bettkante auf und verschränkte die Arme vor der Brust. So groß, breitschultrig und ganz in Schwarz hätte er bedrohlich aussehen können, wäre da nicht dieser durchgedrehte weiße Fellball gewesen, der durch seine Haare pflügte. »Los, wir wetten.«

»Na gut.« Ich seufzte. »Aber nichts Illegales, nichts Perverses und nichts mit Hühnern. Ich habe panische Angst vor

Hühnern, seit mir als Kind mal eins seinen Schnabel in die Wade gerammt hat.«

»Das klingt, als wäre ich ein irrer Voodoopriester. Herzlichen Dank für dein Vertrauen, Nymphe.«

Ich musste den Kopf in den Nacken legen, um ihm von meiner Bettdecke aus direkt ins Gesicht sehen zu können. »Ich rechne bei dir mit allem. Und das ist ein Erfahrungswert, keine Spekulation.«

Er lachte amüsiert und so leise, dass ein kleines Grollen darin mitschwang. Ich bemühte mich, die Hitze, die sich in mir ausbreitete, zu ignorieren. Sein Blick, eine Mischung aus Arroganz, Herausforderung und bedingungsloser Leidenschaft, machte mich echt schwach.

»Also. Worum wetten wir?« Meine Stimme klang leicht belegt.

»Was ist dein Einsatz? Und was willst du von mir?«

Toll. Er klang total cool, während ich immer noch mit diesem Blick, ich meine, DIESEM Blick!, fertigwerden musste. Konnte mir mal bitte jemand einen Fächer reichen? Etwas überfordert zuckte ich die Schultern. »Sag du zuerst.«

»Wenn ich gewinne, will ich mit dir und Harry Potter tanzen. Wenn ich verliere, spüre ich Enko auf und prügele aus ihm heraus, was er mit dir angestellt hat.«

Einen Moment herrschte Stille. Dann hob ich den Zeigefinger. »Moment mal. Ich habe dir verboten, Enko zu verhauen. Das wäre kein Gefallen, den du mir tust. Und was bitte meinst du mit ›tanzen‹? Vor der Playstation? So Singstar-mäßig?«

»Nein, so ›Verliebten-mäßig‹.« Maél fing meinen Finger ein und hielt ihn fest. »Darf ich mich setzen?« Er klang so höflich, als wären wir einander eben durch unsere wohlwollenden Eltern vorgestellt worden. Apropos Eltern. Ich wollte mir lieber nicht überlegen, wie sie ausrasten würden, wenn sie einen jungen Mann mitten in der Nacht im Zimmer ihrer Tochter antreffen würden. Ich schob dieses Katastrophenszenario in meinem Kopf energisch zur Seite. »Natürlich«, sagte ich stattdessen und lud damit besagten jungen Mann auf mein Bett ein.

Ich kippte automatisch gegen ihn, als die Matratze unter ihm nachgab. Maél ließ meine Hand los, um mir zu ermöglichen, mich abzustützen, anstatt mir an seiner Schulter die Nase zu brechen. Ganz Gentlemen, wie immer, überging er diesen Zwischenfall.

»Was sagt das Tagebuch?«

Ich seufzte. »Nicht viel. Ich glaube, die interessanteste Passage hatte ich intuitiv bereits gefunden. Und bei dir?«

»Hermes und ich haben alles protokolliert. Ich habe leider irgendwann das Zeitgefühl verloren. Datum und Uhrzeit der einzelnen Misshandlungen wären natürlich noch nützlicher. Aber auch so ist es ein beachtlicher Katalog.«

»Hast du etwas von Hades gehört?« Ich konnte nicht verhindern, dass Angst in mir hochkroch. »Oder von Enko?«

»Weder noch.« Er sah zu mir. »Sag mir bitte, warum du Streit mit Enko hattest.«

»Es war nichts. Nichts Wichtiges. Es ist auch schon vergeben und vergessen. Bitte geh nicht zu ihm und zettele wegen mir eine Prügelei an.«

»Natürlich werde ich ihn verhauen, wenn er mir über den Weg läuft. Das macht man so unter Brüdern …« Er verstummte abrupt, als ihm klar wurde, dass Enko gar nicht sein Bruder war. Nicht mehr. Er lachte leise auf, doch es klang irgendwie traurig. »Für mich wird er immer mein Bruder bleiben. Bescheuert, oder?«

»Er ist dein Bruder«, sagte ich leise. Wie automatisch verknoteten sich unsere Finger. »Und er wird immer dein Bruder bleiben. Wahre Verbundenheit wird über das Herz definiert, nicht über Gene.«

Maéls Augen waren sehr groß und das Grau seiner Iris dunkel. Er betrachtete mich schweigend, ließ seinen Blick über mein Gesicht wandern, als wollte er sich jede Kleinigkeit genau einprägen. »Du hast mir so gefehlt.« Er flüsterte nur noch. »Du kannst dir nicht vorstellen, wie sehr du mir gefehlt hast, Livia.«

Ich wusste nicht, was ich darauf erwidern konnte, ohne dass es maßlos kitschig oder zu improvisiert klang. Doch ich wollte ihm etwas zurückgeben, etwas antworten. Er sah mich immer noch an, diese seltsame Verletzlichkeit im Blick. Als ich mich vorbeugte, wich er nicht zurück. Unsere Lippen berührten sich. Mein Herz schien nun endlich so weit, in einem wilden Crescendo aus meiner Brust zu hüpfen. Der Kuss war kurz und unschuldig, unsere Lippen hatten kaum aufeinandergelegen. Doch sein Echo hallte feurig in mir nach, als ich mich langsam von Maél löste. Ich hatte es wirklich getan. Ich hatte ihn einfach geküsst. Hier, in meinem Zimmer, auf meinem Bett.

Maél hielt die Augen noch einen Moment geschlossen. Aus seinen Lungen stieg ein Geräusch auf, das an ein Schnurren erinnerte. Als er mich endlich ansah, hatte das Schwarz seiner Pupillen das Grau fast vollständig verschluckt. »Noch mal.« Kein Befehl, eine Bitte, so voller Sehnsucht, dass ich nicht widerstehen konnte. Ich beugte mich zu ihm. Er drehte den Kopf noch mehr zu mir, die Lippen leicht geöffnet, die Lider geschlossen.

Mir klopfte das Herz bis zum Hals. Ich sah die wild pochende Ader an seinem Hals. Passierte das hier wirklich? Bei allen Göttern, ich wollte es und doch jagte es mir Angst ein. Angst, noch tiefer zu fallen, tiefer in dieses Gefühl, diese Zuneigung, diese Leidenschaft – und ihn dann doch wieder zu verlieren. Unsere Lippen verschmolzen miteinander, schienen perfekt aufeinanderzupassen.

Es machte dieses kleine Geräusch, als sich unsere Lippen voneinander lösten. Ich hatte davor schon mit Jungs geknutscht. Sogar mit Maél unter dem Einfluss der Ambrosia. Zweimal! Aber dieser Moment war mit Abstand der aufregendste.

Wir öffneten gleichzeitig die Augen. Verlegen sah ich weg, rückte noch etwas näher zu ihm und legte meinen Kopf an seine Schulter.

Er legte einen Arm locker um mich. »Hast du noch Lust auf unsere Wette?«

»Wir brauchen nicht zu wetten. Evangéline geht auf jeden Fall mit dir mit. Sie liebt dich.«

Wir betrachteten die Motte, die mittlerweile wieder ihrer Lieblingsbeschäftigung nachging: Stifte auf meinem Schreibtisch hin- und herrollen.

»Na los«, sagte ich und erhob mich. »Mach den Test, dann haben wir es hinter uns.«

Schon stand er neben mir. »Ich nehme es ja ein klein wenig persönlich, dass du nicht mit mir wetten willst.«

»Das liegt daran, dass du nur nach einem Vorwand suchst, andere Leute zu verhauen.«

Er grinste. »Einer muss es ja machen.«

Ich stellte mich an den Schreibtisch. »Sag ihr, dass du gehst und sie mitnimmst.«

»Das macht sie niemals mit.«

Ich deutete auffordernd auf die Riesenmotte, die immer noch enthusiastisch einen Stift von einer Seite des Schreibtischs zur anderen rollte.

»Hey, Evie, ich muss wieder los und heute schläfst du bei mir.« Maél deutete auf seine Schulter. »Kommst du?«

In der nächsten Sekunde saß die Motte mitten in seinen Haaren und wippte erwartungsvoll mit den Fühlern.

Ich hätte gerne laut gelacht, dachte aber wieder an meine Eltern und ihr wachsames Ohr in Richtung des Zimmers ihrer Tochter. Maéls Gesicht war einfach zum Schießen.

Harry Potter und ich vollführten einen kleinen Siegestanz. »Du hast verloren … du hast verloren … du hast ja so was von verloren …«

Maél zupfte die sichtlich enttäuschte Riesenmotte aus seinen Haaren, dann schnappte er sich mich.

»Ich habe nicht verloren, mein Herz, ich BIN verloren.« Er hielt mich noch enger umschlungen, und dann neigte er den Kopf.

Unsere Lippen berührten sich für einen Moment. In meinem Bauch zersprang ein Glas voller Schmetterlinge, und sie stiegen tanzend empor. Maéls warmer Atem strich über meinen Mund. Seine Arme hielten mich umfangen, vertraut und aufregend zugleich. Ich überwand den letzten Millimeter, indem ich auf die Zehenspitzen ging. Maél zog mich noch enger an sich. Und dann küssten wir uns erneut. Ich neigte den Kopf, und meine Lippen öffneten sich wie von selbst. Als unsere Zungenspitzen sich berührten, seufzte ich auf. In den Katakomben und in der Gasse hinter seinem Haus hatte ich ihn unter dem Einfluss der magischen Ambrosia geküsst. Da war es Gier gewesen, etwas Rohes, etwas Gefühlloses. Das hier war so viel besser. Unsere Zungen wanden sich ganz zart umeinander. Wir erkundeten einander, ohne Eile, ohne Drängen, einfach nur wir zwei und dieses unglaubliche Gefühl, das uns verband. Maél streichelte meinen Rücken und legte den Kopf noch mehr zur Seite, um mich noch tiefer zu küssen. Ich schmolz dahin. Meine Finger spielten mit den langen Haaren in seinem Nacken.

Irgendwann löste Maél sich sanft von mir. »Zu viel Stoff …« Er zerrte sich den warm gefütterten Hoodie über den Kopf und ließ ihn neben uns auf den Boden fallen.

Wieder küssten wir uns, bis ich atemlos nach Luft schnappte. »Immer noch zu viel Stoff.« Ich zog an seinem Shirt.

Maél riss es sich vom Körper. Seine Wunden waren fast verheilt, die Prellungen und Quetschungen fast verblasst. Als ich ihn ansah, loderte die Flammenkrone über seinem Herzen auf.

»Erinnerst du dich an die Nacht, in der ich das erste Mal hier war? Damals, als du noch nicht wusstest, was du bist?« Er lachte leise und nahm meine Hand. »Du hast mir so wie jetzt befohlen, mein Shirt auszuziehen.«

»Und du hast mich mit der Flammenkrone markiert.«

Er nickte, und ich sah, wie er auf mein Einverständnis wartete. Als ich lächelte, legte er meine Hand auf das lodernde Brandzeichen. Dieses Mal spürte ich die Kraft, die davon ausging. Fühlte, wie er mir einen Teil von sich gab.

»Ich habe oft an diesen Moment zurückgedacht. Ich war beeindruckt von deiner Willensstärke und von …« Er brach ab und wirkte plötzlich etwas verlegen.

»Und wovon?«

Er sah mich an. »Und von deiner Art, mich so mühelos um den Finger zu wickeln.«

»Nun, dieses Talent kann ich dir ebenso bescheinigen.« Ich

löste meine Hand von der Flammenkrone, ließ sie ganz langsam über seine nackte Haut streichen und spürte, wie er die Luft anhielt. Sein Körper war wunderschön. Sportlich, hart, männlich. Es war ein gutes Gefühl, wieder seine Krone zu tragen. Ich empfand es nicht als eine »Markierung«, eher als ein Zeichen von Verbundenheit. Und doch drängte sich mir eine Frage auf.

»Wie ist das überhaupt möglich? Wie kannst du das Zeichen des Hades tragen, wenn es doch nicht sein Blut ist, das in deinen Adern fließt? Eigentlich hätte das doch gar nicht funktionieren dürfen?«

»Die Flammenkrone ist ein Zeichen, das alle Söhne von Hades bekommen. Aber auch Persephone trägt seine Krone. Und Orkus und die Erinnyen und andere Nebengötter, die seiner Herrschaft unterstehen. Es hat nichts mit Blutsverwandtschaft zu tun. Es ist wie ein Brandmal, dass wir ihm gehören, mehr nicht.«

»Es funktioniert also auch weiterhin?«

»Daran wird Hades garantiert nicht merken, dass ich nicht sein Sohn bin.«

»Dann bin ich beruhigt. Ich dachte schon …«

»Schätzchen, mit wem redest du denn da?«, erscholl es plötzlich durch die Tür.

Wir fuhren auseinander. *Verdammt, wie viel hatte Dad mitangehört?*

»Dad, ich habe Gigi dran!«, rief ich.

Maél schnappte sich Pullover und T-Shirt und bewegte sich lautlos Richtung Badezimmer. Dann deutete er mit dem Finger auf Evangéline, und sofort kam sie zu ihm geflattert. Geräuschlos schloss er hinter sich die Tür.

»Mach doch mal kurz auf, Schätzchen, dann können wir Gute Nacht sagen.«

Dad blieb also hartnäckig. Ich tat so, als würde ich mich von Gigi verabschieden – zum Glück lag mein Handy bereits griffbereit auf dem Bett, wo sich auch das Tagebuch meiner Urgroßmutter befand. Ich polterte besonders auffällig laut zur Tür, schloss auf und schenkte Dad ein strahlendes Lächeln. »Gute Nacht, Dad.«

Sein Blick fiel an mir vorbei auf den Schreibtisch, auf dem sich immer noch Schulbücher türmten. Dass das eigentlich Recherchematerial für meine vielen neuen »Fähigkeiten« war, würde ich ihm nicht erzählen.

»Du sollst doch nicht immer so lange Hausaufgaben machen«, sagte Dad mit mildem Tadel in der Stimme. »Morgen ist doch auch noch ein Tag.«

»Habe ich doch gar nicht«, erwiderte ich betont fröhlich und warf mich in die Mitte meines Bettes. Ich faltete die Beine zum Schneidersitz und hielt mein Telefon und das Tagebuch hoch. »Guck, das habe ich gemacht. Erst gelesen und dann etwas telefoniert. Außerdem bin ich morgen mit meinen Freunden verabredet, deshalb habe ich heute schon alle Hausarbeiten erledigt. Dann habe ich morgen den ganzen Tag frei.«

»Das ist schön.« Dad lächelte. Er wirkte beruhigt und zufrieden. »Dann lass ich dich jetzt mal in Ruhe. Bleib nicht zu lange auf und schlaf schön.«

Ich winkte von meinem Bett wie eine Königin, die Hof hielt. »Bis Morgen, Dad.«

Er schloss die Tür und ich wartete ab, bis er den Flur entlang bis zum Elternschlafzimmer gegangen war. Dann schnalzte ich mit der Zunge, in der Hoffnung, Maél würde es hören. In der nächsten Sekunde schwang die Tür meines Badezimmers auf. Maél bedeutete mir wortlos, ob er meine Zimmertür abschließen sollte, und ich nickte. Mit Evangéline auf der Schulter schlich er zu Tür, schloss sie ab und drehte sich dann zu mir. Er hatte sein Shirt nicht wieder angezogen. Ich war mir sicher, wir dachten beide dasselbe. Was, wenn er sich einfach neben mich mitten ins Bett setzen würde? Was würde passieren? Wo würde es enden? Ich kannte ihn mittlerweile seit über zwei Monaten. Zwei Monate, in denen er mir so vertraut geworden war. Zwei Monate, in denen das Prickeln zwischen uns sich kontinuierlich gesteigert hatte. Zwei Monate, in denen ich öfter daran gedacht hatte, wie es wäre, wenn ich mit ihm allein in meinem Zimmer sein würde.

Maél wirkte plötzlich angespannt. Er straffte die Schultern, dann ging er mit Evangéline zu meinem Schreibtisch und setzte sie sanft dort ab. Sofort begann sie wieder mit den Stiften zu spielen. Maél drehte sich frontal in meine Richtung. Wieder sagte niemand von uns etwas. Schließlich deutete er auf das dunkle Badezimmer, wo seine Klamotten lagen. »Soll ich …?« Er beendete den Satz nicht. Ich schüttelte den Kopf. Dann nahm ich all meinen Mut zusammen und streckte die Hand nach ihm aus. Maél biss so hart die Zähne zusammen, dass die Muskeln seines Unterkiefers arbeiteten. Sein Blick glitt an mir hinab … an dem unförmigen Schlafanzug … dem Schatten eines Trägers meines Unterhemds …

Ich ließ die Hand sinken. Der Moment schien vorbei.

Wir sahen uns an. Als er sich nicht rührte, musste ich hart damit kämpfen, mir nicht anmerken zu lassen, dass ich seine Reaktion weder verstand noch besonders gut fand. Ich begann auf meinem Bett aufzuräumen. Legte das Handy auf den Nachttisch, wickelte die Kordel wieder um das Tagebuch. Als ich hochsah, stand er neben meinem Bett. Ich legte auch das Tagebuch auf den Nachttisch und sah fragend zu ihm hoch.

Sein Herz schlug so heftig, dass ich die Vibration seiner Rippen sehen konnte. Schon wieder schien er zu einer Salzsäule erstarrt. Da ich nicht wusste, was ich ihm sagen sollte, nicht mal wusste, was ich wirklich wollte, blieb ich genauso still wie er. Ich schlüpfte unter meine Decke, legte meinen Kopf auf dem Kissen zurecht und löschte das Licht. Eigentlich rechnete ich damit, dass er im nächsten Moment so lautlos verschwinden würde, wie er aufgetaucht war. Eine gefühlte Ewigkeit lag ich in völliger Dunkelheit da. Nur Evangélines leise Geräusche auf dem Schreibtisch durchbrachen die Stille. Wenn er hierbleiben wollte, warum nahm er sich nicht einfach wieder den Korbstuhl? Ich wusste ja selbst nicht, was ich wollte. Wollte ich, dass er neben mir lag? Wollte ich das, wohin es führte? Wollte ich es jetzt? Später? Irgendwann? Ich war verwirrt, und zugleich sehnte sich mein Körper mit jeder Faser nach ihm. Ich sehnte mich nach etwas, das ich gar nicht genau benennen konnte. Nach Gefühlen, die ich zwar erahnen konnte, aber noch nie erlebt hatte. Wollte ich, dass er ging? Wollte ich, dass er blieb?

Es erklangen zwei kurze gleiche Geräusche, die ich nicht zuordnen konnte. Dann lag er neben mir auf der Decke, ein kleines Stückchen entfernt. Offenbar hatte er sich die Schuhe von den Füßen geschoben. Ich hörte ihn in der Stille angespannt atmen.

»Wie kommst du eigentlich damit klar?«, flüsterte ich.

»Was meinst du?« Seine Stimme klang dunkel und belegt.

»Damit, dass du ein Sohn von Nyx bist. Hast du dir überlegt, wie es weitergeht, wenn all das geklärt ist?«

»Du meinst, sofern sie nicht meine eigene Mutter dazu

bringen, mich umzubringen, weil allein meine Existenz gegen die Regeln der dunklen Götter verstößt?«

»Sie ist deine Mutter. Sie wird eher ihr eigenes Leben geben, damit dir nichts passiert.«

Maél seufzte leise. »Weißt du, früher habe ich mich so manches Mal gefragt, warum es so ist. Warum ich das Mondlicht so liebe. Warum ich nachts aufgestanden bin, um in seinem Schein zu lesen. Warum ich immer das Gefühl hatte, dass die Nacht mir Kraft gibt. Dass meine Schatten nichts Böses sind. Nicht etwas, das in den Tiefen der Unterwelt geboren wurde. Ich habe mich dann immer für einen Spinner gehalten. Für einen Träumer und einen Fantasten, der in seiner unendlichen Existenz einfach schon zu viele Bücher, zu viele Geschichten, zu viele fantastische Märchen gelesen hat. Aber wenn ich heute daran zurückdenke, dann weiß ich, dass ich es gespürt habe. Dass ich tief in mir drinnen wusste, dass da mehr ist.«

Ich schob im Dunkeln meine Hand über die Decke zu ihm. Er verknotete meine Finger mit seinen. »Es ist schön hier«, sagte er leise. Mittlerweile hatten sich meine Augen an die Dunkelheit gewöhnt. Ich folgte seinem Blick aus meinem Fenster hinaus zum Nachthimmel. Der Mond war zwar nur halb zu sehen, doch sein Schein fiel sanft quer durch mein Zimmer. Ich drehte mich auf die Seite, zu Maél. Er tat es mir gleich. Das Mondlicht spiegelte sich in seinen Augen. Als er mich betrachtete, erschienen wieder diese dunkelblauen Schlieren im Grau seiner Iris.

»Weißt du noch, dass du immer mit den Höllenfeuern in deinen Augen angegeben hast?«

Er lächelte und nickte. »Sie waren niemals da. Du warst diejenige, die es mir gesagt hat.«

»Gibt es eigentlich keine Spiegel in der Unterwelt?«

»Doch, natürlich. Auch in meiner Wohnung habe ich Spiegel. Aber es liegt immer am eigenen Gemütszustand, wann sich diese Veränderungen in den Augen zeigen. Bei manchen treten sie auf, wenn sie wütend sind. Bei anderen erscheinen die Zeichen nur, wenn sie traurig sind. Und bei mir offensichtlich nur dann, wenn ich jemanden ansehe, der mir sehr viel bedeutet. Nicht mal Hades ist es in all den Tausenden Jahren aufgefallen. Weder Hades noch Hermes noch sonst irgendjemandem. Du warst die Erste, die mir gesagt hat, dass da keine Feuer sind.«

Ich lächelte. »Es sind definitiv keine Feuer.« Ich hob die Hand und streichelte seine Wange entlang. »Es ist der Nachthimmel, Maél. Deine Heimat. Ein Meer aus Dunkelblau und tausend düsteren Farben. Es ist wunderschön.«

Der Himmel in seinen Augen übernahm nun auch den Rest des Graus. Ich sah Andeutungen der Sternbilder erscheinen, winzige mikroskopisch kleine Lichtpunkte, doch in ihrem Muster unverkennbar. Maél überwand den kleinen Abstand zwischen uns, und dann küsste er mich. Er hatte sich über mich gebeugt und den rechten Unterarm neben mir abgestützt. Mit der linken Hand streichelte er über meine Haare. Ich ließ mich in diesen Kuss fallen, der so aufregend und zugleich so wohlig warm und beruhigend war. Er versicherte mir all die Gefühle, die ich mir schon immer von einem Jungen erträumt hatte. Wir küssten uns noch inniger, und Maél drückte mich tiefer in die Kissen. Dieses Mal war es nicht nur die Wärme von Helios, die sich in meinem Inneren Bahn brach. Es war eine Wärme, die mich ganz wirr im Kopf machte. Die zufrieden war und dennoch mehr wollte.

Als unsere Lippen sich voneinander lösten, lächelte Maél.

»Man kann ja über die Moiren sagen, was man will.« Er zog mich in seine Arme und hielt mich ganz fest. »Aber ich werde ihnen ewig dankbar sein, dass sie mich an jenem Tag zu den Katakomben und damit zu dir geführt haben.«

»Dafür bin ich ihnen auch dankbar«, flüsterte ich. »Und dafür, dass sie dich auf dem Olymp nicht haben sterben lassen.«

Maél zog mich noch näher zu sich, obwohl das kaum möglich zu sein schien. Ich zupfte an der Decke, und er verstand. Er rollte sich zur Seite, so lange, bis ich die Decke anheben und er darunter schlüpfen konnte. Ich drehte mich wieder auf die Seite, und er legte sich ganz nah hinter mich und hielt mich fest. Ich kuschelte mich an ihn. »Alles wird sich zum Guten wenden«, flüsterte er. »Jetzt sind wir wieder zusammen. Und das bedeutet, wir können alles schaffen. Daran glaube ich.« Er küsste mich auf den Nacken, dann atmete er lange und tief aus. »Darf ich hierbleiben?«

Er konnte mein Lächeln nicht sehen, also flüsterte ich: »Ja, so lange du willst.«

Wir kuschelten uns noch enger aneinander, und irgendwann kam auch Evangéline dazu und suchte sich ihr Plätzchen zwischen uns auf dem Kopfkissen. Maél hielt mich ganz fest. Immer noch lächelnd glitt ich in den Schlaf hinüber.

Kapitel 13
Hephaistos

Am nächsten Tag trudelten die Ersten so gegen halb drei in unserer Einsatzzentrale ein. Die meisten hatten ein sonntägliches Mittagessen mit der Familie hinter sich gebracht. Hermes, Ödipus und Maél waren zusammen in einem Steakhouse gewesen. Heute Morgen war Maél verschwunden, kurz bevor die Sonne aufging. Ich hatte wunderbar an seiner Seite geschlafen. Tief, traumlos und so geborgen wie schon lange nicht mehr. Ich schwebte immer noch wie auf Wolken deswegen.

Hermes, schon wieder komplett in hochelegante, pechschwarze Designerfummel gehüllt, hatte bereits Platz genommen und starrte ins Leere. Ich nahm mir vor, Maél nachher auf seinen Gemütszustand anzusprechen. Nahm es Hermes tatsächlich so sehr mit, was mit Maél auf dem Olymp passiert war? Was ihm drohte, wenn der Prozess tatsächlich stattfinden würde? Anders als Maél, der immer Schwarz trug und darin völlig authentisch wirkte, sah Hermes nun seit drei Tagen so aus, als wollte er zu einer Beerdigung. Irgendetwas daran kam mir komisch vor.

Dieses Mal hatte Noah seine zwei Möpse Cookie und Cream dabei. Selkes warf sich zwischen die beiden auf den Boden, und die Hunde knabberten ihm begeistert an den Ohren, um ihn als neues Rudelmitglied zu begrüßen.

Selkes kicherte dröhnend und schob den schwarzen Cookie sanft von seinem Ohr weg. »Bei allen Göttern, sind die niedlich. Was machen sie denn da?«

Noah, der gerade auf seinem Handy herumtippte, sah nur kurz hoch. »Sie fressen dich.«

Selkes' Kichern stoppte abrupt, dann richtete er sich auf. Etwas verunsichert sah er zu Noah, der wie immer dicht neben Jemma stand. Als Jemma grinste, schüttelte Selkes den Kopf und ließ sich wieder zurück zwischen die begeistert wedelnde Meute fallen.

Irgendwann erschien auch Nereus, wohl um nachzusehen, was in seinem ehemaligen Pokerzimmer so vor sich ging. Vermutlich hatte er Selkes' seltsam gurrende Geräusche gehört und sich ernsthaft gefragt, was wir hier hinter verschlossenen Türen veranstalteten.

Ähnlich wie sein Sohn trug auch Nereus zu den unmöglichsten Temperaturen Bermudashorts und Schuhe ohne Socken. Die bunten Farben seines Hawaiihemdes schienen trotzig gegen das draußen tobende Unwetter anzustrahlen. Er grüßte fröhlich in die Runde, dann komplimentierte er seinen jüngsten Sohn zu sich. Selkes verdrehte die Augen, folgte seinem Vater aber brav aus dem Raum.

Kurz darauf waren wir vollzählig, denn nun war auch Tiffy, völlig durchnässt und mit dunklen Flecken auf ihrem rosafarbenen Trenchcoat, im Hinterzimmer erschienen. Wir alle hatten unsere Jacken und Mäntel an den wild durcheinander stehenden Möbeln im Hintergrund aufgehängt, und Maél bot höflich an, sich um Tiffys Mantel zu kümmern. Wie immer herrschte zwischen den beiden eine gewisse Distanz, die so kühl war, dass ich selbst in meiner dicken Wollstrickjacke fröstelte. Cookie und Cream liefen neugierig zu Tiffy hinüber und schnüffelten am Saum ihres Cordrocks. Tiffy wich erschrocken zurück. Vermutlich hatten die Hunde ihren Sternenstaub erschnüffelt und wollten nachsehen, worum es sich dabei handelte. Doch unserem kleinen Insektenzoo schienen die beiden Hunde suspekt, denn weder Evangéline noch die Sternenmäuse kamen hervor, um wie sonst miteinander zu spielen.

Selkes erschien mit einem großen Tablett voller Becher und Kannen frisch aufgebrühten Jasmintees. Gigi packte einen Beutel mit bunten selbst gebackenen Macarons aus, und im Nu hatten sich alle um den großen Tisch eingefunden. Während Selkes den Tee verteilte, erzählte er jedem, der es hören wollte – und jedem, der es nicht hören wollte –, dass das T-Shirt, das er heute trage, ein besonders seltenes Sammlerexemplar sei. Es handele sich um ein Promotionsshirt zum Disney-Film »Arielle«, das ausschließlich für die Zeichner des Films produziert worden sei. Es war weißgrundig und zeigte vorne drauf die fröhlich lächelnde Meerjungfrau Arielle zusammen mit ihren Freunden, dem gelb-blau gemusterten Fisch Fabius und der Krabbe Sebastian. Ich mochte den Film, aber als Kerl von knapp 1,90 Meter mit so einem Shirt herumzulaufen, fand ich schon ziemlich mutig. Kaum hatte Selkes den Tee verteilt, schoss er wieder aus dem Zimmer.

Wir hatten eigentlich anfangen wollen, doch nun stürzten wir uns alle auf die Macarons von Gigi. Die natürlich köstlich waren, so wie alles, was sie in der heimischen Küche produzierte. Selkes kam mit einem großen Tablett zurück, das mit einem bunten Küchentuch abgedeckt war. Er stellte es vor sich auf seinen Platz, blieb aber stehen. Dann sah er mit feierlicher Miene in die Runde: »Liebe Mitstreiter! Wir haben so viel erlebt. Nun müssen wir uns dem Schlimmsten stellen, das Paris zu bieten hat.« Er holte dramatisch Luft. »Den Kochkünsten meines Vaters.«

Jemma brach in wieherndes Gelächter aus. Maél spritzte Jasmintee aus beiden Nasenlöchern. Selkes riss das Küchentuch weg, und wir alle sahen neugierig auf das Tablett. In den kleinen Schälchen befand sich etwas, das einfach nur wie eine harmlose Crème Brûlée aussah.

Mein Verdacht bestätigte sich in der nächsten Sekunde. »Eine Crème Brûlée nach altem Familienrezept. Mit mythologischem Pflanzenextrakt und Milch unserer Wasserdrachen.«

Noah sah ein wenig grün um die Nase aus. Ödipus wirkte, als hätte man seine Hühnersuppe persönlich beleidigt.

»Wird uns das umbringen?«, fragte Jemma trocken.

»Vermutlich nur ihr Geschmack«, gab Selkes ungerührt zurück. »Ihr solltet sie trotzdem essen. Mein Vater kommt gleich, um sich Komplimente abzuholen. Seht es als Miete für das Pokerzimmer an.«

»Ich könnte durchaus Miete dafür bezahlen«, schaltete sich Hermes ein und sah auf die Creme, die seltsam blau-gräulich schimmerte. »Ich habe sogar mein Scheckbuch dabei.«

»Esst«, sagte Selkes unnachgiebig und schubste die kleinen Schälchen quer über den Tisch. Wir ließen ein Bündel Löffel herumgehen, doch niemand begann.

»Was veranstalten diese mythologischen Pflanzenextrakte mit einem?« Noah war noch etwas grüner um die Nase geworden, nachdem er an dem Inhalt des Schälchens kurz gerochen hatte. »Ich halte nichts von halluzinogenen Bewusstseinserweiterungen. Ich falle schon von Lavendeltee tot um. Das wollte ich nur anmerken.«

Selkes winkte ab. »Alles halb so wild. Er nimmt sie zum Andicken der Creme.«

Maél nahm einen großen Löffel und schluckte schnell. Er leckte sich über die Schneidezähne, zog ein Gesicht und sah dann in das kleine Schälchen. »Schmeckt irgendwie seifig.«

»Runter damit.« Selkes ließ keinen Protest mehr zu. »So wie ich Vater kenne, ist er in zehn Sekunden hier.«

Wir sahen uns alle an, dann nahmen wir die Löffel hoch. Maél war der Einzige, der schon fertig war. Dass er nicht umgefallen war, schien einigen von uns Mut zu machen. Zum Glück waren die Schälchen klein, und nach drei Löffeln waren wir alle fertig. Ich musste mich Maél jedoch anschließen, die Crème Brûlée schmeckte seifig, und vielleicht ein klein wenig fischig. Ich schob es auf die Milch der kleinen Wasserdrachen. Als ich näher darüber nachdachte, kroch Übelkeit in mir hoch.

»Sehr brav.« Selkes sammelte die Schälchen wieder ein.

Da platzte Nereus ins Zimmer, als hätte er an der Tür gelauscht. »Ich kam zufällig vorbei und wollte nur mal sehen, wie euch mein Nachtisch geschmeckt hat.«

Wir brachen alle in einen begeisterten Komplimenthagel aus. Gigi schob sich unauffällig ein Pfefferminzbonbon in den Mund und reichte die Packung dann an Noah weiter, der seltsam feuchte Augen hatte.

Nereus schien hocherfreut und rauschte zum Glück von dannen, ohne uns Nachschlag aufzudrängen.

»Das mit der Milch der Wasserdrachen«, begann Noah und würgte einmal kurz, »wie genau muss ich mir das vorstellen? Will ich mir das genauer vorstellen?«

Hermes, trotz seiner göttlichen Gene genauso grün um die Nase wie Noah, schnitt ihm entschieden das Wort ab. »Ich will nichts mehr darüber hören. Lasst uns jetzt anfangen, bevor ich darüber nachdenken kann, ob mir wirklich schlecht wird oder nicht.«

Wir spülten mit Jasmintee nach und Gigi warf wieder die Tüte mit den Macarons in die Mitte. Was für ein Segen! Ich erwischte einen mit süßer Nussfüllung, und sofort war der seifige Geschmack verschwunden.

»Wer fängt an?«, fragte Maél.

Selkes hob die Hand, während er sich zurück auf seinen Platz fallen ließ. »Zuerst die gute Nachricht oder die schlechte?«

»Zuerst die schlechte«, sagte Ödipus, »Die gute ist meistens gelogen.«

Selkes schien sofort ein wenig auf Krawall gebürstet, denn er warf Ödipus einen funkensprühenden Blick zu.

»Das war nur ein Scherz, Schatz«, sagte Gigi schnell und legte ihm beruhigend eine Hand auf den Unterarm. »Erzähl ihnen einfach, was wir herausgefunden haben.« Sofort beruhigte sich Selkes wieder. »Die gute Nachricht: Der Hausmeister hat sich von Gigi ziemlich einwickeln lassen. Sie durfte sogar in das Büro der Küchenfrauen, mit dem Argument, sie habe in der Mensa etwas verloren und vermute, dass die Küchenfrauen es an sich genommen hätten. Die schlechte Nachricht: Wir haben absolut nichts gefunden. Und die Küchenfrauen sind nicht wieder aufgetaucht. Gestern, am Samstag, ging der Hausmeister noch davon aus, dass sie nur vergessen hätten, aufzuräumen und in ein frühes Wochenende verschwunden wären. Doch man hat ihre Kittel und Schuhe gefunden, was vermuten lässt, dass sie endgültig verschwunden sind. Heute ist die Schule geschlossen, weil der Wettkampf an einer anderen stattfindet. Morgen – beziehungsweise Dienstag, denn morgen ist ja Feiertag – sollte sich zeigen, ob die Moiren endgültig verschwunden bleiben. Soll heißen, wir haben eigentlich nichts.« Gigi tätschelte tröstend seinen Arm. Selkes schien ehrlich deprimiert.

»Danke für eure Mühe«, sagte ich. »Und übermorgen wissen wir dann mehr. Mir geht es übrigens genauso. Auch ich habe aus dem Tagebuch meiner Urgroßmutter keine neuen Erkenntnisse gewinnen können. Sie berichtet einfach nur von ihrem Leben an der Front, von einzelnen Schicksalen, aber die Moiren erwähnt sie nur noch am Rande.«

Gigi warf auch mir einen aufmunternden Blick zu.

Maél hatte seinen Stuhl nah neben meinen gerückt und seinen Arm auf meiner Lehne abgelegt. »Hermes und ich können uns auch einreihen. Wir haben zwar nun alles protokolliert, was mir oben auf dem Olymp zugestoßen ist, aber es gibt weder Hinweise, dass der Prozess gestoppt wird, noch Nachricht von Zeus, dass er sich unser Material durchgelesen hat. Wir treten ab jetzt auf der Stelle.«

Als sich eine betretene Stille über den Raum senkte, hörte ich sie plötzlich. Cookie und Cream, die sich rechts und links neben Noah niedergelassen hatten, schmatzten leise im Schlaf, während die Stimmen in meinem Kopf immer lauter wurden:

»Gestern Nacht habe ich in einem Buch gelesen, ohne das Licht einschalten zu müssen. Was passiert mit mir?«

»Ich habe einen Baum im Garten meiner Eltern berührt, und seit heute Nacht blüht er. Mitten im Herbst!«

»Ich habe gestern gebadet, und das Wasser wurde kalt. Als ich mir gewünscht habe, dass es noch etwas länger warm bleiben würde, stieg die Temperatur wie von selbst.«

»Warum konnte ich gestern dem Drang nicht widerstehen, mich auf dem Balkon in den Regen zu stellen?«

»Meine Orchidee hat mir gerade gesagt, dass sie es schön findet, wenn ich mit ihr spreche.«

»Ich höre die Steine flüstern.«

»Am Strand haben die Wellen mir vorgesungen.«

»Meine Fische wünschen sich ein größeres Aquarium.«

»Ich glaube, ich melde mich krank.«

»Verliere ich den Verstand?«

»Werde ich verrückt?«

»Kann mir jemand helfen?«

Ich schreckte auf, als Maél mich am Oberarm berührte. Alle sahen mich an.

»Ist alles in Ordnung?«, flüsterte Gigi.

»Na super.« Noah klang aufgebracht. »Und daran ist jetzt bestimmt diese mythologische Creme von deinem Vater schuld, Selkes. Livia sieht aus, als wäre sie high. Ich bin mir ziemlich sicher, dass Wasserdrachenmilch keine Zutat ist, die von der Lebensmittelindustrie zugelassen werden würde. Ich muss doch echt …«

»Ich höre Stimmen«, platzte es aus mir hervor. »Frauenstimmen. In meinem Kopf. Sie reden alle durcheinander, so wie damals die Blumen.«

Ödipus zog ein wissendes Gesicht. »Oh, oh, das ist nie ein gutes Zeichen. Glaub mir, ich spreche da aus Erfahrung.«

Selkes verdrehte die Augen, Hermes und Maél schossen Ödipus warnende Blicke zu.

»Ich meine es ernst«, sagte ich. »Ich weiß, dass die Frauen in verschiedenen Weltsprachen reden, aber ich kann sie trotzdem verstehen. Ich höre die Silben, die Worte, und ich weiß, dass es eine andere Sprache ist, aber ich verstehe sie trotzdem. Sie wundern sich über ihre Fähigkeiten. Sie haben Angst, weil irgendetwas mit ihnen passiert.«

Tiffy hob die Hand, als säße sie im Unterricht. »Hattest du so etwas schon mal?«

Ich sah auf den Ring. »Seit ich den Ring trage, habe ich zweimal einen Chor von Frauen singen hören. Wunderschön und traurig zugleich. Ich glaube, sie sind einsam oder gefangen, und sie trauern um den Verlust ihrer Freiheit. Sie vermissen jemanden. Ich weiß nicht wen, aber ich kann es spüren. Ich kann spüren, wie einsam und verzweifelt sie sind. Sie singen von ewiger Nacht und von Dunkelheit.«

Maél neben mir versteifte sich, Tiffys Augen weiteten sich.

»Das klingt nach den Sternbildern.« Maél neben mir richtete sich auf. »Manchmal kann ich sie auch hören. In diesen klaren Nächten, wenn ich mich in den Lichtkegel des Mondes gesetzt habe. Wenn der Himmel wolkenlos war. Dann konnte ich sie hören. Sie singen wunderschön, aber unendlich traurig.«

Tiffy nickte. »Da stimme ich Maél zu. Diese traurigen Gesänge kommen von den Plejaden. Auch ich habe sie schon oft gehört.«

»Soll das heißen, ich kann die Himmelsnymphen plötzlich singen hören? Liegt es vielleicht daran, dass ich Kräfte von Helios besitze? Er ist der Sonnengott und hat somit auch etwas mit dem Himmel zu tun.«

Tiffy schüttelte den Kopf. »Nein, nach meinen neuesten Recherchen bin ich mir sicher, dass es daran liegt.« Sie deutete auf meinen Fingerring.

Ich betrachtete den Ring erneut. Fünf Drähte, so verschieden und doch so harmonisch ineinander verschlungen. Blätter, Tropfen, Blumen, Sterne und Dunkelheit. Ich schluckte, als mein Mund plötzlich ganz trocken wurde bei dem Schock der Erkenntnis. Blätter für die Wald- und Baumnymphen. Tropfen für die Wasser- und Regennymphen. Blumen für die Wiesennymphen. Sterne für die Himmelsnymphen und der schlichte geschwärzte Draht für die Tal- und Höhlennymphen. Fünf Drähte für die fünf Nymphenvölker.

Ruckartig setzte ich mich auf. »Das muss der Ring der fünf Quellen sein. Fünf Symbole für fünf verschiedene Völker.«

Nun wurde es ganz still im Raum.

»Bitte, was?«, stieß Noah hervor.

Tiffy blätterte in ihrem winzigen pinkfarbenen Notizbuch. »Er ist das sagenumwobene Nymphenartefakt, das lange als verschollen galt.«

»Was kann das Ding denn?«, wollte Selkes wissen. »Außer Livia in den Wahnsinn treiben?«

»Deshalb kann ich, seit ich den Ring trage, andere Nymphen hören«, sagte ich gleichzeitig. »Aber wieso höre ich so viele von ihnen, wenn wir doch als ausgestorben gelten?«

Tiffy blätterte in den Seiten hin und her. »Wo habe ich es denn? Wo habe ich es denn? Das ist alles kompliziert und auch Neuland für mich, deshalb muss ich hier gerade mal genau nachschauen, damit ich keinen Unsinn erzähle. Aha, hier habe ich es. ›Der Ring der fünf Quellen gilt als ein mächtiges Werkzeug, um Nymphen aller fünf Gattungen zu einen. Er ist im Besitz derjenigen, der diese Aufgabe zufällt.‹«

»Kann mir mal jemand das mit den Quellen erklären?«, bat Ödipus. »Was habt ihr denn mit Quellen zu tun? Ich dachte, ihr kümmert euch um Bäume und Wiesen und den Regen?«

»Wenn Nymphen sterben, werden sie ein wenig später zu Wasser und kehren so zu den Quellen zurück, denen sie entstammen. Es gibt fünf Quellen, in denen die ersten Nymphen geboren wurden. Deshalb werden die fünf Gattungen noch heute als ›fünf Quellen‹ bezeichnet.«

»Aber es gibt am Himmel doch zum Beispiel garantiert keine Quellen.«

»Auch die Himmelsnymphen wurden hier auf der Erde in einer Quelle geboren. Sie sind nur irgendwann dem Himmel zugesprochen worden, damit es nicht zu Neid und Missgunst kommt. Die vier anderen Gattungen existieren nur auf der Erde.«

»Aber die Frauen, die ich höre, klingen alle so, als wären sie gar keine Nymphen. Als hätten sie keine Ahnung, was mit ihnen passiert.«

»Mein Sternenstaub hat in der letzten Nacht noch mehr Frauen gefunden, deren Kräfte offensichtlich im Erwachen begriffen sind. Irgendetwas passiert hier auf der Erde. Ich weiß nicht, wodurch es ausgelöst wurde, aber nicht mehr lange, und wir werden mehr Nymphen haben, als wir zählen können.«

»Dann sind die Nymphen also nicht wirklich ausgestorben?«, schlussfolgerte Maél. »Ich hatte ja schon spekuliert, dass ihre Kräfte aufgrund neuer Umwelteinflüsse nicht mehr richtig erwachen. Doch vielleicht sind sie nur blockiert worden. Und nun ist der Damm gebrochen, und Frauen jeden Alters entdecken plötzlich seltsame Kräfte an sich.«

»Aber was soll ich mit diesem Ring machen? Wozu ist er gut? Kann ich den Frauen durch ihn antworten? Und wie soll ich mich um sie alle gleichzeitig kümmern?«

Tiffy zuckte die Schultern. »Da bin ich überfragt.«

»Trotzdem hast du wieder Großartiges herausgefunden«, sagte Hermes anerkennend. »Im Moment bist du unsere zuverlässigste Quelle.«

Tiffy wurde ein klein wenig rosa.

»Interessanterweise passt das ganz gut zu dem, was wir rausgefunden haben«, meinte Jemma. »Wir sollten ja alle Götter vergleichen, und eine große Gemeinsamkeit ist eigentlich sofort aufgefallen. Es sind alles Himmelsgötter, die verschwunden sind. Bis auf den Händler, über den wir überhaupt nichts herausfinden konnten, und Hekate, die anscheinend keinen festen Wohnsitz hat.«

»Hekate und meine Mutter Nyx waren beste Freundinnen«, erklärte Tiffy. »Sie besaß ein Zimmer im Tempel der Nacht. Direkt neben dem meiner Mutter. Sie waren ständig zusammen. Ich glaube, man kann ruhig behaupten, dass sie am Himmel gewohnt hat, bevor sie der göttlichen Gemeinschaft den Rücken gekehrt hat.«

Noah nickte. »Also können wir dabei bleiben. Bis auf den Händler sind es alles Götter des Himmels, die verschwunden sind. Wir haben keine konkreten Hinweise auf eine Verschwörung oder Revolution gefunden, auch nicht in der Geschichte dieser Götter, und sie alle werden als eher friedliebend beschrieben. Von daher finde ich es unwahrscheinlich, dass sie sich zusammenrotten, um irgendetwas anzuzetteln.«

»Meine Mutter hasst Streit und Krieg.« Tiffy sah traurig aus. »Sie würde niemals eine Revolution beginnen. Oder mutwillig einen Krieg anzetteln. Und Selene, die Mondgöttin, sitzt am liebsten die ganze Nacht an der Spitze der Mondsichel und strickt. Sie interessiert sich gar nicht für Kriege und Intrigen. Und Eos, die Göttin der Morgenröte, kümmert sich um alle Belange des Himmels, nur nicht um sich selbst. Sie ist die selbstloseste Person, die ich kenne. Gibt es irgendwo Streit oder ein Problem, ist sie die Erste, die interveniert. Ihr eigenes Schicksal ist ihr völlig egal.«

»Eine interessante Zusammenfassung.« Hermes stellte seinen Teebecher zurück auf den Tisch. »Nun fragt sich, wie genau die Moiren ihre Finger in dem ganzen Spiel haben.« Er sah zu Ödipus. »Konntest du irgendetwas herausfinden?«

Ödipus schüttelte den Kopf. »Die Moiren sind absolut unberechenbar. Ich konnte keine Muster erkennen. Wir haben durch sie eine absolut unbekannte Variable in dieser Gleichung, und das macht sie so gefährlich.«

Hermes drehte seinen Teebecher vor sich auf dem Tisch. »Halten wir also fest, dass Livia einen Ring hat, der dazu bestimmt ist, auf irgendeine Art und Weise alle Nymphenarten zusammenzuführen. Ich möchte nicht von kontrollieren sprechen, weil das so nach Diktatur klingt. Vielleicht ist der Ring auch eine zentrale Anlaufstelle, keine Ahnung. Jedenfalls kann sie mittels dieses Rings plötzlich andere Nymphen hören. Zuerst die Plejaden, von denen wir wissen, dass sie alle ihre Kräfte voll entfaltet haben. Und nun offenbar auch andere Nymphen, die weder wissen, was sie sind, noch, welche Kräfte sie haben. Ist das richtig?«

Tiffy und ich nickten.

»Die Moiren wollten, dass ich diesen Ring finde«, fügte ich hinzu. »Sie haben meine Urgroßmutter beeinflusst, damit sie diesen Ring an mich weitervererbt. In den zwei Generationen davor gab es nur Söhne. Es ist also schon sehr deutlich, dass dieser Ring für mich bestimmt war.«

»Dann war deine Urgroßmutter die letzte Nymphe in deiner Familie«, stellte Tiffy fest.

Daran hatte ich noch überhaupt nicht gedacht. Aufregung machte sich in mir breit. Sollte ich nun endlich das Geheimnis um meine Herkunft lösen? »Bist du sicher?«

»Der Ring der fünf Quellen kann nur von einer Nymphe aufbewahrt werden. Es ist ein Artefakt eures Volkes. Man kann ihn kurzzeitig von den Nymphen entfernen, aber nicht lange, sonst zerfällt er zu Staub. Ich nehme an, die Moiren hatten ihn von einer Nymphe, die gestorben ist. Vielleicht sogar von einer, die im Krieg gefallen ist. Sie haben den Ring in deiner Uhr versteckt, weil sie wollten, dass genau du ihn bekommst. Deine Urgroßmutter konnte den Ring beschützen und bewahren, weil sie eine Nymphe war. Danach ist er in deiner Familie verblieben. Bei Männern, die das Nymphengen in sich trugen, bei denen es sich aber nicht manifestiert hat. Auch hier war der Ring sicher. Immerhin liegen die Nymphenkräfte bei den Männern im Erbgut vor. Das spürt der Ring. Und dann hast du ihn bekommen. Und genau zu dem Zeitpunkt, an dem die Moiren es für richtig hielten, haben sie dafür gesorgt, dass du den Ring findest.«

»Dieses riesige Schmuckstück war wirklich in einer Uhr versteckt?« Selkes hatte sich skeptisch in meine Richtung gebeugt. »Irgendwo im Gehäuse? Das ist kaum vorstellbar. Hast du die Uhr dabei?«

Ich nickte und beugte mich zu meiner Tasche. Ich hatte die Einzelteile in einen kleinen Samtbeutel gelegt, falls wir die Uhr untersuchen wollten, um noch mehr Erkenntnisse über den Ring zu gewinnen. Ich zog ihn hervor und leerte ihn auf den Tisch. »Größer ist sie nicht.«

»Das passt doch niemals.«

»Der Ring war zu einem winzigen Knäuel aus Golddrähten geschrumpft«, erklärte ich. »Erinnerst du dich?«

Jetzt nickte Selkes. »Ach ja, richtig. Ganz schön spooky.«

Gerade als ich den Samtbeutel wieder wegpackte, piepste mein Handy. Überrascht sah ich aufs Display. Den Absender der Nachricht kannte ich nicht. Ich klickte auf »Lesen«.

Liebe Nymphe, Henriette und mir wäre es eine Freude, dich mal wiederzusehen. Es grüßt Hephaistos, Herr der Schmieden und des Feuers.

PS: Habe heute frische Zimtsterne gebacken.

Ich lächelte so breit, dass die anderen mich neugierig ansahen. Ich las ihnen die SMS vor. Noah und Selkes verstanden kein Wort, auch Ödipus hatte die Augenbrauen fragend hochgezogen. Hermes hingegen wirkte genervt und zog seine fünf Telefone zu sich, um einen Blick darauf zu werfen.

Ich erklärte es ihnen. Ich vermutete, dass Henriette die Sonnenblume war, die dank meiner Nymphenkräfte bei ihm überleben konnte.

Plötzlich meldeten sich wieder die Stimmen in meinem Kopf, und ich brauchte jede Menge Kraft, um sie zum Schweigen zu bringen. Noch mehr Kraft, als ich für gewöhnlich brauchte, um mich frei zu bewegen, ohne ständig von Pflanzen angesprochen zu werden. Ich stützte meinen Kopf in die Hände. »Bei allen Göttern. Könnte noch jemand eine Pause gebrauchen?«

Selkes zuckte die Schultern. »Gute Idee. Viel können wir jetzt sowieso nicht tun. Tiffy hat zwar jede Menge herausgefunden, aber einen konkreten Plan können wir momentan nicht aufstellen. Immerhin scheint alles irgendwie noch in der Schwebe. Frauen, die vielleicht zu Nymphen werden. Livia, die, warum auch immer, plötzlich alle hören kann. Die Sternbilder, die uns irgendetwas mitteilen wollen, von dem aber keiner weiß, was es ist. Die Moiren, die verschwunden sind und von denen keiner weiß, ob sie Dienstag wieder in der Mensa stehen werden. Livias Halbgötterkräfte, die irgendwie da sind, aber irgendwie auch wieder nicht. Maéls Prozess, der keine Wendung nehmen wird, solange Zeus nicht die Unterlagen liest. Und die verschwundenen Götter, allen voran Nyx, von der wir immer noch keine Spur gefunden haben.«

Tiffy nickte traurig. »Es ist wirklich deprimierend.«

Ich hob den Kopf. »Wenigstens müssen wir morgen nicht zur Schule.« Ich sah in die Runde. »Besuchen wir Hephaistos.

Sein Gelände ist zwar etwas düster, aber er hat einen wirklich beeindruckenden Garten komplett aus Schrott, und er backt hervorragende Kekse. Er hat mir damals seine Hilfe angeboten, und vielleicht können wir ihn noch ein wenig ausquetschen. Ich glaube, so ein kleiner Ausflug würde uns allen guttun. Wer kommt mit?«

Alle, bis auf Hermes, nickten zustimmend.

»Niemals«, sagte der Götterbote und sammelte entschlossen seine Handys vom Tisch ein. »Von Hephaistos wollte ich mich schon entfreunden, lange bevor es so etwas wie Facebook gab.«

Selkes unterdrückte ein glucksendes Lachen. »Was hat er dir denn getan?«

»Gar nichts«, erwiderte Hermes kurz angebunden. »Ich kann ihn einfach nur nicht leiden. Ich bin ein hervorragender Diplomat, und genau deshalb kann ich mir diese eine kleine Schwäche leisten. Ich verhandle mit allen, ich diskutiere mit jedem, aber bitte haltet mir Hephaistos vom Leib. Er riecht wie hundert Paar ungewaschene Socken, und in seinem Bart finden sich noch Überreste aus dem letzten Trojanischen Krieg. Nein, danke.« Hermes stand entschlossen auf und zog seinen schwarzen Trenchcoat über. »Bei Katastrophen könnt ihr mich natürlich gern anrufen, Kinder.«

Ödipus hob die Hand. »Hermes, kannst du mich mitnehmen? Bei mir köchelt ein Zehn-Liter-Topf Hühnersuppe auf dem Ofen. Den müsste ich jetzt mal langsam runternehmen.« Er sah uns an. »Aber ich komme nach. Schickt mir jemand die Adresse aufs Handy?«

Maél nickte und begann sofort zu tippen.

»Kann ich die Hunde mitbringen?« Noah deutete auf Cookie und Cream. Die beiden hatte ich völlig vergessen.

»Er hat zwei mechanische Katzen, die Feuer spucken. Sorry, Noah, daran hatte ich gar nicht mehr gedacht.«

Bei dem Adjektiv »feuerspuckend« schluckte Noah deutlich hörbar. »Dann ist das nichts für uns.« Er sah zu Jemma. »Um fünf habe ich Bandprobe. Das heißt, *vielleicht* habe ich Bandprobe. Sofern unser Sänger tatsächlich mal auftaucht.« Jemma tätschelte seine Schulter. »Die Hoffnung stirbt zuletzt. Dann sehen wir uns vielleicht später.«

Sie küsste ihn zart auf den Mund. »Ruf mich an, wenn du Genaues weißt. Dann komm ich noch vorbei.«

Tiffy presste eine Hand auf den Mund, als sie sich erhob. »Also diese Wasserdrachenmilch ist wirklich nichts für schwache Mägen.«

»Möchtest du die kleinen Monster mal sehen?«, bot Selkes an. »Du hast sie ja noch gar nicht kennengelernt.«

Tiffys Blick hellte sich sofort auf. »Oh ja, gerne!«

Selkes sah fragend zu Maél. Der hatte sein Handy mittlerweile weggesteckt, und auch er nickte begeistert. »Ich habe sie bisher nur aus der Ferne in ihren Tanks bewundern können.«

»Okay«, sagte ich. »Erst Wasserdrachen kuscheln, dann ab zum Herrn der Schmiedefeuer zum Kekseessen. Was für ein Nachmittag!«

*

Das Gelände der Autoverwertung wirkte genauso düster und wenig einladend wie beim letzten Besuch von Maél und mir. Die zwei mechanischen Katzen erwarteten uns bereits. Dieses Mal stieg kein Nebel auf und das Tor stand bereits offen. Die Katzen stolzierten voraus und führten uns über das Gelände bis in Hephaistos' Büro. Der Herr der olympischen Schmieden sprang hinter seinem völlig überladenen Schreibtisch auf, um uns zu begrüßen. Anders als das letzte Mal schien er blendender Laune zu sein. Ich stellte alle vor, und Hephaistos schien besonders von Jemma mit ihrer amazonenhaften Figur restlos begeistert. Er ging die ganze Zeit neben ihr her und erklärte jede Einzelheit in seinen unzähligen Regalen, in denen sich Ersatzteile für Autos bis an die knapp zehn Meter hohe Decke der Halle stapelten. Jemma hörte freundlich zu, obwohl ich genau sah, dass sie ausschließlich durch den Mund atmete. Gigi hielt die deutlich gewachsene Büro-Katze auf dem Arm, und Selkes streichelte sie im Gehen hinter den spitzen Ohren. Maél ging neben Tiffy her, und irgendwie schienen sich die beiden jetzt doch einander anzunähern. Gerade unterhielten sie sich über die verschiedenen Arten von Dunkelheit und wie man sie rief. Ich war zufrieden damit, allen einfach nur zuzuhören und einen Moment mal nicht über die vielen Rätsel nachzudenken, die so unlösbar schienen.

Hephaistos hatte den Teller mit den frisch gebackenen Zimtsternen kurzerhand aus seinem Büro mitgenommen, denn er konnte es kaum erwarten, insbesondere mir die Sonnenblume »Henriette« zu präsentieren. Während die anderen immer noch völlig fasziniert Hephaistos' Garten komplett aus Schrott bewunderten, führte der Gott der Schmieden mich zu einer Art Schrein, den er fast genau in der Mitte des Gartens für Henriette errichtet hatte. Sie thronte etwas erhöht mitten im Teich aus Altöl und den zart blinkenden Leuchtdioden der metallenen Seerosen. Bog Hephaistos eins der hohen Gräser am Teich um, bewegte sich der Schrein wie von Zauberhand zum Ufer.

Die Sonnenblume schien in bester Verfassung zu sein. Das Gelb ihrer Blütenblätter strahlte und ihr Stängel wirkte gesund

und kräftig. Als ich meine mentalen Barrieren kurz sinken ließ, schimpfte sie mal wieder über die Katze. Da es ihr offensichtlich blendend ging, zog ich meine Barrieren wieder hoch. Zumal ich sofort wieder die Stimmen der anderen Frauen in meinem Kopf gehört hatte.

Es freute mich sehr, wie glücklich Hephaistos die Anwesenheit von Henriette zu machen schien. Er wirkte viel freundlicher und offener als bei unserem ersten Besuch. Die anderen löcherten ihn mit Fragen zu seinem Garten, und er schien wirklich geschmeichelt.

Nachdem Hephaistos Henriette wieder sicher auf ihrem Thron inmitten des Altölteichs untergebracht hatte, bedeutete er uns, ihm zu folgen. »Ich habe gerade ein neues Projekt beendet«, sagte er stolz, sah dabei aber nur Jemma an.

Sie nickte wieder tapfer. »Das würde ich gerne sehen.«

Hephaistos' riesige Gestalt wurde noch ein paar Zentimeter größer. »Folgt mir.«

Ich stand zufällig neben ihm, als er eine weitere schwere Stalltür entriegelte. Er sah zu mir, musterte mich von oben bis unten und blickte dann wieder weg. Dann wiederholte er das Ganze noch mal. Schließlich brummte er etwas. Ich ahnte, worauf das hinauslaufen könnte, und ärgerte mich im selben Moment, dass ich es gar nicht bedacht hatte. Was, wenn Hephaistos meine Halbgötterkräfte spürte und irgendwelche Schlüsse zöge?

Hephaistos hantierte immer noch umständlich mit dem Schlüssel, was eigentlich gar nicht so recht zu ihm zu passen schien. Er besaß zwar große, klobige Hände, aber alles, was er anfertigte, wirkte fein gearbeitet und deutete auf großes Geschick hin.

»Deine Kräfte haben sich verändert, Nymphe«, raunte er mir schließlich zu.

»Du brauchst nicht zu flüstern«, sagte ich, »die anderen sind eingeweiht. Wir können offen vor ihnen reden.«

Hephaistos drehte den Schlüssel im Schloss um und stieß die Tür auf. »Nun gut«, sagte er. »Wie hast du es geschafft, eine Halbgöttin zu werden?«

Hinter mir hörte ich Gigi erschrocken Luft holen.

»Ich weiß es selbst noch nicht genau. Es gab ein Vorfall, bei dem ich versucht habe, eine Göttin zu retten. Dabei muss irgendetwas passiert sein.«

Hephaistos brummte erneut. »Nichts passiert ohne Grund, Nymphe. Ich hoffe, das ist dir klar. Deine Kräfte haben von Anfang an die einer gewöhnlichen Nymphe überschritten. Und nun bist du zu einer Halbgöttin geworden. Verrätst du mir, wessen Kräfte du vermacht bekommen hast? Komischerweise kann ich es nicht genau erkennen.«

»Ich weiß es nicht genau.« Instinktiv blieb ich Hephaistos gegenüber vage. »Die Halbgöttin ist gestorben.«

Hephaistos lachte trocken. »Halbgötter sterben nicht einfach so. Nicht hier in dieser Welt.«

»Sie hat sich geopfert, um mich wiederzubeleben.«

An diesem Punkt schien Hephaistos eindeutig überfragt. Ich sah, wie er überlegte, ob so etwas wirklich passieren konnte. Dann zuckte er mit den Schultern. »Da ist man so alt und lernt immer wieder dazu. Faszinierend.«

Die anderen betraten hinter uns den Raum, und ich hörte verzückte »Aaahs« und »Ooohs«.

»Und weißt du, wer …«, begann Hephaistos.

»Alter, wie derbe krass!«, schrie Selkes. »Ist das das komplette Sonnensystem?«

In der nächsten Sekunde war Hephaistos so abgelenkt von seinem eigenen Werk, dass er die Frage nicht beendete. Ich atmete erleichtert auf.

Maél trat neben mich und strich mir beruhigend über den Rücken. »Bleib weiterhin so locker. Rede um den heißen Brei herum, wenn er weiter nachbohrt. Stell dich dumm und tue so, als wüsstest du überhaupt nichts über die Götterwelt. Irgendwann gibt er auf, weil er nicht genug Geduld für so was hat.«

Ich nickte schnell. Dann sah ich mir das Kunstwerk genauer an. Wir fanden uns einem etwa dreimal drei Meter großen Planetenmodell gegenüber. Auch hier war ersichtlich, dass Hephaistos das Kunstwerk komplett aus Schrott zusammengebaut hatte. Die Planeten waren an langen dünnen Stäben befestigt, die auf eine Art Motor geschraubt waren, der sich fast unmerklich langsam für das Auge bewegte.

»Das ist auf die Minute genau die Planetenkonstellation, die im Moment im Universum herrscht.«

»Also ist es fast wie eine Uhr?«, fragte Gigi begeistert. »Das ist ja unglaublich. Wie interessant!«

Hephaistos schien fast zu platzen vor Stolz. »Ich wollte schon lange mal so ein Modell basteln. Es dauert ewig, gerade das Kalibrieren, aber es macht unheimlich viel Spaß. Ich finde unser gesamtes Sonnensystem absolut faszinierend.«

»Das ist so cool«, murmelte Selkes und ging nah an das Modell heran. Einer der größeren Planeten war von so gigantischem Ausmaß, dass selbst Selkes vermutlich nicht seine Arme darum hätte schlingen können. Die Planeten waren entsprechend ihrer Farben angemalt. Die Sonne strahlte gelb, der Mond hellgrau und der Staubring um den roten Saturn schimmerte bräunlich.

Wir hörten Geräusche hinter uns, und schon erschienen die

mechanischen Katzen mit Ödipus in ihrer Mitte. Er überreichte Hephaistos eine obligatorische Tupperdose mit Hühnersuppe als Gastgeschenk. Anders als vielleicht vermutet schien Hephaistos wirklich erfreut. Ödipus und er schienen sich entfernt zu kennen und umarmten einander herzlich.

Hephaistos führte Ödipus zu seinem neuesten Kunstwerk.

»Oh.« Ödipus stutzte. »In vier Tagen geht die Welt unter. Wer isst dann meine zehn Liter Hühnersuppe?«

Wir starrten ihn alle an.

»Es wäre total lässig, wenn du das näher erläutern könntest, Mann«, sagte Selkes und verschränkte die Arme vor Arielle und ihren Fischfreunden.

Erst da schien Ödipus zu bemerken, was er gerade gesagt hatte. Er trat etwas näher an das Planetenmodell heran und musterte es eingehend.

»Ich habe mich nicht getäuscht.«

»Die Sache mit dem Inka-Kalender war doch um das Jahr 2000.« Jemma war wie üblich nicht so leicht aus der Ruhe zu bringen. »Vielleicht ist das Modell doch nicht so aktuell?«

Ich vermutete, dass Hephaistos bei jeder anderen außer Jemma völlig ausgeflippt wäre. Ein Zittern lief durch seinen großen Körper, doch dann machte er eine Art Tai-Chi-Bewegung, schloss kurz die Augen und atmete tief durch. Er zupfte ein paarmal an einem breiten Gummiband, das straff um sein Handgelenk lag. Das scharfe Zischen, als das Gummi seine Haut berührte, klang ziemlich schmerzhaft. Doch es schien Hephaistos' Temperament auszubremsen. »Meine Modelle sind niemals fehlerhaft, liebe, reizende Sterbliche. Du kennst mich nicht, deshalb verzeihe ich dir diese unbedachte Äußerung. Aber sei versichert, an diesem Planetenmodell stimmt alles bis auf die Sekunde genau.«

Jemma wich erschrocken einen Schritt zur Seite. »Das sollte keine Beleidigung sein.«

Hephaistos schien sich wieder beruhigt zu haben. »Ich wollte dich nicht erschrecken. Entschuldige.«

Selkes entknotete seine Arme und hob die Hand. »Leute, ich will eure Versöhnung nicht stören, aber könnten wir zurück zum Thema ›Weltuntergang‹ kommen? Irgendwie beunruhigt mich das ein klein wenig.«

Wir sahen alle zu Ödipus, dessen Miene völlig ausdruckslos blieb. »Das ist in der Tat interessant«, sagte er schließlich. Doch auch das half uns allen nicht weiter. Gigi machte eine ungeduldige Geste mit der Hand, die ihn wohl zum Weiterreden animieren sollte.

Ödipus zeigte zwischen den Planeten hin und her wie ein Astronomie-Professor vor seinen Studenten. »In ziemlich genau vier Tagen kommt es zu einer höchst ungewöhnlichen Planetenkonstellation in unserem Universum.« Seine Augen glänzten vor Begeisterung. »Das ist ja so aufregend.«

Selkes hob die Arme, als wollte er fragen: *Hat er sie noch alle? Wir werden alle sterben?* Er sah in die Runde.

Jemma zuckte die Schultern, Maél schüttelte nur den Kopf. Tiffy war immer näher zu mir gerückt und schob nun ihren Arm unter meinen.

»Eine Konstellation, die es ermöglicht, dass der Himmel unserem Planeten Erde ungewöhnlich nahe kommen kann. Dies ist mit erheblichen Gefahren für Mensch und Götterwelt verbunden«, dozierte Ödipus weiter.

»Der Himmel?«, fragte ich. »Warum sollte der Himmel so etwas wollen?«

»Den Himmel regiert der Himmelsgott Uranos, einer der ältesten Götter, die es gibt. Er gilt als gewalttätig und rachsüchtig. Immer wieder im Laufe der Geschichte haben Götter, die ebenfalls am Himmel wohnen, von seinen Versuchen berichtet, sich ihre Macht anzueignen. Offenbar will er zum totalitären Herrscher des Himmels aufsteigen.«

»Und was will er dann so nah bei der Erde?«, fragte Gigi. »Wenn es doch nur um andere Himmelsgötter geht?«

»Er und Gaia, die Göttin der Erde und allen Lebens darauf, waren am Anbeginn der Zeit ein Liebespaar. Doch dann haben sie sich entzweit, und Uranos ist immer noch gekränkt deswegen. Er will sich rächen, weil sie ihn von sich gestoßen hat.« Ödipus zeigte erneut zwischen den Planeten hin und her. »Die Konstellation in vier Tagen ermöglicht es Uranos, so nah an die Erde heranzurücken, dass er alles Leben und die Göttin selbst ersticken kann. Er ist älter als Gaia, älter als alles Leben, das wir kennen. Er kann uns alle töten. Älter ist nur noch Erebos, die Finsternis vor Anbeginn der Zeit.«

»Natürlich« murmelte ich und sah aufgeregt zwischen den anderen hin und her. »Deshalb sind auch nur Himmelsgötter verschwunden.« Mein Hals war plötzlich ganz trocken. »Er hat sie vermutlich gekidnappt, damit sie sich nicht gegen ihn stellen können. Vielleicht will er sich sogar ihre Macht aneignen.«

Jemma sah zu Ödipus und schien immer noch nicht glauben zu wollen, was sie da hörte. »Wollt ihr damit also sagen, dass uns in vier Tagen der Himmel auf den Kopf fällt?«

»Ich behaupte nicht, dass es tatsächlich passiert«, erwiderte Ödipus. »Ich weise euch lediglich darauf hin, dass in vier Tagen für Uranos die Chance besteht, eine Menge Unruhe zu stiften. Im schlimmsten Fall sterben wir alle.«

»Wir müssen den Olymp benachrichtigen«, sagte Hephaistos. »Hat irgendjemand den Götterboten in letzter Zeit gesehen?«

»Wir haben vorhin noch mit ihm Crème Brûlée aus Wasserdrachenmilch gegessen«, informierte ihn Selkes.

Hephaistos sah ihn an, schüttelte dann aber den Kopf, als wäre er sicher, sich verhört zu haben.

»Ich sage ihm jetzt sofort Bescheid.« Ich zückte mein Handy. Das waren wirklich äußerst beängstigende Neuigkeiten. Auf meinem Handy hatte ich sechs neue Nachrichten. Alle von Enko.

Lass uns reden, es ist wichtig.

Livia, bitte, wir müssen uns treffen.

Ich kann das nicht texten, was ich dir erzählen muss.

Ich muss dich sprechen, bitte höre mir zu.

Gib mir nur eine Minute, ich muss dir etwas sagen.

Bitte, Livia, es ist unglaublich wichtig.

Ich klickte sie alle weg und schrieb stattdessen Hermes.

Maél erzählte Hephaistos gerade vom Verschwinden der anderen Götter. Tiffy, die gar nichts gesagt hatte, begann leise zu schluchzen. Evangéline kroch aus meinem Kragen, um sie zusammen mit mir zu trösten. Tiffys Sternenstaub wand sich schillernd in ihren Haaren.

Hephaistos starrte fasziniert darauf, sagte aber nichts.

Meine WhatsApp-Nachricht an Hermes wurde augenblicklich zugestellt, und ich wartete einen Moment, ob er sie sofort lesen würde. Doch nichts geschah. Ich knipste das Handy wieder aus, hielt die schluchzende Tiffy noch etwas fester und wandte mich an Maél. »Weißt du, ob Hermes gerade einen Termin hat?«

»Nicht, dass ich wüsste. In einer seiner Firmen kann natürlich immer mal irgendetwas Außerplanmäßiges passieren. Aber an einem Sonntag ist das doch recht ungewöhnlich. Wieso?«

»Weil er immer, wenn ich ihn sehe, seine Handys vor der Nase hat. Jetzt, wo es wichtig ist, liest er die Nachricht nicht.«

Maél zog sein neues Handy hervor. »Gut. Dann rufe ich ihn an.« Irgendwann ließ er das Telefon wieder sinken. »Er geht nicht dran.«

Jemmas Stimme klang nun wirklich besorgt. »Könnte mir bitte irgendjemand verraten, ob wir uns darauf einstellen müssen, in vier Tagen alle zu sterben? Wie, bitte schön, soll ich das Noah erklären? Und meinen Eltern?«

Hephaistos, als Ältester in dieser Runde, schien darum bemüht, eine Panik zu vermeiden. »Ödipus hat lediglich darauf hingewiesen, dass Uranos *die Möglichkeit hätte*, der Erde gefährlich nahe zu kommen. Wir wissen weder ob er das plant noch ob er das wirklich schaffen könnte.«

»Oh doch, das wissen wir«, erwiderte Ödipus fröhlich. »Er hat es schließlich schon mal geschafft.«

Jemma stöhnte auf und fuhr sich mit allen zehn Fingern durch das offene Haar. »Ich glaube, ich muss mich setzen.«

Neben mir schluchzte Tiffy noch lauter, und Gigi weinte mittlerweile mit. Selkes hielt sie im Arm, das Gesicht wie versteinert. Evangéline hatte sich irgendwo zwischen Tiffys Sternenstaub in ihre dunklen Haare gewühlt.

»Ödipus, nun lass dir doch nicht jedes Wort aus der Nase ziehen«, bat Maél. »Wer hat was schon mal geschafft und wie? Könntest du uns einfach alles erzählen, was du weißt? Das würde eventuelle Gegenmaßnahmen extrem beschleunigen.«

»Ich verstehe nicht, dass ihr Götter euch nicht mit eurer eigenen Geschichte auskennt«, blaffte Ödipus verstimmt. »Jeder weiß doch, dass Uranos, als Personifikation des Himmels, Gaia, die Erdmutter und Personifikation der Erde, zu Beginn der Zeit ganz eng umschlungen hielt. Der Himmel befand sich also ganz nah an der Erde. So nah, dass er sie fast erdrückte und dass sie schließlich ihre eigenen Kinder aussandte, um ihn weit weg von sich zu stoßen. So lange ist das nun auch wieder nicht her. Zu dem Zeitpunkt, als Uranos Gaia überfiel und sie so fest umschlungen hielt, dass sie kaum noch wusste, wie sie überleben sollte … Zu diesem Zeitpunkt standen die Planeten genau so wie in vier Tagen, sollte dieses Modell korrekt sein.«

»Meine Modelle sind immer korrekt.« Hephaistos plusterte sich schon wieder gefährlich auf.

»Nehmen wir an, das Modell ist so perfekt, wie es aussieht«, fiel Maél beiden ins Wort. »Hephaistos weiß, was er tut, und er arbeitet sehr genau. Es ist berühmt für seine Metallarbeiten. Ich denke schon, dass wir hier von einer korrekten Darstellung ausgehen können. Also, Ödipus, wie ernst ist die Lage denn nun?«

»Fakt ist, dass Uranos garantiert um Möglichkeiten wie diese besondere Planetenkonstellation weiß. Weiterhin können wir davon ausgehen, dass er es wieder versuchen wird. Er hat die Kränkung durch Gaia nie verwunden. Außerdem erzählen die Schriften aus alten Zeiten von seinem Neid auf die olympischen Götter. Auf ihre Anbetung und ihre Wertschätzung. Etwas, das ihm nie widerfahren ist. Wenn ihr meine Meinung wissen wollt: Uranos wird in vier Tagen versuchen, die Erde aufs Neue zu umschlingen. Ihr könnt euch das wie eine ewige Dunkelheit vorstellen. Das Licht der Sonne würde durch sein Firmament verdeckt. Alles Leben würde sterben.«

Nun schluchzte auch Jemma auf und zückte ihr Telefon. »Ich muss meine Eltern anrufen … Ich muss Noah …«

»Warte.« Maél hob die Hand, um ihr Einhalt zu gebieten. »Warte, Jemma. Jede Katastrophe kann verhindert werden, das hat mich die Geschichte gelehrt. Die meisten Katastrophen entstehen durch Unwissenheit, Ignoranz oder beides. Wir aber sind bereit, diesem Problem in Demut entgegenzutreten. Wir wissen nichts darüber, aber wir werden alles versuchen, es trotzdem zu stoppen. Jeder von uns hier wird sein Bestes geben. Und Uranos ist schon einmal aufgehalten worden.« Er sah zu Ödipus. »Wie hat Gaia das damals noch geschafft?«

»Die ersten Nachkommen von der Erdgöttin Gaia und Uranos, dem Himmel, waren schreckliche Monster. Riesige, albtraumhafte Wesen, die so hässlich waren, dass Uranos sie kaum ansehen konnte. Gaia war sehr unglücklich deswegen, denn wie jede Mutter liebte sie ihre Kinder. Als Uranos ihr dank dieser Planetenkonstellation so nah kommen konnte, dass er sie fast erdrückte, sandte sie diese Kinder aus, um gegen ihren Vater zu kämpfen. Sie konnten ihn nicht töten, weil sie in der Hierarchie unter ihm standen, aber sie schafften es als Gemeinschaft, ihn weit von der Mutter wegzudrängen. Nicht eines dieser Monster überlebte. Sie alle starben in dem Kampf, die Mutter zu retten.«

Maéls Schultern sanken nach unten. Ich rückte mit Tiffy im Arm nahe zu ihm, weil ich in diesem Moment einfach seine Nähe brauchte.

»Das bringt uns also nicht weiter.«

Ödipus schüttelte den Kopf. »Er ist vermutlich sogar noch stärker als damals. Wenn wir davon ausgehen, dass er die Himmelsgötter, die auf ihm wohnen, entführt hat, um ihre Kräfte für seinen Plan zu nutzen.«

Wieder wurde Tiffys Schluchzen lauter.

»Was gibt ihm Kraft?«, hakte Maél nach.

»Die Götter und Nebengötter, die seinem Herrschaftsgebiet, dem Himmel, angehören, und die Sternbilder.«

»Die Plejaden«, sagte ich. »Er gewinnt also auch Kraft durch die Plejaden?«

Ödipus nickte. »Ja, alle Sternbilder leben am Himmel. Nimmt Uranos eine menschliche Gestalt an, so leben sie als lebendige Tattoos auf seiner Haut. Der Himmel ist ja kein starres Gebilde. Sogar die Sternbilder bewegen sich. Wir nehmen das nicht wahr, weil wir sie von hier aus nur als Lichtpunkte sehen können. Aber oben am Himmel sind sie alle lebendig. Der Bogenschütze, der große Bär, der kleine Bär und eben auch die sieben Himmelsnymphen. Sie können sich frei auf ihm bewegen, nur eben nicht von ihm weg. Dafür hat er gesorgt. Schließlich festigen sie seine Macht. Er entzieht ihnen ihre Kraft, damit er selbst noch stärker wird.«

»Wenn er die Himmelsgötter entführt hat, um ihre Kräfte für sich zu nutzen, so kann man aber wohl davon ausgehen, dass dieser Angriff trotz der besonderen Planetenkonstellation kein Spaziergang für Uranos wird.« Ich sah zu Maél. »Es sieht doch so aus, als würde er systematisch nach mehr Kraft suchen. Warum sollte er sonst das Risiko einer Entdeckung eingehen? Dass jemand seinen Plan vor der Durchführung durchschaut, so wie wir? Warum, wenn er nicht auf die Kräfte der anderen Götter und Sternbilder zwingend angewiesen ist?«

»Du meinst, alleine schafft er das gar nicht?«

Auch Hephaistos nickte. »Sieht ganz so aus.« Er sah zu Ödipus. »Was sagt der Fachmann?«

»Damals, zu Anbeginn der Zeit, gab es noch viel mehr Sterne am Himmel. Viel mehr Sternbilder. Doch wie ihr alle wisst, verglühen Sterne. Sie sterben. Wissenschaftlich betrachtet sind es einfach nur Feuerbälle, die verglühen. Doch für uns bedeutet es, dass ein Sternbild stirbt. Heutzutage gibt es kaum noch Sternbilder. Ja, ich glaube, dass Uranos alle Kraft braucht, die er kriegen kann, um diesen Angriff durchzuführen. Alleine wird er nicht mehr dazu in der Lage sein.«

»Warum sprechen wir nicht mit Gaia?«, warf Selkes ein. »Sie ist zwar jünger als er und kann ihn nicht töten, aber vielleicht hat sie irgendwo noch ein paar Monster versteckt?«

»Gaia hat seit dem Vorfall mit Uranos nicht mehr zu uns gesprochen«, sagte Hephaistos leise. »Sie gilt als erstarrt, verloren, vergessen. Es ist traurig, aber so ist es nun mal.«

»Wir müssen die anderen Himmelsgötter warnen«, sagte ich schnell. »Tiffy, bitte, du musst uns jetzt helfen. Wir brauchen die Namen aller verbliebenen Himmelsgötter. Seien es auch noch so unwichtige Nebengötter. Vermutlich sind sogar die Halbgötter gefährdet. Deshalb ist es für dich ab jetzt zu gefährlich, dich zum Tempel der Nacht zu begeben. Du musst mir versprechen, dass du hierbleibst. Bleib bei deinen Pflegeeltern und verhalte dich unauffällig. Wenn du Angst hast, kann ich es auch arrangieren, dass du bei Hermes schläfst. Er wird dich beschützen.«

Tiffy sah mich mit tränennassen Augen an und schien viel zu durcheinander, um zu antworten. »Ich weiß nicht …«, sagte sie schließlich.

»Vielleicht sollten wir sie direkt bei Hermes unterbringen«, schlug Maél vor. »Tiffy, kannst du deine Pflegeeltern überreden, dass du heute bei einer Freundin übernachten darfst? Morgen ist ja auch noch schulfrei.«

»Sicher«, sagte Tiffy. »Das sollte kein Problem sein. Sie kennen Livia, Gigi und Jemma.«

»Gut, dann sag ihnen, dass du bei mir schläfst«, sagte ich. »Ich bewache das Festnetz, sollten sie anrufen. Und mach dir keine Sorgen, bei Hermes bist du sicher. Bitte erstelle eine Liste von allen Wesen am Himmel, die dir einfallen. Von allen, die in Gefahr sein könnten. Hermes wird einen Weg finden, den Tempel der Nacht zu benachrichtigen. Vermutlich wird der Olymp direkt reagieren. Wer ist der mächtigste Gott am Himmel nach Uranos?«

»Helios, der Sonnengott.«

»Kennst du ihn? Weißt du, wo er sich aufhält?«

Tiffy schüttelte den Kopf. »Meine Welt ist die Nacht. Meine Mutter, also, meine Ziehmutter …« Sie sah kurz zu Maél. »Sie ist die Göttin der Nacht. Wir haben mit dem Tag nichts zu tun. Bevor Helios erscheint, ist es die Zeit von Eos, der Morgenröte. Sie kenne ich, aber sie ist ebenso wie meine Mutter spurlos verschwunden. Helios habe ich nie kennengelernt. Ich vermute, dass sein Strahlen uns Nachtgötter alle zu Staub zerfallen lassen würde.« Sie lachte traurig auf.

»Gut, dann muss Hermes versuchen, Helios irgendwie zu erreichen. Er muss sich in Sicherheit bringen.«

Es war komisch, die anderen über einen Gott reden zu hören, dessen Halbgottkräfte ich sehr vermutlich geerbt hatte. Ich fragte mich, ob ich es spüren würde, wenn ihm etwas zustieße.

»Der Plan ist also, dass wir versuchen werden, Uranos damit zu schwächen, dass wir ihm zuvorkommen?«, fragte Jemma. »Wir evakuieren den Himmel? Das ist der Plan?«

»Meine Mutter hat mal erzählt, dass es die Sternbilder sind, aus denen Uranos seine größte Kraft zieht. Die anderen Götter sind zwar auch mächtig, aber es sind Kräfte mit einem sehr individuellen Muster. Sehr persönliche Kräfte, die nur schwer übertragbar sind. Die Sternbilder hingegen sind ein Teil von Uranos. Würde man sie ihm nehmen, würde es sich anfühlen, als reiße man ihm ein Stück Fleisch heraus. Als schlüge man ihm eine blutende Wunde.«

»Dann konzentrieren wir uns also auf die Sternbilder«, schlug ich vor. »Wie machen wir das, ohne dass er es merkt?«

»Die Sternbilder können nicht fliehen«, sagte Tiffy leise und trocknete ihre tränenfeuchten Augen mit einem rosa karierten Stofftaschentuch. »Sie sind seine größte Macht, und genau deshalb hat er sie am stärksten an sich gebunden. Glaubt mir, die Plejaden wären schon vor langer Zeit vor seiner grausamen Herrschaft geflüchtet, wenn sie nur könnten. Aber sie sind die sieben mächtigsten Sterne an seinem Firmament. Er bewacht sie besser als den Schlüssel zu einer Schatzkammer.«

»Wenn wir es schaffen, dass die Plejaden fliehen können«, überlegte ich laut, »glaubt ihr, dass er dann noch genug Kraft hat, um seinen Plan durchzuziehen?«

»Die Plejaden geben ihm mehr Kraft als sämtliche Götter und Nebengötter zusammen. Ich glaube schon, dass ihn das empfindlich schwächen wird. Es ist schwer zu sagen, ob er sich aufhalten lässt. Aber einen Versuch ist es wert.« Ödipus sah in die Runde. »Wenn jemand eine Idee hat, wie wir ein Sternbild vom Firmament eines mordlustigen Himmelsgottes entführen können, dann her damit.«

Wir sahen alle betreten zu Boden. Gigi hatte mittlerweile auch aufgehört zu weinen und klammerte sich an Selkes. Jemma reckte entschlossen das Kinn.

»Livia und ich werden uns als Nächstes mit Hermes besprechen.« Maél sah zu mir und ich nickte.

Dann wandte auch ich mich an unsere Freunde. »Verhaltet euch bitte unauffällig, zu eurer eigenen Sicherheit. Keine Manöver im Alleingang, keine auffälligen Nachforschungen. Wir tun so, als wären wir alle unwissend. Tiffy, bitte halte dich wirklich vom Tempel der Nacht fern. Es ist ab jetzt einfach viel zu gefährlich.«

»In Ordnung«, sagte sie leise. »Ich warte einfach darauf, dass Hermes sich bei mir meldet.«

Ich nickte. »Das ist gut. Hephaistos, ich weiß, du willst uns helfen, aber bitte starte jetzt keine große Aktion, ohne uns davon in Kenntnis zu setzen. Solange wir noch nicht wissen, wie und ob wir die Plejaden vom Himmel holen können, ist jeder Schritt in die falsche Richtung ein Schritt zu viel. Unsere Chance liegt darin, dass Uranos vermutlich zu diesem Zeitpunkt noch davon ausgeht, dass niemand eins und eins zusammengezählt hat. Immerhin ist unsere Gruppe eine mehr als ungewöhnliche Konstellation. Wir verfügen über Informationen, die vermutlich selbst in Götterkreisen kaum zusammenkommen. Wir haben Götter des Himmels, Götter der Flüsse, Götter der Unterwelt, Nymphen, ausgestorbene Insekten und außergewöhnlich schlaue Freunde.« Ich sah zu Gigi und Jemma. »Ich glaube nicht, dass irgendjemand unserer verrückten Gang das Wasser reichen kann. Versucht bitte alle, ruhig zu bleiben. Heute wird vermutlich nicht mehr viel passieren, aber ab morgen haben wir noch drei Tage. Drei Tage können unheimlich lang sein. Und wenn wir nicht sofort eine Lösung finden, dann ergibt sich vielleicht ein Weg durch einen Zufall, von dem wir jetzt noch gar nichts wissen. Ich glaube nicht, dass die Moiren unsere Schicksale so sehr miteinander verwoben haben, nur damit wir in drei Tagen in Dunkelheit ersticken.«

Die anderen nickten zustimmend. Das Argument mit den Moiren schien allen einzuleuchten.

»Wir treffen uns morgen früh wieder hier in unserer Einsatzzentrale. Bis dahin wissen wir, was Hermes dazu sagt und was der Olymp vorhat. Anschließend können wir weitere Strategien austüfteln.«

Ödipus stellte sich zu Tiffy. »Ich bringe die Tochter der Nacht bis vor die Haustür. Sicher ist sicher.«

Tiffy lächelte erfreut. »Ich danke dir.«

»Noah darf heute bei mir übernachten«, sagte Jemma. »Meine Eltern haben gerade zugestimmt. Er kommt nach der Bandprobe zu mir. So habe ich ihn wenigstens im Auge.«

»Was ist mit dir, Cupcake?«, fragte Selkes.

Gigi lief feuerrot an. »Das würden meine Eltern niemals erlauben.«

»Ich bleibe trotzdem in der Nähe«, sagte Selkes mit festem Blick.

Ich konnte mir gut vorstellen, wie er die ganze Nacht mit düsterem Gesicht und Arielle-T-Shirt vor Gigis Wohnung patrouillierte. Wie ein Undercover-Cop mit einem Hang zu Disney-Filmen.

Die Stimmung war nun noch mehr am Boden als zuvor. Irgendwie wollten alle für sich sein, ihre Gedanken ordnen, und doch fiel es uns schwer, uns zu trennen.

*

Als wir das Gelände von Hephaistos verließen, sagte niemand ein Wort. In der Bahn saßen alle mit versteinerten Mienen nebeneinander. Kein Wunder, wenn einem soeben mitgeteilt worden war, dass man vermutlich nur noch vier Tage zu leben hatte.

Als wir aus der Bahn stiegen, fiel es mir zuerst auf. Ich sah hinauf zum Himmel. Es war den ganzen Tag bewölkt gewesen, doch ich nahm die Veränderung trotzdem wahr. Es war zu dunkel für diese Tageszeit. Maél, dem meine Beunruhigung nicht entgangen war, sah sich forschend um, doch die anderen waren offenbar so mit sich selbst beschäftigt, dass sie es nicht wahrnahmen. Ein ungutes Gefühl machte sich in meiner Magengegend breit. Wir verabschiedeten uns ohne ein Wort darüber.

Maél und ich sahen den anderen nach, und kaum, dass sie außer Reichweite waren, stupste er mich sanft an. »Schieß los.«

»Irgendetwas stimmt mit Helios nicht. Seit meine Kräfte erwacht sind, sehe ich die Sonne anders als vorher. Aber da ist nichts mehr. Kaum noch ein wahrnehmbares Strahlen. Das, was wir nun sehen, ist wie ein Echo. Wie ein Nachhall von Energie. Doch die Kraft, mit der Helios die Sonne normalerweise kontrolliert, ist komplett verschwunden.«

»Verdammt.« Maél legte einen Arm um mich. »Glaubst du, Uranos hat ihn auch noch erwischt?«

»Das ist fast zu vermuten.« Ich sah erneut auf mein Handy. »Und warum antwortet Hermes mir nicht? Ich verstehe das nicht.«

»Komm mal mit.« Mehr sagte Maél nicht. Er nahm meine Hand, und wir spazierten gute fünfzehn Minuten quer durch die verwinkelten Straßen von Paris. Ich hatte keine Ahnung, was er damit bezweckte. Irgendwann betraten wir den berühmten Friedhof von St. Germain. Ich wusste, dass hier viele prominente Persönlichkeiten beerdigt waren, und ich hatte den Friedhof schon lange besichtigen wollen. Doch war nun der richtige Zeitpunkt für einen Spaziergang hier?

Irgendwann blieb Maél stehen. Ich folgte seinem Blick und erkannte die ganz in schwarz gekleidete Silhouette sofort. Hermes' Schultern bebten ganz leicht.

»Was macht er da?«

»Das ist Remis Grab. Hermes zahlt die Gebühren und lässt es pflegen. Die beiden waren einige Jahre lang ein Paar, bevor Remi gestorben ist.«

»Ich weiß.« Als Maél mich fragend ansah, erzählte ich ihm von unserem Gespräch.

Maél schenkte mir einen neugierigen Blick. »Er redet fast nie darüber.«

Hermes ging in die Hocke und senkte den Kopf. Dann legte er eine Hand auf den Grabstein und seine Schultern bebten noch heftiger.

»Wir sollten gehen.« Maéls Stimme klang, als hätte er plötzlich einen Kloß im Hals. »Er würde nicht wollen, dass wir ihn so sehen. Ich frage mich nur, warum er plötzlich wieder so in Trauer verfällt.«

»Ist es vielleicht ein besonderes Datum?«

Wir wandten uns ab und verließen den Friedhof wieder, während Maél zu überlegen schien. »Natürlich! Sie haben sich Anfang November 1918, nur ein paar Tage vor dem Ende des ersten Weltkriegs, kennengelernt. Vor hundert Jahren! Ich war noch in Italien und Hermes hatte öfter in Paris zu tun, weil die dreihundert Jahre um waren und die Götterwelt sich für einen Umzug bereit machte. Ich weiß noch, wie er so völlig aus den Angeln gehoben schien. Später hat er mir erzählt, dass er Remi das erste Mal in einem Café gesehen hat. Er hat sich Hals über Kopf innerhalb von einer Sekunde in ihn verliebt.« Maél legte einen Arm um meine Schultern. »Allerdings ist er immer wieder vor seinen eigenen Gefühlen davongelaufen, bis die beiden 1923, kurz nach meiner Ankunft in Paris, dann doch ein richtiges Paar wurden.« Maéls Stimme wurde leiser. »Er hat Remi so sehr geliebt. Es zerreißt mir das Herz, ihn so zu sehen.«

»Mir tut es auch so leid für ihn.« Ich kuschelte mich noch näher an Maél. »Als ich Hermes kennengelernt habe, hätte ich nie gedacht, dass er so sehr leidet. Er wirkt immer so fröhlich, so überdreht, so mitten im Leben und glücklich.«

»Hermes ist ein guter Schauspieler. Seit Remis Tod hat er sich in seine Arbeit gestürzt. Du weißt ja, dass er arbeitet, bis er umfällt. Das ist seine Art, die Vergangenheit zu verdrängen. Und sein Job gefällt ihm, nicht nur sein weltlicher, sondern auch seine Arbeit für die Götter. Dass er nun, hundert Jahre, nachdem er Remi das erste Mal gesehen hat, so in Trauer verfällt, hätte ich nicht gedacht. Aber ich kann ihn natürlich verstehen. Ich weiß, dass ihre Begegnung ihn absolut umgehauen hat. Noch heute besucht er aus Sentimentalität den Computerladen, der sich jetzt in den ehemaligen Räumen des Cafés befindet.«

»Wann genau haben sie sich denn kennengelernt?«

»Das exakte Datum weiß ich nicht. In ein paar Tagen, denn der erste Weltkrieg endete am 11. November.«

Das erinnerte mich daran, dass Hermes diesen Tag nicht mehr erleben würde, sollten wir es nicht schaffen, in vier Tagen die Welt vor einem wütenden Himmelsgott zu retten.

Maél erkannte die Frage in meinen Augen. »Lass uns noch ein Stückchen die Straße hinuntergehen. Dann versuche ich noch mal, ihn anzurufen. Wir können ihm ja sagen, dass wir in der Gegend sind. Ich glaube nicht, dass er davon ausgeht, dass wir ihn gesehen haben.« Maél fummelte mit der freien Hand an seinem Handy herum. »Hoffentlich geht er dieses Mal dran.«

Ich wartete gespannt ab. Schließlich war ein Gespräch mit Hermes wirklich dringend. Und tatsächlich: Dieses Mal hatten wir Glück. Maél tat überrascht, als Hermes offenbar erzählte, wo er war.

»Super, wir sind um die Ecke. Dann treffen wir uns kurz. Ja, das kenne ich. Wir stehen schräg davor.« Er legte auf. »Hermes kommt auf einen Kaffee da drüben hin.« Er deutete mit dem Kopf auf eine elegant aussehende Patisserie, in deren Schaufenstern buntes Naschwerk verführerisch arrangiert war.

»Es gibt einen weiteren Vermissten«, sagte Hermes zur Begrüßung. Seine Augen waren rot vom Weinen, was Maél und ich geflissentlich nicht bemerkten.

»Du meinst Helios, nicht wahr?«

»Es tut mir leid.« Hermes sah mich mit echtem Mitgefühl an. »Die Nachricht hat sich wohl gerade erst herumgesprochen.«

»Ich glaube, wir sollten uns kurz setzen.« Maél deutete auf einen der Tische vor der Patisserie. Nur ein Tisch ganz weit hinten war mit einem Gast belegt, der tief über seinen Laptop gebeugt arbeitete. Allen anderen war es draußen zu kalt gewesen. Wir ließen uns an einem möglichst weit entfernten Tisch nieder. Ein leichter Nieselregen hatte eingesetzt, und Hermes schlug den Kragen seines Mantels hoch. »Was gibt es denn so Dringendes? Sorgt Hephaistos für Ärger?«

»Nein«, erwiderte Maél. »Er hat maßgeblich dazu beigetragen, etwas sehr Beunruhigendes zu enthüllen.«

Nun hatten wir Hermes' volle Aufmerksamkeit. Ein missmutiger Kellner spazierte vorbei und nahm mit zitternden Fingern unsere Bestellung auf. Er sah auf uns hinunter, als hätten wir den Verstand verloren, freiwillig bei diesem miesen Wetter draußen zu sitzen.

Als der junge Mann außer Hörweite war, sah Maél zu mir, als wollte er mir den Vortritt lassen. Ich gab mir einen Ruck und begann zu berichten. Als ich geendet hatte, zitterten Hermes' Hände wie die des frierenden Kellners. Eine fiese, beißende Panik kroch in mir hoch, denn ich hatte noch nie erlebt, dass Hermes, der allwissende Götterbote, der große Ratgeber des Zeus, vor Angst nicht wusste, was er sagen sollte.

*

In dieser Nacht lagen Maél und ich einfach nur nebeneinander und hielten uns fest. Wir hatten eine WhatsApp-Gruppe eingerichtet, in der alle stündlich Bescheid geben sollten, ob es ihnen gut ginge. Ab elf Uhr ungefähr waren die Nachrichten weniger geworden, da sich die meisten ins Bett verabschiedet hatten. Ich jedoch war immer noch hellwach. Hermes' Reaktion hatte mich nachhaltig schockiert und verunsichert. Er hatte nur seinen Espresso hinuntergestürzt und war dann verschwunden. Zum Glück konnten wir ihn noch per WhatsApp daran erinnern, dass er seinen heutigen Übernachtungsgast Tiffy bitte nicht vergessen sollte. Danach erfuhren wir nur noch, dass er sofort mit dem Olymp Kontakt aufgenommen hatte. Was dabei herausgekommen war, hatte er uns jedoch nicht mehr mitgeteilt. Vielleicht saß er bereits in irgendwelchen Sitzungen. Vielleicht war im Olymp bereits ein Komitee zur Weltrettung ausgerufen worden.

»Versuch, ein wenig zu schlafen«, flüsterte Maél schließlich und streichelte meinen nackten Arm. Harry Potter war dank Mom heute Mittag in die Wäsche gewandert, und ich hatte mich für ein etwas leichteres einfarbiges Modell mit kürzeren Armen entschieden.

»Ich bin hier, ich passe auf dich auf.«

»Weckst du mich, wenn du etwas von Hermes hörst?«

»Natürlich.« Er schob mir das Haar zur Seite und küsste mich zart auf den Hals.

Obwohl ich mir sicher war, dass ich im Angesicht dieser drohenden Gefahr kein Auge zubekommen würde, übermannte mich irgendwann die Müdigkeit.

Ich wurde erst wieder wach, als es dämmerte und Maél sich hinter mir leicht bewegte. Kurz darauf hörte ich, wie er ins Bad ging und sich die Zähne putzte. Ich hatte noch eine einfache Hotel-Zahnbürste in meinen vielen Reiseandenken gefunden.

»Noch nicht gehen«, flüsterte ich, als ich ihn mit seinen Klamotten rascheln hörte. »Nur noch zehn Minuten.«

Er lachte leise, dann legte er sich hinter mich. Er hatte in Jeans und T-Shirt geschlafen, obwohl ich ihm vorgeschlagen hatte, irgendetwas davon auszuziehen.

Maél zog mich an sich und küsste mich auf die Haare. Evangéline in einer Ecke am Fußende schien immer noch tief und fest zu schlafen. Nach einer Weile löste ich mich von ihm und rollte mich aus dem Bett. »Jetzt muss ich mal ins Bad …«

Maél grinste. »Ich verspreche, ich bin noch da, wenn du wiederkommst.«

Ich schoss ins Bad und nutzte die Gelegenheit, auch kurz die Zähne zu putzen. Zurück im Bett drehte ich mich ihm zu. »Du wolltest mich doch wecken, wenn es Neuigkeiten von Hermes gibt.«

Maél griff hinter sich zu seinem Handy. »Ich bin unschuldig. Es gibt nichts Neues von ihm.«

»Glaubst du, das ist ein gutes Zeichen?«

»Ich vermute, dass er die ganze Nacht auf dem Olymp aktiv war. Konferenzen einberufen, Pläne schmieden, vielleicht sogar eine kleine Gruppe von Göttern aktivieren, die sich uns im Kampf anschließt. Vertraue auf ihn.«

»Er schien so neben sich zu stehen, als wir ihm davon erzählt haben.«

»Es ist vermutlich die Sache mit Remi, die ihn so aus der Bahn wirft.«

»Können wir ihm seine Trauer nicht irgendwie leichter machen?«

Maél streichelte zart über meine Wange. »Du bist lieb.

Aber Hermes will keine Hilfe. Er wird sauer, wenn man irgendetwas veranstaltet, um ihn aufzuheitern. Die Geschichte mit Remi hat ihn wie einen Amboss vor den Kopf getroffen. Er war davor schon verliebt, hat Beziehungen gehabt, aber so wie mit Remi habe ich ihn noch nie erlebt. Hermes hat sich mit allen Mitteln dagegen gewehrt. Zuerst hat er sich eingeredet, dass er Remis Arbeiten fördert, indem er sie durch von ihm organisierte Ausstellungen einem breiteren Publikum zugänglich macht. Dann hat er sich gesagt, dass er Remi lediglich monatlich etwas unterstützt, weil er viel zu selten mal etwas verdiente. Dann hat er Remi bei sich wohnen lassen, damit er ein größeres Zimmer, mehr Licht und bessere Materialien zum Arbeiten hat. Irgendwann haben sie jeden Abend zusammen gekocht, jeden Abend im selben Bett geschlafen und Hermes hat trotzdem nicht genug von ihm bekommen. Glaub mir, Hermes hat sich bis zum letzten Moment dagegen gewehrt, sich so sehr in Remi zu verlieben. Aber Remi hat ihm keine Wahl gelassen. Es gibt sie, diese Paare, deren Wege sich irgendwo zwischen den Jahrhunderten kreuzen und die einfach füreinander bestimmt sind. Über alle Widrigkeiten, über jeden rationalen Verstand hinweg einfach zusammen sein sollen. Das zwischen Remi und Hermes war so eine Jahrhundertliebe. Remi war Hermes' einzige große Liebe. Er kann und wird Remi niemals vergessen.«

»Er soll ihn doch auch nicht vergessen, es geht nur darum …«

»Ich weiß, was du sagen willst. Und ich weiß, dass du ihm helfen willst. Aber er will es nicht.«

Ich nickte resigniert. »Okay.«

Maél schob mir ein paar Haare aus der Stirn. »Egal, was es

ist, es wird alles gut. Wir kriegen das hin, Hermes kriegt das hin, unsere Gang kriegt das hin, wir zwei kriegen das hin.«

Jetzt musste ich doch lächeln. »So entschlossen, wie du das sagst, muss ich dir das glatt glauben.«

»Natürlich musst du mir glauben«, sagte er grinsend. »Ich bin schließlich dein Freund.«

Ich konnte nicht verhindern, dass meine Wangen ein wenig zu glühen begannen. Das war er wirklich. Und er war der tollste Freund, den man sich nur wünschen konnte. Ich rückte ein wenig näher. »Wie viele von den zehn Minuten sind wohl noch übrig?«

»Es ist höchstens eine Minute vergangen«, flüsterte Maél und nickte bekräftigend. Natürlich wussten wir beide, dass unsere Zeit vermutlich längst um war.

Maél sah kurz zum Fenster. »Es ist noch früh, aber nicht mehr lange und es wird hell werden. Wenn du mich nicht zu deinen Eltern an den Frühstückstisch bitten möchtest, dann sollte ich bald aufbrechen.«

Ich seufzte. Ich wollte ihn noch nicht gehen lassen. Andererseits wollte ich auch nicht riskieren, dass es Augenzeugenberichte gab, wie ein Junge ganz in Schwarz auf das Dach eines siebenstöckigen Gebäudes geklettert war.

»Nur noch einen Moment«, flüsterte ich und rückte so nah, dass unsere Körper sich berührten.

»Mach das nicht.« Seine Stimme klang heiser. »Sonst kann ich nicht mehr gehen.«

Ich küsste ihn ein letztes Mal, lang und zärtlich, und ließ ihn dann gehen.

Wenigstens roch mein Kopfkissen noch nach ihm …

Kapitel 14

Die Finsternis zwischen den Welten

Gegen elf Uhr trafen wir alle wieder in unserer Einsatzzentrale ein. Das Wetter war noch schlechter geworden. Zwar hatte bislang niemand aus der menschlichen Welt das Fehlen des Sonnengottes bemerkt, doch ich spürte, wie die verbleibende Energie zu schwinden begann. Nicht mehr lange, und die Tage würden grau bleiben. Keiner von uns schien besonders gut geschlafen zu haben. Die Paare tauchten zusammen auf, dann trudelte Hermes ein, der Tiffy und Ödipus mitgebracht hatte. Die Stimmen, die dank des Rings in meinen Geist drangen, wurden immer fordernder. Es fiel mir zunehmend schwer, sie in meinem Kopf auf stumm zu schalten.

Zu allem Überfluss platzte Hermes mit einer Neuigkeit heraus. »Es sieht nicht gut aus. Ich habe bei Zeus vorgesprochen und es auch geschafft, dass einige andere der olympischen Götter anwesend waren. Ich erspare euch jetzt mal alle Diskussionspunkte, aber das Ende vom Lied ist, dass man mir nicht glaubt. Zeus hat mich sogar beschuldigt, die Himmelsgötter entführt zu haben, weil ich ganz heimlich doch hinter den Plänen von Maél stehe. Ich konnte den Olymp gerade noch verlassen, bevor man mich verhaftet hat. Offiziell bin ich also auf der Flucht. Schuld ist das Bekanntwerden des Verschwindens von Helios. Das brachte das Fass bei Zeus zum Überlaufen.

Wäre ich nicht auf meinen Flügelboots innerhalb von Sekunden verschwunden, hätten sie mich sofort wieder festgesetzt.« Er sagte das alles so sachlich und so völlig emotionslos, als wäre er eine Maschine. Als hätte er innerlich irgendwie schon damit abgeschlossen, dass sich das Ganze jemals wieder zum Guten wenden würde.

»Und das heißt jetzt?«, fragte Selkes. »Verkriechen wir uns alle in irgendwelchen Erdlöchern und warten ab, was passiert? Und du verkrümelst dich in die Karibik, damit sie dich nicht vorher noch ins Gefängnis werfen?«

Hermes zuckte die Schultern. Das Schwarz seines Oberhemdes ließ ihn noch schlanker wirken. Wieder trug er keinen einzigen Ring an seinen Fingern. »Fakt ist, Olymp und Tartaros werden genauso fallen wie die Erde. Es ist genauso ihr Problem, wie es ein Problem der Menschheit ist. Diese Arroganz und Ignoranz von Zeus ist einfach unerträglich. Und er reißt uns dadurch alle mit in den Abgrund. Wäre es nicht so absolut irrsinnig, würde ich denken, er wartet einfach nur ab, bis alles endlich vorbei ist. Er ist müde, genervt und hat schon lange keine Lust mehr auf sein ewiges Leben und den ganzen Götterzirkus.«

»Wenn wir keine Hilfe vom Olymp bekommen, dann müssen wir das Problem allein lösen«, sagte Maél. »Ich habe mich, abgesehen von dir, Hermes, noch nie auf irgendwelche anderen Götter verlassen können. Eigentlich sind sie alle Einzelkämpfer. Vermutlich ist der gesamte Olymp irritiert, dass sich so eine bunte Gruppe zusammenschließt, um gemeinsam irgendetwas zu erreichen. Es liegt nicht in der Natur der Götter, Probleme gemeinsam zu lösen. Aber ich finde, jetzt ist der Zeitpunkt gekommen, an dem wir das alles hinter uns lassen sollten. Wir konzentrieren uns jetzt nur noch auf uns selbst, auf unsere eigenen Fähigkeiten, und versuchen zu retten, was noch zu retten ist.«

»Da stimme ich Maél zu«, sagte ich. »Verlassen wir uns auf keine Hilfe von außen mehr. Deshalb ist der erste Punkt der Tagesordnung: Wie können wir Uranos schwächen? So sehr schwächen, dass ein Angriff von seiner Seite misslingen wird? Wir hatten gestern ja schon besprochen, dass es vermutlich die Plejaden sind, die ihm die meiste Kraft geben. Nur wie schaffen wir es, dass diese Nymphen vom Himmel fliehen können? Und wie schaffen wir es, dass der Herr des Himmels dies nicht bemerkt?«

Noah, der dicht neben Jemma saß und dieses Mal ohne seine Hunde unterwegs war, legte beide Hände über die Augen. »Ich glaube, ich gehe einfach nach Hause, ziehe mir die Decke über die Ohren und warte ab, was passiert. Ich kann mir beim besten Willen nicht vorstellen, wie man irgendwelche mythologischen Wesen weit entfernt vom Himmel hierher holen soll, um damit die Welt zu retten.« Er verschränkte die Arme auf der Tischplatte und ließ den Kopf darauf sinken. »Sorry, Leute, aber ich glaube, ich bin echt raus.«

Jemma tätschelte seinen Hinterkopf. »Du bist raus, wenn ich das sage, Schatz.«

Noah seufzte lange und tief. »Was immer du willst, mein Herz. Was immer du willst.«

Nun musste sogar Selkes grinsen. »Also wenn ich jemanden von irgendwo hoch oben retten wollen würde, dann würde ich entweder eine Leiter nehmen oder dafür sorgen, dass der oben ein Seil bekommt, an dem er sich hinunterlassen kann.«

Maél nickte langsam. »Gute Idee. Wir brauchen also ein Transportmittel.«

»Aber was sollte das sein?« Hermes sah resigniert aus.

»Du liebe Zeit!« Nereus schoss ins Zimmer, und sein Vollbart stand genauso wie sein Haar wirr in sämtliche Richtungen ab. »Selkes hat mir alles erzählt. Was sagt der Olymp dazu? Ich habe noch gar kein Memo bekommen. Es muss doch ein Memo geben. Einen Plan. Jedes dumme Kreuzfahrtschiff hat einen Pandemieplan. Warum haben wir keinen Pandemieplan?«

»Weil es keine Grippe ist«, sagte Selkes ungnädig. »Es ist der verdammte Weltuntergang.«

Nereus warf die Hände in die Luft. »Aber das ist ja noch schlimmer. Wenn es doch schon Pandemiepläne gibt, warum gibt es dann keine Weltuntergangspläne? Ich weiß wirklich nicht, wofür ich jeden Monat meinen Obolus an den Olymp entrichte. Da wird überhaupt nichts für uns getan.«

Hermes' Schultern sanken nach unten. »Lieber Nereus, ich glaube, jetzt ist für uns nicht die Zeit, solcherlei Missstände zu diskutieren. Wir können in diesem Falle nicht auf die Hilfe des Olymps zählen. Mehr gibt es dazu im Moment nicht zu sagen.«

Nereus verscheuchte Selkes mit einer unwirschen Bewegung von seinem Platz und ließ sich in die Polster fallen. Mit geschocktem Blick sah er in die Runde. »Tja, und nun? Soll ich für uns alle noch eine Crème Brûlée machen, bevor der Himmel fällt?«

Der Himmel fällt. Seine Worte hallten in mir nach. Ich hörte, wie Hermes irgendetwas erwiderte, doch ich war zu abgelenkt, um die Worte zu verstehen. *Wenn der Himmel fällt …* Ödipus hatte es mir geweissagt, als er wie eine vertrocknete Mumie am Straßenrand gesessen hatte. *Wenn der Himmel fällt, wirst du das Wasser brauchen.* Und ich war mir sicher, dass es auch die Moiren zu mir gesagt hatten. *Wenn der Himmel fällt, wirst du das Wasser brauchen.* Und dann hatte Mélisande dafür gesorgt, dass ich den Ring fand. *Der Himmel wollte die Erde erdrücken, und die ersten Nymphen waren aus dem Wasser ihrer Quellen geboren worden.* Das war's!

Ich sprang auf. »Ödipus!«, rief ich und zeigte mit ausgestrecktem Finger auf ihn. »Wenn der Himmel fällt, wirst du das Wasser brauchen.«

Ödipus sah mich an, einen Haufen stummer Fragen im Blick. Dann drehte er sich um, um ganz sicher zu sein, dass ich auch wirklich mit ihm sprach. »Äh … Wie bitte?«

»Erinnerst du dich nicht daran, was du mir gesagt hast? Damals, als du noch als blinder Bettler auf den Straßen von Paris gelebt hast? Es war unsere erste Begegnung. Kurz bevor ich Maél kennengelernt habe. Du hast zu mir gesagt: ›Wenn der Himmel fällt, wirst du das Wasser brauchen.‹«

Alle Augen richteten sich nun auf Ödipus, dem das alles sichtlich unangenehm zu sein schien. »Ihr wisst doch, dass ich mich nicht mehr an meine Prophezeiungen erinnere, sobald ich nicht mehr einer vertrockneten Pflaume gleiche.«

Aber ich war nicht mehr zu bremsen. »Der Himmel! Das Wasser! Du hast es alles vorausgesehen. Und die Moiren haben mir einen letzten Hinweis gegeben. Übersetzt heißt doch der Satz nicht mehr als: »Wenn Uranos angreift, werde ich die Hilfe aller Nymphen brauchen.« Ich blinzelte, als mir etwas klar wurde. »Und das wiederum bedeutet: Wir können ihn aufhalten.«

Alle schienen sich plötzlich aufzurichten, wie Blumen, die sich dem Licht zudrehen. Blicke flogen quer über den Tisch. Ich sah, wie jeder im Gesicht des anderen nach so etwas wie Zuversicht und Hoffnung suchte.

»Wir können ihn aufhalten«, wiederholte ich und ließ mich

langsam wieder auf meinen Stuhl sinken. »Und du, Ödipus, warst der Erste, der es gewusst hat.«

Ödipus wirkte nun so verlegen, dass er an den Bündchen seines Karohemds zupfte. »Aber jetzt bin ich eindeutig überfragt.«

Nereus haute mit einer Faust donnernd auf den Tisch. »Das ist doch völlig egal. Etwas mehr Enthusiasmus, bitte!« Selkes stand immer noch unschlüssig hinter ihm und wartete darauf, dass sein Vater seinen Platz wieder freigäbe, doch Nereus schien mit den Polstern des Stuhls verwachsen. Leider bot der runde Tisch nur neun Stühlen Platz. Schließlich erbarmte Gigi sich, stand auf und Selkes nahm sie auf den Schoß. Nereus schien es gar nicht zu bemerken. Er war vielmehr damit beschäftigt, laut nachzudenken. »Hat schon mal jemand überlegt, wie sie uns helfen sollen, den Himmel zu stoppen?«

»Logisch wäre, dass wir in erster Linie den Himmelsnymphen die Flucht ermöglichen müssen. Sie sind vermutlich in der Lage, Uranos so zu schwächen, dass er beim Angriff scheitert«, sagte ich. »An diese Hoffnung klammern wir uns jedenfalls.«

»Genau«, bestätigte Selkes. »Vater, hast du zufällig eine mehrere Kilometer lange Leiter im Keller? Wir müssen die Nymphen-Mädels irgendwie vom Firmament holen.«

»Das nicht«, erwiderte Nereus lässig. »Aber wie wäre es mit dem Omphalos?«

Außer Hermes und Ödipus schien niemand zu wissen, worüber Nereus sprach, mich eingeschlossen.

Ödipus schüttelte sofort vehement den Kopf. »Nein, das ist zu gefährlich. Dieses Ding ist uralt und absolut unberechenbar. Du weißt, dass er schon ganze Völker gespalten hat. Er steht für nichts Gutes. Erst recht nicht für eine Weltrettung. Nicht umsonst wurde er tief unter einem Tempel begraben.«

Hermes schien immer noch völlig fassungslos. »Entschuldige bitte, Herr der Flüsse, reden wir hier über den Omphalos? DEN Omphalos?«

Nereus zuckte die Schultern, als wäre das keine große Sache. »Gibt es mehr als einen?«

Hermes war so aufgebracht, dass er nun von seinem Stuhl aufsprang. Das Gespräch schien sich jetzt nur noch zwischen den drei Herren abzuspielen.

»DER Omphalos«, sagte Hermes und betonte den Artikel, »gilt seit über zweitausend Jahren als verschollen, mein lieber Herr der Flüsse. Und das ist gut so. Sollte man ihn jemals wiederfinden, so sei dir sicher, dass man ihn in den tiefsten Abgründen der Hölle unterbringen würde, um seiner Macht Einhalt zu gebieten. Ich weiß nicht, was für einen ›Omphalos‹ du zu deinem Besitz zählst. Wahrscheinlich ist es ein hübscher Kultstein. Irgendeine nette Antiquität aus einem minder wichtigen Tempel. Also bitte, verbreitet hier nicht so ein Gerücht. Wir haben größere Probleme.«

Nereus erhob sich sehr langsam und bedächtig. »Obwohl es mir missfällt, meine Worte mit Beweisen untermauern zu müssen, so stelle ich doch meine persönlichen Befindlichkeiten zugunsten des Lebens meines Sohnes und aller anwesenden jungen Menschen hier in den Hintergrund. Auch ich würde gerne noch viele weitere Sonnenaufgänge erleben. Deshalb erkläre ich mich dazu bereit, dir den Beweis zu liefern.«

»Vater«, sagte Selkes vorsichtig. »Willst du das wirklich? Die Olympier würden ihn uns wegnehmen und er wäre für immer verloren.«

»Ich habe auch meine Standleitung aufgegeben, weil es einem guten Zweck diente, mein Junge.« Nereus sah kurz zu mir. »Manchmal muss man sich von Dingen trennen. Was bringt es mir, wenn mir mit dem Omphalos auf dem Schoß der Himmel auf den Kopf fällt? Ich möchte weiter hier leben können, und vor allem möchte ich dich« – er sah uns an –, »euch alle nicht verlieren. Wir werden die Erde retten, weil sie unsere Heimat ist.« Er deutete auf eine Hintertür. »Wenn ihr mir bitte folgen wollt?« Hermes erhob sich sofort, doch Nereus deutete auffordernd in die Runde. »Kommt alle mit. Es ist nicht weit von hier.«

*

Als wir die chinesische Reinigung durch den Hinterausgang verließen, hörte ich die anderen tuscheln.

»Was kann das Ding denn nun?«

»Ist es wirklich so gefährlich?«

»Wo genau ist es jetzt versteckt?«

Ich war nervös und neugierig zugleich. Zusammen überquerten wir den Hinterhof und gingen dann zwei, drei schmale Straßen hinab. Irgendwann konnte ich die Seine riechen. Ich wusste, dass die Reinigung nahe dem Wasser lag, weil alle Flussgötter instinktiv gerne nah bei ihren Gewässern wohnten. Doch ich war überrascht, wie schnell wir am Ufer standen.

Der Herr der Flüsse schob seinen Sohn beherzt bis nah an den Wellensaum. »Los, ruf sie.«

»Wen rufen wir hier eigentlich?«, fragte Noah vorsichtig. »Nur damit mein kleines menschliches Gehirn sich auf eventuelle Überraschungen einstellen kann?«

Für Erklärungen war es schon zu spät. Ein riesiges graues Flussmonster erhob sich aus den Wellen. Wasser sprühte aus seinen Nüstern. Ich erkannte es sofort wieder: Es war besagtes Flussmonster, das mich vom Ufer vertrieben hatte, als ich nach einem Goldfragment für Maél gesucht hatte. Ich wich ebenso erschrocken zurück wie die anderen. Das Monster sah aus wie eine Mischung aus Drache und Wasserschlange. Sein großer, grauer Körper war mit Schuppen besetzt. Die gelben Augen musterten uns, als überlegte es, welches dieser bunten kleinen menschlichen Macarons es zuerst verspeisen sollte.

Tiffy versteckte sich hinter Maél, die Hände in sein Shirt geklammert. Gigi hängte sich an meinen freien Arm. Noah sah aus, als wollte er Jemma am liebsten auf den Arm springen. Ich hätte mich auch gerne irgendwo festgeklammert, aber ich musste Gigi beruhigen, und Maél hatte mit Tiffy alle Hände voll zu tun. Sie schluchzte schon wieder vor Angst.

»Fluse!«, rief Selkes begeistert. »Wie geht es dir, kleine Maus?«

Sofort veränderte sich die Stimmung des Flussmonsters. Während wir alle ungläubig zwischen Selkes und dem Monster hin und her starrten, neigte es den riesigen Kopf, um Selkes fast zärtlich anzustupsen.

»Na, alles klar, meine Kleine?«

»Sie heißt Fluse«, sagte Noah schwach. »Fluse, wie die kleine Fluse, die einem am Revers vom Jackett hängt? Echt jetzt?«

»Hübsches Tierchen.« Gigis Stimme zitterte, und sie klammerte sich noch etwas fester an meinen Arm. Kritisch beobachtete sie, wie Fluse Selkes von oben bis unten mit Flussmonster-Schleim beschmierte.

»Die küsst aber ziemlich feucht«, stellte Maél fest. Ich stieß ihm den Ellenbogen in die Seite, doch er grinste trotzdem. Ödipus' Schultern vor uns bebten lautlos.

Hermes hingegen verzog immer noch keine Miene. Vermutlich, weil er schon so ziemlich alles zwischen Himmel und Erde gesehen hatte. »Das ist ein Flussmonster und nicht der Omphalos. Ich hätte die Verwechslung noch verstanden, wenn ihr sie Omphalos getauft hättet. Aber offensichtlich hört sie auf einen anderen Namen.«

Nereus schnippte mit dem Finger in Selkes' Richtung. »Genug geknuddelt.«

Selkes umfasste den riesigen Unterkiefer des Flussmonsters mit beiden Händen. »Okay, meine Süße, ich habe eine Aufgabe für dich. Zeigst du uns den Omphalos? Aber schön vorsichtig. Er darf nicht kaputtgehen. Ja?«

Fluse schnaubte noch mal, und nun war Selkes endgültig von Kopf bis Fuß mit Schleim beklebt. Dann glitt sie elegant und völlig lautlos zurück in die Wellen.

Einen ewigen Moment lang passierte gar nichts. Noah drehte sich neugierig in Richtung Straße um. Passanten gingen vorbei und musterten uns, doch niemand schien das Flussmonster bemerkt zu haben. Dann begann sich das Wasser in der Flussmitte erneut zu kräuseln. Fluses Kopf tauchte auf und dann ein gutes Stück entfernt davon etwas, dass aussah wie ein langer Fischschweif, nur ohne Flosse. In einem Kringel des Schweifs sicher geborgen lag ein ovaler grauer Stein, der schrecklich langweilig und unspektakulär aussah. Hermes holte so entsetzt Luft, dass er ein Stück nach hinten taumelte. »Bei allen Göttern.«

»Ich habe es doch gesagt.« Nereus lächelte triumphierend. »Also, zurück ins Warme?«

»Das Ding sieht aus, als hätten sie es auf einer Baustelle geklaut«, sagte Jemma leise zu mir. »Was soll das nun genau bewirken?«

»Da bin ich leider genauso ahnungslos wie du.«

»Alles klar, Süße, pack ihn wieder gut weg«, rief Selkes, und das Flussmonster verschwand in der Seine. Sekunden später tauchte es wieder am Ufer auf, damit Selkes es zur Belohnung ein wenig kraulte.

Hermes wandte sich entschlossen ab. »Zeit zu gehen.«

*

Zurück in unserem Hauptquartier warteten wir alle gespannt darauf, dass Hermes und Nereus uns endlich eröffnen würden, was wir mit diesem mythologischen Trümmerteil Tolles anstellen konnten. Selkes war irgendwo oben in der Reinigung in seinem Zimmer verschwunden, um zu duschen und sich umzuziehen.

»Ich kann es absolut nicht fassen, dass man so ein mächtiges Artefakt hier mitten unter uns aufbewahrt. In einem Fluss!«

»Unser Monster bewacht ihn. Glaub mir, Götterbote, er ist ziemlich sicher.«

»Der Omphalos ist der Kultstein, der als Verbindung zwischen Unterwelt, Erde und Himmel gilt. Ein gefährliches Artefakt, das über viel zu viel Macht verfügt. Auf ihm wurden jede Menge Menschen, Götter und Halbgötter geopfert. Von Eltern, Gefährten, Freunden. Er ist das grausamste Relikt unserer Kultur. Er ist abgrundtief böse und bringt uns alle in große Gefahr, Herr der Flüsse.«

»Niemand wollte ihn haben«, sagte Nereus schulterzuckend, »da habe ich ihn mitgenommen.«

»Wie bitte?«, blaffte Hermes.

»Na ja …« Nereus zupfte den Kragen seines Hawaiihemds zurecht. »Ihr Olympier habt ihn irgendwann mal unter einem Tempel begraben. Dann gab es ein großes Erdbeben, es folgte eine große Überschwemmung, und irgendwann lag er einfach so herum. Da habe ich ihn mitgenommen.«

»Mitgenommen?«, japste Hermes. »Dieses Ding gehört verbannt. Vergessen. Für immer vernichtet.«

»Und genau an diesem Punkt möchte ich widersprechen«, sagte Nereus. »In unserem Falle kann er uns allen den Hintern retten, beziehungsweise den Fischschwanz. Du weißt, dass der Omphalos früher regelmäßig als Portal genutzt wurde.« Er sah Hermes scharf an. »Die Götter haben damit allerlei Unsinn getrieben. Haben seine Kräfte missbraucht. Du weißt, was er kann, Hermes.«

»Das weiß ich, Nereus. Das heißt aber immer noch nicht, dass wir ihn bändigen können. Er verlangt mächtige Opfer. Opfer, die wir vielleicht nicht bereit sind, zu bringen. Wenn wir ihn einmal angesprochen, ihn erweckt haben, gibt es kein Zurück mehr. Dann müssen wir ihm geben, was er verlangt. Was immer es ist.«

»Wir haben nur noch diese eine Chance, die Welt zu retten. Und der Omphalos kann uns helfen«, beharrte Nereus. »Er ist ein Portal, und genau dieses Portal werden wir nutzen, um die Plejaden vom Himmel zu retten.«

Mir lief eine Gänsehaut den ganzen Körper entlang. Nereus' Worte klangen fest und entschlossen. Sie klangen nach einem Plan.

»Es steht zu viel auf dem Spiel.« Hermes schien immer noch nicht überzeugt.

»Mehr als die ganze Welt?«, fragte Jemma. »Vorsicht ist natürlich besser als Nachsicht, da gebe ich dir recht, Hermes. Aber Nereus hat recht, es ist vielleicht unsere einzige Chance.«

Hermes atmete lange und tief aus, und ich ahnte, dass er sich geschlagen gab. »Wie gut, dass ich in diesem Moment dem Olymp keine offizielle Rechenschaft schuldig bin. Ich hätte ihnen davon berichten müssen. Sie hätten ihn dir weggenommen, Nereus, und dich und deine gesamte Familie bestraft.«

»Ich weiß. Aber ich vertraue dir«, sagte Nereus. »Du bist auf unserer Seite, so wie wir auf deiner Seite sind. Wir haben nur diese eine Chance. Lass sie uns nutzen.«

»Wer ist dafür?«, fragte Maél.

»Verstehe ich das richtig?« Noah hatte ungläubig die Stirn gerunzelt. »Hat dieser Omphalos gerade einen schlechten Tag, geht die Welt unter. Benutzen wir ihn nicht, geht die Welt auch unter?«

Ödipus lächelte liebenswürdig. »So ähnlich.«

»Der Omphalos ist ein Stein, der nach Macht dürstet«, erklärte Hermes düster. »Das Blut von Tausenden hat ihn dunkel gefärbt. Alle Grausamkeit hat er tief in sich eingeschlossen. Er ist mächtig, aber er verlangt ebenso mächtige Opfer für seine Gefälligkeiten. Doch leider wissen wir nie vorher, was er von uns will. Er hat von Vätern gefordert, dass sie ihre Söhne töten. Von Herrschern, dass sie ihre Kronen niederlegen. Er hat ein Königreich alle anderen Reiche darum herum vernichten lassen, einfach nur, um einen Gefallen zu erfüllen. Er ist niemals fair, er ist niemals gerecht. Aber er muss es auch gar nicht sein, weil er der Einzige ist, der das Unmögliche wahr machen kann. Das ist seine große Macht.« Er wirkte sehr besorgt, was mir gar nicht gefiel.

»Es kann also gut sein, dass er nur einen von uns umbringt und wir dafür die Welt retten können?«

»Richtig.« Ödipus und Nereus nickten beide.

Jemma hob die Hand und Noah tat es ihr gleich. Zum Schluss hatten alle außer Hermes die Hand gehoben.

Ich sah ihn eindringlich an. Ich hatte auch Bauchschmerzen bei dem Gedanken an unser riskantes Vorhaben. Aber es war der einzige Plan, den wir hatten. Wir mussten es riskieren. »Bitte. Wir wollen dich nicht überstimmen.«

Schließlich hob auch Hermes die Hand. »In Ordnung. Versuchen wir es.«

Nereus sprang von Selkes' Platz auf. »Gut. Ich würde sagen, auf diesen Schreck mache ich uns allen erst mal eine Runde Tee.«

Niemand sagte etwas, als Nereus mit wehendem Hawaiihemd aus dem Zimmer rauschte. Im selben Moment erschien Selkes wieder auf der Bildfläche. Er war frisch geduscht, und auf seinem Shirt prangte der Schriftzug »Fische sind Freunde und kein Futter«. Darunter schwamm der kleine Fisch Nemo in Begleitung zweier seiner bedrohlich aussehenden Haifreunde.

»Könnte mich bitte jemand einweihen?«, fragte er, als er wieder auf seinem eigenen Stuhl Platz nahm.

»Wir retten die Welt, in dem wir irgendjemanden aus dieser Gruppe opfern«, berichtete Noah trocken und tippte dabei auf seinem Handy herum. »Oder wir müssen uns alle opfern, weil dem Omphalos entweder langweilig ist oder er besonders viel Hunger hat. Es bleibt also spannend.«

Jemma beugte sich zu ihm und küsste ihn zärtlich auf die Wange. »Du bist so ein Held, Schatz.«

»Funktioniert das denn, ohne dass Uranos etwas merkt?« Selkes sah fragend in die Runde.

»Das wäre jetzt die nächste Frage. Aber ich glaube, wir warten erst mal den Tee ab.« Ich sah kurz auf mein Handy, um zu überprüfen, ob meine Eltern sich vielleicht gemeldet hatten. Ich hatte das Telefon in meiner Tasche gelassen, während wir am Fluss waren. Da ich wusste, wie besorgt sie waren, wollte ich sie natürlich nicht allzu lange im Unklaren lassen. Doch da waren wieder nur mehrere Nachrichten von Enko. Sie klangen noch verzweifelter als die letzten. Würde er eigentlich nie aufgeben?

Ich MUSS dich sprechen, bitte, Livia, es ist unglaublich dringend.

Bitte gib mir nur eine Minute. Eine Minute!

Ich knipste das Handy schnell aus, als Maél sich zu mir beugte. Innerlich jedoch war ich so aufgewühlt, dass meine mentalen Barrieren wieder Risse bekamen. Dieses Mal hörte ich nicht nur die vielen Frauen und Mädchen, die völlig verwirrt waren, ich hörte nun sogar die Pflanzen. Jene Pflanzen in Nereus' Tanks, mit denen ich vor einiger Zeit gesprochen hatte. Ich schloss für einen kurzen Moment die Augen und atmete ein paarmal tief durch. Langsam wurden die Stimmen wieder leiser.

»Ich wüsste nicht«, sagte Maél mit gedämpfter Stimme, »wie man einen uralten Gott so ablenken sollte, dass er nicht bemerkt, dass wir ihm einen Teil seiner Haut abreißen. Ich meine, so ähnlich muss es ja sein. So hat Ödipus es beschrieben. Dass die Plejaden ein Teil von ihm, ein Teil seines Seins sind, dessen Fehlen er sofort bemerken wird. Versuchen wir eine zu retten, wird er vermutlich verhindern, dass wir die anderen sechs auch vom Himmel holen können.«

»Ich weiß«, murmelte ich. »Mir scheint, sobald wir eine Lösung für ein Problem finden, erscheint ein neues, schier unlösbares.«

Nereus kam mit dem Tee wieder.

»Und nun?«, fragte er erwartungsvoll, als wir endlich alle einen dampfenden Becher vor uns stehen hatten.

Unsere Insekten waren durch die indirekte Begegnung mit dem Flussmonster immer noch so erschreckt, dass sie blieben, wo sie waren. Tiffy strich beruhigend durch ihre Haare, und auch ich legte kurz meine Hand über die Kuhle meines linken Schlüsselbeins. Evangéline bewegte sich unruhig. Ich flüsterte ihr ein paar beruhigende Worte zu und hoffte, dass sie sich bald etwas entspannen würde.

»Vielleicht können wir Uranos durch irgendetwas ablenken«, überlegte Hermes.

»So sehr, dass du ihm ein Stück Haut abreißen kannst, ohne dass er es merkt?«, erwiderte Selkes skeptisch.

»Wir sammeln hier lediglich Ideen.« Maél sah eindringlich zu Selkes. »Wir sind für jeden Vorschlag dankbar, vielleicht ergibt sich dadurch ja ein neuer Input.«

Selkes nickte und widmete sich ganz seinem dampfenden Teebecher.

»Wenn wir davon ausgehen, dass er sofort merkt, wenn eine Plejade den Himmel verlässt«, überlegte ich laut, »müssten wir es irgendwie schaffen, dass er ihr Fehlen nicht spürt. Oder es später spürt. Dann, wenn es zu spät ist.«

Tiffy hatte sich in ihrem Stuhl zurückgelehnt und die Arme vor der Brust verschränkt. »Aber wie betäubt man den Himmel?«

Maél und Hermes richteten sich fast gleichzeitig in ihren Stühlen auf.

»Das ist es«, sagte Maél, und seine Stimme klang vor Aufregung ganz heiser. »Betäuben.«

Hermes sah zu ihm, und auch er wirkte plötzlich regelrecht aufgekratzt. »Ein Gebräu, ein Gemisch, irgendetwas Altes, Mächtiges, das ihn völlig außer Gefecht setzt.«

Sie sahen sich an. »Der Giftmischer«, sagten sie dann beide gleichzeitig.

Selkes brach in Gelächter aus. »Krass, wie cool, ihr beiden. Habt ihr das geprobt?«

Hermes sah ihn völlig verständnislos an. »Wie bitte?«

Gigi, die schon wieder auf Selkes' Schoß saß, damit auch Nereus einen Platz am Tisch hatte, versuchte, ihrem Freund den Mund zuzuhalten. »Erzählt bitte einfach weiter. Ignoriert ihn, er macht gerade eine schlimme Phase durch.«

»Der Giftmischer.« Maél wirkte noch aufgekratzter als zuvor. »Wir brauchen jemanden, der noch älter ist als Uranos – und Uranos ist der zweitälteste Gott, der existiert.«

»Wer ist denn der Älteste?«, wollte Noah wissen.

Selkes legte den Kopf in den Nacken und gab Schnarchgeräusche von sich. »Ich ahne Böses.«

»Ja, wer ist es denn nun?«, fragte Tiffy. »Ich habe offensichtlich am Himmel nicht allzu viel mitbekommen, denn ich habe keine Ahnung, über wen ihr sprecht.«

Hermes schob seinen Tee entschlossen zur Seite. »Wir sprechen von dem Gott Erebos. Erebos, der Finsternis zwischen den Welten. Dem ältesten Gott unserer Existenz. Wenn er nicht etwas mischen kann, das den Himmel außer Gefecht setzt, dann kann es niemand.«

»Und wer ist dann dieser Giftmischer?«, fragte Gigi. »Ist er ein Freund von ihm?«

»Erebos' Spitzname ist ›der Giftmischer‹. Er ist eine Art chemisch-biologisches Genie und hat eine Schwäche für halluzinogene Substanzen aller Art. Wäre ihm Geld nicht völlig egal, wäre er der größte Drogenboss dieser Erde. Er kann dir eine Pille geben und du wachst auf und hältst dich für ein Gänseblümchen.«

»Aber wenn Erebos der Älteste ist«, Noah tippte mit der Kante seines Smartphones auf dem Tisch herum, »dann kann er Uranos töten. Warum erklären wir ihm nicht einfach alles und fragen ihn, ob er Uranos …«

»Noah!« Jemma sah ihren Freund empört von der Seite an.

»Bevor er uns alle tötet, wäre das doch eine Überlegung wert!«

»Dieser Gedanke ist nur logisch.« Hermes sah kurz auf eins seiner Handys, das leise vibrierte. Er nahm das Gespräch nicht an. »Aber es gibt Götter, die im Laufe der Jahrtausende mit ihren eigenen Attributen untrennbar verschmolzen sind. Die Göttin Gaia ist eine davon. Sie ist die Mutter der Erde und irgendwann völlig mit ihr verschmolzen. Wenn Gaia nun reagieren würde, gäbe es Erdbeben, Überschwemmungen oder andere Naturkatastrophen. Gaia kann ihre Gestalt als Göttin nicht mehr annehmen, sie ist zu sehr mit sich selbst verschmolzen. Auch Uranos ist eins mit seinem Herrschaftsgebiet geworden. Er ist der Himmel. Allerdings hat er die Möglichkeit, sich für einige Zeit in seine göttliche Gestalt zurückzuverwandeln – so sagen es jedenfalls diverse Gerüchte. Dann ist er ein mächtiger Krieger, auf dessen Haut lebendige Sternbilder wohnen. Außerdem ist er das, was die Erde umgibt. Das eine existiert nicht ohne das andere. Töten wir Uranos, wird die Erde ohne ihren Himmel untergehen. Das ist also keine Lösung. Und Uranos mag ruhig toben am Firmament, wenn er wieder aufwacht und das Fehlen der Plejaden bemerkt. Er ist weit genug entfernt, dass er weder der Erde noch uns schaden kann.«

»Wird dieser Erebos uns denn helfen?« Mir war nicht wohl bei dem Gedanken, den ältesten Gott des Universums um so eine mächtige Waffe bitten zu müssen.

»Das ist die Frage«, sagte Hermes. »Auf die Olympier ist er

nicht gut zu sprechen. So wie die meisten der uralten Götter. Deshalb werde ich nicht mitkommen und euch zur Seite stehen können. Ein paar Halbgöttern und Menschen wird er vermutlich unvoreingenommener begegnen.«

»Aber wird er uns glauben?« Jemma sah skeptisch in die Runde. »Wir sind bloß ein Haufen Schüler, von denen ein paar Halbgottkräfte besitzen. Wir erzählen ihm, dass die Welt untergeht, und daraufhin gibt er uns einen Schlaftee, damit wir Uranos beklauen können?«

Hermes' Handy brummte erneut. Dieses Mal drückte er den Anruf direkt weg. »Ich weiß es nicht, Jemma. Genau das müsst ihr herausfinden.«

»Was, wenn er uns an Uranos verpfeift? Die beiden müssten sich doch gut kennen.« Noah sah fragend in die Runde.

»Sie sind zerstritten. Erebos missbilligt Uranos' Gewaltherrschaft am Himmel, aber andererseits interessieren ihn die Menschheit und die anderen Götter zu wenig, um sich einzumischen.«

»Das sind ja super Voraussetzungen«, seufzte Gigi. »Und wo finden wir diesen Giftmischer?«

»Er wohnt am Rande von Paris in einem Industriegebiet. Ihm gehört eine alte Fabrikhalle, die er zu Loft und Labor umgebaut hat.«

»Womit bezahlen wir ihn?«

Ich sah zu Maél. Daran hatte ich noch gar nicht gedacht.

»Geld interessiert ihn nicht«, sagte Hermes. »Er wird euch sagen, was er von euch will, wenn er einem Handel zustimmt.«

Jemma sah nicht begeistert aus. »Das klingt gruselig.«

»Wie ist er denn so?«, wollte Selkes wissen.

Hermes zog ein vielsagendes Gesicht. »Dazu sage ich lieber nichts …«

Da die Zeit drängte, hatten wir uns dazu entschlossen, dem Herrn der Finsternis einen spontanen Besuch abzustatten. Zum Glück hielt eine S-Bahn in mittelbarer Nähe des Industriegebiets. Kaum, dass wir den Zug verlassen hatten, begann es zu regnen, als würde sich eine Sintflut anbahnen. Das Gebäude, das Hermes uns beschrieben hatte, war nicht leicht zu finden. Insgeheim wünschte ich mir, der Götterbote wäre mit von der Partie. Doch Ödipus und er hatten darauf verzichtet, um Erebos nicht zu provozieren.

Dann endlich deutete Maél auf ein riesiges Backsteingebäude, das ziemlich abgerissen und wenig einladend aussah. Ein paar Stufen außen am Gebäude schienen zu einer Wohnung im Hochparterre zu führen.

»Da wohnt jemand?«, fragte Selkes skeptisch.

»Eine gute Tarnung.« Noah schob sich ein paar tropfende Strähnen aus der Stirn. Einen Schirm hatte natürlich niemand dabei.

»Können wir bitte schnell nachsehen?«, drängte Tiffy. »Sogar mein Unterhemd ist schon nass.«

Es dauerte ein wenig, nachdem wir geklingelt hatten, und ich rechnete schon damit, dass man uns nicht einlassen würde, aber wenigstens war der Eingangsbereich überdacht, sodass wir dem prasselnden Regen entkamen. Ich atmete erleichtert auf, als die Tür sich öffnete.

Eine gelangweilte Stimme sagte: »Ich kaufe nichts an der Tür. Also verschwindet, Pfadfinder.«

Neugierig reckte ich den Kopf, um einen Blick auf den »Giftmischer« zu erhaschen. Der junge Mann im Türrahmen war groß und sehr schlank. Seine schulterlangen Haare waren so tiefschwarz wie die von Maél. Ich konnte die zeitlose Finsternis, die ihn umgab, sehen, hören, ja fast körperlich spüren.

Sie schien wie ein lebendiges Wesen, das um seinen Herrn und Meister herumstrich wie eine launische Katze. Ein falsches Wort, und sie würde jeden verschlingen, der ihm zu nahe kam. Erebos wirkte mächtig, obwohl seine Statur geradezu mager war. Hoch aufgeschossen und so rank und schlank wie eine Birke. Die angriffslustige Finsternis jedoch machte ihn zu einem bedrohlichen Gegner. Passend dazu war alles, was Erebos anhatte, ebenfalls schwarz. Das Stirnband, das seine Mähne bändigte, die weit geschnittene Haremshose und der Kaftan, der mit filigranen Goldfäden durchwirkt war. Schwerer Silberschmuck hing um seinen Hals. Die Ornamente mit ihren verschlungenen Mustern erinnerten mich an den Schmuck, den ich in antiken Tempeln an den Götterstatuen gesehen hatte. Ich schätzte Erebos auf ungefähr das gleiche Alter wie Enko.

»Na, herzlichen Glückwunsch«, sagte der Gott der Finsternis, als sein Blick auf Maél und mich fiel. Er klang nicht begeistert.

»Erebos«, erwiderte Maél diese eher kühle Begrüßung.

»Guten Tag.« Ich versuchte es mit einem Lächeln. Erebos' Miene blieb ausdruckslos. Seine violettfarbenen Katzenaugen wirkten kein bisschen menschlich. Erst da fiel mir auf, dass er seine Augenbrauen abrasiert und wieder aufgemalt hatte. Seine Haut war noch heller als die von Maél. Ich vermutete, dass er sich mit einem weißen Gothic-Make-up gepudert hatte. Er musterte mich ausgiebig, dann verzog er den linken Mundwinkel. »In welchem Labor hat man dich denn geklont, Püppchen?«

Bevor ich antworten konnte, ließ Erebos den Blick über unser Grüppchen schweifen und sagte: »Wie viele seid ihr eigentlich? Für eine Demo ist mein Hausflur eindeutig zu klein.«

»Wir benötigen Eure Dienste, Herr der Finsternis.« Maél bemühte sich sichtlich um einen neutralen Tonfall.

»Hey, was geht?« Selkes drängelte sich in seiner bekannt lockeren Art nach vorn. »Coole Hütte.«

Erebos zog ein angewidertes Gesicht, als er Selkes' »Findet Nemo«-Shirt erblickte. Er murmelte etwas in einer Sprache, die ich nicht verstand. Maél neben mir grinste.

»Was wollt ihr?« Erebos lehnte immer noch in seinem Türrahmen, die Beine lässig übereinander gekreuzt. Er schien gar nicht auf die Idee zu kommen, uns hereinzubitten.

»Könnten wir das drinnen besprechen?« Ich hoffte, dass mein eisernes Lächeln nicht verrutschte.

Erebos drehte kurz den Kopf nach hinten, als überlegte er, was er vor unseren Blicken verstecken müsste.

Dann seufzte er genervt. »Wenn wir es kurz machen.«

Wir nickten alle eifrig, und er ließ uns ein.

Wir betraten eine riesige Halle mit fast fünf Meter hohen Decken. Alle Fenster waren durch schwarze Jalousien verdeckt. Trotz der Größe des Raumes war es angenehm warm hier. Fasziniert sah ich nach unten. Der Boden der Halle schien komplett aus Mondstein zu bestehen. Die ungefähr ein Mal einen Meter großen Platten leuchteten in einem irisierenden Weiß. Mit Bedauern dachte ich daran, was für hässliche Abdrücke unsere regennassen Schuhe auf diesem prachtvollen Bodenbelag hinterlassen würden. Der Rest der Einrichtung war ganz in Schwarz und Edelstahl gehalten. Als ich mich genauer umsah, rieselte mir ein kühler Schauer die Wirbelsäule hinab. An einer Wand sah ich Kühlfächer, wie ich sie aus der Pathologie in Krimis kannte. Davor standen Seziertische mit allerlei seltsamen Pflanzen darauf. Weiter hinten war ein Bereich komplett mit Plastikplanen verhängt. Dahinter erkannte ich

Brutkästen und Inkubatoren. Was Erebos hier wohl züchtete? Ein Bereich war mit einem schwarzen Vorhang abgetrennt. Dahinter vermutete ich Erebos' Privaträume. Von überallher erklang das Blubbern aus Glaskolben, in denen bunte Flüssigkeiten brodelten. Trockeneis zischte in großen Behältern. Ich hörte Tiere in Käfigen rascheln. Irgendwo zwitscherte sogar ein Vogel. Erebos' Loft wirkte wie die Werkstatt eines verrückten Wissenschaftlers.

Der Herr der Finsternis bot uns weder Handtücher noch Getränke an. Stattdessen drehte er am Temperaturregler unter einem Kolben herum und schien darauf zu warten, dass wir unser Anliegen vortrugen, um dann möglichst schnell wieder zu verschwinden.

Selkes pfiff leise durch die Zähne. »Ist ja der Wahnsinn.« Er beugte sich über einen der Seziertische und streckte die Hand nach einer Kolonie grünlich schimmernder Pilze aus, die in einer kleinen Pflanzschale wuchsen.

Erebos wandte sich nicht mal zu ihm um. Er klang fast beiläufig, als er vor sich hin murmelte: »Fass hier irgendetwas an und ich entferne dir dein Gehirn durch die Nase.«

Selkes zog so hastig die Hand zurück, als hätte er sich verbrannt. Ich verkniff mir ein Grinsen. Als er sich umdrehte, fing Selkes meinen Blick auf. Er formte mit den Lippen wortlos »mieses Karma« und deutete mit dem Kopf auf Erebos.

Jetzt musste ich doch grinsen.

»Das Wort ›Karma‹ kennst du doch nur aus dem Duden, Sohn des Gottes aller stinkenden Flüsse und Bächlein.«

Selkes schnaubte. »Alter, mach mich nicht so blöd an, bloß weil deine Haare heute nicht richtig liegen oder was.«

Erebos' angewiderte Miene nahm ungeahnte Ausmaße an. Er deutete auf einen schwarzen Sitzsack aus Samt neben einem der Labortische. »Hinsetzen, Mund halten. Oder es gibt heute Abend Fischstäbchen.«

Selkes klappte die Kinnlade herunter. Er wollte sich noch weiter aufplustern, doch Gigi umfasste energisch seinen Arm. »Schatz, wir passen da bestimmt beide drauf. Komm, lass die anderen verhandeln.« Sie lächelte zu ihm hoch. Im gleichen Moment schien Selkes zu vergessen, worüber er sich gerade noch aufgeregt hatte. Er nickte mit glänzenden Augen. »Okay, Cupcake. Setzt du dich auf meinen Schoß?«

Erebos guckte, als müsse er sich im nächsten Moment übergeben.

Tiffy war unauffällig immer weiter zurückgewichen. Sie quetschte sich neben das Liebespaar auf den Sitzsack, auch wenn das mehr als unbequem und wacklig aussah. Jemma und Noah hielten sich an den Händen und sahen den Gott der Finsternis bewusst nicht an. Maél und ich hatten angeboten, die Verhandlungen zu führen, also mussten wir nun zur Sache kommen.

Maél erzählte ihm von unseren Vermutungen zu Uranos' Weltuntergangsplänen. Ich konnte die Anspannung und Angst meiner Freunde spüren. Auch mir schlotterten die Knochen. Was, wenn Hermes sich getäuscht hatte? Was, wenn Erebos und Uranos seit Kurzem dicke Freunde waren? Wenn sie sogar gemeinsame Sache machten?

Erebos hörte aufmerksam zu, schien aber wenig beunruhigt von der Aussicht, dass die Welt in drei Tagen untergehen sollte.

»Klingt eher so mittel-spannend«, sagte er gedehnt und sah zwischen Maél und mir hin und her.

»Aber ist Euch die Welt egal?«, flüsterte ich.

Erebos schürzte die Lippen. »Ja, so ziemlich. Mir ist es gleich, ob ich so«, er deutete an sich hinab, »oder so existiere.«

Er schnippte mit dem Finger und löste sich in einen dunklen, runden Nebelfleck auf, der so dicht war, dass er fast wie ein Schwarzes Loch wirkte. Die Gläser, Schälchen und Kolben auf den Tischen um uns herum begannen zu wackeln und zu klirren. Tiffy sprang ängstlich auf. Jemma streckte die Arme aus, und sie und Noah nahmen sie in ihre Mitte. Es schien, als wäre Erebos tatsächlich zu einem Schwarzen Loch geworden, das nun wahllos Materie anzog. Die ersten Gläser hoben ab und verschwanden in der wirbelnden Finsternis. Maél packte mich, als das Kraftfeld stärker wurde. Seine Sohlen quietschten über den Boden.

Doch dann verschwand der Nebel, und Erebos erschien wieder. Er fing ein Becherglas, das gerade auf ihn zuflog, elegant mit der Hand auf und stellte es zurück auf den Labortisch. »Ich bin die ewige Finsternis zwischen den Welten. Ich werde noch existieren, wenn diese Welt untergeht und eine neue geboren wird. Ich habe Sonnensysteme erblühen und sterben sehen. Ich habe Planeten erstickt und Sonnen gelöscht. Ich kenne jedes Schwarze Loch persönlich, und die Galaxien grüßen mich jede Nacht mit ihrem Funkeln. Uranos und seine Machenschaften interessieren mich nicht. Er ist ein Handlanger, der den Boden vor dem Tor fegt. Das Reich, das dahinter liegt, gehört ganz allein mir.«

Was sollten wir auf diese hochtrabende Rede erwidern? Niemand sagte etwas. Maél neben mir seufzte leise. Es klang resigniert. Doch so schnell gab ich nicht auf. Erebos war ein Wissenschaftler. Und waren Wissenschaftler nicht von Natur aus neugierig? Erebos schien seine Neugier an der Welt nicht verloren zu haben. Nach mehreren Tausend Jahren schien er immer noch interessiert an den komplexen Vorgängen der Natur. Ich war mir sicher, so konnten wir ihn ködern.

Ich tat so, als wollte ich meine Freunde zum Aufbruch überreden. »Dann kommt, Leute. Wir müssen uns jemand anderen suchen, der uns hilft, Uranos zu betäuben, damit wir unseren Plan durchziehen können.«

Maél sah mich ungläubig an.

Hinter uns wurde die Wohnungstür durch einen schweren Metallriegel verschlossen. Erebos legte interessiert den Kopf schief. »Erzählt mir mehr darüber.«

Maél drückte begeistert meinen Arm, und ich erzählte Erebos von unserem Plan, Uranos irgendwie zu betäuben, um ihn dann zu bestehlen.

Erebos' linker Mundwinkel zuckte kurz, was ich als positives Zeichen wertete.

»Sagt uns, wie Ihr bezahlt werden wollt, solltet Ihr Euch entschließen, uns zu helfen«, beendete ich meinen Vortrag.

»Ich habe alles, was ich begehre. Erzähle mir etwas Interessantes über dich.« Erebos deutete mit dem Kopf auf Maél.

»Ich bin ein Sohn von Nyx, aber über dreitausend Jahre lang als Hadessohn getarnt wiedergeboren worden, damit ich nicht getötet werde. Meine Attribute wurden so manipuliert, dass es niemandem auffiel, nicht mal mir selbst.«

»Langweilig.« Erebos' Blick glitt zu mir. »Vielleicht bist du interessanter, kleine Hexe. Kläre mich auf.«

Ich beschloss, mich kurz zu fassen. Schließlich drängte die Zeit. »Ich bin eine geborene Wiesennymphe mit den Kräften zweier Götter, Hekate und Helios. Außerdem habe ich einen Syllektis adoptiert.«

Erebos' Lächeln wurde breiter, was leicht bedrohlich aussah. Offenbar hatte er, als der älteste Gott des Universums, meine ungewöhnliche »Mischung« sofort durchschaut und mich testen wollen. »Ist es nicht nett, wenn sie alle machen, was du willst, einfach nur weil du es ihnen mental befiehlst?«

»Ich nutze diese Kraft nur, wenn es wirklich nötig ist. Nicht zum Vergnügen.«

Erebos schnalzte mit der Zunge. »Wie schade.«

»Ja, das mag sein.«

Erebos' violettfarbene Augen wanderten über mein Gesicht. Er drehte eine Strähne seines langen Haares um den Finger. »Erzähle mir, wie das alles passiert ist.«

Wieder gab ich ihm die Kurzfassung. Erebos' aufgemalte Augenbrauen hatten sich einander kontinuierlich angenähert. Am Ende meiner Erzählung manifestierte sich eine steile Falte zwischen ihnen. »Hm«, war alles, was er sagte, doch es klang seltsam endgültig.

Er sah zwischen mir und Maél hin und her. »Hm …«

Maél und ich wechselten einen Blick. Doch mehr als zwei »Hms« schien Erebos nicht dazu sagen zu wollen.

Einen Moment, der sich ewig zu ziehen schien, dachte Erebos nach. Schließlich ließ er die Haarsträhne aus seinen Fingern gleiten. »Und nun wollt ihr den Himmelsgott ordentlich abschießen, um ein paar Sterne zu adoptieren? Gibt es denn keine schöneren Arten, um zu sterben?«

Maél zuckte die Schultern. Als Erebos auffordernd zu mir sah, fielen mir meine Worte nicht leicht.

»Mit dem Sterben kenne ich mich nicht so aus, da es mir erst einmal passiert ist. Da müsste ich meinen Freund Maél fragen. Oder Selkes. Oder vielleicht unseren gemeinsamen Freund Ödipus.«

»Ödipus?« Erebos ließ ein schnaubendes Lachen hören. »Bei den finsteren Abgründen meiner Seele, der gehört auch zu euch? Gibt es eigentlich irgendeinen mythologischen Sonderling, der nicht eurem kleinen Verein angehört?«

Maél blieb ganz ernst. »Ich glaube nicht.«

Das erste Mal umspielte Erebos' Mund ein Lächeln, das amüsiert und echt wirkte. »Kommt mit, Pfadfinder.«

Da Erebos' auffordernde Geste uns alle einzuschließen schien, erhoben sich auch Gigi und Selkes von dem Sitzsack. Zusammen mit Noah, Jemma und Tiffy folgten sie Maél und mir zögerlich und hielten dabei einen gewissen Abstand. Ich konnte sie gut verstehen. Erebos hatte sehr eindrucksvoll bewiesen, was für eine Macht er besaß, und so wirklich gemütlich wirkte sein Heim auch nicht. Wir würden alle froh sein, wenn wir es bald wieder verlassen könnten.

Zu meiner Überraschung ging Erebos zu dem Samtvorhang. Mit großer Geste zog er ihn auf, und wir blickten in einen riesigen Wassertank. Ähnlich dem, in dem der Flussgott Nereus seine kleinen Wasserdrachen für sich arbeiten ließ. Dieser hier jedoch war eher wie ein klassisches Aquarium gestaltet. Wasserpflanzen bewegten sich leicht im Strom des Wassers, und überall sah ich bunte Fische. Ein Teil des Aquariums mündete sogar in ein Terrarium, sodass Erebos hier auch amphibische Lebewesen halten konnte.

Keine der Fisch- oder Echsenarten kam mir bekannt vor. Sie alle wirkten seltsam exotisch, fast wie von einem anderen Stern. Am unheimlichsten war jedoch, dass das Aquarium nicht mit hellem, warmem Licht bestrahlt wurde. Erebos hatte überall violett schimmernde Lampen angebracht, sodass hinter dem Vorhang Schwarzlicht herrschte. Der dunkle Stoff schirmte das Licht des Lofts ab und ließ diesen Bereich fast in kompletter Dunkelheit.

Jemma und Noah wirkten regelrecht befangen in der seltsam schimmernden Dunkelheit. Gigi und Tiffy hielten sich an den Händen und starrten auf die seltsamen Aquariumbewohner. Nur Selkes drängelte sich zwischen uns allen nach vorn und schien völlig begeistert. Obwohl der Tank monströs groß und hoch wie eine Mauer war, das Wasser fast schwarz und unheimlich wie ein Meer bei Nacht, schien er nach einer Leiter zu suchen.

»Wie genial ist das denn, bitte?«, rief er. »Das ist ein Knochenfisch! Bei allen Göttern, ein doppelschwänziger Platthäuter. Und da drüben, das sind alles Knorpelfische. Und sogar ein Wodnika! Und ein grau gefleckter Forellenhechtling mit Knochenhorn! Ich flippe aus!« Er riss sich das Shirt über den Kopf.

Erebos' aufgemalte linke Augenbraue zuckte gefährlich. Doch Selkes war in seinem Enthusiasmus nicht mehr zu stoppen. »Ein rotäugiger Moorlurch!« Er drehte sich strahlend zu uns um. »Könnt ihr das glauben?«

Niemandem – außer Erebos vermutlich – schienen diese Namen etwas zu sagen. Als Selkes den Reißverschluss seiner Bermudas herunterriss, hielt Gigi Tiffy die Augen zu. Dem Rest von uns stand vor Schreck der Mund offen. Selkes entblößte eine knielange Profischwimmer-Badehose, wie ich sie bisher nur an Kandidaten der olympischen Spiele gesehen hatte.

»Hast du eigentlich immer eine Badehose drunter?«, blaffte Noah. »Bedecke dich, hier sind Damen anwesend.«

»Die da«, Selkes deutete aufgeregt hinter sich auf das Aquarium und schob sich gleichzeitig die Chucks von den Füßen, »sind alle ausgestorben.«

»Dafür sehen sie aber ziemlich lebendig aus«, bemerkte Maél.

Selkes beachtete ihn gar nicht. »Ich werde mit ausgestorbenen Fischen schwimmen. Oh Mann, wenn ich das Vater erzähle.« Vor lauter Begeisterung begannen sich Schwimmflossen zwischen seinen Fingern zu bilden.

»Ich sage nur ein Wort.« Erebos' Stimme klang wie ein Grollen, das jede Silbe seiner Worte zu einer Drohung machte. »Fischstäbchen.«

Gigi gab einen erschrockenen Laut von sich und stürzte zu Selkes. Wir beobachteten, wie sie ihn zu beruhigen versuchte.

»Nur eine Minute, okay?«, rief Selkes flehentlich über Gigis Kopf hinweg in Erebos' Richtung. »Bitte!«

Erebos zog ein angewidertes Gesicht. »Wenn ich meine Fische erschrecken will, mache ich ihnen die aktuellen Charts an, anstatt einen ungewaschenen Halbgott auf sie loszulassen.«

»Er meint es nicht so.« Gigi sah entschuldigend zu Erebos hinüber. »Er ist wie magisch angezogen von jedem Tümpel. Es scheint in seiner Natur zu liegen.«

»Können Sie ihm da nicht helfen? Gibt es nicht vielleicht eine Pille dagegen?« Noah zeigte auf Selkes, als handelte es sich um ein Studienobjekt.

Erebos zuckte gelangweilt die Schulter. »Tut mir leid, ich bin kein Tierarzt.«

Selkes schien jeden einzelnen seiner wirklich beachtlichen Oberkörpermuskeln anzuspannen, bereit, sich auf Erebos zu stürzen. Doch Gigi packte das Bündchen seiner Badehose und hielt ihn daran fest. Das schien Selkes sehr zu verwirren und nervös zu machen. Er starrte abwechselnd auf Gigis Mund und die drei Finger, die sie unter den Bund seiner Badehose geschoben hatte. Seine Atmung beschleunigte sich und die Augen wurden leicht glasig. Jedenfalls noch glasiger als beim Anblick der prähistorischen Fische und Amphibien. »Tut mir leid,

Cupcake«, murmelte er dann heiser. »Ich will nicht, dass du wegen mir Angst hast.«

»Zieh dich einfach wieder an, Baby, ja?«

Selkes nickte wie ein Hündchen und klaubte seine Sachen vom Boden auf.

Erebos polierte seine schwarz lackierten Fingernägel am glitzernden Stoff seines Kaftans. »Wenn wir dann fortfahren könnten?«

»Die Unterbrechung tut uns leid«, sagte Maél. »Unser schwimmwütiger Freund wird uns nun nicht mehr stören.«

Erebos sah feierlich in die Runde. »Ihr bekommt von mir den Usurpator von Katalyki.«

»Ich hätte nicht gedacht, dass er in diesem Labor auch russische Auftragskiller züchtet«, murmelte Noah, während Erebos hinter einer Ecke des Aquariums verschwand. Bevor wir uns fragen konnten, ob wir ihm folgen sollten, war er schon wieder da.

Er hatte ein winziges Kästchen dabei, ähnlich dem, in dem Evangéline sich befunden hatte, als wir sie bei dem Händler ausgeliehen hatten.

Noahs Mundwinkel sanken nach unten. »Ziemlich klein für einen Usurpator.«

»Wer ist denn das?«, brummte Selkes. »Muss man den kennen?«

»Ein Usurpator ist jemand, der sich unrechtmäßig Macht aneignet. Als berühmter Usurpator gilt zum Beispiel Napoleon«, zischte Noah zurück. »Aber vielleicht ist das auch bloß eine Reliquie. Sein kleiner Finger oder so.«

Wir sahen alle nur auf das Kästchen – umso überraschter waren wir, als Erebos die andere Hand öffnete. Darin saß ein kleiner grün-brauner Frosch mit wachen, goldglänzenden Augen. Er war nicht viel größer als ein Laubfrosch, zart gebaut mit winzig kleinen rötlich schimmernden Warzen auf dem Rücken.

»Katalyki ist ein uralter Landstrich in Griechenland. Zu der Zeit, als Gaia und Uranos ein Liebespaar waren, lebte dort das einzige Wesen, das Uranus gefährlich werden könnte. Die Landschaft glich einem Sumpf, mit vielen kleinen Bächen und reicher Vegetation. Uranos war dieser Landstrich schon lange ein Dorn im Auge. Er sorgte dafür, dass Katalyki austrocknete, und tötete damit alle Bewohner, alle Lebewesen. Auch den Usurpator von Katalyki. Das glaubt er zumindest. Doch die Gattung war schlau, und sie vergruben sich tief im Boden. Sie lebten von jedem noch so winzigen Tropfen Regen, der bis in das Erdreich zu ihnen vordrang. Dieser Kleine hier ist der Letzte seiner Art. Der letzte Usurpator. Der Schleim, den er absondert, ist ein starkes Narkotikum. Keine Angst, er kann nur prähistorischen Lebewesen gefährlich werden. Alle Arten, die später entstanden, darunter auch der Mensch und die Tiere, die heute unseren Planeten bevölkern, sind davon nicht betroffen. Er betäubt nur Wesen, die genauso alt sind wie er selbst. Prähistorische Überbleibsel einer längst vergangenen Welt. Uralte Götter, die niemand mehr kennt.«

Ich runzelte die Stirn. »Aber wird es Euch dann nicht auch betäuben, Erebos?«

Er lächelte träge. »Ich bin gegen alle Gifte immun, dafür habe ich schon vor Jahrtausenden gesorgt.«

»Und wie … benutzen … wir ihn?«, fragte Maél.

»Setzt ihn in der Seine aus. Der Schleim wird sich lösen und aufsteigen in winzig kleinen kondensierten Wassertropfen. Sie werden hoch hinauf bis ans Firmament steigen. Innerhalb weniger Minuten sollte Uranus in einen tiefen Schlaf versinken. Einen Schlaf, der ihn weder hören noch fühlen lässt.«

»Stirbt der Kleine dann?«, fragte Tiffy besorgt.

Erebos schüttelte den Kopf und lächelte. »Er findet seinen Weg zurück zu mir.« Er strich dem Frosch zärtlich über den kleinen Kopf. »Da ist noch etwas. Er bildet diese Warzen am Rücken aus. Seht ihr? Fünf Stück.« Er zeigte den Usurpator herum. »Man kann sie ablösen. Es tut ihm nicht weh, und es wachsen immer wieder neue Warzen nach.« Erebos reichte mir das Kästchen, dann löste er vorsichtig die unterste Warze von der Haut des Frosches. Sie sah nun aus wie eine kleine rote Kugel. Erebos ließ sie auf seiner Handfläche hin und her rollen. »Die Warzen hat er nicht schon immer besessen. Sie scheinen eine Reaktion auf die neuzeitliche Umgebung zu sein. Vielleicht eine Art neu entwickelter Verteidigungsmechanismus. Zerdrückt man die Warzen, so geht von ihnen ein starkes Beruhigungsmittel aus. Es verteilt sich in der Luft. Je kleiner ein Zimmer ist, desto besser wirkt es. Alle Personen darin werden ruhiggestellt und verlieren ihre Ängste. Man muss nur aufpassen, dass man selbst schnell das Zimmer verlässt, wenn man sie zerdrückt hat, sonst wird man ebenso ruhiggestellt. Die Warzen sind nur ein kleiner Nebeneffekt, aber ich wollte euch trotzdem davon erzählen. Vielleicht habt ihr auch dafür Verwendung. Bei Uranus jedoch wirken sie nicht. Sie wirken nur bei der modernen Tier- und Menschenwelt und vermutlich auch bei den olympischen Göttern. Aber da bin ich mir nicht sicher.«

»Ich danke euch«, sagte Maél. »Eine wirklich großzügige Leihgabe.«

»Darf ich fragen, wie lange diese narkotisierende Wirkung bei Uranos anhalten wird?«, wollte ich wissen.

»Circa zwölf Stunden, würde ich meinen.«

»Gibt es irgendwelche Nebenwirkungen, mit denen wir bei Uranos rechnen müssen?«, fragte Maél.

Erebos grinste. »Schlechte Laune.«

»Na super«, murmelte Noah leise.

Der Frosch schien besonders an Maél interessiert, denn er reckte immer wieder neugierig den Kopf in seine Richtung.

»Wer möchte ihn nehmen?«, fragte Erebos gerade, da machte der Frosch auch schon einen Satz und klammerte sich an Maéls schwarzes T-Shirt.

»Damit erübrigt sich die Frage wohl«, stellte Erebos fest und reichte Maél das Kästchen. »Er bevorzugt Mehlwürmer, falls du so was zur Hand hast.«

Maél nickte mit Pokerface. »Na klar, die habe ich immer im Kühlschrank.«

Interessanterweise schien Erebos nicht daran zu zweifeln. Er nickte zufrieden. »Na dann, Weidmannsheil.« Er machte ein Zeichen in Richtung Wohnungstür, wo der schwere Hebel wie von Zauberhand wieder zur Seite glitt.

Wir bedankten uns überschwänglich, doch Erebos wollte nichts davon hören. Er scheuchte uns aus seinem Loft, als wären wir ein Schwarm lästiger Moskitos. Er schien immer noch kein bisschen besorgt angesichts des drohenden Weltuntergangs. Da ich nicht wusste, ob sein Optimismus von unserem Plan oder seiner ewigen Existenz herrührte, beruhigte mich das nicht gerade. Maél hatte den Usurpator von Katalyki überreden können, in sein Holzkästchen zu verschwinden, damit wir ihn auf dem Weg nach Hause nicht verloren.

Als wir das Gelände verließen, drehte ich mich noch einmal zu dem Gebäude um. An einem Fenster waren die Lamellen der Jalousien etwas auseinandergeschoben. Erebos sah uns nach. Was schon seltsam genug war, aber noch mehr Rätsel gab mir sein Gesichtsausdruck auf. Die linke Hälfte seines Mundes sah aus, als lächelte er, doch seine Augen schienen traurig, ja fast sehnsuchtsvoll. Hatte ihn unser Besuch vielleicht doch nicht so sehr genervt, wie er vorgegeben hatte? Stand er vielleicht doch mit ganzem Herzen hinter unserem Plan der Weltrettung? War er am Ende gar nicht so düster und egoistisch, wie Hermes ihn beschrieben hatte? Als unsere Blicke sich trafen, zog Erebos die Hand weg und die Lamellen schlossen sich zu einer undurchdringlichen schwarzen Wand.

*

Irgendwie hatte ich damit gerechnet, dass ich heute Nacht gleich zwei Besucher bekommen würde: Maél und unseren neuen kleinen Freund, den Usurpator. Doch kaum dass Maél durch mein Fenster eingestiegen war, erklärte er, dass Ödipus sich zum Babysitten angeboten hatte. Maél hatte ihm das eindringliche Versprechen abgenommen, den Kleinen nicht mit Hühnersuppe zu füttern. Geistesgegenwärtig hatte er auf seinem Rückweg bei einer Zoohandlung haltgemacht und frische Mehlwürmer besorgt. Ödipus hatte sofort angeboten, diese in der Hühnerbrühe ein wenig mitzukochen, doch auch das hatte Maél kategorisch abgelehnt.

Wenig später lagen wir auf meinem Bett nebeneinander und lachten immer noch über Ödipus und seine Sucht nach Hühnersuppe. Wir waren froh und erleichtert, dass das Treffen mit Erebos so erfolgreich verlaufen war. Während wir im Mondlicht nebeneinanderlagen, betrachtete ich mal wieder den Ring der fünf Quellen.

»Ich höre sie singen, und ich würde ihnen so gerne antworten. Nur irgendwie funktioniert es, glaube ich, nicht.«

Maél nahm meine Hand und betrachtete den Ring ebenfalls. »Vielleicht machst du etwas falsch?«

»Vielleicht besitzt der Ring ja auch nur einen Eingang für Ton und keinen Ausgang.« Ich zog ihm die Hand wieder weg. »Ich höre all diese Stimmen im Kopf. All diese Frauen, die keine Ahnung haben, was sie sind. Und dann sind dazwischen die Himmelsnymphen, die so unglaublich traurig singen. Ich würde ihnen am liebsten allen helfen, aber ich habe noch nicht den Dreh raus. Das ärgert mich.«

Maél drehte sich auf die Seite und streichelte meine Wange. »Eins nach dem anderen, kleine Nymphe. Morgen retten wir die Welt, übermorgen darfst du dich mit allen Nymphen, die etwas von dir wollen, unterhalten. Wir kriegen das schon hin. Zur Not wälzen wieder alle irgendwelche uralten Schriftrollen. Da stehen doch die großen Geheimnisse dieser Welt drin.«

Ich drehte mich ebenfalls auf die Seite, ihm zu. »Deine Zuversicht möchte ich haben.«

Er beugte sich nach vorn und küsste mich kurz auf den Mund. »Und weißt du, was ich haben will?« Er grinste verschmitzt.

Ich rollte mit den Augen.

»Richtig«, sagte er. »Dich.«

Ich lachte leise auf und beugte mich vor, um ihn noch mal zu küssen. »Du bist unmöglich.«

»Ich weiß.« Er zog mich etwas näher zu sich. »Das haben wir gut gemacht heute. Ich glaube, Erebos fand uns gar nicht so übel.«

»Das glaube ich auch.«

»Außer Selkes.« Maél zuckte mit der linken Schulter. »Aber der hat wirklich ein Talent zum Nerven.«

Ich lachte schon wieder leise. »Er ist echt unglaublich. Aber für Gigi ist er ein Segen. Sie war lange Zeit traurig.«

Maél grinste erneut. »Warst du auch traurig, bevor du mich kennengelernt hast?«

So leicht würde ich es ihm nicht machen. »Nein«, sagte ich provokant. »Ich war hauptsächlich traurig, nachdem ich dich kennengelernt hatte.«

Maél warf den Kopf zurück, als hätte ich ihm eine unsichtbare Ohrfeige verpasst. »Autsch, der Treffer hat gesessen.« Er ließ sich auf den Rücken fallen und tat so, als müsste er schwer atmen.

Ich beugte mich über ihn. »Kann ich dir irgendwie helfen? Ein Glas Wasser? Etwas Frischluft? Ein Defibrillator?«

Maél knurrte laut, packte mich und zog mich auf sich. »Das hilft mir schon genug«, flüsterte er.

Wieder trafen sich unsere Lippen, und wieder erwachte der Wunsch in mir, mehr von ihm zu spüren. Unsere Zungen berührten sich sanft, und das Verlangen tief in mir brach sich rücksichtslos Bahn. Ich hatte Maél schon ohne T-Shirt gesehen, er hatte sogar schon neben mir geschlafen, deshalb kam es mir ganz natürlich vor, so lange an seinem Shirt zu ziehen, bis er es sich über den Kopf streifte. Er drehte sich mit mir und war nun über mir. Wieder küssten wir uns, und ich vergrub meine Finger in seinen weichen Haaren. Dann küsste Maél meine Wange hinunter und meinen Hals hinab, bis zum Ausschnitt meines Schlafshirts. Meine Haut schien zu kribbeln, überall da, wo er sie mit seinen Lippen berührte. Ich trug unter meinem Shirt noch ein weiches Bustier ohne Cups, weil ich nicht wollte, dass sich unter dem dünnen Stoff alles abmalte.

Nun wünschte ich mir, ich hätte es nicht angezogen. Meine Brüste schienen zu spannen, und meine Brustwarzen drückten gegen den eng anliegenden Stoff. Ich stöhnte leise, als Maél mit seiner Zunge eine Rundung meines Busens erreichte. Ich wollte mehr von ihm. Ich wollte dieses Gefühl noch steigern.

»Warte«, flüsterte ich.

Er richtete sich überrascht ein Stückchen auf, und ich nutzte den Moment und zog mir das Shirt über den Kopf.

Maél sah mir überrascht dabei zu, doch dann ließ er sich wieder auf mich sinken. Er presste sein Becken gegen meines, und ich seufzte unwillkürlich auf. Dann spürte ich seine Finger am Rand des Bustiers. Er wartete ab, ob ich etwas dagegen hatte, doch ich rührte mich nicht. Langsam zog er den Stoff etwas herunter. Ich hielt vor lauter Aufregung den Atem an. Als sich sein Mund um eine Brustwarze schloss, holte ich tief Luft und versank noch tiefer in den Kissen. Das Gefühl war so unglaublich. Maél küsste meinen Busen und zog immer wieder den Stoff zur Seite, um noch mehr Haut zu erreichen. Irgendwann hielt ich es nicht mehr aus und zerrte an dem Bustier, bis ich es über meinen Kopf hinunterreißen konnte. Maél hielt mich fest, und unsere nackte Haut presste sich gegeneinander. Er hatte den Kopf in meiner Halsbeuge vergraben, und ich hörte, wie er angespannt atmete. Als er sich weiter auf mir bewegte, schlugen die Flammen in meinem Inneren noch höher. Ich bog mich ihm entgegen und passte mich dem Rhythmus seiner Bewegungen an. Obwohl er seine Jeans und ich meine Schlafhose trug, war das Gefühl doch unglaublich intensiv. Maéls Lippen berührten mein Ohrläppchen, dann strich er mit seiner Zunge ganz langsam meinen Hals hinunter. Wieder bewegte er sein Becken, und wieder kam ich ihm wie automatisch entgegen.

Als es aus Richtung meines Schreibtisches schepperte, fuhren wir erschrocken auseinander. Im Nu waren wir aufgesprungen, um nach dem Rechten zu sehen. Ich war mir ganz sicher, meine Tür abgeschlossen zu haben. Doch es war nur Evangéline, die mal wieder ein paar Stifte auf dem Schreibtisch herumgerollt und dabei aus Versehen einen schweren Kugelschreiber vom Tisch heruntergeschoben hatte. Er hatte laut auf meinem Laminatboden geklappert. Evangéline legte schuldbewusst die Fühler an, doch natürlich konnte ich ihr nicht böse sein. Wir lauschten im Dunkeln, ob eventuell meine Eltern wach geworden waren, doch sie schienen nichts gehört zu haben.

Erst da wurde mir bewusst, dass Maél und ich uns oben ohne im Mondlicht gegenüberstanden. Maél lächelte, dann zog er mich an sich. »Lass uns schlafen, kleine Nymphe. Auch wenn der Anblick eine wahre Augenweide ist und ich vermutlich nicht wirklich zur Ruhe kommen werde. Aber wir haben morgen einen wichtigen Tag vor uns.« Er streichelte meinen nackten Rücken, während er langsam die paar Schritte mit mir zum Bett hinüberging. Dort angekommen, ließ er mich los und suchte mein T-Shirt, das er mir dann anzog, als wäre ich gerade erst zwölf.

»Was ist mit dir?«, fragte ich. »Willst du wirklich in dieser unbequemen Jeans schlafen?«

»Ist es okay, wenn ich sie ausziehe?«

»Natürlich. Du hast doch schon mal ohne Jeans hier geschlafen.«

Er nickte. »Es sollte nur nicht … Na ja, du weißt schon … aufdringlich wirken.«

»Aufdringlich ist gar nichts an dir«, sagte ich ganz ernst, und er küsste mich erneut. Dann knöpfte er die Hose auf, kickte sie von den Füßen und zog mich dann mit sich ins Bett. Irgendwo im Zimmer setzte Evangéline zu einem nächtlichen Rundflug an. Ich kuschelte mich an Maél, und er hielt mich ganz fest. Wir würden es schaffen. Morgen würden wir Uranos betäuben, die Plejaden befreien und verhindern, dass die Welt zerstört würde. Mit ihm an meiner Seite fühlte ich mich so stark, dass ich mir all das absolut zutraute. Ich schloss die Augen und genoss das Gefühl seines großen, warmen Körpers, der dicht an meinen geschmiegt war.

Kapitel 15

Wölkig mit Aussicht auf Weltuntergang

Der Dienstag zog sich wie Kaugummi. Die Küchenfrauen, also die Moiren, blieben tatsächlich verschwunden, was für einige Aufregung in der Schule sorgte. Mittlerweile ging das Gerücht um, die Küchenfrauen wären ermordet worden. Die Schulleitung entschloss sich dazu, die Polizei zu rufen. Nach der ersten Doppelstunde kam die Durchsage, dass wir schulfrei bekämen, weil sich überall auf dem Gelände Mitarbeiter der Spurensicherung ausbreiteten und nach Beweisen suchten. Für uns bedeutete das, dass der Tag sich scheinbar ewig hinzog.

Mittlerweile hatten die ersten meteorologischen Stationen die Meldung herausgegeben, dass die Bevölkerung sich nicht wundern sollte, wenn die Sonne nicht so hell strahle wie gewöhnlich. Angeblich liege es an irgendeinem naturwissenschaftlichen Phänomen, das man auf den Herbst, den Smog und das Ozonloch schob.

Ich wusste es besser.

Selkes und Noah hatten noch Unterricht, aber wir hielten schon mal Kriegsrat im Hinterzimmer der Reinigung. Hermes und Ödipus wollten unsere Begegnung mit Erebos noch mal haarklein erzählt bekommen, obwohl ich Hermes die Kurzfassung schon am Telefon gegeben hatte. Nereus hielt den kleinen Usurpator auf der Hand und starrte ihn verzückt an.

Wir anderen hatten weniger gute Laune. Nereus hatte gerade verkündet, dass der berühmt-berüchtigte Omphalos nur im Mondlicht seine Kräfte entfaltete. Da er damals in dem griechischen Tempel auch in einem Wasserbecken gestanden hatte, schlug er vor, den Omphalos im Wasser der Seine zu belassen. Der Plan war also, nach Einbruch der Dunkelheit wieder zum Fluss zurückzukehren und dort den Omphalos als Portal für die Rettung der Plejaden zu benutzen. Noch war es fraglich, ob uns unsere Eltern so spät überhaupt noch außer Haus lassen würden, denn die Nachrichten über einen potentiellen Mordfall an der Schule und die seltsam blasse Sonne hatten auf sie nicht gerade beruhigend gewirkt.

Schließlich machte Jemma den Vorschlag, noch mal ein Konzert von Harpya vorzuschieben. Da der Mond im Herbst früher am Himmel erschien, müsste die Zeit zu einem Konzerttermin am Abend passen. Jemma, Gigi, Tiffy und ich texteten unseren Eltern und warteten auf ihre Antworten, was die allgemeine Anspannung noch erhöhte.

Erst da fiel mir auf, dass ich keine weiteren Nachrichten mehr von Enko bekommen hatte. Obwohl ich darüber hätte froh und erleichtert sein sollen, machte sich ein ungutes Gefühl in meiner Magengrube breit.

Doch ich musste mich jetzt auf Wichtigeres konzentrieren. Hermes erklärte gerade, dass der Omphalos erst zu voller Macht erwache, wenn man ihn anspreche. Danach gebe es kein Zurück mehr.

Wir wechselten betretene Blicke. Uns alle bedrückte dieselbe Frage: Welches Opfer würde der Omphalos von uns fordern?

»Wenn er mich will, ist es okay, ich habe lange genug gelebt«, verkündete Ödipus.

Wir starrten ihn entsetzt an.

»Unsinn«, erwiderte Hermes barsch. »Die Moiren haben einen Plan, schon vergessen? Niemand stirbt, stattdessen retten wir die Welt. Und da muss auch der verdammte Omphalos mitspielen. Alles wird gut, Schwarzmalerei bringt uns nicht weiter.«

Wir anderen waren nicht so überzeugt, aber niemand wollte etwas dazu sagen.

Schließlich unterbrach Nereus das düstere Schweigen und bot an, die sieben Himmelsnymphen in dem kleinen Gästehaus hinter der Reinigung wohnen zu lassen. Daran hatte ich noch überhaupt nicht gedacht. In diesem Moment war ich mal wieder froh, so eine unschlagbare Truppe um mich herum zu haben. Ich bedankte mich bei Nereus für seine Großzügigkeit, doch er winkte nur verlegen ab.

*

Die nächsten Stunden verbrachten wir damit, in dem ziemlich verstaubten kleinen Hinterhaus alles auf Vordermann zu bringen. Die Arbeit tat uns gut, denn sie suggerierte, wenn auch trügerisch, dass es ein Vorankommen, ein Morgen geben würde.

Das Gästehaus war länger nicht benutzt worden, weil Nereus zurzeit keine Verwendung dafür hatte.

Das Haus machte keinen guten Eindruck von innen. Aus den Wasserhähnen quoll grüner Schlamm, Spinnweben hingen in allen Ecken und die Matratzen in den vier kleinen Schlafzimmern waren komplett durchgeschimmelt. Wir teilten uns auf. Ödipus und Maél fuhren mit einem Auslieferungswagen der Reinigung los und kauften mit Nereus' Kreditkarte eine

Couch, neue Matratzen und Bettwäsche in einem Großhandel. Hermes hatte angeboten, die Rechnung zu teilen, aber Nereus hatte lautstark protestiert. Tiffy, Hermes und ich putzten jeden noch so kleinen Winkel. Jemma und Nereus reparierten abgeknickte Vorhangstangen, quietschende Schranktüren und gebrochene Böden in den Küchenschränken. Als Selkes am frühen Nachmittag dazukam, half er ihnen dabei. Noah trudelte etwas später ein. Da er ein Händchen für Elektrik hatte, kümmerte er sich um die Beleuchtung der Räume und überprüfte auch die Sicherungskästen. Evangéline und der Sternenstaub halfen, jedes noch so kleine Ungeziefer aufzutreiben und aus dem Haus zu jagen. Als Ödipus und Maél von ihrem Großeinkauf wiederkamen, wurden sie direkt weitergeschickt zum Lebensmittel einkaufen. Gigi begleitete sie, damit die Jungs nicht nur wahllos irgendetwas in den Einkaufswagen schmissen.

Am späten Nachmittag war das Haus zwar nicht in einem perfekten Zustand, aber als vorläufige Unterkunft bestens geeignet.

Wir standen zusammen in dem kleinen Wohnzimmer, und als die Heizkörper leise zu blubbern begannen, sahen wir uns an. Das hier würde nicht vergebens gewesen sein. Unsere Freundschaft, der Zusammenhalt, dieses Vertrauen ineinander waren einfach so stark, dass wir alles schaffen konnten.

»Danke für eure Hilfe«, sagte ich total gerührt. »Ihr seid toll.«

»Auf die verrückte Gang ist eben Verlass«, murmelte Noah lächelnd.

Wir beschlossen, alle nach Hause zu fahren und uns noch eine Stunde auszuruhen, bevor wir uns erneut im Hinterzimmer einfinden würden, um den Himmelsgott in einen ewigen Schlaf zu schicken.

Zum Glück wussten meine Eltern um meine Begeisterung für Harpya und ließen mich gehen. Doch als wir uns verabschiedeten, überkam mich plötzlich blanke Angst. Was, wenn uns etwas zustoßen würde – oder die Welt tatsächlich unterginge? Wenn ich die beiden nie wiedersehen würde? Ich umarmte meine Mom und meinen Dad zum Abschied ganz fest, und es fiel mir schwer, mir nichts anmerken zu lassen. Als ich die Wohnungstür hinter mir zuzog, hatte ich Tränen in den Augen.

Maél erwartete mich an der Metrostation und nahm mich erst mal in den Arm, als er meine feuchten Augen sah. Er hielt mich eng umschlungen, und ich war unendlich froh, dass er an meiner Seite war. Dass ich vor ihm keine Geheimnisse haben musste und meine Ängste mit ihm teilen konnte.

Ich hatte kurz zuvor Hephaistos getextet und ihm die neuesten Erkenntnisse erzählt. Doch er hatte seltsam verhalten reagiert und zum Schluss das Angebot, uns zu helfen, zurückgezogen und es mit »Anweisungen des Chefs« begründet. Ich war bodenlos enttäuscht.

Wir waren tatsächlich die Letzten, die bei Nereus auftauchten, weil uns dann auch noch eine Bahn vor der Nase weggefahren war.

Die Stimmung war angespannt, alle waren ängstlich und gereizt. Evangéline hatte ich zu Hause gelassen, da ich wusste, dass sie Angst vor Wasser hatte. Maél hatte den kleinen Usurpator in seiner Holzbox in den Tiefen seiner Messengerbag verstaut. Nereus hatte für uns alle Gummistiefel organisiert, die von Tiffy waren sogar pink.

Es war schon lange dunkel und ein blasser Herbstmond hing über Paris. Nereus drängte zum Aufbruch.

»Wenn der Omphalos doch nur nach Macht strebt«, sagte ich nachdenklich, als mein Blick auf Gigi und Jemma fiel, die gerade ihre Mäntel anzogen, »dann könnten doch alle ohne besondere göttliche Macht hierbleiben, oder?« Ich musste wenigstens versuchen, meine Freunde zu beschützen.

Hermes senkte den Kopf und wirkte plötzlich unbehaglich. »Das war mein Fehler. Ich konnte mir einfach nicht vorstellen, dass es den Omphalos wirklich noch gibt. Deshalb war ich unvorsichtig.« Er hob den Kopf und sah mit entschuldigendem Blick in die Runde. »Als der Omphalos aus der Seine gehoben wurde, hat er uns gesehen, genau wie wir ihn gesehen haben. Es war unsere Gruppe, die ihn geborgen hat. Alle, die dabei waren, müssen mit, sonst funktioniert es nicht. Es tut mir leid.«

Es war ausgerechnet Noah, der die Schultern straffte. »Irren ist menschlich. Packen wir's an.«

Niemand machte sich die Mühe, ihn daran zu erinnern, dass Hermes kein bisschen Mensch war. Stattdessen traten wir hinaus in die Kälte.

Mir war schlecht vor Aufregung. Den ganzen Weg hinunter bis zum Ufer der Seine sagte niemand ein Wort. Selkes hielt Gigi eng umschlungen. Ödipus und Nereus wirkten blass in ihren bunt gemusterten Oberhemden. Jemma und Noah hielten sich an der Hand und gingen so nah nebeneinander, dass ihre Schultern sich berührten. Hermes hatte Tiffy beschützend einen Arm um die Schultern gelegt. Maél hielt mich ebenfalls im Arm, und ich genoss die beruhigende Wirkung, die er auf mich ausübte.

Am Ufer rief Selkes nach dem Flussmonster Fluse, während Maél vorsichtig den kleinen Usurpator hervorholte. Er setzte ihn auf seine Hand und streichelte ihm über den kleinen Kopf, so wie Erebos es getan hatte. Der Frosch blinzelte mit den Augen und schien die Berührung zu genießen.

»Jetzt heißt es schon wieder Abschiednehmen, mein Kleiner«, flüsterte Maél. »Mach deine Sache gut, es steht viel auf dem Spiel.«

Der Frosch blinzelte nur mit dem linken Auge, was eventuell ein »Ja« hätte sein können.

»Ach, Moment«, murmelte Maél. »Bevor ich es vergesse …« Vorsichtig löste er die fünf roten Warzen vom Rücken des Frosches. Er legte sie in die Holzkiste, die er mir dann reichte. Vorsichtig schloss ich den Deckel und packte den Kasten zurück in die Messengerbag, die Maél immer noch quer umhängen hatte.

Nereus und Hermes diskutierten währenddessen darüber, wo Fluse den Omphalos platzieren sollte. Nereus war der Meinung, dass er irgendwo am niedrigen Ufer der Seine seinen Zweck erfüllen würde. Hermes war dagegen: Der Omphalos müsse mindestens zu zwei Dritteln mit Wasser bedeckt sein, genauso wie damals im Wasserbecken des Tempels. Da der Götterbote über die größere Erfahrung mit dem antiken Kultstein zu verfügen schien, einigten wir uns auf seinen Vorschlag und baten Fluse, den Stein etwa fünf Meter vom Ufer entfernt zu platzieren.

Das Wasser war eisig kalt. Eine graue Dunkelheit schien sich über den Fluss zu senken. Passanten waren auf dem Gehweg stehen geblieben, um unser seltsames Grüppchen zu beobachten. Zum Glück war Fluse schon wieder in den Fluten der Seine verschwunden. Dennoch musste es ein kurioser Anblick sein, wie sich eine Horde Menschen bei diesem Wetter durch das dunkle Wasser der Seine auf einen seltsamen Stein im Wasser zubewegte.

Hermes, wie immer Herr der Lage, stiefelte zur Straße zurück und erklärte den Neugierigen, dass wir eine Gruppe wissenschaftlicher Mitarbeiter und Studenten des Fachbereichs Ökologie der Sorbonne wären. Daraufhin zerstreuten sich die Leute langsam wieder, und ich atmete erleichtert auf. Gut, dass auf Hermes' Geistesgegenwärtigkeit Verlass war.

Doch dann wurde es ernst. Wir warteten ab, bis der Gehweg oben am Ufer menschenleer schien, dann marschierten wir alle weiter hinein ins Wasser. Die Gummistiefel waren rein theoretisch eine super Idee gewesen, doch so tief, wie der Omphalos nun in der Seine stand, ging mir das Wasser letztendlich fast bis zur Hüfte. Ich hatte nicht geahnt, dass der längliche Kultstein so groß wäre. Als Fluse ihn hochgehoben hatte, hatte er auf die Entfernung so klein ausgesehen. Meine Zähne klapperten laut aufeinander. Gigis Lippen waren bereits blau, und Noah und Jemma klammerten sich zitternd aneinander, kaum dass wir uns um den Kultstein versammelt hatten.

»Nun kann es endlich losgehen«, brummte Selkes. Im nächsten Moment riss die Wolkendecke auf, und der Mond spiegelte sich auf dem feuchtglänzenden Stein des Omphalos. Hermes gab Maél ein Zeichen, woraufhin dieser ein letztes Mal den Usurpator streichelte und ihn dann in die sanft schaukelnden Wellen des Flusses entließ. Der kleine Frosch schwamm erstaunlich tapfer. Wir sahen ihm nach, wie er von der Strömung mitgerissen wurde, bis er komplett unter Wasser verschwand. Gigi hatte eine Hand vor die Lippen gepresst, und ihre Augen schimmerten ganz feucht.

»Es geht ihm gut«, sagte Maél leise. »Du weißt doch, was Erebos gesagt hat.« Nur einen Augenblick später hörte der Nieselregen auf. Ich stellte fest, dass es plötzlich windstill war, und sah hoch zum Firmament, wo die ersten Sterne mit dem blassen Mond um die Wette funkelten. Der Himmel war nicht schwarz, sondern eher von einem dunklen Grau. Die Nacht war noch nicht angebrochen, denn es war erst kurz nach 20 Uhr. Ich hoffte, dass wir trotzdem Erfolg haben würden. Als ich zufällig erneut nach oben sah, bemerkte ich, wie alle Wolken mit einem Schlag still standen. Nichts am Himmel bewegte sich mehr.

»Es hat geklappt«, flüsterte ich. »Schnell, es hat geklappt, lasst uns beginnen.«

Hermes räusperte sich. »Wir rufen dich, Omphalos.«

Im nächsten Moment hatte ich das Gefühl, dass wir mitten in einer 3D-Animation stünden. Um uns herum erschien das Bild eines antiken Tempels, als würden wir uns in einem Hologramm befinden.

»Der Stein schirmt die Außenwelt ab«, flüsterte Nereus. »Das ist ganz normal. Nun kann uns niemand mehr sehen. Habt keine Angst.«

Schwarze Adern erschienen in dem Gestein. Sie wanderten in alle Richtungen, durchzogen den gesamten Omphalos und schienen ein Eigenleben zu besitzen. Ich hatte bereits eine Gänsehaut am ganzen Körper, doch nun spürte ich, dass sie sich noch mehr verstärkte. Irgendwann war der Stein komplett schwarz geworden und glänzte ölig. Auf der Oberfläche erschienen griechische Buchstaben. Ich konnte sie lesen: *Was willst du?*

»Wir bitten um ein Portal vom Himmel auf die Erde. Wir bitten darum, die Flucht der sieben Plejaden zu ermöglichen. Um sicheres Geleit und friedliche Ankunft hier in unserer Mitte. Sagt mir, edler Omphalos, welches Opfer dürfen wir Euch dafür erbringen?«

Die Sekunden danach schienen ewig zu dauern. Zitternd vor Angst und Kälte klammerten wir uns aneinander.

Dann endlich formten sich Buchstaben auf dem dunklen Gestein.

Die Kräfte eines Halbgotts.

Ungläubig las ich die Schrift noch mal. Nein, ich hatte mich nicht getäuscht.

»Was heißt es?«, flüsterte Gigi aufgeregt.

Alle die, die Griechisch lesen konnten, schienen unter Schock zu stehen, genau wie ich. Tiffy sah aus, als würde sie jeden Moment ohnmächtig werden. Maél starrte auf den Satz und biss sich auf die Lippe.

»Er will die Kräfte eines Halbgotts.«

Alle sahen sich entsetzt an, auch wenn es sicher noch schlimmer hätte kommen können.

»Das ist ein großes Opfer«, hörte ich Nereus irgendwo neben mir sagen. »Damit hatte ich nicht gerechnet.«

Hermes seufzte. »Genau dafür ist er doch bekannt.«

»Und nun?« Maél sah seinen Paten Hilfe suchend an.

»Wenn ihr eure Kräfte abgebt, werdet ihr sterblich, richtig?« Jemma schluckte.

»Sofern sie es überhaupt überleben«, fügte Hermes hinzu. »Der Omphalos besitzt eine sehr brutale Macht. Einem Halbgott die Kräfte gewaltsam aus dem Körper zu reißen, kann diesen schwer verwunden. Ich weiß nicht, ob sein menschlicher Körper diese Prozedur überlebt. Die Machtübergabe würde im Bruchteil von Sekunden erfolgen. Das ist wie das zu schnelle Auftauchen bei einem Tauchgang. Das Blut beginnt zu kochen, weil der Prozess sich zu schnell abspielt. Wäre es eine langsame Transformation von Halbgott zu Mensch, dann stünden die Chancen gut. Aber so nicht.«

»Soll das heißen, einer unserer Halbgötter wird heute sterben?« Gigis Stimme zitterte, und in ihren Augen standen wieder Tränen.

»Mein Gott«, flüsterte Noah. »Wie entscheidet man so was?«

»Warum fragen wir nicht, ob er sich etwas anderes ausdenken kann?«, schlug Jemma vor. »Vielleicht will er dann bloß noch den großen Zeh von jemandem oder so?«

»So funktioniert der Omphalos nicht.« Hermes sah düster auf den Schriftzug. »Jetzt ist es zu spät. Er will Halbgottkräfte, um seine Macht zu vergrößern. Es geht ihm immer nur um Macht. Hat man einmal seine Frage gestellt, gibt es kein Zurück mehr. Entscheiden wir uns, den Omphalos jetzt zu verlassen, wird er sich trotzdem nehmen, was er gefordert hat. Er wird irgendeinem von euch die Kräfte nehmen.«

»Aber wäre das nicht vielleicht besser?« Tiffy zitterte wie Espenlaub. »Wer von uns könnte diese Entscheidung treffen?«

Ödipus hatte noch gar nichts gesagt. Er hielt die Arme vor der Brust verschränkt und schien wie versteinert.

Obwohl ich vor Angst kaum noch wusste, wie ich hieß, hob ich die Hand. »Ich habe die Kräfte zweier Götter. Ich könnte eine abgeben.«

Maél drehte sich zu mir, Wut und Angst im Blick. »Nein, kannst du nicht. Agada hat von jedem ihrer Eltern nur zu einem Viertel die Götterkräfte geerbt. Zwei Viertel ergeben ein Halbes. Deshalb wurde sie zu einer Halbgöttin. Verstehst du? Der Omphalos will keine Viertel-Götterkräfte, er will die Kräfte eines Halbgotts. Du hast Agadas Blut in dir. Nicht weniger, aber auch nicht mehr. Die Kombination macht dich zur Halbgöttin, nicht die Kraft eines einzelnen Gottes.«

»Aber meine Kräfte sind viel stärker ausgeprägt als die von

Agada. Das hast nicht nur du gesagt, es ist auch anderen aufgefallen. Agada war niemals in der Lage, andere Menschen nur per Gedanken zu beeinflussen. Sie hätte jedem, der ihr Böses wollte, einfach nur lange genug in die Augen sehen müssen, und er hätte nicht mehr gewusst, was er von ihr wollte. Das konnte sie nicht. Ich aber schon. Und ich kann die Sonne dazu bringen, dass sie heller strahlt. Wenn ich mich wehren will, kann ich anderen, sogar Halbgöttern, einen ziemlich heftigen Sonnenbrand verpassen. Ich weiß nicht, warum das so ist und woher es kommt. Vielleicht ist es die Kombination mit meinem Nymphenerbe. Oder vielleicht haben die Moiren irgendwie dafür gesorgt. Mir irgendetwas in meine Nudeln getan oder was weiß ich. Wir können sie schlecht fragen. Fakt ist nur, ich bin nicht wie Agada. Ich bin mächtiger, stärker. Und das weißt du auch.«

Maél sah mich an und presste die Lippen fest aufeinander. Er wusste, dass ich recht hatte. Doch seine Sorge um mich überwog. In jedem anderen Moment hätte ich ihn dafür an mich gezogen und ihn fest umarmt. Doch jetzt drängte die Zeit. Nicht mehr lange, und der Omphalos würde sich selbst nehmen, was er von uns forderte. Im Moment hatten wir noch die Möglichkeit, zu entscheiden. Und ich hatte mich entschieden. Ich war der Spielball der Moiren. Ich erinnerte mich an Agadas Worte: Vertraue auf die Schicksalsgöttinnen, so wie ich auf sie vertraue. Ich holte tief Luft. Ich vertraute ihnen. Sie hatten einen Plan. Aus welchem Grund auch immer – sie wollten verhindern, dass die Welt ausgerechnet übermorgen unterging. Dessen war ich mir sicher. Und deshalb war mir klar, dass ich, als einzige Halbgöttin mit den Kräften zweier Götter, diejenige war, die dem Omphalos entgegentreten musste. Ich wusste nicht, welche Kraft er sich nehmen würde, doch auch hier vertraute ich auf das Schicksal. Darauf, dass die Moiren einen höheren Plan hatten und wussten, welche meiner Kräfte ich dringender brauchte.

Ich machte einen Schritt nach vorn auf den Omphalos zu.

»Nein!« Maél packte mich um die Taille und wollte mich festhalten. Er erwischte mich zwar, doch ich streckte meinen Arm lang aus wie ein Schwimmer auf der Zielgeraden. Um mich herum hörte ich die anderen erschrocken aufschreien. Meine Hand lag flach auf dem Omphalos, direkt auf den darin eingesunkenen Schriftzeichen, seinem Preis für seine Hilfe.

Ich wunderte mich noch, dass der Stein sich angenehm warm anfühlte, dann zerriss mir ein Blitz die Eingeweide. Ich würgte und wollte meine Hand wegziehen, doch der Omphalos hielt mich fest, als wären wir zwei Magnete. Um mich herum brach Tumult aus, und die Wellen der Seine schwappten fast hoch bis zu meiner Achsel. Mein Blick verschwamm, doch Maél hielt mich immer noch sicher umfasst. Andernfalls wären mir längst die Knie eingeknickt und ich wäre ins Wasser gesunken. Ein paar Tropfen spritzten mir ins Auge, doch ich konnte immer noch sehen, wie das Portal sich öffnete. Der Himmel schien nun ganz nah zu sein. Dunkelheit und Millionen Sterne umgaben uns. Es sah aus, als hätte der Omphalos das Wasser in sich aufgesogen, denn über der Schrift erschien ein großer brodelnder Wasserfleck. Schwarz und voller Blasen. Schon entstieg die erste Himmelsnymphe dem brodelnden Wasserfleck. Sie war wunderschön, mit blauschwarzem Haar, dunklen Augen und heller Haut. Gehüllt war sie in ein antikes griechisches Gewand, das über und über mit winzigen goldenen Sternen bestickt war. Sie war schlank und von zierlicher Statur. Ihre Haut, ihre Nägel, sogar ihre Lippen schimmerten leicht golden. Als ihre Sandalen die Wasseroberfläche des

Flusses berührten, teilte sich die Seine, fast so, als wollte sie ihr ehrfürchtig Platz machen. Die Himmelsnymphe blieb zwischen den geteilten Fluten stehen, unbehelligt vom Wasser und den tosenden Wellen. Ihr Gewand war trocken, ebenso das lange Haar, das auf griechische Art frisiert war.

Schon erkannte man die Silhouette der nächsten Himmelsnymphe in dem brodelnden Wasserfleck über dem Omphalos.

Ich dachte noch: *Bei allen Göttern, wie wunderschön sie sind.* Dann riss der Omphalos ein zweites Mal mit aller Kraft an meinem Göttererbe, und ich verlor das Bewusstsein.

*

Hühnersuppe …

Ich war mir sicher, dass ich tot war. Der Stein hatte alle meine Kräfte geraubt, und ich hatte diesen Prozess nicht überlebt. Umso mehr überraschte es mich, dass Ödipus' berühmtes Hühnersuppenrezept es bis in die Unterwelt geschafft hatte. Während ich mich bereit machte, meine durchscheinende Gestalt, den Schatten meiner selbst, an den Ufern des Styx wiederzufinden, fragte ich mich ernsthaft, wer dort an der Pforte zur Unterwelt warme Hühnersuppe dabeihatte.

Lichtblitze tanzten vor meinen geschlossenen Lidern. Mein Körper fühlte sich seltsam hohl an. Ich wollte einen Arm bewegen, doch ich konnte es nicht. Ich wollte, dass die Dunkelheit verschwand, wollte die Augen aufmachen, doch es funktionierte nicht.

»Er kann doch nicht einfach die Seiten gewechselt haben«, hörte ich eine empörte Stimme. Eine Stimme, die mir lieb und vertraut geworden war. »Herrschaftszeiten, Kinder. Der Omphalos ist seit Jahrtausenden ein Instrument des Bösen. Er bekommt doch keinen Kurzschluss und will daraufhin von einem Haufen Nymphen adoptiert werden. Tut mir leid, die Story ist mir einfach zu heftig. Und ich leite eine PR-Agentur! Ich weiß, was es heißt, große Töne zu spucken.«

»Du hast die Brühe doch selbst gesehen, die aus ihm rausgeflossen ist, während die Plejaden durch das Portal getreten sind.« Auch diese Stimme kannte ich, wenn auch noch nicht so lange. »Er wurde stetig immer heller und nun ist der schneeweiß. Weiß steht für die Guten. Das lernt man schon im Kindergarten. Wenn er inaktiv ist, ist er grau. Das weiß ich sehr genau, denn ich habe ihn lange genug für euch alle aufbewahrt. Wenn man ihn weckt, durchflutet ihn seine dunkle Kraft und er wird schwarz. Schwarz, weil er böse ist. Nun ist der schneeweiß und hat diese seltsame Einkerbung in der Mitte. Das alles will doch etwas heißen.«

»Ja, vermutlich dass er uns alle in die Luft sprengt, sobald wir das Ding, das da reinpasst, in seine Mitte drücken. Ich glaube auch nicht, dass uralte böse Kultsteine sich ändern. Wir können von Glück sagen, dass Livias Herz noch schlägt. Aber wissen wir, in welchem Zustand sie aufwacht? Was, wenn sie nicht mal mehr ihren Namen weiß? Nicht mal mehr laufen kann? Ich schwöre euch, sollte er ihr auch nur ein Haar gekrümmt haben, werde ich ihn persönlich zur nächsten Mülldeponie fahren. Dann machen sie Beton aus ihm, und dann war's das mit den übersteigerten Forderungen und der Machtgier.«

»Wir sollten aber auch nicht vergessen, was er für uns getan hat«, sagte eine weibliche Stimme, die ich nicht kannte. »Er hat uns die Flucht ermöglicht. Ohne ihn hätten wir den Himmel niemals verlassen können.«

Schweigen. Vermutlich wägte jeder für sich die Vor- und Nachteile ab.

»Und nun?«, fragte eine männliche Stimme. »Selbst wenn er auf einmal nett ist, sollen wir ihn als Deko in den Vorgarten stellen? Wir haben keine Ahnung, was für ein Ziel er jetzt verfolgt, und ehrlich gesagt nimmt er ziemlich viel Platz weg. Soll er etwa hier im Wohnzimmer stehen bleiben?«

»Ich glaube, der Omphalos hat nicht erkannt, dass Livia ihm ein selbstloses Opfer gebracht hat. Das ist ihm noch nie passiert. Bisher hat man ihm immer Opfer gebracht, weil man einen persönlichen Zweck verfolgte. Man hat einen Sohn geopfert, um ein Reich zu erobern. Man hat das Blut der Ehefrau vergossen, um das Herz einer anderen für sich zu gewinnen. Die Opfer waren fast immer mit niederen Zielen verbunden. Livia hingegen hat ihre Kraft für einen höheren Zweck gegeben. Um euch andere davor zu bewahren und um die Welt zu retten. Der Grund für ihren Handel mit Omphalos war nicht Egoismus, Machtgier oder der Wunsch nach Ruhm. Sie hat nicht an sich gedacht, sie hat sich sogar selbst geopfert. Der Omphalos muss es erst erkannt haben, als es für ihn zu spät war. Es war ihre Kraft, die all das Böse aus ihm herausgetrieben hat. Sie hat ihn zu dem gemacht, was er zu Anbeginn der Zeit war: ein Kommunikationsmittel, ein Portal, etwas, das den Göttern zur Seite gestellt wurde, um die Kommunikation untereinander, ihre gemeinsame Herrschaft, ihre Gemeinschaft zu stärken. Es waren die schlechten Eigenschaften von Menschen und Göttern, die den Omphalos zu dem gemacht haben, was er heute ist, ich meine, bis heute *war*. Livia hat ihn zurückverwandelt.«

Irgendwo hörte ich jemanden schluchzen. Ein leises Schluchzen, das mir schrecklich vertraut vorkam. »Was, wenn sie nie wieder aufwacht?«

Ich wollte nicht, dass sie weinte. Ich wollte nicht, dass Tiffy wegen mir traurig war. Tiffy! Das war Tiffys Stimme! Und dann waren sie alle wieder da. Die Namen von Freunden, Vertrauten, Gefährten und Geliebten. Ich riss die Augen auf. Helligkeit, Wärme, eine vertraute Umgebung. Endlich spürte ich meinen Körper wieder. Ich lockerte meinen Kiefer und versuchte zu sprechen. »Ich bin hier.« Meine Stimme klang kratzig.

Schon waren sie alle da. Maél zog mich an sich und küsste mich auf die Stirn. Hermes nahm meine Hand und tätschelte sie. Gigi, Tiffy und Jemma stürzten sich alle drei gleichzeitig auf mich und schoben Maél dabei energisch zur Seite. Ich lachte, weil ich kaum noch Luft bekam.

»Wo bin ich?« Ich sah an mir hinab. Ich trug einen Herren-Jogginganzug, der mir viel zu groß war, und sie hatten mich auf eine Couch gepackt und in eine dicke Decke gewickelt. Neben mir auf dem kleinen Beistelltisch stand eine dampfende Schale mit Hühnersuppe.

Alle redeten gleichzeitig und niemand hörte zu. Ich lächelte und ließ sie machen.

»Hat er dir den Verstand gegrillt?«, fragte Selkes in seiner bekannt direkten Art. Gigi boxte ihn dafür.

»Mir geht es gut, danke.« Ich grinste sie alle an. »Sieht eher so aus, als hätte ich dem Omphalos den Verstand gegrillt.«

Alle lachten. Jemma zog mir die Decke noch weiter hoch, Gigi prüfte, ob meine Socken auch richtig saßen, und Selkes hielt mir ein Glas Wasser hin. Wir befanden uns in dem kleinen, aber sehr gemütlichen Wohnzimmer des Hinterhauses, das wir heute Nachmittag hergerichtet hatten. Die Polster der Couch rochen neu und etwas nach Chemie. Plötzlich entdeckte ich auch die sieben Frauen, die sich dezent im Hintergrund hielten. Ich setzte mich vorsichtig auf.

Diejenige, die ganz in der Mitte stand, erkannte ich wieder. Sie war die Erste, die durch das Portal getreten war.

Hermes und Ödipus bemerkten, dass mein Blick auf die Plejaden gefallen war.

»Darf ich vorstellen?«, sagte Hermes förmlich und bedeutete den Himmelsnymphen, näher zu kommen. Die anderen wichen höflich zur Seite.

»Livia, das sind Mia, Maja, Mimi, Margo, Mayla, Mona und Magaly. Meine Damen, das ist die Wiesennymphe Livia.«

»Hallo, Schwester«, sagten sie in einem perfekten Chor. Ihre Stimmen klangen so harmonisch, dass ich eine Gänsehaut bekam.

»Wir danken dir für unsere Rettung«, sagte die, die zuerst durch das Portal getreten war. Erst da sah ich, dass sie alle einen rot umrandeten Aufkleber auf ihren Gewändern trugen. Darauf stand: »Hallo, mein Name ist:«, und in das Feld darunter hatte jede ihren Namen geschrieben. Diejenige, die für die anderen zu sprechen schien, hieß Magaly.

»Gern geschehen …«, ich richtete mich noch etwas mehr auf, um einen letzten Blick auf ihr Namensschild zu werfen, »… Magaly.«

Die Nymphe lächelte erfreut. »Die Idee mit den Schildern stammt von dem Herrn Ödipus. Eine wirklich sehr zuvorkommende Geste.« Sie sah zu ihm, und ihr Lächeln wurde noch herzlicher.

Ödipus grinste wie ein Honigkuchenpferd, und aus seinen Augen schienen klitzekleine Sternchen zu hüpfen. Magaly schenkte ihm einen filmreifen Augenaufschlag.

Hermes sah zwischen den beiden hin und her und seine berühmte linke Augenbraue wanderte mal wieder steil nach oben.

»Nun gut«, begann er. »Wir haben den Damen schon ihre

Zimmer gezeigt, und ich bin der Meinung, wir sollten uns alle ein wenig ausruhen. Mittlerweile sollten unsere Sachen auch wieder trocken sein.«

Erst da fiel mir auf, wie abenteuerlich auch alle anderen gekleidet waren.

»Ich sehe mal nach«, bot Selkes an. »Gut, dass wir einen so großen Fundus an nicht abgeholten Kleidungsstücken haben.« Er joggte davon.

Gigi zupfte an einer Damenhose mit Steg, die noch aus den siebziger Jahren zu stammen schien. »Das wäre schön. Dieses Ding kneift ein wenig.«

Hermes zuckte nur mit den Schultern, doch ich sah, wie unwohl auch er sich in der grauen Jogginghose fühlte. Sie war ein gutes Stück zu kurz für seine langen Beine.

»Immerhin konnten wir so die nassen Klamotten ausziehen, und dank Nereus' riesengroßem Industrietrockner können wir sie auch alle bald wieder anziehen. Jetzt macht mal nicht so ein Drama daraus.« Maél quetschte sich neben mich auf die Couch. »Erinnerst du dich wirklich an alles?«

Ich legte den Kopf schief. »Und du bist?«

Einen Moment lang war da nichts als Panik in Maéls Gesicht. Als meine Mundwinkel zuckten, stürzte er sich auf mich und alle anderen brachen erneut in Gelächter aus. »Das wirst du mir später noch büßen«, raunte er mir ins Ohr. Er küsste mich auf die Wange und ließ mich frei.

Als ich wieder sehen konnte, fiel mein Blick auf den Omphalos, den man strategisch günstig direkt vor dem Fernseher platziert hatte. Er war schneeweiß und glänzte wie Marmor. Kein Vergleich mehr zu dem unförmigen hellgrauen Brocken, den uns das Flussmonster Fluse in der Seine gezeigt hatte. Und erst recht kein Vergleich mehr zu dem ölig glänzenden pechschwarzen Kultstein, zu dem er geworden war, als wir ihn geweckt hatten.

Gigi nahm mir das Wasserglas aus der Hand und reichte mir die kleine Schüssel mit der Hühnersuppe. Ich nahm zwei Löffel und genoss den salzigen Geschmack. Diese Suppe konnte wirklich die Lebensgeister zurückbringen.

»Ist er wach?« Ich deutete mit meinem Kopf unauffällig auf den Stein.

Magaly nickte. »Es sieht so aus. Wir wissen noch nicht ganz genau, was es damit auf sich hat, doch es scheint, als hätte der Omphalos zu seiner alten Form zurückgefunden. Er muss nun nicht mehr geweckt werden, um uns zu Diensten zu sein.«

Ich nickte beeindruckt, während ich weiter meine Suppe löffelte. Insgeheim hoffte ich, dass der Omphalos nicht doch noch ungute Überraschungen für uns bereithielt. Ihn so unmittelbar neben mir zu wissen, war nicht unbedingt ein gutes Gefühl.

Meine Mitstreiter hatten es sich mittlerweile auf den anderen Sitzmöbeln bequem gemacht, und Flussgott Nereus hatte ausreichend Stühle herbeigeschafft, sodass alle inklusive der Plejaden einen Sitzplatz fanden.

Immer wieder betrachtete ich die Himmelsnymphen neugierig. Sie sahen alle gleich aus, und doch so unterschiedlich. Magaly war schlank und zierlich, Mia hoch gewachsen und kräftig wie eine Amazone. Mimi war riesengroß und spindeldürr, während Margo eher klein und rund wie eine Litfaßsäule war. Sie alle besaßen komplett unterschiedliche Staturen, doch alle hatten blauschwarzes Haar, dunkle Augen und eine Haut so hell wie Mondlicht.

Nereus war schon wieder unterwegs, um Tee für alle zu holen, und Jemma und Noah hatten angeboten, ihm zu helfen.

Der Rest der Truppe musterte mich immer noch interessiert, als ich die Suppenschüssel zurück auf den niedrigen Couchtisch vor mir stellte.

»Weißt du schon, wie es mit deinen Kräften aussieht, liebe Schwester?«, fragte Magaly, die auf der Lehne von Ödipus' Sessel Platz genommen hatte. Dem schien minütlich wärmer zu werden, denn er zupfte nun schon das dritte Mal möglichst unauffällig am Kragen seines Oberhemdes. Offenbar hatte ihm die Anführerin der Himmelsnymphen ziemlich den Kopf verdreht.

»Das würde mich auch interessieren«, sagte Gigi gespannt.

Erst da fiel mir auf, dass die Nymphen gar kein Altgriechisch sprachen. Schließlich hatte Gigi ihre Frage eindeutig verstanden. Und wir unterhielten uns meistens in einem Gemisch aus Französisch und Englisch, besser bekannt als Frenglisch. Die Plejaden schienen es unwillkürlich übernommen zu haben.

Ich horchte in mich hinein. Maél betrachtete mich neugierig, und ich sah in seine Augen und dachte: *Erhebe dich von der Couch. Steh einfach auf, aus irgendeinem Grund. Völlig egal, was. Aber steh bitte kurz auf.*

Er lächelte mich an, und in seinen Augen spiegelte sich alles wieder, was er für mich empfand. Doch er machte nicht die geringsten Anstalten, von der Couch aufzustehen.

Ich horchte in mich hinein und suchte nach der vertrauten Hitze, die ich in meinem Körperinneren erwecken konnte. Die Hitze, die sich durch all meine Extremitäten wand, bis meine Hände zu einer mächtigen Waffe wurden. Die Wolldecke unter meinen Fingerspitzen begann zu rauchen. Schnell hob ich die Hände.

»Entschuldigt«, stieß ich hervor. »Aber damit hätten wir die

Antwort.« Zum Glück hatte die Decke nicht wirklich Feuer gefangen. »Ich würde mal sagen, er hat mir die Kraft von Helios gelassen.«

Maél nickte, doch ich wusste, es war ihm egal, welche Kraft ich besitzen würde. So wie es mir egal gewesen war, ob er nun ein Sohn von Hades oder ein Sohn der Nachtgöttin Nyx war.

Nachdem Nereus und die anderen mit dem Tee wiedergekommen waren und Selkes auch unsere Klamotten dabei hatte, waren wir erst mal alle damit beschäftigt, uns wieder richtig anzuziehen und uns mit heißem Tee aufzuwärmen.

»Was macht der Himmel?«, fragte ich Maél leise.

»Alles ruhig. Vermutlich schläft Uranos noch. Aber selbst die Plejaden haben uns vorhin bestätigt, dass er ohne ihre Kraft kaum in der Lage sein wird, seinen Angriff durchzuführen.«

Ich atmete erleichtert auf. Sollte es uns tatsächlich gelungen sein, die Welt zu retten?

»Wir haben übrigens beschlossen, dass wir die Plejaden bewachen werden«, sagte Hermes und sah zu mir. »Jedenfalls so lange, bis wir sicher sind, dass Uranos erwacht ist und nicht stark genug ist, sich der Erde zu nähern. Nereus hat angeboten, die erste Wache zu übernehmen, dann löst Ödipus ihn ab und in den frühen Morgenstunden übernehme dann ich. So wechseln wir uns weiter ab. Ihr Kinder seid bitte weiterhin vorsichtig. Fahrt auf direktem Wege nach Hause und verriegelt Fenster und Türen heute Nacht. Morgen früh sollte alles entschieden sein. Wir sollten alle ein wenig zur Ruhe kommen, und morgen besprechen wir das weitere Vorgehen. Dann sollten wir auch entscheiden, was mit dem Omphalos passieren soll. Ansonsten verhalten wir uns so unauffällig wie zuvor. Alle, die morgen zur Schule müssen, gehen brav hin. Ich mache Homeoffice vom Haus der Plejaden aus. Nereus kann auch von hier aus seine Leute anleiten, und Ödipus hat keine dringenden Verpflichtungen.«

»Darf ich noch etwas hinzufügen?«, fragte Nereus.

Hermes nickte ihm zu. »Natürlich, mein Lieber.«

»Im Moment sieht es noch so aus, dass Uranos betäubt wäre. Ich würde vorschlagen, dass alle schleunigst zusehen, dass sie nach Hause kommen. Wir wissen nicht, wie er reagiert und wie viel Kraft er noch hat, also sollte niemand von uns unterwegs sein, wenn er erwacht.«

Maél sah auf sein Handy. »Es ist zehn. Wann erwarten euch eure Eltern zu Hause?«

»Ich habe erzählt, dass das Konzert von Harpya so gegen acht losgeht«, sagte ich. »Meine Eltern wissen, dass die Jungs immer mindestens eineinhalb Stunden spielen. Ich denke, wenn wir jetzt gleich aufbrechen, werden sie keinen Verdacht schöpfen.«

Die anderen nickten zustimmend.

»Ich würde euch fahren«, sagte Hermes, »aber ich habe in meinem Wagen nicht genug Platz für euch alle.«

»Mein Sohn Ling Wu kann sie fahren.« Nereus sprang auf. »Wir haben einen kleinen Bulli, mit dem wir manchmal Eillieferungen transportieren. Er hat herunterklappbare Sitze. Das sollte passen.«

»Kannst du denn schon aufstehen?« Maél sah mich skeptisch an. »Hast du irgendwelche Schmerzen?«

Er wollte mir beim Aufstehen helfen, doch ich kam schnell allein auf die Füße. Im letzten Moment fing ich die Jogginghose auf, die mir fast auf die Knie gerutscht wäre, weil sie viel zu groß war.

»Mir geht's gut«, versicherte ich. »Offenbar sind Wiesennymphen absolut unverwüstlich. Wenn man bedenkt, dass ich schon gestorben bin und ein wild gewordener Kultstein mir einen Teil meiner Halbgottkräfte aus dem Körper gerissen hat ...« Ich streckte mich. »Fühlt sich ein bisschen wie Muskelkater an.«

Selkes grinste und schüttelte den Kopf. Jemma lächelte breit, Gigi kicherte und Tiffy und Noah sahen mich einfach nur ungläubig an. Die Plejaden nickten mir zu, als wollten sie sagen: Du bist auf jeden Fall eine von uns.

»Sehr schön«, sagte Hermes und machte eine Handbewegung, als wären wir ein Haufen Hühner, die er von seinem Hof scheuchen wollte. »Jetzt aber ab nach Hause, Kinder.«

Maél rollte mit den Augen. »Ja, Papi.«

Hermes tat so, als hätte er das nicht gehört. »Morgen können wir feiern. Dann wissen wir endgültig, ob wir die Gefahr abwenden konnten. Bis jetzt sieht es tatsächlich so aus. Ihr dürft euch also freuen, aber flippt nicht völlig aus. Und jetzt ab mit euch nach Hause.«

Wir verabschiedeten uns von den Plejaden und waren alle ein wenig high von Hermes' Worten. Sollten wir es tatsächlich geschafft haben?

Nereus' zweiter Sohn Ling Wu fuhr uns nach Hause, und immer wieder sah ich durch die schmalen Fenster des Bullis nach oben zum Himmel. Die Wolken wanderten wieder ruhig über den Nachthimmel. Die Sterne leuchteten, auch wenn das Sternbild der Plejaden nun fehlte. Alles wirkte friedlich und so normal, dass das Gefühl von Hoffnung in mir immer größer wurde. Wir hatten es geschafft. Wir hatten es tatsächlich geschafft, den Himmel so zu schwächen, dass er keine Bedrohung mehr für die Erde war. Unsere verrückte Gang hatte tatsächlich das Unmögliche möglich gemacht. Maél drückte meine Hand, auch er schien optimistisch und erleichtert zugleich.

»Gut gemacht«, flüsterte er in mein Ohr und hauchte mir einen Kuss auf die Wange.

»Glaubst du, das war es? Oder kommt da noch etwas?«

»Nein«, sagte Maél fest und sah mir in die Augen. »Wir haben es geschafft.«

Er klang so zuversichtlich, dass ich ihm glaubte.

*

Da an Schlaf natürlich nicht zu denken war, hatte ich Maél noch zu mir eingeladen, obwohl es schon halb elf war. Ich benutzte den Vordereingang und er kam wie immer über das Dach. Als wir uns in meinem Zimmer trafen, begrüßten wir gemeinsam Evangéline, die in einem Nest aus einem meiner geblümten Halstücher Wache gehalten hatte. Ich hatte uns aus der Küche etwas zu trinken mitgebracht und ein paar Kekse, über die wir zu dritt herfielen. Meine Stimmung war so euphorisch, dass ich mich zusammenreißen musste, um mein Kichern und Lachen so weit unter Kontrolle zu bekommen, dass meine Eltern es nicht hörten. Irgendwann zog Maél mich in seine Arme.

»Du riechst nach Teich«, sagte ich lachend und schob ihn ein Stückchen von mir weg. »Ich hätte nie gedacht, dass das Wasser der Seine so stinkt.«

Er grinste. »Ich möchte dir ja nicht zu nahetreten, aber du riechst genauso.«

Ich stöhnte. »Da hilft nichts. Wir werden duschen müssen.«

Maél wackelte anzüglich mit den Augenbrauen. »Da sage ich nicht Nein.«

»Blödmann!« Ich schubste ihn zärtlich. »Was du wieder denkst. Willst du zuerst? Oder ich?«

»Ist mir egal«, sagte Maél und kraulte Evangélines pelzigen Bauch.

»Gut, danke, ich zuerst. Mach's dir bequem.«

Mittlerweile war ich seine Anwesenheit in meinem Zimmer so gewöhnt, dass ich es gar nicht mehr seltsam fand, vor ihm im Badezimmer zu verschwinden und zu duschen. Ich beeilte mich, denn ich konnte es kaum erwarten, zu ihm zurückzukommen. Dann schlüpfte ich in eine Leggings und ein Top, föhnte mir rasch die Haare und schon war ich fertig. Maél saß auf meinem Schreibtischstuhl und Evangéline rannte seinen linken Arm hinauf, über seinen Kopf hinweg und seinen rechten Arm wieder hinunter. Kaum hatte sie dieses Kunststück beendet, begann sie von vorn damit. Maél feuerte sie leise an, und die beiden schienen sich prächtig zu amüsieren.

Ich komplimentierte ihn ins Bad, wo ich ihm bereits Handtücher herausgelegt hatte. Während das Wasser lief, wanderte ich unruhig im Zimmer hin und her. Evangéline spielte mit ein paar Kekskrümeln auf dem Teller. Ich wollte mir Maél lieber nicht unter meiner Dusche vorstellen – oder gar darüber nachdenken, wie es wäre, mit ihm zusammen unter dem heißen Wasserstrahl zu stehen. Nervös zupfte ich an meinen Haaren. Dann räumte ich ein wenig auf, um mich abzulenken. Doch es half nicht viel. Ich war immer noch so voller Adrenalin und Glücksgefühlen über unsere erfolgreiche Mission, dass sich meine Gedanken nur schwer kontrollieren ließen. Noch schlimmer wurde es, als Maél, lediglich mit einem Badetuch bekleidet, das er um seine Hüften geschlungen hatte, in der Tür erschien.

»Meine Klamotten müffeln echt übel. Hast du vielleicht irgendetwas, das mir passen könnte?«

Ich starrte ihn volle drei Sekunden an. »Ähhh …« Konnte er sich bitte etwas anziehen? Irgendetwas, das verhinderte, dass ich auf seinen muskulösen Oberkörper starrte? Er schien seit seiner Freilassung aus den Kerkern wieder trainiert zu haben, denn er hatte deutlich zugenommen, und zwar hauptsächlich Muskelmasse. Göttergene schienen darauf programmiert, ausschließlich die Vorzüge eines menschlichen Körpers hervorstechen zu lassen.

»Vielleicht eine ausgeleierte Jogginghose oder so?«, sagte Maél hilfreich, weil er wohl annahm, ich hätte ihn nicht ganz verstanden.

»Keine Ahnung«, stieß ich hervor, stürzte zum Schrank und riss die Tür so enthusiastisch auf, dass ihr Schwung mich fast mit umgerissen hätte. »Ich gucke mal.«

Zu allem Überfluss kam er zu mir herüber und stellte sich hinter mich. Bei allen Göttern, er hatte mein Honigduschgel benutzt. Er sah nicht nur gut aus, er roch auch so anziehend, dass ich mich am liebsten zu ihm umgedreht hätte und …

»Schau mal, da.« Er streckte seinen Arm an mir entlang zu einem der Fächer aus. »Sind das keine Jogginghosen?«

Er musste mich echt für komplett gehirnamputiert halten, da er sich in meinem Schrank offenbar besser zurechtfand als ich.

»Ja, richtig. Das sind Jogginghosen.« Ich zog den Stapel hervor, und tatsächlich befand sich darunter noch eine Jogginghose von der Yale-Universität, die ich Dad mal abgeluchst hatte. Ich wollte auch nach Yale und war ein wenig verrückt nach allem, was mit dem Logo der Universität bedruckt war.

Es war eine kurze Sweathose, die mir dank der Kordel in der Taille irgendwie gepasst hatte.

»Die kannst du haben«, sagte ich. »Die ist von Dad.«

Maél stellte keine Fragen. Stattdessen schnappte er mir die Hose mit einem Grinsen aus der Hand und verzog sich zurück ins Bad. Erst da fiel mir auf, dass er nicht mal nach einem T-Shirt gefragt hatte.

Und er hatte tatsächlich niemals vorgehabt, eins anzuziehen. Denn als er zwei Minuten später wieder aus dem Bad marschierte, setzte er sich einfach wieder auf den Schreibtischstuhl, mit freiem Oberkörper, und das mit allergrößter Selbstverständlichkeit.

Ich seufzte innerlich. Er wusste so was von verdammt genau, wie gut er aussah.

Maél schenkte mir ein süffisantes Lächeln. »Alles okay, kleine Nymphe?«

Oh ja, er wusste es sehr genau. »Alles super.« Schon wieder glitt mein Blick wie von selbst seine Schultern hinab bis zu der unverschämt tief sitzenden Sporthose.

Ich blinzelte energisch, riss mich von seinem Anblick los und marschierte forschen Schrittes an ihm vorbei zum Fenster. Ein Blick hinauf in den Himmel ließ mich aufatmen. Alles schien so normal. So ruhig und so vertraut. Nichts deutete auf einen wütenden Himmelsgott hin. Nichts ließ erahnen, dass Uranos noch mächtig genug war, um uns zu schaden. Ich war so unendlich erleichtert und zugleich euphorisch darüber, dass wir es alle zusammen geschafft hatten. Ohne die Hilfe des großen Zeus, ohne die Kräfte des Olymps, ohne irgendeine mächtige Götterarmee. Wir waren ein zusammengewürfelter Haufen aus Göttern, Halbgöttern, Menschen und mythologischen

Sonderlingen, und wir hatten es dem mächtigen Gott des Himmels so was von gezeigt.

Ich spürte Maél hinter mir, noch bevor er etwas sagte.

»Wir haben es geschafft«, erklang seine Stimme an meinem Ohr. »Jetzt können wir wieder aufatmen. Nach vorne blicken.«

Er strich mit beiden Händen meine Arme hinab. Das Gefühl seiner Fingerspitzen auf meiner Haut, diese unendlich zarte Berührung, ließ mich erzittern.

Vorsichtig drehte er mich zu sich um. Sein Blick wanderte über mein Gesicht und bis hinunter zu meinem heftig pochenden Herzen.

»Wir können stolz auf uns sein«, sagte er. »Auf uns alle. Aber ich bin besonders stolz auf dich. Darauf, wie mutig und selbstlos du bist. Du bist nicht nur von außen wunderschön, sondern auch von innen, Livia. Du hast ein gutes Herz, und Loyalität und Freundschaft sind für dich nicht einfach nur leere Worte.«

Ich konnte nichts erwidern, denn mein Hals war vor Rührung wie zugeschnürt. Ich lächelte, und er lächelte zurück. Das Adrenalin in meinem Blut wallte auf und verwandelte sich in Leidenschaft. Ich ging auf die Zehenspitzen, schlang meine Arme um Maéls Hals und küsste ihn. Dieses Mal war es kein unschuldiger Kuss. Ich eroberte seinen Mund und presste mich gleichzeitig eng an seinen Körper. Maél stöhnte auf. Ich war mutig, denn ich fühlte mich nicht mehr wie die nutzlose kleine Nymphe, wie Persephone sie mir beschrieben hatte. Als netter, kleiner, harmloser Begleiter der Götter. Als ein Wesen, das nie eine größere Rolle spielen würde. Ich war eine verdammte Wiesennymphe, und meine Freunde und ich hatten die Welt gerettet. Ich war kein Niemand und erst recht nicht irgendein nettes Dekoobjekt, das Hilfstätigkeiten ausführte. Ich zog

Maél mit mir zum Bett und gab ihm einen Schubs, dass er auf die Matratze sank. Schon war ich über ihm. Ich spreizte die Beine und ließ mich auf ihm nieder. Er lag mit weit ausgebreiteten Armen auf meiner Decke, und seine Augen glänzten fiebrig.

»Livia …« Seine Stimme klang dunkel vor Lust.

Ich küsste jeden Zentimeter seines nackten Oberkörpers, so wie er es in der Nacht zuvor bei mir getan hatte.

Maél krallte seine Hände in die Bettdecke, die Lippen leicht geöffnet wie zu einem stummen Schrei.

Seine Erregung und der offensichtliche Beweis, dass ihm gefiel, was ich tat, machte mich noch mutiger. Ich richtete mich auf, zog mein Top aus und warf es neben das Bett.

Maél holte deutlich hörbar Luft, und sein Blick lag auf meinem entblößten Busen. Er wollte etwas sagen, doch dann biss er sich einfach nur auf die Unterlippe. Ich nahm eine seiner Hände und legte sie auf meine Brust. Maél seufzte leise auf und betrachtete die Brustwarze, die zwischen seinen gespreizten Fingern hervorragte. »Bei allen Göttern …«

Ich betrachtete ihn im Halbdunkeln und konnte mal wieder gar nicht fassen, dass er wirklich mir gehörte. Dieser gut aussehende Halbgott, der so viel mehr war als nur jemand, mit dem ich gerne auf meinem Bett herumknutschte. Doch im Moment war das das Einzige, an das ich denken konnte. Ich ließ mich wieder nach vorn sinken, und wie automatisch glitt Maéls Hand über meinen nackten Rücken. Ich küsste ihn, und als ich ganz auf ihm lag, war es ein berauschendes Gefühl, so viel seiner nackten Haut an meiner zu spüren. Wir hatten es geschafft. Wir hatten es wirklich geschafft. Wir hatten die Welt gerettet und die Plejaden von ihrem grausamen Herrscher befreit.

»Ich will es tun«, flüsterte ich. »Jetzt, sofort.«

Maél sah mich einfach nur an.

»Jetzt«, sagte ich erneut.

Ich küsste ihn und zog dabei am Bund seiner Jogginghose. Auch ich trug immer noch meine Leggings, aber ich hatte das Gefühl, dass jede Lage Stoff eine Lage zu viel war. Irgendwie schaffte ich es, ihm die Hose vom Körper zu schieben, ohne dass ich mich von ihm lösen musste. Maél wühlte alle seine zehn Finger in meine Haare, und wir küssten uns noch inniger.

»Ich habe …« Er brach ab und küsste mich erneut. »In meinem Portemonnaie habe ich ein Kondom.«

»Hol es«, murmelte ich.

Wir küssten uns noch einmal, dann ließ ich mich von Maél hinuntergleiten. Er stand auf, und ich hörte ihn im Badezimmer mit seinen Sachen rascheln. Als er im Mondlicht durch die Badezimmertür trat, war er nackt und sein Körper schien wie aus Stein gemeißelt. Ich starrte ihn schon wieder an. Als er lächelte, hätte ich mir nicht sicherer sein können, dass ich es genau jetzt und nur mit ihm erleben wollte. Diesen besonderen Moment nur mit ihm teilen und nur ihm so nah sein.

Ich legte mich auf den Rücken, und Maél küsste mich, bevor er mir meine Leggings hinunterzog. Er betrachtete mich im Schein des Mondes, und sein Blick war so voller Zuneigung, dass ich es kaum ertragen konnte. Er strich mit dem Zeigefinger von meinem Schlüsselbein über meine Brüste entlang meinen Bauch hinunter. »Du bist so wunderschön.«

Ich streckte ihm die Arme entgegen. »Komm her …«

Er raschelte mit einem Papier, und ich schloss kurz die Augen, um noch einmal in mich hineinzuhorchen. Ja, das Gefühl war immer noch so übermächtig. Ich wollte ihn, und ich wollte ihn jetzt.

Dann war er über mir. Ich bog mich ihm entgegen, während wir uns leidenschaftlich küssten, und irgendwie passierte alles wie von selbst. So als wüssten unsere beiden Körper genau, was sie tun mussten. Als würden alle unsere Konturen perfekt zueinanderpassen. Es war aufregend und unglaublich schön zugleich. Ein sanftes Wiegen, ein Verschmelzen, sanft und leidenschaftlich. Ich ließ mich fallen in dieses unglaubliche Gefühl mit ihm und versank in einem Strudel aus Hingabe und Zärtlichkeit.

Kapitel 16

Schicksalsschlag

Gigi, Jemma und ich beendeten gerade unser Volleyballtraining mit einer letzten Runde Laufen um den Sportplatz, als es losging.

Den ganzen Tag über hatten wir gekichert und uns albern wie Kleinkinder benommen. Wir hatten uns über unsere erfolgreiche Weltrettung gefreut, und natürlich hatte ich ihnen von meiner Nacht mit Maél berichtet. Beide waren sich einig, dass meine Augen heute besonders strahlten und man mir schon von Weitem ansähe, dass es eine wunderschöne Nacht gewesen war.

In der Mittagspause hatte mich Mr Rogers noch mal angesprochen und sich für die Hilfe mit den Pflanzen bedankt, die sich zu seinem großen Erstaunen schon langsam erholten.

Den Rest der Zeit hatten Gigi, Jemma und ich eigentlich pausenlos darüber geredet, dass wir uns zu einer Art Weltrettungskommando zusammenschließen sollten, ähnlich wie die Ghostbusters.

Gigi neben mir schnaufte wie eine Dampflok, sodass ich die seltsamen Geräusche zuerst auf ihre fast kollabierende Lunge schob. Doch dann wurde das Brausen lauter. Oben am Himmel schoben sich schwarze Wolken zu einem dichten Teppich zusammen, der innerhalb von Minuten die Sonne verdunkelte.

Meine Klassenkameraden blieben stehen und starrten in den Himmel. Gigi griff nach meiner Hand, und Jemma, die ein gutes Stück voraus gewesen war, kam mit alarmiertem Blick zurück zu uns.

»Oh nein«, war alles, was sie sagte.

Dann kam ein tosender Wind auf. Eine Windhose riss eins der Schulbanner ab und wirbelte es hoch hinauf in die Luft. Coach Hellers pfiff auf ihrer Trillerpfeife und jagte uns per Handzeichen zurück in die Umkleide.

Wir zogen uns in Rekordzeit um, und da wir danach ohnehin schulfrei hatten, beschlossen wir, uns mit den anderen zu treffen. Niemand hatte jedoch damit gerechnet, wie rasant die Lage sich verschlimmern würde. Als wir nach draußen traten, war es fast stockdunkel.

Meine Eltern riefen an, um mir unseren Fahrer Jacques zu schicken. Auch Gigis und Jemmas Eltern meldeten sich. Da wir jedoch bereits beschlossen hatten, dass wir uns dringend mit den anderen aus unserer Weltrettungstruppe treffen mussten, erzählten wir unseren Eltern, dass wir jeweils von den anderen Eltern abgeholt worden waren und zurzeit im Stau standen. Zum Glück verfiel niemand unserer Erziehungsberechtigten in Panik.

Der Bulli von Nereus' Reinigung hielt am Schuleingang. Dieses Mal saß Hermes am Steuer. Drinnen erwarteten uns bereits Maél und Tiffy, die nicht Mitglied des Volleyballteams und schon zu Hause gewesen war.

»Wir haben nicht viel Zeit«, sagte ich zur Begrüßung. »Unsere Eltern sind total in Panik.«

»Meine auch«, sagte Tiffy. »Mehr als eine halbe Stunde kann ich sie nicht hinhalten.«

»Es wird nicht lange dauern.« Hermes drehte sich vom Fahrersitz um. »Besprechen wir uns einfach hier im Wagen, während ich euch nach Hause fahre. Maél und ich berichten dann den anderen, was wir unternehmen werden.«

Maél hatte einen Arm um mich gelegt und mich schützend an sich gezogen. Gigi und Tiffy hielten sich an den Händen. Jemma saß sehr aufrecht, doch sie war kreidebleich.

»Was hat das alles zu bedeuten?«, fragte sie schließlich.

Hermes ordnete sich in den Verkehr ein, und seine Stimme klang so ernst wie noch nie zuvor. »Es deutet alles darauf hin, dass Uranos immer noch mächtig genug sein könnte, der Erde während der Planetenkonstellation ab heute Mitternacht gefährlich zu werden.«

Jemma sah auf ihre Armbanduhr. »Jetzt ist es 17:30 Uhr. Heißt das, wir haben noch gut sechs Stunden, bevor Uranos die Erde zerstört, und wir haben keinen Joker mehr im Ärmel?«

»So ähnlich.« Hermes sah sich kurz zu ihr um. »Doch bitte werdet jetzt nicht panisch.«

»Hast du einen besseren Vorschlag?«, fragte Tiffy mit zitternder Stimme. »Warum hat das alles nichts gebracht? Wie kann Uranos so mächtig sein? Wir haben ihm sieben Himmelsnymphen gestohlen. Sieben uralte mächtige Wesen, die sein größtes und mächtigstes Sternbild geformt haben. Warum hat ihn das nicht in seine Ecke zurückgedrängt?«

»Ich weiß nicht.« Hermes klang ziemlich resigniert. »Ich werde gleich noch mal versuchen, mit Zeus Kontakt aufzunehmen. Und vielleicht sollten wir überlegen, ob wir uns nicht doch an Hades wenden, sofern die Olympier es nicht schon getan haben. Er und Zeus sind Brüder. Sie stehen sich näher als die meisten anderen. Er, Hades und Poseidon sind die mächtigsten drei Götter im Olymp. Und ich weiß, dass sie einander vertrauen, selbst über alle Differenzen hinweg. Vielleicht sollten wir Hades …«

»Nein«, unterbrach Tiffy ihn scharf. »Ist das wirklich eine gute Idee?«

»Du meinst, besser als sehenden Auges die Welt untergehen zu lassen?«, warf Maél ein. »Ich denke schon. Wir sollten uns an jeden Strohhalm klammern, der uns noch bleibt.«

Tiffy war weiß wie eine Wand geworden. Ihr Atem ging schnell, zu schnell. »Ich glaube, mir wird schlecht. Ich kann nicht …« Sie verdrehte die Augen, und ihr Kopf sank an Gigis Schulter.

»Du machst ihr Angst, Maél! Das haben wir jetzt davon«, rief Gigi und wedelte mit der Hand vor Tiffys Gesicht herum. »Sie braucht frische Luft und vielleicht etwas Wasser. Das ist alles zu viel für sie, sie ist total sensibel. Bitte, Hermes, fahr rechts ran, wir müssen etwas zu trinken besorgen.«

»Natürlich.« Er sah sich kurz zu uns um und warf einen Blick auf Tiffy, die zwar ruhig atmete, aber trotzdem noch ohnmächtig zu sein schien. Dann fuhr er auf das Gelände einer Tankstelle, das schon menschenleer und verlassen schien. Die Jalousien waren heruntergefahren, und nirgendwo leuchtete mehr ein Licht. Ein Tankwagen, offenbar verlassen, parkte vor dem Eingang des Tankstellenhäuschens. Er hatte das Gebäude zum größten Teil verdeckt, sodass wir erst gesehen hatten, dass hier niemand mehr war, als Hermes bereits vor dem Eingang hielt.

»Bringen wir sie an die frische Luft«, drängte Gigi.

Maél und Jemma nahmen Tiffy in Empfang, die Gigi und ich vorsichtig über das Sitzpolster zur geöffneten Tür schoben. Mittlerweile war es stockdunkel, nur die Innenraumbeleuchtung des Wagens spendete ein wenig Licht. Hermes hatte kurz

Tiffys Wange getätschelt, dann hatte er sich ein Zweieurostück aus der Mittelkonsole geschnappt und war zum Eingang des Tankstellenhäuschens gegangen. Jetzt schnippte er mit dem Finger, und die Tür öffnete sich wie von Zauberhand.

Maél und Jemma hielten Tiffy fest, die mittlerweile die Augen geöffnet hatte und ein paar vorsichtige Schritte am Wagen entlang machte.

Als ich das Gelände betrachtete, lief mir ein eisiger Schauer die Wirbelsäule hinab. Das hier war wie in einem Zombie-Film. Irgendwo raschelte es. Neugierig wie ich war, ging ich um das Tankstellenhäuschen herum, dorthin, wo der Eingang zur Waschstraße lag. Hier sprang ein Bewegungsmelder an, kaum dass ich um die Ecke bog. Evangéline, die sich bisher gar nicht gerührt hatte, bewegte sich unruhig, als spürte sie Gefahr.

Und da stand er. Bleich und fast durchsichtig im Schein des grellen Lichts.

»Wir müssen reden.« Er klang kaum noch wie er selbst. Ein seltsames Licht schien von seiner Haut abzustrahlen. Bläulich schimmernd und eisig kalt. Sein helles Haar war feucht, die Augen in tiefen Schatten versunken.

»Enko.« Ich flüsterte seinen Namen und war immer noch völlig schockiert von seinem Anblick. »Geht es dir gut? Was ist mit dir passiert?«

Enko schnitt mir meine Worte mit einer Handbewegung ab. »Wir müssen reden, Livia. Es ist dringend. Ich kann nicht länger warten. Es tut mir alles so leid, was passiert ist. So leid. Aber du musst mir jetzt zuhören.«

»Wo steckst du denn, Livia?« Maél bog um die Ecke. »Wir wollen gleich weiter und …« Er brach abrupt ab, als er Enko entdeckte.

Jemma tauchte mit Tiffy am Arm auf, während Gigi damit

beschäftigt war, eine Wasserflasche zu öffnen, die Hermes offenbar gegen sein Zweieurostück getauscht hatte. Der Götterbote telefonierte leise.

»Können wir los?« Gigi hatte Enko noch gar nicht entdeckt. »Hier ist es total unheimlich. Wie in einem Gruselfilm.«

»Livia.« Enko sah nur zu mir. Er schien die anderen nicht mal zu bemerken.

»Was zur Hölle machst du hier?«, blaffte Maél, und endlich hob auch Hermes den Kopf.

Ihm klappte die Kinnlade auf die Brust, als er Enko erkannte. Beziehungsweise das, was von ihm noch übrig geblieben war. Er wirkte so durchscheinend, nur noch wie ein Schatten seiner selbst. Was war mit ihm geschehen?

»Geht jetzt«, sagte Hermes alarmiert. »Sofort. Ab in den Bulli.«

Niemand von uns rührte sich.

»Livia«, sagte Enko, »es tut mir leid, so hätte es mit uns nicht enden dürfen. Ich bereue das, was ich getan habe. Es war falsch. Ich habe dir Angst gemacht, und als du vor mir weggelaufen bist, war ich so wütend und habe mich so schlecht und hilflos gefühlt … und er hat mir so viel angeboten, so viel Macht, doch es frisst mich von innen auf.« Er zog am Ausschnitt seines Oberhemdes, so fest, dass die beiden oberen Knöpfe absprangen. Als er den Stoff noch mehr zur Seite schob, entdeckte ich über seinem Herzen die Überreste der Flammenkrone. Die Haut sah aus, als hätte man das Brandmal auszuradieren versucht, mit sehr viel Kraft und roher Gewalt. Enko tippte darauf, und ein neues Mal erschien. Sieben silberne kleine Sterne. Sie leuchteten auf und verblassten dann zu einem weißlichen Strahlen.

Ich wollte es nicht wahrhaben, doch mein Verstand war

schneller als mein Herz. Die sieben Sterne, die Plejaden, mussten das Zeichen des Himmelsgottes Uranos sein, denn sie waren sein größter Schatz. Was hatte Enko nur getan? Warum hatte er sich diesem Tyrannen angeschlossen?

»Bei allen Göttern«, murmelte Hermes neben mir. »Junge, was hast du getan?«

»Er hat mir alles versprochen«, flüsterte Enko. »Und nichts davon gehalten. Ich habe alles für ihn aufgegeben. Und er hat mich einfach nur betrogen. Es tut mir so leid.« Zum ersten Mal sah er zu Maél. »Ich weiß jetzt, wer du bist. Ich kann es sehen, dank seiner Kräfte. Aber es ist egal. Du wirst immer mein Bruder bleiben.«

Maél neben mir schluckte deutlich hörbar, aber er erwiderte nichts.

Enko sah wieder zu mir. »Bitte gib jetzt nicht auf, Livia.« Er wandte er sich an Maél. »Ihr könnt ihn …«

»Enko«, Hermes' Stimme klang fest, »du kannst dich immer noch von ihm lossagen. Du bist stark. Seine Sternenkrone leuchtet zwar auf dir, aber du kannst ihm entsagen. Besinne dich auf das, was du hast. Besinne dich auf das, was du bist. Du stehst unter einem mentalen Bann, aber versuche, dich zu konzentrieren. Wir sind alle hier, und wir helfen dir.« Er streckte Enko die Hand hin. »Du hast dich auf die falsche Seite geschlagen und dich von der Macht locken lassen. Aber wir sind alle nicht unfehlbar. Egal, ob Götter, Menschen oder Halbgötter. Wichtig ist, dass man seine Fehler einsieht, so wie du. Du bist stark, und du hast Freunde, die für dich da sind. Deinen Bruder Maél, deine Freundin Livia und alle anderen auch. Wir lassen dich nicht im Stich.« Hermes hielt ihm immer noch die ausgestreckte Hand hin. »Streife seine Macht ab, wie eine Haut, die du nicht mehr brauchst. Entsage ihm. Konzentriere dich und verbanne seine Kraft aus deinem Körper. Jetzt sofort. Du kannst das. Halbgötter sind stark und unbeugsam. Ich glaube fest daran, dass du es kannst.«

Enko zitterte wie Espenlaub. Er hatte die Hand sinken lassen, doch man sah immer noch einen Teil der Sternenkrone auf seiner Haut.

»Enko«, flüsterte ich. »Du musst kämpfen, dich von ihm lossagen … Bitte. Wir wollen dich bei uns behalten.« Innerlich war ich total zerrissen. Hätte ich ihm doch zuhören sollen, als er mich so inständig darum gebeten hatte? Wenigstens seine Nachrichten lesen? Hatte ich zugelassen, dass mein Ärger auf Enko meine Sicht auf seine Lage verschleierte? Vielleicht hätte er – genau wie ich, als Maél noch gefangen war – einfach jemanden gebraucht, der sich auf seine Seite schlug und für ihn da war.

»Dafür ist es jetzt zu spät«, sagte Enko, und es klang erschreckend endgültig. »Hör mir jetzt gut zu, Livia. Ihr beide müsst …«

Enkos Körper begann unkontrolliert zu beben. So als würden Stromwellen durch seine Adern fließen. Er sah mich an, doch er brachte keinen Laut mehr über die Lippen.

»Nein!«, rief ich, doch Hermes packte mich, und im nächsten Moment hatte auch Maél seine Hände um meine Taille geschlungen.

»Nein«, rief ich noch mal. »Enko, bitte!«

Er sah mich an und lächelte.

Dann explodierte sein ganzer Körper in einem Sternenregen. Die leuchtenden Funken stiegen hinauf zum Himmel. Gigi schrie auf und Tiffy weinte. Auch in Jemmas Augen standen Tränen. Ich hielt mich irgendwie an Hermes und Maél fest, um nicht den Boden unter den Füßen zu verlieren.

Das verschwommene Bild eines Mannes erschien in den letzten wirbelnden Funken. Vor uns stand ein riesiger Kerl, vielleicht Anfang vierzig, mit kurz geschorenem Haar und muskelbepackt wie ein Bodybuilder. Sein nackter Oberkörper war komplett tätowiert. Als das Bild schärfer wurde, erkannte ich, dass die Tätowierungen sich bewegten. Lebendige Zeichnungen, die auf ihm zu leben schienen. Fische, ein Fuchs, ein Pegasus, ein großer und ein kleiner Bär, Steinbock, Stier, Widder … Es waren Sternbilder.

Angst schnürte mir die Kehle zu. Wir hatten Uranos vor uns, den Herrn des Himmels persönlich. Er überragte uns alle, sogar Hermes und Maél. Seine Gestalt war immer noch durchscheinend wie eine Astralprojektion und ich konnte die Begrenzungsmauer der Tankstelle hinter ihm sehen. Dennoch wirkte er so furchteinflößend und bedrohlich, dass wir alle einen Schritt zurückwichen. Er war nicht wirklich hier, denn dann hätte er uns vermutlich alle getötet. Er hatte Macht über Enko, weil der seine Sternenkrone getragen hatte, doch hier auf der Erde schien Uranos nicht genug Macht zu besitzen, um uns leibhaftig entgegenzutreten. Seine Konturen zitterten leicht, als er eine Windböe über das Gelände fegte.

»Ihr kommt zu spät.«

Seine Stimme klang wie das Grollen eines herannahenden Gewitters. Er machte einen drohenden Schritt auf uns zu und lachte, als wir noch weiter zurückwichen.

Im nächsten Moment verschwamm sein Bild wie ein Farbklecks auf der Wasseroberfläche, und er war verschwunden.

Gigi und Tiffy schluchzten nun beide, und auch ich zitterte am ganzen Körper. Hermes wollte gerade etwas sagen, als sich ein Abgrund zu unseren Füßen auftat. Rotes Magma blubberte hervor, und dann erschien eine Gestalt in einem Wirbel aus Feuer und Rauch.

»Was zur Hölle geht hier vor?«, brüllte Hades, und in seinen schwarzen Augen tobte ein gefährliches Feuer. Er sah aus, als wäre er soeben von seinem Laufband gesprungen, denn er trug eine kurze schwarze Radlerhose und ein Stirnband um den Kopf. Ein Handtuch hing um seinen Nacken, und seine Pulsuhr piepste protestierend. Hades riss sie sich vom Handgelenk und schleuderte sie weit weg irgendwo in die Dunkelheit. Dann verschränkte er die Arme vor der Brust und sah strafend in die Runde. »Enko, du hast hundertfünfzig Jahre Stubenarrest! Los, beweg dich hierher, wo ich dich sehen kann.«

Niemand sagte etwas. Gigi hatte Tiffy eine Hand vor den Mund gepresst, wohl um zu verhindern, dass sie schrie. Sie bebte am ganzen Körper und hatte die Augen vor Angst weit aufgerissen. Auch Jemma zitterte, doch sie schob sich schützend vor Tiffy. Maél neben mir versteifte sich, und ich spürte, wie er sich automatisch bereit machte, uns alle zu verteidigen.

»Hades.« Hermes' Stimme klang seltsam tonlos.

Entweder konnte Hades Gedanken lesen, oder er spürte in der Luft, dass irgendetwas nicht stimmte. Er drehte sich einmal um sich selbst und sah sich suchend um. Fast so, als wäre ihm bewusst, dass er genau an der Stelle stand, wo sein Sohn gestorben war. »Enko?« Noch mal drehte er sich um sich selbst, dieses Mal schon unruhiger. »Enko? Wo bist du? Los, zeig dich. Gut, wir machen einhundert Jahre Stubenarrest. Aber jetzt komm endlich her.« Er drehte sich noch mal um sich selbst. »Enko?«

Dann sah er zu uns, und der Schock in seinen Augen verriet mir, dass er wusste, dass etwas Schreckliches geschehen war.

»Was ist passiert?« Er würgte jedes einzelne Wort hervor, als würde er fast daran ersticken.

Hermes machte einen Schritt nach vorn und legte ihm eine Hand auf die Schulter. »Es tut mir leid, Hades. Es tut mir so unendlich leid.«

»Sag's mir«, flüsterte Hades. »Sag's mir. Jetzt sofort. Was ist passiert?«

Hermes sprach so leise, dass ich nicht hörte, was genau er dem Herrn der Unterwelt berichtete. Hades zitterte nicht, obwohl er aussah, als würde er jeden Moment zusammenbrechen. Sein Blick glitt nach oben zum Himmel, und wie automatisch sahen auch wir hoch zum Firmament. Ein neues Sternbild leuchtete am Nachthimmel. Eine Rune, eckig und sanft geschwungen zugleich.

Hades' ganzer Körper verkrampfte sich, und eine einzige pechschwarze Träne rann aus seinem Augenwinkel.

»Was bedeutet sie?«, flüsterte ich Maél zu und deutete auf die Rune am Himmel.

Er sah mich betroffen an. »Sie bedeutet ›Verräter‹.«

Schon wieder stiegen Tränen in meine Augen. Das Sternbild war wunderschön und es wurde Enko gerecht, denn auch sein Körper war mit Runen tätowiert gewesen. Eine Erinnerung an sein Wikingererbe. Doch er hatte es nicht verdient, für alle Ewigkeit als der Verräter am Himmel zu prangen.

Hades schüttelte seine Trauer so brutal ab, wie er Hermes' Hand von seiner Schulter stieß. Mit glühenden Augen wandte er sich zu uns. »Du schon wieder«, knurrte er, als er mich entdeckte. »Immer, wenn es Ärger gibt, bist du zur Stelle. Kommt dir das nicht auch komisch vor? Was hast du dieses Mal angestellt? Hast du Enko überredet, sich diesem Irren anzuschließen? Hat er es getan, um dich zu beeindrucken? Hast du ihm

Hoffnungen gemacht, so wie du meinem anderen Sohn Hoffnungen gemacht hast?«

»Ich …« Weiter kam ich nicht, denn Maél machte einen Schritt vor.

»Lass sie in Ruhe, Vater.« Seine Stimme klang tödlich leise. »Enko hat ganz allein entschieden, wem er seine Treue schenken will. Vielleicht solltest du mal darüber nachdenken, warum er so anfällig für den Einfluss eines anderen war.«

Hades schnappte nach Luft, und schon wieder begann der Boden unter seinen Füßen zu brodeln. »Ich weiß, wie lange du schon frei bist, und du hast es bisher nicht einmal für nötig befunden, dich im Tartaros zu zeigen. Ich bin dein Vater, ich habe ein Recht darauf, zu wissen, wie es dir geht.«

»Du bist mein Vater, und du hast keinen Finger gerührt, um mich aus dem Kerker zu befreien.«

Hades' Kiefermuskeln knackten. Dieser Treffer hatte gesessen. »In den Kerkern warst du am sichersten. Hermes konnte dort für deine Sicherheit garantieren. Jede deiner Mahlzeiten wurde auf Gift geprüft. Jedes Medikament, das nötig war, um deinen Körper am Leben zu halten, wurde für dich besorgt. Ich habe das alles sehr genau beobachtet. Mich als deinen Vater, als einen potentiellen Mitwisser, hätte man niemals so nah an dich herangelassen. Aber ich habe über dich gewacht, wie ich über jeden meiner Söhne wache. Es war nicht ein Gott, es waren gleich mehrere Götter, die an mich herangetreten sind und nach dem Blut eines Hekatoncheiren gefragt haben. Sie wollten dich töten, Maél. Dich ein für alle Mal ausschalten. Sie wollten mich für dumm verkaufen, und ich habe sie alle zum Teufel gejagt. Ich habe meine Erinnyen so großzügig beschenkt, dass keine Schätze dieser oder einer anderen Welt sie bestechen könnten, noch mal das Blut eines Hekatoncheiren herauszurücken. Nur so konnte ich verhindern, dass sie dich umbringen. Es sollte nie einen Prozess geben, mein kleiner Rabe. Du solltest sterben. Das war von Anfang an der Plan meines großartigen Bruders Zeus.«

Die Erkenntnis, dass er dem Herrn des Tartaros offenbar doch nicht egal war, schien Maél sehr zu treffen. Er sah Hades lange an, sagte aber nichts dazu.

Hades sah wieder in die Runde. »Ich spüre, wenn mit einem meiner Kinder etwas nicht stimmt. Und doch bin ich zu spät gekommen. Ich habe einen meiner Söhne verloren.« Er sah zu Maél. »Und ich habe das Vertrauen eines anderen meiner Söhne verloren.«

Maél sah ausweichend zur Seite, und ich drückte mich noch enger an ihn, um ihm zu zeigen, dass ich da war.

Hades warf einen letzten traurigen Blick gen Himmel, wo das Runen-Sternbild leuchtete. »Das hat er nicht verdient.«

Hermes nickte mitfühlend, Maéls Blick war wie versteinert.

Hades senkte wieder den Kopf, dann sah er Hermes direkt an. »Du wolltest ihn umstimmen, richtig?«

»Ja.«

»Ich habe dich gehört, während ich mich langsam der Erdoberfläche genähert habe. Ich habe gehört, was du zu ihm gesagt hast, Götterbote.«

Wieder nickte Hermes nur knapp.

»Ich habe gehofft, deine Worte würden mir genug Zeit verschaffen, um meinen Sohn noch retten zu können.«

»Es tut mir leid, Hades.«

»Das muss es nicht, Götterbote. Du machst deinem Namen alle Ehre. Du hast versucht, meinen Sohn von einem schrecklichen Fehler abzuhalten. Du hast ihm deine Hilfe angeboten.

Ich habe deiner Stimme angehört, dass du jedes Wort genau so gemeint hast.«

Nun sah Hermes fast verlegen aus. »Ich kannte Enko, und ich habe ihn gemocht.«

Hades sah Hermes sehr ernst an. »Ich danke dir dafür. Wenn auch du irgendetwas auf dem Herzen hast, irgendeinen Wunsch, den ich dir vielleicht erfüllen kann, dann lass es mich wissen, Götterbote.«

»Ich …« Hermes schluckte. »Nein, da ist nichts.«

»So sei es.« Hades warf einen letzten schmerzerfüllten Blick auf die Stelle, an der Enko sich in Sterne aufgelöst hatte. Dann schnippte er mit dem Finger, und der Boden unter ihm begann zu brodeln.

Hermes sah mit versteinerter Miene zu. Ich betrachtete ihn, wie er dastand. So schmal und hochgewachsen, mit gestrafften Schultern und, wie immer in letzter Zeit, ganz in Schwarz gekleidet. Ein Gedanke, unmöglich und doch so verlockend zugleich, jagte durch meinen Kopf.

Hades begann bereits im Boden zu versinken.

Hermes schluckte hart, sein Gesicht war immer noch wie eine Maske.

»Hades«, rief ich, als der Gott der Unterwelt fast schon bis zur Brust in flüssigem Magma versunken war. »Bitte bring Remi zurück! Bring Hermes seinen Freund Remi zurück!«

Hades' Gesicht wurde vom Rauch des schmelzenden Asphalts verdeckt. Ich konnte nicht erkennen, ob er mich verstanden hatte. Das Magma blubberte ein letztes Mal, dann schloss sich der Boden wieder und alles sah aus, als wäre nichts geschehen.

Ich sah zu Hermes, und plötzlich kamen mir Zweifel. War ich zu weit gegangen? Hatte die ganze Situation – die Angst vor Uranos, der Tod von Enko – mich so aus der Bahn geworfen, dass ich unbedacht solch einen gewichtigen Wunsch im Namen von Hermes vorgebracht hatte?

Hermes hatte die Augen weit aufgerissen, starrte mich an, doch er schien vor Schock absolut regungslos. Dann wandte er den Blick so entschlossen ab, als hätte ich nie etwas gesagt. Mir klopfte das Herz immer noch bis zum Hals. Ob der Herr der Unterwelt Hermes diesen Wunsch erfüllen würde? Ob es nach so langer Zeit überhaupt noch möglich war? Maél sah mich verblüfft an, dann schlich sich ein zartes Lächeln in seinen Blick, in dem sich bisher Wut und Trauer gespiegelt hatten.

Im nächsten Moment schrillten gleich zwei unserer Handys laut – meines und Jemmas. Es waren meine Eltern, und laut Jemmas beruhigenden Worten schien auch sie ihre Eltern dran zu haben. Ich schaffte es, meine noch um zehn Minuten zu vertrösten.

Meine Hände zitterten, als ich das Handy sinken ließ. Ich konnte noch nicht fassen, was wirklich passiert war. Noch hatte es meinen Verstand nicht erreicht. Enko war gestorben, getötet von Uranos. Enko hatte uns etwas sagen wollen, er hatte uns warnen wollen, uns vielleicht sogar einen Tipp geben. Und Uranos hatte ihn dafür getötet und für immer als Rune des Verräters an den Himmel gebannt.

»Ich muss dringend nach Hause«, sagte ich schließlich. »Meine Eltern drehen durch.«

»Meine auch«, bestätigte Jemma.

»Ich habe drei Anrufe verpasst«, sagte Gigi nach einem kurzen Blick auf ihr Telefon. »Wenn ich den nächsten nicht annehme, werden sie die Polizei rufen.«

Auch Hermes warf einen Blick auf sein Handy. »Ihr habt

recht, Kinder, wir sollten dringend los.« Er straffte die Schultern und verbannte die Trauer aus seinem Gesicht.

Tiffy, die sich halb hinter mir versteckt hatte, schluchzte laut auf. Ihr Weinen schien ihren ganzen Körper zu schütteln. Hades leibhaftig gegenüberzustehen, und das direkt nach dem schrecklichen Tod von Enko, hatte bei ihr endgültig das Fass zum Überlaufen gebracht.

Maél sah auf die Stelle, an der Enko gestorben war. Der Abschied schien ihm schwerzufallen. Ich legte meinen rechten Arm schützend um Tiffys Schulter, dann nahm ich seine Hand. Erneut spürte ich, wie unendlich traurig er war. Er sah hoch zum Himmel, und in seinen Augen standen plötzlich Tränen. Er drückte meine Hand, als er mich wieder ansah, und ich sah den Sternenhimmel darin. Mit der freien Hand streichelte ich über seine Wange und sandte ihm ein mentales *Wir werden ihn niemals vergessen.*

Niemals, sagte er in meinem Kopf. Obwohl er mir irgendwann mal versprochen hatte, diese Form der mentalen Kommunikation nicht mehr zu nutzen, hatten wir es uns doch irgendwann wieder angewöhnt. Das Vertrauen war so groß geworden, dass ich keine Bedenken mehr hatte, er könnte sich meines Willens bemächtigen.

Möchtest du noch einen Moment hier stehen bleiben?, fragte ich Maél über unsere mentale Verbindung.

Nein. So ganz habe ich das mit Enko noch gar nicht realisiert.

Er wollte uns helfen, sagte ich. *Er hat sich zum Schluss noch für das Richtige entschieden. Für die Seite der Guten. Er hat sich in tödliche Gefahr gebracht, um uns zu warnen.*

Maél nickte knapp, doch ich war mir nicht sicher, ob meine Worte ihn hatten trösten können.

Wir saßen bereits alle im Bulli, doch Hermes war mit einem seiner Handys beschäftigt und ließ lediglich den Motor laufen. Evangéline traute sich endlich hervor und krabbelte auf meinem Knie herum. Tiffys Sternenmäuse schossen aus ihren Haaren hervor, als sie die Motte sahen. Sie hatte aufgehört zu schluchzen, und es war ihr eben sogar gelungen, ihre aufgebrachten Eltern am Telefon zu beruhigen.

Ich drückte Tiffys Hand. »Er hat nichts gespürt, sei dir sicher. Sonst hätte er etwas gesagt.«

»Ich hatte mir Hades ganz anders vorgestellt«, sagte sie leise. »Ich habe gespürt, wie sehr die Trauer ihn zu überwältigen drohte. Er muss ein guter Vater sein, wenn er seine Kinder so sehr liebt. Die Gerüchte über ihnen sagen etwas anderes.«

»Hades hat zwei Seiten. Aber ich glaube, dass er Gesetze so auslegt, wie sie für ihn am besten passen. Er kann für alles eine Lösung finden, wenn er will.« Ich sah sie an. »Und du bist seine einzige Tochter.« Es fiel mir schwer, so sicher und überzeugt zu klingen. Hades war unberechenbar, und selbst Zeus, der Herrscher aller Götter, schaffte es nicht, ihm seine Regeln aufzuzwingen. Stattdessen hatten die dunklen Götter ihre eigenen Gesetze geschaffen. Uralte, grausame Gesetze, die weder Gnade noch Gerechtigkeit kannten. Hades würde immer ein Risiko bleiben, die Finte aus dem Hinterhalt, mit der man rechnen musste. Ich wünschte mir, ich könnte Tiffy versprechen, dass Hades sie sofort akzeptieren würde. Doch das konnte ich nicht.

Tiffy wollte gerade etwas erwidern, als Maél seine Messengerbag öffnete.

»Da gibt es etwas, das wir auf gar keinen Fall vergessen dürfen.« Seine Stimme klang immer noch belegt. Er zog das kleine Kästchen heraus, das zuvor dem Usurpator von Katalyki ein

Zuhause gewesen war. »Ich kann mir kaum vorstellen, dass eure Eltern euch angesichts der katastrophalen Situation hier draußen einfach so wieder gehen lassen.« Er öffnete das Kästchen, in dem fünf der kleinen roten Warzen herumrollten.

Jemma beugte sich neugierig vor, dann weiteten sich ihre Augen vor Schreck. »Wir sollen wirklich unsere Eltern sedieren?«

Auch Gigi wirkte nun, da es ernst wurde, unentschlossen. Zögerlich betrachtete sie die Kügelchen, und ihr Mund war nur noch eine schmale Linie.

»Laut Erebos ist es nur ein starkes Beruhigungsmittel«, erinnerte uns Maél. »Und es ist keine Chemie, sondern pflanzlichen Ursprungs. Na ja, tierischen Ursprungs. Natürlich kann jeder von euch versuchen, ohne diese kleine Mogelpackung auszukommen. Doch wenn nichts mehr hilft, zerdrückt die Kugel und seht zu, dass ihr Land gewinnt.«

Er ließ eine der Kugeln aus dem Kistchen auf Jemmas Hand rollen.

»Aber wie bringe ich Noah eine?«, fragte Jemma.

»Noah kommt in unser Hauptquartier. Selkes hat wohl mit ihm gesprochen.«

»Haben wir denn genug für alle?« Gigi wirkte immer noch skeptisch, und ich teilte ihre Bedenken. Ich würde meinen Eltern niemals ein Leid antun wollen, und der Gedanke, sie mit irgendeinem Frosch-Sekret ruhigzustellen, behagte mir überhaupt nicht.

»Wir haben insgesamt fünf Stück.« Maél schien im Kopf nachzurechnen. »Passt das?«

Ich zählte an der Hand ab. »Jemma, Gigi, Tiffy, Noah und ich. Alle anderen sind entweder Halbgötter ohne oder mit eingeweihten Eltern oder aber Götter, die keinem mehr Rechenschaft schuldig sind. Es kommt also genau hin …« Ich stutzte. »Wie unheimlich ist das denn schon wieder, bitte?«

Hermes drehte sich zu uns um. »Alles klar? Oh, die kleinen roten Kügelchen. Haben wir genug für alle Eltern?«

Wir nickten alle leicht betreten. Das Ganze nahm eine völlig neue Dimension an. Bisher hatten wir einfach Konzerte oder Treffen mit Freunden vorschieben können, wenn wir unsere mythologischen Probleme wälzten. Doch jetzt, da der Himmel tobte und das Wetter verrückt spielte, da Uranos sich uns gezeigt und uns bedroht hatte, mussten wir zu anderen Mitteln greifen.

Keiner von uns fühlte sich wohl dabei.

Kapitel 17
Showtime

Um 20 Uhr trafen wir uns alle wieder in unserer Einsatzzentrale. Es stellte sich heraus, dass wir alle fünf von den roten Kügelchen des Usurpators hatten Gebrauch machen müssen. Neben der Angst, wie diese Nacht ausgehen würde, quälte mich nun mein schlechtes Gewissen, seit mir meine Eltern leichthin einen schönen Abend gewünscht hatten. Kurz zuvor hatte ich die Kugel im Wohnzimmer zerdrückt und war dann zur Tür gehastet. Sie schienen nicht müde zu sein, es wirkte eher so, als ob ihnen alles egal wäre. Ähnliches berichteten auch Jemma und Tiffy. Noah weigerte sich, über den Umstand, dass er seine Eltern sediert hatte, auch nur ein einziges Wort zu verlieren. Niemand war zu Scherzen aufgelegt, obwohl unsere Eltern teilweise sehr kurios reagiert hatten. Im Gegenteil. Die Stimmung war mehr als gedrückt, denn wir trauerten alle um Enko. Noah saß schon seit zehn Minuten regungslos herum und guckte einfach nur starr geradeaus. Auch Maél schien nicht richtig bei der Sache zu sein, obwohl wir ihn alle mehr brauchten als je zuvor. Doch ich konnte ihn gut verstehen. Ich würde es Enko nie vergessen, wie sehr er mir beigestanden hatte, als Maél in den Kerkern des Olymps eingesperrt war.

Kurz darauf erschien Ödipus mit den Plejaden im Schlepptau, und es wurde deutlich zu eng in dem kleinen Poker-Hinterzimmer. Wir beschlossen, unser Treffen in das Wohnzimmer des Hinterhauses zu verlegen. Hier stand immer noch, weiß und gebieterisch, der Omphalos zwischen Fernseher und Couch. Der Stein zog mich wie magisch an. Während alle Platz nahmen und sich Getränke einschenkten, stellte ich mich vor den Kultstein und sah ihn ehrfürchtig an. Jetzt, da er so hell war, wirkte er gar nicht mehr bedrohlich. Ich beugte mich gerade vor, um die seltsame Einkerbung im Stein näher zu betrachten, als Nereus erschien. Doch mein Magen krampfte sich unangenehm zusammen, als ich sah, wen er mitbrachte. Die anderen schienen ebenfalls zu erstarren. Alle Gespräche verstummten abrupt, Tiffy wurde sofort wieder kreidebleich.

Der Herr der Unterwelt sah ziemlich mitgenommen aus. Er schien nicht nur um zehn Jahre gealtert, seine Haltung wirkte gebrochen und angespannt zugleich, der Ausdruck in seinen Augen schwankte zwischen tieftraurig und gefährlich gereizt. Diese völlige Unberechenbarkeit, die er an sich hatte, beunruhigte mich noch mehr als sein spontanes Auftauchen. Aber immerhin war er dieses Mal nicht wie eine Naturgewalt durch den Boden gebrochen.

»Ihr habt Besuch«, erklärte Nereus überflüssigerweise. Er gab sich Mühe, möglichst unbeteiligt zu wirken, doch seine Hände zitterten leicht, als er Hades mit einer Geste einlud, das kleine Wohnzimmer zu betreten.

Hades nickte kurz zum Dank.

»Ich muss dann mal los.« Nereus hatte nervöse rote Flecken im Gesicht. »Ich muss …« Er brach ab, nicht sicher, wie viel er vor dem Herrn der Unterwelt erzählen wollte. »Na, ihr wisst schon.« Er schien sichtlich erleichtert, als er herumschwingen und aus dem Raum stürzen konnte. Wir anderen waren ohnehin damit beschäftigt, zu überlegen, was uns diesen furchterregenden Überraschungsbesuch beschert hatte.

»Auf dem Olymp geht das Gerücht herum, dass heute Nacht die Welt untergehen soll. Und da ich mich sowieso für Enkos Tod an Uranos rächen wollte, dachte ich mir, ich sehe mal nach, was die Nymphe so treibt, die meine Söhne ständig in Schwierigkeiten bringt. Wer weiß, vielleicht ist sie ja in irgendetwas verwickelt, das ich wissen sollte?« Sein Blick schoss zu mir.

Ich war starr vor Schreck und obendrein schon wieder viel zu wütend, um zu reagieren.

Hades trat betont locker in die Mitte des Raumes. Dann entdeckte er die Plejaden. »Na, sieh mal an. Und hier haben wir auch schon den Grund, warum der Herr des Himmels so tobt.« Hades verschränkte die Arme vor der Brust. »Was treibst du hier, Nymphe?«

Dann glitt sein Blick weiter zu Hermes. »Und du, Götterbote? Muss ich mich fragen, ob es nicht doch besser gewesen wäre, wir hätten dich niemals aus deinem Kerker entlassen?«

Hermes, sonst so liebenswürdig und umgänglich, blieb eiskalt. »Was willst du, Hades?«

Hades hob die Arme in einer großartigen Geste. »Wie wäre es mit der Wahrheit?«

Hermes schnaubte. Schließlich war der Herr der Unterwelt für seine Lügen und Tricksereien bekannt.

Tiffy versuchte, sich hinter Maél zu verstecken. Als er es bemerkte, machte er sich noch etwas breiter und schob sie ein weiteres Stückchen hinter sich. Ich lächelte ihn dankbar an, während sich die Stimmung zwischen den beiden Olympiern weiter gefährlich aufheizte. Ich war verärgert und hilflos zugleich. Wir brauchten dringend Zeit, um uns zu besprechen.

Die Uhr tickte. Nicht mehr lange und es würde auf Mitternacht zugehen, und bis jetzt hatten wir keinen neuen Plan, wie wir Uranos stoppen konnten.

»Kläre mich auf, was du mit dieser seltsamen Truppe vorhast. Götter, Halbgötter, Nymphen, Menschen und …« Sein Blick glitt zu Ödipus, der sich unauffällig vor die sieben Himmelsnymphen geschoben hatte. »Penner von der Straße.«

Die Plejaden holten simultan erschrocken Luft. Ödipus blieb völlig unbeweglich, als hörte er diese Beleidigung nicht zum ersten Mal.

Magaly, die Sprecherin der Plejaden, schob sich hinter Ödipus hervor. »Warum seid Ihr so ungerecht, Herr der Unterwelt? Der Herr Ödipus ist ein …«

»Jaja, Wahnsinnsgeschichte, Nymphenmädchen«, unterbrach Hades sie betont gelangweilt. »Schreib das in dein Tagebuch, wenn du darüber reden willst. Wir haben andere Sorgen.«

Magalys Augen wurden groß, doch sie wich vor ihm zurück, als hätte er sie bedroht.

»Und die wären?«, ertönte Maéls Stimme.

Hades Blick glitt zu ihm. »Was meinst du, kleiner Rabe?« Wieder mal klang der Kosename schrecklich falsch aus dem Mund des Mannes, der die Unterwelt mit so eiserner Faust regierte.

»Du sagst, du hättest andere Sorgen. Und die wären?«

»Der Tod deines Bruders, zum Beispiel?« Hades' Stimme klang so grollend, dass die Plejaden noch näher zusammenrückten. Tiffy schien komplett hinter Maél verschwunden. Wir anderen hielten immer noch die Luft an.

Maél schwieg.

»Ich spüre, dass Enko in Gefahr ist, begebe mich daraufhin

in die Welt der Menschen und wen treffe ich da?« Hades holte aus und zeigte dann anklagend auf uns alle. »Eure lächerliche Truppe, allen voran diese nervige Nymphe. Und da frage ich mich natürlich, was ihr mit Enkos Tod zu tun habt. War er bei euch? Habt ihr Uranos gemeinsam provoziert? Hattet ihr vielleicht einen Plan, der gescheitert ist? Hattet …«

»Enko hat sich ihm freiwillig angeschlossen«, unterbrach ich ihn. »Uranos hat ihn mit Macht und was weiß ich noch allem gelockt. Als Enko einsah, dass er sich falsch entschieden hatte, wollte er uns warnen. Uns irgendetwas über Uranos erzählen. Doch der hat ihn getötet, bevor Enko uns helfen konnte.«

In Hades' Augen blitzten die Tartarosflammen auf. »Nymphe«, stieß er mit zusammengebissenen Zähnen hervor.

»Sie sagt die Wahrheit.« Hermes ging ein paar Schritte auf Hades zu, wohl auch, um sich zwischen den Herrn der Unterwelt und mich zu stellen.

»Sie ist für all das verantwortlich. Aus dem Weg, Götterbote, ich werde das jetzt ein für alle Mal klären, und wenn ich die Wahrheit aus ihr herausschütteln muss.«

Mit atemberaubender Geschwindigkeit stürzte Hades an Hermes vorbei auf mich zu. Ich sah die Tartarosflammen in seinen Augen lodern. Gigi schrie auf. Maél ging in Kampfposition. Doch Tiffy war schneller.

»Lass sie in Ruhe!« Ihre riesigen Flügel erschienen hinter ihr. Sie schlug kräftig mit ihnen und katapultierte sich dadurch nach vorn, direkt zwischen Hades und mich. Die anderen duckten sich automatisch vor der Windböe, die die Gardinen vor den Fenstern blähte.

»Lass mich das machen, Maél.« In Tiffys Augen tanzten die gleichen wilden Feuer wie in denen ihres Vaters.

Hades schien einen Moment völlig regungslos, als er es bemerkte. Er ließ die Arme sinken, und sein Raubtierblick fixierte sie wie etwas, das er noch nicht einzuschätzen vermochte. »Und du bist?«

Tiffy starrte ihn nur aus angstgeweiteten Augen an. Sie zitterte zwar, schien aber wild entschlossen, mich zu verteidigen. Mit einem leisen Geräusch verschwanden ihre Flügel wieder.

»Sie ist deine Tochter, Hades.« Hermes' Stimme klang belegt.

Hades lachte bellend auf. »Was für ein Blödsinn. Netter Versuch, Götterbote. Aber mir steht gerade nicht der Sinn nach Witzen.«

»Aber er hat recht.« Maél stellte sich neben Tiffy und mich. »Sie ist so sehr mit dir verwandt, wie ich es nicht bin.«

Einen Moment lang war Hades wie versteinert. »Sag das noch mal.«

»Ich bin nicht dein Sohn.« Maél hielt seinem Blick stand. »Und ich bin mir ganz sicher, dass du es irgendwo tief in dir drin schon immer geahnt hast.«

Hades schluckte und schien für den Bruchteil einer Sekunde verunsichert, doch dann straffte er die Schultern und seine Miene wurde wieder hart. »Was für ein Unsinn. Hat euch das wieder diese irre Nymphe eingeredet?« Er warf mir einen bösen Blick zu. »Ich sollte dich zerquetschen, bis du in einem Blumenregen zerspringst, damit du endlich die Finger von meinen Verwandten lässt.«

»Beleidige sie nicht dauernd.« Maél sah kurz zu mir. »Sie trifft keine Schuld.«

»Ich war es«, sagte Tiffy mit ihrer piepsigen Stimme. »Ich habe dafür gesorgt, dass er es erfährt.«

Hades kicherte, doch es klang ein wenig, als hätte er zu viel getrunken. »Nette Geschichte, Kleine, aber ich bekomme nur

Söhne. Sofern du dich also nicht nur als Mädchen verkleidet hast, sind wir garantiert nicht verwandt. Ansonsten bin ich da sehr offen. In meinem Reich kann jeder tragen, was er will. Wenn du auf Kleider stehst, soll es mir recht sein. Es gibt nichts, was ich nicht schon gesehen habe.«

»Ich bin ein Mädchen!« Tiffy verschränkte empört die Arme vor der Brust. Ihre Entrüstung hatte auch etwas Gutes, denn sie vergaß darüber einen Teil ihrer Angst. »Was für eine Unverschämtheit.«

Hades winkte ab. »Schon okay. Interessiert mich sowieso nicht. Ich habe einen Sohn zu betrauern, und ich muss einen Racheplan schmieden. Uranos mag älter und mächtiger sein als ich, aber ich finde schon einen Weg.« Ich sah die Trauer in seinem Blick und wie sehr er mit seinen Gefühlen kämpfte. »Schade, dass ich vom Tartaros aus nicht den Himmel sehen kann«, sagte er leise, und all seine Wut schien plötzlich wie verflogen.

»Vater.« Maéls Stimme klang sanft. »Bitte höre uns an. Es ist wichtig. Es betrifft meinen Prozess. Da ich nicht dein Sohn bin, hätte ich niemals die Macht gehabt, mit Agada die Weltherrschaft an mich zu reißen. Ich wäre niemals eine Bedrohung gewesen, selbst wenn Agada wieder zum Leben erwacht wäre. Aufgrund dieser Tatsache ist die gesamte Prozessgrundlage hinfällig. Ich brauche dich als meinen Fürsprecher.«

Hades überging Maéls Worte. »Sie soll mein Kind sein?« Zweifelnd deutete er auf Tiffy. »Sie ist nicht größer als ein Beistelltisch und viel zu ängstlich. Meine Jungs sind groß gewachsen, und Mut ist ihr zweiter Vorname. Das ist völlig ausgeschlossen.«

Tiffys Schultern begannen unter dieser Beleidigung schon wieder zu beben. »Fahr zur Hölle!«

»Ach, Herzchen, was glaubst du denn, wo ich herkomme?«, erwiderte Hades lässig.

»Hör auf damit.« Maél legte einen Arm um Tiffy. »Willst du mir wirklich weismachen, du hättest all die Jahre nie etwas bemerkt? Du bist einer der Großen Drei. Du bist mächtiger als die normalen olympischen Götter. Sag mir, hast du nicht ein einziges Mal Risse in Hekates Zauber gesehen?«

»Dieses Miststück«, brummte Hades. »Also war es ihre Signatur, die ich …« Er brach ab und sah Tiffy wieder an. »Beweise es.«

Tiffy sah hilflos zu Maél. Der schien auch keine gute Idee zu haben, schließlich waren ihre beiden Attribute so ähnlich, dass sie allgemeingültig waren für alle dunklen Götter. Hekate hatte ganze Arbeit geleistet, um ihrer beider Herkunft zu verschleiern.

Doch dann fiel mir etwas ein. »Sind nicht die Augen der Spiegel zur Seele? Glaubt man nicht in fast allen Kulturen, dass einem die Augen viel mehr über den Menschen verraten, als Worte es könnten?«

Hades verdrehte die Augen, als wollte er sagen: *Musst du dich eigentlich überall einmischen?*

Doch ich ließ mich nicht beirren. »Sind es nicht die Feuer des Tartaros, die in den Augen Ihrer Kinder lodern?«

Hades zuckte möglichst unbeteiligt mit den Schultern.

»Maél wusste es selbst nicht«, fuhr ich fort und deutete auf ihn. »Er hat mir gesagt, wenn ich ihm tief genug in die Augen sehe, könne ich diese Feuer erkennen. Doch die Wahrheit ist: Da sind keine Feuer. Bei Ihnen zeigt sich Ihr wahres Ich, wenn Sie wütend sind. Dann lodern die Flammen hoch auf in Ihren Augen. Und genauso war es bei Enko. Bei Maél dagegen zeigt sich sein wahres Ich, wenn er jemanden ansieht, der ihm viel bedeutet.« Ich ging zu ihm hinüber und stellte mich an seine freie Seite. »Bitte, Maél, sieh mich an.«

Maél lächelte, denn er hatte mittlerweile verstanden, worauf ich hinauswollte. Er streichelte meine Wange hinab, und ich konnte zusehen, wie das Grau seiner Augen sich veränderte. Zuerst wurde es heller, dann durchzogen dunkelblaue Schlieren die Iris. Irgendwann waren seine Augen so tiefblau, dass ich das Blitzen der Sternbilder darin sehen konnte. Wunderschöne klitzekleine Lichtpunkte, von denen ich den Blick kaum losreißen konnte.

»Kommt her«, flüsterte ich schnell.

»Du gibst mir keine Befehle, Mädel«, blaffte Hades.

»Hades, ich bitte dich«, warf Hermes sich in die Bresche. »Das hier ist wichtig.«

Hades brummte irgendeine Verwünschung, doch er stellte sich neben mich. Irgendwann drehte Maél den Kopf zu ihm. Hades' Schock war so abgrundtief und so aufrichtig, dass ich ihn am liebsten in den Arm genommen hätte. Er schüttelte den Kopf, erst langsam, dann immer schneller. »Nein, das kann nicht sein. Das kann nicht …« Er brach ab, und es schien, als käme ihm plötzlich eine Erinnerung in den Sinn. »Da war etwas, das mir von Anfang an komisch vorkam. Hamida, deine Mutter, vertröstete mich über zwei Wochen lang. Sie schob das Wochenbett vor und eine Entzündung, die dich und sie geschwächt hätte. Es kam mir nur im ersten Moment komisch vor, denn warum hätte sie so ein Geheimnis um dich machen sollen? Es ist ein Gesetz, dass ich nur Söhne bekomme. Es gibt keine Ausnahme.«

»Was ist mit Aglaia?«, wandte Hermes ein.

Hades' Blick wurde hart. »Sie ist die Ausnahme, die die Regel bestätigt. Ich hätte damals Verdacht schöpfen sollen. Ich hätte es nicht zulassen dürfen, dass Hamida mir einen Besuch verweigert. Doch ich habe sie geliebt und respektiert. Niemals hätte ich ihr so etwas unterstellt.« Er warf noch einen zweifelnden Blick auf Maél.

Ich löste mich von ihm und stellte mich zu Tiffy. »Los, Tiffy, beweisen wir es ihm.« Ich nahm ihre Hand. »Denk daran, dass deine Mutter Nyx entführt wurde und man sie gefangen hält.«

Tiffy ballte die Fäuste, und in ihren Augen leuchteten die Tartarosflammen hell auf.

Hades wirkte erneut schockiert, doch dieses Mal hatte er sich besser im Griff. Er deutete zwischen Maél und Tiffy hin und her. »Sie haben euch vertauscht.«

Die beiden nickten.

»Dann bist du also …« Er sah zu Maél. »Die Nymphe hat von Nyx geredet. Heißt das, du bist ihr Sohn?«

»Ja.«

Hades brauchte einen Moment, um die ungeheuerlichen Neuigkeiten sacken zu lassen. »Ihr wisst von den Gesetzen der dunklen Götter?«

Tiffy holte erschrocken Luft, doch Maél zog sie an sich. »Wehe, du krümmst ihr auch nur ein Haar. Sie ist deine Tochter. Deine einzige Tochter.«

»Geh mir aus dem Weg, Maél«, knurrte Hades.

Maél lachte leise auf. »Du kannst mir nichts. Wir sind keine Blutsverwandten. Olympische Götter können nur ihre eigenen Kinder töten.«

»Aus dem Weg«, befahl Hades ein zweites Mal.

»Bitte nicht«, rief Tiffy. »Ich kann doch gar nichts dafür. Ich habe mir das nicht ausgesucht. Ich will einfach nur zurück zu meiner Mutter. Als ich Livia mein Geheimnis erzählt habe,

habe ich einfach gehofft, dass sie mir helfen könnte, meine entführte Mutter wiederzufinden. Niemals hätte ich gedacht, dass sie mit demjenigen befreundet ist, gegen den ich ausgetauscht wurde. Es sind alles nur dumme Zufälle.«

Ich, die ich mittlerweile dank der Moiren nicht mehr an Zufälle glaubte, trat neben Maél.

»Es kann doch nicht Ihr Ernst sein, dass Sie Ihre eigene Tochter töten wollen, nur weil ein paar antiquierte Gesetze es so bestimmen.«

Hades schien ein paar Zentimeter größer zu werden und seine gesamte Haut begann zu glühen. »Verschwindet endlich.« Seine schwarzen Augen loderten auf, als er einen Schritt nach vorne machte und Maél und mich brutal zur Seite stieß. Ich flog in Richtung Couch, wo ich auf Noah und Jemma landete, während Maél so hart gegen Hermes prallte, dass sie beide taumelten.

Ödipus schob die Plejaden unauffällig Richtung Treppe, damit sie sich in den ersten Stock flüchten konnten. Gigi schien komplett unter Selkes' Arm verschwunden, der sich mit wütend blitzenden Augen vor dem Fenster aufgebaut hatte.

Tiffy stand nun ganz allein vor Hades, der langsam beide Hände hob.

»Nein!«, schrie ich und wollte auf die Füße springen.

Im nächsten Moment hatte Hades Tiffy beide Hände um die Schultern gelegt. »Lass dich mal ansehen.«

Tiffy schwankte und verdrehte leicht die Augen. Sie wirkte, als würde sie jeden Moment ohnmächtig werden.

»Du bist noch hübscher, als deine Mutter es war.« Er strich ihr mit einer Hand durch das dunkle Haar.

»Bitte nicht«, flüsterte Tiffy und ihre Stimme war nur noch ein heiseres Krächzen.

»Ich habe einen Sohn verloren«, murmelte Hades. »Jetzt bekomme ich die Chance, eine Tochter zu haben.« Wieder sah er an Tiffy hinauf und hinab.

Sie war so außer sich, dass hinter ihr erneut die großen schwarzen Flügel erschienen.

Hades' Augen leuchteten. »Was für ein beeindruckendes Attribut. Und so selten. Sie sind außergewöhnlich schön.«

Tiffy starrte ihn mehr oder weniger mit offenem Mund an. Dann sah sie auf seine großen Hände, die rechts und links auf ihren schmalen Schultern ruhten. »Bitte tun Sie mir nichts.«

Hades schüttelte den Kopf. »Du bist eine von uns, jetzt sehe ich es deutlich. Und im Tartaros beschützen wir, was zu uns gehört.«

»Dann ...« Sie schluckte. »Dann werden Sie mich nicht auf einem Altar opfern?«

Hades lachte leise. »Ich werde jeden auf einem Altar opfern, der dir auch nur ein Haar krümmt. Diese dämlichen Gesetze sind ab heute hinfällig. Ich bin einer der Großen Drei, und ich werde sie abschaffen. Meinen Brüdern Zeus und Poseidon sind diese uralten Regeln auch schon lange ein Dorn im Auge. Jetzt endlich habe ich einen Grund, ihre Abschaffung durchzusetzen.«

Maél trat zu Hades und packte ihn am Arm. »Danke, Vater.« Er verstummte, als ihm bewusst wurde, dass er den Mann, der eigentlich gar nicht sein Vater war, als solchen bezeichnet hatte.

Hades ließ seine Hände langsam sinken. »Versprich mir, dass du nicht aufhören wirst, mich so zu nennen.«

Maél klappte die Kinnlade auf die Brust. Ich war mir allerdings noch nicht sicher, ob Hades wirklich zu trauen war.

»Deine leibliche Mutter wurde entführt, wenn ich das richtig verstanden habe?«, fragte Hades Maél. »Meine Erinnyen sind ganz gut darin, vermisste Personen aufzuspüren.«

Hermes rang die Hände. »Vergiss nicht, Hades, wir haben hier im Moment ein Problem, das zwar mit der Entführung von Nyx zusammenhängt, aber von noch höherer Priorität ist.«

Hades zog finster die Augenbrauen zusammen. »Diese Geschichte mit dem Weltuntergang, oder? Wisst ihr denn, wann Uranos angreifen wird?«

»Die Planetenkonstellation manifestiert sich genau zur Geisterstunde. Um Mitternacht geht es los, wir rechnen fest mit einem Angriff.«

»Knapp drei Stunden, verstehe.« Hades kratzte sich am Kinn. »Und wie sieht euer Plan aus?«

Wieder sahen alle betreten in die Runde.

Hades zog die Augenbrauen hoch. »Ihr habt doch einen Plan?«

Hermes hob hilflos beide Hände und sah seltsam resigniert aus. »Sagen wir's mal so: Wir hatten einen Plan. Aber der ist leider nur bedingt aufgegangen.«

Maél warf einen eindringlichen Blick zu Hermes, wohl um ihm in Erinnerung zu rufen, dass man Hades nur bedingt trauen konnte.

»Ich will diesen Irren sowieso zur Strecke bringen.« Hades rieb sich die Hände. »Ich werde meinen Sohn rächen. Ich weiß nicht, warum er sich von mir abgewandt hat, aber er hatte es nicht verdient, zu sterben.«

Maél schluckte, und ich spürte, wie nah ihm Enkos Tod ging, jetzt da er es langsam wirklich realisierte. Wir standen alle permanent so unter Adrenalin, dass keiner von uns bisher echte Trauer hatte zulassen können.

»Alles, was wir wissen, ist, dass Uranos um Mitternacht angreifen wird. Die Planetenkonstellation ist vergänglich, das Zeitfenster beträgt nur wenige Stunden. Er hat uns gedroht, und ich bin mir absolut sicher, dass er es versuchen wird. Er schien nicht im Mindesten eingeschüchtert von uns, und wer weiß, was für ein Ass er noch im Ärmel hat.«

»Klingt, als könntet ihr jede Hilfe gebrauchen, die ihr kriegen könnt.« Hades verschränkte die Arme vor der Brust und sah uns treuselig an. »Und so wie es aussieht, bin ich der Einzige, der eurer wilden Theorie von Planetenkonstellationen und Weltuntergängen glaubt. Der Olymp existiert jedenfalls auch ohne die Erde, und da die meisten Götter Hermes ziemlich ausgelacht haben, steht ihr gänzlich allein da.«

»Wir sind nicht allein. Wir haben uns.« Maél klang vollkommen überzeugt. »Wir sind so weit gekommen, nun schaffen wir den Rest auch noch.«

»Heißt das, ich bin ausgeladen?« Hades' Haut begann schon wieder zu glühen. »Das ist aber nicht nett von euch.«

»Wenn du dich uns anschließen möchtest, steht dir das natürlich frei«, sagte Hermes so diplomatisch wie immer.

»Gut. Dann kombiniere ich die Rettung der Welt mit meiner Rache für Enko. Sie werden mich als Held feiern.«

Maél verdrehte die Augen.

»Und ihr habt wirklich keinen Plan?«, vergewisserte sich Hades ein letztes Mal. »Oder werde ich bloß nicht eingeweiht?«

»Hast du denn einen Plan, wie du Enko rächen willst?«

Hades zuckte bloß arrogant die Schultern. »Mir wird schon etwas einfallen, wenn Uranos einen Fuß auf die Erde setzt.«

»Toller Plan«, schnaubte Maél. »Das Problem ist nur, wenn er einen Fuß auf die Erde setzt, ist alles gelaufen. Dann manifestiert er sich wieder als Himmel, breitet sich über die ganze Erde aus und wir ersticken alle in ewiger Dunkelheit.«

»Außerdem steht noch gar nicht fest, in welcher Form Uranos angreifen wird«, gab Hermes zu bedenken. »Es kann auch sein, dass er gar nicht erst seine menschliche Gestalt annimmt, sondern direkt versucht, die Erde zu erdrücken.«

»Und was …«

Im nächsten Moment bebte die Erde. Das kleine Haus ächzte und die Balken bogen sich gefährlich.

»Bei allen Göttern«, schnaufte Hermes und hielt sich an der Couchlehne fest. »Was ist denn das nun wieder?«

In meinem Kopf brandeten die Stimmen der Frauen wieder auf. Ich fühlte, wie sie gegen meine Barrieren schlugen. Ich spürte das Grollen in der Erde, genauso wie es die anderen erwachenden Nymphen überall auf der Welt wahrzunehmen schienen. Die Plejaden sahen sich erschrocken an. Magaly war sogar aufgesprungen.

Noch einmal wackelte das ganze Haus. Selkes stürzte zum Fenster und riss es auf. »Was ist denn los?«, brüllte er hinaus. Ich hörte die Erde stöhnen. Das Geräusch kam von draußen, von den Beeten der Hintergärten. Von den Büschen, die in der dunklen Erde wuchsen. Das Haus schien zu schwanken, als befände es sich auf einem schwimmenden Stück ewigen Eises. Draußen erklang Geschrei. Irgendwo fiel etwas scheppernd in sich zusammen. Im nächsten Moment war es still. So unheimlich still, dass nur unser angespanntes Atmen zu hören war. Maél war aufgesprungen und hatte sich zu mir gestellt. Seine Hand lag beruhigend auf meinem Rücken.

Magaly stand immer noch sehr aufrecht. Ihre Haut leuchtete hell, mehr noch als sonst.

»Ist das Uranos?« Hermes sah ratlos zu Hades, doch der zuckte nur mit den Schultern.

Magaly schüttelte den Kopf und sah fragend zu mir.

»Ich kann sie hören. Sie schreien in meinem Kopf alle wild durcheinander. Überall auf der Welt scheinen die Nymphen etwas wahrzunehmen. Und auch ich spüre etwas.« Ich horchte in mich hinein. »Die Erde hat gestöhnt. Ja, es klang wirklich wie ein Stöhnen. Verzweifelt und … ängstlich.«

Magaly krampfte ihre Hände ineinander. »Sie spürt es«, sagte sie leise. »Sie spürt, was er vorhat, sie spürt, dass er sich nähert. Und sie wehrt sich dagegen. Sie will nicht, dass er es schafft.«

Nun hatte sie die ungeteilte Aufmerksamkeit aller. Draußen erklangen die ersten Sirenen.

»Wer will was nicht?«, fragte Gigi alarmiert. »Haben wir jetzt etwa noch einen Gegner? So langsam verliere ich wirklich jeden Mut. Ich will nicht sterben.«

Selkes schloss das Fenster mit einem Knall und eilte zurück zu seiner Freundin. »Heute Nacht wird nicht gestorben, Cupcake«, sagte er voller Überzeugung.

Ich bewunderte seinen Optimismus, und auch Maél warf ihm einen skeptischen Blick zu.

Ödipus stellte sich mit den verbliebenen Plejaden zu unserer Debattierrunde. »Könntest du das etwas genauer ausführen, meine Liebe?«, wandte er sich an Magaly.

Sie wirkte immer noch höchst beunruhigt. »Es ist die Stimme der Erdmutter. Der Mutter allen Lebens. Der Erdgöttin Gaia.«

Bei der Erwähnung des Namens zitterte das Haus erneut leicht.

»Sie weiß, dass Uranos sich ihr nähert. Und sie wird versuchen, sich gegen ihn zu wehren.«

Zum ersten Mal schaltete sich auch Noah in das Gespräch ein. Seine Augen waren rot geädert vom Weinen. »Sollte das nicht unser Vorteil sein? Wenn wir eine Göttin, die fast so alt ist wie Uranos, auf unserer Seite haben?«

Magaly schüttelte den Kopf. »So einfach ist es leider nicht. Gaia hat ihre menschliche Gestalt schon vor langer Zeit aufgegeben. Sie existiert nur noch in dem, was wir unsere Erde nennen. Sie ist alles, was darauf wächst und lebt. Aber sie kann sich nicht mehr manifestieren und uns mit Schild und Rüstung gegen Uranos zur Seite stehen. Sie wird sich anders wehren. Und das müssen wir auf jeden Fall verhindern.«

»Es ist etwas Schlimmes, richtig?«, fragte Jemma gefasst.

Magaly nickte knapp. »Gaia ist die Natur, und sie wird sich in ihrer schlimmsten Form zur Wehr setzen, mit allen Mitteln, die ihr zur Verfügung stehen: Erdbeben, Vulkanausbrüche, Überschwemmungen … Sie wird alles daransetzen, dass Uranos auf ihr nicht zur Ruhe kommt, ja dass er sich ihr gar nicht erst nähern kann. Sie wird alle Vulkane gleichzeitig auf dieser Erde ausbrechen lassen. Eine Welle der Zerstörung wird über die Menschheit hinwegfegen. Gaia sind die Menschen egal. Und die Natur erholt sich irgendwann. Sei es von Überschwemmungen oder von Vulkanausbrüchen. Der Mensch ist ein viel zu zerbrechliches Konstrukt und seine Vernichtung ist für sie nur ein Kollateralschaden. Das hier eben war nur ein kleiner Vorgeschmack. Gaia hat sich gestreckt, sie ist erwacht aus ihrem Schlaf, mehr war das nicht. Doch je näher die Stunde null rückt, desto heftiger wird ihre Gegenwehr werden.«

»Wie dramatisch«, murmelte Hades ironisch.

Noah ließ den Kopf in beide Hände sinken. »Bitte, kann

mich mal jemand aufwecken? Ein uralter Gott von oben. Eine uralte Göttin von unten. Mein Freund Enko ist tot. Wer von uns stirbt als Nächstes?« Er sah in die Runde, und seine Augen schimmerten feucht. »Ist es nicht klüger, zu erkennen, wann etwas aussichtslos ist? Vielleicht sollten wir die drei letzten Stunden wenigstens noch genießen. Wir setzen uns hin, nehmen unsere Liebsten in den Arm und dann ist halt irgendwann Schluss. Warum sollen wir in einem Gefecht sterben? In Asche und Dunkelheit vergehen? Verbrannt werden, ertrinken oder sonst was? Es sind noch drei Stunden, und wir haben keinen Plan. Stattdessen rührt sich nun noch ein weiterer Gegner.« Er sah zu Jemma. »Lass uns nach Hause fahren, Jems. Wir legen uns in mein Bett, halten uns an den Händen und wenn es so weit ist, machen wir die Augen zu. Genauso wie es die Menschen damals beim Ausbruch des Vesuvs in Pompeji getan haben. Sie haben erkannt, dass es zu spät war, um zu rennen. Sie haben die Zeit bis zum Ende bestmöglich genutzt.«

Nun standen auch Jemma Tränen in den Augen. »Nein, Noah«, sagte sie leise. »Ich laufe nicht weg. Das habe ich noch nie getan, und das werde ich auch jetzt nicht tun. Ich weiß, dass alle hier«, sie deutete in die Runde, »bis zum letzten Atemzug kämpfen werden. Und ich werde an ihrer Seite sein. Ich will nicht in einem Bett sterben, sondern aufrecht stehend. Ich werde mich nicht geschlagen geben, bis es nicht anders geht.«

Noah schluckte hart, dann nickte er. »Okay«, sagte er. »Dann will ich bei dir sein.«

»Aber prinzipiell hat Noah recht mit dem, was er sagt.« Selkes hatte mal wieder Gigi an sich gezogen und zupfte an dem flauschigen Stoff ihrer Strickjacke herum. »Das ist wie David gegen Goliath. Wenn wir wenigstens wüssten, wie wir es versuchen könnten. So wie bei der Sache mit dem Omphalos. Da hatten wir ein Ziel vor Augen. Zwar konnten wir da genauso wenig das Risiko kalkulieren wie jetzt, aber immerhin hatten wir einen konkreten Plan. Irgendwie habe ich mich da besser gefühlt.«

Gigi schüttelte den Kopf und musste trotz aller Weltuntergangsstimmung grinsen.

Nachdenklich stellte ich mich vor den Stein, über den Selkes gerade gesprochen hatte, und beugte mich noch mal zu der kleinen Einkerbung vor. »Wie können wir eigentlich herauskriegen, wofür diese Einkerbung gut ist?«

»Was soll das überhaupt sein?«, fragte Hades. »Stellt man sich jetzt Steine ins Wohnzimmer?«

Er bekam eine Kurzfassung von Hermes und schnalzte anerkennend. »Hätte ihn gar nicht wiedererkannt, jetzt, da er die Farbe gewechselt hat.«

»Können wir das bitte klären, *nachdem* wir die Welt gerettet haben?«, schlug Noah vor. »Ich bin mir sicher, es ist völlig ausreichend, wenn wir es danach erfahren.«

Schon wieder lief ein Zittern durch die Erde. Dieses Mal war es ein seitliches Schwanken, und ich hielt mich automatisch an dem massiven weißen Felsbrocken fest, um nicht zu taumeln. Schon hatte Maél seine Arme um mich gelegt, doch ich stützte mich trotzdem mit der rechten Hand auf der glatt polierten Oberfläche des Steins ab. Im nächsten Moment erwachte mein Ring der fünf Quellen zum Leben. Das Gold war mit einem Schlag ganz warm.

»Huch!« Erschrocken riss ich die Hand weg und realisierte nur Sekunden später, dass ich den Ring nicht mehr am Finger trug. Das Gold war mit der Oberfläche des Steins perfekt verschmolzen. Erst jetzt erkannte ich, wozu die Vertiefungen gut waren. Der Ring hatte seine runde Form fast beibehalten, doch zugleich war er perfekt mit dem Stein verschmolzen. Ein goldfarbenes Geflecht durchzog ihn langsam bis ganz nach unten, wie die Adern eines Lebensbaumes. Als die anderen es bemerkten, sprangen sie auf.

Die Stimmen in meinem Kopf wurden leiser. Ich sah immer noch atemlos auf den Stein. »Er hat mir meinen Ring geklaut!« Auf meinem Finger war ein goldener Abdruck zurückgeblieben, dort wo der Ring tief in meine Haut gesunken war. Als ich ein Schimmern wahrnahm, hob ich die Hand. Eine Spur des Goldes war in meiner Haut zurückgeblieben. Es sah aus, als trüge ich ein goldfarbenes Tattoo um den Ringfinger.

»Die Vertiefung, die Form, alles passt perfekt«, stellte Maél fest. »Vielleicht ist das die neue Aufgabe des Omphalos? Vielleicht solltest du den Ring nur aufbewahren, um ihn seiner eigentlichen Bestimmung zuzuführen?«

»Und die soll jetzt was sein?«, fragte Tiffy. »Ist der Stein ein überdimensionales Schmuckkästchen?«

»Er ist und war schon immer ein Portal«, erklärte Magaly leise. »Das war seine ursprüngliche Aufgabe. Bevor die Machtgier ihn in etwas Böses verwandelt hat. Er ist ein Kommunikationsgerät, genauso wie der Ring der fünf Quellen.«

Vorsichtig legte ich meine Hand erneut auf den Stein. Sofort schwollen die Stimmen in meinem Kopf wieder an. Die Frauen hatten so viele Fragen. Sie waren verunsichert, denn als Naturwesen spürten sie alle Gaias Wut und ihre Entschlossenheit. Einige begannen sogar zu singen. Kinderlieder, mit denen man eigentlich Babys beruhigte. Das Ächzen in der Erde wurde leiser.

»Ich höre die Stimmen der Frauen in meinem Kopf, aber sie

werden lauter und deutlicher, wenn ich die Hand auf den Stein lege.«

Magaly trat an meine Seite, warf einen kurzen Blick auf den Ring und dann auf den goldenen Abdruck, den er in meiner Haut hinterlassen hatte. Langsam, ja fast ehrfürchtig, legte sie ihre Finger auf die glatte Oberfläche des Omphalos, wo das Gold ein Muster hinterlassen hatte. Sie schloss die Augen, und einen Moment später lächelte sie.

»Hör genau hin«, flüsterte sie.

Ich ließ meine mentalen Barrieren noch weiter sinken.

Liebe Schwestern, ich spreche über den Omphalos zu euch, der ein mächtiger Stein ist und ein mächtiges Artefakt. Zusammen mit dem »Ring der fünf Quellen«, einem Ring, der uns alle eint, besitzt er die Macht, mit euch allen zu kommunizieren. Mein Name ist Magaly, und ich bin eine der sieben Himmelsnymphen. Bitte antwortet mir, wenn ihr mich hören könnt.

»Ja«, sagte ich laut. Das wirre Durcheinanderreden der Nymphen verstummte, in meinem Kopf hörte ich jetzt deutlich die zustimmenden Antworten Hunderter Frauen.

»Ja, was?«, fragte Maél verwirrt.

»Redet ihr mit dem Stein?« Tiffy sah uns neugierig an.

Magaly nickte. »Er scheint seine Aufgabe gefunden zu haben. Es funktioniert wirklich.« Sie winkte die anderen Plejaden aufgeregt zu sich. »Kommt her! Überall auf der Welt erwachen die Nymphenkräfte bei unseren Schwestern. Wir können sie hören, können sie begleiten, ihnen vielleicht sogar die Angst nehmen. Der Ring ermöglicht es uns, mit ihnen zu sprechen. Normalerweise kann nur diejenige, die den Ring erbt, durch ihn mit den Nymphen kommunizieren. Bei jedem anderen Träger funktioniert das nicht. Hier aber verschmelzen Stein und Ring und somit ihre beiden Funktionen. Alle sieben von uns können so ebenfalls mit den anderen Nymphen kommunizieren. Keine Nymphe der Welt muss mehr in Sorge und Unwissenheit aufwachsen. Keine muss sich Fragen stellen, was mit ihr passiert, wenn das Nymphengen drei oder vier Generationen überspringt. Was für ein wunderbares Geschenk.« Sie sah zu mir, während die anderen Plejaden sich um den Stein drängten. Nacheinander legten sie alle die Hand darauf und schienen überrascht und begeistert.

»So können wir den Ring der fünf Quellen universell nutzen. Er ist wie ein Chip, der einem Computer die richtigen Informationen einspeist. Jetzt, da so viele Nymphen zu erwachen scheinen, ist er ein wahrer Segen.«

Ich konnte immer noch nicht glauben, was soeben passiert war. Hatten wir tatsächlich ein Kommunikationsmittel erschaffen, das alle Nymphen dieser Erde einen konnte? Ein Mittel, das von unterschiedlichen Nymphen genutzt werden konnte? So konnte man sich abwechseln, um die vielen Nymphen auf dieser Welt zu betreuen. Es wäre nicht allein meine Aufgabe, worüber ich unendlich erleichtert war, denn das hätte ich nicht bewältigen können. Obwohl mein Finger sich seltsam leer anfühlte, war ich gleichzeitig froh, diese große Verantwortung nun mit meinen Schwestern teilen zu können.

»Wir sind sieben Himmelsnymphen«, sagte Magaly. »Sieben, also für jeden Wochentag eine. Nun, da wir nicht mehr am Himmel leben, brauchen wir eine neue Aufgabe. Jede von uns könnte einen Tag lang mit unseren Nymphenschwestern über den Omphalos kommunizieren. Fragen beantworten. Ihnen bei ihren Aufgaben in der Natur zur Seite stehen. Wir sind die ältesten Nymphen dieser Welt, es gibt kein Problem, von dem wir nicht schon gehört haben. Und Livia, als eigentliche Trägerin des Rings der fünf Quellen, kann mit uns allen kommunizieren, ohne dass sie den Stein berühren muss.« Magaly sah fragend zu mir. »So ist es doch, oder? Du hörst sie trotzdem, wenn du es zulässt. Du bist immer noch die Ringträgerin, das Gold auf deinem Finger beweist es. Es muss die Krone der Nymphen sein, auch wenn ich sie noch nie gesehen habe. So wie die Götter alle Kronensymbole ihrer Reiche besitzen, ist das das Zeichen aller Nymphen. Du bist die Nymphe, die allen fünf Nymphenvölkern vorsteht, so wie es die Geschichte des Rings überliefert. Seit über dreitausend Jahren gibt es Gerüchte über eine Nymphe, die die Kräfte des Rings erwecken und nutzen wird. Früher war er einfach nur ein Schmuckstück. Die mächtigste Nymphe trug ihn zu offiziellen Anlässen, wenn sich alle Nymphenvölker trafen, um sich auszutauschen oder zu beraten. Und in den letzten Jahrhunderten galt er als verschollen.«

»Meine Urgroßmutter hat ihn mir vererbt«, erklärte ich und berichtete den Plejaden in groben Zügen von der Uhr meiner Urgroßmutter und dem Verbandskasten, der mir durch die Moiren zugespielt worden war.

»Alle Stränge des Schicksals verweben sich perfekt ineinander.« Magaly klang vor Aufregung ganz atemlos. »Genau so sollte es eintreten. Du erfüllst dein Schicksal, Livia. Genau so perfekt sollten alle Zahnräder der Geschichte ineinandergreifen.«

»Absolut perfekt«, bestätigte Jemma. »Ich würde mich ja auch mit Livia freuen, wäre da nicht dieses winzig kleine Problem mit Uranos.«

Die Stimmung schien zu kippen, wie Joghurt, der zu lange in der Sonne gestanden hatte.

Hermes sah ausweichend auf sein Handy, während Magaly leise seufzte.

Tiffys Blick war immer noch fest auf den Omphalos gerichtet. »Wenn die Moiren ihre Finger im Spiel haben, dann muss der Omphalos ein Werkzeug sein, das uns bei diesem Problem helfen kann. Denkt alle mal scharf nach. Es muss so sein.«

Schon wieder bebte der Boden. Ödipus besaß tatsächlich die Nerven, den Fernseher einzuschalten. Ein Nachrichtensender zeigte Bilder erster Naturkatastrophen, die wir allerdings nur ausschnittweise erkennen konnten, da der Omphalos mitten im Weg stand. In Japan hatte es eine Überschwemmung gegeben. Ein Vulkan der Inselgruppe Hawaii spuckte Aschefetzen in die Luft. In Grönland hatte sich eine riesige Felsspalte aufgetan. Von überall auf der Welt kamen ähnliche Meldungen. Zerstörung, Verwüstung und eine verängstigte Bevölkerung. Laut Nachrichtensender sollte in Paris und einigen anderen Städten sogar der Ausnahmezustand ausgerufen werden. Die Leute wurden angewiesen, in ihren Häusern zu bleiben. Alle öffentlichen Gebäude, Museen und Behörden waren bereits geschlossen worden. Die letzten Metros liefen in den Bahnhöfen ein. Die Menschen in den Geschäften und Büros wurden aufgefordert, sich nach Hause zu begeben. Es war die Rede von Militär, das mit schwerem Geschütz die Einhaltung der Gesetze sichern sollte. In einigen Teilen Südafrikas hatte es bereits Plünderungen gegeben.

Wir starrten alle entsetzt auf den Bildschirm.

Doch dann schnippte Tiffy mit dem Finger. »Leute, strengt eure grauen Zellen an. Die Zeit drängt.«

Ich warf ihr einen bewundernden Blick zu, denn so energisch kannte ich sie gar nicht.

»Wo steckt eigentlich dein Vater, Selkes?«, fragte Maél.

»Er ist auf einer Krisensitzung. Er hat sich wohl in irgendeinem Gespräch verquatscht, und nun sind alle Bewohner der

Flüsse dieser Erde in heller Panik, dass sie sterben werden. Nicht nur die Bewohner, die die Menschheit kennt – auch solche wie Fluse.«

Sofort hatte ich das Bild vor Augen, wie Fluse sich godzillagleich aus den Fluten erhob.

»Oha«, sagte Ödipus. »Wie unangenehm.«

»Genau. So richtig unangenehm. Vater betreibt ein wenig Schadensbegrenzung und versucht alle zu beruhigen. Er hat sämtliche Leute mobilisiert, die er nur kriegen kann, denn wir können es echt nicht gebrauchen, dass jetzt auch noch das Loch-Ness-Monster an Land krabbelt, um irgendjemandem vor Angst auf den Schoß zu springen.«

»Ach, das gibt es wirklich?« Noah hatte plötzlich ganz glänzende Augen. »Ein Freund und ich haben da nämlich diese Theorie, dass …«

Selkes warf ihm einen vielsagenden Blick zu, und Noah verstummte.

»Wahnsinn«, murmelte er dann leise. »Absolut unglaublich.«

»Wenn Uranos nicht die Erde berühren darf, dann muss man ihn vorher stoppen«, überlegte Maél. »Von einem hohen Gebäude aus.«

»Das höchste Gebäude hier in Paris ist der Eiffelturm, oder?« Gigi sah aufgeregt in die Runde.

»Wer sagt uns überhaupt, dass er hier in Paris zuschlagen wird?« Ich sah kritisch in die Runde.

»Guter Einwand. Wir müssen ihn anlocken«, überlegte Maél laut. Sein Blick glitt zu den Plejaden. »Und wir haben etwas, das er sicher gern wiederhaben will.«

Magaly und die anderen wurden zwar blass, nickten aber

tapfer. »Gebt uns ein Zeichen, wenn ihr am Eiffelturm seid, und wir werden uns bemerkbar machen.«

»Danke. Ihr seid wirklich mutig.« Ich lächelte sie an, dann fiel mein Blick auf den Omphalos. »Vielleicht ist aber auch unser Kultstein des Rätsels Lösung. Warum haben die Moiren dafür gesorgt, dass er uns in die Hände fällt?«

Wieder lief ein Grollen durchs Haus, und die Dachbalken ächzten. Magaly legte eine Hand auf den Stein und summte leise ein Lied.

»Ja, singt mit mir«, flüsterte sie dann. »Das ist wunderschön.«

Ich summte unwillkürlich mit, denn die Melodie war simpel und irgendwie einladend. Das Grollen verstummte abrupt.

»Was hast du da gerade gemacht, Magaly?«, fragte Tiffy. »Und warum hast du gesungen?«

»Das haben wir oben am Himmel jeden Tag getan. Wir singen alle gerne. Ich habe die anderen Nymphen gebeten, mit mir zu singen. Der Klang von Schlafliedern wird allgemein als beruhigend empfunden und …« Sie brach ab, im gleichen Moment, in dem es auch mir wie Schuppen von den Augen fiel.

Ich riss die Augen auf und sah auf den Stein.

»Oh«, keuchte Magaly. Sie sah zu ihren Schwestern. »Oh.«

»Das ist es«, flüsterte ich. »Das ist es, wofür wir den Omphalos brauchen. Wofür wir den Ring der fünf Quellen haben.«

Die meisten anderen sahen mich an, als hätten sie keinen blassen Schimmer, wovon ich redete.

Hades sah mich aus zusammengekniffenen Augen an. Ich war mir sicher, er wusste, worauf ich hinauswollte, doch er sagte nichts.

Erneut bäumte der Boden sich unter uns auf, und das Laminat zu unseren Füßen quietschte bedrohlich.

»Mach es noch mal«, bat ich Magaly.

Wieder legte sie die Hand auf den Stein, summte eine Melodie und bat die anderen Nymphen, sich ihr anzuschließen. Ich sang leise mit. Im nächsten Moment legte sich das Grollen.

»Es funktioniert. Es funktioniert wirklich.« Magaly lachte, und es klang erleichtert und glücklich.

»Ähm, können jetzt auch mal alle Leute ohne magische Kräfte eingeweiht werden?«, fragte Noah. »Ich meine, es ist mir eine Ehre, euch dabei zuzusehen, aber ich wüsste schon gerne, warum alle so aufgeregt sind.«

»Wir Nymphen sind Naturwesen«, erklärte Magaly. »Wir spüren Gaias Gefühle, wir tragen einen Teil von ihr in uns. Und auch sie kann uns wahrnehmen. Wir sind miteinander verbunden, und unsere Gesänge beruhigen sie. Ein einzelner Gesang oder zwei oder drei reichen nicht, um ihre Wut zu mildern. Doch über den Omphalos können wir Nymphen auf der ganzen Welt erreichen. Es spielt keine Rolle, ob sie ihre Kräfte schon voll ausgebildet haben. Oder ob ihre Kräfte bisher blockiert waren. Die Macht, Gaia zu erreichen, liegt tief in uns. Sie ist die Natur, und wir sind Naturwesen. Wir singen für sie, und sie beruhigt sich. So können wir sie ein wenig kontrollieren.« Magaly strahlte und fügte hinzu: »Wenn wir noch viele mehr sind, können wir wahrscheinlich sogar erreichen, dass sie wieder komplett einschläft. Das ist wirklich ein Wunder.«

Tiffy lächelte triumphierend. »Das heißt also, wir können Gaia im Zaum halten. Durch eure Gesänge und die Lieder der Nymphen aus aller Welt. Eure Gesänge sind stärker als ihre Wut. Richtig?«

»Das hoffe ich.«

»Dann können wir wenigstens einen der uralten Götter in Schach halten. Das ist doch schon mal ein Riesenschritt nach vorn.« Tiffy lächelte in die Runde, und ihr Blick sollte eindeutig motivierend wirken. Ich bewunderte ihre Verwandlung – von dem schüchternen verängstigten Mädchen, das seine Mutter suchte, zu einer entschlossenen Hadestochter, die nicht aufgab, ehe sich alles zum Guten wendete.

»Du hast recht.« Ich musste sie einfach spontan umarmen. »Wie toll, dass du einfach nicht lockergelassen hast.«

Irgendwie waren wir plötzlich alle so sentimental und gerührt, dass wir uns nacheinander umarmten. Hades rollte mit den Augen angesichts dieser kitschigen Szene, schien aber ebenfalls beeindruckt von den neuen Erkenntnissen. Wir machten aus, dass die Plejaden ab sofort die Nymphen in aller Welt koordinieren würden, damit Gaia nicht weiter erwachte. Sie sollten mit ihren Gesängen dafür sorgen, dass sie nicht weiter versuchen würde, sich Uranos entgegenzustellen. Es blieb zwar immer noch das Risiko, dass die Himmelsnymphen nicht genügend andere Nymphen erreichen würden, dass die Macht ihrer Gesänge nicht groß genug sein würde, um Gaia zu jeder Zeit ruhigzustellen. Doch es war besser als gar nichts. Hauptsache, es brachen nicht noch mehr Vulkane aus und nicht noch mehr Erdteile überfluteten. Und wenn es besonders vonnöten war, konnte ich aufgrund meiner Nymphenkrone telepathisch mit den anderen Nymphen Kontakt aufnehmen und so um Hilfe bitten. Es fühlte sich gut an. Endlich war klar, dass auch wir Nymphen eine wichtige Rolle neben den Göttern spielten.

Ich sah kurz auf mein Handy. Sofort sank meine Stimmung wieder etwas. Es war 22:45 Uhr. Kaum mehr als eine Stunde und es würde ernst werden.

Noah fing meinen Blick auf. »Wie viel Zeit bleibt uns noch?«

»Eine gute Stunde.«

Noahs Blick blieb skeptisch. »Wir marschieren jetzt also auf gut Glück los und hoffen, dass wir Uranos auf dem Weg zur Erde ein Bein stellen können? Das klappt doch niemals.«

Ich gab ihm stumm recht. »Ist Uranos noch nie besiegt worden? Er hatte die Erde doch schon mal umschlungen, und sie konnte ihn vertreiben. Wie hat sie das gemacht?«

»Das hatten wir doch schon mal besprochen, oder?« Maél kratzte sich am Kinn. »Sie hat ihre Kinder losgeschickt, um gegen den eigenen Vater zu kämpfen. Die sind nur leider alle dabei gestorben.«

Das klang nicht gerade ermutigend, aber ich zückte einem inneren Impuls folgend mein Handy. Vielleicht hatten wir uns verrannt, weil wir uns hauptsächlich für Uranos interessiert hatten. Was, wenn Gaia die Lösung war? Unsere Lage schien so aussichtslos, dass wir wirklich nach jedem Strohhalm greifen mussten. Ich überflog einen Eintrag in einem Lexikon der griechischen Mythologie. Meine Augen blieben an einem Wort hängen, das ich nicht kannte: »Adamantium«. Es sollte sich hierbei um ein von Gaia erschaffenes Metall handeln, aus dem sie ihren Kindern Waffen schmiedete, um gegen Uranos zu kämpfen. Laut des Eintrags wusste niemand, wo diese Waffen nach dem Kampf verblieben waren. Sicher war nur, dass Gaia danach nie wieder Adamantium erschaffen hatte. Das klang alles nicht gerade positiv, trotzdem erzählte ich den anderen, was ich gerade gelesen hatte.

»Das Adamantium ist ein Gerücht«, sagte Hermes sofort. »Niemand hat es je gesehen oder je wieder davon gehört. Das wird uns nicht helfen.«

Hades biss die Zähne aufeinander, und sein Mund wurde ein gerader Strich. Er schien mit sich zu ringen, sagte dann aber doch nichts.

Noah seufzte. »Also bleibt es dabei? Planlos zum Eiffelturm?«

Plötzlich schien Hades sich einen Ruck zu geben. Er ließ seine Stimme betont lässig klingen, als er sagte: »Der Plan ist gar nicht so schlecht, denn das Adamantium im Eiffelturm könnte tatsächlich im Kampf gegen Uranos behilflich sein.«

Wir starrten ihn alle an.

Hermes blinzelte nervös. »Könntest du das etwas genauer ausführen, Herr der Unterwelt?«

Hades zuckte die Schultern. »Ich dürfte gar nicht mit euch darüber reden, denn es ist ein Geheimnis, das nur wir göttlichen Drei – Zeus, Poseidon und ich – kennen. Uranos' Eifersucht auf uns Olympier ist hinlänglich bekannt, ebenso wie seine Wut auf Gaia, weil sie ihn besiegen konnte. Als Sicherheitsmaßnahme haben wir heimlich in dem jeweils höchsten Bauwerk der Städte, in denen wir gelebt haben, Adamantium verbauen lassen, um Uranos den Weg zu uns abzuschneiden. Im Koloss von Rhodos in Griechenland, im Petersdom in Rom, im Eiffelturm. Am höchsten Punkt befindet sich immer eine Adamantlegierung, gefertigt aus einer der Waffen, mit denen Gaia gegen Uranos kämpfte.«

Wieder zuckte er die Schultern. »Adamantium kann Uranos vielleicht stoppen, aber als Waffe nützt es uns nichts, denn wir Götter können das Metall nicht berühren, da es von einem viel älteren Gott stammt. Wir haben menschliche Handwerker bestochen und beauftragt, die Waffen zu schmelzen und das Adamantium für uns anzubringen.«

»Das fällt dir jetzt ein, Vater?«, brüllte Maél. »Dass hier

mitten in Paris eine Waffe versteckt ist, mit der man gegen Uranos kämpfen kann?«

Den anderen stand vor Überraschung und Schock der Mund offen. Ich hätte mich gern spontan hingesetzt, war aber gleichzeitig viel zu nervös, um still auf einem Fleck zu sitzen. Hermes bekam rote Flecken im Gesicht und machte sich in einer fahrigen Bewegung den obersten Hemdknopf auf.

»Ich sagte doch«, wiederholte Hades halsstarrig, »Götter können es nicht ...«

»Und was ist mit Halbgöttern?« Maél schien wirklich um Fassung zu ringen. »Das darf doch wohl nicht wahr sein ...«, murmelte er in meine Richtung.

Hades blieb nervtötend gelassen. Er schien ernsthaft zu überlegen. »Nun, das könnte klappen.«

Maél schien kurz davor, auszuflippen, weil Hades so ruhig schien. »Dass das hier so was wie ein Notfall ist, ist dir aber schon klar?«

»Ich hatte kurz daran gedacht, als ich meine Rache gegen Uranos geplant habe, es aber schnell wieder verworfen, weil ich es nicht ...«

»Ich fasse es nicht!«, brüllte Maél erneut.

»Ich verstehe deine Wut sehr gut, Maél.« Hermes schoss einen Blick zu Hades. »Aber wir müssen uns jetzt auf das Wesentliche konzentrieren.«

»Und wie funktioniert das mit dieser Waffe?«, fragte Selkes. »Hängt die irgendwo da oben? Und wer von uns kann mit so was umgehen?«

»Ich«, sagte Maél sofort.

»Eine Waffe dort oben aufzuhängen wäre wohl etwas zu auffällig.« Hades sah Selkes an, als besäße der kein Gehirn.

»Das Adamant ist in der Legierung versteckt, wie ich schon sagte.«

»Super«, gab Selkes zurück. »Das klingt echt praktisch.«

In Hades' Augen züngelten schon wieder die Flammen hoch.

»Wenn der Olymp vermutet, dass Uranos durch das Adamantium aufgehalten wird, dann ist ja vielleicht etwas daran.« Gigi sah hoffnungsvoll in die Runde. »Vielleicht braucht es ja gar keine Waffe oder einen Kampf, wenn das Metall ihn auf seinem Weg hierher ausbremst.«

»Weiß er, dass es das Adamantium auf der Erde noch gibt?«, fragte ich.

»Entweder, er ahnt es und lässt es darauf ankommen, oder er weiß nichts davon. Wir wissen im Umkehrschluss aber auch nicht, ob es ihn aufhält. Gaias Kinder waren riesige Wesen mit großer Kraft. Gegen sie sind wir Olympier nur niedliche kleine Handpuppen.« Hades kicherte über seinen eigenen Witz.

»Leute, es geht bald los.« Tiffy deutete auf ihre Armbanduhr. »Noch eine gute halbe Stunde. Was ist jetzt der Plan?«

Sie hatte recht. Für Spekulationen blieb keine Zeit mehr.

»Wir brauchen von hier aus etwa zehn Minuten zum Eiffelturm«, sagte Maél. »Ich mache mich auf zur Spitze, werde mir irgendwie diese Waffe zusammenbasteln und dann versuchen, Uranos das Ding irgendwo rein zu rammen, wo es wehtut. Sofern wir nicht Glück haben und die Sternbilder ihn so geschwächt haben, dass das Adamant ihn auf seinem Weg aufhält.«

»Das hier wird kein Alleingang.« Ich sah zu Maél. »Ich komme mit dir.« Ich rief nach Evangéline, und sie schoss hervor. »Außerdem brauchen wir Evangéline, damit sie die Legierung abtragen kann.«

Evangéline saß auf meiner Hand und schwenkte die Fühler, als wollte sie sagen: »Genau!«

Hades starrte die Motte fasziniert an, sagte aber nichts.

»Selkes und Gigi, ihr behaltet mit Hades und Hermes die Lage im Blick. Jemma, ich schicke Evangéline zu dir, sobald sie die Legierung abgetragen hat. Passt gut auf sie auf.«

Jemma und Noah nickten.

»Tiffy, du versuchst nur im Notfall, zu helfen. Wir können nicht einschätzen, wie Uranos auf dich reagiert.«

»Okay.«

»Kannst du uns nach oben bringen?«, fragte Maél an Hermes gewandt.

Der schüttelte den Kopf. »Mein Talent ist die Geschwindigkeit, aber ich kann mit meinen Schuhen nur mich selbst beschleunigen. Die Kraft würde für mehrere Personen nicht ausreichen.«

»Was ist mit mir?« Hinter Tiffys Rücken waren die Schatten ihrer großen schwarzen Flügel erschienen.

Daran hatte ich gar nicht mehr gedacht.

»Bist du sicher, dass du mich tragen kannst?«, fragte Maél kritisch.

Ich teilte seine Bedenken, denn er wog etwa doppelt so viel wie sie.

Tiffy zuckte die Schulter. »Jetzt ist der richtige Zeitpunkt, um es auszuprobieren. Wo genau wollt ihr denn hin? Auf der Spitze kann man nicht stehen.«

»Es gibt diese Wartungsplattform«, warf Selkes ein. »Sie ist für Besucher nicht zugänglich, aber sie befindet sich ziemlich weit oben. Dort kann man noch stehen, aber viel mehr auch nicht.«

»Kannst du uns dahin bringen?« Maél warf Tiffy erneut einen skeptischen Blick zu.

»Klar.« Tiffy klang so sicher, dass ich ihr glaubte.

»Perfekt. Geht's dann los?«, fragte Hades, als wäre nichts Besonderes passiert.

Maél schüttelte noch mal fassungslos den Kopf. Ödipus klopfte ihm beruhigend auf die Schulter.

»Ich fahre den Bulli.« Hermes klimperte bereits mit den Schlüsseln. »Die Damen Plejaden bleiben hier und kommunizieren über den Omphalos mit den anderen Nymphen. Versucht, so gut es geht, Gaia ruhig zu halten.«

»Das machen wir«, versprach Magaly.

Ich musste mich zusammenreißen, um vor den anderen zuversichtlich zu wirken. Schließlich wollte ich sie nicht noch mehr beunruhigen. Doch innerlich schien ich vor Angst zu zerfließen. Was, wenn das Adamant Uranos nicht aufhielt? Was, wenn die Legierung sich nicht automatisch zu einer Waffe zurückformte? Was, wenn wir dort oben scheitern würden?

Maél nahm meine Hand, und ich lächelte ihn an. Doch innerlich war mir eiskalt vor Panik.

*

Die Straßen waren fast menschenleer. Natürlich patrouillierten an jeder Ecke Polizeiwagen, und hin und wieder hörte man aus der Ferne die Sirene der Feuerwehr. Doch ansonsten kamen wir problemlos durch.

Hermes parkte den Bulli so nah am Eiffelturm wie möglich.

Meine Schritte wurden immer schwerer, je mehr wir uns dem riesigen Gebilde aus Stahl näherten, das trotz des Ausnahmezustands hell illuminiert und so hübsch anzusehen war wie immer. Nur der grausam tobende Himmel darüber trübte die Idylle. Niemand von uns sagte etwas. Normalerweise redeten wir alle durcheinander, doch jetzt schien niemand die richtigen Worte zu finden.

Als mein Handy piepte, zog ich es überrascht hervor. Wirkte das Beruhigungsmittel des Usurpators nicht mehr? Waren meine Eltern nun in unendlicher Sorge um mich? Doch die Nachricht kam von jemandem, mit dem ich gar nicht mehr gerechnet hatte: Aphrodite. Sie hatte auf keinen meiner Kontaktversuche mehr reagiert. Ich sah mir das Foto an, das sie mir geschickt hatte. Sie im Arm von Adonis mitten im Grünen. Darunter der Text: *Haben den ewigen Bund geschlossen und machen Flitterwochen im Garten der Hesperiden. Die Welt muss leider ohne uns untergehen. Gruß und Kuss!*

Ich war sprachlos. Wortlos hielt ich Maél das Display hin. Er drückte mich sanft, als er die Nachricht las, doch auch ihm gelang es nicht, seine Überraschung und Resignation zu verbergen.

Hermes, der sich kurz umgesehen hatte, wirkte genauso geknickt wie ich. »So wie es aussieht, sind wir tatsächlich die Einzigen. Der Olymp wird uns nicht zur Seite stehen. Sie glauben einfach nicht, dass Uranos tatsächlich eine Bedrohung für uns sein kann. Sie sind überzeugt, dass seine Kraft im Laufe der Jahrtausende zu schwach geworden ist. Und von der besonderen Planetenkonstellation wollen sie ja erst recht nichts wissen.« Er ließ die Schultern hängen und schüttelte leicht den Kopf. »Wie kann man nur so ignorant sein?«

»Ich helfe euch.« Hades sah beifallheischend in die Runde. »Und ich bin definitiv ein Olympier.«

Tiffys Uhr piepte. »Eine Viertelstunde noch.«

»Dann gebe ich jetzt den Plejaden Bescheid, dass sie Uranos hierher locken sollen.« Über meine mentale Verbindung durch den Ring der fünf Quellen gab ich Magaly ein Zeichen. Kurz darauf begannen ihre Gesänge.

»Es geht los.« Mein Herz setzte kurz aus. Jetzt gab es kein Zurück mehr.

Plötzlich kam ein scharfer Wind auf. Ich legte schützend eine Hand auf Evangéline unter meinem Halstuch, Jemma hielt ihre Haare fest und Gigi duckte sich unter Selkes' Arm.

Der hell erleuchtete Eiffelturm war prachtvoll anzusehen und wirkte riesig, jetzt, da wir direkt unter ihm standen. Von dort oben sollten wir uns so einem übermächtigen Gegner entgegenstellen. Ich sah kurz zu Maél, dessen Blick ebenfalls auf den Eiffelturm gerichtet war. Der Wind schien noch mal Fahrt aufzunehmen. Es war ein surrealer Moment.

Da standen wir nun und starrten hinauf in den immer schwärzer werdenden Himmel. Wir waren so weit gekommen, und nun rüsteten wir uns für die letzte Schlacht. Komme, was wolle. Ich ließ den Blick über meine Freunde gleiten. Jemma und Noah standen so nah nebeneinander, dass sich ihre Schultern berührten. Sie wirkten wie eine Einheit. Jemma in ihrer unerschütterlichen Beständigkeit und Noah ruhig und gelassen wie schon lange nicht mehr. Daneben Gigi und Selkes. Der blonde Hüne mit den breiten Schultern und den durchdringend türkisblauen Augen hielt Gigi in seinen Armen, die furchtlos gen Himmel sah. Ödipus stand neben Tiffy, grimmig und leidenschaftlich durch den jahrtausendelangen Schmerz, den er zu all dieser Wut und Entschlossenheit kanalisierte. Tiffy hatte die Augen zusammengekniffen und den Mund abschätzig verzogen. Ihr Haar wirkte wie schillernde Flammen, die lautlos um ihren Kopf züngelten. Hades stand ein wenig abseits, immer noch voller Trauer und doch so wütend, dass das Gras um seine Füße zu Asche verglomm.

Ich spürte meine eigene feurige Kraft in mir emporsteigen.

»Sind wir soweit?«, fragte Maél.

»Klar sind wir bereit.« Selkes sah sich zu Maél um. »Wir sind eine verdammte Gang, Mann.«

Maél lachte dunkel. »Wir sind eine Gang.« Er sah zu Tiffy. »Brechen wir auf?«

In dem Moment fegte eine so heftige Windböe über uns hinweg, dass die zierliche Tiffy Mühe hatte, sich auf den Beinen zu halten.

Maél betrachtete sie stirnrunzelnd. »Vielleicht warten wir doch lieber noch kurz ab, ob der Wind sich legt.«

Er schnippte mit dem Finger, und um ihn herum wallte Dunkelheit auf wie eine alles verschlingende Flut. »Jetzt machen wir ihn fertig.« Er sah zu mir.

Ich wandte mich ihm mit meinem ganzen Körper zu, und seine Dunkelheit hüllte mich ein.

Ich liebe dich.

Ich hörte seine Worte, obwohl er sie nicht ausgesprochen hatte. Ich fühlte sie durch unsere Verbindung, ich schmeckte sie auf meiner Zunge.

Ich liebe dich … Ich liebe dich … dich für immer, schon immer, immer nur dich …

Ich schloss die Augen, nur für einen kurzen Moment, und ließ es zu, wie high seine Worte mich machten.

Ich liebe dich auch.

Wir umklammerten uns noch fester, Maéls Wange presste sich gegen meine Schläfe, sein rasendes Herz schlug gegen meines.

»Egal, was kommt, wir werden damit fertig«, flüsterte er.

Ich nickte. »Für Agada, die an die Schicksalsgöttinnen geglaubt hat.«

Er schluckte schwer, dann löste er sich von mir.

Es wurde ganz still. Es fühlte sich an, als hätte jemand den Wind einfach ausgeknipst. Der Erde jedes Geräusch entzogen. Die Wolken am Himmel standen alle still.

Tiffys Uhr piepte wieder leise. »Noch fünf Minuten.« Sie schlug ungeduldig mit ihren schwarzen Flügeln. Die Stunde null hatte fast begonnen.

»Es wird Zeit, Maél«, drängte ich. »Wir müssen aufbrechen!«

Im nächsten Moment riss die Wolkendecke auf, als öffnete sich der Vorhang einer Theaterbühne. Zum Vorschein kam der tiefschwarze Nachthimmel.

Hades sagte nur drei Worte, doch in seiner Stimme schwang so viel mehr mit. »Da ist er.«

»Er schafft es«, flüsterte Hermes. »Oh weh, Olymp, was habt ihr euch verrechnet.«

»Aber er ist zu schwach, um überall gleichzeitig anzugreifen.« Hades sah immer noch in den Himmel. »Das da ist lediglich ein kleines Portal. Das könnte eine Chance sein.«

Maél neben mir zuckte zusammen, als die »Rune des Verräters« am Himmel erschien. Nein, das hatte Enko nicht verdient. Ich drückte Maéls Hand.

Ein Grollen lief durch die Erde, und der Boden wackelte leicht. Gaia hatte ebenfalls gemerkt, wer auf dem Weg war. Ich konnte nur hoffen, dass Magaly ihr Bestes tat – und dass die erwachenden Kräfte aller Nymphen dieser Welt ausreichen würden, um Gaia zu beruhigen.

Schon wieder wackelte die Erde.

»Wenn das so weitergeht, wird uns der Eiffelturm entgegenfallen.« Selkes hatte mit einer Hand seine Augen abgeschirmt und sah skeptisch zum Turm hoch.

In meinem Kopf hörte ich, wie Magaly zu den anderen Nymphen sprach und versuchte, Ordnung ins Chaos zu bringen.

Irgendwo in der Nähe krachte es, und es klang so, als hätte sich eine Erdspalte aufgetan. Die Erde schien sich immer noch zu wehren. Dann hoben die Gesänge an. Erst leise und unsynchron, doch dann schienen die Nymphen ihre Stimmen zu finden. Das Lied klang plötzlich harmonisch, obwohl sie es in Dutzenden Weltsprachen sangen. Auch ich kannte die Melodie, ganz intuitiv, als wüsste mein Nymphenerbe, was Gaia hören wollte, um wieder einzuschlafen. Es war surreal, mit dem strahlenden schwarzen Nachthimmel über mir und diesem Chor an Frauenstimmen in meinem Ohr, der immer mehr an Macht zu gewinnen schien.

Die Schwärze über uns schien sich mehr und mehr zu verdichten. Dann ballte sie sich endgültig zusammen und explodierte in einem Strudel, der irgendwann eine Spitze auszubilden begann.

»Ein Wirbelsturm?«, keuchte Noah atemlos.

»Wie sollen wir bei dem Wetter nach oben kommen?« Maél sah zu mir. »Das schafft Tiffy doch nicht.«

Darauf wusste ich keine Antwort.

Wir beobachteten, wie sich einzelne Tropfen aus dem Strudel lösten. Drei, vier dicke schwarze Tränen, die kontinuierlich zur Erde sanken.

»Haltet sie auf!«, brüllte Hades. »Nichts davon darf die Erde berühren. Es wird sie reizen, und dann können wir Gaia endgültig nicht mehr aufhalten. Sie wird sich wehren.«

»Ich fasse die Dinger nicht an!«, schrie Selkes.

»Wartet!« Hermes machte eine Geste, und die beiden goldenen Schlangen erschienen im Ausschnitt seines Oberhemdes. Sie glitten an seinem Körper entlang und wurden kontinuierlich größer. Die Tropfen kamen immer näher. Die Schlangen reckten sich und schafften es, alle vier Tropfen aufzufangen. Es zischte und brodelte, als sie in ihren goldenen Körpern verschwanden, doch sie schienen ihnen keinen Schaden zuzufügen.

»Hier ist noch einer«, rief Selkes und stürzte nach rechts. Gigi schrie auf, doch es war zu spät. Der Tropfen war kleiner als die, die die Schlangen verschlungen hatten. Trotzdem schrie Selkes jämmerlich auf, als das tiefschwarze Tröpfchen seine Haut berührte. Er wurde bleich, dann fiel er zu Boden und bewegte sich nicht mehr. Gigi stürzte auf ihn zu, und wir anderen folgten ihr.

»Macht Platz.« Hermes drängte sich zwischen uns durch. »Lasst meine Schlangen zu ihm durch.« Die zwei goldenen Reptilien schlängelten auf Selkes zu.

Ich presste die Hand vor den Mund, als sie beide ihre Mäuler aufrissen und die Fangzähne bleckten. Gigi wollte die Schlangen aufhalten, doch Hermes ließ es nicht zu. Die beiden Tiere schlugen ihre Reißzähne in Selkes' Fleisch.

Irgendwo hinter mir hörte ich Jemma schluchzen. Es vergingen nur Sekunden, dann schien das Leben in Selkes zurückzukehren. Die Schlangen ließen von ihm ab, und er richtete sich auf. Ich hätte nie gedacht, dass sie solche Heilkräfte besäßen.

»Alter …« Er rieb sich über die Stirn. »Was für ein Trip. Mannomann …«

»Alles okay?« Gigi strich ihm besorgt über die Stirn.

»Ja, alles gut.« Schon drückte er sich vom Boden wieder hoch. »Was ist passiert?«

Wir wechselten Blicke untereinander, dann sah Maél wieder nach oben.

»Das erklären wir dir später.« Hermes pfiff seine Schlangen zurück zu sich.

»Da kommen noch mehr«, rief Maél. »Ich glaube nicht, dass deine Schlangen die alle stoppen können.«

Hermes sah verzweifelt auf seine zwei kleinen goldenen Helfer, die sich schon wieder bereit machten. »Wir bräuchten ein riesiges Tuch oder eine Art Zelt, das wir aufspannen können, damit die Tropfen nicht die Erde berühren.«

»Ich habe eine Idee. Es gibt hier doch diesen Park mit dem Wasserbecken …« Selkes presste beide Hände an die Schläfen und schien sich zu konzentrieren.

Die Tropfen sanken immer tiefer.

Da erschien wie aus dem Nichts ein Teppich aus Wasser. Er schwebte unter Selkes' Anweisung heran, und die Tropfen fielen zischend in das Wasser, doch sie durchdrangen es nicht. Kein Tropfen berührte die Erde.

»Wahnsinn. Du kannst das Wasser manipulieren!«, schrie Noah. »Das ist ja so was von Percy Jackson.«

Auf Selkes' Stirn bildeten sich Schweißtropfen, doch er rang sich ein schiefes Lächeln ab. »Na klar. Und genau wie er kann ich die Aquaman-Sprüche nicht mehr hören.«

»Wie beeindruckend«, meinte Jemma. »Ich wusste gar nicht, dass du solche Kräfte hast, Selkes.«

»Flussgott halt«, erwiderte Selkes bescheiden. »Wasser ist mein Ding.« Er zwinkerte Gigi zu, die immer noch ziemlich blass um die Nase schien.

»Vorsicht«, brüllte Hermes in diesem Moment. Offenbar

hatten wir einen Tropfen übersehen, der nun direkt auf Jemma und Noah zuraste. Hermes aktivierte seine Flügelschuhe und war in der nächsten Sekunde bei ihnen und riss sie zur Seite. Selkes machte eine schnelle Handbewegung nach rechts, und der Wasserteppich dehnte sich so weit aus, dass er auch diesen Tropfen aufhalten konnte.

Wieder mal griffen die Fähigkeiten all meiner Freunde wie Zahnräder ineinander. Wir funktionierten wie ein Uhrwerk. In diesem Moment war ich mir noch sicherer als jemals zuvor, dass es der Plan der Moiren gewesen war, dass wir Uranos gemeinsam aufhalten sollten.

Doch dann nahm der Wind Fahrt auf, und plötzlich segelten unzählige Tropfen vom Himmel. Selkes versuchte, seinen Wasserteppich noch zu strecken, doch irgendwann brach seine Macht und das Wasser klatschte zu Boden.

Die Tropfen näherten sich unaufhaltsam dem Boden. Wir würden sie nicht aufhalten können.

»Jetzt lasst mal den Profi ran«, rief Hades. Er brüllte einen Befehl in einer gutturalen Sprache. Seine Söhne erschienen, und zur gleichen Zeit bohrten sich unzählige Skelette durch den Boden. Manche trugen altmodische Trachten, andere Uniformen aus römischer Zeit, manche sogar nur Felle. Doch sie alle waren bewaffnet. Es war eine Armee der Toten. Seine Söhne schienen sie zu koordinieren, und zwei von ihnen erkannte ich sogar wieder, denn ich hatte sie in den Katakomben bereits kennengelernt. Maurice deutete eine spöttische Verbeugung in meine Richtung an. Dann waren die Tropfen plötzlich gefährlich nah, und die Skelette stürmten los. Sie fingen die schwarze Flüssigkeit mit ihren Knochenkörpern auf, wo sie wirkungslos verpuffte.

Es schien tatsächlich, als wäre diese Gefahr vorerst gebannt. Doch die Tropfen waren nur Vorboten.

»Wir müssen endlich nach oben«, rief ich. »Wir brauchen die Waffe, wenn Uranos sich manifestiert!«

Unter unseren Füßen bebte erneut die Erde. Wieder hoben die Gesänge der Nymphen an, wurden lauter und leidenschaftlicher. Das Grollen verklang.

»Tiffy, schaffst du das?«, rief ich.

»Probieren wir es aus.« Im nächsten Moment hatte sie Maél ihre Arme um die Taille geschlungen, und schon hoben sie ab.

Über uns nahm der Tornado aus Dunkelheit Fahrt auf.

Tiffy und Maél stiegen immer höher, und irgendwann konnte ich sie kaum noch erkennen.

»Unglaublich«, murmelte ich.

»Das ist meine Tochter.« Hades klang so stolz, wie ein Vater nur klingen konnte. »Sie kommt ganz nach mir.«

Hermes verdrehte die Augen.

Wenig später war Tiffy wieder da. Sie wirkte zwar etwas außer Atem, aber nicht entkräftet. »Jetzt du?«, fragte sie lächelnd.

Ich nickte. Sie fasste auch mich um die Taille, und im nächsten Moment zerzauste der Flugwind mir die Haare. Paris von oben war trotz des Weltuntergangs atemberaubend schön.

»Unglaublich!«, rief ich erneut.

Sie lachte einmal kurz auf, und schon waren wir am Eiffelturm entlang nach oben geflogen. Maél kauerte auf der Plattform, die wirklich winzig war. Ich bedankte mich bei Tiffy, während sie mich absetzte, und nahm ihr das Versprechen ab, keine Dummheiten zu machen und auch darauf zu achten, dass die anderen nicht die Helden spielten. Als sie verschwunden war, hielt ich mich an dem Geländer fest und drehte mich zu Maél. Es war so niedrig, dass er nur gebückt stehen konnte, wenn er sich daran festhielt. Es war nicht mal ein durchgehendes Geländer angebracht, nur Streben, die sich hin und wieder kreuzten. Dazwischen war nichts als freier Raum, durch den man hinabstürzen konnte. Ich fröstelte, und Angst stieg in mir auf. Ein falscher Schritt, und ich würde mich im freien Fall befinden. Maél tastete nach meiner Hand, als wolle er mir dadurch Halt geben.

Und nun? Er sah mich ratlos an.

Ich ließ den Blick schweifen. Paris bei Nacht war wirklich wunderschön. Die Seine schlängelte sich wie eine riesige Schlange durch das Lichtermeer der Häuser. Ob ich es das letzte Mal sehen würde?

»Komm her.« Ich zog Maél noch näher zu mir.

»Die Stadt der tausend Lichter.« Er legte seinen Kopf auf meine Schultern. »Sie hat mich vom ersten Moment an fasziniert.«

Ich drehte mich zu ihm um. »Wir werden sie retten. Damit wir für immer in ihren Straßen spazieren gehen können.«

Er lächelte mich an. »Du bist das mutigste Wesen, das mir je begegnet ist.«

»Und danach falle ich immer in Ohnmacht.«

Maél wollte etwas erwidern, doch dann glitt sein Blick an mir vorbei und er wurde ganz bleich. Langsam drehte er mich an den Schultern um. Wir befanden uns nun so hoch oben, dass wir den Wirbelsturm besser sehen konnten. Von hier aus wirkte er wie eine rotierende Wasseroberfläche. Es war ein beängstigender Anblick.

Ich rief mental nach Evangéline. Ihre Flügel zitterten im Wind, als sie auf meine Hand krabbelte. Ich streichelte sie kurz. Nun war ihre große Stunde gekommen. *Holst du uns das Adamantium, kleine Motte? Es befindet sich oben an der Spitze.*

Evangéline schoss davon, und ich sah ihr in dem wirbelnden Wind nach. Ich betete, dass sie unversehrt zu uns zurückkehren würde.

Noch mal schwankte der Eiffelturm, und Maél und ich hielten uns mühsam am Geländer fest. Es schien ewig zu dauern bis Evangéline wieder da war. Sie schüttelte ihre Flügel, und etwas Glänzendes formte sich aus dem rieselnden Metallstaub. Es fiel klappernd zwischen unsere Füße. Maél hob den Dolch auf und wog ihn prüfend in der Hand. Wir sahen uns an und teilten denselben Gedanken. *Ziemlich klein, um damit gegen den Himmel zu kämpfen.*

Maél ließ die Klinge zwischen seinen Fingern tanzen. Ich schickte Evangéline nach unten und sah ihr nach, bis sie außer Sichtweite war. Ich konnte nur hoffen, dass sie sicher bei Jemma und Noah ankam.

Noch mehr Wind kam auf und presste mir meinen Mantel eng um den Körper. Über uns wurde das Rauschen des Wirbelsturms lauter, dann sank er tiefer, bis er sich ungefähr auf unserer Höhe befand. Maél schob mich hinter sich und nahm Kampfposition ein. Eigensinnig stellte ich mich zurück neben ihn. Wärme wallte in meinem Körper auf und strömte durch meine Glieder. Ich würde mich nicht verstecken. Wir würden gemeinsam kämpfen. Wir konnten jetzt erkennen, dass sich im Auge des Sturms eine Vertiefung formte. Und genau aus dieser Vertiefung schien sich nun etwas zu erheben.

Ein Kopf tauchte aus dem wirbelnden schwarzen Sturm auf. Ich erkannte ihn, obwohl er wieder nur durchscheinend wie eine Astralprojektion wirkte.

Uranos, der Herr des Himmels.

Gaia bäumte sich auf. Der Eiffelturm stöhnte und schwankte. Maél und ich schrien beide auf, was uns wohl die Aufmerksamkeit des Himmelsgottes einbrachte.

Es war ein faszinierendes Schauspiel. Er schien sich aus der wirbelnden Dunkelheit zu formen. Erst jetzt erkannte ich die schimmernden Lichtpunkte darin. Er würde sich aus einem Teil des Firmaments manifestieren.

Maél rief alle seine Kräfte an. Ich spürte die Schatten und wie er ihre Kraft bündelte. Das heiße Feuer der Sonne jagte durch meine Adern wie ein Weckruf für all meine Zellen, als plötzlich direkt neben uns ein Lachen erklang. Es schien, als wäre der Wirbelsturm näher an den Eiffelturm herangerückt. Uranos wirkte bedrohlich, nun da er bereits zur Hälfte seine menschliche Gestalt angenommen hatte.

»Ihr kommt zu spät.«

Maél knurrte. »Du wiederholst dich.«

Wir hielten uns an den Streben fest, denn wieder schwankte der Eiffelturm bedenklich. Ich musste eine Hand über die Augen legen, so eisig kalt war der Wind, der von dem schwarzen Wirbelsturm ausging.

Der ganze Turm wankte hin und her, dieses Mal so stark, dass meine Sohlen fast wegrutschten. Ich rief mental nach Magaly am Omphalos. *Wir brauchen Hilfe! Gaia muss sich beruhigen oder der Turm wird einstürzen.* Auch ich bat meine Schwestern um Hilfe, und sofort schwollen die Gesänge der Nymphen noch mehr an, und Sekunden später beruhigte sich die Erde ein wenig. Es war beeindruckend mitzuerleben, wie viel Macht die Nymphen gemeinsam über Gaia zu haben schienen.

Uranos sah mir direkt in die Augen. »Ihr könnt mich nicht aufhalten. Egal, wie laut deine Schwestern auch singen. Bald werden sie nur noch für mich singen, genau wie die Plejaden.«

»Du wirst niemanden mehr quälen!«, rief ich. »Wir schicken dich dahin zurück, wo du hingehörst.«

Uranos lachte erneut. Mittlerweile war seine Gestalt fast vollständig aus dem Wirbelsturm aufgetaucht. »Dann sing mal schön weiter, Nymphe!«

Erst da wurde mir bewusst, dass er offenbar gar nicht bemerkt hatte, dass ich auch eine Halbgöttin war.

Uranos streckte sich theatralisch. Er wirkte so siegessicher, dass es mir gewaltige Angst hätte einjagen sollen. Stattdessen dachte ich immer noch darüber nach, warum er so reagiert hatte. Ob es ihn beunruhigt hätte, wenn er in mir die Halbgöttin erkannt hätte, die ich war?

Ich sah zu Maél. Er war der Sohn der Nachtgöttin. Einer Göttin, die – ebenso wie der Sonnengott Helios – dem Firmament, dem Himmel, Leben einhauchte. Ohne diese beiden und die vielen anderen Götter wäre der Himmel nur eine unbelebte Atmosphäre, die uns vom Weltraum trennte.

Er hält mich nicht für eine Bedrohung. Er weiß nicht, wer ich bin. Irgendwo im Hinterkopf hörte ich die drei Küchenfrauen, aka die Moiren, leise kichern.

Uranos kam noch näher. Maél warf ihm seine Schatten entgegen, doch er lachte nur. Sie hatten ihn kaum getroffen. Am Boden hörte ich die anderen schreien, weil sich immer mehr tödliche schwarze Tropfen aus dem Wirbel lösten. Wie lange würden sie sie noch aufhalten können, ohne dass jemand ernsthaft zu Schaden käme? Früher oder später würden sie die Erde berühren und Gaia würde endgültig in Panik ausbrechen.

Uranos war nun so nah, dass ich jede Narbe auf seinem Gesicht erkennen konnte. Der wirbelnde Nebel gab ihm einen letzten Aufwind, und da stand er auf einer Plattform aus schwarzem Eis. Manifestiert in einer menschlichen Gestalt, knapp zwei Meter groß und mit der Figur eines Straßenkämpfers.

Er drehte sich spöttisch einmal um sich selbst. Auf seiner Haut schimmerten Dutzende Sternbilder. »Na? Gefalle ich euch?«

Er schien uns eindeutig nicht für eine Bedrohung zu halten. Spöttisch salutierte er und wollte sich dann wieder abwenden. »Wir sehen uns in meinem neuen Reich!«

Er hatte uns nicht mal angegriffen! Für so wenig bedrohlich hielt er uns also. Eine Welle der Resignation traf mich wie eine kalte Dusche.

Maél hatte die Kiefer vor Wut zusammengepresst. »Uranos!«

Der Herr des Himmels drehte sich zu ihm zurück, ein geringschätziges Lächeln im Gesicht.

»Ich fürchte, daraus wird nichts.« Maél ließ die Klinge herumwirbeln.

Uranos lachte wieder. »Wenn du dein Mädchen beeindrucken willst, geh mit ihr Eis essen. Das ist weniger gefährlich.«

Im nächsten Moment flog Maél ihm schon entgegen und zielte mit dem Dolch auf sein Herz. Uranos wirkte für einen Moment überrascht. Er starrte das Metall an, doch dann hatte Maél ihn schon erreicht. Er schaffte es, Uranos zu Boden zu reißen. Ich musste zur Seite springen, als die beiden auf die Plattform rollten.

Es gelang Maél, Uranos mit der Klinge am Oberarm zu verletzen. Pechschwarzes Blut quoll hervor. Der Herr des Himmels schlug nach Maél, doch er verfehlte ihn. Maél gewann kurz die Oberhand. Er hob die Klinge und zog sie quer über die Brust seines Gegners. Uranos brüllte auf, ob vor Schmerz oder lediglich Wut, vermochte ich nicht zu sagen. Er traf Maél mit der Faust in den Bauch, rollte sich über ihn und schien ihn mit seinem Gewicht erdrücken zu wollen.

Doch Maél war ein zäher Kämpfer. Er bekam die Hand mit der Waffe frei und rammte sie Uranos in die Seite. Noch mal holte er blitzschnell aus und traf den Himmelsgott ein weiteres Mal. Dort, wo das Adamantium ihn getroffen hatte, begannen die Wunden nun zu zischen und zu brodeln. Maél starrte darauf, genau wie ich, und war so einen Moment abgelenkt.

Uranos legte die Finger um Maéls Handgelenk und drückte brutal zu.

Maél schrie auf, doch er ließ nicht los.

Die beiden kämpften noch einen Moment um die Waffe, bis Uranos in Gelächter ausbrach, so als könnte er sich einfach nicht mehr zurückhalten. Er hatte uns die ganze Zeit nur verhöhnt.

Im nächsten Moment war schon alles vorbei. Uranos gewann mühelos die Oberhand, dann schlug er Maél mit voller Kraft ins Gesicht. Blut spritzte, und ich hörte meinen eigenen Schrei wie aus weiter Ferne. Der Dolch glitt aus Maéls Hand.

Einen ewigen Moment schien ich wie paralysiert, gefangen von der Sorge um Maél, doch dann fiel mein Blick auf den Dolch. Ich stürzte mich darauf, griff ihn mir, doch Uranos stand schon wieder auf seiner dunklen Plattform. Maél regte sich nicht mehr. Tränen schossen in meine Augen.

»Fahr zur Hölle!«, brüllte ich und schleuderte Uranos den Dolch entgegen. Ich hatte so etwas noch nie gemacht. Uranos lachte erneut und deutete wieder eine spöttische Verbeugung an. In dem Moment streifte der Dolch seinen Oberarm. Ich sah den Schmerz in seinem Gesicht, und dann brandete Wut in seinen Zügen auf. Wir starrten uns an. Innerlich war ich bereit, vor Angst zu sterben, doch ich musste um jeden Preis verhindern, dass er sich der Erde weiter näherte.

»Und jetzt?«, sagte Uranos. »Singen wir gemeinsam ein bisschen?«

Ich wollte etwas erwidern, doch da schwang die Plattform zurück zu dem Wirbelsturm und eine Treppe erschien darin.

»Wir sehen uns, Nymphe!« Über ihm begann sich die wirbelnde Dunkelheit zu schließen. Er war auf dem Weg zur Erde.

Ich hörte die Nymphen verzweifelt singen, Gaia vor Wut stöhnen, meine Freunde am Boden schreien. Ich hatte es nicht geschafft. Hatte den Plan der Moiren nicht durchschaut. Ich hatte versagt.

Maéls lebloser Körper rollte hin und her, während der Eiffelturm gefährlich schwankte. Ich stürzte zu ihm. Sein Kopf blutete stark.

»Maél«, rief ich verzweifelt. »Maél, bitte …« Ich tätschelte hektisch seine Wange. »Bitte, Maél …«

Er rührte sich nicht.

Wieder schwankte der Eiffelturm.

Ich wurde panisch. Der Wind riss an meinen Haaren, und in meinem Kopf hörte ich die Nymphen singen.

»Maél, bitte …« Wieder streichelte ich seine Wange.

Das Metall der Streben ächzte, als der Eiffelturm von innen heraus zu stöhnen schien. Lange würde er uns nicht mehr tragen.

»Maél!« Ich schüttelte ihn leicht. Tränen rannen über meine Wangen. Der Wind war so eiskalt, dass es sich anfühlte, als würde er auf meiner Haut sofort gefrieren. Intuitiv rief ich nach den Kräften von Helios, und seine Wärme duchströmte mich.

»Bitte …«

Es schien ewig zu dauern, bis Maéls Augenlider flackerten.

»Wo ist er?«, murmelte er, kaum dass er die Augen aufgeschlagen hatte.

»Wie geht es dir? Sei vorsichtig, dein Kopf blutet.« Ich schob meine Hand in die Tasche meiner Jeans, in der Hoffnung ein Taschentuch zu finden … und ertastete etwas Knisterndes. Ich zog es hervor. Auf meiner Hand lag ein altmodisch verpacktes Colabonbon. Das Bonbon, das die Moiren mir hatten zukommen lassen. Wie hatte ich es vergessen können?

Der Wind pfiff in meinen Ohren, meine Hände zitterten leicht. Unter uns war Uranos auf dem Weg zur Erde. Unaufhaltsam, grausam, zerstörerisch.

Das hier wird ihre Kräfte bündeln. Der Satz hallte seltsam bedeutungsschwer in mir nach.

Kräfte bündeln. Was sollte das bedeuten? War es Zufall, dass ich in einer so ausweglosen Situation wie dieser ausgerechnet jetzt nach diesem Bonbon griff? Einem Bonbon, das bloß ein kleines Klümpchen aus Zucker und Aroma war? Dennoch … der Gedanke ließ mich nicht los. Was hatte das ausgerechnet in diesem Moment zu bedeuten?

Bei allen Göttern … Sie hatten es gewusst. Die Moiren hatten gewusst, dass wir zwei uns Uranos im finalen Kampf stellen würden.

Ich sah zu Maél. »Vertrauen wir den Moiren.«

»Was?« Mühsam setzte er sich auf. Ich sah die Ratlosigkeit in seinem Blick.

Wieder schwankte der Eiffelturm, und wir klammerten uns Halt suchend aneinander.

Doch Stück für Stück setzten sich die Fragmente des Plans in meinem Kopf zusammen. Das Colabonbon, klein, harmlos und sogar irgendwie romantisch, könnte der letzte Hinweis sein. Ich war eine Tochter von Helios. Maél war der Sohn der Nachtgöttin. »Wir sind Tag und Nacht, Maél«, erklärte ich aufgeregt. Mir fiel ein, was ich Enko über uns erzählt hatte. »Wir beide sind Licht und Schatten. Wir existieren nicht ohne einander.«

Maél sah fragend auf das Bonbon und schien immer noch nicht zu verstehen.

»Zusammen sind wir das, was Uranos ausmacht. Tag und Nacht. Licht und Dunkelheit. Eine Tochter des Sonnengottes, der am Tage regiert. Und ein Sohn der Nachtgöttin, die bei Nacht regiert.« Ich sah ihn eindringlich an. »Alle anderen Götter des Himmels sind verschwunden. Entführt, vielleicht sogar getötet. Wir sind die eigentliche Macht. Uranos ist nur unser Spielplatz. Wir sind es, die den Himmel lebendig machen. Wir haben eine viel größere Macht als er, und wir sind die Letzten, die ihn aufhalten können.«

»Aber wie nutzen wir unsere Kräfte? Ich habe es versucht, und es hat ihn nicht mal gekitzelt.«

Zusammen kamen wir auf die Füße und sahen nach unten, wo der Tornado breiter wurde und sich immer mehr der Erde näherte.

»Nicht mehr lange und er setzt einen Fuß auf die Erde.« Maél klang resigniert.

Als hätte Gaia uns gehört, brach unweit des Champs de Mars der Boden auf. Ich hörte die Schreie der anderen von unten. Sollte es wirklich schon zu spät sein?

Verzweifelt versuchte ich mich zu konzentrieren. Das Bonbon … es musste mehr sein als nur ein Hinweis … Es musste … Ich stockte. Es musste uns helfen.

Dann wurde mir alles klar. Ich wickelte das Bonbon aus und schob es mir in den Mund.

Maél sah mir ungläubig zu. Wer lutschte schon im Angesicht des Weltuntergangs noch schnell ein Bonbon?

Süß und sauer zugleich schmolz es auf meiner Zunge. Ich zog Maél zu mir. »Es wird unsere Kräfte bündeln. Nur so können wir ihn stoppen!«

Maél sah mich einfach nur an.

Aus der Erdspalte im Boden hörten wir knisternd Feuer und Magma emporsteigen. Gaia holte zu einem vernichtenden Schlag aus. Unsere Freunde und alle, die wir liebten, würden sterben in diesem Kampf, den die Erdgöttin und der Herr des Himmels gerade begannen.

»Vertrau mir.«

Der Eiffelturm schwankte. Wir hielten uns aneinander fest. Das hier war unsere letzte Chance.

Ich sah Maél an. Ich wollte ihn nie wieder verlieren, das durfte einfach nicht passieren. Doch selbst, wenn unsere Seelen untersterblich waren, wie sollten wir …? Ein weiteres bedrohliches Grollen unterbrach meine Gedanken. Keine Zeit mehr für Fragen.

Maél lächelte, und die Galaxien tanzten in seinen Augen.

Keine Zeit mehr …

Ich küsste ihn.

Wir teilten uns das Colabonbon, das schon fast vollständig geschmolzen war.

Ich spürte seine Dunkelheit, noch bevor mir klar wurde, dass es funktionierte. Maéls Lippen waren ganz warm geworden. Licht und Schatten prallten funkensprühend aufeinander. Die strahlende Helligkeit der Sonne schmiegte sich an die Schwärze der Nacht.

Wir schaffen das, flüsterte ich durch unsere mentale Verbindung, unsere Lippen immer noch untrennbar miteinander verschmolzen.

Wir schaffen das, flüsterte er zurück. *Ich liebe dich, vergiss das niemals.* Er hielt mich noch fester. Ich schloss die Augen.

Wir lehnten uns gemeinsam zur Seite, bis die Schwerkraft sich unserer Körper bemächtigte.

Wir fielen. Fielen hinein in den schwarzen Wind, in die kreisende Schwärze, in den Wirbel aus Himmel, zu dem Uranos mittlerweile geworden war.

Eiskristalle rissen an meiner Haut, tanzende Lichtpunkte brannten wie Nadelspitzen. War es schon zu spät?

Wir finden uns wieder, hörte ich Maéls Stimme in meinem Kopf. *Ich verspreche dir, wir finden uns wieder.*

Ich spürte Uranos mehr, als dass ich ihn sah. Wir prallten mit ihm zusammen, mit dem, was er jetzt war, und doch empfand ich keine Schmerzen. Wir verschmolzen miteinander, und unsere Kräfte rangen um die Oberhand. Uranos stieß Maél hart von sich, und ich spürte, wie mir ein Stück Dunkelheit entrissen wurde. Er hatte ihn erneut verletzt.

Doch ich gab nicht auf. Ich tauchte mitten hinein in das, was Uranos ausmachte. Die Schwärze, die Wut, die ungezügelte Kraft eines uralten Gottes. Ich spürte meinen eigenen Körper nicht mehr, schien nur noch aus den Kräften von Tag und Nacht zu bestehen. Maél neben mir rappelte sich irgendwie auf.

Livia.

Ich erschrak, als mir klar wurde, dass es nicht Maéls Stimme war.

Livia, ich bin hier.

Ein Funkeln, der Hauch einer Erinnerung, das Echo eines selbstsicheren Lachens, fliegende weißblonde Haare.

Enko! Ich hätte nicht sagen können, ob ich seinen Namen laut gerufen hatte.

Wir sind alle hier. Wir helfen euch. Ihr habt Uranos mit der Klinge verletzt und dadurch so geschwächt, dass wir ihn nun angreifen können.

Uranos brüllte auf, als er verstand. Enko gab einen Schmerzenslaut von sich.

Die Sternbilder waren überall. Ich sah einen Bären und den wilden Steinbock. Den Drachen, wie er die Zähne bleckte. Durchscheinend, definiert von ihren Sternen, aber doch seltsam real. Sie rissen ganze Stücke aus Uranos, und dort, wo sie ihn verletzten, quoll noch mehr Schwärze hervor.

Uranos wollte sich wieder manifestieren. Er hatte begriffen, dass er in seiner menschlichen Gestalt mächtiger war und auch seine Sternbilder besser kontrollieren konnte.

Etwas in meiner Nähe pulsierte. Dumpf, hohl und bedrohlich.

Wieder schrie Uranos auf, als die Sternbilder ihn angriffen. Er verdichtete sich immer weiter. Irgendwo sah ich eine Hand, deren Finger sich streckten. Ein Bein begann sich zu formen.

Ich griff nach dem pulsierenden Etwas. Mein Atem stockte, als mir klar wurde, was ich dort berührte.

Uranos' Herz.

Ein schwarzer Klumpen aus Hass und ewiger Leere. Ein Gefäß, das um die Bedeutungslosigkeit seines Seins wusste. Ohne uns war Uranos ein Nichts. Wir waren sein Leben. Und wir würden über sein Schicksal entscheiden.

Uranos brüllte auf. Mit einem seiner bereits verwandelten Arme griff er nach mir, doch er bekam mich nicht zu fassen.

Maél! Ich rief nach ihm.

Plötzlich spürte ich ihn neben mir. *Ich bin hier.*

Uranos' Herz war riesig, scharfkantig und schwer. Es pulsierte so stark, dass ich es kaum halten konnte.

Maél legte seine Hände über meine, er hatte verstanden.

Danke, Enko, danke euch allen!

Zu zweit hielten wir sein Herz.

Wir schaffen das.

Ich spürte Maél, seine Liebe, seine Loyalität, sein blindes Vertrauen. Gefühle, die ich genauso für ihn empfand. Dort, wo Maél und ich einander berührten, schossen unsere Kräfte von einem Körper zum anderen. Wir verbanden uns. Licht und Schatten. Tag und Nacht. Seine Dunkelheit umarmte mich. Meine Helligkeit hüllte ihn ein. Unsere Kräfte verschmolzen. Wir wurden eins.

Uranos' Herz stand einen Moment lang still.

Ruhe. Frieden. Irgendwo das leise Lachen der Moiren.

Dann zersprang sein Herz zwischen unseren Händen wie eine Nagelbombe.

Kälte.

Schmerzen.

Dunkelheit. So viel Dunkelheit.

Kapitel 18

Nächster Halt: Galerie Lafayette

Es roch nach Honig …

Ich holte tief Luft, und meine Lebensenergie kam zurück. Im nächsten Moment öffnete ich die Augen.

»Sie ist wach! Kommt her, Leute, sie ist wach.«

Ich erblickte Maél, der sich mit sorgenvoller Miene über mich beugte. Als er lächelte, lächelte ich unwillkürlich zurück.

»Alles gut, kleine Nymphe?« Er streichelte meine Wange.

Erst da kamen die Erinnerungen der letzten Stunden zurück. Der Kampf mit Uranos, das Unwetter, die Zerstörungen. »Haben wir es geschafft?«

Mein Mund war ganz trocken, sogar das Sprechen fiel mir schwer. In diesem Moment schoss Evangéline aus dem Kragen meines Shirts hervor. Sie schüttelte aufgeregt ihre Flügel, während sie Maéls Arm hinaufrannte, um dann auf seiner Schulter Platz zu nehmen. Von da aus sah sie auf mich herunter, und ihre langen Fühler wippten neugierig.

»Hey, kleine Motte«, murmelte ich. »Alles gut bei dir?«

Sie schüttelte noch wilder ihre Flügel. Mein Blick glitt zurück zu Maél. Er sah unversehrt aus, wenn auch etwas müde und blass.

Dann hörte ich die Stimmen meiner Freunde: Jemma und

Noah, Gigi und Selkes, Tiffy, Ödipus und Hermes. Sie sprachen alle wild durcheinander.

»Konnten wir die Welt retten? Geht es meinen Eltern gut? Hat ihnen jemand Bescheid gesagt, dass alles in Ordnung ist? Jetzt sagt doch mal was. Ich will alles wissen.« Vorsichtig drückte ich mich hoch. »Wo ist Uranos? Wo bin ich?«

Ich hatte zwar keine Ahnung, wo ich war, aber ich hatte definitiv sehr bequem gelegen, und irgendjemand hatte dafür gesorgt, dass die Luft um mich herum von einem sanften Honigduft geschwängert war. So oder so ähnlich stellte ich mir einen Himmel für Nymphen vor. Die Wände des Raumes waren in gedämpften, warmen Erdtönen gestrichen, und es war angenehm warm. Irgendwo hörte ich Wasser plätschern. Ob ich tatsächlich gestorben und zu meiner Quelle zurückgekehrt war und meine Freunde nur ein Trugbild waren?

Gigi drängelte sich durch alle hindurch und umarmte mich, indem sie sich halb auf mich warf. »Wir haben uns solche Sorgen gemacht.« In ihrer Stimme klang ein Schluchzen mit.

»Mir geht's gut«, versicherte ich ein zweites Mal lachend. »Was ist passiert? Und wo sind wir?«

»Das hier ist der Olymp.« Hermes klang ziemlich stolz. Seine Augen leuchteten wie schon lange nicht mehr. Er schien wieder mehr Farbe im Gesicht zu haben und hatte die ewig schwarzen Klamotten wieder gegen ein weißes Oberhemd und enge Bluejeans eingetauscht.

»Die Welt ist gerettet«, verkündete Jemma in ihrer bekannt trockenen Art. »Deshalb haben wir alle so schrecklich gute Laune.«

»Wirklich?« Ich sprang fast von der Liege. »Und es geht allen gut?«

»Ja. Wir konnten sogar schon kurz mit den Plejaden sprechen. Sie werden zusammen mit Nereus gerade auf den Olymp gebracht.«

»Bei allen Göttern.« So ganz konnte ich es immer noch nicht glauben. »Wir haben es geschafft.« Ich umarmte Gigi und Jemma, und dann kamen die Jungs noch hinzu.

»Es gibt da ein paar Götter, die gerne mit dir reden würden.« Maél grinste breit und sah mich mit unverkennbarem Stolz an.

Als meine Freunde mich wieder losließen, konnte ich mich im Zimmer genauer umsehen. Es sah aus wie der Ruheraum eines Spas. Bademäntel lagen ordentlich gestapelt neben großen, flauschigen Handtüchern. Kleine Flakons mit Duftessenzen standen auf Tischen neben sanft glimmenden Kerzen und Edelsteinen, in deren Facetten sich das Licht brach.

Erst da entdeckte ich den blonden jungen Mann, der etwas abseits stand. Ich erkannte ihn sofort, obwohl er moderne Kleidung trug: Remi, der Maler und Hermes' einzige große Liebe.

»Das ist Remi«, sagte Hermes, ging zu ihm hinüber und legte einen Arm um ihn. »Hades hat deinen Wunsch erfüllt, Livia.« Er schluckte und zog Remi noch etwas näher. »Ich danke dir.«

Ich schüttelte abwehrend den Kopf – ich wollte nicht, dass er sich bedankte. Er hatte so viel für mich getan.

»Hallo.« Ich lächelte Remi an. »Schön, dich kennenzulernen.«

»Es freut mich auch«, erwiderte Remi schüchtern.

»Wie ist das passiert?« Ich freute mich für Hermes und Remi, konnte mir aber nicht vorstellen, dass Remi irgendwann zwischen Weltuntergang und Olymp so einfach aufgetaucht war.

Remi sah verlegen auf seine Schuhe. »Da war ein Mann mit

langen dunklen Haaren und schwarzen Augen. Er trug seltsam enge Kleidung. Sie sah fast aus, als wäre sie auf seinen Körper gemalt. Na ja, jedenfalls sagte er mir, eine Wiesennymphe habe ›den abstrusen Wunsch, mich in die Arme meines Liebhabers zurückzubefördern‹. Dann meinte er, bei Fragen zu meiner Existenz solle ich mich an einen ›Penner namens Ödipus‹ wenden.«

Ödipus schnaubte deutlich hörbar, doch als ich kurz zu ihm sah, grinste er breit.

»Der Mann schnippte mit dem Finger, und alles wurde schwarz. Als Nächstes fand ich mich in einem Raum wieder, der weiß eingerichtet war wie ein Krankenhaus, und Hermes beugte sich über mich …« Remi griff verlegen nach Hermes' Hand. »Wir haben uns minutenlang angestarrt und sind dann in Tränen ausgebrochen.«

»Ich war kurz in meinem Zimmer hier auf dem Olymp, um mich umzuziehen«, fuhr dieser fort, »als Remi wie aus dem Nichts durch den Boden brach. Er …« Hermes' Stimme brach, so gerührt schien er. »Er war einfach da. Ich konnte es nicht fassen. Ich kann es immer noch nicht fassen.«

Remi ging auf die Zehenspitzen und küsste ihn zart auf die Wange. Die beiden waren wirklich ein zuckersüßes Paar.

»Und dann habe ich das hier an mir entdeckt.« Remi hielt mir sein Handgelenk hin. »Wir haben alle gerätselt, was es sein soll.«

Ich musste zweimal hinsehen. Es war ein Auge, doch es war auffällig rund und schimmerte seltsam. Ein Glasauge?

Die Moiren hatten einen komischen Humor.

»Bist du jetzt unsterblich, Remi?«

Er zuckte die Schultern.

»Na ja …« Hermes druckste herum. »Hades kann zwar

Menschen aus der Unterwelt zurückholen, aber die Olympier können niemanden unsterblich machen.«

Die anderen drängten sich um uns, um neugierige Blicke auf Remis Handgelenk zu werfen.

»Ich habe auch so was«, verkündete Ödipus. »Nur an einer anderen Stelle. Es ist das Zeichen der Moiren und macht dich unsterblich.« Er machte Anstalten, seine Hose herunterzulassen, doch Hermes konnte ihn gerade noch bremsen.

»Lass nur, wir glauben dir auch so.«

»Heißt das, wir können für immer zusammenbleiben?« Remi wirkte ganz aufgeregt.

Hermes sah ihn hoffnungsvoll an. »Na ja, Livia hat darum gebeten, dass du zu mir zurückkommst. Vielleicht haben die Moiren es gehört und ihren Teil dazu beigetragen.«

»Vielleicht ist es ihre Art, danke zu sagen«, mutmaßte Maél.

Mir fiel auf, dass wir alle, bis auf Hermes, noch die Kleider trugen, die wir in unserem Endkampf gegen Uranus getragen hatten. War erst so wenig Zeit vergangen? Irgendwie kam es mir vor, als hätte ich mindestens drei Tage geschlafen.

»Ist wirklich alles okay? Wissen meine Eltern tatsächlich Bescheid?«

»Keine Sorge.« Maél legte einen Arm um mich. »Alles ist gut. Deine Eltern sind wohlauf. Aber jetzt eins nach dem anderen.«

»Dann los«, sagte Selkes. »Das wird ein Spaß.«

Hermes, der sich hier offenbar am besten auskannte, ging voraus. Meine Vermutung bestätigte sich: Hier schien es sich wirklich um eine Art Luxus-Spa zu handeln. Ich entdeckte verschiedene Arten von Saunen, Türen, die in riesige Hallen mit Pools führten, und kleinere Zimmer, in denen offenbar kosmetische Behandlungen angeboten wurden. Doch die Räume waren alle leer und verlassen, was das Ganze irgendwie unheimlich machte.

Hermes führte uns in einen Raum, der so groß war, dass er schon eher ein Saal war. Trotzdem schien er komplett in eine riesige Felswand gehauen zu sein. Ein ebenerdiger Pool, nicht gekachelt, sondern ebenfalls nur in den Felsen gehauen, wurde umsäumt von breiten Liegen, die eher wie richtige Betten wirkten als die schmalen Sonnenliegen, die ich vom Strand kannte. Von irgendwoher erklang leise Musik. Es roch nach Zimt und Blüten, herb und süß zugleich, fast wie Ambrosia.

Wir umrundeten den Pool. Als wir näher kamen, entdeckte ich Hades auf einer eleganten Liege. Sie schien komplett aus schwarzem Ebenholz gefertigt zu sein, und die Bezüge waren aus dunkelgrauer Seide. Auch die anderen Liegen waren bis auf den letzten Platz belegt. Hermes deutete eine knappe Verbeugung an und blieb stehen. Die Liege in der Mitte war aus hellem Holz, und ihre Polster waren übersät mit Flecken und Krümeln. Auf ihr machte ich Zeus aus, den Herrscher der olympischen Götter. Er wirkte genauso gelangweilt wie immer. Statt uns zu grüßen, löffelte er einen überdimensional großen Eisbecher. Die Frau neben ihm, zu deren rechten Seite sich Hades niedergelassen hatte, hob neugierig den Kopf, um mich zu betrachten.

»Sie ist nun erwacht, edle Hera«, sagte Hermes und deutete zum zweiten Mal eine kleine Verbeugung an.

Die Frau erhob sich elegant von der Liege, und das trotz ihrer zwölf Zentimeter hohen High Heels.

»Du musst Livia sein.« Ihre Stimme war tief und rauchig. »Ich bin erfreut, deine Bekanntschaft zu machen.«

Da Hermes sie mit Hera angesprochen hatte, war ich mir sicher, dass es sich um Zeus' Ehefrau handeln musste. Doch was für ein ungleiches Paar sie waren! Hera sah aus, als hätte man alle Kardashian-Schwestern in einen Topf geworfen und kräftig umgerührt. Ihr Haar war dunkel, glatt und sehr lang. Die kurvige Figur war in ein hautenges Kleid gehüllt, das ihre Vorzüge noch mehr betonte. Sie war aufwendig geschminkt, und um ihren Schmollmund hätte sie vermutlich halb Hollywood beneidet.

»Schatz?« Hera drehte sich zu Zeus um, und ihre Stimme klang plötzlich scharf und schneidend. »Wollten wir das hier nicht zusammen machen?«

Zeus sah gelangweilt in die Runde, dann seufzte er tief und stellte seinen Eisbecher zwischen den Liegen auf dem Steinboden ab. Er kam mühsam hoch, ohne seine Jogginghose und das T-Shirt zu richten. Stattdessen kratzte er sich geräuschvoll in einer Körperregion, die ich in der Öffentlichkeit niemals berührt hätte. Ich sah schnell weg und nutzte den Moment, um die anderen Anwesenden unauffällig zu mustern.

Links neben Zeus lag ein Mann, dessen Familienähnlichkeit zum Herrscher aller Götter unverkennbar war. Er hatte dieselben scharf geschnittenen Züge, dasselbe dunkle Haar, und er trug ebenfalls einen Vollbart. Allerdings wirkte er gepflegt, und seine türkisblauen Augen musterten mich neugierig. Er lag lässig auf der Liege, die langen Beine gehüllt in geblümte Badeshorts. Sein geöffnetes Hemd entblößte einen Waschbrettbauch. Ich schätzte ihn auf etwa so alt wie Hermes. Als sich unsere Blicke trafen, hob er sein Cocktailglas und prostete mir grüßend zu. Auf seinem Unterarm entdeckte ich eine Tätowierung in Form eines Dreizacks. Obwohl es vermutlich keine Tätowierung, sondern die Krone seines Reiches war. Ich hatte Poseidon, den Herrscher der Meere und den Bruder von Hades und Zeus vor mir.

Auf der Liege daneben ruhte ein Mann, der mir seltsam bekannt vorkam. Sein hellblondes Haar schien von innen heraus zu strahlen. Er lächelte breit, und seine warmen braunen Augen musterten mich mit so viel Zuneigung, dass mir ganz warm ums Herz wurde. Er trug Jeans, ein schlichtes T-Shirt und Flip-Flops. Bei genauerem Hinsehen erkannte ich, dass seine Finger und Fußnägel golden strahlten, als hätte er sie lackiert. Durch sein Shirt hindurch begann plötzlich etwas immer heller und heller zu werden. Dann erkannte ich das stilisierte Abbild der Sonne. Genau wie Hades trug er die Krone seines Reiches über dem Herzen. Für einen Moment stockte mir der Atem. Das musste Helios sein. Der Sonnengott und Vater meiner Kräfte. Vermutlich hatte ich deshalb sofort diese Verbindung zu ihm gespürt. Sein Lächeln wurde breiter, und er legte seine Hand über die lodernde Sonnenkrone auf seinem Herzen. Unwillkürlich lächelte ich zurück und legte meine Hand ebenfalls auf mein Herz. Helios schien so gerührt, dass er mit den Tränen kämpfte.

»Schatz.« Heras schneidende Stimme ließ mich den Blick abwenden. »Können wir dann?«

Mittlerweile hatte Zeus neben seiner Frau Position bezogen. Dank ihrer hohen Absätze überragte Hera ihren Gatten fast ein Stück. Sie warf einen angewiderten Blick auf sein T-Shirt, dann drehte sie sich mit entschlossener Miene zurück zu uns. Ihr Lächeln wirkte bemüht, und sofort tat sie mir leid. Zeus schien wirklich ein Muffel zu sein, der auf nichts und niemanden mehr Lust hatte.

Ich hätte auch gerne die anderen Götter des Olymps noch genauer betrachtet, doch ich wollte Hera gegenüber nicht unhöflich sein. Ihr Mann schien sie schon genug zu enttäuschen.

»Wir möchten uns bei euch entschuldigen«, hob Hera an.

»Dafür, dass wir die Situation so unterschätzt haben. Hermes, es tut mir leid, dass wir deinen Hilferuf ignoriert haben. Eine Entschuldigung all deiner olympischen Brüder und Schwestern sei dir sicher, ebenso wie unser ewig währender Dank.«

Hermes zog Remi noch etwas näher an sich und schien größer zu werden. »Ich danke Euch, edle Hera.«

Nun erschien auch Nereus am Pool, und gemeinsam mit den Plejaden gesellte er sich zu uns. Wir lächelten uns kurz an. Er schien sehr stolz auf Selkes zu sein, denn sein Blick glitt immer wieder zu seinem Sohn, der neben Gigi stand.

»Livia.« Hera sah nun zu mir. »Du hast eindrucksvoll bewiesen, dass das Volk der Nymphen seinen Platz an unserer Seite mehr als verdient. Du bist die Anführerin der fünf Völker. Sei dir bei allem, was du tust, unserer Unterstützung sicher. Wir haben schon gehört, dass die Plejaden eine neue Aufgabe in deinen Diensten gefunden haben.« Sie nickte den Plejaden zu. »Willkommen. Magaly, wir sind dankbar und froh, dass ihr euch auf der Erde so gut zurechtgefunden habt und die Kommunikation aller Nymphen betreuen werdet. Wir sind überzeugt, dass ihr auch in Zukunft die Erdmutter Gaia gut betreuen und die Natur besänftigen und lenken werdet.«

Magaly neigte den Kopf. »Es ist uns eine Ehre.« Sie sah zu Ödipus. »Wir sind herzlich willkommen geheißen worden und freuen uns, dass wir bleiben dürfen.«

Ödipus wurde tatsächlich ein wenig rot. Ich freute mich zu sehen, dass er, der Unsterbliche, der jahrtausendelang ganz allein gewesen war, sich tatsächlich verliebt zu haben schien.

»Livia, wir wissen, dass du dieser großen Verantwortung gewachsen bist.« Hera sah mich ernst an. »Das hast du seit deiner Ankunft in Paris eindrucksvoll bewiesen. Du hast ein Kämpferherz, und deine Absichten waren zu jeder Zeit uneigennützig und ehrenvoll. Der ewige Dank des Olymps sei dir versichert, und wann immer du Hilfe brauchen solltest, drücke einfach nur die Eins auf deinem Telefon. Es ist deine persönliche Standleitung direkt zu mir. Ich werde mich um alle deine Belange kümmern, das verspreche ich dir. Aber nun«, sie drehte sich kurz in Richtung der Liegen um, »möchte ich dir gerne jemanden vorstellen. Jemanden, der von Uranos, dem Herrscher des Himmels, entführt worden war und dank dir zurück in unsere Mitte gekehrt ist.«

Helios erhob sich von seiner Liege, und die anderen machten Platz, damit er auf mich zugehen konnte.

Wir lächelten uns an, und er war einfach kein Fremder. Er fühlte sich an wie ein lang verloren geglaubter Verwandter. Als er mich an sich zog, versank ich in seiner Umarmung und fühlte mich unendlich wohl bei ihm. Seine Haut war ungewöhnlich warm, und er roch sogar nach Sonnenschein.

»Hallo, meine Tochter«, flüsterte er leise. »Ich danke dir. Ich danke dir für alles, und ich hoffe, dass wir uns in Zukunft oft sehen und besser kennenlernen werden. Du hast gegen Uranos gekämpft und die Erde gerettet. Ich bin so stolz auf dich.«

Wir lösten uns voneinander, und er strich meine Wange hinab. Nicht zärtlich, wie Maél es tat, sondern stolz und väterlich.

»Ich danke dir«, sagte ich leise, und meine Stimme zitterte vor Rührung. »Ich hoffe auch, wir lernen uns besser kennen.«

Er nickte mir noch einmal zu, dann ging er zurück zu seiner Liege. Offenbar war er besser in das Protokoll eingeweiht als ich. Ich hätte mich gerne noch ein wenig mehr mit ihm unterhalten.

Hera hingegen schien genauso eingeweiht wie Helios. Sie

machte nahtlos weiter. »Als Halbgöttin, liebe Livia, steht dir ein Pate zu. Aufgrund der ungewöhnlichen Art, wie du zu einer Halbgöttin geworden bist, möchten wir dir die Wahl lassen.«

Ich musste keine Sekunde überlegen. Ich drehte mich zu Hermes um. Er war von Anfang an mehr als ein guter Bekannter gewesen. Er war ein Freund, er war jemand, dem ich blind vertraute. Er war weise und liebevoll, und er würde immer Rat wissen.

Auf Hermes' Gesicht malte sich ein glückliches Lächeln. Wir brauchten keine Worte. Er löste sich von Remi und zog mich in seine Arme. »Sehr gerne«, flüsterte er dann. »Sehr gerne, Sonnentochter.«

Sonnentochter. Dieser Kosename gefiel mir. Wir lächelten uns noch einmal an, dann stellte ich mich zurück zu Maél und Hermes ergriff wieder Remis Hand.

Hera nickte uns gutmütig zu, dann zauberte sie von irgendwoher einen kleinen Notizzettel hervor. »Jetzt muss ich doch noch einmal nachgucken, damit ich nicht irgendeinen Punkt vergesse. Die Patenschaft hatten wir geklärt …«, murmelte sie vor sich hin, und auf ihrer Nase erschien wie von Zauberhand eine kleine goldene Brille. »Und dann wäre jetzt … Ach, richtig.« Zettel und Brille verschwanden wie von selbst. »Wir haben leider die traurige Kunde erhalten, dass der Händler ein Opfer von Uranos geworden ist – das einzige, zum Glück. Wir trauern um diesen Verlust und möchten dich, Livia, deshalb fragen, ob du die Verantwortung für den Syllektis übernehmen möchtest.«

Evangéline rührte sich leicht unter meinem Oberteil, und sofort legte ich beschützend eine Hand über sie. »Natürlich. Es wäre mir eine Ehre.«

»Vielen Dank.« Hera nickte wohlwollend.

Eine Frage drängte sich mir auf. Als Hera es bemerkte, lächelte sie. »Sprich, Kind.«

Ich zögerte, doch dann trug ich vor, was mich schon lange beschäftigte. »Ich habe von Agada je nur ein Viertel Götterblut geerbt. Diese beiden Viertel, von Helios und Hekate, machten mich zu einer Halbgöttin. Nun wollte der Omphalos die Kräfte eines Halbgottes. Ich hätte beide Kräfte geopfert, zumal ich ja schon eine Nymphe bin. Doch irgendwie habe ich gewusst, dass er mir nur eine Kraft rauben wird und ich trotzdem eine Halbgöttin bleiben werde. Wie kann das sein?«

Hera deutete auf die Stelle, an der Evangéline unter meinem Oberteil saß. »Dein Syllektis verstärkt deine Kräfte. Und weil du ein Naturwesen bist, kann es gut sein, dass er sie verdoppelt hat.«

Mir stockte der Atem. »Aber wenn Evangéline meine Kräfte verdoppelt hat, dann muss ich ja zeitweise …« *Eine Göttin gewesen sein.* Doch ich sprach es nicht aus.

»Du warst eine vollwertige Göttin.« Hera lächelte, als würde auch ihr gerade erst bewusst, was sie da gesagt hatte. »Und niemand hat es bemerkt. Du hast sogar den mächtigen Omphalos getäuscht.«

»Ich habe das nicht absichtlich getan. Andere zu täuschen …«

Hera winkte ab. »Vermutlich hat es deshalb so gut funktioniert und niemand hat es bemerkt.«

Hermes sah mich an, als sähe er mich mit ganz neuen Augen. Maél neben mir war so überrascht, dass er sich gar nicht rührte. Ich selbst war auch noch ziemlich überrumpelt.

»Nun bist du jedenfalls eine Halbgöttin, und alles ist gut

ausgegangen«, sagte Hera, und es war nicht zu übersehen, dass sie weitermachen wollte im Protokoll. »Maél, Sohn der Nyx.«

Maél neben mir versteifte sich. »Edle Hera?«

»Auch dir sei unser Dank und eine Entschuldigung sicher. Mein Mann hat leider versäumt, die neuen Erkenntnisse an mich weiterzuleiten. Deine lange Inhaftierung bedauern wir.«

»Danke«, erwiderte Maél. »Zum Glück hatte ich Freunde, die mich nicht aufgegeben haben.«

Heras Lächeln verrutschte für einen Moment. »Hier ist jemand, der freikam, als Uranos' Kräfte gebrochen wurden. Jemand, der dich schon lange kennerlernen will.«

Sie deutete hinter uns. Eine Frau manifestierte sich aus einer tanzenden Galaxie aus Sternen und wirbelndem Nachthimmel. Ihr Haar war lang und blauschwarz, ihre Gestalt hochgewachsen und anmutig. Die Haut war so hell, dass sie leicht bläulich schimmerte. Ihr langes, dunkelblaues Kleid raschelte über den Boden, als sie näher kam.

»Mama!«, rief Tiffy und stürzte auf die Frau zu. Die beiden fielen sich in die Arme und hielten sich einen Moment lang ganz fest. Dann löste sich die Frau von Tiffy, legte einen Arm um sie und spazierte auf uns zu. Je näher sie kam, desto mehr entdeckte ich Maél in ihren Zügen. Ihr Gesicht war weicher geschnitten, doch sie besaß dieselben hohen Wangenknochen, die gerade Nase und die verblüffend grauen Augen.

Maél neben mir zögerte. Er wirkte plötzlich befangen.

»Hallo, mein Sohn«, sagte Nyx, die Göttin der Nacht.

Maél nickte einfach nur. Ich wusste, er war niemand, der jemandem einfach so um den Hals fiel. Er war von Hades erzogen worden. Von jemandem, der die Zurschaustellung von Gefühlen für eine Schwäche hielt.

Nyx streckte ihre freie Hand in seine Richtung aus. »Lass mich dich ansehen.«

Tiffy sah unsicher zu ihrer Mutter hoch. Jeder wusste, wie sehr sie an Nyx hing, und ihre Angst, sie zu verlieren, war deutlich spürbar.

Maél bewegte sich nicht. »Tiffy ist deine Tochter«, sagte er. »Ich bin einfach nur jemand, der deine Gene trägt.«

Hermes schnappte hörbar nach Luft, sogar Hades hatte sich neugierig auf seiner Liege aufgerichtet.

Nyx kam zu uns herüber, Tiffy immer noch fest an der Hand. Ein dunkler Schweif Nachthimmel wehte hinter ihr her. »Du bist mein Sohn.«

Sie sah ihn fest an. Ihr Blick war dunkel und strahlend zugleich. Es sah aus, als würden in ihren Augen Galaxien geboren.

»Ich brauche Zeit«, erwiderte er schlicht.

Nyx verstand und kapitulierte. Sie wollte sich wegdrehen, doch Tiffy hielt sie auf.

»Sie ist deine Mutter, und sie ist auch meine Mutter. Wir können sie beide lieben.«

Maél lächelte, doch es wirkte erzwungen. »Ich danke dir. Aber gib mir noch Zeit.«

Hera, die wohl erkannt hatte, dass diese Zusammenführung in einer Sackgasse geendet war, erhob erneut das Wort. »Womit wir dann zu dir kämen, Tiffany.«

Tiffy drückte sich an Nyx. »Ja?«

»Tiffany. Du hast großen Mut bewiesen. Dein Vater Hades hat ja bereits angekündigt, dass die dunklen Gesetze abgeschafft werden. Keine Kinder der dunklen Götter sollen mehr getötet werden. Der Dank des Olymps ist dir sicher. Solltest du etwas brauchen, wende dich an uns.«

»Dankeschön«, erwiderte Tiffy mit ihrer piepsigen Stimme. Ihre Wangen schimmerten plötzlich rosa.

Hera ließ ihren Blick über unsere Gruppe gleiten. »Wer ist die Sterbliche, die mit dem Halbgott Selkes liiert ist?«

»Das bin ich.« Gigi trat vor, und ihre Stimme klang vor Nervosität ganz hoch. Selkes trat neben sie.

»Wie lautet dein Name?«

»Brighid O'Mally.«

»Wir danken dir, Brighid, für deinen Mut und deine Loyalität den Göttern gegenüber.«

Gigi wollte schon den Mund aufmachen, um zu protestieren, doch sie schloss ihn schnell wieder, als Selkes sie eindringlich von der Seite ansah. Hera schien es nicht bemerkt zu haben.

»Wir wissen um deine Liebe zu Selkes, Sohn des Flussgottes Nereus. Als Dank für deine Hilfe im Kampf gegen Uranos bieten wir dir ein kostbares Geschenk an.«

Poseidon erhob sich von seiner Liege und gesellte sich zu Hera.

»Die Liebe zu einem unsterblichen Halbgott kann schmerzlich sein, wenn man ein Sterblicher ist. Aber eure Liebe scheint stark.« Sie stupste Poseidon an, der sich lächelnd vorbeugte. Auf seiner geöffneten Handfläche glitzerte etwas türkisfarben.

»Dies, liebe Brighid, ist eine Schuppe aus dem Fischschweif des mächtigen Poseidon. Sollte deine Liebe zu Selkes so stark sein, dass ihr euch irgendwann für immer binden wollt, so kannst du durch sie zu einer Tochter des Meeres werden. Bohre die Schuppe tief in deine Haut, und du wirst zu einer unsterblichen Halbgöttin des Meeres. Zu einer Tochter von Poseidon.« Sie lächelte. »Ein Sohn des Flussgottes und eine

Tochter des Meeresgottes. Ihr könntet dann sogar unter Wasser zusammenleben.«

»Wahnsinn«, entfuhr es Selkes. »Wie krass, danke!«

Gigi schien sprachlos, auch dann noch, als Poseidon die Schuppe vorsichtig auf ihre Handfläche gleiten ließ. Sie hatte Tränen in den Augen. »Ich danke euch. Was für ein wunderbares Geschenk.« Sie sah hoch zu Selkes, und er küsste sie kurz.

»Wo ist Ödipus?« Hera sah sich suchend um.

Ödipus, der sich unauffällig neben Magaly gestellt hatte, sah überrascht hoch.

»Ja, edle Hera?«

»Wir kennen und verfolgen dein grausames Schicksal nun schon so lange. Es hat mich, ja, uns alle, sehr gefreut zu sehen, dass du dich neuen Freunden und Verbündeten angeschlossen hast. Hab herzlichen Dank für deine Hilfe. Hast du einen Wunsch?«

Ödipus schüttelte den Kopf. »Ich bin glücklich, nun da ich Freunde gefunden habe. Dieser Umstand wird verhindern, dass ich wieder der Trauer und der Hoffnungslosigkeit verfalle. Ich habe keinen Wunsch.«

»Wenn wir etwas für dich tun können, dann lass es uns wissen.«

»Vielen Dank.« Kaum, dass Hera sich abwandte, griff Ödipus vorsichtig nach Magalys Hand. Sie lächelte zu ihm hoch und verschlang ihre Finger noch mehr mit seinen.

Hera lächelte zufrieden. »Nun kämen wir dann zu den sterblichen Freunden, die ein Paar sind?«

Jemma und Noah traten vor.

»Jemma Cohen und Noah Dubois«, stellte Noah vor.

Hera nickte wohlwollend. »Willkommen auf dem Olymp,

Jemma und Noah. Seid euch des ewigen Dankes der Götter sicher.« Sie legte grazil eine Hand an ihr Kinn. »Ich würde euch gern ein Geschenk machen, um euch zu danken, aber ich kenne mich so wenig aus bei den Sterblichen. Wovon träumt ihr? Gold? Geld? Unsterblichkeit?«

Jemma und Noah schüttelten bei dem letzten Wort beide vehement den Kopf.

»Ich will nicht ewig leben«, sagte Jemma. »Das ist nichts für mich.«

Noah nickte bekräftigend.

Hera lächelte. »Wie wäre es dann mit sehr viel Gold?«

Noah schien zu zögern. »Ich habe einen Wunsch. Aber ich weiß nicht, ob er zu groß ist.«

Hera hob die Augenbrauen.

Noah sah zu Jemma, und die beiden führten eine kurze nonverbale Unterhaltung nur mit den Augen. Dann nickte Jemma.

Noah straffte die Schultern. »Ich möchte meinen Freund Enko zurück. Nicht nur, weil wir eine Band sind und jede Woche stundenlang zusammen abhängen, sondern weil er mir wichtig ist und schrecklich fehlt. Er hat Fehler gemacht, hat auf die falschen Leute gehört, aber dieses Schicksal hat er nicht verdient.«

Hera nickte, denn offenbar wusste sie, worüber Noah sprach.

»Ich möchte meinen Wunsch auch dafür einsetzen«, sagte Jemma. »Enko fehlt uns allen, und wir wollen ihn zurück.«

»Außerdem hat er uns im Kampf gegen Uranos beigestanden. Er hat mit den anderen Sternbildern gegen ihn gekämpft.«

Maél neben mir zitterte leicht, so sehr nahm ihn diese Unterhaltung mit.

Hera schien mit sich zu ringen. »Es tut mir sehr leid, Jemma und Noah. Aber die olympischen Götter sind nicht allmächtig. Der Tartaros kann Tote freilassen. Aber Enko wurde von Uranos getötet und als Sternbild gebannt. Uranos ist ein Gott, der trotz allem mächtiger und älter ist als wir. Als er Enko in das Sternbild verwandelte, war er auf dem Höhepunkt seiner Kraft. So kurz vor Eintreten der Planetenkonstellation war er mächtiger als je zuvor. Ich fürchte, Enko ist für immer verloren.«

Eine schwere Stille senkte sich über den Raum.

»Vorhin, als Livia nicht bei Bewusstsein war, sagte Hermes, dass es unseren Eltern gut geht. Stimmt das?«, fragte Noah. »Sonst würde ich meinen Wunsch gern dafür einsetzen, sie zu retten, sie hierher auf den Olymp zu holen.«

Hera hob beschwichtigend die Hände. »Die Welt ist in bester Ordnung, und euren Eltern und Freunden geht es gut. Wenn ihr jetzt keinen Wunsch habt, den wir erfüllen können, dann wendet euch einfach über Livia an mich, wenn ich zu einem späteren Zeitpunkt etwas für euch tun kann.«

Noah und Jemma murmelten Dankesworte, wirkten aber immer noch niedergeschlagen.

»Haben wir Uranos wirklich getötet?«, warf ich ein. »Wie existiert die Welt ohne Himmel?«

»Ihr habt sein Herz mit euren Kräften zum Zerspringen gebracht. Das hat ihn so geschwächt, dass er wieder weit zurück von der Erde gewichen ist. Er ist geschwächt, aber nicht gestorben. Hermes hat uns von den Moiren berichtet. Natürlich haben wir versucht, sie zu erreichen, doch jede Kontaktaufnahme ist gescheitert. Wir wissen nicht mal, ob unsere Botschaften sie erreicht haben. Sie halten sich irgendwo versteckt und schmieden ihre Ränke im Verborgenen. Wir können also nur vermuten, dass ihr Plan aufgegangen ist. Durch die Kombination eurer beider Kräfte konntet ihr Uranos so empfindlich verwunden, dass er im letzten Moment den Rückzug angetreten hat.«

»Der Himmel ist also wieder da, wo er hingehört?«, fragte Maél.

Hera nickte. »Zum Zeitpunkt von Uranos' Angriff hatte er alle Götter und Halbgötter des Himmels, des Tages und der Nacht in seine Gewalt gebracht. Nur ihr beide«, sie deutete auf Maél und mich, »wart noch übrig. Doch nun sind alle wieder frei und zurück in ihrem Herrschaftsgebiet. Bisher hat Uranos sich weder gerührt noch versucht er wieder Gewalt über seine Sternbilder zu erlangen. So wie es aussieht, ist er viel zu geschwächt, um je wieder so eine Kraft zu entwickeln. Ihr habt sein Herz zerstört und ihm für immer einen großen Teil seiner Macht genommen.«

Heras Worte klangen zuversichtlich, und sie beruhigten mich ein wenig. Ich hätte es nicht ertragen zu wissen, dass die Sternbilder uns so selbstlos geholfen hatten, nur um jetzt wieder in Uranos' Gewalt zu sein.

»Aber was ist mit der Erde? Den Verwüstungen? Den vielen panischen Menschen?« Jemma gestikulierte wild. »Wie erklärt man das? Wer sorgt da für Ordnung?«

Hera deutete einladend auf Nyx, die sich daraufhin neben sie stellte.

»In meinem Tempel wächst eine Pflanze namens ›Mondblume‹.« Nyx ließ ihren Blick über uns gleiten.

Bei mir klingelte es bei der Erwähnung des Namens. Ich sah zu Tiffy hinüber, die mich anlächelte und nickte.

»Niedrig dosiert bewirkt sie einen leichten Schlaf und angenehme Träume. Hoch dosiert sorgt sie für einen sehr langen Schlaf und das Vergessen der letzten Stunden. Das Pulver hat quasi die Kraft, die Zeit zurückzudrehen. Meine Priesterinnen und ich haben es in die Luft gegeben, und schon kurze Zeit später schliefen die Menschen tief und selig. Mit den vereinten Kräften des Olymps haben wir an Schäden rückgängig gemacht, was ging. Haben Verwüstungen beseitigt und die Panik aus den Köpfen der Menschen ausradiert. Die Menschen sind erwacht, und es ist ein ganz normaler Mittwoch überall auf der Welt.«

»Der Tag vor dem Weltuntergang«, murmelte Noah. »Raffiniert.«

»Der planetarische Nebel, ein Vorbote von Uranos' Macht, wird bald verblassen, denn Uranos ist zu geschwächt, um ihn weiter zu kontrollieren. Das Leben wird einfach seinen Gang gehen. Ihr hattet gerade schulfrei, weil die Küchenfrauen verschwunden waren, erinnert ihr euch?«

Wir nickten alle. Ich erinnerte mich sehr gut. Hermes hatte uns mit dem Bulli von der Schule abgeholt.

»Die Moiren werden verschwunden bleiben, denn die Kraft der Mondblume ist begrenzt. Wir können die Zeit circa einen Tag zurückdrehen. Wenn ihr den Olymp gleich verlasst, wird es früher Mittag sein. Wenn ihr nach Hause kommt, werden eure Eltern euch begrüßen wie immer. Nichts außer dem planetarischen Nebel am Himmel wird an Uranos' Machtübernahme erinnern.«

»Wie absolut krass …«, murmelte Noah.

»Ihr habt euren Teil zur Weltrettung beigetragen«, schloss Hera. »Nun haben wir unseren Teil beigetragen.«

Hermes verneigte sich. Offenbar war es mal wieder Teil des Protokolls. »Wir danken Euch dafür.«

Dann sah er zu uns. Waren wir nun entlassen?

Hermes koordinierte das Verabschiedungsritual, das ein wenig dauerte, aber irgendwann waren wir entlassen. Ich freute mich auf ein Treffen mit Helios, der mir soeben seine Handynummer gegeben hatte. Nereus war in ein angeregtes Gespräch mit Poseidon vertieft, der ihm gerade dankend auf die Schulter klopfte. Nyx umarmte die Plejaden, die wohl noch etwas bleiben wollten. Obwohl Tiffy der Abschied schwerzufallen schien, schloss sie sich unserer Gruppe an.

Hermes bugsierte uns aus der großen Schwimmhalle und konnte Selkes nur mit Mühe davon abhalten, doch noch kurz in den Pool zu hüpfen.

Wir liefen so einige lange Gänge entlang, bis ich irgendwann nicht mehr wusste, wo wir waren.

»Wie verlassen wir den Olymp eigentlich?« Gigi drehte sich im Gehen zu Maél und mir um.

»Ich hoffe, sie werfen uns nicht alle mit einer Tüte über dem Kopf auf einen Parkplatz, so wie mich das letzte Mal.«

Gigi zog ein Gesicht. »Ich denke nicht. Aber Hermes macht ein großes Geheimnis daraus. Ich habe ihn gerade schon gefragt, und er hat nur geheimnisvoll gelächelt.«

»Wo bleibt er eigentlich?« Maél drehte sich um. »Wenn wir uns hier oben verlaufen, hängen wir für immer fest. Ich denke mal, irgendwann wird jeden Tag Schwimmen und Saunieren auch langweilig.«

»Wir sollten es ausprobieren«, schlug Noah vor. »Die Ewigkeit und eine zarte Haut, könnte doch schlimmer sein.«

Jemma stieß ihm lachend den Ellbogen in die Seite. »Du bist so ein Spinner.«

»Also ich hätte nichts dagegen, mit dir zusammen in einer Sauna …«

Maél hielt die Hände so, dass sie ein Kreuz formten. »Oh, Leute. Time-out. Das sind eindeutig zu viele Informationen.«

Wir lachten, während wir weiter den Gang hinunterliefen, der nun in eine scharf abknickende Kurve mündete.

Und da stand er. Lässig an die Wand gelehnt, das Hemd zu weit aufgeknöpft, die hellblonden Haare rockstarmäßig verwuschelt wie immer.

»Was geht, ihr Loser?«

Maél und ich blieben so abrupt stehen, dass der Rest der Gang in uns hineinrannte. Von weiter hinten hörte ich Selkes protestieren.

Noah gab einen erstickten Laut von sich. Maél neben mir war kreidebleich geworden.

»Jetzt guckt mich nicht an, als hättet ihr einen Geist gesehen«, sagte Enko und kicherte über seinen eigenen Witz. »Hier, ich hab was für euch.« Er schnippte einen kleinen pechschwarzen Rauchball auf uns zu. Bevor ich darüber nachdenken konnte, was ich tat, hatte ich den Ball schon aufgefangen.

»Der Typ scheint echt eine Schwäche für euch zu haben«, sagte Enko gerade, als der Ball sich zu einem kleinen Zettel formierte. Auf dem schwarzen Papier stand in hellgrauer Schrift: GUT GEMACHT, PFADFINDER.

Dann löste der Zettel sich in Luft auf. Ich sah wieder zu Enko. Noch hatte sich niemand gerührt. Noch traute niemand seinen Augen. Es war nicht zu leugnen, dass Enko verändert aussah. Älter, mit noch schärfer geschnittenen Konturen und einer nervösen Unruhe in seiner Haltung. Sein hellblondes Haar schimmerte nun silbern, fast als hätten sich die glitzernden Lichtpunkte, die sein Sternbild geformt hatten, für immer darin verewigt. Der Himmel hatte ihn geprägt, doch ich sah immer noch das Magma zu seinen Füßen brodeln, als mein Blick verschwamm. Er war wieder ein Hadessohn, vielleicht war er nie etwas anderes gewesen. Die Spuren von Uranos würden verblassen.

Noah war der Erste, der auf ihn zustürzte. Ich sah Tränen auf seinen Wangen schimmern. Enko zog ihn an sich und klopfte ihm dröhnend auf die Schulter. Dann gab es auch für die anderen kein Halten mehr. Enko wurde fast unter uns begraben. Er lachte, und all seine Coolness war wie verflogen. »Ich liebe euch auch, Leute.«

Ich konnte es immer noch nicht fassen.

Gut gemacht, Pfadfinder. Es fiel mir wie Schuppen von den Augen. Nur Erebos hatte uns »Pfadfinder« genannt. Offenbar hatte er uns beobachtet und dabei Enkos Tod, unsere Trauer um ihn und seine Hilfe im Kampf gegen Uranos mitangesehen. Erebos, der mächtigste und älteste Gott des Universums, hatte uns Enko zurückgegeben. Er war der Einzige, der älter und damit mächtiger war als Uranos, und er hatte ihn Uranos' Einfluss entrissen. Ich unterdrückte einen Freudenschrei und nahm mir fest vor, mich bei Erebos zu bedanken.

Als ich mich endlich zu Enko nach vorne gedrängelt hatte, sah ich die Lichtpunkte auch unter seiner Haut schimmern. Es wirkte, als wäre er aus Sternenlicht geboren. Er war wunderschön und wirkte zugleich beängstigend. Enko zog mich in seine Arme und legte die Wange an meine Schläfe.

»Es tut mir so leid«, flüsterte er. »Ich habe mich in etwas verrannt, und irgendwann habe ich den Zeitpunkt verpasst, um wieder klar zu sehen.« Dann sah er mich an und fügte grinsend hinzu: »Ich weiß nicht, was du mit Erebos gemacht hast, was ihr alle mit ihm gemacht habt, aber er ist tief beeindruckt von euch. Das hat er mir erzählt, nachdem er mich wieder zusammengesetzt hatte. Ich habe gespürt, wie er einfach nach mir gegriffen hat. Nach jedem einzelnen leuchtenden Punkt von mir. Uranos hat sich zitternd in eine Ecke verkrochen, und Erebos hat ihm ins Gesicht gelacht.« Er löste sich von mir und sah mich an. »Ich will nicht wissen, warum Erebos euch ›Pfadfinder‹ nennt, oder?«

Ich lachte, und in meinen Augen standen Tränen. »Nein, ich glaube, lieber nicht.«

Maél hatte sich neben mich gedrängt. »Was machst du für einen Mist, du Penner«, sagte er, und es klang liebevoll und ehrlich. Die beiden umarmten sich erneut. Enko flüsterte etwas in Maéls Ohr, das ich nicht verstand. Doch Maél lächelte und nickte dann. »Es ist gut, dass du wieder da bist.«

Enko wirkte ganz ergriffen. Noch mal umarmten sie sich. Als sie sich voneinander lösten, hatten beide feuchte Augen.

»Und du bist ganz der Alte?«, fragte Jemma vorsichtig.

Enko streckte die Arme in einer theatralischen Geste aus. »Genauso großartig und unwiderstehlich wie eh und je.«

Er erntete ein synchrones Aufseufzen, das genervt und erleichtert zugleich klang. Nein, Enko hatte sich wirklich überhaupt nicht verändert.

»Was ist denn das für ein Gekreische?«, hörte ich Hermes sagen, und Schritte näherten sich. »Dass wir sie aber auch keinen Moment aus den Augen lassen können …«

Ich hörte Remi irgendwas murmeln, verstand es aber nicht. Schon bogen die beiden um die Ecke. Remi lief einfach weiter, aber Hermes blieb abrupt stehen, als hätte jemand seine Sohlen auf dem Fußboden festgeklebt. Er sah Enko an, dann uns, dann wieder Enko.

»Sagt mir bitte mal jemand, dass ich eine Brille brauche?«

»Du brauchst keine Brille, alter Mann«, rief Enko. »Dein Lieblingsrockstar ist zurück.«

Remi sah fragend zu Hermes hoch. Der lächelte entschuldigend. »Nur ein Hadessohn, auf den ich hin und wieder ein Auge habe.«

Remi runzelte die Stirn.

»Mein lieber Freund«, sagte Hermes plötzlich streng. »Du weißt schon, dass dich von deinem Vater eine ganz gewaltige Standpauke erwartet. Und wenn der mit dir fertig ist, kannst du dir genau die gleiche Standpauke von mir abholen. Außerdem möchte ich gar nicht wissen, was für ein Hokuspokus hier im Spiel war, damit du leibhaftig wieder vor uns stehst. Wenn du dafür wieder einen Teil deiner Seele an irgendeinen Gott verkauft hast, werde ich dafür sorgen, dass sich der Stubenarrest deines Vaters um weitere dreihundert Jahre erhöht.«

»Jetzt bleib mal cool, Hermes. Erebos hat das geregelt.« Enko schlenderte lässig an uns vorbei auf den Götterboten zu. »Stell mir lieber die Kleine mal vor.«

Hermes' Augen waren ein einziges großes Fragezeichen. Maéls Schultern bebten lautlos, während Gigi beide Hände über den Mund gepresst hatte, um nicht zu lachen. Tiffy hinter mir presste ihr halbes Gesicht gegen meinen Rücken und schien kurz vorm Platzen.

»Hi«, sagte Enko und streckte Remi die Hand hin. »Ich bin Sänger einer Rockband und war bis vor Kurzem noch ein Sternbild. Hast du heute Abend vielleicht Zeit?«

Remis Augen wurden sekündlich größer, dann sah er wieder Hilfe suchend zu Hermes hoch.

Der knirschte deutlich hörbar mit den Zähnen. Ich sah die Flügel aus den Hacken seiner Boots schießen, so aufgebracht war er. Die zwei goldenen Schlangen reckten sich aus dem Ausschnitt seines Hemdes hervor und fauchten Enko an.

»Wow, was geht denn jetzt ab?« Enko hatte immer noch nichts verstanden. »Gehst du mit ihr oder was?«

»Enko«, sagte Hermes, und seine Stimme klang geschätzte zehn Oktaven tiefer, »das ist Remi. Ein sehr talentierter Maler und die Liebe meines Lebens. Ich denke nicht, dass es sich schicken würde, wenn du ihn um eine Verabredung bittest.«

Enko war selten um Worte verlegen, und genau deshalb waren die Sekunden, die darauf folgten, nahezu filmreif. Irgendwann hustete er, straffte die Schultern und machte den Mund auf, klappte ihn dann aber wieder zu. Sein Blick glitt zu Remi. »Alles klar, Alter«, sagte er schließlich so lässig wie möglich.

Remi sah schon wieder ratlos zu Hermes hoch.

Der rang sichtlich um Geduld. »Erklär mir lieber, warum du leibhaftig vor uns stehst. Und zwar ohne irgendjemanden hier anzubaggern.«

Wir anderen, die in der Zwischenzeit immer näher gerückt waren, um auf gar keinen Fall auch nur eine Sekunde dieses Auftritts zu verpassen, mussten uns schon wieder heftig zusammenreißen, um nicht loszuprusten. Enko gab auch Hermes die Kurzfassung von dem, was Erebos für ihn getan hatte.

Hermes schien nicht hundertprozentig überzeugt, dafür war er viel zu überrascht genau wie wir, doch er protestierte auch nicht.

»Was für eine erfreuliche Begegnung«, sagte er dann. »Es ist schön, dass du wieder da bist.«

Noah klopfte ihm auf die Schulter. »Ich kann es immer noch nicht fassen. Das ist so genial.«

Hermes sah auf seine Armbanduhr. »So genial das auch ist,

wir sollten jetzt los. Soweit ich weiß, habt ihr alle morgen Schule. Und du«, er deutete mit dem Finger auf Enko, »hast eine Semesterarbeit abzugeben.«

Enko hob in einer fragenden Geste die Hände. »Hermes, du bist nicht mein Pate.«

»Und ich weiß trotzdem Bescheid. Außerdem ist mir klar, dass deine Patin Aphrodite sich kein bisschen um dich kümmert. Also los. Geh zu deinem Vater, hol dir deine Standpauke ab, und dann ab an deinen Schreibtisch. Im Studium wird nicht gebummelt. Und ihr anderen«, er sah zu uns, »schön früh ins Bett heute, die Welt dreht sich ganz normal weiter.«

Maél seufzte tief, während Hermes uns vor sich hertrieb. Enko hatte sich verabschiedet, um seinem Vater am Pool die frohe Kunde mitzuteilen.

»Da verhindern wir den Weltuntergang, und er schickt uns wie Kinder ins Bett.«

»Das habe ich gehört«, rief Hermes von weiter hinten. Und dann, vermutlich an Remi gewandt: »Wir sollten in Zukunft strenger mit ihnen sein.«

Remi murmelte wieder etwas. Vor uns tauchten zwei reich verzierte Türen auf.

»Alle Mann nun bitte in den Fahrstuhl zu eurer Linken. Wir kommen im Restaurant im obersten Stock der ›Galerie Lafayette‹ an. Bitte verhaltet euch ganz normal.« Hermes räusperte sich. »So normal wie möglich. Wer mag, kann sich dort etwas zu trinken kaufen.«

»Gibt's da eine Zooabteilung?« Selkes' Augen leuchteten.

»Untersteh dich, dich wieder in der Öffentlichkeit auszuziehen, bloß weil du Fische siehst.«

Selkes brummte, aber Gigi hakte sich tröstend bei ihm unter.

»Ich hätte Lust auf Hühnersuppe«, sagte Ödipus. »Auch wenn sie garantiert nicht so gut sein wird wie meine.«

»Was an ›unauffällig‹ ist eigentlich so schwer zu verstehen?« Hermes seufzte theatralisch. »Und außerdem …«

Dingding

Hermes wurde vom glockenhellen Klingeln des Aufzugs unterbrochen.

»Nächster Halt: Olymp«, sagte eine Computerstimme.

Das Innere der Kabine war prunkvoll wie ein Schloss gestaltet. Die Wände schienen komplett aus aufwendig gestalteten Bernstein-Intarsien zu bestehen.

»Cool!«, rief Noah. »Ihr habt das Bernsteinzimmer versteckt! Da wäre ich nie drauf gekommen. Das ist ja noch besser als die Geschichte mit dem Loch-Ness-Monster.«

»Husch, husch«, sagte Hermes, ohne Noahs wilde Verschwörungstheorien zu bestätigen. »Der Aufzug wartet nicht gern.«

Maél beugte sich zu mir, nachdem wir uns alle brav in der Kabine versammelt hatten. »Wir retten die Welt, und er ist der Typ mit Trillerpfeife und Klemmbrett, der uns die Bienchen und Blümchen erklärt. Fehlt nur noch so eine beigefarbene Uniform, Wanderstiefel und ein Hut und er ist der perfekte Anführer einer Pfadfinder-Truppe.«

Ich hörte das Lachen in seiner Stimme. Hermes war ein Original und in seiner pseudo-autoritären Art mehr unterhaltsam als beeindruckend.

»Oh!« Ich sah zu Maél hoch. »Jetzt weiß ich endlich, warum uns Erebos ›Pfadfinder‹ nennt.«

Maél grinste, dann küsste er mich zart. »Das kapierst du erst jetzt? Niedlich, kleine Nymphe.«

Ich boxte ihn dafür.

»Könnten wir noch mal über das Thema Bernsteinzimmer reden?«, warf Noah in die Runde. »Das interessiert mich wirklich.« Doch niemand schenkte ihm Beachtung.

»Ich möchte auch zur Uni gehen«, sagte Remi.

»Von mir aus.« Hermes wich noch ein Stück zurück, als die Türen sich geräuschlos schlossen. »Dann gehst du heute auch früh ins Bett.«

Dingding

»Nächster Halt: »Restaurant, Galerie Lafayette.«

Die Erde hatte uns wieder.

Es fühlte sich so gut an.

»Okay, verrückte Gang«, sagte Ödipus und ließ angriffslustig die Finger knacken. »Wer von euch kommt mit, die Hühnersuppe testen?«

»Niemand«, erwiderte Hermes so geduldig wie ein Kindergärtner. »Denn sie gehen …«

»… alle früh ins Bett«, sagten wir im Chor. Und dann lachten wir, bis uns die Besucher des Selbstbedienungsrestaurants komisch ansahen. Evangéline bewegte sich in der linken Kuhle meines Schlüsselbeins, vermutlich weil sie neugierig war, warum alle so gute Laune hatte. Ich legte meine Hand über die Stelle, um sie zu beruhigen. *Alles gut, kleine Motte.*

In meiner Tasche brummte mein Handy. Es war eine Nachricht von meiner Mutter: *Liebes, magst du nach der Schule mit mir durch ein paar Geschäfte bummeln? Das wäre schön. Küsschen, deine Mom.* Ich war so erleichtert, dass es meinen Eltern tatsächlich gut zu gehen schien, dass ich sofort ein *Ja, gerne* und ein paar Herzen zurückschickte.

»Oh, Fische!«, rief Selkes entzückt. »In einem Aquarium!«

»War das nun das Bernsteinzimmer oder nicht?« Noah

tippte hektisch auf seinem Smartphone herum. »Hat jemand zufällig gerade ein Foto gemacht?«

Jemma schüttelte den Kopf, nahm dem protestierenden Noah das Handy ab und steckte es in ihre Tasche. Dann küsste sie ihn auf die Wange, was Noah sofort versöhnte.

»Guck mal, pinkfarbene Cupcakes!« Tiffy hakte sich bei Gigi unter. »Komm, die probieren wir, auch wenn sie bestimmt nicht so gut wie deine sind.«

Maél lächelte, und seine Liebe zu mir funkelte in jedem tanzenden Stern in seinen Augen. »Möchtest du einen Tee mit Honig?«

Ich erwiderte sein Lächeln und schob meine Hand in seine. »Sehr gerne.«

Die Erde hatte uns wirklich wieder.

– ENDE –

REZEPTBUCH

Nereus' Crème Brûlée mit Wasserdrachenmilch

Zutaten für 4 Portionen

200 ml Wasserdrachenmilch (alternativ: 200 ml Milch und 1 TL blaugrüne Speisefarbe)
250 ml Sahne
4 Eigelb
5 EL Vanillezucker

Zubereitung

Alle Zutaten in eine Schüssel geben und gut verrühren.
Die Creme in vier Förmchen füllen und in eine hohe Back- oder Auflaufform stellen. Für das Garen im Wasserbad etwa bis zur Hälfte der Förmchen heißes Wasser in die Auflaufform gießen. Die Creme auf der unteren Schiene im vorgeheizten Backofen circa eine halbe Stunde bei 160 °C Unter- und Oberhitze stocken lassen.
Auflaufform aus dem Ofen nehmen, Förmchen aus dem Wasserbad heben und abkühlen lassen.

Schnelle Hühnersuppe à la Ödipus

Zutaten für 2–3 Portionen

2 l Hühnerbrühe
1 Stange Lauch
1 Viertel Knollensellerie
5 Möhren
2–3 Hähnchenbrustfilets
1 Prise Pfeffer
1 Prise Salz
120 g Suppennudeln
2–3 Stängel glatte Petersilie

Zubereitung

Die Brühe anrühren, in einen Topf geben und erhitzen. Lauch, Knollensellerie und Möhren putzen, in kleine Scheiben oder Würfel schneiden und in den Topf geben.
Die Hähnchenbrustfilets in Würfel schneiden und zur Suppe dazugeben. Anschließend pfeffern und salzen.
Suppe mindestens 20 Minuten köcheln lassen. Dann Nudeln hinzugeben und weitere 10 Minuten kochen. Die Petersilie putzen und klein schneiden.
Suppe in tiefe Teller geben und mit der Petersilie garnieren.

Gigis Macarons

Zutaten (für 30 Macarons)

1 Packung Puddingpulver
400 ml Milch
2 EL Zucker

3 Eiweiß
90 g Zucker
Speisefarbe nach Wahl
40 g Puderzucker
140 g gemahlene Mandeln

Zubereitung

Zuerst für die Füllung einen Pudding mit Milch und Zucker nach Anleitung zubereiten, nur statt einem halben Liter Milch lediglich 400 ml verwenden. Pudding abkühlen lassen.

Für den Teig das Eiweiß mit einem Rührgerät steif schlagen. Dann Zucker hinzugeben und weiterrühren, bis der Zucker sich vollständig aufgelöst hat. Speisefarbe hinzugeben, bis die gewünschte Intensität erreicht ist. Danach unter Rühren den Puderzucker in die Schüssel rieseln lassen, bis er sich aufgelöst hat. Rührgerat zur Seite stellen und die Mandeln mit einem großen Löffel vorsichtig unter die Mischung heben.

Die gefärbte Eischneemasse in einen Spritzbeutel füllen. Alternativ kann man auch einen Gefrierbeutel befüllen und dann eine Ecke abschneiden. 30 kleine Kreise aus dem Teig auf ein mit Backpapier belegtes Backblech geben.
Den Teig bei 150 Grad circa 15 Minuten backen. Darauf achten, dass die Oberfläche der Macarons trocken, aber nicht gebräunt erscheint.
Aus dem Ofen nehmen und auskühlen lassen.
Macarons vorsichtig in der Mitte teilen. Ober- und Unterseite zur Seite stellen und Füllung in einen Spritzbeutel füllen. Je einen Klecks Pudding auf die Unterseite und Oberseite der Macarons aufsetzen.

Dank

Ein großes Dankeschön geht an den ONE Verlag, hier besonders an die Programmleiterin Linde Müller-Siepen, die sofort von dem Thema »Götter und Nymphen« begeistert war. Herzlich gedankt sei außerdem Kristin Overmeier, meiner Lektorin für *Gold und Schatten* und Christina Neiske, meiner Lektorin für *Staub und Flammen* für die großartige, unkomplizierte und inspirierende Zusammenarbeit. Danke, dass ihr dieses Manuskript zu zwei wunderbaren Büchern gemacht habt!

Ein großes Dankeschön geht auch an Franziska Hoffmann, Agentin bei der Michael Meller Literary Agency. Franzi, du hältst mir den Rücken frei, bist Feuerlöscherin und Therapeutin in einem und ich weiß nicht, was ich ohne dich machen würde. Danke, dass du sofort gesagt hast: »Ich glaube an die Nymphen.« Ohne dich hätte diese verrückte Geschichte vielleicht niemals ihren Weg zwischen die Buchdeckel gefunden.

Bei Bastei Lübbe geht mein Dank außerdem an Annika Grave, Volontärin bei ONE, die stets ein offenes Ohr hat für mich – zu jeder Tages- oder Nachtzeit. Anni, ich danke dir!

Außerdem möchte ich mich ganz herzlich bei Anna Fohs und Annette Geduldig für die hervorragende Pressearbeit und die Betreuung auf den Messen bedanken. Mädels, ihr seid toll!

Ein großes Dankeschön geht auch an meine liebe Korrekturleserin Simone Heckel.

Ich danke meiner Familie für ihre Geduld, ihren Rückhalt und ihre Liebe. Ihr glaubt an mich, ihr macht mir Mut und ihr seid immer für mich da. Ihr seid das Rückgrat, das mich aufrecht hält.

Tausend Dank an euch, liebe Leserinnen und Leser, Bloggerinnen und Blogger, Buchverrückte, Träumer und Romantiker, die ihr mir mit eurer Begeisterung, euren Postings, Mails, Briefen oder persönlichen Gesprächen immer wieder eine Riesenfreude macht, mich motiviert und glücklich macht.

Ihr seid es, für die ich schreibe.

Kira Licht ist in Japan und Deutschland aufgewachsen. Sie lebt, liebt und schreibt in Bochum, reist aber gerne um die Welt und besucht Freunde. Hierbei sammelt sie Ideen und Inspirationen für ihre Bücher, in denen sie verhängnisvolle Schicksale mit romantischen Liebesgeschichten vereint. Mehr Insights in Kira Lichts turbulentes Autorenleben, Neuigkeiten zu ihren Romanen oder Lieblingszitate aus aktuellen Manuskripten gibt es auf Instagram.